北京宣传文化引导基金
BEIJING CULTURE GUIDING FUND
北京宣传文化引导基金资助项目

青云梯

范稳 著

北京十月文艺出版社
云南人民出版社

脚著谢公屐，
身登青云梯。
半壁见海日，
空中闻天鸡。

——李白《梦游天姥吟留别》

目录

第三章

第四章

第五章

第六章

第七章

第八章

第九章

第十章

第十一章

第十二章

楔子：发现

一百年前的老房子就是一个百岁老人，矗立在岁月的风尘中，满腹故事与秘密。上世纪末的一个夏天，一支古建筑修缮队在有“文献名邦”之誉的建水县吴家花园施工时，无意中成为一笔历史遗产的发现者。吴家花园落成于清宣统二年（1910），面积两万多平方米，有大小房间两百多间，连天井都有四十二个。吴门深重，繁华如幻。当其盛时，曾被誉为“滇南大观园”。上世纪五十年代初，江山易主，人民翻身。吴门大宅的老爷小姐们被扫地出门，这里先后成为部队医院、干部培训学校、粮食仓库、文化机关等单位的办公地。那时人们无暇去探究一个家族的秘密，在某些特殊时期它甚至是讳莫如深的、危险的。到人们对古建筑愈发热爱关注，越来越多的游人到吴家花园游览拍照，当地政府遂决定将古老的吴家花园开发为一张旅游名片。他们请来专业的古建筑修缮队，严格按照修旧如旧、风格统一的原则施工。雕栏玉砌，旧貌新颜。县旅游局洪局长说，就是换一块瓦一块砖，你们也得分类编号，分别码放。

修缮队当然明白这些，他们是古建筑的医生。哪里该牮屋[①]，哪里该墩接，哪里该“偷梁换柱”，自是心中有数。在维修到主体建筑

① 牮屋，指在不拆墙体的情况下矫正屋架。

之一的吴家祠堂时，修缮队纳队长发现托起整座祠堂屋顶的四层横梁中，第一层和第四层腐坏严重，一些斗拱、卯榫、雀替已经腐烂。修缮队架上脚手架，小心地换下这两根横梁后，技术员小李要对它们作测量、编号。在这个古老的尘埃在阳光下飞舞搅动的下午，小李忽然高叫道：

“纳队长，你快来看！这是什么情况？”

卸下来的第四层横梁原在最顶层，只有侏儒柱和叉手支撑，起不了多少承重作用。它是一根坚硬的柏木梁，有四余米长，六十公分宽，四十公分高。它的顶部已彻底朽坏，手抠如泥。刚才小李在测量时，赫然发现这根横梁竟是镂空的，腐朽部分裸露出一些绸物包裹着的东西。

富有经验的纳队长说：“刚才抬下来还贼重，原来这里面有名堂。你别动它，我通知洪局长来。”

自开始修缮吴家花园以来，各种传闻在古城不胫而走。有人说吴家花园里的银库被挖出来了——关于这个大家族的秘密银库，至少传说了一百多年；还有说在吴家花园的古井里打捞出两大箱珠宝；更为神奇的是，说有个工人打开一间常年紧锁的黑屋时，有个状如骷髅的小脚老人还端坐在一张太师椅上，目光空洞地望着扑面而来的阳光，把那工人吓得魂飞魄散。还有个暧昧的传闻，某个晚上，修缮队的一个工人起来小解，恍惚中看见花园里有个穿古装的女子，长发飞舞、衣裙飘飘，凌波微步，身轻如燕，在月色中飘然而去。

不到半个小时洪局长就赶来了，他特意叫来县史志办的副主任杨仲群——本地文化历史方面的专家，县文化局的方局长，连公安局局长都请来了。不是一直在传说这个从前的豪门大户藏有财宝嘛，谁知道会发现什么惊天大秘密？

在众人的见证下，杨仲群用一把小刀将横梁顶部一层层剥开。里面内容还真是丰富——有丝绸包裹的珠宝玉器，金银首饰，价值难以评估；油纸包扎的账簿、田契、房契、租约、“吴盛泰”商号办事大纲、银票、诗稿、家书、家训、商务信函等。还有一张已经朽烂的清光绪皇帝敕命圣旨残篇，让杨仲群大为感叹，说这是自己平生第一次见到圣旨原件。另外，比较引人注目的就是用麻布袋包裹的二十块银锭，十条金条。那银锭呈马蹄状，锭面有铭文戳记，横列地名“会泽县”，右为铸锭纪年“光绪九年”，左为计重“伍拾两”和铸锭工匠名字“仇宝”。这些银锭因为氧化已经发黑，金条则泛出暗淡的金光。杨仲群说，这大约就是吴家花园的“银库”了。不过这点金银，只能算是救急银，远不能代表吴氏家族的财富。

杨仲群八十年代初才从一所中学调入史志办，现已快到退休年龄了。很久以来他就在收集整理吴家花园的相关历史，但一直苦于缺少一手资料。那一天，他激动得满面红光，嘴唇直哆嗦，只会说：“重大发现。重大发现啊！吴家花园的秘密，就要揭开了。”

第一章

1 · 家世

建水吴氏先祖吴根泉从明洪武十五年（1382）随军征伐云南，一路打到极边之地。天下平定后，作为军屯户落籍建水。虽然元代时在这里设置了建水路，但大部分地区还处于土酋部落时代，民族杂居、习俗奇异；部落间互不统摄，相互厮杀，未闻礼教。人们大多靠采集和狩猎为生，茹毛饮血，生活粗犷。在山林里像猴子一般敏捷，如虎豹一般凶悍，似风一样呼啸而来、呼啸而去。他们来山外交易，从不敢见人，只把野货堆在路边，人躲在树上。往来的客商放下一坨盐、一块布、一饼茶叶，捡走自己看中的豹子皮、虎皮、熊掌、麝香等。当吴根泉在贫瘠的红土地上开垦出第一块土地、盖起第一间房屋时，这位从南京正阳门外一个叫高石坎的地方集结西征、容貌模糊的祖先不无豪迈地说：

"这就是我的家，这就是我们的村庄。我要在这里生儿育女、开枝散叶。"

最早在边陲卸下铠甲、开山伐树、引水灌田、起屋娶妻的吴根泉，便被尊为建水吴氏一世祖。吴根泉请人写了一副对联，高挂院门两侧，"亦兵亦民因屯边，锄犁刀剑度春秋"。吴根泉脚下的那片土地背依青山，面朝丘陵，河水蜿蜒，海子（小湖泊）宁静；荒草似树，蚊虫如鸟。山林里出没的豺狼虎豹比人还多，天地呈现出将开未开的模样，神界的妖魔鬼怪时常降临人间，掠杀生灵。吴氏家族的族谱曾记载，一世祖的一个女儿在旷野中被风鬼掠走，家人提着扁担锄头追了三里地，眼睁睁看着这个可怜的孩子飞上了云端。她在云团上向家人招手，泪流满面。吴家到第三代时才基本站稳脚跟，小有田产，吴氏三世祖始教子，勤勉耕读。如果世道一直像一世祖吴根泉落籍云南时那样，四季流转，春种秋收，芬芳自歇，王孙可留，吴氏家族后人或可不负祖先期望。正如清末吴家十一代掌门人吴廉膺，这个一度官至中将，令吴氏门庭耀比日月的豪杰男儿也没有想到，二十世纪初叶的铁路和火车，将彻底颠覆这个古老家族的宗法伦理，并带来生生不息的家族传奇。

这年秋天，一个月上鸦黄的晚上，吴廉膺为生意事去了一趟越南，回家首要事便是给曾祖母吴封氏请安。谈到自己在那边的见闻，说有一天在海防的饭店里看到一个越南王室的人，不知是个少爷还是王子，他正追着一个法国人售卖一条镶玉石的金腰带，有点像我们明朝时期的那种官带。但那个洋人很傲慢地一把推开了他，趾高气扬地走了。吴封氏气哼哼地说，这就是败家子、亡国相。吴廉膺又跟曾祖母谈到了法国人在越南的火轮车，说它是一条在大地上横冲直撞的恶龙。他亲眼看见这个高声怪叫着奔驰的怪物撞飞了一头牛，就像山崩席卷了一只蚂蚱。

吴封氏是一个干瘦硬朗的老人，总有一股阴气萦绕在她身边，使她有令人畏惧的威严。何况她还是家族第八代唯一健在的祖先，人称老祖。她说话时，嗓音低而纤细，仿佛不是来自人间，而是冥界。“洋人的那个火轮车，格（可）是踩着哪吒的风火轮飞跑?”

“不是，老祖。洋人用一种魔鬼的力量推着火轮车跑，火轮时常喷吐着火花，上面架着车厢，车厢里有包厢、有座位，官吏士绅、引车卖浆者，在里面都可坐可卧、可吸烟吃饭，还可以躺下睡觉。火轮车在专门为它铺上熟铁的道路上跑，谓之铁路。那路又平又直，遇河架桥，逢山挖洞。村庄、良田、房舍，都得给它让路。”

“难道祖先的灵地也得给火轮车让路吗?”吴封氏声音大了起来。

“越南人已经亡国，没有祖先了，老祖。”

吴封氏捻着手里的佛珠，微闭了双眼，“驾着火轮飞跑的玩意儿，不过是小屁孩耍的把戏。哪有坐轿子讲身份、知礼仪？三教九流、五行八作的人杂处一堆，还吃喝睡觉，成何体统？不懂规矩的洋老咪搞出来的东西，我现在都能闻到那火轮车的腥味。臭！比牲畜还臭。臭不可闻。”

“老祖，洋人的火轮车有股熟铁的味道，不是很臭，倒有股蛮劲。它就要闯到我们建水城来了。”

“可会来夺占我吴家的田地?”

“老祖，莫气，莫气。”吴廉膺斟词酌句，但就像往炉膛里添柴。“我在临安府冀大人那里得知，如今法国人打算要修到我云南的铁路，不仅要占我吴家庄的良田，还要在老凤山打一个大洞，让火轮车钻进去再穿出来。我吴家祖先，从此不得安宁矣。”

“他敢!”吴封氏“啪”的一声，把佛珠拍在了案几上。

吴氏家族在吴家庄有三百来亩良田，那里是吴家的发祥地。而吴家庄后山的老凤山上有吴家的祖坟地，从吴氏一世祖到吴封氏的丈夫吴福民，还有她的儿子吴攸宁，她的大孙子吴绵沛，都葬在那片方圆二十多亩的林地里。吴家的先祖和他们的后代往生后在老凤山团聚，用他们的阴德庇护着吴家后人。一座座坟茔昂首朝天，时而青烟直冒；一块块墓碑在夜晚熠熠发光，照耀着吴家人的富贵梦。祖坟地绿意葱茏，植被葳蕤，参天古柏都要三人合抱。吴家还专门雇了一户人家守坟，这守墓人都已经传到第四代了。

“老祖，洋人不但要来修铁路，还要来个旧厂占矿哩。”

“强盗！我老吴家就没有男儿了吗？”

吴廉膺要的就是这句话——当他要把家族命运押出去跟洋人的火车战斗时，他必须要有老祖吴封氏的支持。

在动荡不已、灾祸频繁的边地，建水吴氏这一脉没有断了香火，能绵延至今，有一个女人居功至伟，连男人也不及其赓续之功。这个女人便是吴家先祖世居地吴家庄旁边封家营一个百夫长的女儿封淑英，清道光九年（1829）生人，上过两年私塾，识得文字，擅长理家，尤善女红，七岁时作为童养媳到吴家，十七岁正式入嫁吴家第八代吴福民。封淑英二十二岁时，当地发生战乱，吴福民自带团练随官府军队平乱，不幸战死在一块麦地边。吴封氏自此守寡，带着吴家第九代独苗儿子吴攸宁艰难讨生活。

战乱过后，孤儿寡母的吴封氏省吃俭用、辛勤持家，在马帮驿道边开了一家小客栈，为马帮提供食宿和马料。还在房前植上树，山路边安放两口大石缸。一缸人喝，一缸饮马。吴封氏每天大清早去三里地远的一处泉水背水，要背二十多趟才能将两口大石缸灌满。赶马人无论食宿与否，总得饮马喝水。一个小脚女人，数十年如一日无偿为马帮提供饮水，以至于这两口大石缸被人们称为“义缸”。吴封氏还开了一家酿酒坊，酿出的酒不说十里飘香，至少也是漫长驿道上解乏消愁之物。母子俩苦熬了十几年，家境逐渐有了起色。在家族的传说中，第九世祖吴攸宁从小帮他妈背水打柴，驾牛犁田，生生累成了个驼背。后人尊称他为“驼背老爹”。吴攸宁十二岁时上山打柴，不慎从山崖上滚落了下去。所幸被半崖上的一棵大树接住，否则吴氏这一脉就彻底断了香火了。后世有穷酸文人为从吴家讨赏银，把这一段写为八仙过海中的铁拐李从东海飘然而至，用他那无所不能的铁拐托住了吴家即将熄灭的香火。于是，有文为证，吴氏是有神护佑的家族。

不过这场事故倒是把吴封氏吓得大哭一天一夜。她对吴攸宁说，儿呀，吴家这一脉就你一根独苗，风吹水淹，地陷天塌，神龛前的香火不能断。我老吴家才传到第九代，就是改朝换代，我老吴家也要辈辈有人，代代有种。

自一世祖吴根泉在这遥远的边地生下第一个儿子时，他就请军中的读书人为吴家制定了字辈。“根深叶自茂，本立福攸绵；廉孝辉先烈，诗书启俊贤；雅儒崇善庆，俊秀守纯全；尚志公诚秉，惟怀敬宜存。”遥想当年，一世祖的目光洞穿了岁月，发誓这字辈里的每一个字，都要有血脉养着它。传宗接代的意志如此坚定，吴家敬奉祖先神龛上的香火，即便如风中之烛，微弱摇曳，总有一个瘦弱而坚韧的身影以命呵护。到吴攸宁长大成人，有谁愿意将自家闺女嫁与一个驼背？龙生龙，凤生凤，老鼠的儿子会打洞。驼背的后代难道还能长出一对翅膀来？有一则在民间流传甚广的故事说，吴封氏托人给吴攸宁数次提亲被拒后，终于花重金请到一个能帮石头人也说到媳妇的媒婆。这个媒婆带吴封氏的驼背儿子去相亲时，特意让他背上一顶斗笠，女方家老人见这小伙子相貌端正、精壮憨厚，当下便认可了。而被媒婆引来见吴封氏的女子手持一束野花遮住口鼻，嫣然一笑，看上去也眉眼开阔、风情万种。喜得吴封氏连说，这等好看的女子，打着灯笼也难寻哩。吴封氏卖田卖地，以高出行情足足三四倍的价格许下彩礼，吹吹打打迎儿媳妇进门。到两个年轻人进得洞房，揭开红盖头来，吴攸宁才发现新娘是个缺嘴！他哭喊着逃出洞房，旋即被他妈几烧火棍打了回去。吴封氏说，人家不嫌你背驼，你还怕人家嘴豁？上面缺怕哪样？下面不缺就好。后来坊间有诗戏云：“缺嘴姑娘驼背郎，斗笠山花戏东床。一缺一拱山海平，共度岁月亦倜傥。”

吴攸宁也很争气，人驼志坚，十年之内生下四个儿子两个女儿。六个子女没有一个背是驼的，也没有一个嘴缺，有力地粉碎了坊间的闲言碎语。“驼背老爹”遂成为吴氏这一脉人丁兴旺的大功臣。他的四个儿子吴绵沛、吴绵沦、吴绵清、吴绵泓，名字的最后一个字都带“水”字旁，吴家由是“水大鱼多”。四兄弟又生下十一个男丁，分别为吴廉庭、吴廉康、吴廉庚、吴廉庶、吴廉廓、吴廉廪、吴廉膺、吴廉庆、吴廉应、吴廉庸、吴廉庐，廉字辈的字、名都带“广”字旁，吴家更是“广开财路”，人丁兴旺。

多年来吴氏家族里资历最老的长辈便是还不到七十岁的吴封氏。老吴家自在临安创建基业以来，吴氏家族都没有活过五十岁的男性，他们不是病死、累死，就是战死。除了外面的生意，吴封氏在家族里拥有无可撼动的绝对权威。她掌控着家族财产的分配，决定着后辈们的婚丧嫁娶——不管是给予他们幸福还是带给他们一生的悲剧。她的话就是家族里的“圣旨”。她是个永远闲不住的女人，一双锐利阴鸷的眼睛紧盯着家族里的每一个人。尤其是那些下人和女眷，哪个厨子掌勺时偷了嘴，哪个儿媳背着丈夫往娘家送去了一匹布，她都了如指掌。这个老寡妇挪动着三寸金莲在厨房堂屋、田间地头颠来颠去。男人一跃才能跨过去的土坎，她踩着碎步一飘而过；女眷们的绣花，哪个针脚稍微马虎一点，她瞄一眼，呵斥声就跟着出来了。吴氏家族的任何一个人，当他们想要说出自己的某个想法时，都要紧张地扭头看看老祖房屋那个方向，不是怕她不同意，而是担心自己说话声音太大了。家族里的人都说，没有哪个男人走的路有老祖多，也没有哪个男人比老祖命更硬。这个矮小而精瘦、勤勉又刻薄的女人，像悬崖上的一截老树藤，愈老弥坚。当一个家族里男人总是缺位时，女人就会成为实际掌门人。尤其是，一个尝尽了人间几乎所有的兵燹匪患、天灾人祸、丧夫失子、亲人离乱的女人，一个把吴家香火延续下来的老祖母、吴家第八代唯一健在的长者。在朝廷，这样的老女人能乾纲独断，被奉为垂帘听政的老佛爷；在家族里，她就是说一不二的老祖，可以掌控每一个家庭成员的命运。

吴家在咸丰、同治年间开始亦农亦商，走上发家之路。那时吴氏家族已有几百亩良田和山地，在乡间每年能收一百石左右的谷子，在县城则经营马帮和土产营生，粮食谷物、药材野物、陶器农具、布匹火油、针头线脑，什么有利就做什么。财运的亨通也吸引来文曲星的光芒，第十代绵字辈的老三吴绵清终于考中临安府学的生员①，成为吴家第一个秀才。到第十一代廉字辈，吴廉膺和一个堂兄吴廉康先后入学府学，四年后又同年中举，一时名动古城。虽说自临安府开科取士四百余年来，明清两代临安学子为自己的家乡挣来“临半榜”（每次全省乡试录取比例都被临安籍科考生占去一半）和“滇南邹鲁”的

① 生员，指各地提督学政在三年内主持的“岁试”和“科试”，每试考三场，榜上有名者即可成为府、州、县学生员，俗称秀才。

声誉，“一门三进士”“三代两翰林”“世科衍盛”“黄榜传芳”的牌匾，在临安城已不稀罕，但“兄弟连科”的牌匾高挂吴门之上时，祖先九泉之下亦足可欣慰。经过十一代人的努力，老吴家终于培养出了举人。

吴家发家之前，人人勤勉忠厚，恪守耕读传家的家规家训，每一辈人都将前辈制定的家训悬挂在祠堂一侧，同时又给下一代定下新的家训。这些家训体现出一个农耕世家从平民走向士绅阶层谦卑而艰辛的历程。从吴家一世祖制定的“黎明即起，洒扫庭除，要内外整洁；既昏便息，关锁门户，必亲自检点”，到家境小康时的“一粥一饭，当思来处不易；半丝半缕，恒念物力维艰”，再到逐步富裕以后，九世祖“驼背老爹”制定的“奴仆勿用俊美，妻妾切忌艳妆”。第十世绵字辈为吴廉膺这一代制定的家训则是“读书志在圣贤，为官心存君国”。那时吴氏家族似乎已经看到诗书继世、修齐治平的美好前程。

吴廉膺在同辈兄弟中排行老七，吴家上下都尊称为七爷。他个头中等，相貌堂堂，目光里始终有祖先开创基业时的那份倔劲儿。家族中就他最有鸿鹄之志，眼下又是家中的顶梁柱，可偏偏就他生不出儿子来。这世上，有了银子，哪样东西都求得来，但能不能有后，传下香火，跟银子多寡无涉。尽管他已经有一妻两妾了，三个女人却接连给他生下四个千金。老祖吴封氏对家族子嗣香火的传递有着超越常人的偏执和疯狂，她不但为曾孙遍寻民间秘籍野方，还常对吴廉膺念叨，你爷爷“驼背老爹”，一苗独燃，怎么活下来的哦？怎么传下这些家业来的哦？那些年月，天灾人祸就仿（像）夏天的暴雨，山里的洪水。兵乱来了，一个寨子一个寨子地杀光；饥荒来了，一个村庄一个村庄地死光。我的儿呀，背是驼的，男人却做得像模像样，一气儿给我生下四个孙孙。老吴家能发达到今天，还不是占个子孙兴旺？观世音菩萨你得去跪，送子娘娘你得去求。在外面成天乱五乱六，麂子乱成马鹿的，你还想不想有后了？

而吴廉膺总是不当回事地宽慰老祖道：“儿子嘛，该来的时候，自然会来。老天自有安排的。”

那个时候，年轻的吴廉膺并不知道，这个“老天”，将会给他安排一出怎样的豪门子嗣大戏。

2 · 矿商

吴廉膺的晚年，繁华褪尽，地覆天翻。他妻妾成群，儿女众多，却孑然一身，深卧病榻。人总是在他行到水穷处，才不能不回想自己命乖运舛的一生，不能不回想起十六岁时那个刚刚考进临安府学的秀才。那是一个闲适诗意的时代，古老的建水城横亘在地老天荒的边陲。城头的箭楼像个在时间的驿站歇息下来的赶马老倌，抱着烟筒蹲在晦暗老屋一角，深深吸上一口烟，再缓缓吐出一日的辛劳。呼儿唤狗之声在城门内此起彼伏，挑水夫担着古井里甘洌的清水，“卖水、卖水哦——”的叫卖声，在炊烟里穿梭回旋；牛车在青石板小巷“嘎吱嘎吱”地走过，慢得暮色都超过了它。一群小秀才头戴银雀顶，身穿蓝色长袍，在临安府孔庙，接受临安知府黄竑彬大人亲授的簪花和赏赐的纹银。

那时，少年吴廉膺像众多读书学子一样，站在了求取功名的起点，期待着由秀才而举人，由举人而贡士，由贡士而状元。朝为田舍郎，暮登天子堂。家中请的私塾余锦福老先生为在主人家面前表功，对所教弟子也不吝吹捧。什么“生而颖异，聪慧绝伦”，什么“踏上功名路，一登青云梯”。似乎吴家少爷从院试到乡试，再从乡试到会试，最后登上殿试的顶端，就如爬上家中后花园的假山。

就在黄大人的簪花宴上，吴廉膺遇见了自己一生的对手陈云鹤。

他的年龄比吴廉膺还小，才十二岁，就已经因熟读经史、才华出众而享有“小神童”之誉了。这个来自临安府石屏县大户人家陈氏家族的孩子，长得像月光童子一般明眸皓齿，且聪颖早慧。童子试的第一关县试，他考第一，成“县案首”；第二关府试，又考第一，成“府案首”；第三关院试，云南府来的提督学政亲自主持的考试，这小子再考第一。陈案首的雅名不胫而走。府学的生员们都在议论：陈案首进了考场，绝无旁人可拿第一也。

在簪花礼上，十二岁的陈云鹤穿上秀才服略显滑稽，蓝色长袍一拖到底。知府黄竑彬大人想试一试这个传说中的“神童”腹中到底有多少墨水，就来了一句：“小学生走路长衫拖地。”陈云鹤脱口便答：“大宗师坐轿红顶冲天。”把个知府大人乐得笑逐颜开，直呼“孺子可教，前程可期”。知府身边的提督学政王晋爵眼睛一亮，也来一句上联，“陈小子腰间四点为鲁国学士”，小小的陈云鹤也不怯场，眼珠一转就答出“王大人头顶一笔是吏部命官”。

那时吴廉膺隐约感到：私塾先生给他描绘的那个青云梯的顶端，他是只有看别人攀登的份了。尽管他也曾经很刻苦用功，暗中和陈云鹤较劲儿，但天分这个东西，是老天爷赏赐的。到光绪二十年（1894）甲午恩科[1]，吴廉膺、陈云鹤与临安府众生员一同赴省参加乡试，吴廉膺虽然以第十三名中举，但陈云鹤却是那一年的“解元”。永远的第一名，还被选入国子监进一步深造。又经几年苦读，到光绪二十九年（1903），这个来自边地的“学霸”高中癸卯科进士，取得

① 恩科，指科举制规定每三年举办一次科考，但遇皇帝大寿、国家有重大事件发生或有特别需求，可临时增加科考，是为恩科。

二甲第九名的好名次，入翰林院做庶吉士。

人若是命中有小人相伴，那还不算惨的，倘若你命里始终有强者压你一头，甚至连爱情，你都是输家，坐拥万贯家产，又有何意义？既生瑜何生亮也。在一个正在死去的时代，有些人会在社会腐烂的躯体上找到养分，逆水行舟，浴火重生。这样的人不是人中龙凤，就是你人生中的影子，要么在你身前，要么在你头顶上方。总是在人生收篇时，人们才能看明白偶然中的某些必然，看到生命中还有一种东西，叫命运。

吴廉膺不会忘记，考上生员的第二年迎春大祭，临安府学的生员们在立春日前一日，都要在先生带领下来到府衙署仪门外扎结彩亭、准备仪仗，并跟随身着朝服的黄竑彬知府到城南门迎接主管农事的春神。这是个官民同乐的吉祥日子，人人脸上都沐浴着春日阳光的喜庆。素日的拘谨和呆板也恍若这春回大地的万物，欣欣然活跃起来。春色四溢中一群老少女眷从府署深处走来，她们头上的钗凤簪环在阳光下熠熠生辉，她们的氅衣鲜艳靓丽，衣襟袖口镶金绲银，裙裾的飘带随风起舞，婀娜多姿。人们都在悄声说，知府大人的家眷来了，还不赶快回避。仪门前的闲杂人等都回过身去，有官品的人和熟悉的人才会远远地给黄老太夫人和知府夫人请安。吴廉膺一眼就瞅见了一个纤细高挑的女孩儿，像出水芙蓉一般卓尔不群。这就该是人们传说中知府大人家知书识礼、秀外慧中，美得不可方物的千金黄子衿了吧？尽管府学教授席茂臻用严厉的眼光盯着他看，似乎在呵斥他，非礼勿视。但吴廉膺还是拉不回自己的目光。他们跟随黄竑彬大人去城外迎春神和春牛。知府大人仪仗威武，府吏鸣锣开道，黄子衿和其母坐在一辆两轮马车里，吴廉膺和一群生员紧随其后。马蹄声急，少年人跑得更快，他们都想从马车微微掀开的帘缝间一窥知府千金的芳容。在城南门，用竹笠编扎、彩纸裱糊的春神高大轻盈、吉庆安详，似土庙里的送子娘娘；而春牛则雄壮威武、憨态可人，正等待人们来迎接。知府大人手持一青苗扎成的长旌，迎风一挥，府署吏、户、礼、兵、刑、工六科大小官吏们和城中耆老乡贤们依次而上，抬起春神和春牛，高呼“春来了，春来了”。百姓沿街围观，欢呼雀跃。春神春牛迎回府署，安置在彩亭里，知府率众官吏整理仪容，奠酒祭拜，颂迎春祭文一篇。吴廉膺和众生员立于祭台下，远远望见站在知府大人身后的黄子衿小姐，内心春潮涌动。他看见了她娇嫩脸颊上的汗珠，甚至还闻到了她胸前香囊里的紫檀香。这让他心醉神迷，以至于知府大人的迎春祭文他一句也没有听清。知府黄竑彬可是一个骈文高手，以辞藻华丽及用典生僻见长。每年府学教授都要求生员们背诵释读。接下来是迎春仪式的高潮，黄竑彬大人率领众官，手持彩鞭驱赶春牛，将它赶至一个春雨喜降、农事繁忙的春天。民众此刻一拥而上，哄抢春牛。能抢到一张彩纸、一根竹片，都被视为这个春天的大吉祥。吴廉膺随着哄抢春牛的人群向黄子衿小姐靠近，他的目光已被她粘住。他看见她掩嘴而笑，那眼波里荡漾的春光如头场春雨，滋润着少年焦渴的心。这时他的腰被人猛撞了一下，一个声音在他耳边喊：

“我抢到牛耳了！”

吴廉膺看到了陈云鹤一张汗涔涔的脸，他满面红光，兴奋异常，右手高举一只牛耳。转眼陈云鹤就被几个生员抬了起来，欢呼声四起。那么多的人哄抢春牛，这小子怎么就抢到牛耳了？偌大一头春牛，唯有牛耳才是真的。“诸侯盟，谁执牛耳？”吴廉膺脑海里闪出《左传·哀公十七年》里的语句，禁不住心里一阵酸涩。

老吴家曾托人去为吴廉膺说亲，却被知府大人婉拒。吴氏家族和吴廉膺当时那个嫉恨与失落，多年来羞于言说。陈云鹤入翰林院那一年，被临安知府黄竑彬招为乘龙快婿，次年又被朝廷派遣到日本考察政务，人生顺利得如出长江三峡的一叶轻舟。而吴廉膺中举之后则仕途不顺，于一个月明星稀之夜黯然回乡。故乡的人们都在传言：一向心高气傲的吴廉膺对读书求功名早已心灰意冷，索性辞官回到故乡接手家族生意。曾经栖息在同一树枝上的两只雏鸟，当它们振翅而飞时，一只一飞冲天，越飞越高远；另一只却落在荆棘丛中，纵有治国平天下之心，又何以高飞？士农工商，一个矿商之家，终是末流。子曰："山梁雌雉，时哉时哉！"

在家族里，吴廉膺最为佩服的男人不是一苗独燃、繁衍吴家子孙满堂的"驼背老爹"吴攸宁，也不是父亲吴绵泓。而是父亲的哥哥、他的三伯父吴绵清，他才是中兴家业的头号功臣。个旧厂的锡矿大开采以后，吴家办起了商号，名曰"吴盛泰"。他们先是往矿山上贩运生活物资，用自家的马帮驮去粮食、煤炭、衣物、布匹、铁器等生产生活用品，再驮出别人冶炼好的大锡。从临安府到个旧厂，走临安大道，要两天的马程。但吴家的马帮一天半就到了。总是比别人多付出一点辛劳，财富才能多一分积累。按吴封氏经常教育儿孙们的话说，穷人像条虫，睡到太阳红；富人是条狗，半夜起来走。不舍得下力气，哪会有高堂华屋，良田千顷？

三伯父吴绵清是吴氏家族第一个秀才，也是第十代最为聪明勤奋的一个。他既果敢刚毅、杀伐决断，又心怀慈悲、有情有义。吴绵清先是负责打理个旧的商号，后来索性自己包下两个矿洞开采。都说老天开眼，吴家商号的洞子一挖，就挖到了富矿。个旧厂开矿的商号炉房成百上千，并非每个矿坑矿洞都是传说中的宝库。多少矿商因为挖不到矿而千金散尽、家破人亡。在个旧矿山上的传说中，吴盛泰商号的老板吴绵清有一天在山上碰到一只被猎人下的扣子夹住了后腿的白狐，他为白狐解下扣子，还为它疗伤。白狐知恩图报，引吴绵清到一处岩壁前，前爪抓挠岩石，霎时山崩地裂，鸡窝一般的锡矿东一团西一处地呈现。更有传说这白狐后来被吴绵清领回家，成了他妖艳美丽的五姨太。

其实只有吴家人知道，家族的家规家训引领着他们的命运。吴绵清在当矿老板之前，也曾走过读书求功名的路。光绪五年（1879），吴绵清到云南府昆明参加乡试，在客栈里遇到一个独自啜泣的赴考秀才。一问缘由才知道此人在山道上遇到强人，将他的钱物一并掠去。来自临安府蒙自县的穷秀才刘中丞说，他的母亲把家里唯一的牛都牵去卖了，才凑足乡试的盘缠。现在他连云南府的考棚都进不去了，有何颜面回家见老母？唯有一死，别无他路。吴绵清从包袱里拿出几张钱票，递与刘中丞，说四海皆兄弟，同为赶考人。他日兄弟高中，我也算积一善因。刘中丞当即跪在吴绵清面前，感动得涕泗横流。说将来无论考中与否，贫富也罢，兄长救急救难之恩，没齿难忘。吴绵清扶起他道，兄弟此言差矣，“施恩勿念”，是我老吴家的家训。我岂能做违背家规之事？

那次乡试两人双双落榜，各自落寞还乡，此后也再无交集。直到十多年后，吴绵清在个旧厂与刘中丞偶遇，世事变迁，读书以求闻达的理想早已陈旧发霉。但他乡遇故交，自是悲喜交集。刘中丞那时在矿山上帮人当上前人[1]已七八年，积累了相当丰厚的找矿经验。他对吴绵清说，当年兄长以家规相勉，令弟无以为报。不才家训里也有一条，“受恩莫忘”。兄长如若在个旧开矿，愚弟愿尽犬马之力。刘中丞带吴绵清到矿山上“看栓口”，也就是根据地层的生成情况来看矿苗露头，判断矿脉的走向。比如说如果山坡岩石呈现红色，那么坡脚凹地极有可能就会蕴藏富矿，这叫“矿走裾边”。这个落第秀才把在书本上学不到，但又实在可用的东西，全盘告知了吴绵清。哪种是“磨盘栓”，哪种叫“直站槽”；如何通过“看碗口”来鉴别矿石的含量，土法选矿的流程有哪些，等等。有这样的高人指点，宝藏的大门訇然洞开。

在刘中丞的帮助下，吴绵清又开了两个炉房自己冶炼，炼出的粗锡再转销省外。吴家自采自炼自己销售，银子滚滚而来，来跟吴家谈生意的商人和投奔其门下的能人高手络绎不绝，找活儿干的砂丁[2]也在吴家的炉房前排起了长队。都说吴盛泰商号对砂丁不错，打牙祭时碗里的红烧肉都要比别的炉房多两坨。工钱自然也是按月发放，从不拖欠。在吴家做到管事的，出门都有轿子坐。

到光绪后期，绵字辈的四兄弟除老大早亡外，老二在昆明打理吴家的生意，老四吴绵泓是吴廉膺的父亲，负责建水城的几家铺子和吴家的马帮生意。不过吴绵泓身体孱弱，一日中有大半时光躺在榻上吸鸦片。终因吸鸦片过甚，在还不到四十岁时，他有天早晨一阵剧烈咳嗽后缓不过气来，便驾鹤西去了。

---

① 上前人，指替矿老板在矿山上主持开矿业务的工头。

② 砂丁，指矿工。

吴绵清认为廉字辈十一个兄弟，能挑起吴家大梁的非四房庶出的吴廉膺莫属。大哥的儿子吴廉庭生性柔弱，不堪重用；和吴廉膺同时中举的堂兄吴廉康，曾做过县学教授，科举废除后回家赋闲，交几个文友，办一家诗画社，诗书自娱，不愿过问窗外事。吴绵清也养有两个儿子，但一个沉溺于梨园追逐戏子，一个提笼架鸟游荡市井，都是不成气候的纨绔子弟。吴绵清对吴廉膺说，矿山上的事，唯有贤侄方可胜任。我老了，还是回来盖我们的大房子吧。

建一座大花园，光宗耀祖。这是吴氏家族上下几代人的夙愿，当他们有了足够多的银子时，一座冠盖滇南的豪门大宅，就会从梦想成为现实。

中法战争（1883—1885）后，法国人的势力延伸到云南。光绪十五年（1889），邻近个旧厂的蒙自县被开为商埠。法国人的洋货沿红河用小火轮逆流而上，在红河岸边一个叫蛮耗的小镇建了码头，设置海关，一时客商云集，马帮往来穿梭。那时人们并不知道，一个蒸汽机时代正在来临。

实际上滇南的人们最先见到的蒸汽机是法国人的小火轮。当一艘比常见的木帆船还要大十几倍的铁壳船喷着黑烟，逆波涛滚滚的红河而上时，本地土族无不惊骇。没有纤夫，船怎能走上水？就像石头不可能滚上坡一样，他们认为是水底的恶龙浮到水面上来了，许多人拥挤在两岸旁观，以至于有人掉进了河里。吴盛泰商号负责马帮的执事来向东家报告说，洋老咪火轮上的货，一队马帮上去，只驮空人家一个小货舱。如今蒙自、建水、个旧，甚至更远一点路程的石屏、开远、通海，满街都是洋老咪的布匹、洋纱、洋钉、水火油（煤油）了。

家族中的一个长辈说："我们要抓紧点，每天多派几队马帮过去。"

吴廉膺脑子毕竟比上一辈灵光，"洋人的货可以进来，我的货也可以借道出去，还顺风顺水。不都是到香港嘛。"

二伯父吴绵沦说："到外国地盘上去经商，天知道那些黄头发绿眼睛的洋老咪肚子里打的是哪一把算盘？"

吴廉膺笑道："这世上无论水路旱路，都是人闯出来的。也许，我们走了太多的弯路了。"

过去所有商号的大锡从个旧矿山上经马帮驮运，有北线和南线两条外销线路。北线走滇东北马帮驿道，经云南昭通下四川宜宾，再走长江水路达重庆、汉口、上海；南线经云南开化（今文山县）、广南府境，至水陆码头剥隘（今富宁县剥隘镇），由吴盛泰设在剥隘的分号收讫，于此装船沿右江走水路，经广西百色、南宁走珠江水道直达广州，再转运香港。这一漫长的行程一切顺利的话，也需将近三个月时间。

半个月后，吴廉膺带了两个跟班，到蒙自开广道署请领了"人情纸"（出国护照），从蛮耗搭木帆船顺红河水而下，两日就到中越交界处的保胜（今越南老街），再顺风顺水，平均日行七八十里水路，五天时间就到东京（河内），又改乘法国人的小火轮，两天到海防，从海防换乘海轮，三天就到了香港。他探出的这段新路，不仅比经广西、广东至香港少了千余华里，还节省了月余时间，运输成本自是大大降低。更为重要的是，吴廉膺看到了另一个商机：过去从剥隘走水路，多是自己造船，到了广州卸下货后，船就不要了。现在借助法国人的小火轮，可以将香港购得的洋纱、洋油等洋货贩运回来。在追逐利润上，吴廉膺有超越常人的聪明。他还发现，跟所谓“洋老咪”做生意，比跟中国人更简单便利得多。洋老咪的肚子里没有算盘，他们只算大账不算细账。而且，在洋老咪的地盘上做生意，没有匪患之虞，和官府打交道也很简单，按契约完税就行。吴氏家族接连在越南的保胜、东京、海防开设吴盛泰商号的分号，广州、香港更是在几年之内增加了好几家分号。当吴盛泰商号的每一颗洋钉、每一匹洋纱、每一桶水火油、每一盒火柴的价格都比其他商家便宜三分之一时，人们才反应过来，老吴家抄到近路了。

3·死绝会

夏季一个阳光火辣的下午，吴廉膺到云南府办理一批大锡业务，正赶上昆明的读书人去巡抚衙门请愿。他们中有旧学堂五华书院的学子，有新式学校云南法政学堂、昆明师范学堂、思源农技学堂的学生，还有陆军小学堂的“武秀才”。他们是朝廷编练新军的未来，个个穿粗布露臂短褂，宽裆裤，下面扎着绑腿，腰佩短刀，脑门发青，辫子盘在脑后，都是些血气方刚的少年，走起路来孔武有力，衣裤带风，与那些“文秀才”迥异。吴廉膺还记得当年参加院试考秀才前一天，众考生要在身着朝服的提督学政带领下，先拜谒孔庙，然后至明伦堂宣读顺治皇帝钦定的《条教生员卧碑》，其中有一条“军民一切利病，不许生员上书陈言。如有一言建白，以违制论，黜革治罪”。吴廉膺当时就很疑惑，书生不关心国是，读书何为？现在不一样了，新学堂的学生可以上街游行请愿了。吴廉膺心中既有错过了在最好的年华做最壮丽之大事的些微遗憾，又有就要见证历史的跃跃欲试。上千以家国为己任的学子聚在一起，再加上围观助威的百姓，让万马齐喑、凋敝沉闷已久的市面仿佛有春雷在人们头顶滚动。“阻洋修路，路我自修！”“矿我自开，保我权利！”“驱逐富康！”混在人群中的吴廉膺血脉偾张，自己都能听到蛰伏在内心深处的反骨，噼啪作响。

请愿的队伍行到五华山下云南巡抚府署前，被守卫的清军阻拦。

他们在衙门的台阶上架起了枪炮，一队队清兵端平了手里的毛瑟步枪。一个清军绿营管带骑在一匹高头大马上，挥刀指向巡抚衙门前的一排拴马桩，厉声喝道："胆敢越过此桩者，杀无赦！"

吴廉膺那时希望学生们一步步逼过去，依他判断，这些疲软松垮、烟鬼一般的清兵，断不敢开枪。那个骑在马上的家伙，只需三四个人就可将他的坐骑掀翻。一百来个清兵，这几千人一人吐口唾沫都能淹死他们。他也幻想着自己有神附体，一步跳到街心，发一声喊，让反抗的洪流奔涌起来，淹没清兵的枪阵，冲毁那魑魅森严的抚台衙门。吴廉膺此番来昆明，可不仅仅是为了一桩大锡生意。这月上旬，云南巡抚钱宜端和法国驻昆总领事弥勒尔签订了一份《承办云南矿务章程》的密约，密约指定云南府、临安府、澄江府、开化府、楚雄府及元江直隶州、永北厅共七处的金、煤、铁、白金、白铜、锡、火油、宝石、朱砂等矿务均归英法在伦敦注册的隆兴公司承办。更强行规定这七个地方的矿藏若不能满足其需求，隆兴公司有权利到云南其他地方勘探开采。"这意味着云南全境的矿权都在英吉利和法兰西人的魔爪之下了？"他问昆明的一个有合作的商家。那朋友说："不仅矿权、铁路权他们要来抢，他们还要来挖你的祖坟哩。"

吴家正是靠开采临安府个旧厂的锡矿发家的，如果洋人的魔爪伸到了个旧厂，那也与挖他老吴家的祖坟无异。灭祖欺族，岂能等闲视之？

请愿的学生再没有上前一步，围观的百姓多是麻木的。官民对峙，官有刀枪，民有热血。热血会冷的，刀枪永远等待着嗜血。有引车卖浆者在人群中穿梭，一块饵块粑粑，平常卖一个铜钱的，现在卖两文；凉米线、米凉虾、烤豆腐、糖葫芦……似乎这成了赶庙会。吴廉膺还看到个耍猴的，猴子高高蹲在耍猴人肩上，好奇地四处张望。那猴子大约从来没有见到过如此多的观众，它是只有职业荣誉感的猴子，人越多就越有表演欲。因此猴子显得有些兴奋，尾巴翘成一个骄傲的弧形，像大闹天宫的孙猴子。

终于，学生们去一间茶房搬来两张桌子，又在桌子上搭上几条凳子。将四尺宽宣纸写成的请愿书悬挂在凳子上，以便让大家看清。有人高声朗读请愿书，但广场上人声嘈杂，议论声、寻人声、叫卖声不绝于耳，吴廉膺隔着几丈远都听得不甚清楚。这时，一个佩带短刀的陆军小学堂学生一步跃上方桌，他用尚未变声的嗓音喊道：

“同胞们，国势疲弱，江山破碎，洋人横行无忌，霸我矿权路权。‘七府矿约’不废，我等命脉为洋人所控，死期近矣！死期近矣！我堂堂中华，岂无铁血男儿也哉？今断指一根，与子同仇！”

明晃晃的阳光下只见一道白光一闪，那少年已抽刀在手。他将左手食指压在请愿书上，一刀剁去。指头跌落，热血飞溅。巡抚衙门前霎时鸦雀无声，仿佛所有人都被一只无形的巨手捏住了脖子。血性少年神色凛然，高举鲜血淋漓的左手，像擎着一支红色的火炬。鲜血沿着他的手肘往下淌，滴落到请愿书上，滴落到巡抚衙门前冷酷的石板上，滴落进刚才还在叫卖饵块粑粑烤豆腐的嗓眼里，把他们数千年来的麻木刺痛了，就像一个酣睡的人被一只工蜂蜇醒。

方桌上又跳上去几个人，两人面向巡抚衙门，跪着高举请愿书，一个穿蓝衫黑褂、先生模样的人搀扶着断指少年。人群像波浪一样涌动起来，向风雨飘摇的巡抚衙门逼近。人们呼喊着把桌子抬了起来，就像抬起新科状元。请愿的学生们似乎找到了领头人，他们欢呼、高喊、鼓掌。吴廉膺踮起脚尖往衙门方向望去，又扭头看向高踞人头之上的那几条好汉，眼眶一下就热了起来。在往后的岁月里，他多次向身边的人叙说，跪着请愿是行不通的。男儿膝下有黄金，不如男儿心中有热血。

那一天，抚台衙门前腥风血雨，吴廉膺的眼力从没有那么好过。他看见骑在马上的清军管带额头上青筋暴涨，按在刀鞘外的手几乎要把刀柄捏碎，平端着毛瑟枪的清兵枪口上下摆动，仿佛他们手里紧握的不是枪，而是不听招呼的恶犬；他看见黑压压的人群像被驱赶进屠宰场的羊群，毫无秩序地向前涌动，人人情绪亢奋，大义凛然。连那只猴子也变得骚动不安，抓耳挠腮，眼冒红光，全然不知道人间的生死转换只在一瞬间。吴廉膺还看见那个搀扶着断指少年的先生，昂首挺胸，金刚怒目。而自己身边一个卖饵块粑粑的小贩，长得又高又瘦，胸前挂着一只竹篮，里面还有没有卖完的半筐饵块，这厮脖子伸得老长老长，嘴里不断嘀咕道：反了反了。要遭砍脑袋的要遭砍脑袋的。奇怪的是他并没有止步不前，更没有往后溜，而是像个木偶一般随着江河下泻般的人流往前走。难道他会认为：这些冒死请愿的人，还会有闲心买他的一块饵块粑粑？请愿人群已经越过清军管带划定的生死线，无所畏惧地向前涌。吴廉膺身后一老一少两个本地人，老的说，活了那么久，还不认得抚台衙门里是哪样样子哩。年轻人则说，抚台大人的宝座上都是珍珠宝石哟。不晓得这次看不看得到。

吴廉膺终于看到：在请愿的人群就要走到清军管带的马头前时，他一勒缰绳，抽出了马刀。战马嘶鸣，扬起前蹄，高过了人们的头顶。要猴者肩头上的猴子率先感受到了死亡的降临。它尖叫一声，纵身一跃，挣脱了主人的绳索，踩着密密麻麻的人头肩膀逃之夭夭。事发多年后，人们还在争论是马嘶传达了屠杀的命令，还是猴子招来清兵的射杀。云南官府的告谕坚持说清军管带禄尔根没有杀人，他们只是射杀了一只扰乱社会秩序的猴子。云南巡抚钱宜端也没有下达过开枪的命令。巡抚向来爱民如子，爱民如妾——妾嘛，自然可以随他打理。他不把你凌辱够都对不起你的卑下身份。你们这些暴民草寇，皇恩浩荡你不念，官府通令你不听，非要来请哪门子的愿？这大清的江山社稷，是你们说了算还是刀枪说了算？奴才不听话都要掌嘴，读书人肚子里有了点墨水，就想着要指点江山了？

一阵排枪响起，最先中弹的是桌子上的那几个人。断指少年弯腰捂着腹部，滚落下来；那两个跪着高举请愿书的学生，一个仰面倒下，一个往前扑倒。桌子就像人头海洋里倾覆的一艘小船，眨眼从视野里消失了。吴廉膺还看见抚台衙门两侧的偏门霍然洞开，巡抚卫队的马队全副铠甲，刀戟闪着刺痛人眼的冷光。马队洪水般冲了出来，后面还跟着大队持长矛和马刀的绿营清兵。他们耀武扬威，带着猛虎即将蹂躏羊群的病态快感。通常情况下他们孱弱而骄横，虚荣又胆怯，穿着囚衣一样的军服，扛着锈迹斑斑的过时兵器，顶着军人的名号实则干着奴才差事。跟洋人军队作战他们少有胜算，唯有对付百姓他们从来都是一把好手，更何况在一群学子中冲锋陷阵，是他们加官晋爵的大好机会。马蹄在人群中冲撞践踏，马刀在人头上挥舞劈砍。请愿的人群仿佛才从一场噩梦中惊醒，“啊——”的一声尖叫，听上去就像是从一个闸口里放出来的怪兽声音，不是人类的声音，而是被压抑了数千年的惊恐，妈妈呀！爹爹呀！我的儿呀！我的老天爷呀！打枪了呀！砍人了呀！快跑呀！哎呀你把我的摊子挤倒了啊！军爷军爷求求你呀我还有爹娘啊！爹娘啊爹娘……丧魂失魄的声音充斥了巡抚衙门前的广场，但巡抚大人听不见，一如衙门前那对硕大威武的石狮子，对人间的苦难充耳不闻。那个卖饵块粑粑的小贩，也许是脖子太长了，一声“我的老娘……”话音未落就被一刀削去了脑袋，挂在脖子上的竹篮随着头颅一起跌落在地，没有卖完的饵块粑粑瞬间被四处逃窜的人群踩得稀烂。

吴廉膺那天在混乱中只救出了一个人，就像在滔天洪水中捞出来一个溺水者。陆军小学堂的历史教师李伯君跳上桌子去搀扶断指少年，也在第一阵排枪中被掀翻在地。他跪在人喊马嘶的混乱中，抱着自己浑身是血的学生抚尸长啸。一匹战马从他头上越过，马上的清兵顺手劈下一刀。李伯君下意识地用右臂护住头，他听见刀啃噬骨头的声响，就像咬碎了一颗干胡豆。李伯君一屁股坐在地上，怒喝一声：“畜生！”便眼冒金星，如坠地狱。

吴廉膺的目光一直在追随李伯君的身影。他躲过了一匹直冲过来的战马，又避开了三个清兵的刀枪，在四散逃命的人流中逆行而前。他都不明白自己哪来那么大的勇气和执着，在屠杀与死亡的缝隙里一改温文尔雅的儒商做派。他跨过了不少于五具的尸体，被绊倒、推倒过三次，甚至还徒手夺过一个清兵砍来的马刀。他的身上血迹斑斑，脸上粘上一团飞来的血肉，手上不知什么时候竟然紧紧抓着一条砍断的发辫。他不是闯入万军阵中的赵子龙，但却是唯一一个在溃败的请愿队伍中“虽千万人，吾往矣”的猛士。他能如此勇敢，是因为他和李伯君一样，都是反清秘密组织“死绝会”的成员。

如果吴廉膺仅是一个满足于日进斗金的商人，那他真就愧对所处的大时代了。即便朝廷不废除科考，吴廉膺也不认为自己是一个读书做官的料，读书他自认天分不高，为官他又没有那种忍性，或者奴性。在官场上，你得一路跪着向前。吴廉膺不是一个可以随意低下自己高傲头颅的人，更何况他那时已经跟兴中会的人过从甚密了。

五年前，吴廉膺还在广东佛山做候补道从七品官员时，就通过云南同乡会认识了来自临安府的老乡、石屏人李伯君。一个温暖的冬日下午，李伯君把吴廉膺带到广州郊外的一座破败的关帝庙里，让他和几个云南老乡一起，面对一尊关云长的泥塑像歃血盟誓，加入了由他发起的"死绝会"。这个会名可不是随便叫的，我们不能让老朽的清廷死绝在我们前面，就和它拼个你死我活。他对吴廉膺说，你不便抛头露面，就出银子好啦。反正你家有金山银山。

李伯君是一个家境不错的落魄秀才，置美宅良田、妻子儿女于不顾，怀揣一颗狂野的反叛之心，秘密游走在反清阵营。早年他因为言论太出格，被朝廷剥夺了赴日官费留学的资格。但他无论走到哪里，都跟兴中会、华兴会、光复会以及后来的同盟会等反清组织保持着密切联系。他的许多行动直接来自孙文（孙中山）先生的手谕。他应聘到云南陆军小学堂当历史老师，就是受孙先生指派，要在新军中发展革命力量。这个崇尚铁血反清的侠义之士曾经有一个令清廷官员闻之胆寒的职业——光复会广东支部暗杀部部长。他发起过九次针对清廷官员的暗杀活动，尽管一次也没有成功过。两次是不懂炸弹制造安放的原理，四次是错过了机遇，三次是派出去的杀手，包括李伯君自己，举起毛瑟枪射击时，总是不能像手握毛笔那般运用自如且有准头。

接二连三的反清活动，让李伯君成为两广总督的通缉对象，吴廉膺也受到牵连。在有司刚刚开始注意到他时，吴廉膺赶忙辞官回到老家来了。外人只道他是回来接手吴家家业，且把个旧厂的锡矿业务打理得风生水起、财源滚滚。在与正房连生了两个女儿后，正当壮年的吴廉膺接连娶了两房妾，为吴氏香火的延续乐此不疲地奔忙于东、西两房之间。可有谁知道，这个看上去富贵逼人、广袖高髻的滇南富翁，却和与他先后回到云南的“革命同志”李伯君秘密结社了“滇学会”“兴汉会”“死绝会”等好几个反清组织，并且还担任同盟会云南支部联络部副部长，同时还是会刊《云南》杂志设在昆明的刊发部部长。《云南》是滇籍留日学生中的同盟会成员（主要在日本陆军士官学校）为主编辑出版的反清期刊，孙中山先生亲自为它书写刊名，并题词“振我民气”。这几年吴廉膺的主要工作，就是配合李伯君将来自日本的革命书刊和文章，如中国同盟会机关报《民报》、图书《革命书》、革命刊物《汉帜》等，几经辗转、漂洋过海，经香港到越南，再从设在临安府蒙自道的海关偷运进来。吴廉膺利用自己在滇南的人脉和经商渠道，悄无声息地运作这一切。

吴家的吴盛泰商号在昆明也开有分号，由吴廉膺的二伯父吴绵沦打理。在昆明的建水会馆，吴家长期包有四间客房，这也是吴廉膺从事反清活动的一个联络点。《云南》杂志就是从这里分发到各地，仅在昆明一地就可秘密发行三千多份，像陆军小学堂、昆明师范学堂等新式学校的学生，是《云南》杂志的主要读者。会馆里常年都住有一些不像商人，也非读书人的“闲客”。比如像李伯君这种孙中山先生的忠实信徒，死绝全家也要推翻清廷的职业革命者。他们抛家别子、四处逃亡，被清政府追杀通缉，忽而国外忽而国内，游走在中国各省启迪民智，宣扬共和，发动起义，制造暗杀。他们是那个时代的侠客，是东方睡狮的吹哨人和殉道者。

在建水会馆的一间客房里，吴廉膺找来一个接骨老郎中为李伯君疗伤。他的右手臂活像一根“三节棍”，被衣袖兜着，里面是浓黑的血块和碎骨。

“你拉我出来作甚？今天我已死矣！”

“你刚死了儿子，李家不能再死人了。”吴廉膺有些悲戚地说。半年前，李伯君在缅甸仰光联络华侨时接到家信，他十二岁的大儿子染上了疟疾，待他辗转回到家中，儿子已成一堆土了。

“再死一个又何妨？灭不了清廷，我全家死绝，以励后人！”李伯君端起一碗酒，大饮一口，对老郎中说，“关公还刮骨疗毒哩，我这不过一点皮外伤而已。先生，来吧！”

老郎中道：“这位义士，我得先探一下骨头有没有断尽，肉里有无碎骨，然后才可接骨敷药。你得忍着点。”

李伯君慨然道：“探吧，刀砍来都没有怕，还怕这点痛。”他又转头对吴廉膺说：“得把今天的惨案写下来，投到东京那边去，让他们赶快在《云南》上刊发。孙文先生说导致云南革命有两大因素：官吏腐败残忍，外侮强权侵凌。今日民众学生喋血巡抚衙门，足可证明矣！七府矿权之争，现在还只是开始。”

“伯君兄，你先疗伤吧。抗争之事，等兄痊愈，再从长计议。”

李伯君不知是愤怒还是疼痛，五官都有些变形了。“不能再等了！等法国人把铁路修到你家门口吗？等他们到个旧厂盗我宝藏吗？”他的右胳膊猛然从郎中手里挣脱，高举起来，再度撕裂的肌肉里渗出的新血汩汩淌下。

“壮飞（谭嗣同号）先生言：‘各国变法，无不从流血而成。’看看这伤、这血，流淌尽它吧！至少它还能浇灌这片腐朽沉沦的土地。那洋人的铁路，就是伸进我华夏大地的吸血管！路权、矿权不保，徒留我七尺身躯，又有何用？”

李伯君泪流满面，几近昏厥。吴廉膺压下他的胳膊，给郎中示意。老郎中的手有些颤抖，但他努力在让自己镇静。他用一把纯银小镊子在裸露的骨头周边剔刮，小心翼翼地把一些碎骨剔除、死肉挑出来，再将还粘连在一起的筋络、肌肉、皮肤复位。李伯君额头大滴大滴汗珠淌下，吴廉膺忙抓来一块毛巾给他擦汗。李伯君一把将毛巾夺过，塞进自己嘴里。

吴廉膺想起去年的一件往事。李伯君被官府追杀，躲在山里近半月。一个樵夫帮他送信出来，吴廉膺才带人将他从一处山洞里救出。那时他饿得只剩最后几口气了，竟然还能强撑出笑容道：我命不绝，清廷便死期近矣。

吴廉膺刚加入兴中会时，万万没有想到这反清的事业会有这么艰难。如果说那时年轻气盛，不谙世事，现在的吴廉膺也是见识过鲜血与死亡的人了。推翻一个朝廷，比搬走一座大山，哪一个更难？吴廉膺情愿搬走十座大山。但是，当对列强欺凌豪夺、对朝廷腐败无能的恨，在你的心头重如一百座大山，你又该作何选择？吴廉膺时常会想起那个追着洋人兜售祖产的越南王族后裔，他脸上的凄惶，如一条丧家犬。如果洋人的火车闯进了他的家乡，甚或进占了个旧的矿山，他吴廉膺又当如何？个旧厂的矿洞，可是老吴家用血汗换来的祖业。

4 · 械斗

雷娃是条长得精壮结实的汉子，臂膀厚实，手长腿短。锡矿山上的砂丁大多是这样的体形。他们常年像蜥蜴一样蛰进高不过三尺、宽仅容人身的矿洞，在胸前昏暗的油灯照明下自采自运，把自己变成一条蜕皮的蛇，在昏暗狭窄、空气稀薄的矿洞里爬进爬出。砂丁们自嘲是"苍蝇搓脚"，可是他们哪有苍蝇那般自由轻盈？如果是第一次到矿山上的人，猝然与一个刚爬出矿洞的砂丁相遇，他大约会吓得跳起来。

雷娃现在站在剑拔弩张的两军阵前。荒凉的山岗连绵起伏，坚硬的石灰岩岩石像地底伸出的拳脚，把大地捅得千疮百孔、破败凋敝。没有一点绿色，裸露的石头之外就是被翻出来的红土和矿渣，东一堆西一团，像一个被斗败的巨人流淌的血。这宛如史前时代的地貌，连鸟儿都不愿从它上空飞过。不是鸟儿找不到落脚的地方，而是这里太血腥冷酷。从布满山崖、沟坎、深涧的那些幽暗深邃的洞窟里溢出的死亡气息，曾经让无数飞经此地的鸟儿无故折翅坠落。连翅力最强悍的老鹰，也得绕开这片死亡之地。

雷娃的身后，吴盛泰商号龙树炉房[1]的上前人周大祥背插一柄鬼

① 炉房，指矿商在矿山上开办的开采和冶炼锡矿场所。一个炉房一般集采矿、冶炼和生活于一体，小的炉房几十号人，大的上百人。

头大刀，手持火捻子守在一尊松木土炮前，土炮架在一道土坎上，冲着对面一百多米远的山岗。土坎下是龙树炉房的两百多砂丁，人人手上攥紧了鸭嘴锄、铁耙、炮杆、铁锤，还有十几支火铳。

在他们对面，黑压压地站满了德顺荣商号龙爪炉房的砂丁，至少也有四五百人。他们是来复仇的。昨天两家炉房的矿洞打穿了，周大祥带两个“冷饭狗”（护矿家丁）去找龙爪炉房的上前人曹开丰说理，人家放出几条恶狗来，周大祥的左腿肚子被撕下一块肉。到了晚上，周大祥着人扛了一口袋干辣椒，在两个矿洞打穿处点燃，再用一台木风车往那边吹。矿洞本来就低矮狭窄，通风条件又差，将龙爪炉房的两个砂丁熏死在洞里了。

这一片荒山野岭位于个旧城之东侧。本地志书上说：“滇国宝山，个旧称最，产锡之富，名于全球。其矿山，形势环抱如带，发源极长，聚天地之精华，结为银、为铜、为锡。四方之人，多开采于斯，统名之为个旧厂矣。”个旧矿山从汉代以来就开始开采，前人先在这里采银和铜，自古有“五省八方走个旧厂”之说。那时人们还不知道锡为何物，到清初以后，锡这种冶炼简单、不会锈蚀、易于打理、色泽闪亮的金属逐步被人们发现。老天似乎特别眷顾这个地方，裸露的锡矿就像青草一样满山遍地生长，人们也就顺应自然地称之为“草皮尖”。这里的人们称矿为“尖”，你只需扒拉进筐，就有钱可赚。露天锡矿采了一两百年，开矿者就挖洞开采，也不懂什么勘探技术，全凭经验和运气。这是一种和地下宝藏“捉迷藏”的残酷游戏，打到富矿脉了，一夜暴富；打不到者，银子就像水一样地洒向干涸的大地，影子都不见一个。

吴盛泰商号是建水县吴氏家族所开，而德顺荣商号则为石屏县陈氏家族拥有，两县相邻，一衣带水，都属临安府。咸丰十年（1860），两个世家大族曾为争矿大打出手，近千砂丁的血染红了两座山岗，官府出动巡防营才将事件弹压下去，荒芜的山梁上人头滚滚，砂丁的血让石头开花。械斗双方都花了大量的银子才将事情摆平，吴、陈两家遂成为世仇。两大家族的商号都设在个旧城，各为建水会馆和石屏会馆的承头人和商会会长，他们都是饱读圣贤之书、知书达礼的士绅，不是不知道白花花的银子背后的血泪，而是在一个宗法社会里，每个读书人只忠诚于自己的家族利益。不仅士绅阶层如此，连两个地方的人也互相埋汰，时有纷争械斗。建水人称石屏人为“滑葫芦”，石屏人则反唇相讥建水人为“憨山芋”。这两个称谓也大致体现出建水、石屏的人文素养。在临安府，石屏人读书贼，开科取士以来进士举人多于建水。甚至在矿山上，石屏人也显得更聪明，他们多采“草皮尖”矿[①]，矿的品位虽然低一些，但简单省事，产量高；建水人则擅长洞采，钻入地下像地老鼠一般埋头挖掘，投入的人力物力大许多，风险也大，但锡砂的品位高，利润亦不菲。当地表的“草皮尖”采得差不多时，石屏人就不能不打地下宝藏的主意了，可地下的采矿洞早就打得如蛛网一般密集，两个冤家地上不照面，地下总要碰头。

锡是白的，矿山却是黑色的。这是个血腥、野蛮的大江湖，有自己的行规习俗。个旧厂各矿商早在嘉庆三年（1798）和光绪十三年（1887）先后制定了厂规契约，划明了矿洞的开采、租赁、买卖，以及锡砂成色评定、计价等方面的权益和规矩。一般来讲，不到万不得已，大家还是能够做到和气生财。比如针对今天这样的情况，光绪

① “草皮尖”矿，指露天开采。

十三年的厂规契约就规定：“其洞内窝路（指坑道），有两造挖通者，在后之家，各自退回，另行开尖，不得借势争夺。如有恃势争夺者，定鸣官究治。”不过，矿上的事情，大家一般先按江湖上的规矩解决，报官意味着双方都要花更多的银子。但地下的事情，最难扯清楚的是：都说自己的是主窝路，论说不清先来后到，谁主谁次。因此，每片矿区都会由各大小矿主公推一个“总镶头”，遇有纠纷时，由矿山上各家商号公推的“总镶头”出面端公道。今天的“总镶头”是宝和祥商号的老板，人称赵秀才。

他是一个干瘦的老者，像一条“麻线引”①，又似一根站在两群嗜血的狼中间的风干腊排骨。这样的人在弱肉强食的矿山办矿，也是一道怪异的风景。他孤零零地站在一个山洼处，两边山岗上是几百舞刀弄枪的砂丁，他的身边有一头上了驮架的毛驴，驮架上铺了一块木板，上面放了一张契约和一支毛笔。双方若能讲和，则立下字据，该赔偿的人命作价赔偿；如谈不拢，赵秀才会唱喏一声：龙争虎斗，各听天命。老夫去也。

曹开丰先发话：“吴家龙树炉房掌事的听好了，我家两条人命。要么拿命来偿，要么一条命抵二十桶锡砂，要大文钱的②。”

周大祥冷笑一声说：“你可把砂丁的命价抬得太高了。你龙爪炉房，一天能出几桶锡砂？”

“那就别怪我踢了你的炉房，封了你的洞。弟兄们，抄家伙！”

---

① 麻线引，指矿洞里的矿脉只有麻线粗。

② 大文钱的，指每桶锡砂重约50公斤，可冶炼30公斤粗锡。“大文钱的”是指锡含量在40%左右的高品位锡砂。

周大祥也不示弱："弟兄们，给老子把这些'滑葫芦'打回去，晚上一人一碗红烧肉。"

赵秀才忙两边拱手："息怒息怒，小不忍则乱大谋也。诸位上前人出门做事，餐风宿露，夙夜操劳，岂容易哉？争勇斗狠，两败俱伤，父母亲友，又情何以堪？意气之争，人命之价，均可商量，可商量。"

曹开丰喊道："自古杀人偿命，我理不亏。"他回头，挥舞着手中的一支西洋来复枪，"兄弟伙，赶走这些'憨山芋'。晚上我杀头猪！"

矿山上，砂丁们的伙食一般是一饭一菜，每月初二和十六才会打两次牙祭，碗里会有几片肉，见着点油荤。寻常日子能喝碗黄豆汤，俗称"老妈妈汤"，算是好伙食。唯有在每年的四大节——端午、中秋、冬至和过年，盈利丰厚的炉房会杀猪宰羊，犒劳砂丁，那才是大吃解馋的日子。经常有砂丁在过四大节时放开肚皮猛吃，以至于有些年头撑死的砂丁跟发生矿难死的人一样多。

周大祥看看对面山岗上黑压压的人群，据说曹开丰约来了各商号所有石屏籍的砂丁，因此对方的人数至少多他一倍以上，冲杀起来他们肯定不会占上风。更何况死伤了砂丁，不论多少，他都不好向吴盛泰商号的大老板交代。他咬了咬腮帮，回头问："五桶锡砂，谁去？"

"我去。"雷娃就是在这个时候站在了周大祥的面前，没有一点犹豫，反倒有些急迫，仿佛还担心别人抢了这等好事。每天雷娃下洞背矿，他妹妹就在周边炉房翻捡垃圾，与野狗争吃的。晚上雷娃回来，从自己碗里拨一半饭食给妹妹。有人来跟雷娃说，让这小丫头去山下的烟馆帮人烧鸦片吧，好歹还是条生路。雷娃知道这条生路的尽头就是妹妹最终会被卖到妓院。他对那皮条客说，我就是死了，也不会卖我妹妹。但雷娃心里明白，他就是不死，也养不活自己的妹妹。炉房里一个通铺睡二十几个砂丁，总不能让妹妹老跟自己挤一个铺吧？昨天晚上，周大祥找到雷娃，说我们炉房可能得赔出两条命，你愿不愿意去抵命？雷娃说，周大哥对我有救命之恩，我话不多说。只是我妹妹才七岁，哪个来养？周大祥说，你妹妹就是我妹妹，我会给她找个好人家。雷娃一擂床板，这个买卖干得。不是雷娃看淡了生死，而是在他出生的部落里，从来死了比活着更轻松。

雷娃的老家在离临安府五十多华里的大塃山上，那里还处于原始部落时代。一个部落占几个山头，或者几片高山牧场。部落里无论男女，上身都不穿衣服，只在腰间系一张兽皮或自家编织的粗麻布片。这些远古的部落还经常互相械斗，雷娃就是因为自己的部落战败了，父母哥嫂都被杀，才带着妹妹逃到矿山讨生活。

即将赴死的雷娃站在两军阵前，没有感到一丝害怕，只回头对上前人周大祥说："周老大，我妹妹……"

周大祥一拱手："兄弟，你尽管去。"他又回头问："还有谁敢去？"

"我。"

一个只有十来岁的少年站了出来，他的嗓音细细的，像个女孩子说话。"周老板，把钱给我爹做口棺材吧，剩下的带给我妈。"这个叫六顺子的小砂丁，他的父亲三天前刚死在另一家炉房。那天他背着一百斤左右的塃包[①]刚钻出洞，便一口黑血吐出，再也爬不起来了。那炉房的上前人只是让人将六顺子的爹捆在一块门板上，扔在乱坟岗了事。那里的野狗膘肥体壮，争夺死尸就像人们抢矿一样疯狂。六顺

---

① "塃"也指矿石、矿砂，塃包是用粗麻布制成的袋子，专为背锡矿砂用，形如褡裢，前后各一。

子用乱石给他爹堆了个坟，但野狗们第二天就给刨开了。这些日子六顺子下了工都得去乱坟岗打野狗。可怜的六顺子对着旷野喊：我爹，野狗那么多，我打不过来啊！他一边丢石头打野狗，一边睡觉做梦，以至于有个晚上他差点也被野狗们拖走。

六顺子想法很简单。在阳间连爹的尸体都保不全，就去阴间守护爹吧。

一大一小两个男人毫无惧色地走下山岗，来到两坡之间的中间地带。赵秀才指着六顺子喝道："小屁娃儿，你来干啥？回去！"

六顺子忽然哭了，仿佛他做了错事被人斥责。

雷娃把六顺子揽在自己腰前，冲赵秀才说："你别吓着孩子。叫他们来吧。"

那边走出两条精壮的汉子，一个拎把挖矿的鸭嘴锄，一个持根长矛。拎鸭嘴锄的抢先一步，直奔雷娃；持长矛的看了看瘦小的六顺子，骂了句："倒霉。老子明天就要遭报应！"

雷娃去阎王那里报到时，阎王问他，年纪轻轻的，这么急着来干啥？雷娃回说，他不想活了，砂丁太苦，死了倒安逸。阎王深以为然，说你们干砂丁的，来我这里就是进了天堂。

这场多年前的矿山械斗，让建水县的吴氏家族和石屏县的陈氏家族的怨仇更加一层。两个家族的人若在矿山上狭路相逢，或怒目相视，或攥紧了双拳。在矿山上为了一桶锡砂也敢于去搏命的汉子们的人生，是那些读书人在书本中永远读不到的故事。正如雷娃豪迈地跨出那一步时，想到了自己会死，却没有想到这世上有一种果，是在死亡里播下的种。

5·相遇

火车总是载来一些人的团聚，又造成一些人的别离。自火车被发明出来以后，它就是个追着时间跑的怪兽，改变命运的大家伙。它从一个世界，驶向另一个世界，让陌生和熟悉互为转换，让过去和现在轻易穿越，让生命意义和死亡价值被现实的车轮无情碾轧。被它一闪而过的万事万物，经它载来的故事和拉走的人生，不是相忘于江湖，就是渐行渐远的回忆。就像桑逸抱着他父亲的骨灰坐高铁回家，这个修了一辈子铁路的老爸，不会想到会以这样一种方式魂归故里。

桑逸当然知道，父亲桑小青一生的夙愿，就是要把高铁修到家乡。现在家乡通高铁了，父亲却成了一捧灰。他买了两张一等座车票，让父亲的骨灰盒“坐”A座，自己坐C座。骨灰盒用纯棉白布仔细包裹了，再套了一只小旅行袋，连去上卫生间他也抱着。列车员过来说，先生，你可以把那个包放在行李架上。桑逸掏出两张车票给她看。列车员怔住了，问这是……桑逸阴沉着脸说，我老爹。修铁路的，送他回家。列车员有些疑惑，目光落在座位上的提包上。然后坚持说，按我们铁路上的规定，旅客行李必须上行李架。这时坐在桑逸后面的一个中年人站起来，说请跟我来。他把列车员带到车厢连接处，掏出证件给列车员看，神色严肃地跟她交谈。他是桑逸父亲生前的助理兼秘书，专程陪桑逸送父亲“回乡”的。女列车员用有些同情的眼光看了看桑逸，再不说什么，扭头走了。

车窗外的景物飞速地滑过，像被抛弃的往事。此刻的桑逸不能不盘算，和父亲真正在一起的时间有多久？一年还是两年？这个天南地北修铁路的总工程师，被家乡人当作“大领导”的老爸，每年探亲的时间不会超过一个月。不过，从前桑逸最心烦的事，就是父亲回家。因为他老人家回家也当“领导”。

桑逸还回想小时候和父亲坐绿皮火车的时光。有一次父子俩只买到一张卧铺票，父亲说你坐火车少，我啥火车没有坐过？老爸让儿子睡铺上，自己在边凳坐了一晚。大约在他七八岁时，父亲带他去上海，车停在一小站，桑逸说肚子饿了。父亲说这是临时停车，发车没个准点的。站台上就有个卖烧鸡的，父亲看儿子的眼光长久落在烧鸡上，就说你等着吧。父亲还在付钱，火车却启动了。桑逸急得在车上大喊。父亲拎着烧鸡追火车，脚下的皮鞋都跑飞了。火车越来越快，桑逸都急哭了。但父亲还是追到了窗口下，他先把烧鸡扔进来，在火车马上就要驶出站台前，一纵身吊在了车窗上。像农民工一样扒火车的老爸，让现在的桑逸眼里有想哭的冲动。

他把目光转向车厢。斜对面D座上刚好坐了一个很养眼的姑娘。她看上去像个傣族小仆少，身材挺拔，个子高挑，五官精致，麦芽肤色；穿了一件蓝色紧身短袖小褂，下穿条浅灰色镶金边筒裙，粉色中跟凉鞋。风姿绰约，自然洒脱。姑娘时而会瞄桑逸一眼，脸上现出浅浅的善意。桑逸伤感的眼泪，被眼前的春光击退。

三天后，当这个在高铁上偶遇过的女子出现在建水古城西大街桑记土陶店的门口时，桑逸一直忧伤的心情再次被这抹春光照亮。尽管她处在逆光里，但那剪影就像一个御光而降的天使。

“我可以进来看看吗，先生？”女孩站在光影里问。

“不客气。你随意。”她今天穿一件翠色乔其纱过膝长衫，下配青色宽腿裤，戴顶南洋风情的浅黄色帽子，衣裾飘飘，青春动人。

桑逸的心跳了一下，努力让自己专注于手中的陶罐。他正给一只紫陶罐描绘一棵枇杷树，树上站一只小小的鸟儿，憨态可掬，似在留恋枇杷的美味而不肯高飞。他坐在店铺的后门边，既可观察到来店铺里的客人，又可随手打理后院里摆放一地的紫陶。这些年他痴迷于陶器而忽略身外的世界，常常忘记了自己是谁。他借钱开了一家小陶器店，从备料、拉坯、描绘、书写、上色、烧制、打磨，再到售卖，桑逸独自建构出一个完整的陶器小世界。陶器店后面的一方小院就是他的工作场所，各式茶壶、茶杯、茶罐、茶盘，大小不一的陶坛、陶罐、陶盆、陶碗等摆满了院坝。它们泛着建水土陶特有的白垩纪时代的远古光泽，谦卑的暗红，质朴浑厚，大多是未经入窑烧制的湿坯，等待主人为它们装饰出花鸟鱼虫、春华秋实、山水风物，以及对生活美好的祝福。院子后面还有他亲自设计并和工人一起砌出来的燃气窑。窑并不大，每次仅可烧制三四十件陶器，但就像他的恋人一样宝贝。在这个有着数百年烧窑传统的古城，有一群像他这样的个体窑主，他们有的为生计，有的为爱好，有的为虚荣。你有一套房子，有一辆好车，并不显得有多了不起。而你拥有一座自己的窑，总会让人刮目相看。桑逸跟他刚刚故去的父亲为这个窑经常发生争执。你这一辈子，就玩泥巴？这是桑逸最厌烦父亲的一句话。面对固执专横而又望子成龙的父亲，他只坚持一种观点：这是一种活法。

桑记土陶店的堂口并不大，三十平方米左右。铺子左右两边的货架上是各式陶器制品，中间有一张长方桌，摆了几摞土陶工艺品方面的书籍，还有一套文房四宝。比较令人瞩目的是那方大砚台，造型拙朴，宛若面盆。似乎暗喻着天下的山水风物，锦绣文章，均可在此一挥而就。

女孩兀自在店里流连，这把壶拿起来看看，那只盘翻来覆去端详。“请问先生，你怎么会仿天启朝的青花?”

桑逸不能不眼睛再次发亮，禁不住从方凳上站了起来。当一个手艺人遇到一个识货的高人，那就是伯牙遇到子期。有明一朝，青花瓷器的辉煌在宣德和成化，略懂古瓷的人都能道出个子丑寅卯来。天启朝只不过短短七年，其青花瓷风格特点几近于无，且无论是制瓷水平还是描绘工艺都远不如前朝，尤其客人手上拿的那只缠枝莲瓷碗，普通得不能再普通了，即便是古陶瓷专家，也不一定说得出它仿制的源头来。

“这不是官窑仿品，是民窑。”桑逸站在女子面前，忽然发现自己左手大拇指背上有一小团墨渍。这让他感到害羞，仿佛那团黑就在他脸上。他有些难堪地使劲搓自己的手。

“我知道，它是乡间风格。你为什么不仿官窑？隔壁的一家店，全是仿宣德朝的青花，qui ont l’air très raffinée（法语：看上去很精致）。”女子下意识地捂了一下嘴，略带歉意地笑了一下，正打算抡回舌头说母语，没料到这个店小二模样的年轻人马上回了她一句：

“La porcelaine ancienne ne doit pas être arrogante（法语：古瓷不该傲慢）。我不喜欢高高在上的东西。”

女子眉毛挑了一下，“好见解。你在法国留过学?”

桑逸抓了一下头，并没有把乱蓬蓬的头发捋清爽，反而使其更乱。就像他在法国留学那么久，不是让他更西化，而是使他彻底回归了传统。

“巴黎城市大学，五年。”他不经意地说，似乎那五年留学生涯不过是青春里的“盲肠”。

“噢，有意思。”她似乎不记得高铁上的相遇，现在才仔细打量眼前这个小伙子，有在偏远小城找到同道的些许惊喜。桑逸是个清瘦而略带忧郁的年轻人，眼睛清澈明亮，脸上挂一副落拓不羁又郁郁寡欢的艺术家范儿；一圈缺乏修饰的细绒细绒的络腮胡，仿佛向阳的山坡上刚刚长出来的嫩草，眉宇间有一股冷冷的傲气，或者落寞的孤僻。他的鼻子颇有雕塑感，是艺术家们（当然也包括女孩子们）感兴趣的鼻子。嘴唇很薄，唇线优雅，似乎时常准备嘲讽一切；他脸色苍白，衣着随意，神情淡定，见识过世界的优越感深藏不露。但还是被她一眼洞穿，因为他的眼神里掩饰不住一个破落王子等待救赎的期盼——不是因为缺什么，而是因为他的孤傲。

“隔着一条塞纳河，我们差点就成了同学。我还在巴黎一大念书。”她主动伸出了手，“很高兴认识你。朱迪，从老挝万象来。”

“哦，老挝?”桑逸不能不惊讶，这可是他平生见到的第一个老挝人，而且还那么漂亮时尚！不仅能说中文，还会法语。这世界真是太小了。桑逸搓搓手，“好吧，朱迪。你是华侨吧？我叫桑逸。喝茶吗？我这儿有十年的生普。”

“其实我更想来一杯咖啡。不过，茶也许更解渴。我正逛累了呢。”

店铺靠近后门一侧有一个根雕茶台，可以围坐四五个人。桑逸仔细地洗净了手，坐上泡茶席，烧水、煮杯、洗茶、温杯、冲茶、过滤、倒茶入杯，一套程序做得有模有样。坐在茶台前和认识的或不认识的朋友天南海北地神侃，待肚子里的油水都被浓酽的普洱茶刮净后，再呼朋唤友去烧烤摊撸串喝啤酒。这是留洋五年的海归桑逸所喜欢的人生。生活本是一叶顺流而下的小舟，有大体的方向，无明确的目标——谁知道你会在哪个码头靠岸，或者在哪处险滩搁浅甚至翻船呢？因此，自由闲适、随遇而安的生活和烧制仿古陶器售卖一样重要。桑逸的父亲经常教育他：生活是一架向上攀爬的云梯。理想有多远，云梯就有多高。每当桑逸对此嗤之以鼻时，父亲就骂他不思上进，没有青云之志，骨子里和他爷爷一样胸无大志、好吃懒做。你爷爷好歹还是当过少爷的人，你是从哪里学来的这些公子哥儿烂脾气？面对父亲的责问，桑逸总会不阴不阳地顶一句，至少我不会看不起自己的爹。

坐下来后，朱迪才发现主人左臂上戴着白纱。她不无关切地问："桑先生家中有孝？"

桑逸低了头："家父，刚刚过世。"

"我很抱歉打扰。望节哀。"朱迪很中国化地双手合十。

桑逸抬眼望着朱迪，她眼里真诚的善意，那么干净，那么清纯。他的心再次怦然一动。

在这个故事结尾处，两个年轻人将会回忆起他们相识的这个美妙的下午。他们没有过多谈论共同生活过的巴黎，没有谈论留学生活的清苦、孤独和自由自在的环球旅行，他们更多的话题是脚下这片土地，身边的古城，还有谜一样的血缘。

朱迪说她是学艺术史的，曾在昆明一所大学念书。过去她偏重于西方艺术史，这两年重心转移到东方来了。她打算以此作自己的博士论文。桑逸吐吐舌头，难怪你的普通话里还有点云南口音。朱迪笑笑说，我可跑了云南不少地方。陶瓷和丝绸，是我深感兴趣的两种东西。它们是日常生活中的艺术。过去是，现在也是。你刚才说得对，青花瓷不应该被人们供起来，再哄抬价格。你画的这个枇杷绶带鸟陶罐，从元代以来就在民间很盛行吧？枇杷秋萌、冬花、春实、夏熟，药书上说是备四时之气的佳果。而绶带鸟，寄托了多少读书人的仕途之梦啊。

看来真是遇到行家了。桑逸两眼放光："我们这里被称为'文献名邦'嘛，读书做官的人多。"他忽然想起了自己的父亲，眼光里又蒙上一层云翳。

朱迪察觉到了桑逸脸上的细微变化。她想这家伙大约是个差等生。中国人富起来以后，欧洲的大街上太多桑逸这样的中国留学生。朱迪换了话题："这个陶罐烧制好后，能卖多少钱一个呢？"

"三五十元吧。还得看出窑后的成色。"

"不贵嘛。"

"陶器本不过是老百姓用的东西，只是个器皿而已。我们可以赋予它艺术性和历史感，但又要让普通人买得起、用得上。民窑的东西，就像我们普通人一样谦卑。你这样看它时，它就有灵魂了。天知道上千年后，某个普通人家的一只陶罐，会不会成为博物馆的展品。一个土陶制作者，其实是个历史老师。"

朱迪笑笑说："尤其是你这样的土陶艺人，或许会成为我文章里的某个exemple（法语：案例）。我正在写博士论文。东方的陶瓷，是其中一章。"

"厉害。你可是个学霸。"桑逸竟下意识地冲朱迪竖起了大拇指。两年前他一个朋友曾想约他自驾去老挝琅勃拉邦、万象旅行，他没兴趣。早知道万象也有如此楚楚动人的姑娘……他想。至少此刻有的一聊了。

“我倒是挺佩服你的，喝了那么多洋墨水，却只想做一个普通人。”

桑逸很知足地说：“像一只陶罐那样普通，不是很好吗？”

“哎，你在法国读什么专业呀？”

“稀里糊涂地念了个MBA。”桑逸不无嘲讽地一笑，“你瞧，我开了这样一家店，也算是学有所用吧。”

朱迪莞尔一笑，“所有的经历都是有价值的。你没有这家店，我们今天不会相遇。”

桑逸感到自己快要被这无邪又灿烂的笑脸融化了。这个老挝小姐笑起来更好看，有一种舞台追光下的灿烂和妩媚，又透着女性的柔美和知性。他慌忙挪开了目光：“可惜，那时我没有能力在巴黎开一家陶器店。”

“法国人爱说一句话：Avec des si，on mettrait Paris en bouteille（法语：有了如果，我们就能把巴黎装进瓶子里了）。”

两人都开心地笑了，像老同学见面那般没有了距离。“打算在我们建水待多久？”桑逸问。

“不确定。”朱迪呷了一口茶，“我们不是来旅游的。”

“噢，你不是一个人来的？”桑逸莫名地紧张，她有男朋友或者老公了？唉，这跟你有一毛钱关系吗？

“不是，我和我爷爷一起来的。不会有人猜得到我们此行的目的。你猜猜？”

“你爷爷带你来相亲的吧？”桑逸本想给出一个最不可能的答案，

但话一出口他又觉得自己有些轻浮了。“抱歉，我胡乱说的。”他补充道。

“为什么不呢？”朱迪落落大方地说，“本小姐目前还待字闺中。不过我们此行可比相亲难多了。老人家是来寻根问祖的。”

“哈哈！”桑逸往前探了探身子，“你家祖上是这边的人？好难得。我们得认老乡了。”

“我爷爷快九十了。上个月忽然像大梦初醒般，说他的祖先在中国云南，他要回去寻宗问祖。一个耄耋老人的愿望，家里人谁能阻挡？”

“落叶归根嘛。你爷爷小时候去的东南亚？”

“我爷爷是在泰国出生的，后来到新加坡念书，然后又回到老挝国立大学当教授。”

“天哪，够周折的。你们打算怎么找到自己的祖先呢？”

“我爷爷这几天泡在图书馆里看‘县志’，我却想找一些大户人家的史料看看。比如你们这里的吴家花园。”

“你姓朱，吴家花园跟你有什么关系？”

朱迪忙辩道：“不是不是，朱迪是我的英文名，J—U—D—Y，Judy。我姓陈。吴家花园据说当年可跟大观园相媲美。”

“是呀，吴家花园现在可是我们这座古城的一张名片。”桑逸不无得意地说，好像他就是吴家的后人似的。然后他又嘀咕道：“在我们这种山高皇帝远的小地方，真不明白一个家族要盖那么大的房子干什么，人在里面都会迷路的。连天井都有四十二个！我要是有个带天井的院落……唉，不能跟前人比咯！”

“至少留下了一段历史。不是吗？这样的大户人家，应该有很多后人吧？”

“当然有。我们小时候，学校组织去吴家花园参观，接受革命历史教育，吴氏家族里哪些是参加革命阵营的好人，哪些是参加反革命阵营的坏人。可我们那时搞不懂的是：坏人的儿子是好人，好人的兄弟又成了反革命。更要命的是：好人一会儿又变成了坏人。”

朱迪有些茫然地望着桑逸，桑逸瞬间就明白过来了，这一套话语是海外华人不明白的。“这样说吧，”他比画着左右手道，“这个家族的人，可能折腾了。相当于把生活当一团五色陶泥，揉来捏去的，左右倒手，上下拉扯。活出了不同的人生来，可最终还是那一团泥。人权势一大，大概都有这毛病吧。”

朱迪似乎听明白些了，附和道：“家族大了，肯定啥样的人都有。他们应该有家谱保存下来吧？一般百姓，三代以上就不知道祖先是谁了。”

桑逸有些不解：“他们家的家谱跟你要找的祖先有什么关系？”

“我的一个中国老师说过，中国的家谱，是历史的缩影。或许我们能从别人的家谱里，了解到我的祖先故乡的些许信息。”

桑逸释然：“那好办，我有个好朋友就在吴家花园上班。他是个搞地方史的学者，你不介意的话，我可以陪你去吴家花园，介绍你们认识，或许他可以给你提供一些线索。”

“那真是太感谢了！我叫上我爷爷，明天我们就去。不过我有个疑问：吴家花园不是一处私宅吗？怎么会有人在那里上班？”

“噢，地主老财的房子，早就打土豪分田地，收归国有了。现在那里属于文管部门管，开发成旅游景点啦。”

第二章

6 · 孔庙

一乘三人私轿悠悠从建水孔庙前的青石板街道荡来。根据大清顺治九年（1652）《钦定服色肩舆永例》规定，三品以上的文官才可乘坐四人抬官轿，官民不可僭越。不过，任何严苛的律令，到了山高皇帝远的偏僻之地，到了岁月的缝隙里长满了萋萋荒草，它也会锈蚀腐烂，变通走样。现在连八、九品官都坐着四人官轿大摇大摆招摇过市了。民间有点势力的人总是喜欢向官府看齐，虽不敢轻易冒犯官威，但也变着法子比高低。譬如这顶三人抬私轿，轿夫前二后一，俗称“三丁拐轿”，虽然不比官家四人轿威风，但它适合走山路。云南高原地方，平坝稀少，道路崎岖，出门就是山。“三丁拐轿”论行走速度和乘坐舒适度，却也一点不输官轿。当然了，乘轿者若再来点花样排场，那气势大可盖过许多官轿。刚来到孔庙前的这顶私轿，前面两个孔武有力的开路护勇，右侧伴行一戴瓜皮小帽青衫马褂的机灵随从，轿子后面还有两个跟班小厮。再看这轿子也是很洋派的，轿顶以锡覆面，发出令人新奇而富贵逼人的光芒；四个角悬挂七彩流苏，随风招摇；轿四面都镶有西洋彩绘玻璃，外有半垂遮帘，内有素色洋纱帘。这等排场的私轿，在建水城里，非富可敌国的吴氏家族莫能有之。

私轿在下马碑前恭敬地停下。临安府前府学教授席茂臻早带了两个师范传习所的弟子恭候多时。轿主吴廉膺不待随从上前伺候主子下轿，兀自推开轿门，一边抬步下轿，一边拱手道：

“给大先生请安！学生岂敢有劳大先生尊步！大先生在上，请受弟子一拜！”

“此何为哉？玮玠（吴廉膺字）快快请起。老夫有失远迎。”

吴廉膺复拱手道：“岂敢岂敢，圣域之地，学生岂敢！”话虽说得很谦逊，但他的神情却像考得一甲一等的学生，正在享受老师的褒奖——尽管他在府学读书时从未被席茂臻看好过，但已今非昔比了。

吴廉膺在临安府做苦读寒窗的生员时，席茂臻就是他的先生。才十多岁的吴廉膺背不出来书时，可没少挨先生的竹板子。现在他对先生有敬畏，也有深藏不露的怜悯。朝廷在光绪三十一年（1905）废除科举，倡办新学，地处边地的临安府也在同一年改书院为高等小学堂，第二年又设立了师范传习所。教了一辈子“四书”“五经”的临安府学教授，被聘为监学。但席茂臻仅干了半年就辞职不干了。我乃朝廷七品命官，堂堂府学教授，岂可与西夷之学为伍哉？吴廉膺念及先生还要养一大家子人，本想延聘他为家里的私塾先生，但又怕伤了大先生颜面，恰好临安府要重修孔庙，吴廉膺是捐献资费的大金主，便呈请知府大人，请席茂臻来主持其事。全临安，论及孔孟之学、礼仪之规，有席先生在，无出其右者。

席茂臻像个长者一般慈爱，执起吴廉膺的手：“老夫远门迎候，只是为请玮玠检视我巍巍孔庙，丁祭[①]之日，革故鼎新乎？”

明天临安府将行祭孔大典，知府冀文治亲自任主祭官，席茂臻是

---

① 丁祭，指每年文武官员都要在各地孔庙祭祀孔子，分别为春季农历二月上旬的丁日和秋季农历八月上旬的丁日。

祭祀总执事，吴廉膺将是大典的上宾和分献官。他扬颈微微一笑，仰望“太和元气”坊上的斗拱、屋檐、雀替、梁柱上新描的朱色和绿色土漆，那“太和元气”四个大字也重新描金，在暮色中熠熠生辉，仿佛把太阳的光芒亦留住了。空气中还飘来丝丝土漆的郁郁浓香。吴廉膺不轻不重地说：“盘龙山的土漆，据说风雨不蚀。”

席茂臻一直处在某种莫名的兴奋中，他捻着胡须道：“千年孔庙，百年大计。如今我巍峨孔庙，殿堂门庑，圣贤肖像，坊阁亭台，历时两月精雕细琢，无不刻雕藻绘、金碧辉煌。狮蹲象踞，堆琼砌瑶，文明气象，庶几比肩东鲁弦歌之盛耶?”

“至少不输云南府昆明孔庙。”吴廉膺附和道，然后一拱手，“先生，请!”

建水的孔庙乃是创建于元人之手。孔庙起，庙学兴。施教一百二十六年后，边徼蛮荒地终于有了第一榜举人。数百年苦心经营教化，临安府人文炽盛，不异中土。建水孔庙历经元、明、清三个朝代，也经受了大小数十次的地震、兵燹、火灾、盗抢等劫难。孔庙的礼器总是容易成为盗贼强人的目标，那些没有读过圣贤书的人，在圣人慈爱温润的目光注视下，也敢公然抢掠，每每让读书人捶胸顿足。三纲不明，五伦不清，教化不足，斯文阙如至此！不过，数百年来，先贤们在兵荒马乱中为存续文脉，建了毁，毁了建，雕琢庙堂圣殿，擘画人文渊薮，前赴后继，凡五十次。二十多年前，滇南一带发生过一次震动朝廷的反叛，建水孔庙险些被一把火烧掉，尊经阁和礼器库几乎被劫掠一空。那场浩劫之后，孔庙就像大清的江山，日渐颓败。

现任临安知府冀文治多次呼吁重修孔庙，还在一次乡饮[①]上宣称，要第五十一次重修孔庙，并带头捐出了自己一年的养廉银[②]。建水的孔庙里有孔子的神位在，临安府的士风民风，便有了依存之地；当初建孔庙“以夏变夷”的教化功能，更有了传习文明之源。

按惯例，每年祭孔临安府能够支出的费用仅为白银四十两。吴廉膺在这次乡饮上慷慨承诺，重修孔庙所需资费，府衙各官、乡党士人捐助后，不足之费，悉由他一人兜底。吴廉膺一诺千金，比他当年中举还令吴氏家族门庭生辉。他捐银三千余两，由席茂臻召集工匠、画匠、雕师以及石匠、铁匠，不仅将孔庙内所有的牌坊、亭阁、大殿、祠堂全部修缮、油漆了一遍，还购置齐全了祭孔所需的礼器和乐器。往年的祭孔，礼器残破不堪，乐器缺音少弦，甚至某些乐器人们只在孔庙里前朝的碑文中知晓，如打击乐器中的鼍鼓、编磬、楹鼓、镈钟，合律乐器中的篪、柷、凤箫等。吴家是滇南士绅商家中第一个在广州、香港开有商号的大户人家，采购这些东西并不难。因此，凡祭孔所需二十六种礼乐乐器，二百余件礼器，均悉数备齐。圣域之地，八音六律，箫韶遗响，岂能草率不敬乎？

席茂臻引吴廉膺穿过“太和元气”坊，迎面就是水波荡漾的泮池，水面足有四十余亩宽阔，本地学子更愿意叫它“学海”。池中有一岛，岛上有亭名曰“思乐亭”，语出《诗经》“思乐泮水，薄采其芹”。一

① 乡饮，指周代流行的宴饮风俗，主要是为了向国家推荐贤者，由乡大夫做主人设宴。后演变为地方官设宴招待应举之士，并有本地乡贤士人陪同，此宴为“乡饮酒”。

② 养廉银，指知府的俸禄每年一百零五两，养廉银一千四百两，为正俸的13倍多。

汉白玉护栏之三孔石桥，将池分为上、下两塘，上塘种红莲，下塘种白莲，东面还栽种有水芹。吴廉膺中举那年，他和他堂兄按惯例，携手环泮池一周，口呼“连（莲）连（莲）高中，采芹而归”，然后去府学谢恩师，到孔庙拜孔子。吴廉膺还记得发榜那天天很蓝，云很白。大团大团的云朵飘在泮池水面上，让他真想一头扎进水里，享受那畅游学海的快乐，然后再反身上岸，体验跃登龙门的豪迈。

师生二人走上石桥，可远眺“学海”对面堤岸唇台上的“礼门”坊和“义路”坊，还有与两石坊相呼应的“洙泗渊源”坊。虽为师徒，但先生老矣，学生正当年，器宇轩昂，步履矫健。席老先生需加紧了步伐，才能与弟子并行。石拱桥地势相对较高，可眺望六重院落的孔庙，在暮色中肃穆安详、庄重巍峨。从“太和元气”牌坊沿中轴线向北，“洙泗渊源”牌坊、棂星门牌坊、大成殿、崇圣祠，像列队的大儒先贤，已经在这里站立了五百多年。中轴线两侧西边为临安府学，东边为建水州学，分别建有明伦堂、尊经阁、文昌阁、魁星阁、名宦祠、乡贤祠、寄贤祠。一些灯笼已经在廊庑屋檐下点亮，勾勒出殿堂庙宇、牌坊亭阁的大致风韵，在夜色中恍若天上琼楼玉宇。微风习习，从明伦堂方向传来乐生们的演奏和歌工们的吟唱，他们还在为明日的祭孔大典做最后的演练，吴廉膺还隐约辨析得出一些歌词：“凫绎峨峨，洙泗洋洋。景行行止，流泽无疆……”

吴廉膺在府学当增生[①]时，也曾跟随孔庙的歌工，就着工尺谱，吟唱过祭孔《大成乐》。恍惚间思绪又回到意气风发又枯燥乏味的少年时，几许温暖，几许忧伤，让他不能不驻足聆听。

① 增生，指在岁、科两试中考试二等的生员，也叫“增广生员”，无朝廷廪饩银。

“玮玠，今年丁祭，礼乐俱备。此乃吾徒情系庠序，肩担道义之功也。”

“大先生谬赞了！微薄之力，不足挂齿。知府大人安在？”

“冀大人本意在思乐亭与我等饮茶赏月，共守斋夜。不过，本府今晚有远道而来的贵客光临，冀大人已迎至杏坛。玮玠如有雅兴……”

根据雍正年间云贵总督鄂尔泰颁发的《丁祭严饬碑文》规定，丁祭前一夕，参与祭祀各官和执事，均应齐集学宫斋宿，不得有一员私宿家府。且均不饮酒，不茹荤，不吊丧，不问疾，诉讼不理，行刑不判，一心专治祀事。吴廉膺作为临安府署聘请的分献官，也得遵循律令，到署府与百官一起斋戒。他有些不明白，这节骨眼上，临安知府冀文治竟然还有心待客？他还察觉到席茂臻话未言尽，似乎有难言之隐，便问：“敢问先生是何方贵客？”

“‘有朋自远方来，不亦说乎’，何况这丁祭之时。昔日我临安府学翘楚来归矣。”

吴廉膺看着夜色中先生的得意之色，就像慈父盼回了光耀门庭的儿子。他已经猜测到今晚孔庙的“贵客”为何人了。大千世界，人海茫茫，吴廉膺没有料到会在这圣域之地遇见家族的世仇，自己一生的对手。他既是仇家，也是那个砥砺你不断挣扎前行的人。

临安府孔庙里的杏坛没有杏树，倒有一棵百年大榕树遮天蔽日，更有元代的古柏、明代的山茶和桂花树。杏坛位于孔庙第四进院落，始建于元仁宗时期，有块《孔圣弦诵图》的石碑为明朝时所立，碑刻立于何时，已不可考。此碑为青石浮雕，上部镌刻宋高宗御题孔子赞：

大哉宣圣，斯文在兹。帝王之式，古今之师。志则春秋，道由忠恕。贤于尧舜，日月其誉。维时载雍，戢此武功。肃昭盛仪，海宇聿崇。

碑下部孔圣人美髯垂胸，神态安详，慈眉善目，双手抚琴，怡然又专注；圣人之下侍立的四个弟子头缠葛巾、宽袍长袖，恭敬有加。明万历十八年（1590），本地遭遇过一次毁灭性的地震，孔庙黄钟毁弃，庙宇牌坊、塑像礼器，损毁殆尽。唯一留下来的，就是这块《孔圣弦诵图》石碑，毫发无伤，连角都没有缺一块，历朝历代均被传为圣人之神迹。后人为这块石碑特意建了个单檐四角亭，并筑有两层台基，环之以汉白玉石栏。任凭世间风云变幻，孔圣人在石碑上端坐数百年，弦歌雅乐，如韵在耳，仿佛吟唱了千年。

在孔庙里，属于圣人的时间是永恒的，圣人之下的岁月则是轮回的。孔子的信徒永远在敬拜、释读、传诵、吟唱。在这个凉爽的秋夜，有一操古琴者，素色青衣，端坐《孔圣弦诵图》前，提、勾、挑、抹、揉、掩、挠、吟，不急不缓，且还和弦而唱："大哉孔子，先觉先知。与天地参，万世之师。祥征麟绂，韵答金丝。日月既揭，乾坤清夷。"

柔和而低沉的歌声和着琴声，音律交合，天然浑成。唱者严格按照《大清会典》准定的工尺乐谱吟唱，唱词均用平声字，一字一韵，四字一名，八名一节，八节一曲。其音质出于喉而落于喉内，出于齿而落于舌，出于舌而落于腭，出于唇而落于鼻，在澄明的夜空中如衣冠飘拂，夜莺细语。音色自下而上者，渐渐清晰，缓缓高昂，直至针尖一般地尖锐；而自上而下者，则逐步浑厚、慢慢粗狂，仿佛龙吟深潭，虎啸山林。

席茂臻和吴廉膺肃立庭外，直至吟唱者唱诵完一阕，才长嘘一口气，绷紧的肌肉方稍有松弛。所谓雅乐者，闻之令人肃然也。倒是亭子里的另一个听客、临安知府冀文治发现了来客，朝他们一扬头，吴廉膺忙拱手道："给冀大人请安！"

冀文治向他们招手道："玮玠贤侄，快快上来，见见你的同榜。"

操琴者缓慢起身，端庄施礼："玮玠兄，久违了！"

吴廉膺端正了音容，缓步迈上台阶："陈大人，多年不见，别来无恙？"

陈云鹤哈哈一笑："玮玠兄，你我同窗共读五载，又是同榜举子，此等情谊，就不讲那么多礼仪了吧？兄台快快请坐，我带来一套康熙《大成乐》乐谱，正与知府大人探讨比较与嘉靖版《大成乐》之长短。"

在来杏坛的路上，席茂臻已经给吴廉膺提到，陈云鹤从东洋回来后，被吏部放到湖北天门县做县令，因治水缉盗和赈济灾民等，颇有政声。此番回乡，是为"丁忧"[①]。冀大人特意延请子君（陈云鹤字）前来参加祭孔，同时讨教日本国铁路之事。子君毕竟是见到过火车这个奇怪莫名之物的人。

待席茂臻和吴廉膺落座，伺候在侧的琴童端来茶盏，冀文治说："今夜守斋，以茶代酒，或可宽慰陈大人丧父之痛；玮玠贤侄慷慨义举，造福庠序，本府唯薄茶相谢。今年我临安府丁祭，庙宇辉煌，声乐清雅，群贤毕至，盛举共襄矣！"

---

① 丁忧，指古代官员的父母死去，官员必须停职守孝。无论此人担任何官何职，从得知丧事的那一天起，必须辞官回到祖籍，为父母守孝三年。

席茂臻道:“冀大人施政有方，雅望非常，八方俊杰，无不来归。子君玮玠，均为我临安府俊杰贤达。家乡福祉，社稷安康，足可依托。”

吴廉膺说:“大先生抬爱。子君兄才是国家栋梁，廉膺不过乡野匹夫耳。”他当然知道在个旧矿山上，以他老吴家为首的建水矿商和以陈氏家族为代表的石屏商帮，百年来一直争来斗去、互不相容，但这些带有铜臭味的俗事，和他与陈云鹤在科第之路上的过往相比，简直不堪一提。

“玮玠兄过谦了。闻说兄台回乡后，扶持义学，捐赠庠序，整饬家业，广开财路，堪比陶朱公。”如此良辰，陈云鹤也绝不会提两个家族在个旧矿山上的龃龉。在孔子的面前，两个读书人既“君子无所争”，又“其争也君子”。

吴廉膺不冷不热地回了句，子君兄抬爱了。他感到不可思议的是，两天前的梦里，他回到少年时那个迎送春牛的春天。但是人太多，场面太乱，把他和黄子衿小姐冲散了。仪门前有一高大的台阶，他看到黄小姐还被挤在台阶下，他伸手去拉她，但尊贵的小姐没有伸出她的纤纤玉手来。他从此丢失了他豆蔻年华的春姑娘。

别梦依稀，吴廉膺在自己的老对手面前已恍惚了哪是梦境哪是回忆。人生何处不相逢，其实很多时候是与自己的过去迎面相撞。

现任临安知府冀文治是光绪十八年（1892）壬辰科进士，外放“边缺”[①]，一竿子被委派到这边陲之地云南，先在姚安县任知县，再任

① 边缺，指清朝将在府、州、县地方上的任职分为“腹缺”和“边缺”，前者指内地，后者指边地。在内地的五年无过失可升迁，边地三年无过失者则可升迁。

临安府石屏州知州，去年升任从四品的知府，主一方之政。尽管他甫一上任便修水利，蠲赋役，决狱讼，平盗夷，济饥民，施惠政，重振士气，教化民众，尊孔崇儒，举荐人才，应该算是一个清正廉洁、勤勉爱民的好官；但眼下时局动荡，社稷飘摇，列强环伺，觊觎华夏，山高皇帝远的云南也极不安宁。法国人征服了越南后，大清国和法国打了两次战争，大清一败一胜，败自不用说，却稀罕在胜了还得跟战败者签订和约。其中一条就是准允法国人将铁路从越南修到昆明，这意味着古老中国的南大门将被一列火车撞开。可在二十世纪初，全云南几乎没有人知道火车为何物，就像第一次鸦片战争时国人不知道船坚炮利意味着什么一样。

冀文治年初曾受云贵总督委派，会同法国驻昆领事及法国滇越铁路公司相关人员，到铁路沿线工地巡察，同时协调相应事宜。那时法国人的铁路已修到中国境内，在山高谷深的云南高原蜿蜒延伸，像一条狰狞的巨蟒盘缠着绿色山川，让为官十余载、熟读经史子集的冀文治深受震撼。

“其道路宽约六尺，略大于我官方驿道。平且直，无陡坡少曲折。遇山钻洞，遇河流山涧则架熟铁之大桥矣。危乎高哉，势如过江莽龙；直上云天，状若通天云梯。且筑路境况极为恶劣，山高谷深，瘴气弥漫。民工死伤无数，尸骸累叠，惨不忍睹。今日洋人之铁路，从越南至云南，明日从云南而四川，而贵州广西，进而如蛇之盘行，深入华夏腹地。陈大人，我大清江山社稷，岂非将为洋人铁路捆缚，山河破碎哉？”

在石碑上的孔子注视下，本地为祭孔而守斋的官员和乡绅，不觉间就将明日要遵循的礼制礼仪放置一边。他们谈论到已成追忆的洋务运动，“百日维新”里的康、梁“乱臣贼子”，庚子年间的八国联军和“拳匪”之乱。按常理，身为朝廷命官、镇守地方之要员，冀文治不该在此场合妄议朝政，可国事残破如此，忠君爱国如冀文治者，面对从未遭遇过的铁路火车，岂能不忧心如焚？

“冀大人，铁路乃时代之产物也。”作为客人，面对比自己官职更高的临安知府，又是家乡父母官，陈云鹤说话不能不尽量委婉中正，“道光五年（1825），铁路已发轫于英吉利国，虽称火车，实则用蒸汽机推之。燃烧强大之蒸汽者，煤也，火也，故谓之火车。西洋诸国，自有蒸汽之机器，数十年间，发展迅猛矣。轮船、战舰、织布、炼矿、火车，无不有赖蒸汽机者。可谓蒸汽机推动了世界。吾国要自强，以抗衡西洋东洋，必以铁路为富强之根基。早在咸丰九年（1859），有洪仁玕者，著《资政新篇》一书，其中曰：中国各省应皆有铁路，以为全国之脉络，通则无病焉。”

冀文治说：“本府闻说光绪二年（1876），有英美洋行者，在上海修建了一条铁路，见者惊骇，民心大乱。最终被当地官府拆除，路轨器物等被扔进了大海。”

陈云鹤叹口气：“允洋人筑路，我们有契约在先。上海道为此赔偿了二十八万两白银，何其冤哉！”

吴廉膺冷言道：“倾我大清之物力，固我中华之传统，何以为冤？挟洋自重，引狼入室，实乃康、梁乱党之技。”

此言一出，闻者无不惊悚。连冀文治举茶杯的手也悬在半空中。不知是一口饮下，还是该装作没有听见。“康、梁乱党”，不过是上报给朝廷奏折里的“说辞”。士大夫阶层，有几个不赞成康有为、梁启超的变法呢？倘若一个康、梁信徒深夜造访临安府，冀文治恐怕要倒屣相迎。吴廉膺这顶“帽子”扣下来，其实意在抬杠，倒让冀文治感到他有失雅量、见识褊狭。陈云鹤神色坦然，缓缓说：“玮玠兄，洋务运动已然四十余年，师夷长技以图强，乃我大清有志之士之共识也。兄台也是走出云南、开过眼界之人，岂能不知当今世界潮流乎？”

前府学教授席茂臻当然要阐明为师之教诲：“世界潮流如水，我乃磐石之固也，纵逝者如斯，不舍昼夜，其奈我何？火轮车（火车）之物，我华夏亘古未有，闻所未闻。不过是洋人造就之谬种，怪力乱神，粗陋不堪。铁路者，扰我祖先陵寝，断我大清龙脉。恣意横行，毁坏风水。凡我大清士人，理当阻洋修路，还我江山社稷之安宁。”

吴廉膺接话道：“若法兰西火轮车开到我临安府，声震如雷，地动山摇，横冲直撞，嘶鸣怪叫，孔庙内圣人之灵位，岂能安详？我等怕是无颜祭孔！”

陈云鹤已察觉到吴廉膺对他暗藏机锋的敌意，同榜不一定同道，更何况吴、陈两家还是世仇。但他们都是读过书的人，对时局的判断应该不同于莽夫草民，或抱残守缺如席茂臻。在临安府学当廪生[①]时，陈云鹤就认为吴廉膺是个颇有城府和见地的人，志向高远，心怀天下。他至今还能背诵吴廉膺当年在一次岁试中获得“超等第一名”的文章——《人有恒言皆曰天下国家》，开篇便气势不凡：“天下国家有定序，而恒言遂以相习矣。夫使序之不定，何为皆曰天下国家乎？孟子述之，殆欲人之无忽视恒言哉……”

---

① 廪生，指每三年进行的岁试和科试两考，由提督学政所主持，名列一等前十名者，可每月领取朝廷二两四钱“廪饩银”，享此待遇的便叫“廪膳生员”，简称“廪生”。

当今朝廷的弊病，不是不知道病在何处，而是知道了也不说，更不会改。民众的问题，则是一论说到“拒洋”，便立即占据了“道义”高地。然而聪慧开明如吴廉膺者，难道不知道铁路于国于民之便利？陈云鹤有些看不懂自己的同榜。

陈云鹤不能与自己的先生席茂臻探讨火车这一新事物，但与师出同门者辩一辩是非曲直，亦属正常。“玮玠兄，光绪七年（1881），为煤炭运输计，官办唐山至胥各庄铁路开建，二十里许，此为中国人筑铁路之始。有言官无端生事，以机车震动东陵为由，上疏朝廷，不准火车开动。朝廷圣谕，弃蒸汽机不用，车辆只能用骡马拉动，为天下笑。越明年，经李中堂多方努力，方用上蒸汽机头。运量大增，世人共睹。唐胥铁路已修至山海关，皇陵未闻有所惊骇，祖先依然是祖先。现如今，从卢沟桥到汉口之卢汉铁路，长达两千余里，已全线通车。千里江山，火车飞驰，我大清已享铁路之福矣。”

冀文治沉吟半晌才说：“本府远离中原，隔绝海外，鲜知世界潮流。陈大人是出过洋的人，敢问一句：东洋人之铁路，是为西洋人强行所建，或为日人自修？”

“冀大人，日本也曾遭英美战舰欺凌，城下之盟通商条约一签再签。但日人痛定思痛，幡然改过，在我同治年间维新变法，实行富国强兵、殖产兴业、文明开化之国策。军工、造船、铁路、航运、纺织、商贸急速发展，国力大长，军力激增，甲午战争迫我签订《马关条约》。这一切，都有赖西洋人之教训，东洋人之自省。下官在日本所见铁路、矿山、机器厂、轮船厂，乃至电报、邮政等，均为西人之技术，日人则独立掌控。”

冀文治一抚案几：“这就是了。我临安府，物华天宝，矿藏丰富。

洋人筑路，实为吸吮我血脉，盗窃我宝藏。卧榻之侧，焉能允洋人火炮开路、火轮车任意横行之？他日国家富强，傲视列强，主权在我，自建铁路，岂不是易如反掌之事？”

陈云鹤说：“冀大人所言甚是。然，洋人铁路已登堂入室。”

“那我们就把他们赶出去。”吴廉膺语气铿锵地道，就像正被轻柔抚弄的琴弦，猝然弹断。

7 · 祭孔

丁祭日寅时，荒鸡始鸣，夜日交替；繁星冷寒，秋露如珠。是夜，陈云鹤在孔庙的斋房里仅小睡了一个多时辰，便翻身起来了。斋房是过去府学廪生宿舍临时充当的。陈云鹤是永远的第一名，他还记得当年住“甲壹号”，现在是席茂臻老先生的斋房。陈云鹤甚至还记得，吴廉膺住西庑的“丙叁号”，那是增生们的宿舍区。在府学里，学业成绩就像官秩一样泾渭分明，廪生和增生，还有成绩更差一等的附生，既竞争砥砺，又互相阴损埋汰。甚至趁先生不注意时使绊子打冷拳，常常是三五个增生、附生围殴一个廪生——没有别的原因，只因为他们挨先生的板子太多了，要在廪生们的皮肉上“找补”。吴廉膺是增生中的孩子头，那时可没少给陈云鹤这样的优等生苦头吃。有一次夏季郊游，大家下河洗澡。陈云鹤上岸时怎么也找不到自己的衣服了，直到先生晚点名才发现他没回来。待府学教授席茂臻着人找到他时，他躲在一丛芦苇里又羞又冻已经两个时辰了。

陈云鹤推开木窗，天空幽蓝，夜风萧瑟。一股寒气带着略微刺骨的劲风扑面而来，似乎还让人能够感受到夜露的阴湿稠浓。下午时还很溽热呢。陈云鹤脑海里不经意间就浮现出王半山（王安石号）的《秋露》:“日月凋何急，荒庭露送秋。初疑宿雨泫，稍怪晓霜稠。旷野将驰猎，华堂已御裘。空令半夜鹤，抱此一端愁。”不知为什么，此番回到临安府学，旧地重游，尽管经吴廉膺捐赠巨资修葺一新的孔庙，令人赏心悦目，陈云鹤还是感受到某种肃杀和凄楚。是季节的缘故吗？

当然不是。在临安府的祭孔大典即将开始时，陈云鹤听到了霍霍磨刀声，甚至还看到了黑暗中刀锋的冰凉闪光。

大成殿通宵灯火明亮，庭香缭绕。祭孔大典的头通鼓在卯时敲响，孔庙进入大典准备期。这通鼓由高一丈二尺、鼓面宽五尺的鼍鼓敲出，共击三百六十次。在寂静的夜空下，鼓声在黑暗的深处远雷般滚来，由弱渐强、由疏而密，仿若远古跫音，又似万军奔来。此时刻，三十六名舞生、三十名乐生、十六名歌工以及执事者在廊庑和庭院中迅疾穿行，鼓点间歇间还可听到衣裙摩擦的窸窣声、急促而谨慎的呼吸声，他们迈着小心的碎步列队于大殿内外，屏声静气、恭敬谦卑，如同操练有素的舞乐生。大典的礼器、乐器、祭品等早已准备就绪。大成殿先师位祭台上排列有序地供奉有鼎、爵、樽、壶、瓶、铏、簋、笾、簠、俎、镫、罍等三百余件簇新锃亮的礼器，还有作为祭品的猪、羊、鹿、兔、鱼、黍、稻、粱、枣、栗、榛、菱、笋、芹、韭，以及帛、香烛等。临安知府冀文治应该不会忘记：即便是今年的春祭，祭台上的礼器也没超过百件。像盛稻粱和黍稷的簋和簠，建水孔庙从前有过，但被强人盗抢去以后再没有补齐，吴廉膺都着人从广东订购来了。甚至祭官净手后盛废弃水的罍，吴廉膺都买来一整套十二件。以至于昨天下午他带陈云鹤巡视库房时，看到配置齐全、琳琅满目的礼器时，也忍不住捻须颔首，对陈云鹤道，玮玠贤侄乃本府大儒商也。尔等皆为我临安府学俊秀之才，而今为朝廷股肱之臣。荣光耀乡梓，端在两位贤侄。陈云鹤当时的感受不是受宠若惊，而是仿佛把不该献祭的某种礼器供奉在祭台上，惊得他忙揖让道：岂敢岂敢，冀大人谬赞了！

二通鼍鼓响起时，陈云鹤已沐浴更衣完毕。按惯例，参加献祭的官员都要着朝服，陈云鹤虽然在“丁忧”期间，但参加祭孔大典，也是可以着朝服的。今天的正献官（主祭）为临安知府冀文治，陪献官（陪祭）由临安府同知赵留祥、通判叶超，建水县知县宫永麟担任，陈云鹤与吴廉膺及另外一位乡贤、一位耆老将充任分献官。陈云鹤忽然想到：吴廉膺辞了官，今日不能穿朝服祭孔了。惜乎哉！自昨晚在杏坛见到吴廉膺后，他一直想与学长作一次促膝长谈。分别近十年，这位仁兄已有许多他看不明白的地方，且似乎还在刻意回避他。

第三通鼓响起，临安府参与祭孔的众官、耆老、士绅、乡贤、儒生等在执事的引领下，分列于大成殿门外。冀文治身着四品官之云雁补服，头上的“凉帽”朝冠上镶了一圈小蓝宝石，上衔青金石顶；面色凝重，形态端庄。祭孔大典的通赞（总执事）为席茂臻，他一身青色长袍配黑色马褂，颌下胡须在晨曦里微微颤抖，一脸圣洁凝重的庄严之气。对这个释读、讲说并尊奉孔孟儒学一生的前临安府学教授来说，今日之祭，甚于祭祖。

“正献官就位！”

“陪献官就位！”

“分献官就位！”

随着席茂臻苍老而不失威严的嗓音回荡在大成殿内外，孔庙内几乎所有的人，都仿佛感到血脉里有种东西，和两千多年前圣人的教诲，融汇在一起了。他们都是饱读诗书、满腹经纶的士大夫，如果说孔庙是他们的精神皈依地，祭孔则让他们重温君臣之道、士子之礼，修身之为、行事之责。孔庙因为有孔子而神圣，他们因有幸祭孔而尊贵。

也许有一个人将例外。陈云鹤发现，和他并列站在分献官位置上的吴廉膺似有些心不在焉。在他们的前面，居中位置是冀文治，左右两侧为陪献官，他们的身后还有两位分献官。当通赞席茂臻高呼“迎神”，孔子丈八尺圣像被四个儒生抬入，乐生奏响迎神乐《昭平之章》，歌工和之：“大哉孔子，先觉先知。与天地参，万世之师……”

席茂臻大呼一声：“跪！”众祭祀官员人等都跪下了，唯吴廉膺金鸡鹤立，陈云鹤忙拉了一下他的长衫，吴廉膺方梦醒一般“扑通”跪下。三叩九拜礼行后，席茂臻喊：“兴！”大家起身，吴廉膺又慢了半拍。看那窘态，恍若梦游。

此刻乐生击柷作乐，舞生庄重起舞，歌工唱起初献乐《宣平之章》。庙堂里既庄严肃穆，又鼓乐齐鸣，琴瑟清越；声律交融，八音俱全；声声不绝，韵韵绕梁。

“玮玠兄一夜未眠？”在又一次三叩九拜之间，陈云鹤悄声问。

吴廉膺愣了一下，再微微一笑：“腿有小恙，稍有不便。”

在他们前面三尺远，冀文治正从一执爵者手中接过盛酒的青铜爵，高举三拜，然后敬献于祭台上。陈云鹤的目光落在祭台左侧一只献祭的全猪身上。猪毛已煺尽，发出白惨惨的光芒，令他感到不适。右侧还有一只祭牲羊，像一个人变形的尸体。陈云鹤在湖北当县令时，平定过一次匪乱，刀兵过处，尸横遍野。印象深刻的是在一处水塘里遍布肿胀发白的浮尸，蝇虫飞舞，臭不可闻。苍生可怜，那些无名的刀下鬼也终是大地的祭品，只是不知为了什么而祭了。

大成殿外的广场上，舞生们正和着音律，随着两个执旌者指挥，一板一眼地跳着“六佾之舞”。陈云鹤在临安府学当生员时，每逢祭孔大典，他和吴廉膺都要习舞学歌，以为儒学滋养。那年月似比现在更守礼制，那时他们跳祭孔舞时穿红缎补袍，腰系绿绸带，头戴金顶帽，分东西两组。他在东边一组，用左手左足表演；吴廉膺在西边一组，用右手右足完成同样的舞蹈动作。祭孔舞蹈本就极为复杂考究，头、身、手、脚皆有固定程序，歌工一字一韵，舞者一韵一舞，看上去有些像提线木偶。这祭孔舞蹈渊源于上古时代的《大夏》之舞，典雅高贵，雍容大方，犹如汉雕，故史书上誉之为有“汉雕之美”。其实，在陈云鹤看来，舞只是外形，礼才是核心。一个习过祭孔舞的士子，难道还不知道君臣之礼？在盥洗所净手时，陈云鹤突然问：

“玮玠兄可有收到个旧厂那边的讯息？”

“何种讯息？关乎锡价？”吴廉膺让手上的水滴尽，才接过伺候他们净手的执事递来的手帕，轻轻地、慢慢地擦拭。似乎对问与反问，都不在乎其答案。他将一个冷冷的背影留给了陈云鹤。

在献完爵酒后，陈云鹤悄声道：“七府矿权之争，玮玠兄想必已知晓吧？”

“知晓。”吴廉膺起身，眼睛只望着头顶上方的子贡塑像。就像一个专心致志的听话学子，不想在此时此刻讲小话。

完成一次叩首，回到队列，陈云鹤又问：“英法隆兴公司已派人前去个旧厂勘测矿山，被人打伤。玮玠兄知否？”

“知。”

“个旧厂危矣！临安府险矣！兄台也知？”

吴廉膺扭头看了陈云鹤一眼，执事此刻已呼“兴！”，他便趁势站起来，随执事回到原拜位。

乐生已奏响终献乐《景平之曲》，舞生继续随音律舞蹈，众祭官都站在廊庑下观赏。陈云鹤还是和吴廉膺并排而立，两人看似在赏舞，内心的波澜只有他们自己知道。

“昨日下午，个旧厂石屏商会着人送来一信，情形已如决堤之水！”

“陈大人，你我当舞生时，跳得比他们好。是吧？”

“矿山上到处在流传一篇《阻洋修路，拒洋占厂》的檄文。”

“我还记得跳祭孔舞的手势有五种，起手、垂手、出手、拱手、挽手。陈大人，我没记错吧？”

“传言有孙文的革命党人混迹于各商号炉房间，煽动造反。”

“脚的舞蹈动作也有七种，跷足、点足、出足、曲足、移足、交足、蹈足。容易搞混，特别难。”

“玮玠，我在日本考察过东洋人的矿山和铁路。你可知何为矿山之测量、槽探、洞探、钻探？以及用蒸汽机来选矿和冶矿？你又可知何为地质学、工程学？何为物理、化学？”

“我知形体的动作有五种：平身、躬身、侧身、回身、蹲身。”

“无论是修铁路还是开矿山，洋人都有领先我之先进技术。师夷长技，促我技能，如何不为？”

“陈大人，我还知礼的动作有九种：授、受、辞、让、歉、揖、拜、跪、叩，几乎不用学都会。”

“传言一些砂丁已经领到了兵刃枪弹，还得到某些商号老板的暗中支持。玮玠，可不能轻启事端啊！”

“子君兄，你还记得当年教我们习舞的先生言：当舞时，散而为佾，聚而成列；动如兵家之阵法，意得文武之神功？”

“吁，玮玠，战事非舞乐也!”

一阵肃杀的秋风袭来，庭院里落叶飘拂，和舞生们舞动的袖袍裙裾相互追逐，而秋日的阳光还很明亮。吴廉膺眯了眯眼，“陈大人，秋风乍起，时令变矣。我想起王文公（王安石）的几句诗：‘旷野将驰猎，华堂已御裘。空令半夜鹤，抱此一端愁。’子君兄若是有闲暇，他日我约你南山秋猎。”

陈云鹤略微惊讶，他们竟在同一日想到同一个诗人的同一首诗。只是他感悟到的是“秋露”，而吴廉膺渴望的则是“驰猎”。

祭祀进入尾声，通赞席茂臻高喊：“撤馔!”乐生奏响撤馔乐《懿平之章》。这时，一个府衙兵科的小吏迈着碎步小心潜到知府冀文治身后，他贴在冀文治耳边轻语了几句。按惯例，此等小吏是没有资格进孔庙的。陈云鹤和吴廉膺都看到，知府大人的脸立马像秋风里的枯叶一般黄了，而且他略显肥厚的脸颊还抖动了两下。两人就像知道了答案一般相互对视了一眼，一个眼睛里是刀起头落、腥风血雨；一个目光中早已是跃马扬鞭、杀声如雷。

歌工们正一板一眼地吟唱——

先师有言，祭则受福。四海黉宫，畴敢不肃。

礼成告彻，毋疏毋渎。乐所自生，中原有菽。

8 · 暴动

矿工大暴动那天，炸裂的阳光撕破厚重的乌云，摧云驱雾，四处飞溅。建水孔庙内祭孔的声乐传达不到荒凉的矿山，反倒是一些来自天上的神奇火星，跌落到苦难干涸的人间。矿山上那些早就被熬干了身上最后一滴油、最后一丝力气的砂丁，就像一片枯树林里的干柴，一下就被点燃了。一百多年以后，记录这段历史的学者们经过扎实严谨的考证——他们甚至找到了当年参加暴动的矿工后代，认定此次“阻洋修路，拒洋占厂”事件，是中国近代史上第一次矿工大起义。它由一个叫周大祥的上前人，像陈胜、吴广那样振臂一呼，个旧龙树脚锡矿山上的数千名砂丁立时从者如云，杀声雷动。一个寂寂无名的乡野匹夫，一旦他勇敢地迈出了那一步，成为第一个造反者，他便会在一群懦夫顺民中脱颖而出，走进历史。虽然他只是在尘埃里奋起一跃的一条汉子，却仍不失为历史的夜空中瞬间粲然燃烧的一颗流星。

周大祥并不知道后人将如何评价他，就像他从不在意人家叫他周大麻子。麻子嘛，太上老君有一天炼丹，炉灰往人间一撒，刚好就落到我脸上了。周大祥这样说，不是为了给自己开脱，而是要显示自己与常人不一样。他的那张脸远看还挺周正的，待你能看清他满脸的麻子时，你会发现太上老君的炉灰还在那脸上砸出了众多深浅不一的坑，像挖过草皮尖的山岗。

周大祥自幼跟人习武，刀枪棍棒，无所不通；为人又行侠仗义，做事豪爽。虽是麻子，但人长得孔武有力，天生就是要干一番大事的人。他曾经在清军绿营干过什长[①]，算是见过一些世面。三年前的一个冬日，有一支出殡队伍穿过一个乡镇时，几个地痞见披麻戴孝的女眷队伍中，戴重孝的寡妇虽然哭得悲悲戚戚，但人尚年轻，且姿色可人，便出言戏谑。一个说娘子，莫伤心了，看得我好心疼哦。另一个又嬉笑道，只怪你男人命浅，消受不起这艳福。这几个小混混平常作恶乡里，无人敢惹。丧主无心计较，观者也道路以目。地痞们得寸进尺，竟然嘻嘻哈哈、尾随围追，愈发肆无忌惮。恰逢周大祥回乡探父母，路遇此景，怎能不出手相助？他先是出言相劝，说谁家没有个兄弟姐妹，谁家不办个红白喜事？你等还算是人吗？混子们见周大祥只一个人，哪听他的，挥拳就打。周大祥接住来拳，一把将出拳者扔了出去。混子们哪受得了这个，三四个人围着周大祥又踢又打。周大祥实在扛不住了，便抽出佩刀来，一连砍翻三人。

这下就闹大了。地痞中也不乏来自有权有势家族的，其中一个家伙的老爹还在县衙做官。官府发出了通缉令，周大祥不得不亡命天涯。他的一个朋友找到吴廉膺，说那天的丧家理起来还是你家不出五服的表亲，这些混混欺负丧主，不也是打你老吴家的脸吗？吴廉膺自从参加了革命党人的“死绝会”后，正在暗中广交江湖豪杰，周大祥这样的好汉，不是亲戚他也要帮。便左手花点银子疏通了官府，右手安排周大祥到矿山上当了自家矿洞的上前人。矿山这种弱肉强食的地方，不是个狠角色还真镇不住场子。吴廉膺没有看错人。

---

① 什长，旧时兵制，十人为什，置一长，即什长。

因此，当吴廉膺会同革命党人把起事的时间定在丁祭日时，周大祥一点也没有犹豫。他说闹吧。大老板不愁吃不愁穿的，都要闹，我还怕个啥？吴廉膺说，不是吃穿的问题，朝廷这种搞法，国家都要亡了。人不能总是跪着。我有个大哥从昆明赶过来了，是条比你还血性的汉子。挖矿，你是我的上前人；阻洋占厂修路，他是我的上前人。

“死绝会”会长李伯君是从昆明一家教会医院里溜出来的，还吊着一只胳膊。那个接骨老郎中并没有让他被砍断的肘骨复原，反倒引发了感染，他不得不求助于西医，做了截肢手术。他对吴廉膺说，哪怕只有一只手，也要推翻腐朽的清廷。江湖上从此有了个誓死反清的“独臂大侠”。

个旧厅在矿山上只有一支二百来人的护矿队，主要负责征税，分驻在各个矿区，每个分队也不过几十号清兵，而矿区的砂丁上万。他们活在噩梦中，生在地狱深处，为了享一碗红烧肉的口福，可以置生死于度外。连周大祥也没料到，举事造反是如此容易。当他打出“阻洋修路，拒洋占厂”的旗号时，霎时各矿点声震雷动、从者如云，砂丁们纷纷抄起铁锹、十字镐、鸭嘴锄，会聚在周大祥麾下。连那个跟周大祥有宿仇的曹开丰，也摈弃前嫌，带领石屏籍的砂丁加盟到义军队伍里来了。他说，周大哥，自家人争矿，是为利；跟洋人争矿，就是做人了。我们个旧厂从来不缺不怕死的汉子。这些生活在社会最底层的砂丁，就是在地下用苦难积蓄着能量的火山，只等来一声怒吼，任谁也阻挡不住它的爆发了。

矿工们上午在矿山上举事，下午就杀到个旧城来了。个旧厅同知组织巡防营的清兵稍作抵抗，就被义军的洪流淹没，同知龚琛快马逃亡临安府。个旧城各炉房、帮会、马帮、赌徒、刀客、无业游民甚至商家平民等纷纷加盟造反队伍。这是一支成色混杂的义军，加入者都没有明确的目的，只道是官府逼迫太甚，生活太苦，日子无希望，随众反了，或许还有一条活路，至少也能给黯淡无光的生命增添一点刺激。

义军打下个旧城的第二天，周大祥就收到家里传来的口信，说他媳妇已经有喜六个月了。那是个阳光明亮的早晨，他站在个旧厅衙门前的台阶上，仰头望苍天，天老爷啊，给我生个儿子吧。媳妇前三胎都是姑娘，让从来在人前威风八面的周大麻子在子嗣这个事儿上，英雄气短。

一只白鹭在天空飞翔，吸引着周大祥的目光。你飞过来呀，落在我的肩头上，我就生个龙种。他真诚地祈祷。

周大祥有些奇怪，这附近也没有水洼河流，怎么会有白鹭？他小时候放牛，白鹭经常落在牛背上，啄牛身上的虱子吃。还记得有一次他骑牛回家，一只白鹭竟然降在他的肩头。他爷爷看见了说，大祥娃儿以后要干大事。来吧，白鹭，飞到我肩头上来，我们去当大将军。

白鹭在天空盘旋，然后飞到衙门前的一棵大榕树上空，绕树三匝，降落于浓密的树枝上，现出绿荫中的一点白。周大祥的肩头是空的，眼眶却是热的。

周大祥身边随时有七八个铁杆兄弟，他让他们在衙门前的广场上一字排开十二口大锅，煮上红烧肉和白米饭。浓香四溢的红烧肉在锅里翻滚，对饥饿的人们来说就像一场美梦。砂丁、市民、小商贩、农夫排起了长队，舀一碗肉发一把砍刀或长矛，然后领到一边编队。人们就像赶庙会，个个兴奋莫名。周大祥平时路过衙门前的街道，总是恨得牙痒痒的。恨里面的贪官，恨官府繁重的课税，恨官吏们鱼肉乡里、欺压百姓。衙门看似那么森严，官员个个都很威风，可是当他率领的义军呐喊着攻进衙门时，只用了不到一顿饭的工夫，这些狗官跑得赛过山上的马鹿。据说个旧厅同知龚琛连官靴都跑掉了。不要怕。不要跪。站起来。喊出来。李伯君说得对。

此时，吊着一只胳膊的李伯君兴冲冲地过来，说已经编好三千义军了，个旧城及周边各镇百姓都心向义军。这败絮其中的腐朽清廷，你一捅它，它就垮了。周大祥望望大榕树上的那只白鹭，它又飞起来了，掠过他的头顶，向一片祥云飞去。

随李伯君一同来个旧的还有三个“死绝会”的革命党人，他们对周大祥说，打个旧城势如破竹，攻建水城还不是探囊取物？我们去打临安府吧。周大祥瞪着眼睛问：打下临安府后呢？李伯君说，我们就去打云南府，你做大将军。周大祥顿时有拜将受封之豪情，双拳一抱道：鸡巴毛，就仿（像）这种整！整得越大，官越大。

官府的军械库打开，粮仓打开，银库打开，发枪发粮，点兵造反。多年后，个旧厂还在传唱一支周大祥《点兵歌》，其中唱道：

六月点兵热央央，个旧街心亮堂堂。
叔侄兄弟放把火，好似乌龙奔青江。
七月点兵七月七，松林坡上打对敌。
马家督带打败仗，北门楼上插红旗。
八月点兵月亮圆，麻子带兵进临城。
远望城楼三叠水，郭六内应开西门。

周大祥义军围攻临安府的当晚，知府冀文治在衙署召来临安总兵王星魁、建水知县宫永麟、“丁忧”回乡客居建水的陈云鹤、本地大乡贤吴廉膺及商会会长民团把总等一干人，商议如何“守城破贼”。传闻围城的义军足有八千人，而总兵王星魁手下的兵马不过五百，加上商会民团招募的团练，也不会超过一千人。这城如何守得住？

好消息是云贵总督得报后急调五十营清兵前来弹压。坏消息是他们至少得五天以后才能赶到。

衙署的议事大厅里气氛凝重。陈云鹤发现神色最慌乱的是负有守城之责的总兵王星魁。这个矮胖的家伙一点也没有军人之气质和素养。他一会儿说建水城城墙巍峨坚厚，城内粮草充足，死守一月毫无问题；一会儿又说兵少将寡，援军倘不能即刻赶到，恐难支撑几日。他是光绪二十年（1894）甲午恩科的武进士，读几部兵书，纸上谈兵，再举几下石锁，来一圈骑马射箭舞大刀，便中武进士加官晋爵了。这种银样镴枪头的军人，与陈云鹤在日本参观陆军士官学校所见师生，自有云泥之别。就在昨天，王星魁手下一个督带率三百巡防营清兵出城迎战周大祥的义军，双方刚一接战，巡防营就被义军漫山遍野的呐喊与旗帜吓破了胆，拖枪曳旗逃回城里。陈云鹤寻思，以王星魁这种治军能力，就是给他十万兵马，他也守不住这建水城。

倒是吴廉膺显得气定神闲，仿佛他才是个运筹帷幄之中、决胜千里之外的统帅。冀文治问他，吴盛泰商号在个旧厂的砂丁也有上千人，玮玠贤侄此前难道就没有闻听到一点风声？

吴廉膺没有面对知府大人询问的目光，却看向陈云鹤，镇静地说：“没有。我这期间专事祭孔大典之事。”

冀文治又转向陈云鹤：“陈大人，据本府所知，贵府也在个旧厂开有炉房商号，经营锡砂久矣。莫非也……”

陈云鹤忙拱手道："冀大人，下官在外多年，族中之事，向来少有操持，均由家中兄长打理。更何况矿山开矿此等烦琐危险事务，云鹤既不懂也不过问。"

冀文治从案台上拿出一本黄色封皮的杂志："这是衙署刑科的捕吏半月前在个旧厂搜到的乱党书籍，尔等可有见过？"他巡视众人。

那是一本春季出刊的《云南》杂志。陈云鹤下意识地望向吴廉膺，发现正与他的目光相撞。答案都在毫不躲闪的眼睛里。玮玠呀，你还是不知我。

陈云鹤和吴廉膺都回说，没有见过此书。

冀文治重重叹一口气："本府疏忽矣！孙文乱党，妖言惑众，扑之不及，便成燎原烈火之势。他日城破，岂非滥觞于一书生狷狂之言乎？"冀文治重重将《云南》杂志摔在案台上。

吴廉膺小心地说："冀大人，愚侄有一言相进，不知当不当讲。"

"讲。"

"依王总兵言，城破当是迟早之事。冀大人何不带人杀出城去，去蒙自县搬救兵？"

"贤侄此言差矣。"冀文治又叹一口气，"知府知府，知一府之事，守一方平安。本府安能弃城而去，置全城百姓身家性命于不顾？"

王星魁嘴上还不服软："我临安古城，城高墙厚，枪械精良，将士骁勇，东门和北门还配有德国克虏伯大炮。一些山野蟊贼，何足惧哉？"

冀文治道："我等不在这里坐而论道了。传衙署各科皂隶，即去城墙各处巡视，查缺补遗，或可挽大厦于既倾。"

吴廉膺中举后外放广东做了个小小的从七品官。官没有做大，也没有心思认真做，却借机周游了大半个中国，结交了许多反清义士。他看上去像一个标准的乡贤，急公好义，捐钱出力，热心参与知府冀文治的祭孔筹办，可谁能猜测得出他心中的“大事”？尽管吴家的深宅大院进门第一块牌匾便是由滇中名士陈其昌题的“循规蹈矩”，但吴廉膺从小到大，直至终老，行事为人都是对这方匾的无言嘲弄。他从来就是个声色不露的反叛者。有的人，被强行灌输的东西越多，他就越反叛。这或许与他在家族里的角色有关，长辈在上，俯首帖耳；回到内心，自有乾坤。他掩饰伪装得如此巧妙，有时连他都有些鄙夷自己的某些做派。按他对李伯君的说法：我们一边在粉饰庙堂，一边在抱薪放火。在官府，临安知府冀文治视他为“贤侄”；在商界，他在商言商，长袖善舞。他就像川剧里会魔术般变脸的大师，换一个人、一个场面，或者一个话题，马上就成了另外一个人、另外一张脸、另外一张嘴。那天他暗指陈云鹤是“康、梁乱党”，可吴廉膺几年前却也是对康有为、梁启超、谭嗣同顶礼膜拜。参加李伯君的“死绝会”后，他一方面积极出钱出力，一方面对推翻清廷持观望态度。毕竟他身后还有庞大的一个家族。是赞成改良，还是支持革命，吴廉膺并不像李伯君这样的革命党人有决绝的选择，但他又不想当一个跑龙套的角色。作为大户人家的传人，滇南富有名望的乡贤，他从生下来的那一天起，就命中注定是要唱主角的。他既是有家国情怀的读书人，又是看到了商机的商人，革命不过是人生的一次投资，要在时代的洪流中去获取自己的名分，实现心中的抱负。大清两百多年的江山气数已尽，已成天下共识。只等压垮它的最后一根稻草，是被风吹来，还是由哪个伟人发一声号令，吴廉膺不知道。他只隐约感到，他的机会就要来临。

从衙署出来，吴廉膺和陈云鹤的轿子都候在大门外。吴廉膺上轿前，蓦然回首，看见陈云鹤端立轿前，在微弱的月光下注视着他。“陈大人，倘不嫌晚，可否到寒舍茶叙？”

陈云鹤似乎早就在等待主人的邀请，一拱手道：“鸡鸣尚早，老友重逢，何嫌夜短？谢过兄台！”

这是一场期盼已久的聚会。主人一直引而不发，唯在紧要处，才像曙光初露般，将深藏不露的同窗情缓缓展现。吴廉膺将陈云鹤请到自己的书房，着人温酒、煨茶、摆上点心卤菜，还特意上了一盘建水烤豆腐。这种在红泥小火炉上边烤边蘸蘸水而食的小吃是故乡永远的味道，童年恒久的记忆。建水、石屏两地均以制作豆腐闻名，水好黄豆香，一方小小的豆腐分包浆和实心两种；蘸水也很考究，也分干、湿两类，配以辣椒、花椒、八角、茴香、香叶、草果、芝麻等粉末作料。以至于陈云鹤一块豆腐入嘴，眼眶竟湿润起来。言及当年在府学做生员时，一文钱一串烤豆腐，酥软香脆，沁人心脾。普天之下，再无美食矣。

两人当然不是在这样的一个夜晚论说故乡名小吃的，甚至也不为叙旧。时局才是令人难以下咽的一道菜。刚进书房时，趁主人张罗酒具茶点，陈云鹤浏览了一眼书案，几本线装书散乱摆放，有“字遵洪武正韵”的《大字四书》，咸丰二年（1852）版本的《诗经·国风》，朱熹《楚辞集注》三册，《书经旁训》《礼记义疏》《论衡》《大学衍义》《盐铁论》《齐民要术》《升庵集》等。在一个阳雕二龙戏珠端砚边，主人用一方金丝楠木镇纸压着一本比线装古书开本更大一些的新刊杂志。按捺不住好奇，陈云鹤轻轻挪开镇纸，翻回封面，“云南”二字赫然夺目，孙文的封面题词“振我民气”让陈云鹤有如“非礼勿视”般急速挪走自己的目光。然则如窥美人，虽只一瞥，内心最隐秘之角落，已一览无余。

吴廉膺专注地温酒置杯，似乎并不在意客人翻阅书案上的书籍。他从不担心身为朝廷命官的陈云鹤会去举报他，就像他也不认为自己和他是一路人。他们一个在江湖，一个在庙堂。过去是竞争对手，现在是在野和在朝的关系。但他相信陈云鹤和他一样，是个夙夜为江山社稷忧心如焚的君子。子曰：“仁者安仁，知者利仁。”胸有“仁义”，才是内心刚毅敞亮、行事堂堂正正的君子。

“城破在即，玮玠兄这万贯家产，就不怕殃及池鱼？”

吴廉膺给两只酒盏斟满酒，敬客，方一饮而尽。“子君兄笃定我建水古城守不住？”

“向来无固若金汤之城池，正如无一成不变之道法。我等安身立命之世，已不同于往昔矣。”

“恕我直言，子君兄终究还是‘变法图强’之保皇党。”

陈云鹤坦然道：“玮玠不是言不才为‘康、梁乱党’之徒吗？”

“康、梁之说，已时过境迁。”

“兄欲何为？开门揖盗，在庙堂杀人放火？你吴氏家族，莫非不在这庙堂庇荫之下？”

吴廉膺笑而不语，再往酒杯里斟酒，又给陈云鹤碟里夹去一块烤豆腐：“你我多年未见，叙叙旧也罢。”对朝廷不满的官吏他见得多了。一个头戴花翎顶戴、身着朝服，口称吾皇万岁万万岁的人，往往是皇帝的江山最卖力的掘墓者。他们越喊万岁，就越折万岁爷的寿——因为他们是世上最称职的奴才，最无耻的谎言家，最皮厚的马屁精，最祸国殃民的奸臣，最危险的窃国大盗。如果每个官员都能敞开心扉实话实讲，朝堂上那个皇权独揽的老女人早就被唾沫星子淹死了。凭陈云鹤的正直良善，吴廉膺相信他的家国情怀，他未尝就不会在心里盼着老佛爷早一天死去。但吴廉膺还有些看不透自己的同窗，毕竟人家还是朝廷命官。言路不开，君子缄口。那就等来一场大洪水荡涤一切吧。

"玮玠兄，你我就不再打哑谜了吧。个旧厂之事，其实都心知肚明。愚弟只是担心，动辄揭竿而起，既于事无补，又生灵涂炭，徒伤元气。洋人那厢，更可乘虚而入，攫取更多权益。'庚子事变'以降，每况愈下。拳匪成事不足败事有余，即是一例也。乡野匹夫、鸡鸣狗盗之徒，不足以论国是。"

"那我们就坐等洋人修路占厂，断我财路，掘我祖坟？陈大人常年在外读书做官，安知乡梓民生疾苦？又安知我个旧厂实情？"

"此言偏矣。"陈云鹤起身，从书案上拿过那本《云南》杂志，"请恕愚弟冒昧,《滇地交通矿山考》，兄台可有一读？"

"读过，好文章。只是不知笔者为谁？"

陈云鹤放下杂志，背手踱步，朗朗道来："个旧矿山，形势环抱如带，发源极长。聚天地之精华，汇八方之英杰。始采于汉，渐盛于清。昔采银、铜，今为大锡。矿山之矿床，可分为二。一为地表裸露之砂矿，一为地下蕴藏之岩矿。全厂矿商，计以数百家。商人逐利，资本竞透。山体开肠破肚，矿坑纵横交错。采掘原始粗野，冶炼落后简陋。商家实获大锡数，不及宝藏应有十之一二。各矿商均不知先进探矿之法，亦不知机器冶炼之技，水洗火煮，耗费巨大而所获甚少……"

“子君兄莫非著此文之人?”吴廉膺双眼发亮，仿佛重新认识了自己的同窗。

陈云鹤含笑入座，端起酒壶自斟。“玮玠，你我都为开矿世家，矿山之弊，亦是国家之殇。不才‘丁忧’期间，行遍云南山水，痛感民生凋敝，国运衰败，为家乡发展计，亦不揣冒昧，略表一点看法而已。弟在日本考察路政矿山，无论矿务采掘还是道路谋划，无不借鉴西洋。日日精进，月月更新，兴盛之势，自不待说。东洋本乃蕞尔小邦，自明治维新后，君主立宪，国门开放，东西融合，政通人和。日人能行之有效，我华夏岂不能耶?今日我大清，譬如重病之老妪，须请名医良策，对症下药，缓缓调理，方可救命。倘猛药急攻，国体乱矣。”

终究还是个改良派。吴廉膺冷笑道:“谁的大清?天下乃天下人之天下，非一人之天下。安可指望朝廷那个老妇人行立宪之举?戊戌六君子之血，是为教训。且大清国外有强敌环伺，虎视眈眈，内则朝纲不举，民心尽失，洋人还要来瓜剖豆分。我个旧厂临安府，一旦为洋人修通铁路，以洋人之贪婪，行事之狡诈，机器技艺之先进，无异于狼入羊群。更似吸血管伸入我宝藏，吸空我宝血，欺压我商民，纵有金山银山，不数年则掠夺殆尽!”

“日本国土狭窄，资源有限，尚不惧西洋。实维新变法，更改政体，师夷长技之功也。就说开矿，譬如你吴家，不是也将大锡运往香港，售与洋人吗?不是也购回洋货，大赚其利吗?今日之世界，经商做买卖，你来我往，逐利而行。兄台既不惧与洋人做买卖，又何惧洋人来修路开矿?弟在日本国得闻说，其和欧罗巴和美利坚的贸易额，已远超和大清国。弟深为担忧者:既拒西洋，又不学东洋。我大清国抱残守缺，故步自封，与世界潮流，背道而驰，渐行渐远……长此以往，江山社稷，危乎险哉!”

忽然传来两声炮响，惊醒了满城酣睡之人，也打断了两个曾经的读书人坐而论道。吴家看家护院的家仆在各院匆匆穿行，急呼关门闭户、熄灭火烛。吴家的师爷在外敲门，吴廉膺笃定地对陈云鹤说:“城破了。”

陈云鹤轻轻一声叹息，面有恓惶之色，喃喃道:“今夜我命绝矣!”

吴廉膺淡然一笑:“子君只管放宽心，我吴家大门，不是哪个随意可进出的。”

陈云鹤则直截了当地问:“此番倘若玮玠兄与贼同心，我又岂能庇荫于贵府门下？既失我气节，又损你声名。兄台还是着人绑了我去吧。”

吴廉膺笑笑说:“子君多虑也。要说绑人，适才在冀文治府，你何不举报我通贼？廉膺不才，还识得‘仁义’二字。还是请陈大人先委屈几日，暂屈身寒舍，咱们再从长计议。”

他想起了陈云鹤的家眷，一个女人端庄清丽的身影在脑海里浮动，心中便不免涌动出一股柔情，遂又说:“兵荒马乱的日子，陈大人家眷我会着人保护，并顺带报个平安。”

陈云鹤无奈地叹一口气道:“我曾经剿办过匪乱，举事的暴民杀起官吏来，跟官府杀他们一样，谁都不会心慈手软。官民相杀，冤冤相报，国运由此衰也。”

9 · “阻洋修路”

民国以前的建水有四道城门，按东南西北顺序分别为迎晖门、阜安门、清远门、永贞门。每道城门都设有瓮城、箭楼，墙高三丈，墙头可跑马行车，城墙四角还有碉楼，配有洋枪洋炮。临安知府冀文治万万没有想到的是：有人用区区十两银子，就买通了镇守清远门的一个巡防营参将。堡垒易从内中破，家贼向来最难防。义军洪水般从洞开的清远门涌进，不到半个时辰就杀到了中营，临安总兵王星魁还没来得及组织抵抗，就死于乱刀之下。中营背后约两里地远便是临安府署，此刻府署内吏、户、礼、兵、刑、工六科的小吏们早逃得不见踪影。同知赵留祥作为知府的副手，说是带人去城门御敌，就再也没有了消息。城内火光冲天，夜空血红。冀文治的官邸就在衙署后面，他没有跑，也根本不能跑。家里一妻一妾，还上有父母高堂，下有儿女一双，覆巢之下，他能往哪里逃？

天亮时，义军已完全控制了建水城。城内到处是头扎黑头巾，舞刀弄枪的义军。吴廉膺只带了两个暗藏利刃的贴身跟班，自己一身布衣打扮，毛瑟枪掩在腰间，挑背街小巷，七绕八拐地进到义军设在城隍庙的大本营正房。两眼血红的李伯君和志得意满的周大祥正和几个义军头领坐在一张八仙桌边大块吃肉大碗喝酒，两只刚从锅里捞出的全鸡还冒着蒸腾热气。周大祥扔下手里的鸡腿，起身抱拳，喊：“大老板……”吴廉膺没有应他，只给李伯君递了个眼色，扭身往旁边一间厢房走。李伯君会意，放下饭碗，拉起周大祥跟了进去。

这是扭转混乱局面的一次会面。吴廉膺若来晚一点，这段历史或许又将另写。吴廉膺在来的路上，已经看到一些义军强闯民宅了。吴廉膺劈头质问两人，一支仁义之师，攻下一座城池，首要大事是哪样？

周大祥说：“杀贪官污吏，报仇雪恨。”

李伯君想了想，才说：“发布安民告示，开仓放粮，以安百姓。”

“那还不快着人去办！”吴廉膺愤然道，“一些士卒已经在拍打我吴家花园的大门了。”

周大祥一拍大腿，“嗐，那可是大水冲了龙王庙了！大老板，我马上着人叫他们回来。”

中午时，义军“安民告示”发出，晓谕城内百姓各安其业，义军上下不得扰民，公买公卖，并开仓平粜米粮。建水城在战战兢兢中，暂时安宁下来了。

局势却像一群莽汉贸然闯进了庙堂，将它往昔的尊严、秩序乃至权威悉数捣毁，接下来该怎么办？没有谁有明确的答案。首先在要不要杀官吏的问题上，吴廉膺和李伯君就发生了激烈争执。临安知府冀文治，同知赵留祥，建水县知县宫永麟，还有清军巡防营的管带、督带都已被押在临时的牢房里。李伯君的意见是，将七品以上的官员游街示众后，当众处决。过去他当暗杀部部长时，要杀一个四品官，得有多难啊！有多少革命志士，倒在一次又一次暗杀未遂的血泊中。现在这些朝廷命官就在他生杀予夺的手掌中，李伯君岂能轻易放弃？

但吴廉膺说：“不行。你不能杀读书人。”

李伯君争辩道：“清廷满朝文武，哪个不是读书人？举人、进士、状元、翰林院的大学士，四书五经，读得满腹经纶，但都是些什么货色？杀起读书人来，他们可从不会手软！”

吴廉膺沉默一会儿，才说：“这正是我们举兵造反的原因吧。至少，就我所知，冀文治不算是一个贪官。”

周大祥听吴廉膺的，更知道江湖上的一些规矩。“暂留他们一条狗命吧。占山为王的人，手里还是要有几条‘肥猪’，好跟官府谈价钱哩。”然后他又狠狠地说，“不让杀读书人，洋老咪总可以杀吧？”

“什么？你们还抓了洋人？”吴廉膺有些惊讶。

“在个旧到建水的路上，抓到一个在东测西量的洋老咪。”李伯君揩揩嘴说，“他叫什么尼复礼，是个满脸胡子的家伙，比我还更像个土匪。你看看，我们不造反，洋老咪的铁路就要修到个旧来了。”

吴廉膺对周大祥说：“带我去看看他。”举事以来，他有种闯了大祸的担忧。洋人的事情无小事，这点常理他还拎得清楚。光绪二十二年（1896），蒙自五里冲的村民杀了三名法国滇越铁路公司的勘测人员。清廷为了向洋人交代，荡平了数十座村庄。光绪二十九年（1903），蒙自、建水等地爆发“杀官仇洋”大起义，火烧蒙自海关。清兵事后实施报复，又杀得滇南大地哀鸿遍野。杀来杀去，杀得这世道官怕洋人，洋人怕百姓，百姓怕官。

尼复礼和他的三个中国随从都被反吊在一间昏暗的屋子里。中国人的头发肮脏散乱，头垂在胸以下，唯独这洋人满头金色鬈发，一直昂着头，一副破损的眼镜后面的蓝色眼珠，闪烁着灼热而不屈的光芒。吴廉膺见到这个大胡子洋人时，竟然心生一丝怜悯。

“放他们下来。”吴廉膺对跟在他身后的周大祥说。

“为啥？”周大祥问。

“我要问他一些事。”吴廉膺冷冷地说。

吴廉膺并不是个保守的读书人，《云南》杂志早开阔了他的眼界。他和陈云鹤在“丁祭”时斗嘴，不过是在掩饰自己的知识缺陷。洋务运动以来，他也知道“师夷长技”之妙，但学不到的“技”，如果成为欺凌你的“术”，任谁的自尊心都会受伤害。就像铁路是他不了解并感到将会深受其害的“长技”。有人可以忍受在列祖列宗面前的羞辱吗？他想问尼复礼：你的铁路真的要穿过我家的祖坟地？

随尼复礼一同被抓的通译顾其云是个刚留洋回来的年轻人，没有蓄辫子，头发散乱地披在肩上，要长不长，要短不短，像他眼下这尴尬的现状。他转述尼复礼的话说，铁路线是跟大清国政府签订好密约的，他们只是负责勘测好线路，该穿山时就打洞，该过河时就架桥。吴廉膺问：但是你们要侵占我的良田，还要掘我的祖坟。你们认为我会同意吗？尼复礼耸耸肩，说尊贵的绅士，我很遗憾。我不知道你是谁，你可找你们的政府要求补偿。我们法国铁路公司只按密约行事。吴廉膺愤然说，你有你的密约，我有我的规矩！这世上有些东西，不是金钱可以补偿的。

周大祥在一旁说：“大哥，跟这些洋老咪讲不清道理的。杀了他们就是了。”

尼复礼听说要杀他们时，眼神有片刻的慌乱。然后他沉静下来，似乎认命了。他开始低声祷告：我的主，求你宽恕我的罪，就像宽恕我们的敌人一样。我是个多么罪孽深重的人。我沉溺于人间的享乐，忘记了你的恩典。我有很长时间没有去教堂忏悔了。不是这个地方没有教堂、没有神父，而是我的疏懒。我们来到这个蛮荒之地修铁路，或许不是你的旨意，惹得你降怒于我们。求你宽恕这些还生活在中世纪的人们。宽恕他们吧，因为他们不能理解铁路的意义。妈妈，天堂的大门为我打开了。

吴廉膺问：“他说什么？”

通译想了想说：“他在跟他的妈妈告别。他还祈求你们得到饶恕。因为你们做了件蠢事。”

周大祥对通译大叫道：“你胡扯！是他求饶还是我们？”

吴廉膺倒怔住了：这是个什么道理？天下哪里有要被开刀问斩的人还心存怜悯的？我偏不给你那点优越感。他回头对周大祥说：“把这两个人交给我，送到我家里去。”

“大哥……”

吴廉膺起身：“另外两个中国人是脚夫吧，放他们走。”

义军未来的走向，才是一个大问题。按吴廉膺的设想，举事起兵的目的，是为“阻洋修路，拒洋占厂”。现在打下临安府，必定震慑到云贵总督，甚至惊动朝廷。这相当于一次“兵谏”，以此废除云南府与洋人签订的《七府矿权条约》。迫使英法公司进不了个旧厂，让洋人铁路不走蒙自和建水。那个被幽禁在吴家花园的洋人就是吴廉膺最大的筹码。

而作为革命党人的李伯君，其目标则更为大胆狂野。从攻下个旧城时起，他就将自己制订的战略计划一遍又一遍地讲给周大祥和义军头领们听，讲给他身边的每一个矿工、挑夫、赶马人、小商贩、农夫和筑路工人听。不管他们是否能听懂，也不管他们是否愿意背井离乡、随军征战，他都讲解得充满激情。他就像一个胸有百万雄兵的统帅，决胜一个朝廷的命运于千里之外，用剩下的一只手指点江山——

“义军取临安府后，进击周边的石屏、蒙自、阿迷等州县，编练五万兵民，直取云南府；征召十万兵民，联络川黔桂之革命党人，一路北上成都西安，再进击兰州太原；二路南下两广，克南宁广州，包抄福州杭州；三路东进贵阳重庆，沿长江而下取武昌、南昌，与包抄而来之南线革命军合攻南京。再挥师北上，取济南府天津卫，与北线革命军总会师于北京，最终直捣黄龙，推翻腐朽万恶的清廷！”

他在想象中点豆成兵，在驴背上（他一直骑着一头驴行军）运筹帷幄，在地图上指明义军进军方向。他常常说得满面红光，发辫飞舞，汗珠子一滴又一滴地掉在地图上。“取昆明、取成都、取广州、取武昌、取京城”，仿若探囊取物，手到擒来。一个职业革命者就是一个极富想象力的浪漫主义者，他如果去写诗，或可得以安享诗酒晚年；倘若举旗造反，他便是社会最危险的人物，最疯狂的冒险家，最敢于舍家献身、最不在乎头颅掷处血泪斑斑的死士。

吴廉膺默默地看着同伴在地图画出的进军路线，待李伯君的情绪从亢奋的高处回落下来，才缓缓说：

“你疯了。”

但李伯君有充分的理由相信，腐朽专制的清王朝就像朝廷里那个昏聩老迈的老妇人，一股风都可以将她吹倒。一开初，战事进程与李伯君的宏大目标相吻合，义军所向披靡，连克临安府周边的石屏、蒙自、阿迷、宁州、通海等州县，驻防各地的清军几乎都是一触即溃，或者纷纷来降。被连战告捷的胜利冲昏了头脑的周大祥给自己封了个“滇南仇洋护厂义军大统领”的称号。吴廉膺一直躲在幕后，台面上的事情都让周大祥和李伯君的革命党人去张罗。尽管李伯君一再鼓动周大祥北进“直取昆明”，周大祥却花了三天时间“衣锦还乡”。他带了一千人马，前呼后拥、威风凛凛地回到他的小村庄，将他的老母亲用八人抬大轿请到城里来，隆重入住知府冀文治的官邸。我家老母从未住过白墙黑瓦的大房子，还有花园楼台、鱼池假山。啧啧，知府老爷住得，我家老母凭哪样住不得？因此，当李伯君急得跳脚甩手，给周大祥讲解反清大义时，周大祥总是醉醺醺地说，取哪样昆明啊？我家妈在我九岁时就守寡了。没享过几天福啊。

朝廷可不愿意看到一介草民住进知府大人的宅邸。不说云贵总督的奏折快马飞报朝廷，单是法国驻昆领事兼铁路委员会代表奥古斯特的外交电文已让清廷军机大臣们头痛了。奥古斯特抗议说，滇南乱匪袭击滇越铁路工地，捕杀筑路外籍工程师和商人，已严重危害大法国在云南的利益。清廷如不从速严惩，法兰西国将从越南调兵一万，入境云南弹压，以维护法兰西在华利益。倘若局势更进一步恶化，大法兰西将“兵至北京，派舰重办”！

五十营清兵（每营一百余人）外加一万余人的各地团练，在云南按察使刘冬麟的统领下四面合围建水城。清廷的官吏们做其他事情时，相互推诿扯皮，颟顸守旧，镇压民众造反则雷厉风行，毫不手软，是最为高效冷酷的舐血机器。义军兵力分散在新占领的各州县，还有相当大一部分精力用在破坏法国人正在修建的铁路沿线上。他们拔出铁路测绘桩，挖断路基，捣毁一些已建好的车站、水塔、通讯设施。桥梁和隧道，实在难以摧毁，就砍下大树阻塞之。他们认为这样就可阻挡法国人的火车开来了。

李伯君希望编练的五万兵民永远只在口头上。云贵总督调来镇压义军的部队多为清军中的新军，装备洋枪洋炮。义军在建水城外几个险要关隘和清军打了五仗，仗仗皆败北。当初一呼百应、聚众而起的喧嚣，转眼就分崩离析、烟消云散。数个攻陷的城镇，三两天就易手了。义军根本不知道如何才能守好一座城池，更遑论治理它。吴廉膺恨恨地对身边的人说，到底是乌合之众！周大祥只好把队伍收缩进建水城里，紧闭城门作困兽斗。他放出豪言，建水城高墙厚，城内粮草充足，谅他刘冬麟老儿三年也攻不进来。要是将他逼急了，就杀光城内在押的七品以上官员。

刘冬麟是同治十年（1871）辛未科进士，他探知周大祥耽于享乐，目光短浅，实乃草莽村夫，便采取围而不攻的策略，同时派人潜入城内散布流言：义军如若不来降，清军进城，必屠城三日。刘冬麟扬言，围城三月，看他周贼能否安然入睡？

攻城者和守城者，心态自是不一样的。攻者志在必胜，守者困兽犹斗。恰如人生的进与退，心境不同，当然影响睡眠。建水城里最睡不安稳觉的人，大约就是那个被八抬大轿风风光光抬进城的乡野村妇。周大祥的老母亲只在赶庙会时来过临安府，有一次还在人群中被挤掉了一只鞋，让她痛心疾首了大半年。一个小脚女人，大庭广众之下被裸露出了小脚，那无异于当众被剥光了衣服。以至于周钟氏很长一段时间，一说到赶庙会，都会心里阵阵发慌。现在但凡出个门，都有兵卒鸣锣开道，有护卫仪仗分列两旁，她老人家从害怕拥挤到找不到老姐妹摆家常。人们见了她的卫队都躲之唯恐不及，也有人跑掉了鞋。“这是造哪样的孽哦！要遭雷打的。”那天她捡起人家跑丢的一只小脚棉鞋哭道。更不用说住在知府大人的高堂华屋，夜夜烛火通明，周围随时十多个人伺候，让她有被架在半空中下不来的恐惧，日夜寝食难安。她本来是一个多么卑微而饱受欺凌的人！周大祥的老爹周瑞丰在同治十三年（1874）春天拿出所有的积蓄，跟人结伴赶马去普洱做茶叶生意。赶马人出门，春去冬回，总是给家人留下无尽的担忧和等待。那年冬天，周钟氏等来的不是年货和银洋，而是丈夫肿胀发黑的尸体。周瑞丰的伙伴说你家男人在路上遇到强盗了，歹人劫财又索命。我也是跑得快，才捡回一条命呀。可他回来后在村里起房置地，上好的水田地都买了十亩。村里有传言是他黑了周瑞丰的钱，可谁能帮周家说句话呢？周家在村子里是小户人家，周围都是大姓。孤儿寡母的，势单力薄，说不起话，人家不欺负你，让你活一口气，已是开恩了。

尽管她的儿子现在是建水城说一句话太阳也得躲进云层里的人，可她却有当年丈夫赶马一去不归的惶恐。她在儿子突如其来的荣耀与权威后面，看到了灾难的黑云在堆积。一个晚上，周钟氏对儿子说，我们乡下人，经受不起这个福分。是小草的命，就不要去当门柱。

她已经听到了清兵要屠城的传言。咸丰九年（1859），临安府大旱，千里赤地。饥民揭竿而起，攻打官府粮仓。赶来镇压的清兵对但凡参加过反抗的村庄，悉数斩尽杀绝。周钟氏的娘家人老少十几口，一个不留都给杀了。官兵杀起人来，比杀只鸡还麻溜。儿呀，我们可不能造这份孽。

她每天晚上待儿子处理完军务回到家里，都在他面前叨叨。周大祥要么无言以对，要么坐在椅子上昏昏睡过去。他太累了，没有闲工夫听一个母亲实在又啰唆的话。直到有个晚上，周大祥回到家里时，看见母亲带着家中的所有女眷——他挺着大肚子的媳妇，三个女儿，还有他的姑婆、婶婶、表嫂、堂姐、堂妹等十几个人，齐齐地跪在大堂两侧。周钟氏泪流满面地说：

“祥娃，你老娘、你姑婆婶婶、你大着肚子的媳妇、你的姊妹女儿，都跪在这里了。明天你不打开城门，我就带她们去跳河。”

周大祥只是愣了愣，扭身就走，撂下一句话：“我回军营去了。”

再血腥的战事，也不过是人类孩提时期的游戏。许多残酷的战争，往往滥觞于一个弱者被逼到了悬崖边，因为害怕和愤怒而奋起一跃。从一开初的血脉偾张、兽性杀戮，到胶着撕扯、互相试探，再到精疲力竭、心生厌倦。忽然会眷念起和平安宁的日子里的一杯茶、一声鸟啼、村庄里飘拂的炊烟，以及牧童的短笛。媾和可能是在伏尸百万、流血千里、硝烟散尽的战场上，也可能是躲藏在某座帷幕后面的卑鄙交易里。

在围城期间，有人向刘冬麟推荐吴廉膺作为中间人。两军对垒，商人趋利避害，唯求平安，建水城似乎也再无更合适斡旋的人选。吴廉膺也看到了这场起义的末路，城破是迟早的事。革命在一个不恰当的时机，就像刚抽稻穗时就想收割。更何况清兵如屠城，覆巢之下，焉能还有正在兴建的吴家花园？这祸事闯大了。周大祥是扶不起来的莽夫。李伯君的纸上谈兵，也该收场了。大家如何能保命，才是当务之急。他庆幸自己多留了一张牌，或可保他和吴氏家族的命。

一个月明星稀的夜晚，吴廉膺乘坐一顶轿子孤身出城，在中军营帐觐见云南按察使刘冬麟。刘冬麟厉声喝问：“来者为何不跪？”吴廉膺不卑不亢地说：“回刘大人，在下吴廉膺，甲午恩科举子，现为建水城一商人。受临安府耆老乡绅和黎民百姓托付，游说于两军阵前，以期平息战火，不负乡党。倘不算来使，亦绝非降卒。廉膺无跪于将军阵前之理。”

刘冬麟大喝一声："大胆！城下之盟，可是你说了算的？左右，给我拿下。"

吴廉膺一字一句地说："且慢。滇越铁路公司测量师尼复礼之命，在下说话，或可算数。"

刘冬麟一怔，洋人在义军手里，才是他的心腹大患。朝廷早有训谕，尼复礼若有闪失，唯他是问。刘冬麟这种阅人无数的官场老手，一眼便看出这个商人既精于算计，又有深藏不露的反骨。对于长反骨的人，与其断骨，弗如诛心。但善谋者诛心不露色，杀人不见血。他瞬间变怒容为善面，给吴廉膺赐座，言辞转为掩刀入鞘，佛手拈花。说吴廉膺情系乡梓，深明大义，救民于水火。尼爷性命无虞，尔等或可将功补过。他日平定骚乱，定上报朝廷，对归顺之人，表功行赏。

吴廉膺见事态舒缓，便道："刘将军，功也罢赏也好，鄙人不敢奢望。滇南举事，实为洋人欲占厂修路，断我生存之道。庶民百姓，只是想为国分忧而已。还望将军慈悲为怀，宽宥天下。"

刘冬麟倨傲地说："路权矿权，乃国体大事，朝廷自有筹划。你且回去，给我仔细招呼好尼爷。明日我进城，第一个要见到的人，就是尼爷。你可明白？"

吴廉膺心中一阵冷笑，洋人都是爷，合该受欺凌。"尼复礼先生现暂避寒舍，沉溺于我建水美食和敝馆山水花园间，有乐不思归之感。"

刘冬麟嘿嘿一笑："甚好，甚好！你只管让周大祥前来见我，只要开城归降，就给他一个副总兵干干，六品官衔。"

"将军可能保证全城百姓安然无恙？"

刘冬麟肥厚的手掌一击："本官只杀反贼，不杀良民。吴乡贤放心，大军进城，安抚里巷，秋毫无犯。”

吴廉膺毕竟还是书生。他回来说服了周大祥和李伯君，说这是眼下最好的出路。尽管李伯君嚷着要拼死一战，与城池共存亡，但周大祥架不住吴廉膺的劝说，也经不住“招安”的诱惑。自古起兵造反、占山为王者，不都是这样的嘛。周老太太天天地哭诉哀求，也让周大祥那期间里外难做人。男儿英雄气短处，正是儿女情长时。这是吴廉膺说给他的话，同样也是吴廉膺告诉他，识时务者为俊杰，见好就收乃智者。

可是，当周大祥带着手下的几个头领出城谈判时，六品官的顶戴花翎没有戴上，倒是镣铐上身了。刘冬麟怎能相信吴廉膺的说辞？国体大事，岂能容尔等草民莽夫指指点点、随意起兵举事？刘冬麟的军队甫一进城，解救出尼复礼和在押官吏后，便在城内到处抓捕乱党分子，还把刀锋指向了吴廉膺，当初的许诺都不算数了。好在吴廉膺在官府人脉极广，消息灵通。祸事来了，要么凭力自保，要么花钱疏通。这是吴廉膺一贯的行事准则。因此，在冠冕堂皇捐出两万两白银作为赈济灾民的“善后认捐”之后，他还派师爷杨五叔给刘冬麟送去吴盛泰门下“同庆号”钱庄的票号银一万两，名曰刘大人平定地方之“辛劳费”。刘冬麟稍作推辞，便欣然“笑纳”了。

刘冬麟没有治吴廉膺的罪，还跟重回衙署的冀文治力保有关。他没有忘记他被义军囚禁时，吴廉膺是第一个来探望他的故友。尽管他隐约听到一些传闻，吴廉膺和义军有丝丝缕缕的关联。甚或，他这颗脑袋能保下来，也是托吴廉膺的“慈悲”。护一方平安，行君子之义，吴廉膺罪不当诛。他如此对刘冬麟说。

在冀文治看来，吴廉膺不能算作一个严格意义上的士大夫。一个举子，朝廷给了你个从七品的官品，纵然官职小了点，地点偏远了一些，可谁不是这样一步一步地干出来、熬出来的？你又不是八旗子弟，含着金钥匙出世，有高人一等的血统。自以为读了点书，就能大展宏图。读书为做官，做官实为奴。天下士子，皓首穷经，书山攀缘，学海苦读，不就是为了赢得当奴才的名分吗？朝堂上满朝文武，即便是封疆大吏，一人之下万万人之上，不都是跪着的奴才？该你跪时你就得跪，让你滚时你也得滚。哪能稍不称心如意就辞官回家？李太白的“仰天大笑出门去”，陶渊明的“鸟倦飞而知还”，你可以欣赏，但不能效仿。除非你真是个书生。冀文治将吴廉膺教训了一通后，说秀才造反，你可见过谁成了大事的？贤侄还是先出去避避风头吧。

冀文治的自负，让他轻率地放走了吴廉膺，让大清王朝多了一个掘墓人。

吴廉膺是在官军破城后第三天逃离建水城的。那时建水城已全城戒严，官民商贩人等只进不出。吴廉膺虽然有临安知府大人签发的关牒，但逃走得也很仓皇。他轻车简从，只带了师爷杨五叔和两个随从漏夜出城。出了西城门，吴廉膺勒马坡头，回望临安城，忽然滚鞍下马，捶胸顿足大哭起来。师爷忙去搀扶，说七爷，孔子穷乎陈、蔡之间，关云长还败走过麦城哩。此一时彼一时罢了。以我家七爷的能耐，东山再起，衣锦还乡，什么样的金山银山、良田美宅挣不回来啊！

吴廉膺涕泗横流道：“五叔，侄非哭家业。我伯君兄命危矣！”

官军进城后，吴廉膺把李伯君藏在一个朋友的马房客栈里，说等局势稍微平稳，再相机带他出城。现在满城都是李伯君的通缉画像，一百两银子悬赏他的人头。李伯君人生地不熟的，如何出得了城？

不可能再去求冀文治，那无异于既坐实自己和革命党人的关系，又投羊入虎口。万般无奈下，吴廉膺想到了陈云鹤。在与官军议和之前，李伯君有一天为是否要议和事，径直来到吴家，正撞见吴廉膺和陈云鹤在书房里对弈。吴廉膺也不避讳，将陈云鹤介绍与他。李伯君惊得大叫一声，都说祭孔时还有个回来“丁忧”的官员，是冀文治老儿的朋友，原来躲在你这里呀！玮玠，咱们得绑他去见周大统领。吴廉膺冷冷地说，你敢！李伯君梗着脖子说，凭什么不绑他？吴廉膺从书架上抽出那本《云南》杂志，重重地往棋盘上一摔，说就凭这个！你我都推崇备至的那篇《滇地交通矿山考》，你可知作者为谁？陈先生也。李伯君顿时惊得瞪直了眼，说这等才学过人之士，怎么、怎么还为朝廷效命当奴才？陈云鹤不温不火地回应道，李中堂、张之洞还办洋务哩。

吴廉膺的判断没有错。要救出李伯君，非陈云鹤不能办。他修书一封，着一个随从带回城内交给陈云鹤。客套话不多讲，只说“朝廷今日之淫威，难以掩饰庙堂之腐朽；伯君独臂之勇毅，足可救社稷于中兴”。

陈云鹤在一个早晨用自己的官轿将李伯君送出建水城。两人挥手告别时，李伯君单手抱拳：“陈大人，咱们后会有期！”

陈云鹤现出一个苦涩的笑脸：“你我要么相忘于江湖，要么等你再次来破城。”

10 · 红纸伞

周大祥留给后世的照片有三幅。一幅是他和四个义军头领脖子上挂着铁链，默然站立在一道土墙前。他们有的穿着棉长袍，有的穿一条肥大短裤，有的扎着绑腿，有的赤足。周大祥头缠黑色头帕，斜襟布衣，外面套了一件无袖短棉袄，棉袄的领口和右下摆处各有一块补丁。他的脚上铐着粗大的脚镣，一双圆口布鞋破烂不堪，可隐约见到裸露的两个大脚趾。他深凹的眼睛里露出不服输的狠劲儿，像一尊怒目金刚，脸上的麻子全然不见，仿佛被他的愤怒吓跑了。在他的左边站着一个长相俊朗、读书人模样的年轻人，他的右额角有一处血痂，神色坚毅，有看淡生死的漠然与孤傲。经文史专家考证，此人为李伯君的“死绝会”会员赵世林。周大祥右手边是他的亲兄弟周三祥，他的手紧紧攥着哥哥的手，不是因为害怕，而是有一种兄弟赴死的慨然。他们脖子上的铁链长及腹部，又分叉出去，将五个囚犯穿在一起，由站在他们两侧的两个清兵牵着。这是五个即将被枭首示众的人，刽子手或许就在他们目光所及的地方，这让他们看不穿眼前的黑暗。

“这些照片是由一个叫奥古斯特的法国人拍的，他是法国驻昆明的领事，同时兼任法国驻云南铁路委员会代表。他喜欢旅行和摄影，他的照片为我们这个地方留下了那个时代许多珍贵的影像。奥古斯特就是那个说‘要用火车头撞开南中国大门’的人。”

建水县史志办前副主任杨仲群对自己的客人说。这天下午他的忘年交桑逸带来一老一少两个老挝客人。那个叫陈怀北的老先生是老挝国立大学的退休教授，虽已是耄耋之年，但还精神矍铄，时尚倜傥。脸刮得干干净净，稀疏的白发每一根都像被仔细打理过，尽管不多了，却像从不会出差错的岁月，丝丝缕缕留痕在饱经沧桑的头上。老人身带淡淡的古龙香水味儿，淡蓝色条纹衬衣挺括贴身，米色西裤，白色软底皮鞋。东南亚侨胞的通常打扮，优雅、从容、知性。教养、身份和异域色彩一览无余。杨仲群一见到他便心生敬仰之情。他也不甚了解老挝这个国家，不过，他希望自己如能活到八九十岁，也要像人家那样，不被人看成个一无是处的糟老头儿。

杨仲群这些年正准备为吴家花园写一部书，这座大宅还有许多神秘之处，更有无数需要去重新认识和解读的人和事。不同的历史阶段都给这个家族涂抹上不同的色彩。文旅部门需要在向各方游客解说这座具有“滇南大观园”美誉的私家宅邸时，从建筑园林雕饰之美到家族秘史、人物传奇，拿出一套既有吸引力又能彰显本地荣光的标准文本。杨仲群的爷爷曾在吴家花园当过师爷，从小听过不少有关吴氏家族的逸闻趣事。县文管部门为他在吴家花园腾了一间房子，让他在里面专事写作和研究。

现在的吴家花园内设有一间文史展览室，朱迪开初不明白在这样一座美宅大院里为何要陈列这些血腥恐怖的老照片，但似乎爷爷很感兴趣，那个被请来做导游兼讲解的杨先生也对此津津乐道。他讲说的第二张照片几乎让人目不忍视。

“这是周大祥被游街示众的照片。他被囚禁在一种叫‘站笼’的刑具里。我们可以看到他的下颌吊在‘站笼’顶端的横梁上，双手用铁链捆缚在‘站笼’两侧，但脚几乎是悬空的，仅用脚指头撑着一点点笼底。他要么用下巴来支撑全身的重量，要么使劲拉伸身体，让脚指头多分担一些力。这种刑具看似简单，实则相当野蛮残忍。人能有多长时间始终绷紧自己的全身肌肉呢？犯人一站就是几天几夜，日晒雨淋的，许多囚犯死在‘站笼’里了。”

陈怀北老先生感叹道：“这与慢慢吊死一个人无异。耶稣在十字架上，承受的也是这样的痛苦吧？”他是个基督徒，又是教历史的，当然最清楚人类历史上的那些腥风血雨。

“大清国别的发明不出来，整人的东西倒是举世无双。”桑逸说。他今天情绪很好，把两个外国人带到吴家花园来参观，让他感到很有面子，有那种带贵人看自家祖产的由衷自豪感——尽管他也是买门票进来的。更不用说自昨天和朱迪再次相遇后，他一个晚上心里都涌动一种莫名的情愫。不是初恋（他都处过三个女友了），也不是爱。有一点像青春期时对漂亮女孩子的追逐，目光总是毫无理由地被她的倩影牵引——尽管最终也是一场“无言的结局”。他已经知道，朱迪小姐去年代表老挝参加亚洲地区的选美大赛，得了第二名。她现在是老挝中华总商会的亲善大使，去过世界很多地方。桑逸在网络搜到这次选美大赛的相关视频，看得眼睛发直。他不无遗憾地对朱迪说，泰国的那个第一名，可比你差得远了。朱迪只是淡淡地笑说，选美嘛，Ce n’est qu’un jeu（法语：这不过是个游戏）。我继续努力就好。

第三幅照片揭示了反清义士周大祥的结局，他的头颅被装在一个木笼里，挂在建水古城斑驳陆离的城墙上。那是用几根木条临时钉起来的一个简陋草率的木笼，掉边缺角，木缘参差不齐。木笼的一根木条上有不知哪个刽子手用拙劣的毛笔书写的“匪首周大祥首级一颗枭示”字样。那是一个多么残忍又粗糙的时代。桑逸看向朱迪，自作聪明地评价道，像那种面对美女随时抖机灵的献殷勤者。朱迪却不忍再听下去，借故离开。她怕晚上做噩梦。

从木条缝里可以看到周大祥浮肿的嘴、鼻和一只眼，既怪异又恐怖。他的嘴张开成一个“O”形，露出不齐的牙齿。他似笑非笑，又仿佛是在刀刃砍在脖子上那一瞬间，向那个世界发出的最后一声呐喊。

杨仲群说：“周大祥身首异处，亲人为他收尸时，为了让他好歹有个全尸，就找来一个葫芦安在断颈处，还请一个画师在葫芦上画上眼睛、鼻子、嘴巴。不知是画师画得太逼真了，还是周大祥有太多的不甘。人们传说都下葬三天了，还能听到周大祥在坟墓中不屈的呐喊。后来清军把坟平了，让马队在上面反复践踏，刽子手们才能睡个好觉。”

陈怀北长久地注视周大祥的枭首照，感叹一声：“真想知道他那时在想什么？”

杨仲群道：“我有一篇文章，记述了当时的社会状况和周大祥领导的这次矿工起义，以及他的家世。这吴家花园的主人吴廉膺，举事他是幕后策划，媾和他是主要推手，终究还是一个不甚坚定的革命者。陈老先生如不嫌弃，请到我的工作室，我们一边喝茶，一边讲古。”

陈怀北哈哈一乐：“正中老夫下怀！请杨先生不吝赐教。谢谢先生。”

周大祥起义失败，官军入城，四处捕杀参加造反的义军头目和革命党人，据说最终逃出城的不到十人。建水城南门外的法场上，天天都在杀人。临安知府冀文治过堂审周大祥时，问他死前有什么要交代的。周大祥说，老子马上就要当爹了，再生一个造反的种，为他爹报仇。冀文治问，你何以知道是生男还是生女？周大祥想了想，才说，那看天意。唉，当初没有杀你，你得还我一个情。拜托你给我娘带个口信，我上法场时，如果我媳妇生个女娃儿，就让她们打把蓝油纸伞；要是苍天开眼，让老周家添个男丁，就打把红油纸伞！

开刀问斩的法场在城西门外的河滩上。河两岸站满了围观的百姓，周大祥一直在引颈张望。有人喊："周大麻子，唱一个。二十年后又是一条好汉！"周大祥不理，只是瞪大眼睛到处看。那天天空晴朗，太阳火爆，阳光像刀子一样割伤人们的皮肤。有许多人打着油纸伞，红的、黄的、绿的、蓝的。周大祥没有看见自己的亲人，就被推到了法场上。

在站成一排的刽子手和哭得呼天抢地的死囚亲人之间，有一些掮客。他们踅到犯人亲属面前，用手指探问价格。一两银子，可让犯人刀起头落，死个痛快。他们没有找到周大祥家人，便来到周大祥身边说，你家人呢？不出点银子，刀不会快哦！

周大祥啐了那人一口，喝道：滚！

他继续怒目圆睁、四处张望，面露焦灼、疑惑之色。监斩官对身边的人戏谑道，看哪，周大麻子也会害怕呀。等会儿就该尿裤子了。周大祥身后的刽子手说，尿裤子的㞞货最让人烦，刀还没下去，尿出来了。还有吓出屎来的哩！一个小吏巴结监斩官道，大人，您站远点儿。招呼别被周大麻子的屎尿熏着。

周大祥倏然看见一只白鹭顺着肃杀的河滩飞翔！那么多的人，那么多的兵器刀刃，这只勇敢的白鹭竟然毫无畏惧，在冰冷嗜血的刀戟丛林中自如翱翔。它引领着周大祥的目光，让他终于看见了自己的亲人。他母亲周钟氏，牵着老二周兰花和老三周菊花，还有那晚跪着请求他打开城门投降的七大姑八大姨。一群妇孺神情凄然，哀伤碎了满地，让天上的太阳也掩面而泣。他十一岁的大女儿周春花，那么弱小的身子，在人群中不断地往上跳，为的是让她老爹看到她高高撑起的一把红油纸伞！

周大祥欣慰地笑了，跪向大地，向苍天三拜，然后伏身断头台。

第三章

11 · 抄家

吴廉膺逃到昆明时才得知，他的厄运还没有完。云贵总督府接到朝廷敕谕，治吴廉膺“附逆”之罪，查抄吴氏家族家产。朝廷不会因为你多出了多少银子，就对你仁慈开恩。朝廷要治的就是你的反骨。

查抄家产，株连九族，家眷充军为奴，这是以朝廷的名义进行的最明目张胆的打劫。临安知府冀文治接到籍没吴家花园的电报时，眼皮连跳三跳，就像要被查抄的是他的家。他立马赶到吴家花园，刘冬麟的人马已经将吴家花园前后几条街都封锁了。百姓们袖着手窃窃私语。有人幸灾乐祸，有人神色黯然。吴氏家族男女老幼上百口人连同仆从婢女都被赶到下人们住的几间屋子里。冀文治找到刘冬麟说，吴家老人吴封氏年事已高，还是蒙皇恩受敕封的孺人，刘大人是否网开一面，手下留情？刘冬麟眼睛一斜道，军机大臣和珅还是皇亲国戚哩，先帝爷嘉庆皇帝可曾饶过他？

吴廉膺当年初入仕途时，尚觉得自己前途远大，必将光宗耀祖。他追思先祖不易，陡生感恩之情，便纳钱为“驼背老爹”吴攸宁捐了个“文林郎”的虚职七品官，得翰林院撰拟的皇帝敕命一道。子荣母贵，吴封氏也由此获得光绪皇帝“敕封”，“赠尔为孺人”。这张用银子堆出来的敕封用满汉两种文字书写在由江宁织造制成的锦帛上。翰林院的大学士们在撰写敕命文诰时，不过是依样画葫芦，批量发售。

敕封极尽溢美之词，说吴封氏“家有孝慈之范，美以相济而成，国崇褒锡之文，恩以并推而厚。德可相夫，教能启后……”云云。在吴氏家族里，这是来自皇帝御批的圣旨，是比祖宗的牌位更具神性的“镇宅之宝”。它被高悬在吴氏宗祠祖宗神位的正上方，年年祭祖日、敕封日和正月十五，吴氏族人都要齐聚祠堂，三叩九拜，山呼万岁万万岁。在临安府，无人不晓吴家是沐浴浩荡皇恩的家族。它让临安府的文武百官心生敬畏，让吴氏家族无论男女老幼、亲疏远近，统统跪下，并永远生活在它的阴影之下。偏远的临安设府治五百余年，都没有得到过朝廷的一道圣旨。尽管吴封氏的敕封不过是她的曾孙一时心血来潮花钱买的，但它给这边陲之地的大家族带来了多少荣耀、多少威风、多少骄傲、多少悲与喜相互交织、多少爱与恨层累叠加啊！吴家后人演绎的无数人间悲剧，都被吴封氏假借这虚妄的敕封之名，滥施淫威。

可是，当官府要抄你的家时，一道敕封也挡不住清兵在吴家花园里翻箱倒柜，掘地凿墙。凡是他们认为可能藏有家财的地方都要挖开来。从金砖银锭、首饰珠宝、古玩字画、地契房契、借贷票据，到一只青花瓶、一杆烟枪、一副象牙筷，悉数查抄一空，逐一登记在册。刘冬麟则亲自审讯吴家管事的几个长辈和兄弟，交代不清的则上刑伺候，皮鞭军棍交加而下。吴家的老少爷们儿哪受得了这个，皮鞭还没挥起来就都如竹筒倒豆子般招了。其实，吴家的财富大头都在个旧矿山上和遍及全国各地的吴盛泰商号及钱庄里。这些年一直在建造吴家花园，家里还真没有储存多少银子。把金条银子埋在地下，藏在夹墙里，那是土豪的做派。吴家每月每房该支领多少两银子，每个长辈、姨娘、婶娘该有多少花销，家族里都有明文规定。如果说各房还有些私财，则多在男人们的字画古玩和女人们的绫罗绸缎、金银首饰上。刘冬麟在吴家花园折腾了七天，单登记查抄物品的册子，就有厚厚的八本。

被籍没查抄的富贵之家此时已不心疼这些抄去的财物了，保命第一，保面子第二。给吴廉膺定的罪名是“附逆”，家眷要不要充军为奴，抄去的家产如何发落，还得等上峰定夺。吴家的老祖吴封氏忧心如焚，和一群儿媳、孙媳、小姐、女仆丫鬟们一天一人只能吃到一碗馊玉米饭、半碗青菜汤。锦衣玉食惯了的太太、姨太太、小姐们天天以泪洗面，饿得头昏眼花也不肯吃一口狗都不闻的饭食。吴封氏说，饿死事小，失节事大。你们都饿死了，倒也是好事。饿不死，就准备一根绫带吧。总比被发配到天远地尽的地方，给当兵的糟蹋了好。

有一个曾孙媳妇说：“老祖，我害怕。你带我们一起死吧。”

吴封氏语调冷漠地说：“我不能死。我要看着你们一个个守节。我还要等到我的廉膺回来。他反洋人的铁路是听了我的，为皇上好。皇上会下诏给他昭雪平反的。”

第二天，吴氏家族里有三个女人上了吊。其中一个是吴廉膺的二房罗采薇。这是他当年在广州做官时娶的女人。她是一个教书先生的“天足”女儿。这个广东女人个子矮小，麦色皮肤，眼睛明亮。天知道风流倜傥的吴廉膺是怎么看上她的。也许是因为她弹得一手好古琴，娴静温婉，有书香世家的风韵。正所谓“西施逐人眼，称心为最得”。罗氏进吴家大门时，怀里已抱着一个四个月大的女婴。生米煮成熟饭，老祖吴封氏只得认了，让她做了吴廉膺的二房。

躲在昆明的一家驿馆里的吴廉膺，为自己小妾罗采薇痛哭了一夜。这祸看来是闯大了。临安那边的消息不断传来，吴家花园里的太太小姐们都饿得争抢老鼠吃了，见天都有尸体往外抬。

驿馆的主人谷瑞是他多年的旧友，利用驿馆周旋在官民之间，认识不少达官要员。他对吴廉膺说，有清以降，抄家杀头诛九族，是第一等，发配充军为第二等，第三等则留有一些田地房屋，让族中老人孩子有个活路。运气好的，会赶上籍没家产后再发回。全看先生如何运作了。

吴廉膺哀叹道："我这戴罪之身，该如何出头？"

"你可有胆量去见云南巡抚钱宜端钱大人？"谷瑞直视吴廉膺的眼。

"那不是把鄙人的头颅送上去吗？"

谷瑞笑道："亏得玮玠兄还是商人，官府的事，什么不是生意？连官爵都可以买到，还有什么买不到？这江山社稷的朝纲，烂到什么程度，他们可比我们更知晓。"

吴廉膺被点醒，一拍脑门道："贤弟所言甚是。我这是被吓破了胆、乱昏了头。只是，我怎能进得了抚台的厅堂？"

谷瑞自信地说："兄长只需准备好银两就是了。钱大人那厢，愚弟自会疏通。"他又狡黠地笑说："钱宜端雅好手谈。我刚好每次都能让抚台大人赢得满盘春光，不才输得心服口服。"

吴廉膺踌躇片刻才说："只是眼下，老吴家的矿山商号钱庄都被查封了，如何筹得了这大笔银子？唉，屋漏偏逢风雨急。"

"富贵如吴家者，云南有几户？往来绅商，又岂敢称白丁？"

吴廉膺苦笑："我这丧家之犬，倘不是谷瑞贤弟大义援手，偌大昆明城，还真无立锥之地。生意场上，哪个不是趋利避害？"在暂避谷瑞的驿馆之前，吴廉膺曾修书与几个商界友人，期能避祸小住，但均被婉拒。这世态的炎凉，危难之时方可洞见。

吴廉膺忽地又一拍脑门:“重庆府王炽如何?我怎么将他老人家忘记了?”

谷瑞也一击掌赞道:“非王炽不可救老吴家也!”

这王炽也是滇南望族，同治年间闯荡重庆水陆大码头，不到二十年，生意就遍及全中国。他在重庆开设的“同庆丰”商号和“天顺祥”钱庄，基本上垄断了清廷的对公存款和汇兑业务。王炽有两件“义举”让其享誉华夏。一是光绪九年（1883）第一次中法战争在云南边境爆发时，朝廷竟然拿不出战争军费。王炽深明大义，指令“天顺祥”钱庄拨出六十万两白银垫支给清军作战。二是庚子国变后，慈禧太后仓皇“西狩”，发现所带银两不足，在西安时向王炽“借银”百万两。王炽二话不说，指令西安的“同庆丰”分号从速拨款。事后清廷诰封王炽为“三代一品”红顶商人，高于咸同年间著名徽商胡雪岩的“二品”封号。

吴氏家族的上一辈人就与王炽过从甚密，三伯吴绵清与王炽为金兰之交。吴氏家族矿山上的大锡，经重庆走水路直抵武汉、江浙一带，都由王炽麾下的商号打理。吴廉膺从广东辞官后，曾漫游大半个中国，还专程去重庆府拜访过王炽，对王炽行侄辈礼，称王炽为“世伯”。在重庆时王炽对这个吴家后人耳提面命，提携有加。吴廉膺这时刻想起王炽曾告诫过他的话：平生用财，以义为准。义有大小，解庙堂之困，为大义；纾朋友之难，为小义。

十万两银子，对王世伯来讲，也算“小义”吧。吴廉膺想。

三天后的一个傍晚，吴廉膺怀揣十万两银票，手捧一副纯玛瑙围棋，随谷瑞来到钱宜端的官邸。情形远非他跨进深重大门前那般复杂，谷瑞给门房递上拜谒的牌牒，还如实填上随行人的名字。吴廉膺当时还有所疑虑，抚台大人难道还不知道我是个戴罪之人？事后他不能不佩服谷瑞的老到。你敢来拜见我，岂能空手？

他们被引进一所侧院，穿过月牙门，墙缘有竹，竹前有太湖石垒的假山，庭心有虬枝盘绕的古梅、枝叶茂盛的玉兰、青翠挺立的云南松，还有汉白玉石拱桥，两边有池，池中有荷有鱼。西厢房有一间抚台大人的琴房，平常谷瑞便在里面和巡抚大人对弈。有时还会有一个教坊的女子在一旁抚琴陪伴，弹奏《广陵散》《渔樵问答》《崖下栖心》《潇湘水云》等古琴曲目。

他们在琴房里等了约莫半个时辰，钱宜端才晃着八字步姗姗来迟。寒暄引见之后，吴廉膺奉上那副产自南洋的玛瑙围棋。吴廉膺发现，巡抚大人眼睛停留在围棋上的时间，长于看他。他拈起一颗棋子爱不释手的样子，正如喜爱文房四宝的人，一方古墨或古砚，就会让他心醉神迷一样。他甚至都没有问他的案情，仿佛眼前这个人，并不是朝廷要缉拿的要犯。

吴廉膺却识得他。一年前在云南巡抚衙门前屠杀请愿学生的，不正是这个风都可以吹倒的垂垂老朽吗？他下达了开枪射杀学生和平民的命令后，晚上是否照样在这幽静奢华的院落与人对弈？

茶过三泡，钱宜端和谷瑞在棋盘前坐下，吴廉膺陪侍在侧。他也懂一点围棋，钱宜端也不过是入门水平。一盘棋下来，钱宜端又以一目半胜出，赢得恰到好处。谷瑞复盘，让对手欣赏自己每一步落子的妙处，把巡抚大人抚慰得大有独步棋坛的舒坦豪迈。谷瑞见火候已到，便说，时候不早了，钱大人辛劳一日，也该将息了。我等告辞。

吴廉膺忙起身，掏出那张银票，双手恭敬地呈到钱宜端眼前：

“小民吴廉膺初次拜谒钱大人，受教良多。区区薄礼，不成敬意。请大人笑纳。”

钱宜端在银票上快速浏览了一遍，面有不悦地喝道：“放肆！”

吴廉膺的手僵在那里，额头上汗水直冒。谷瑞堪称此道老手，不当回事地说：“大人请勿见怪。吴先生是临安府大乡贤，对乡梓贡献良多。受周大祥案牵连，大人想必也知晓一些。临安围城时，吴先生游说于两军阵前，劝降叛军，使古城免于刀兵之灾。现在吴家被抄，老幼受困在黑屋，女眷上吊于横梁。还望大人开恩，多加关照。”

钱宜端侧身，背手踱步，将一个苍老的背影留给两人，仿佛羞于面对这笔巨额贿赂：“周大祥谋逆案，乱党分子居间挑唆，以阻洋修路占厂为名，实乃叛乱反清，乱我社稷江山。”他缓缓地转过身，向前走两步，直视吴廉膺：“你可是孙文乱党？”

吴廉膺一怔，竟不知如何回答是好。

好在有谷瑞，他呵呵一笑，上前去接过吴廉膺手上的银票，轻松地放在棋盘上：“大人多虑了。据在下所知，对吴先生的一些指控，均系捕风捉影、无稽之谈耳。”

当那张银票落在棋盘上时，钱宜端的眼珠子不由自主地向下滑落了一下。吴廉膺松了一口气。这让他有勇气不说假话，也不愿为自己辩解。

“我知道你们要干什么。”钱宜端冷冷地道了一句，又转过身去，面对西墙上一幅康熙朝云南画僧担当和尚的《溪亭垂钓图》山水画。画中一老人跣足蓑衣垂钓于溪边，背景为岩石、茅亭、平林、远山。荒江野老，苍古寂寥，运笔清奇，气韵恬淡。云南士林官绅，皆以收藏担当和尚被誉为诗、书、画“三绝”传世的作品为傲。吴廉膺家中也收藏有担当和尚的一帧书法和一幅山水画。吴廉膺想，早知钱宜端也好担当书画，还不如奉上家中那幅藏品，或比一张银票更能通融？

“滇越铁路，‘七府矿约’，老夫岂不知路权、矿权乃国之根基？这条约那和约，又岂是本官可擅作主张？矿山机器、铁路火车，本朝不能造，引入又起民怨，伤国本；拒则国家疲弱落后，日甚一日，与西洋诸国、东洋日本差距益甚。进则乱我朝纲，退亦败我国力。尔等只知造反，安知本朝为官之难？”

谷瑞接了一句：“大人为社稷夙夜操劳，身体要紧。”

钱宜端扭头，现出一个诡异的冷笑：“身体？垂暮之年，回天乏力矣。”他又回头观画，喃喃道：“做一个溪边垂钓老翁，不亦乐乎？”

钱宜端重新落座，巨额银票就在他的手边，他似乎感受到了它的温度，和颜悦色起来：“这位吴先生，是个读书人吧？”

吴廉膺忙答：“甲午恩科举子。”

“念你孝心赤诚，知书识礼，服务乡梓多年。周大祥叛乱时，有功也有过。我会给刘冬麟刘大人去函，查抄的家产、房屋田地发还一些，以作老人妇孺赡养之用。你可去外地避避风头，到明年，再作打算。”

“谢钱大人！”吴廉膺拱手。他本想叩头，但体内有另一种力量让他绷直了膝盖，终于没有跪下去。

出得抚台官邸，两人要了一辆人力车。街道昏暗，行人稀少。路边仅见几处卖烤洋芋烤豆腐的小摊。金碧路上的金马坊、碧鸡坊在夜色里看上去既森严巍峨，又摇摇欲坠。吴廉膺叹了一句：“毁家纾难，救国图存，何其难！”

谷瑞长久不作答，快到驿馆了才说：“吏治朽败如此，气数已尽矣。”

12 · 山猫

一年以后，吴廉膺在他的避难地重庆府瓷器口接到临安知府冀文治一函，请他回来继续报效乡梓。其函曰，云贵总督富康和云南巡抚钱宜端已赦免了他“附逆”罪，吴家花园查抄的家产悉数发还。吴家只需再出银十万两整治河道，朝廷既往不咎。贤侄可安心回乡，重振家业也。

吴廉膺带回了他在重庆新娶的小妾丛玉儿。出门来迎接吴廉膺的吴家老少爷们儿，见到这个个子高挑（几乎和吴廉膺一样高）、皮肤白皙、着装洋派的女子，无不瞪大了眼。那丛玉儿仪态婀娜，衣着光鲜。桃红色氅衣上领口、开衩处的金丝镶绲的纹样，精致夺目；胸前佩戴的珍珠和梅檀香囊，暗香浮动。还有发髻上金镶玉的钗头，衣袖口处的三层绫缎假袖，短到快至膝盖的窄裙，裙带上飘逸的流苏，每条飘带上都系一只精致的纯银铃，一挪动纤足便窸窣叮当响，都是临安地方的人没有见识过的。更不用说她脸上的妆容，堪比台上的戏子。下人们悄声耳语道：我家七老爷即便落难了，也不缺艳福啊。

丛玉儿在嘉陵江边长大，其父是个走江湖的船老板、大袍哥，有隔山打牛的本事。吴廉膺在重庆码头避难，自然要交结这样的朋友。这个袍哥人家的女儿快人快语，精明利落，待人处世，落落大方。吴廉膺曾问询世伯王炽，这样的女子能否交往。王炽在重庆行商多年，自然有经验相告诫。他说，重庆的女娃儿像辣椒一样火辣，敢作敢为。重庆人叫当妈的为“妈老汉”。一个妈，半个老汉。调教好了，会是个好帮手，就看贤侄是否消受得起。吴廉膺听进去了前一句，并不在意后一句。丛玉儿也是敢作敢为的女子。她说我不在意跟你做小，只在乎你疼不疼我。你疼我一寸，我敬你十丈。娶了丛玉儿后吴廉膺方发现，大码头的女子就是豪爽开明。

至于家中经历劫难之后的另两房女人，当她们来拜见自己的夫君时，吴廉膺几乎都想不起她们的模样来了，连孩子们的名字都唤不全。唯有当他抱起和罗采薇生的女儿吴瑾时，脑海里一晃而过罗采薇在书房里弹琴、他读书吟赋或泼墨挥毫时的场景。吴廉膺的眼眶湿润了。那女孩有七岁了，已长出她妈妈的模样。

见过了家人，便带丛玉儿拜见老祖。他身后洋派新潮、亭亭玉立的女子，差点让吴封氏惊掉了老花镜。这哪里是大户人家的女人？

吴廉膺见到吴封氏就跪下了，身边的丛玉儿还呆呆地站着，吴廉膺忙拉了拉她裙边，丛玉儿犹豫了一下，终究还是跪了。裙带上的银铃叮当作响。

“不肖曾孙吴廉膺携吴丛氏给老祖请安！老祖，受累了。”

吴封氏严厉的目光滑过自己的曾孙，把丛玉儿从头到脚扫了一遍，让这个刚进吴家门的女人周身有如一条蛇爬过。

“格（可）是吃人饭长大的？”吴封氏忽地冲丛玉儿说。

吴廉膺一怔，看见老祖脸上鄙夷的神色，忙道：“老祖此话怎讲？”

吴封氏捻着手上的佛珠，嘟哝道：“长那么高，哪像个女人样？”

袍哥的女儿也是个不怕事的角色，不温不火地说：“老祖，你曾孙媳妇是嘉陵江边长大的，从小水里行浪里走，鱼吃得比米多。长得高是爹妈养的，哪个嘛?”

吴封氏喝道：“敢回嘴?”

“老祖息怒。廉膺在重庆府避难，几多艰难，难以言表。重庆大码头，人多事杂，江湖险恶。亏得丛家多方照料，玉儿不弃相陪，孙儿方有立锥之地，安渡难关。”

吴封氏鼻子哼哼两声，又把丛玉儿上下打量一番：“腰才一把把，还能怀哪样娃？身子格有喜了?”

丛玉儿羞红了脸，吴廉膺底气不足地接话道：“回老祖，还没。”

吴封氏将手边的龙头拐杖一蹾：“不中用的东西，一个两个地带回来整哪样？在外面成天跟着狐狸精的屁股转，你还想不想有后了?”

吴廉膺还没有后，不仅是他的心病，更是老祖吴封氏日夜念叨的话题。他的原配张怀珠是老祖吴封氏亲自为他挑选的，她是临安府另一户大户人家张氏家族的千金。张氏家族有良田千顷，兼做土杂生意，在个旧厂也开有矿洞和炉房，家族里还在明万历年间出过一个进士。无论财富丰厚还是诗书教化，与吴氏家族也不相伯仲，可谓门当户对。这吴张氏身板壮实，脸大嘴阔、胸脯丰满、屁股硕大，完美地符合吴封氏的择媳标准。那一年吴廉膺才十七岁，尚在求取功名的学海里挣扎。虽然中意知府家千金，但提亲被婉拒让他尝到了人生第一次挫败。在吴氏家族里，没有谁可以反抗吴封氏为家族繁衍选择媳妇的权威，何况他还未及弱冠。洞房花烛夜，吴廉膺既心有不甘又懵里懵懂，兀自拿了本《大学衍义补》，盘腿坐于案几边，秉烛一读到天明。到了白天，新媳妇要忙着去侍奉公婆和老祖，到各房长辈前问安，吴廉膺则蒙头大睡。这样的日子过了月余，卧房案几上的书堆得有半个人身子高，吴廉膺对红罗帐内拥衾独泣的新娘不闻不问。有天半夜忽然传来敲击花窗声，老祖在外面轻声而严厉地说，小七子，你格是读书读出一脑袋屎来了？格认得哪样叫圆房？吴廉膺不敢违抗老祖的命令，合上书灭了灯，宽衣上床。黑暗中他被一个温暖柔软又庞大火辣的肉身覆盖，让他感受到前所未有过的膨胀和窒息。“有能一日用其力于仁矣乎？我未见力不足者……”吴廉膺嘟哝着圣人之言，感觉到自己的身子正像一座沦陷的城池，令他羞愧难当，泪流满面。

成年后的吴廉膺早已淡漠了圣人的教诲。刚从广东回来那些年，吴封氏看曾孙老不往原配房里去，一有空闲便和吴罗氏游山玩水，吟诗作画，抚琴弄月，琴瑟和鸣的样子，似乎只知山水诗书之乐，而忘记了传宗接代之责，就再次动用权威，给吴廉膺张罗了第三房。此女子名游惜春，是吴封氏的贴身丫鬟，长得乖巧伶俐，从小就跟在吴封氏身边，刺绣诗书，无所不通，俨然大户人家小姐的做派。吴廉膺新鲜了不到一个月，兴致就寡淡了。因为他终于醒悟过来，游惜春不过是老祖派到他身边来的“巡按使”罢了，他头晚在床上的言行举措，第二天一早老祖就知道了；妻妾们的闲言碎语，争风吃醋，老祖透过游惜春看得明明白白，不时就发话下来教训吴廉膺一顿。她与其说是他的小妾，不如说是老祖放出的一条小母狗。她身子在吴廉膺这边，服侍的还是老祖吴封氏。妻妾中吴廉膺最厌烦的就是游惜春。她绵羊一样温顺，小猫一样柔软，白狐一般狡黠。吴廉膺常常想掐死她。

即便如吴廉膺这样身边花团锦簇、从不缺女人的人，婚姻也如那只不合脚的鞋子。正房张怀珠行房事时循规蹈矩，连内衣兜肚都不解开，常常让吴廉膺兴味索然。二房罗采薇在世时，是书房和琴房里的淑女，却是红罗帐中的烈女。这个私塾先生的女儿必须熄了灯才让吴廉膺上身；而且自她跟着吴封氏吃斋念佛后，有很多禁忌和清规戒律。床边“万年历”上每月守斋、祭祀、禁忌、祭祖、敬神、驱鬼的日子都用红笔密密麻麻地勾了圈，可以同房的日子屈指可数。吴廉膺常自嘲，我是在跟尼姑行好事哩。在她准备把自己当献祭的羔羊奉献出来的日子，吴廉膺却人影杳无。三房游惜春依仗自己是老祖身边出来的贴身丫鬟，虽是村姑出身却小姐脾气十足，吴廉膺每次去到三房都得奉老祖之命。每房妻妾各宿五天，老祖有严格规定。吴廉膺跟爱妾从玉儿抱怨，我去那边，不过是“奉旨圆房”。唯有从玉儿倒是让他体验到了一个男人的许多快活。她身姿妖娆，言语撩人，更有一套迷惑男人之术。她拓展了吴廉膺对房中之事的认知边界，销魂之后他会狎言，你可教会了我许多书本上学不到的东西。

在家族里，老祖吴封氏一年到头的兴奋点就是盯着自己的孙媳妇、曾孙媳妇们的肚子看。她隔三岔五就冲吴廉膺说，你就给我好生趴窝，公鸡不踩蛋，小鸡哪里来？吴封氏还到处求神拜佛、遍请名医、漏夜焚香祷告。终于，建水城边西山道观的一个老道士给了吴家一帖秘籍偏方。吴封氏如获至宝，在一个早晨把吴廉膺唤到膝前，令他跪下。老祖从一块丝帕里取一粒暗红色药丸，捧在掌心里像捧着某件圣物，然后轻声祷告一通，再放进吴廉膺嘴里。

“嚼烂，咽下。”吴封氏命令道。

那味道在难以掩盖的腥臭中又带有几许甘甜。吴廉膺当时想呕，但望见老祖那副威严状，比领皇帝圣旨还要肃穆庄重，也只能强咽下去了。

“好恶心的味道。什么东西啊，老祖？”

“看你那黄皮寡瘦的样子！那个重庆府来的狐狸精都快把你吸空了。以后每天早上来请安时吃一颗。”老祖神色严厉地说。

吴廉膺当时想，大约是滋阴壮阳、补肾益气一类的怪异偏方吧。自回到家以来，各种辛辣古怪的药汤他可喝了不少。要是老祖能把太上老君的炼丹炉弄来，吴家花园里一定会天天乌烟瘴气。

这其实是比太上老君的丹丸更古怪荒谬的东西。山野老道跟吴封氏说，他可以配一种能够让他多子多福的药丸，但必须用健壮少女的血做药引子。吴封氏说，药丸你月月给我供，我家婢女多的是。她看上了厨房里的一个女子。吴家花园里人人都叫她山猫。这是本地人对一种山豹子的称谓，这种野物灵敏、凶狠，在高山密林中生存力极强。吴家花园里的山猫长得结实匀称，那一年大约十六七岁，正是气血很旺的年华。给她吃好点，身子弄干净点，每月送她去道观“放血”。吴封氏说。

矿山抵命事件发生那年，吴廉膺还在府学做廪生。他还记得，三伯在端午节前领回一个像头小兽一般的小女孩，她除了眼仁是白的，浑身赤红，头发像刺猬，没有名字，也不会说汉话。尽管吴绵清将她带进吴家府邸前，已经让人帮她梳洗打理过了，但吴廉膺还是闻到一股腥甜的膻味，这让他微微收紧了鼻孔。他幼时和同伴去山里掏狼窝，抱回来的狼崽子就是这种味道。这小女孩的五官非同常人，她的鼻孔朝上，嘴唇厚而外翻，耳朵尖小，像猫耳。吴廉膺都不愿多看她一眼。三伯说她的哥哥为龙树炉房去抵命，被人家一鸭嘴锄挖出了脑浆，家里就剩下这孩子了，养几年，以后给四弟烧鸦片。吴家那时已有二十几个下人，多一个丫头没有谁会在意。山猫初到吴家时做事还算勤勉，只是有些笨手笨脚，脾气还很倔强。吴廉膺的父亲过世后，就让她去厨房打下手。劈柴、背水、洗菜、烧火这类粗活计都给她干。这个可怜的孤儿没人疼也没人管，教她习惯穿衣服知羞耻，不知打了多少回。吴家能给你一碗饭吃，也是磕头遇到菩萨了。人们都这样说她。没有谁会预料到，这个小女孩在若干年以后，将给吴氏家族带来许多他们想不到的改变。

吴廉膺也算是吃遍了天下的山珍海味，甚至连虫蛇虎豹、山茅野味，都没有这粒每天在老祖的监督下强行咽下去的“丹血丸”味道怪异。这个名词是他后来从吴家花园那些下人口中听来的，并隐约知道这和一个婢女有关。他很厌恶，但又不敢反抗。老祖毕竟是为他好。

一个春日，吴廉膺和几个文友在花园里射箭比酒，玩的是“君子无所争，必也射乎！揖让而升，下而饮。其争也君子”的风雅。箭靶是一个稻草人，置放在一道带瓦檐的矮墙前。那天吴廉膺准头太差，喝了不少酒。有一箭实在偏得太远，竟然飞过了矮墙，只听得那边“哎哟”一声惨叫。众人便知晓伤到人了，忙绕过墙去。果然见一丫鬟捂着肩头跌坐于地，血正从她指缝里汩汩流出。大家正商议如何施救包扎，一个老妈子拿了只土碗出来，说正好正好，明天你就不用去道观了。吴廉膺此刻不能不多看了那下人几眼。你就是山猫？他问。山猫用野性的眼睛盯着他，没有话。吴廉膺心里怦然一动。猫的眼睛就是比人明亮。他想。

一个月正上弦的春夜。吴廉膺和建水城的几个读书人雅聚归来，步态漂移，面赤微醺。一直在身边伺候他的小厮魏小四问，七爷今晚回哪房歇息？吴廉膺默想了一下，今晚该去三房游惜春那边了，心中不由得一阵烦恼。他想去丛玉儿那房，但是他又不敢，便怅然道：

“先去书斋吧。泡壶茶来。”

书斋是一个男人躲避女人的清净地。作为举人，吴廉膺的书斋名曰“月轩”，当然别致豪气，书案宽大，书橱环拥，藏书丰富，字画古玩，琳琅满目。推窗可见西花园里的月牙池，以及池边疏落有致的竹林和几株古梅、玉兰、山茶、桂花树。书斋里还有一张宽大的乌木罗汉床，上有案几、靠枕、虎皮褥子。有时吴廉膺看书晚了，就在卧榻上歇息了。

茶过三泡，吴廉膺感到神清气爽了，便踱步到书橱前，映入眼帘的是年前从杭州芥子园书铺新购入的“湖上笠翁”（李渔）的一排书，《闲情偶寄》《笠翁十种曲》《无声戏》《十二楼》等。本来他想翻翻《笠翁十种曲》的，却先抽出了《闲情偶寄》，打开就是《颐养部》，信手翻了几页，不觉朗诵起来：“睡有睡之乐，坐有坐之乐，行有行之乐，立有立之乐，饮食有饮食之乐，盥栉有盥栉之乐，即袒裼裸裎，如厕便溺，种种秽亵之事，处之得宜，亦各有其乐。苟能见景生情，逢场作戏，即可悲可涕之事，亦变欢娱。”吁，以笠翁先生之孟浪流俗，尚能留名于世，岂非亦读书人面目也哉？

他的目光不觉又落在罗汉床案几上的一本《金瓶梅》上。他记得前两日正读到第四十三回：“争宠爱金莲惹气，卖富贵吴月攀亲。”脑海里晃了几晃潘金莲的娇媚，终是不具体，不禁哑然。“吾未见好德如好色者也。”吴廉膺又给自己找了个台阶，索性携了《金瓶梅》躺罗汉床上了。

鸡鸣头道，吴廉膺非但未能入睡，书却是读得浑身燥热难抵了，就难免想入非非起来。老祖的“丹血丸”也吃了半年多了，那几房妻妾肚子还是没有变化。他的功夫是否有所改变？他自己也不确定。他想起山猫的血，想起她明亮清澈的眼睛，忽然有些意醉神迷、鬼使神差，起身去外间，唤醒在一张靠椅上打盹儿的魏小四，说你去把山猫给我叫来。魏小四睡意蒙眬，问：七爷，哪只猫？吴廉膺两眼放光，用不容置疑的口吻说："那只给我造'丹血丸'的猫。快去！"

笠翁先生不是说得很明白了嘛，"即袒裼裸裎，如厕便溺，种种秽亵之事，处之得宜，亦各有其乐"。多年以后，吴廉膺不知是该后悔自己在这个晚上误读了李渔，还是要庆幸一个读书人之误，也可误出一段别样的人生。在这样一个春情荡漾的春夜，面对一个如此健壮、单纯的女子，尽管命运赐予她苦难，苦难又蹂躏了她的尊严，但阳光烙满她的全身，山风打磨她的肌肤，劳作砥砺她的骨骼。她像猫一样温顺，收起了她的利爪，在老爷面前瑟瑟发抖。她也像深山里的一块璞玉，蕴藏着令人不可抵御的魅力。吴廉膺伸手捏了捏山猫的乳房，柔软而富有弹性。他的腹部陡升一股许久以来都没有过的野蛮之气，他令她在罗汉床上躺下。

山猫说："老爷，怕。"

吴廉膺涎着脸问："你怕什么？"

山猫低头，看着身下的虎皮褥子："我怕老虎。"

吴廉膺闻到一股英国"洋枧"的茉莉香味。为了让山猫身子更干净一点，老祖特许她用小姐太太们才有的"洋枧"洗身。这让吴廉膺迷醉。他嘿嘿一笑，问："我是老虎吗？"

"可悲可涕之事，亦变欢娱"呀。他将山猫推到罗汉床上，自己的身子压了上去。可怜弱小的山猫便成了她面前这只老虎的口中之物。

13 · 花园

吴廉膺在重庆当寓公时，虽然有前辈王炽照料，带他结交重庆府各码头的士绅官吏、袍哥舵把子，将吴盛泰在重庆的商号业务逐步恢复起来，但吴廉膺独在异乡为异客，零落漂泊，乡关万里，活得也很迷惘，颇有“停杯投箸不能食，拔剑四顾心茫然”之慨。“阻洋修路，拒洋占厂”的起义失败后，“死绝会”的革命党人杀的杀，抓的抓，逃的逃。李伯君一直逃到缅甸，在那边筹办了一张华侨报纸，继续从事反清活动。吴廉膺和他时有书信往来。李伯君一直在鼓励他不要丧失信心，反清大义的旗帜不能倒。起义虽然失败了，“阻洋修路”的目标却部分达到。至少逼迫法国人的铁路部分改道了，不敢进蒙自、建水城了，更不敢染指个旧矿山线。官府不要怕，洋人不可惧，关键是我们不能跪着。

吴廉膺还是不知道希望在何方。他在给李伯君的信中说，我等不过是在石板上撒种子耳。李伯君回说，种子撒下去了，岩石缝里也可长出参天大树。

可是，每当吴廉膺走在建水城街头，看到那些麻木贫苦的民众；在戏院青楼里，看到那些醉生梦死，“商女不知亡国恨”的声色男女；在生意场上，看到那些尔虞我诈的商界朋友；在临安府衙，看到那些唯唯诺诺的大小官吏，以及在与知府冀文治的推杯换盏中，吴廉膺都有深陷泥淖并和大家一步步沉沦糜烂之感。身不由己的沉沦，不可遏止的糜烂，从社会到每一个人。大家都是一艘即将倾覆的破船上的乘客。如果有人站出来说，我们换一条船吧，或者有更为勇敢者呐喊一声，让我们把那昏聩该死的掌舵者推下海去，冀文治哪怕知道这勇者的呐喊，既可救这条船，还能保黎民百姓包括他家小的命，但他一定是第一个举起屠刀弹压的人。周大祥被挂在城头的那颗头颅，很长一段时间里都是小民百姓的噩梦。

还是应了吴廉膺那句谶语：从来英雄气短处，正是儿女情长时。曾经的热血抗争，总是被身边的温柔乡，被生意的繁忙琐碎，被官场的交欢应酬，以及吴氏家族的百年大计——建盖吴家花园的恢宏大业，雨打风吹去了。

早在几十年前，吴廉膺的三伯父吴绵清就在建水城东一气儿购下三十余亩地，誓言要建一座传世千秋的“滇南大观园”。他是个有大气魄的人，除了自己的婚姻大事他不能做主外，他可以主宰世界。一个来自江西的堪舆先生，自称为唐朝时堪舆鼻祖杨筠松的传人，用“四经五行三合法”给吴绵清草绘了吴家花园的蓝图。标明了气位、神位、财位、文昌位、灶位、门位、井位、下水位等。吴绵清被他从星宿到天与气，从地气到山与川，从日月到阳与阴，论说得五迷三道，气血上涌。直说哪怕是金砖砌墙、银子铺地，这座大花园我老吴家一代人建不成，就让下一代人再建。这世上的高堂华屋，三分为家族颜面，三分自己居住，三分传诸后代，还有一分奉献给祖先。唯如是，方不愧为族中伟男儿。

在吴绵清的构想里，这座大花园宅邸不仅能容纳绵字辈的四支家族成员，还要能庄严隆重地安放先祖灵位，让他们的在天之灵也足可宽慰自豪。吴绵清当然也读过《石头记》，大观园里的富贵繁华与风华书香，其实皆由权势和银子说了算。银子吴家不缺，权势嘛，他看好侄子吴廉膺。曾经有一个云游四海的和尚，在吴家住了半年。这高僧话不多，成天在佛堂里念经祈福。离开吴家前，他为吴封氏留下一偈：贫家多出孝子，豪门或有将种。富贵焉能长久，声名俱是云烟。吴家大多数人对这一偈语不甚满意，认为白白供养了这个游方和尚。唯有吴绵清看出了其中的奥妙，五个指头还不一般齐，这家族中有一个人出了头，那就一荣俱荣了。

吴家花园从吴廉膺父辈那一代开始建造算起，工期已逾三十年。一些庭院建了拆，拆了建，又不断增加新的项目。吴绵清当年的布局是：绵字辈的四兄弟每房一套三进院落，构成“纵三横四”的大布局，祖先的圣堂在中轴线上高居其北；在前厅、中堂、后花园、戏台两侧，四兄弟的院落均等分列，且以梅、兰、竹、菊名之，并配以东、西花园，水榭楼台，亭阁回廊；老人有享堂，女眷有绣楼、蓄芳阁。每套院落布局匀称，结构严谨，以廊厦相通，构成走马转角楼、四合五天井之势。

吴廉膺从重庆回来后，三伯父吴绵清因操劳过度，终于没有看到吴家花园完美竣工的那一天。他将这一未竟之宏业托付给吴廉膺，说咱吴家花园银子不缺了，缺的是家族的脸面，廉膺贤侄，我老吴家全指望你了。

这片庞大的建筑群落不像是在盖房子，而是在书写一段传奇。现在继续由吴廉膺来续写，也给没有了人生方向的吴廉膺找到了事干。如果说三伯父吴绵清要建的是建水古城的“太虚幻境”，吴廉膺则要建滇南大地上的“海市蜃楼”。它必将是一座在全云南都无法超越，也不会再有的花园大宅。曾有奸佞之人向冀文治举报说，吴廉膺还在与革命党人暗通款曲，图谋反清。冀文治笑着反问，你可见过一边盖着美宅大屋，一边在拆房子的人？

南宋大儒朱熹讲学于江西铅山鹅湖寺，后人兴建鹅湖书院以之纪念。崇尚耕读传家的吴家也可掘地成湖，名之以小鹅湖，以致敬先贤；后花园里又开稻田一亩，荷塘二亩，以示不忘耕读；再修塾馆书楼，延聘私塾先生，倡导重教兴文之家风，让书香延绵，门第生辉。

吴廉膺的菊园三进院落由他重新设计，前院为花厅、茶室，一大开间四小间，供有神龛、祖先画像及诗书字画，供接客社交之用。中院由四幢小楼组成，坐北一幢为正房张怀珠所有，名“怀珠堂”；东、西两厢分别是“采薇阁”和“春露坊”，为二房罗采薇和三房游惜春所有。罗采薇虽然殉节不在了，但吴廉膺也执意要为她留一处房屋，让她的女儿吴瑾随一个老妈子两个丫鬟居住。唯南面一幢为两层，取名“含玉楼”，吴廉膺对四房丛玉儿的宠爱可见一斑。堂、阁、坊、楼以小天井相隔，中间为一大天井，名曰“四水归堂”。后院则是吴廉膺的书房所在，院内有亭有池，有山有水，曲径通幽，花道环绕，遍植兰花，种竹栽菊，四季有花，暗香浮动，是吴家花园里的园中园。

花园是家宅的面子。花园有多奇妙、多广阔，面子就有多风光、多辉耀。最令后人交口传颂、啧啧称奇的是吴家为了让吴氏宗祠传之久远、炳焕先人，不但重新翻建了宗祠，使它更高大宏伟，还花重金请来享誉云南的雕刻大师高一刀（没有人敢呼他的真名，他的江湖名声已足以让人景仰），请他为宗祠的正门雕刻一道大屏风。如果说吴家花园的建设是个传奇，这道制作精美，由六樘格子门组成的大屏风就是传奇中的高潮。

早在吴廉膺的三伯父吴绵清去世前十五年，高一刀就被请到吴家花园来雕这道屏风了。这个狂傲不羁的民间工艺巨匠没有家人也不带徒弟，自己驾一辆牛车漫游在云南大地，牛车上只有酒和他的吃饭家伙——各式刀、斧、锯、凿、锉、刨、钩、锛、钻、铲等，大小共计一百二十件，得摆满八张八仙桌。大的可以伐树，小的能够当耳匙。一个木匠所能拥有的十八般兵器，仅是高一刀的零头。他在吴家花园干活，单是准备工具，就花了三个月时间。所有的工具都要重新磨一道，打磨不同的工具，需找不同的磨刀石，常常为找合适的石头，他要跑遍周围的大山；为磨一把小锉子，他也要耗上几天的时间。挑选木料，又花了三个月，柏木不要，檀木不要，花梨木不要，最后吴廉膺托人从越南运回几方大叶金丝楠木，才合了高一刀的心意。他开的工价也很奇特，前期做大料阶段不要钱，吴家只供给好酒好肉和每天一两大烟。到做细活时，第一阶段勾勒出人物山水风物轮廓，雕凿下来的二两木渣兑一两银子；第二阶段，镂空雕已经进入第二至三层，这时就一两木渣兑一两银子；第三阶段，镂空雕刻到第四至五层，这是只有神灵之手才能抵达的位置，雕凿下来的已经不是木渣或木屑了，只是木粉，这时就是一两木粉兑一两金子。

这高一刀干活的方式也很奇特，每天早上睡到太阳晒屁股才起。先喝下一碗早酒，再去工具房里参拜祖师。在一个自制的神龛前，有鲁班爷的画像。他当天要用到的那些大小工具，都整齐地供奉在鲁班爷面前。他一件一件地擦拭打量，焚香磕头，嘴里念叨他自创的祷文。然后来到工房里，面对木料坯件发呆，有时一坐就是一两个时辰。到了晌午时分，他才会抄起家伙一刀一锉、不紧不慢地雕刻。太阳刚刚偏西，他就不干了。工具入库，人慵懒地蹲在夕阳柔和的暖光里。他的理由是，料是有灵性的，你不能把它雕刻狠了，它会痛的。你们可见过哪个唱戏的，肚子痛还能唱出花腔来？晚上，他不是在戏楼里，就是躺在屋子里抽大烟。或者，这个享誉民间的雕刻大师，已经醉卧在某个青楼女子的怀里了。

一个冬日上午，吴廉膺听管家禀报说，高一刀昨晚在妓院被人打了，妓院老板让去领人。吴廉膺忙带人去到妓院，那时高一刀被绑缚在一棵树上，还在醉醺醺地狂嚷乱叫。吴廉膺赔了该赔的礼，付了该付的账，着人叫了一顶轿子，将高一刀抬了回去。到了晚上，待高一刀酒醒了，吴廉膺把他叫到书斋，摆好酒盏夜宵，两人在青灯下有一番长谈。吴廉膺说，高大师，我家老祖说你是在磨洋工。房子都立起一栋了，你的一樘格子门还看不出个模样。

高一刀撇撇嘴道："你吴家花园所有的房子，加上那些亭台楼阁、雕栏玉砌、假山花园，都不顶我一樘格子门。"

吴廉膺冷笑道："但凡狂傲之人，必行非常之事；他们要么死于刀下，要么留名青史。我三伯父临终前嘱咐我善待你。你这些年的做派，我从不计较。就当我老吴家养了个门客。我晓得一件好东西要精雕细琢，我知道一篇好诗文也是'两句三年得，一吟双泪流'。你这雕刻一道屏风，可比作一篇文章耗时太多了。"

高一刀说："我走遍了云南的山水，我肚子里装了几百出戏文；我喝过滇西北的雪风，吃过滇南各部落的百家饭，见识过东南西北各路好汉。你想要一扇价值连城的屏风，你就得有足够的耐心。好东西是在日子里泡出来的。"

"我家老祖今年已到古稀之年，她对我说，你刚来我老吴家干活时，她一口好牙，还能嗑干胡豆，现在她连一颗嫩胡豆都嚼不动了。”

“你们吴家，到你是第十一代。你还想让老吴家的家业传多少代?”

吴廉膺愣了愣，回说:“我还真没好好想过这事。人活一世，传宗接代，兹事体大。谁不想家族的血脉千秋万代?”

高一刀面带不屑地笑了，“百年的老屋，千年的传说。我给你雕的这六樘格子门，就是为传说而生的。”

“人若活成一段传说，也不枉为人一世。高师傅见天往戏楼妓院跑，就笃定自己会成为一段传说?”吴廉膺不无嘲讽道。

“有的传说不出百里地，忘记于三代人之口；有的传说翻越了大山大河，一直传诵到日子的尽头。我不会成为传说，我雕的格子门肯定会。你们拜的孔圣人，他长什么样你不会晓得，但他说的话，留在书里，他就仿（像）活了一千多年，还要再活很多个千年。传说天上地下都有，天上有太上老君王母娘娘，三清四御，地上有孔圣人七十二贤，刘、关、张、赵，水浒一百单八将。七爷，你要哪一种?”

吴廉膺说:“天上的传说缥缈美妙，地上的传说亲近动人。”

“那么，你得给我修一座戏台，把戏班子都请来给我唱戏。”高一刀不当回事地说，仿佛说要给他准备一件工具那样简单。

吴廉膺瞪了他一眼:“稀罕。”

“不稀罕。天上地上的传说都在戏文里。王母娘娘的蟠桃，诸葛亮的羽扇，关云长的凤眼，张飞当阳桥喝退三军，赵子龙长坂坡七进七出，万军阵中斩敌首级若探囊取物。这些传说你亲眼见过？赵子龙舞的那把龙胆亮银枪,《三国演义》中说‘若舞梨花，遍体纷纷，如飘瑞雪’。你不给我在戏台上唱出来，我咋雕得出那把龙胆亮银枪之神韵？又如何对得起常山真定人赵云赵子龙？我要是雕失败一刀，就是雕废了一樘格子门；一樘格子门废了，就是六樘门全废了。这干了二十几年的屏风，就只能送到灶房里去。”

吴廉膺就像面对一个执拗古怪的旷世奇才，无言以对。

高一刀喝下一口酒，缓缓道：“我师傅颜子真，是个无所不通的大师。石雕、泥塑、木雕、工笔画，山水人物，不但做什么是什么，还做成掌故传说。道光三年（1823），昆明西山龙门华亭寺住持请我师傅雕一座文昌帝君石刻像。我师傅在万丈龙门绝壁上一锤一凿地开山劈石，雕刻了二十五年，辛苦自不必说。那文昌帝君雕像五丈高，两丈八尺进深，模样让云南府从总督到秀才，莫不交口称赞。连文昌帝君两侧的侍童‘天聋’‘地哑’，都活灵活现，人们恨不得领回家。只等最后一道工序，雕凿好文昌帝君手中的那支笔，寺院住持一开光，就大功告成。人们拜文昌帝君，不就是指望那支笔能点到自己吗？点你中举人，点你当进士，点你为状元，点你荣华富贵锦绣前程。这悬在半空中的笔，点的是命啊！等着前来进头道香的秀才举人、官宦人家，早已从山脚排到了山顶。我师傅是个没有读过书的人，他敬重读书人，更害怕那支笔。他把文昌帝君雕刻得像玉帝一样威风，又像提督学政考官一般庄严。但我师傅不知道这支由神来主宰的笔，该怎样雕凿。心里一乱，手就不听使唤了。他最后一凿子，竟然把笔尖凿断了！在一旁观望的寺院住持，急得当即昏死过去。我的师傅呀，放下手中的凿子，连身上的围裙都没有摘下来，就从龙门绝壁上跳下去了。”

吴廉膺叹道：“这个故事我听说过，没想到颜大师就是你师傅。他可真是活在传说中了。”

高一刀双手交叉，用拇指一根一根轻轻搓揉着自己的手指，那手指修长白皙，柔若无骨，一点也不像干过粗活的手，像游动的十只小精灵。更为神奇的是，他的两根食指关节，可以左右弯曲，几乎能弯成直角，像摇曳自如的水蛇。他说，铁匠石匠的手指是最硬的，因为他们心硬。木雕刻匠要有一颗比水还软的心。水无定势，水却雕刻出了河流峡谷。有谁认得大地上的一条河流是啥时候雕成的呀？

他又说："三十岁以前，我什么都雕，佛像、罗汉、傩面、窗棂、品椅、龙床、狮虎牛马，谁给我钱多我就给谁干活。百里之内，没有人不知道我高一刀。跟了我师傅后，我晓得自己要做什么样的匠人了。我专雕屏风格子门，少则七八年，多则十几年，才能完成一道屏风。年纪大了，不是手脚慢了，而是心慢了，像木纹一样慢在木料的深处。你老吴家的，是我雕的第四扇屏风，也是最后一扇。我老了，眼睛也不好使了，但我的心却越来越敞亮。年轻时我有无数个女人，她们都冲着我的名声钻进我的被窝。我把她们一一挥霍掉，就像挥霍我的钱财，挥霍我的寿岁。我没有后，也不带徒弟，这六樘格子门就是我的六个儿子。我不是在雕格子门，而是在养。像养儿子一样养啊。"

吴廉膺郑重其事地说："你留下的'儿子'，我会好生帮你养。"

"那就是高山流水找到知音了。我死后一千年，骨头灰灰都找不到了，但我雕刻的屏风一定还在，还在被人们传说。他们会说，这是怎么雕出来的呀？人的手怎么能伸进木料的五六层深雕刻呀？是神仙的手吗？嘿嘿。一般的木匠，可雕一至二层；中等的木匠，可雕三至三层半；上等的木匠，可雕到第四层；神仙木匠，可雕到五层、六层。因为只有神仙，才能晓得木头的疼痛和兴奋，晓得它的骨架纹理和命脉精魂，才能跟雕出来的人物对话。神仙木匠，每根手指头上都有一颗心，都长有眼睛的啊。”

吴廉膺端起酒壶，给高一刀斟满酒杯：“好吧，就给你建一座戏台，请全省最好的戏班子来唱戏。你点什么戏牒，就让他们唱什么。”他想了想，又说：“只是我吴家花园大功告成，又得推迟一两年了。”

高一刀白了他一眼：“可能还更久。”

那段时间刚巧吴廉膺对李渔着了迷，李渔写戏，唱戏，论戏，还自办家班演戏。吴廉膺想吴家有了一座戏台，又何须像笠翁先生那样携家带口地去富贵人家卖唱受赏？大户人家的豪横便是既要有自己的戏台，还要有家班。吴家的女眷老少也有上百口，成天往戏楼里捧戏子的少爷小姐姨太太们也不少。生旦净末丑，哪样角色找不出来啊？建座戏台，办个家班，请几个名伶来当师傅，让他们在吴家花园里过戏瘾，总比在外面去惹是生非强。光绪二十五年（1899）正月，吴家请一个戏班来唱关公戏。大房的一个婶娘跟“关云长”私通，被吴封氏着人捉奸在床。那演关公的小生被打断了腿，再也不能千里走单骑。婶娘被暴怒的吴封氏在祠堂过审后，家棍上身，打得不成人样。然后一纸休书，赶出吴家大门。可怜的婶娘也是个敢爱敢恨的烈女子，径直跑到后院投井了。现在那口井还被几块大青石封压着，就像封住了吴家花园里的一段丑闻和伤心往事。

这一年正是吴廉膺春风得意时。他的正室张怀珠和四房丛玉儿先后给他生下两个儿子，两兄弟只相隔四个月。菊园里喜事连连，气冲霄汉。吴封氏大悦，一边虔诚祷告祖先显灵，一边暗呼西山道士的“丹血丸”秘籍回春有术。她对吴廉膺说，那药丸你得给我继续吃下去,“孝”字辈的儿子一路生下去,让我老吴家的香火绵延千秋,广发脉旺。吴廉膺给正房长子取名吴孝珪,由于这个孩子在吴家“孝”字辈排在第六,便得乳名“六宝”;给丛玉儿的儿子取名吴孝珏,乳名“嘉陵”(这是他在嘉陵江边长大的母亲的坚持,女人生了儿子,在家族里话语就有了分量)。吴廉膺那时并不知道,命运已在某一天訇然打开了他生子的大门,让他在将来的岁月里添丁进口、生子不断!“孝”字辈的吴氏后人都像大观园里的贾宝玉,虽然没有含着“通灵宝玉”出生,但都在锦衣玉食、贯朽粟腐的豪门中长大。吴廉膺让儿子们名字的最后一个字都从“王”字旁并蕴含玉的韵味。他却不能料到纵然富贵塑造了他们的人生,时代终究要改变他们的命运。他们成长于一个动荡混乱的社会,有英烈男儿,也不乏纨绔子弟。他们赓续着吴家血脉,继续演绎着吴氏家族的传奇。

不过,传奇里的秘密才是其精妙之处。吴廉膺的第一个儿子其实是和山猫生下的,比吴孝珪还大两个月。接连得子,好比一串连环箭射出去,箭箭命中靶心。吴廉膺自己都感到惊奇不已。莫非山猫就是我命中的贵人?在山猫的肚子已经显山露水时,吴封氏才知道山猫已成为曾孙书斋里的“侍寝”。她将吴廉膺叫到自己面前跪下,气哼哼地道,你吃药丸吃到人家身上去了?你们这一辈人,怎么一个二个的都不学好?还读书人哩,一点廉耻都没有。把那个小野货给我丢井里去。吴廉膺叩头求饶说,老祖,千万使不得。人命关天,府衙知晓了,也得重罪追究。吴封氏责问道,你对她还有念想不成?吴廉膺忙矢口否认,哪里是念想,只是……只是念及她的血养的药丸,不肖之孙吃了,颇有效力。老祖也应知道,正房张怀珠和四房丛玉儿都有喜在身,孙儿想,这回总该有个儿子了吧。吴封氏这才收起了杀心,气咻咻地说，起来吧，她生下来的野种，非我族类，我可不认，把她赶走。吴廉膺涎着脸说，老祖，把她赶走了，谁给我养药丸呢？吴封氏喝道，我老吴家不缺婢女！

即便到吴廉膺暮年时回忆往事，他也不会认为自己在山猫面前丧失了人伦天理。道德这条底线是先人划的，但每个人心里还有一条。它会忽高忽低，既看个人的修为，也由人处的环境所决定。正人君子如吴廉膺者，家族里有“循规蹈矩”之训，还将之勒刻于庭院里的月门上。但那是针对族中的女眷和晚辈的。制定规矩的人心里自有高于规矩的东西，否则他就是个圣人了。男人们的道德规矩总是跌落在女色的祭坛前，分崩离析，体无完肤。就像在吴廉膺和他的一妻三妾的关系中，你看不到君子，看不到丈夫，只会看到一个男人一望无涯的占有欲和种马一般的繁衍本能。

明媒正娶的妻妾们跟山猫比起来，还是少了那份火热到滚烫的激情。这个吴家的婢女有种令人走火入魔的魅力。长大成人的山猫皮肤是金黄色的，乳房闪耀着一层金光，连体毛也是金色的。她的眼睛大而野性，像一把凌厉的刀子，透着母兽的锋芒；嘴唇丰满而上翘，鼻翼丰厚，乳房像两个火热的小太阳，贴在身上会让男人燃烧起来，勾起无尽的欲火。吴廉膺在她身上找回男人的自信和伟岸，并不仅仅是因为那药丸。她让一向自视甚高的吴廉膺跌倒在“四书”“五经”界定好的纲常伦理之外，让他有在旷野里撒野的放纵。

他如此地痴迷于山猫的异域情调，以至于虽然山猫被赶出吴家大门，他还让贴身小厮魏小四给她在建水西城找了一处房子，并拿出银子让山猫开了一家杂货铺以维持生计。当山猫生下第一个儿子时，吴廉膺喜不自禁又忧心忡忡。喜的是我吴廉膺也是可以生出儿子来的，忧的是这个“野种”没有字辈没有名分，终究进不了吴氏家谱，入不了吴家祠堂。何况那时他还不知道即将生产的正室和四房生男还是生女？吴廉膺私下里给这个儿子取名为吴孝瓒。“瓒”是一种比较粗陋的玉，在古代只能用作盛酒的器皿，比不得“珪”“琎”这些美玉。但从来没有主见，在老爷面前逆来顺受的山猫对这个名字不屑一顾，她沉稳地说：“我唤他娃西。”

“这叫个什么名字？不成体统。”吴廉膺随口道。

“哪样叫体统我不管。他是我的血，不是你们吴家的。”

山猫部落里的人们认为：血决定着一个人的命运。一个娃养不养得活，就看血。血好就活，血坏就死；长大成人，血好心就善，血坏心就恶。山猫流了一木盆的血，才把娃西生下来。因此她说：“这是我血养的儿，我唤他哪样，就是哪样。”

“娃西……”吴廉膺费解地咀嚼着这个奇怪的名字，就像他第一次咽下山猫的血制作的药丸。人生中的有些果实味道总不是那么美妙，正如撒什么种子结什么果。山猫所生的儿子，必将让吴氏家族在世事变迁、岁月沧桑中逐一品味人生沉浮、因果不灭，还有那种被山猫称作“血”的东西。

14 · 雅聚

陈云鹤"丁忧"期满后回到湖北，被派往天门县做县令，后又被拔擢为江西夷陵知州。看似前程尚好，但官场倾轧、人事消磨，让陈云鹤身心俱疲。在仕途上，要做一个清廉守正的官员，实在艰难。光绪三十二年（1906），陈云鹤因上疏言事受到上司申斥，因本就惦念家中老母身体欠佳，他索性从江西辞官回家尽孝。他轻车简从，带着家眷过临安府而不入，连好友冀文治和吴廉膺都没有惊扰，悄无声息地致仕还乡。

陈云鹤老家在临安府石屏州郑营，云南带"营"字的村镇一般都是明洪武初年的戍边屯田之地，虽在边地，但汉家传统浓郁。郑营依山傍水，村落有寨门围墙，规整森严，房舍均有枪眼，尚带军屯遗风。数百年来这个地方的人们既崇尚耕读传家，也擅长经商赶马。陈云鹤的祖辈和父辈都是赶马人，祖父从一匹马起家，走普洱贩运茶叶到越南、寮国（老挝）一带，数十年风雨兼程，逐渐一生二、二生三、三生万物。到陈云鹤的父亲一辈，已成为方圆百里颇具实力的大马锅头，家中有六七十头骡子和马匹，常年雇用的"马脚子"（赶马人）就有上百人，还有一支武装护卫队。光绪年间陈氏家族开始在个旧厂开矿，三代人苦心经营下来，便拥有七个富矿洞、三片露天矿、五间大炉房。不似建水吴家，虽兄弟众多，枝叶繁茂，但从不分家，独木成林，陈氏家族从上一辈起便兄弟阋墙，妯娌不和，早早分了家，各自独门独户建房起屋。陈云鹤在家排行老三，是家中最小的儿子。他自小出门读书，然后又在外做官，矿山就交给大哥和二哥打理，陈云鹤只有每年一百石五谷的年租。他从上辈人继承的院落也是兄弟中最小的一户，不过是一座两进院落。陈云鹤向来面皮薄，在官场都不愿与人争，何况族中兄弟间。他相信自己的能力。

辞官回籍，陈云鹤也无多少积蓄翻盖新居。他对夫人黄子衿说，所幸我陈氏家族家训中有“不吸烟、不赌博、不纳妾”之“三不”训诫，这座院子安身立命、养家读书，足矣。陈黄氏本是官宦世家的千金，从小知书达礼、秀外慧中，是个颇有见地的女人。她言，人以声名留世，远胜于华屋资财。读书人只知孔子，安知圣人身居何屋？自嫁入陈家以来，黄子衿与夫君执手相随，是人人羡慕的神仙眷侣。一个温润如玉，一个风姿典雅。黄子衿随陈云鹤归乡“丁忧”那年，吴廉膺见到这对琴瑟和谐的夫妻，不能不追忆起当年老吴家那次失败的提亲，心中难免泛起阵阵酸涩。东坡居士《定风波·南海归赠王定国侍人寓娘》有句云：“常羡人间琢玉郎，天应乞与点酥娘。”大约就写尽了吴廉膺见到珠联璧合般的陈氏夫妇时的惆怅。以陈云鹤之才学人品，身边岂能没有“万里归来颜愈少”的“点酥娘”？人世间的才子佳人，远比戏文里唱的还生动精彩，令人艳羡。有的人命里不缺财富不缺官运，但就是缺一段好姻缘。人生的天平上，总是一头“春风得意马蹄疾”，一头“桃花依旧笑春风”。唯如此，人才能承受这不可捉摸的命运。

归乡赋闲的陈云鹤本想办一间书院，开馆授徒。但有明白人提醒他，现在朝廷已废除科举、提倡新学。石屏县境内迄今还无一所新式学堂。陈云鹤仿佛找到了自己的人生方向，他对夫人说："开创新学，非从小学开始不可。"

陈云鹤虽然为官多年，但积蓄并不丰厚。不过，在故乡他也算是知名乡贤，他骑一匹骡子，游走在各士绅豪族府邸，劝其捐资助学、造福乡梓。他广博的学识，丰富的阅历，总能说服那些有识之士。中国之疲弱，疲在民智不开，弱在教育落后。所幸石屏士风纯正，向学之风蔚然。虽地处偏远，却也不甘人后。县学教谕施维经还跟陈云鹤是同榜举人，在购地建校、招聘师资、延揽生源上多有襄助。越一年，两间以新学为主、国学为辅的小学堂终于开门招生。

陈云鹤再次到吴家花园登门造访时，已是宣统二年（1910）秋季，那时吴家花园历经两辈人的精雕细琢、费心经营，高堂华屋，琼楼玉阁，已然成一人间胜景。陈云鹤在石屏办学期间，吴廉膺曾专程前往石屏拜访。他一方面对老友的义举深为折服，一方面亦不无一些怜悯和同情。一个辞官回家的人，心态自是不一样。人在庙堂之上或处江湖之远，不是因为有没有那身官衣官帽，而是因为对朝政的失望和官场的失意，深锁眉宇间的落寞与忧愤，总会如冬日肃杀荒凉的旷野。这样的感受他多年前就有了。不过，他在石屏看到的是一个忙碌而恬淡的办学义人，并没有看出老同窗心中蛰伏已久的大志。

为欢迎陈云鹤，吴廉膺特意安排了一场"赏菊雅聚"，除了邀请临安知府龚文治、前府学教授席茂臻等本地官员外，还将当年临安府学的同届生员十余人也一并请来。这其实是一场吴家花园大功告成的庆典，是富贵人家展示其豪门做派的盛大演出。吴廉膺当然也知晓豪门做派，银子多不代表富贵，玩风雅才高端上档次，那才叫真阔。大观园里的才子佳人，并非仅仅是为了吟诗作对显摆才华。

雅聚设在开满了十几个品种菊花的菊园里。作为开场戏，吴廉膺当然要引领大家游览焕然一新的吴家花园——这才是今日雅聚之目的。“纵三横四”的院落一一走过，花厅、含玉楼、蓄芳阁、绣楼、华堂、宗祠，无不浓墨重彩、金碧辉煌，富贵逼人。主人隆重向宾客们推荐的是宗祠里那道由六樘格子门组成的巧夺天工的屏风。请看第一樘，上面刻有王母娘娘的蟠桃会，九老拜童子，八仙庆寿，五龙捧圣，皆为天上美景，神仙世界；第二樘，讲的是封神演义，五罗汉，刘海戏金蟾，三仙下棋，太上老君倒骑牛；第三樘，大禹治水，麒麟驮孔子学道，杏坛讲学，十二贤哲，一个不少，还有华佗采药，陆羽识茶，孙膑学道，配竹叶诗两首；第三樘，讲三国故事，三顾茅庐，桃园三结义，温酒斩华雄，张飞当阳桥喝退三军，赵子龙大战长坂坡，草船借箭，刘备招亲；第四樘，水浒故事，宋江三打祝家庄，李逵探母，武松打虎，花荣弯弓搭箭，鲁智深倒拔垂杨柳；第五樘，红楼故事，贾宝玉神游太虚幻境，宝钗结亲，黛玉葬花，刘姥姥一进荣国府，史湘云填词桃花社；第六樘，李白的月亮，杜甫的茅屋，苏轼的大江东去，王维的石上松间，还有陶渊明的桃花源，白居易的琵琶行，配诗六首。你们看哪，这六樘格子门，都是镂空浮雕，镂空三层到四层，有几处达五层、六层。共雕刻有一百八十个人物、二十四马、五条龙、四只麒麟、两头狮子、三只老虎、四头耕牛。还以奇花异石、鸟兽虫鱼、房舍桌椅、刀枪剑戟、山水云雨、“暗八仙”等景物法器作衬。重要人物都以金箔鎏金贴面，花去黄金五十两。你们再仔细看看，人物嬉笑怒骂，神态各异。武将盔甲上的鳞片、文官眉头上的皱纹、关云长的美髯、赵子龙龙胆亮银枪上的红缨，都雕刻得细若蚊足，不多一刀，不少一刻。出神入化，完美无瑕。

“神仙!”有人惊叹道。

“他是谁，哪里人啊?”又有人问。

“喏，他在那纳凉呢。”吴廉膺指着祠堂与中堂之间的棚廊，一个老人倚靠在美人靠上，头耷拉在胸前，似乎睡着了，或者醉了。

高一刀在雕刻第六扇格子门时，眼睛几乎看不见了。这扇格子门表现的内容不是他在戏文里常看到的，是吴廉膺坚持改变了他原来的构想，耐着性子跟他讲陶渊明的高洁、李白的飘逸、杜甫的沉郁、王维的空灵、苏轼的豪迈。高一刀的悟性极高，他说，七爷，你不要说那么多了，李白就是和我一样，喝了酒才能干出绝活儿的酒仙；杜甫的身世就是我的身世，他的诗就像我的格子门一样，死了很多年后，人们才会觉着是个宝；陶渊明就是我在乡间经常见得到的那种心平气和的老倌，问你庄稼长势，问你出远门的亲人何时归家；苏轼嘛，他可能胃口很好，喜欢吃，他像东坡肉一样让我喜欢。我认得他们是哪样样子的了。到第六扇格子门的后期，高一刀的眼全瞎了。他靠自己神赐的灵巧手指，摸索着雕刻。经常是一天只刻几刀，他便陷入长久的冥思之中。那时连吴廉膺也不能不怀疑，这道耗时十九年的屏风，最后真的只能送进灶房吗?

陈云鹤对吴廉膺说:“他是真正的大师。我们读了那么多书，写的那些诗文，在人家面前，不值一文。”

吴廉膺不无得意地笑笑:“我还指望子君兄为我吴家花园留诗一首，以敬刻于墙，传诸后世。”

陈云鹤不置可否地笑笑:“大师在上，岂敢，岂敢。补白的名分都没有。”

渴望在吴家花园“补白”的人却多的是。更何况，吴家花园的二爷吴廉康早些年就创办了“东篱”诗社，一帮本地清流闲客成天在吴家花园里吟诗唱和、抚琴弄月。在西花园的葡萄架下，宾主围坐一长条桌前，高谈阔论，畅饮琼浆。被乡党誉为“纯儒”的前府学教授席茂臻，虽已满面风霜、落魄潦倒，时常靠吴廉膺接济，却以“废学老人”自居。今天这样的场合自然要领衔风雅。他展纸润笔，即兴挥毫。诗曰：

却喜园林入画工，方塘半亩郁葱葱。
参差台榭苹蘩里，隐约阑干花树中。
水面游鱼争吐月，枝头好鸟漫吟风。
静观万物饶生趣，道味诗情两不穷。

众人击节叫好，均言写尽了吴家花园的风韵神采。一个自称“竹楼居士”的老秀才摇头晃脑，朗朗言道：“席教授的‘方塘半亩’，典出朱熹先生‘半亩方塘一鉴开，天光云影共徘徊’。席教授借古喻今，寓意深邃，韵致悠远，一语道尽吴氏雅望。不才也以‘半亩’为题，献上一首：半亩源头何处寻？鹅湖渺渺浣尘襟。昔年客梦随云远，今日乡情向水深。”

又众声叫好。帮闲文人们都是不甘寂寞之辈，纷纷说鹅湖渺渺，家学渊源。朱文公（朱熹）先生在天有灵，也可闻吴家花园之鹅湖书声也。

二爷吴廉康自号“问樵山人”，此种场合岂甘寂寞，他于花园踱步中口占一首：

园林如画傍祠堂，桂子兰孙吐异香。
得地恰当临北极，凿池翻喜在中央。
红莲映日恩光远，碧沼无波世泽长。
最好夜深人傍槛，石栏杆外水风凉。

众人又都极尽溢美之词，夸赞新落成的吴家花园步步有景，展眼即诗。连临安知府冀文治也按捺不住，唤来纸墨，笔走龙蛇，两首绝句一挥而就。诗曰：

点缀园亭景物奇，城隅恰好构新祠。
茶烟话竟凭栏眺，画意诗情两得之。

玩余家训一篇辞，尤称读书乐四时。
草绿梅花香色好，薰风明月弄吟宜。

掌灯时分，美酒佳肴，宾主尽欢，但高潮还在夜晚。吴廉膺专门从昆明请来云南府最负名望的“云升”戏班，为大家献上一出《铡美案》。吴家花园里的水上戏台，更是富贵人家中难得一见的奢侈和豪横。那戏台建于“半亩方塘”之上，重檐歇山顶，由四根精雕细镂的汉白玉石柱支撑，柱头石狮雄踞，柱身盘龙缠绕，威武灵动，气势夺人；屋檐下的梁枋、雀替、斗拱，均精雕细琢、染翰流丹。戏台周边彩灯高挂，红烛闪耀，香烟缭绕；方塘内荷花争妍，暗香浮动；塘缘则雕栏玉砌，花卉环绕。隔池建有卷棚顶华堂，廊檐宽敞，视线开阔，观戏之人临水看戏，把酒临风，耳听丝竹之声，鼻闻淡淡荷香，何其妙哉。

吴廉膺察觉到今晚的主宾陈云鹤兴致似不很高。请他吟诗，推托再三；恳求墨宝，纸笔奉于前，也婉言谢绝。吴廉膺禁不住暗自得意了一回。子君兄想到石屏那边厢的寒门破壁，荒芜田园，他先生心里未免也会有些酸涩吧？人的虚荣心得到满足时，往往会显得气度非凡。看戏时，吴廉膺特意将他安排在自己身边，热心向他介绍铜锤花脸黄少卿的唱腔特色，说他的西皮导板唱得既刚直铿锵又圆润华美，既婉转低回又流畅似水。戏到高潮处，吴廉膺情不自禁地摇头晃脑，轻轻跟着包拯哼唱起来：

尊一声驸马爷细听端的：
曾记得端午日朝贺天子，
我与你在朝房曾把话提。
说起了招赘事你神色不定，
我料你在原郡定有前妻。
到如今她母子前来寻你，
为什么不相认反把她欺？
我劝你认香莲是正理，
祸到了临头悔不及。

在众宾客的喝彩间歇中，陈云鹤悄悄对吴廉膺说："法国人的铁路已经通到昆明了。"

吴廉膺有些诧异地看了陈云鹤一眼。不是他不知道法国人的铁路，而是仿佛包公戏被反转了剧情，陈世美逃脱了包拯的铡刀。"通到昆明又何妨？至少它不敢走我建水个旧。”吴廉膺还想说，这都是拜周大祥起兵造反所赐。人头虽被砍下来了，但法国人终究还是被迫改了线路，绕着人口密集的城镇走，也不敢觊觎我个旧的大锡了。吴廉膺悄声道：“且先看戏。”

“玮玠，现在是个大修铁路的时代了。火车正在改变世界。”

“小滇兰要出场了，她扮的秦香莲，哀而不伤，凄而美艳。”

“弟月前去了趟省府，去时骑马乘轿，费时十天；回程从昆明坐火车，一天即到家矣！颇有一日千里之慨。”

吴廉膺眼里似乎只有秦香莲，仍随戏文哼唱：

我与世美是亲眷，
夫妻结发在早年。
国太、皇姑低头看，
他一双儿女跪在堂前。

“玮玠兄，许多省都在自办铁路了。如今官办铁路，弊端种种，不一而足。各方有志之士肩担道义，家国为怀，以修铁路而通天下为己任。玮玠兄，时事潮流，你我不可不察。以兄台建吴家花园耗费之人力物力，可修铁路百余里矣。”

吴廉膺中断了哼唱，头也不回地道：“我的三姨太，跟着小滇兰学了两天的戏，已经唱得有模有样啦。”

陈云鹤有些急了，“玮玠，唱戏焉能振兴家乡？西洋人掠夺鲸吞，江山社稷危在旦夕。玮玠岂非当年‘死绝会’之吴廉膺也哉？”

吴廉膺一怔，才缓缓说：“子君贤弟，此等良辰美景，先好生消受吧。鄙人早已不闻山外之事。”

陈云鹤轻叹一口气：“那年‘丁祭’，我与你谈论个旧砂丁即将举事之情，你如今天般与我扯花腔，虚与委蛇。倘你当初听我所劝，扬汤止沸，建水城今有铁路矣。”

吴廉膺不再回话，专注观戏，其实他心里已经起了波澜。夏天时他去了一趟昆明，也是去时乘轿骑马，走了八天。据说法国人的火车在这年春天开进昆明时，许多市民用石头和木棒去攻击这个大铁家伙。连云南陆军讲武堂的总办（校长）李根源先生也带着学生到塘子巷火车站，不是去迎接火车的到来，而是告诉他的学生们勿忘国耻。讲武堂的学子们个个恨得咬牙切齿、悲愤难抑。那时火车就像闯进人们平静生活里的一个强盗。面目狰狞，居心叵测。去昆明之前，吴廉膺还在庆幸他的家乡没有“沦陷”在火车的铁轮之下。到了昆明后，他方发现，一座城市有了火车，就像大风来临之前的青蘋，有许多新鲜事在保守瘀滞的社会暗自涌动。从香港、广州、上海来的商家老板多了，一些黄墙红瓦的法式建筑东一座西一片地建起来，西人的洋行沿塘子巷、火车站一字排开，法国人、意大利人、希腊人、英国人、日本人都来了。洋货充斥市场，大锡的利润因为运输的便利而增加了两成。“火车一响，黄金万两”，成为昆明市面上的热门话题。火车正在催发、改变着一切，从思维观念到生活方式。吴廉膺还在翠湖湖心岛上的“水月轩”第一次看了场电影。这个新奇的玩意儿让人从一束光里钻出来，在一块白布上木偶一般晃动，没有声音，像一场飞来之梦。他问陪他去看电影的一个昆明朋友，洋人这些玩意儿，我们都得服吗？那朋友在一家法国人的洋行做买办，他说，不是服不服的问题，而是看你有没有得到便利。我建议你回去时不要骑马坐轿了，坐一回火车试试。

吴廉膺并不是一个保守的人。他宽慰自己道，既然洋人的小火轮都坐过了，火车不过是火轮的兄弟罢了。坐一坐何妨？周大祥起义失败后，捡了条命的尼复礼曾经给吴廉膺写来一封信，用西人的礼节感谢了吴廉膺的救命之恩，同时也说了一句意味深长的话：“火车不是你的敌人，而是你应该拥抱的事物。”吴廉膺那时认为，这个洋老咪还不服气哩。

那么，服不服气，就得跟它过一招。当他从昆明坐上火车返程时，这个庞然大物怪叫着翻山越岭，他在心里盘算着马程。翻越这座山岭，骑马要走半天，火车却从山肚子里只用抽一锅烟的工夫就钻过去了。人成了穿山甲，这是《封神演义》中才有的故事。火车在蒙自城外的碧色寨车站停靠，吴廉膺下车，再花一天时间乘轿回家。因周大祥的“阻洋修路”事件，法国人的火车线路不敢进蒙自城，只能将车站设在离城二十余里、寂寂无名的彝族小村庄碧色寨，让它成为滇越铁路线上的一个特等大站。吴廉膺看见上千人的民夫马帮，将个旧运来的大锡搬运上火车。一百匹驮马驮运的锡锭，在一节车厢里只堆了一个角落。赶马的人要找不到吃的了。吴廉膺当时感叹道。吴家在个旧矿山的炉房，这一阵天天开足火力冶炼，也满足不了外运发货的需求。过去走马帮加水陆运输到越南的海防港，才能将大锡经海轮运至香港；现在只需用马帮驮运到碧色寨，就可经火车运到海防了。上个月竟运走了五百多张大锡，相当于往常半年的销售量。喜得在个旧管事的吴廉膺的四哥吴廉庶说，七弟呀，这火车一开，再不用担心河水汛期、土匪抢掠、马乏人困、周转劳顿了。火车就像发情的公牛，让家里的牛犊子，满院乱跑，牛圈都撑爆了啊。

作为精明的商人，他不能不考虑货物的运力和时间。就像他当年打通了走红河的水路，开拓出一条到香港的近路一样。新的商机就在眼前。四哥说得对，火车是条发情的公牛，让人深感屈辱，又无法不享受它的便利。你躲不开，又难以拒绝。就像山猫不能拒绝他的淫威，让他像洋人“野蛮”的火车一样轰隆隆地闯进她的身体。他不无欣喜又羞愧难当——火车将人们脑子里那些固有僵化的东西撞得七零八落，叫人有失魂落魄之感。从羞耻、惊恐、疼痛，到慢慢习惯了它，依赖于它，并与之共舞。不管你过去是多么地仇视洋人，多么地抵触洋人的铁路，不惜为之冒险一战，让洋人的火车不得不绕开蒙自、建水这样的城市，可你现在还得坐洋人的火车回家。他甚至还闪过一念头：这火车要是直接停在建水城门口该多好。是我胜了还是洋人胜了？坐在轿子里，他第一次觉得回家路太漫长。

戏台上的秦香莲退场后，吴廉膺侧身问：“莫非子君改弦易辙，不再兴学，为铁路事而来敝府？”

“我临安府，宝藏深厚，物产丰饶。以铁路报国，让云南人走出大山。你我兄弟同心勠力，或可有为。”

“我们今天来说铁路事，周大祥和那些革命党人的脑袋不是白掉了？”

陈云鹤豪迈地说：“我们谈的是，我们自己修的铁路。”

15 · 博南山

有一段古老的歌谣千百年来一直隐匿在云南高原的历史尘烟中，据史家考证至少源于汉武帝时期，其歌曰：“汉德广，开不宾[①]。度博南，越兰津。度兰仓，为他人。”那时博南山的古驿道山高谷深、野兽出没、荒无人烟、瘴气肆虐。那些无所畏惧的赶马人，渡过澜沧江，翻越云端之上的博南山，将一条今天史家所称的“西南丝绸之路”延伸到身毒国[②]一带。关山重重，从来不会成为阻挡人们相互交流的理由。

但博南山却不会轻易服输。二十一世纪初，当国家的“泛亚铁路”西线要从山肚子里穿越而过时，它就变成了一只拦路虎。这条有二十多公里的超长隧道，掘进不到一半时，博南山发脾气了。它用看不见的力量与打隧道的人们博弈。约十二米宽、七米五高的施工隧道，不到半年，就被厚重诡秘的大山挤压得只剩下三四米宽了。在一支机械化施工的队伍面前，有一种魔法看不见摸不着却无处不在。原

① 不宾，即西汉时期的不韦县，西汉元封二年（前109）置，属益州郡。治所在今云南保山市东北二十二里金鸡村。是西汉武帝为开西南夷，迁秦相吕不韦后裔至此建县，被称为西汉极边之地。

② 身毒国，即今印度河流域。最早见于《史记·大宛列传》：“（大夏）东南有身毒国。”

来说五年就可打通的博南山隧道，现在干了七年还看不到贯通的希望。

博南山项目工程部在这个多雨的夏季打到了一条暗河，掌子面涌水每天达一百万方以上，暗河出水口吼声如雷。两台挖掘机被冲毁，所幸项目部启动应急措施，及时将工人们撤了出来。

铁道集团总工程师桑小青不是第一次来博南山项目现场。从勘探设计线路时起，他就作为专家组成员和一群地质勘探人员在博南山及其周边来来回回跑了四五趟。当时鉴于博南山地质情况复杂、穿山隧道太长，人们还设计了另一套线路方案，绕过博南山。但这会让线路增长、投资增大，还会错过一座城市。最后还是桑小青说服了铁道设计院的人：依我们现在的工程能力，征服博南山应该不是多大的问题。干通了博南山隧道，意味着我们的隧道施工技术将更上一层楼，还可为后人积累更多的经验。

现在，他带着助理和几个隧道专家、抢排险工程师，还有铁道勘测设计院的一干人马，钻进了博南山隧道。他们穿着高筒雨靴、防水雨衣，扣紧了安全帽，提着大功率照明灯。隧道里一片狼藉，湍急的涌水和泥浆几乎要漫到人们的膝盖，数台大功率抽水泵日夜排水，隧道壁和顶部稀里哗啦地滴着水和泥块，间或还有拳头大的石头崩出来。博南山项目工程一部部长陈星鸿是个后生，他紧张地跟随在桑小青身边，像个随时都要扑上去为老总“挡子弹”的卫士。

“桑总，不能再往前走了。当心岩爆!”陈星鸿的声音都有些变了。

桑小青却像一个临危不乱的将军，淡定地说：“慌什么？海底打漏了都堵得上。这条小河算不了啥。”

由于隧道在距离山顶一千米深的地底，这里仿佛就是地心世界，无可名状的压力将一切都熔化了，岩石稀软、闷热难当。平常隧道里的温度高达五十摄氏度，必须将冰块一车车地拉到掌子面，用鼓风机吹冰块降温，工人们才可以施工。现在供电设备也冲毁了，一行人就像同时身处水帘洞和桑拿房。

桑小青抹一把脸上的水："施工前你们用地质雷达探测过了？"

"当然。TSP地震波也做了，没想到……"陈星鸿像个闯了大祸的孩子。

"这一段的岩溶发育太复杂了，我这老铁路都解读不清。"桑小青回头对一个地质专家说。

专家道："探测设备的数据解释本来就存在一定的多解性嘛。同一组反射波信号可能对应多种不同的地质情况，还是需要结合地质调查、钻探、现场踏勘等方法进行综合分析和判断，才能提高准确性。况且，这么深的隧道，它承受的高地应力太强了。"

桑小青用手捶击被水冲毁了的水淋淋的洞壁，一抓就是一把泥沙。"当初在设计施工时，标定的围岩为四级。现在看来，我们轻敌了。"他特意看了陈星鸿一眼，"这不怪你们。"目光中不无暖意。

陈星鸿硕士研究生一毕业，就来到博南山隧道工地，那年他才二十五岁。他本科在一所交通大学学土木工程专业，研究生又读的是环境工程与设计。在继续读博还是参加工作的人生选择上，他纠结了半年多。终于还是在喝了一肚子的墨水后，迎头就撞上了气势磅礴的博南山。陈星鸿没有料到的是：如今两个博士都读出来了，博南山还横亘在前。以至于陈星鸿不无幽默地说，它成了我的博士后"工作站"了。

他还记得他来报到那天，行到澜沧江峡谷底，看到一个穿灰色衬衣、裤脚高挽的中年男子坐在江边的一块巨石上，专注地看波浪，这让他感到很奇怪。澜沧江在谷底轰鸣，用亿万年的伟力冲开峡谷，一团一团的波浪壮丽盛开，生死接力，撞向巉岩。峡谷两边都是刀劈斧凿般的绝壁，而博南山高耸云天。一抹白云玉带一般缠绕着山腰，让山巅愈发显得高不可攀。刚从大都市来的陈星鸿顿感自己回到了洪荒时代。他问那个看波浪的人，请问博南山项目部怎么走？中年人抬头看他，笑盈盈地说，你是来报到的学生哥吧？走，我带你去。陈星鸿跟着他走了几步，问，老师傅，你也是修铁路的？那人“嗯”了一声。陈星鸿嘀咕道，这种切割纵深的地方，怎么修铁路？中年人不当回事地说，江河走的路，就是马帮行的道，马帮的驿道，也是铁路的方向。古人早把线路给我们勘测出来了。只是古人翻山越岭，我们打洞架桥。陈星鸿觉得此人太不懂修铁路是怎么一回事了，扯什么人背马驮的时代，便又问，你在项目部干吗的？伙夫？中年人回头看他，笑了，差不多吧。晚上我给你好好搞几个菜接风。听说你是我们项目部第一个研究生。待陈星鸿坐到饭桌上，他才闹清楚那个被他视为“伙夫”的“老师傅”是集团公司被称为“建造之神”的总工程师桑小青。

博南山项目部就在灵关镇的下方，一排活动板房就是他们在深山里的家。灵关镇在博南山的北边，过去是马帮的一个大驿站，现在还有一段残存的古道和一座古庙。大青石条路面遍布拳头大的马蹄印，仿佛盛满了千百年的风雨沧桑。在澜沧江谷底，有一座废弃的吊桥与古道相连，桥上的木板早已被拆除，空剩几条锈迹斑斑的钢索。它还不是此地最早的渡江工具，据说直到上世纪六七十年代，人们还在用最为原始的溜索过江。九十年代在吊桥上方修了公路桥，新世纪初又修了高速公路桥，现在高铁桥又将在这段峡谷跨江而过。真应了桑小青的话，马帮的驿道早就引领着人们架桥铺路的方向。

陈星鸿虽然在博南山隧道项目干了七年，但博南山肚子里的东西，大部分他在书本里都学不到。陈星鸿在研究生期间，专门自修了大型盾构机施工技术，可等他来到澜沧江峡谷，他才发现在如此逼仄陡峭的峡谷里，一辆载重卡车都难以掉头，盾构机如何施展得开手脚？当然，这个大家伙也不适应此地的岩层情况。坑道掌子面上还是只能用一百年前的传统工艺：打眼、放炮、排险、立架、出渣、支护、喷浆、衬砌。更不用说，干隧道这一行，“怕软不怕硬”。掌子面上的工人们说，这哪里是在打隧道，是在鸡蛋里打洞哩。常常是一个班组掘进了三米，垮塌下来的岩石和流淌出来的泥沙阻塞了十米。博南山隧道项目部这一年多来，平均每天的掘进进度仅仅为一米！这哪里像一支机械化施工的队伍所为？胸怀大志的陈星鸿不能不认为：自己不过是博南山下的一只蜗牛。

不过他感到庆幸的是，他的才干得到了集团总工桑小青的青睐。要不是因为这一层，他或许早就离开博南山项目部了。桑总是上世纪八十年代初期的大学生，转战南北修铁路，上山下海，没有他没见识过的隧道桥梁。这是一个在大地上铺路架桥，同时也被大地塑造的男人。他一头浓密的头发已经灰白，壮硕的身体却依然充满活力。陈星鸿在他的栽培下一步步从技术员到工程师，再干到工程部部长，他对桑总的信赖和依恋，甚至超过对自己的父亲。工程技术上遇到的任何难题，到了桑总那里都不是问题了。他总是对年轻人说，你们在这里干算什么艰难的，当年我们在非洲修铁路，要有武装保护。你们还没有尝到过枪子儿在头上飞，还得抓紧施工的滋味儿哩。

陈星鸿和桑小青成为忘年交缘于他们都来自铁路世家。桑小青的父亲从上世纪五十年代就在铁路上干，是共和国第一代铁路建设者。陈星鸿说他父亲虽然没有修过铁路，但他的爷爷和曾祖父，曾在家乡修过铁路。更加之他们语音婉转、古韵犹存的滇南口音，一听就是老乡，感情又近了一层。桑小青问，你的名字是按你们家族的字辈排的吧？陈星鸿说是，我家族谱规定，每一辈人的名字不仅要遵循字辈排行，还要带一个“鸟”字旁，我是“星”字辈，我父亲叫陈修鹏，我爷爷叫陈勤鸥，我太爷爷是陈云鹤。

桑小青当时就感叹道，你曾祖父的名字我听说过，是我们家乡的名人，为我们修通了个碧石铁路。用我们现在的专业眼光看，以当时的技术水平、工程能力，在一百年前修这样一条铁路，几乎是一件不可能完成的工程。你可是世家之后啊。哪像我，连个家谱都没有。

桑小青有时会直勾勾地看着陈星鸿说，我儿子要是像你这样懂事肯干就好了。把陈星鸿夸得承受不住，便回说，当儿子的都叛逆，我也跟我老爸关系搞得挺僵的，我来博南山项目，就是想离他远远的。桑小青苦笑道，父子之间，代沟不要成了鸿沟就好，我报考交通大学就是秉承我父亲旨意，我那个修了一辈子铁路的老爹，我到现在都既恨他又怕他。一想到自己的老父亲，又想想总是叛逆的儿子，桑小青便有风箱里的老鼠之苦。

在项目部的年轻人眼里，快退休的桑总是和蔼可亲的。他第一次来博南山项目部时，看到大家几乎没有什么业余生活，一水的年轻人下了班各自抱着电脑或手机打游戏。他说你们这帮小家伙怎么就那么死气沉沉呢？搞一块球场，大家也运动运动。项目部高经理说，桑总，这峡谷里停个车都难，哪里有块平地？桑小青说，修铁路的人还搞不平一块地？他调来两台挖掘机，一周之内就平整出一块篮球场。年轻人才发现他们的桑总在球场上威风八面，三分球特别准，要突破上篮时连小伙子都防不住他。

挖隧道不难，难在挖开后如何做好支护，保护掘进成果。打隧道不是打开一座宝库的大门，而是会将山肚子里的魔鬼释放出来。溶洞、破碎带、断裂带、暗河、岩溶、高地应力等，它们会时常跳出来作祟。现代科学技术已经能够探测到掌子面前方的大体状况，但一些特殊的地形、带有神性的大山，总会给挖隧道者带来新的挑战。

这天下午开现场办公会，博南山项目部的活动板房内挤满了人。桑小青带来的专家组坐一边，项目部的工程主管和技术人员坐对面。正前方的宽幅投屏里播放地质剖面图和工程施工图。桑总坐在屏幕左前方，用电子笔点开一幅幅图纸，像个部署重大战役的将军。在详尽分析了整个区域的地质状况和施工得失后，桑小青说："当初勘察设计时没有考虑周全围岩层的复杂性。从已掘进的情况看，几乎每掘进三五米岩层都有变化。已有的探测手段已不能满足施工要求了。地质雷达只能探测几十米深的岩层情况，TSP地震波反射法最远探测距离也只有一百五十米。况且越远，数据信号就越弱，得到的信息就越不准确，解读地质界面怎么能准确呢？我推测暗河水是随着那些溶蚀裂隙过来的。"

陈星鸿从自己的笔记本电脑前抬起头来说："掌子面涌水前，我从仪器上看到的反射波信号，经大数据处理后得到的结论是源自一处破碎带，而不是溶蚀裂隙。"

"你不能只看仪器，这里才关键。"桑小青指指自己花白的头，"伙计们，你们只想到四级、五级围岩就是最厉害的了。你们现在面对的是六级围岩！我给你们调来了一个新家伙，咱们用新的探测手段。不把博南山肚子里的地质构造弄清楚，就不开工。”

桑总说的“新家伙”叫瞬变电磁探测系统，由发射系统、接收系统、控制和处理系统组成。前两天才从集团总部运来，随车来的还有几个该系统的操作工程师。陈星鸿意外看到自己研究生时的学弟施翔，他已经念完工程博士了。施翔说，师兄，怎么还困在这里呀？陈星鸿双手一摊道，博南山挡道，出去不得。施翔笑说，知道你遇到拦路虎了，兄弟我就是来帮你探路的。

全新的瞬变电磁探测法可以探到地下一千三百多米的地质情况，尤其是对地下溶洞、暗河、断层破碎带等分辨率极高，但操作起来却相当专业和复杂。这门新知识对陈星鸿来说是陌生的，他只能在隧道和地面组织工人干一些诸如布置发射和接收线圈的辅助性工作，数据解读全由桑总带着施翔的人做。陈星鸿感叹：真个是山中待一日，世上数千年。

桑总和他的专家组在博南山项目部一待就是三个月，彻底掌握了这一片区的地质情况后，他做出了让整个项目部感到“绝望”的决定：推翻原来的施工设计，在围岩等级高的复杂地段，采用“双侧壁导坑法”步步推进。此方法是先在主隧道两侧开挖宽四米、高五米的先导坑，做好初期支护和衬砌，为开挖主隧道时提供支撑和保护，待稳定了岩层结构后，再开挖主隧道。这意味着，由挖一条隧道，变成挖三条。不要说急于想跳出这深山大峡谷的年轻人不干，就连博南山隧道项目部高经理也叫苦连天，这隧道可亏大了，八个亿的标段，怕是干出十多个亿来。

桑总将手里的铅笔往施工图上一扔:“国家的出境大通道，重点控制项目，再亏你也得干。”

高经理苦着脸说:“这还不知要干到猴年马月。项目部的年轻人，一大堆三十好几的老光棍。前个月我组织他们到县城和医院的医生护士搞联欢，饭也吃了，歌也唱了，临走前那些护士姐姐连微信都不愿给我的兄弟们加。”

桑小青仿佛没有听见高经理的叫苦，他站起身:“你们抓紧做施工方案，上报集团总部。散会。我要去球场上了。好久没有打篮球啦，手痒。”在每一处施工现场，桑总都像神一样存在，没有人可以质疑这个“神”的任何决定。再大的压力和困难，在桑总口里就是轻描淡写的一句话。

陈星鸿还记得，那天在篮球场上桑总的手特别臭，连单刀上篮的球也投不进。球打到一半，桑总接到一个电话，他独自走到场边听了几分钟。收了电话回到放衣服处，他阴沉着脸，哑着嗓子说，真臭，他妈的，不打了。也不理在场上等他的队友，拎起外套回自己宿舍。

晚饭时，陈星鸿去敲桑小青的门，说桑总，开饭了。

桑小青脸色晦暗，仿佛一个将醒未醒的人。他目光发呆，神情落寞，盯着陈星鸿看。不想吃，你去吧。陈星鸿劝道，桑总，你还是吃点吧，今天食堂搞了些牛肝菌。他知道桑小青平常喜欢吃菌。

陈星鸿忽然发现桑小青用一种很奇怪的眼神打量他。那时他还年轻，没有经历过身边亲友的生离死别，看不出人的眼瞳里深藏着的眷恋和告别。陈星鸿并不知道师傅遇到什么难题了，他看到桑总脸上现出惨淡又果决的笑容：

“听说这里的黄焖鸡很好吃，你带我去镇上找一家尝尝。”

陈星鸿忙问：“要不要找几个酒量好的兄弟一起去？”他的酒量不行，每每被桑总灌醉。他想，多去几个人闹腾，也让桑总开开心。

桑小青很干脆地说：“不要。就我两个喝。”

这顿不寻常的师徒对饮后的第二天清晨，集团公司总部的一辆越野车悄无声息地来到博南山项目部。桑总的助理昨夜从省城带车来接他，赶到项目部时天都还没有亮透。桑小青没有跟任何人道别，匆忙上了驾驶副座，助理拎了他的电脑包。两个倒夜班的工程师说，他们只看到桑总离去的半个身影和一个车屁股。也许桑总急着回总部开会吧？连行李箱也没有带，他很快就会回来的。人们猜测。但陈星鸿绝对没有想到，头晚的那顿酒，是他和师傅最后的晚餐。

第四章

16 · 咨议局

法国人的滇越铁路开通后，中国人开初的屈辱和阵痛，慢慢被火车带来的便利抹平。那些当初强烈反对铁路的人，带着恨意登上火车，又心情复杂地下车。有人会感叹：火车是个好东西，但是是人家的。啥时候有我们自己的火车就好了。

陈云鹤先是被省咨议局聘为议员。朝廷在光绪三十二年（1906）颁布了《宣示预备立宪谕》，开始邯郸学步地引进西方世界的一些民主宪政理念。宣统元年（1909）各省纷纷成立咨议局，国是都可拿来议一议。不管是不是个幌子，多少会让陈云鹤这种渴望改变点什么的“改良派”心存希望。更何况陈云鹤心心念念的铁路大事，作为一个“议绅”，或可有所作为了吧。

这期间，陈云鹤已成功说服吴廉膺转变了观念。他认定，要在滇南修铁路，非得有吴廉膺这样的大金主加盟不可。陈云鹤利用自己的“议绅”身份，与吴廉膺一起出头，联络滇南三十八名士绅，联名向云贵总督富康上书，倡议以募集私人股份的方式，修建从个旧厂到碧色寨的铁路，与法国人的滇越铁路相接，再相机把铁路延伸到建水、石屏，以利个旧锡矿外运和三地民生发展。陈云鹤已经敏锐地察觉到：历史已进入自办铁路的时代，四川、广东、湖北、湖南等省都纷纷成立绅商及民间集股的股份铁路公司。国人已经不再惧怕铁路阻断了龙脉、火车惊扰了祖先陵寝。蒙昧一旦破除，就没有中国人做不到的事情。吴廉膺的转变也许缘自陈云鹤的一句话，他说华屋高堂，荫及一族；修桥铺路，则惠及万民。

一个秋日雨后的傍晚，陈云鹤在昆明翠湖边的石屏会馆约了《滇声报》的主笔水斋先生小聚。这份在滇越铁路开通后由几家大商会资助的民营报纸创办不到一年，已经在昆明乃至云南颇有影响力，上面的新闻虽然常常时过境迁，成为旧闻，但第三版的《回声》栏目，常有令人眼睛一亮的时政述评。一些议论颇为大胆，文字与语句仿佛顶着刀锋前行，让人不能不钦佩作者的胆量。陈云鹤记住了“水斋”这个栏目主笔，一见面才发现不可以文度人。水斋的文字铁骨铮铮，仿若力拔云天的巨人，可站在他面前的水斋先生却是个手无缚鸡之力的书生，面色苍白，清瘦如纸。不过他身后巍然站立的一条汉子却让陈云鹤笑了，开口便问：“你还记得我们上次分手时的话否？”

那汉子举起独臂道：“你没有城可守，我也无义军可带。志向相投之人，不会相忘于江湖。”

水斋先生有些诧异地问：“伯君兄和陈先生是故交？”

李伯君爽朗地拉着陈云鹤说：“岂止是故交，我们有生死之谊。”

陈云鹤希望《滇声报》为滇南铁路修建一事作些呼吁。但文章一到水斋先生如椽大笔下，就差不多写成一篇反清檄文了。其中有几段话尤其抢眼，文曰：观滇省之现状，修不修铁路，要不要发展，似非安邦惠民大计。稳住朝纲，压制民情，护好官帽，方是要务。衙门只知争利，官吏相互推诿。浑不知世界潮流，已是火车西来，势不可当。远者诸如法兰西之滇越铁路，既丧路权，又辱国格；近者为个旧矿山铁路事，法人觊觎久矣！更加之英吉利国早在筹划之滇缅铁路，已如箭在弦上。倘如是，云南全境铁路，悉入洋人囊中也。官之不修，民愿为之。本是造福乡梓、利国利民之大事，奈何督抚熟视无睹，形同耳聋眼瞎之人，全然不顾民情国势，能拖一天是一天，能瞒一日是一日。颟顸昏聩，尸位素餐。岂非坐等法兰西人、英吉利人再以火车叩我南大门耶？该文又云：有咨议局议员陈云鹤者，屡次上书总督衙门，为个旧矿山发展暨社稷民生计，恳陈民办滇南铁路之要事。所遭遇者，今日不议，明日再来；明日复去，虚与委蛇。试问：议员不议国是，不行职责，要议绅何为？督抚不纳良言，不从民意，设咨议局作甚？为政者须知，当今时代，开建铁路，既便利交通，捍我路权，又决痈溃疽，疏通民意。防民之口，甚于防川；阻民修路，弊尤甚矣！三复斯言，万望闻者深思。

此文一出，昆明城一时洛阳纸贵。民众争相传诵，陈云鹤一时成为与水斋先生齐名的社会闻人。隔三岔五地便会收到一些帖子和请柬，盛邀陈云鹤茶叙或赴宴。他们多是一些本省或外省的大盐商、大布商、矿山老板、洋行协理、钱庄经理、商会会长等。自办铁路不但让商人看到了商机，连庶民百姓也跃跃欲试，原来大家可入股分到火车的红利。“铁轮滚滚，财富轮回。”这是水斋先生所在的《滇声报》对铁路的溢美鼓吹之词。革命党人李伯君更是暗地里在社会各界呼吁鼓动，从有钱有势的商会，到引车卖浆者流的袍哥帮会、马帮行会等，无处不见李伯君奔走串联的身影。并非是他对这条拟建的民办铁路情有独钟，而是这个天生的反清播火者，从一条铁路看到了清政府的末路。他逢人便鼓吹道：他们把路权卖给洋人，是因为他们不配拥有火车这种新器物。铁路是属于一个新国家的富强道路。

陈云鹤万没料到自己作为一个前官员、咨议局议员，也会成为阶下囚。在满城飘着炒板栗甜香的一个下午，陈云鹤坐一辆黄包车穿过金碧路上的碧鸡坊，上三市街，过昆明孔庙，前往设在云贵总督衙门一侧的省咨议局。中秋节快到了，炒板栗的小商户们将大锅支在街边，锅里是拌了土蜂蜜的油亮亮的黑砂砾，板栗被翻炒其间，一直炒到黄灿灿亮澄澄将煳未煳时，醇厚的香味便在秋日绚烂的阳光里沁人心脾。犹记得韶颜稚齿之年，一捧炒板栗，也曾留下多少美妙的滋味，多少灯下苦读的回忆。陈云鹤在这充满忆旧的温馨时光里，并没有想到即将遭遇到的羞辱和危险。

这天，是咨议局议长应君儒召集在昆议员，就滇南铁路事再次呈报云贵总督府并质询工部局局长赵时伦。咨议局本来就云集了试图推动政治改良的立宪派，他们在多年以前也多是洋务运动的拥趸。这批社会精英和革命党人不同，是一艘即将倾覆的腐朽大船的修复者，既为朝廷，也为自身。他们为“君主立宪”奔走呼号，做着“师夷长技”、效仿日本天皇制的美梦，认定只要一立宪改良，就可剔除万种弊端，拨转航向，让国家振兴、民族富强了。尤其在慈禧太后和光绪皇帝几乎同时驾崩以后，人们似乎看到了政治改良的曙光。“万马齐喑”了数百年，有人站出来大声疾呼政治变革、社会改良，跟火车闯进人们的生活一样新鲜。因此，立宪派的言行大多会成为社会舆论的焦点。

《滇声报》在前两天就预告了这次质询会，还言本质询会被无端一拖再拖，赵局长时伦大人犹抱琵琶，端不肯与陈云鹤等议员面对面，全不顾民众延颈举踵之情。此番质询，据传总督府已有谋划，路事有无新进展，铁路是官办还是民办，在此一搏。因此报道，在咨议局大门外，早聚集了数百民众。云南府巡警局的密探已有密报，有不良之徒阴藏利刃，混迹于人群中；更有孙文乱党分子，背后煽动教唆，推波助澜，唯恐天下不乱。

陈云鹤并不知道这场质询会已经被督抚定性为“扰乱朝纲、蛊惑民众”。云贵总督得到的朝廷训谕是：路事乃朝廷命本，国家经络。各地自办铁路者，多为股散本弱之乌合之众。湘、川两省因路权而兴保路同志会，孙文乱党阴结其间，操控唆使，“会”“党”勾结，乱我社稷江山，已让局势大有失控之势。倘铁路撼我根基，本朝修路何为？因此，工部局局长赵时伦在听陈云鹤就“个碧铁路”集资步骤与组建股东大会方案时，一直态度倨傲，心不在焉。身为朝廷命官、四品大员，他极不适应这种被绅商、议员们当面质问的场面。世道沦落至此，庶民安有见官不跪，还来指手画脚之理？这些成天嚷嚷着要修铁路的人，背后不是站着“立宪派”，就是受孙文乱党唆使。因此，赵时伦抱定的态度是：宁可不修路，亦不允滋反骨。他脑海中浮现的不是一条铁路如何穿山越岭，而是捕人的校尉们是否已布置妥当。他早已给陈云鹤罗织好了罪名。

陈云鹤问：“坊间有传闻，法国东方汇理银行正与工部局接洽借贷事宜，是否与我等拟建铁路有关？”

赵时伦答：“绝无此事。”

一个叫刘宸的议员挥舞手中的一张报纸道：“时伦局长大人，这是越南的《新侨报》，上面分明写有法国东方汇理银行经理戈登拜访大人的专访。戈登言，不排除该行染指滇越铁路支线之可能。白纸黑字，大人岂能矢口否认？”

咨议厅里议论纷纷，以嗓门大著称的议员申汉民高声喊道：“赵大人断不能当我等为幼童哄瞒，须在咨议局道出真相，阐明督抚意欲何为！”

赵时伦辩解道：“本官并非否认见过戈登，而是说明与法人借贷一事，系捕风捉影也。”

陈云鹤又问：“关于民间集股修路事，工部局为何迟迟不予批复？”

赵时伦反问道：“依尔等估算，此铁路需耗资多少为准？”

“总得先筑巢引凤，方有凤凰高飞。”陈云鹤起身道，“大人，我们计划先以我个旧矿山所抽炭锡股为基准金，成立股份公司，以筹得启动资金。俟资本到百万之巨，便可动工修筑。个旧到滇越铁路之碧色寨特等站，亦不过百五十余华里，预计三五年便可完成。铁路一通，个旧大锡便可运出，远销海内外，盈利随车轮滚滚而来，股民分红利如江河取水。边营运边建设，延展铁路至蒙自、建水、石屏等地之资本金，亦可源源不断矣。”

赵时伦冷笑两声：“云鹤议员此言虚妄至极，犹不知有汉耳。你等可知法人之滇越铁路，耗资多少？一亿五千万金法郎！纵你筹得区区百万，无异于杯水车薪。铁路乃是金银铺就之路，堪比登天之云梯。个旧矿在高山之巅，为大山所困，碧色寨在蒙自坝区，你可测得让火车穿山越岭，需动用多少劳工？又要打多少隧道、筑多少桥梁？川汉铁路，动工在宣统元年（1909），虽有詹天佑坐镇挂帅，无奈劳工技艺不熟、股东资本不续、经营混乱不堪，此路庶几胎死腹中。法人八百余里滇越铁路，始于大海之滨，终于滇池之畔，翻山不下五六千尺，仅十年便告功成。法人何以能而我不能也？钱也！技也！夫铁路，岂升斗小民之辈能轻言之？”

申汉民议员大喝道：“法人有钱，法人有技，法人就是你洋爹，我云南铁路悉数交与法国人建好了！”

赵时伦一拍案几："放肆！本官在上，不让尔等跪谢，已是隆恩。朋党比周、阘茸腐鼠之流，休得无礼！"

咨议局议长应君儒实在看不下去了，正色道："赵大人，朝廷颁发之《钦定咨议局章程》，言明本咨议局议员有权议决本省行政兴革、朝章国故、吏治民生等事宜。今日在座诸位，皆以社稷兴亡、家乡福祉为己任，绝非结党聚群之辈，更非可随意叱骂之人。赵大人竟敢在本咨议局拍桌子，岂不为天下笑耶？"

赵时伦脖子一梗道："拍你的桌子算甚？我还没抓你的人呢！"

此言一出，咨议局大堂内一时人声鼎沸。有骂赵时伦横蛮粗鄙、言辞荒谬者，有痛斥其为无知昏聩、违天逆理者。申汉民跳到赵时伦面前，点着他的鼻子骂：赵秃子（赵时伦脑袋上早已寸毛不生，不得不戴了根假发辫），谁为"朋党"？谁是"腐鼠"？今日不论说清楚，你可有胆量着人逮了我等去？赵时伦挥手去挡咄咄逼人的申汉民，申汉民却一把捉住了他的手，说我且拉你去总督衙门说理。

这申汉民来自云南府的诗书大族，祖上曾在京城当过正三品的都察院右都御史，在昆明城里也算是官宦世家，云贵总督都是他家的座上宾。赵时伦哪抵挡得住身高马大的申汉民拉扯，他一个趔趄，带翻了案几上的一个茶壶两个茶杯，一阵稀里哗啦声中，工部局局长大人竟像泼妇一般高喊起来："议员打人了！"

仿佛那是一声号令，咨议局议事堂的大门猛地被撞开，一个清军参将领着一群持枪舞刀的兵勇闯了进来。应君儒刚喊了声："岂有此理，这里是咨议局！"就被几个清兵推到一边。其余清兵目标明确，直奔陈云鹤、申汉民、刘宸等人而去。也不容他们分辩什么，上来就扭住掀翻，一条绳子捆了。这些读了一辈子书，为皇帝的江山赓续万代而皓首穷经的立宪派议员，第一次尝到了他们曾经礼赞过、高喊过万岁万万岁的朝廷暴力的滋味。他们的立宪大计、改良梦想，被一根粗陋的绳子轻易地捆缚了。一生虔诚正直如陈云鹤者，从他被按倒在地、斯文扫尽时起，他的世界就开始被颠覆了。

17 · 祭枪

六名身戴脚镣铁链的囚徒从临安府总兵衙门前的校场上走过，他们都被用过刑了，身上血痕累累，脸上却不失凛然气概，就像是在面对一场死亡的检阅。他们挺直了腰，迈出军人的步履，哗啦啦的铁链仿佛就是他们铿锵的军歌。校兵的检阅台上，坐了一众官员。主人是一身杀气的临安总兵龚献猷和簇拥在他身边的十来个低阶官佐。客人有临安知府冀文治、同知曾纲、通判田应伦、巡警局长孙志等府署众官，还有一批本地士绅，吴廉膺也端坐其间。

这是一次杀人表演，也是一场“鸿门宴”。行刑队在校场上持枪而立。龚献猷说，云贵总督府刚拨来一批美国人造的温彻斯特步枪，今天他要用这几个叛将逆贼来祭枪。

他说这话时，目光在吴廉膺脸上停留了几秒，似乎在告诫他：给我小心点。下一个祭枪的，可能就是你。被执行枪决的六个人都是龚献猷麾下巡防营的中下层军官，领头的是巡防营游击（相当于少校军衔）陆铖坤和他的几个手下。他们被指控为“孙文乱党”，试图在军中谋反。身为朝廷军人，不履行镇守之职，却心存反骨、图谋不轨。在军中私藏“乱党”书籍，散布颠覆言论，动摇军心民心，坏我边防大略，罪当军法处置！龚献猷杀气腾腾地念完陆铖坤等人的罪名，目光越过冀文治，再次盯了吴廉膺一眼。

多年前，吴廉膺在重庆府避祸时，有一天世伯王炽约他去家中吃饭，说来了几个云南老乡。吴廉膺赶到王炽公馆，才知道客人是一批官派留学生，即将从重庆乘船去上海，再转赴日本国，就读日本陆军士官学校。他们个个英气勃勃、血气方刚，让吴廉膺羡慕不已，直说吾辈错过了时代，当年要是朝廷准允外出留学，也会像他们那样负笈海外。其中有个叫陆铖坤的大理府剑川县人，在山城泡茶馆时，被一伙骗子骗走了包袱，盘缠尽失。吴廉膺看他人很厚道淳朴，言谈中颇有报国救民、以天下为己任之大志，当即拿出二百两银票递给陆铖坤，说算是我结识个军中兄弟，云南等待你们回来服务乡梓。陆铖坤当时感动得要叩头致谢，吴廉膺忙扶起他，言男儿膝下有黄金，何况你等即将是军人，廉膺一向认为，军人，是中国的脊梁。

陆铖坤学成归来后，先是在滇西中缅边境一带服役，去年才调来临安府巡防营。他当然没有忘记自己的恩人，甫一上任，第一个前去拜访的就是吴廉膺。两人经常在“月轩”书斋里彻夜长谈，吴廉膺问陆铖坤在日本可有接触过同盟会的革命党人。陆铖坤说听过孙文先生的两次演讲，其中一次让他记忆深刻。那次孙先生演讲的题目是《中国应建设共和国》。在孙先生的描绘里，共和国是个民族融合，国家强盛，人人平等，耕者有其田，人民富裕的国家。他虽然很是服膺孙先生的主张，但身为朝廷军人，领受朝廷俸禄，又如何去追随孙文先生的共和主张？一旦共和了，皇帝怎么办？他个人还是更倾向于君主立宪制。中国那么大，问题那么多，君臣之礼不明，国家何以治理？没有皇帝行吗？吴廉膺送给陆铖坤几本《云南》杂志和一些革命党人的宣传品，让他得闲时翻翻。陆铖坤说在日本陆军士官学校的云南同乡会中见过这种杂志，只是那时忙于念书和训练，参加革命党人的活动不多。吴廉膺说，多事之秋，危墙之下，多开阔一些眼界，也未尝不可。

吴廉膺并没打算将陆铖坤发展为“死绝会”成员，这两年“死绝会”主心骨李伯君外逃，朝廷追杀革命党人甚严，“死绝会”成员几无活动。吴廉膺后来跟“兴中会”的革命党人取得了联系，利用自己在建水的影响力，组建了“兴中会”建水分会。但他行事极为谨慎，非金兰之契之人，一般不拉入其中。他只把陆铖坤作为安置在军中的一枚“闲子”。他嘱咐陆铖坤在军中联络一些志同道合者，成立一个读书会，多读些有意思的书，为将来的某一天做好准备。这一天什么时候会到来，吴廉膺也不知道。他只是相信，被压抑的火山总会有爆发的那一天。

当吴廉膺收到临安总兵龚献猷的帖子时，他并不知道将目睹自己的好兄弟被处决。帖子上写的是“检阅军校，恭请莅临”。前临安府总兵官王星魁在周大祥攻破城池被杀时，龚献猷是他的副将，只是他脚底抹了油，溜得快。到他接替了总兵职位，就变成个心狠手辣、阴鸷多疑的人了。吴廉膺曾请他来吴家花园赏花看戏，他临走前不阴不阳地说，贵府如此豪华奢侈，可别再次被抄没。吴廉膺从他的眼睛里看到了傲慢、阴毒、嗜血。这种朝廷的鹰犬愚忠又残忍，罗织罪名、坑人害人，无出其右者。

陆铖坤是一条真汉子，他扛住了酷刑，没有供出《云南》杂志来自何处。知府冀文治得知龚献猷因为搜出了几本革命党人的书籍就要大开杀戒，也不无诧异地问：此等小罪，杖几十军棍可矣。陆铖坤还曾留学东洋，朝廷为造就新式军人，可谓煞费苦心。龚大人可否枪下留命？龚献猷脖子一梗道：冀大人，这只是私藏几本禁书的事情吗？

今天我不杀他，明日就该他来杀我了。我的前任是怎么死的，冀大人难道忘记了？

这是一个阳光很明亮的下午，陆铖坤辫子缠在脖子处，由于混杂了血迹和泥土，显得污秽不堪；发亮的脑门，像一面小小的铜镜，映射着朗朗乾坤下的邪恶。有一层汗水渗出来，蜇着他眼眶上的伤口，让他不断紧皱眉头，看上去悲愤冤屈、心有不甘。

催命的军鼓响起，鼓点急促而冷酷。龚献猷高声喊道：“尔等若能幡然悔悟，招出禁书从何而来，可免一死。”

校场上死一般寂静。吴廉膺背心都湿透了，但他挺直了腰，陆铖坤给了他勇气。大不了和他站在一起，他会为此感到光荣。行刑官举起令旗，喊出了口令：“举枪——”

陆铖坤忽然亮开嗓门大喊：“共和万岁！”

行刑官慌忙喝道：“不准乱喊。快给我瞄准，射击、射击！”吴廉膺眼眶一热，用了十二分的力气才没有让眼泪流下来。“共和”这个革命党人前赴后继的理想，多数国人尚不知为何物的新词，吴廉膺一次也没有在大庭广众之下勇敢地喊出来过，他只是在心中默念、等待、勾勒、猜测、想象。“共和”究竟意味着什么，他相信陆铖坤并不十分明了。即便是吴廉膺自己，对“共和”的理解也不过是赶走满人，打倒皇帝，改变世道，救国图存。在他心目中，“共和”就像一个魅力十足的“新娘”，忽而在遥远的天边若隐若现，看似款款走来，实则虚实莫辨，难以捉摸；忽而她就是那种在混乱无序中被一把掀开了红盖头的可怜女子，让迎娶的人张皇失措，还惊吓跑了一众围观者。不是因为她有多美，而是由于她太令人陌生，仿若天外来客。但“共和”从来没有像今天这般让他心头撞鹿、感动莫名。难道非要有无数的胸膛面对枪口，才能打倒一个皇帝、催生出一个国家的“共和”吗？

一阵稀疏的枪声，响得参差不齐、有气无力。两个人应声倒下，一个半跪着，顽强地撑着身子。陆铖坤和另外两个人仍然直挺挺地站着，那个半跪着的年轻把总怒喝道：“混账东西！娘们儿都比你打得更准。再来！”

不知是巡防营这些清兵的枪法太差，还是他们不熟悉这款新购来的温彻斯特步枪。十二支步枪中竟然有三支卡壳了，两支射偏了目标。行刑官只得再次举起手中的令旗，重复了口令。这一次行刑队打得稍微准一些了。只有陆铖坤还傲然挺立在刑场上。

龚献猷脸上挂不住了：“这帮日脓包！”他恼羞成怒，拔出腰间的毛瑟手枪，从检阅台上跳下来，大步奔向刑场。走到离陆铖坤七八尺远时，他看到一团鲜血正从陆铖坤的下腹部浸洇出来。“爷送你走快点。”他恶狠狠地说，用毛瑟枪顶住了陆铖坤的额头。

陆铖坤拼尽了全力站直了身子，脸上是轻蔑的神情，而眼睛里的怒火却是那种要把杀人者死死攫住，一同带往地狱的坚忍与决绝。“你蠢得像头猪！”他昂起了头，吐出一口血，直愣愣地瞪着龚献猷的眼，直到把他的目光逼退、打败。两个月以后，临安总兵龚献猷在前往黄泉的路上，将会看到这复仇的目光，一路都在追杀他。

吴廉膺从刑场回到吴家花园，一头扎进浴房，把自己淹没在檀香木浴盆里。三姨太丛玉儿进来，问他需不需要伺候？吴廉膺说不要，让我一个人安静会儿，你回屋去吧。他不想让任何人看见自己的惊恐。今天不知淌了多少汗，现在他要好好流一场悲伤的泪。当年吴家花园被抄没时，他眼眶都没有湿一下。

水的温度低于泪的热度，这让热泪长流不止。他哭陆铖坤，也哭自己，更哭这个黑暗的世道行路如此艰难。龚献猷的刀锋已逼近你喉咙了。吴廉膺，你该如何应对这个残酷的时代？

“七爷，前厅有个太太求见。”小厮魏小四在外间低声道。

“谁？”

“陈云鹤大人家的。”

吴廉膺翻身爬起，惊溢一屋水花。他一边擦身一边说，快备衣服。迎请至花厅。让茶房上茶。让三姨太……不，让太太先去花厅陪客。吴廉膺从未在家奴面前这么慌乱过，指令一道又一道地发出，生怕怠慢了客人。

吴廉膺赶来花厅时，吴张氏已先他一步到了。在需要讲究的场面上，吴廉膺还是尽量让正室出面，尽管吴张氏不善言谈，举止愚笨，不似三姨太丛玉儿般长袖善舞、左右逢源。花厅里的陈黄氏，一身素衣，神色凄楚，眼圈发黑，泪眼蒙眬。她告诉吴廉膺，刚刚从昆明传来消息，陈云鹤在云南府被抓了。

“他可是咨议局的议绅！”虽然吴廉膺刚见识了刑场上的腥风血雨，听到这个消息还是震惊不小，才端上手的盖碗茶重重地磕在茶几上。茶水溢了出来，上茶的小丫鬟连忙上来。吴廉膺摆手制止，努力控制住情绪，端起茶碗，小嘬一口，才缓缓说：“不用急。我明天就去昆明，保子君兄出来。”

“廉膺，我……说是因为上书铁路事，开罪了抚台……”妇人欲起还坐，面色潮红，眼里露出哀伤、愁苦和无助。

“上书言事，何罪之有？这世道真要逼人反了。”

“子君一个书生，怎受得了那枷锁上身、乱棍之侮。”妇人话音甫落，便泪流满面。

“小四，备马!”吴廉膺冲厅外喊，又回头对陈黄氏说，“嫂夫人，我此刻即赶往碧色寨，乘夜行火车，明日中午可到昆明。”

“你刚回来，外面暑气太重……”吴张氏好不容易才插嘴道。

“休得多嘴!”吴廉膺喝道。

“廉膺大哥!”陈黄氏站起来，竟要跪下。

“使不得使不得！千万使不得。廉膺岂敢?”吴廉膺伸手想去搀扶，可仿佛那里有团火，又惊惶地缩回了手。正尴尬难为间，妇人“扑通”一下真跪下了。

“嫂夫人快快请起!”吴廉膺不敢多看那张梨花带雨的脸，转过脸去。所幸花厅还有两个伺候的丫鬟，他冲她们道：“愣着干啥？还不快扶陈夫人起来!”

18 · 重阳

半个月后，吴廉膺接陈云鹤坐火车回临安。陈云鹤形容枯槁、神色恓惶，人消瘦了一圈。吴廉膺小心地问，他们对你用刑了？陈云鹤摇摇头叹道，家国无望，甚于用刑。

他的立宪改良梦破灭了。吴廉膺想，此番牢狱之灾，于子君未尝不是一件好事。有多少对朝廷寄予变革梦想的仁人志士，只有在叩头时被反打一巴掌，方才明白在一座将倾的大厦里修修补补，不过是如微、箕存亡国耳。

他们坐的是头等车厢，蓝色窗帘，舒适的沙发，绣有蕾丝边的桌布。车厢里有约三分之一的外国人，服务生都是穿灰色制服、戴红帽子的越南人。火车在高原上爬行，穿过一个又一个凋敝的乡村。滇南一带刚遭过一次大规模的蝗灾，田野里几无秋收的景象。不时可看见逃荒的人群，像蝼蚁一般彳亍在荒凉的大地上。陈云鹤看到一个在尘土中手足并用爬行的人，他的一条腿拖在身后，就像拖曳着一段朽木。陈云鹤移开了自己的眼。

"回乡后，子君兄有何打算？"吴廉膺问。

"不才今生夙愿，不过是为家乡修一条铁路。哪承想……"

吴廉膺探过身去，压低声音说："兄可曾想到，旧制不除，铁路难修；铁路不修，万路难行？"

陈云鹤眼睛跳了一下，沉吟片刻才如实道：“我所想到的，只是以路富国，护我路权。我也知晓，各地保路运动风起云涌。岂能为修一条铁路，颠覆乾坤？”

“中国历史上，为一斗米翻了天的事，多着哩。”望着老同窗有些诧异的眼神，吴廉膺换了话题，“建水那边已经有一帮朋友等着为子君兄接风，压惊酒已经摆好了。”

陈云鹤听出了弦外之音：“兄意欲何为？”

吴廉膺狡黠地一笑：“我们的时机到了。”

武昌起义爆发后，吴廉膺就像蛰伏山林已久的老虎，野性和反叛的欲望膨胀着他的每一根筋络、每一条血管。该是他向那个腐朽的朝廷清算家仇国恨的时候了。他联络上了李伯君这个朝廷的死敌，很快就召集起“兴中会”的那些志同道合者。这里面有流亡的老同盟会会员，有临安府巡警局的巡官，有师范学堂的教师，有归国的侨商，有落魄的文人，有江湖上的侠士，也有市井的布衣商贩。当陈云鹤跻身其中时，他似乎才发现，在庙堂之外的另一个世界，有那么多人，都在与他想改良维系的朝廷对着干。

在接风酒宴上，陈云鹤喝醉了。这在他的人生中是少有的事。吴廉膺让人将他搀扶到自己的书房休息。到子夜时分，陈云鹤的酒才醒过来。吴廉膺已泡好了一壶茶，一直守在书房。陈云鹤手抚额头道，惭愧惭愧。失态了，玮玠兄见谅。

吴廉膺微笑道：“人生得意须尽欢，失意之时，酒也可解今日烦忧。况且，子君经此一劫，焉知不是塞翁失马？”

“被逐出庙堂之人，已无所失。”

吴廉膺不应他话，从书案上翻出一纸信函来，说："子君，我正有一难题请你襄助。立秋之后，我接连收到两封匿名信，第一封盛赞鄙人耕读传家、钦贤好士、情怀天下、心系苍生，似乎仅在敬表仰慕之情。第二封信虽很短，却颇有试探意味。请看。"

陈云鹤展开信函，但见上面写道——

廉膺先生垂见，敬启者：

日前曾奉一函，谅已先尘左右。

虽无幸晤见，仍拳念殊殷。久慕先生素有经文纬武之德，恢复汉室之志。藏兵乡野，报效国家。他日厉兵秣马，剑指魏阙，或可期矣。

书短意长，临颖不尽。除弊鼎革，不分畛域。万望不吝赐教，以匡不逮。

恭颂

颐安！

陈云鹤抬起头，不无惊异地道："这是乱党……哦，不，革命党人的密信吧？玮玠，你……你们真的要搞事？"

"是我们。包括你。适才你在酒桌上怎么说的？"吴廉膺盯住陈云鹤的目光，看得他有些凌乱。陈云鹤恍惚记得，自己说过"如此朝政，反了又何妨"之类的话语。罢了罢了，宋江也有被逼上梁山那一天。替天行道，顺乎民意，是为真君子。陈云鹤端庄了神色，"既然玮玠兄如此信任，愚弟能不肝胆相照？岂曰无衣？与子同袍。王于兴师，修我戈矛。与子同仇。"

吴廉膺伸出了手掌，应和道:“岂曰无衣？与子同泽。王于兴师，修我矛戟。与子偕作。”

两只手掌紧握在一起，一齐吟道:“岂曰无衣？与子同裳。王于兴师，修我甲兵。与子偕行!”

赢得陈云鹤的加盟，吴廉膺信心大增。凡成大事者，必得生死袍泽相助。陈云鹤又将密信读了一遍，才说:“我想，此信可能来自驻防临安府的新军。因为新军中的留日学生，多受孙文先生的共和思想影响。”

吴廉膺叹道:“驻防临安的新军中我还没有贴心弟兄。虎狼之地，断不可冒失。只是我在明处，彼在暗端，何以复信沟通?”

陈云鹤走到书案前，拿起毛笔，蘸墨写下:“展读琅函，甚感美意。尚祈便中指示，共襄盛举。如何之处，恭候卓裁。”信后也不落款。陈云鹤轻轻把笔放回笔架上，然后道:“今夜就着人贴在东城门下，自有人揭了去。”

吴廉膺大喜:“还是我的同窗高明！我等之事，缺子君不能也。”

辛亥年九九重阳，天空蔚蓝，秋色已浓，吴廉膺邀约了七八个亲朋密友去城西郊登高。这群反清义士并非要在秋色宜人的山野里“遍插茱萸”，只不过是找一个僻静之地商讨局势。鉴于最近局势动荡不安，匪盗四起，各地纷纷组建民团、商团自保。吴廉膺给临安知府冀文治呈了一文，说要组建吴家民团保境安民。冀文治也没有多想，大笔一挥就批了，还拨来部分枪支弹药。于是吴廉膺便大张旗鼓在乡间招兵买马，抓紧训练。加上看家护院的家丁，已有三百余众。吴廉膺说，要想起义一举成功，非得招募一千人不可。

“一千人？不过是一颗鸡蛋砸在临安府的城门上罢了。”说这话的是吴廉膺的大哥吴廉庭。这位大伯父家的长子，自幼在脂粉堆里长大，不喜读书，性格懦弱，胆小怕事，因此吴氏家族的长辈从不把家业大事交付与他，不过族中一享福闲人耳。只是因为他毕竟为吴家廉字辈老大，有些事情，吴廉膺还得给他留点面子。像操练民团的事，他就让吴廉庭去管，否则吴廉膺根本不会让他掺和进来。吴廉庭脸色苍白，薄薄的嘴唇止不住地哆嗦，“七弟，朝廷的军队，有几多一千人？”

有人接嘴道：“人手不够，我等何不审时度势，静观其变？”

每次商讨起义事，总是在干还是等之间纠缠不清。枪打出头鸟的道理，黄口小儿都知道，何况这些成年人？腐朽的清廷谁都恨，谁都指望它早一天垮掉，但绝大多数人，反抗只停留在口头上。他们是圈在围栏里的群马，愤懑压抑，嘶鸣刨蹄，总是期待有哪一匹良驹勇敢地冲出围栏，带领他们驰骋在广阔的草原。

秋风在旷野里浩荡穿过，红色、白色的野菊花星星点点撒满山岗。吴廉庭还在叨叨：“我老吴家的民团枪少弹缺，也没有大炮，何以举事？建水弹丸之地，地处偏远，纵倾出身家性命，又能闹腾出多大个动静？”

李伯君反驳说：“兄长此言差矣。滇西腾越州，地处边境一线，前天已经举事了。腾越人敢造反，我等为何不敢？你们又可知道四川荣县是何地方？保路运动兴起时，那边的革命党人率先起事，宣布独立，脱离清廷，成立民军政府，开全国独立之先，比那武昌起义还早一个多月哩。位卑未敢忘忧国，地偏岂能不争先！”

吴廉庭冷笑：“只怕这闹分家的孩子还没走出家门，就被打断了骨头。临安府边塞要地，朝廷新军兵强马壮，枪械精良，临安城内还有巡防营、警察局，总兵龚献猷和知府冀文治岂能坐以待毙？三年前河口那边的革命党人仓促起义，还不是以卵击石，被清兵杀了个尸横遍野？举事失败，诸位在吴家花园没有酒席吃倒也罢了，我老吴家落得个满门抄斩，我等又如何向祖先交代？周大祥起义失败，抄没的是谁家的家产？我族人困于黑屋，食不果腹；枷锁上身，家眷上吊。其状之惨，其情之烈，尔等可曾施以援手？”

吴廉庭说着就掉眼泪了。吴廉膺忙宽慰道：“大哥多虑了，情形这番已不比那番。”

吴廉庭泣道：“你是见识过龚献猷刑场的人，那总兵官杀起人来，可没得个亲疏远近。吴家偌大家园，老少上百口，你可想仔细了！”

吴家大哥这么一哭，众人皆息声。其实大家都明白，在临安府，能与官府抗衡者，唯有吴家，吴廉膺不牵头出面，万事免谈。

李伯君见大家都在观望犹豫、一筹莫展，急得用手指点众人，高声怒喝：“你们这些读书人，倒真是应了‘秀才造反，三年不成’的老话。屠戮的刀锋都逼到脖子跟前了，你们还在讨论要不要反抗？我李某人可不是束手待毙之人。与其为人鱼肉，毋宁拼死一搏！今晚我就率愿跟随我的志士攻打临安府去！倘若战死，也就罢了；若被俘，李某也不愿独享烈士之名，城西郊法场上被砍头时，必拉你等同去！”

众人被骂得无地自容，皆望着吴廉膺。吴廉膺却眯着眼睛眺望远方的群山，良久才说：“伯君兄骂得好。你要是手上有根皮鞭，就抽我等一番才更解气。不过，凡成大事者，讲天时地利人和，也讲男儿担当。当年‘阻洋修路，拒洋占厂’，败在仓促、短视、时机、盟友，都于我不利。教训不可谓不惨痛。”

李伯君喝道："那就什么都不要干好了！"

重阳翌日为小重阳，按习俗还有一次赏菊宴饮。吴家花园早就泡好了一大缸菊酒。本地人喜用菊花入菜、入酒。九九重阳赏菊花、饮菊酒，再来一碗菊花米线，向来是本地文人墨客们的雅俗。吴廉膺的菊园里各色品种的菊花争奇斗妍，有白菊、紫菊、墨菊、复色菊、波斯菊、日光菊，还有几垄瑶台玉凤菊和天鹅菊，花瓣纤细妖娆，殊为养眼。密封的酒坛开启，清香甘洌的菊酒盛入酒盏。昨日登高的密友们都以赏菊饮酒为名齐聚吴家花园。赏菊饮酒中，大家谈论更多的不是菊花，而是造反。吴廉膺的二哥吴廉康挥毫写下一首黄巢的《不第后赋菊》："待到秋来九月八，我花开后百花杀。冲天香阵透长安，满城尽带黄金甲。"

大家正纷纷夸赞前举人的书法飘逸灵动、清丽如菊，门房小厮一阵疾跑，才到庭院口就高喊："电鸟！"

是一张巴掌大的信笺。吴廉膺接过来只扫了一眼，便禁不住眼眶湿润。热血直冲脑门，万马奔腾于心。他高举酒盏，哈哈大笑："铁路真是个好东西，不仅拉走了大锡，还给我们带来了造反的电文。来呀，举杯！"

众人不明就里，吴廉膺一手持酒杯，一手持信笺，就像一个刚识字的稚童，一字一句，颤声念诵：

重九日亥时，新军三十八协统领蔡锷、云南陆军讲武堂总办李根源等率新军及讲武堂学生攻打五华山及军械局，激战一夜，天明始克。昆明城枪炮声已息，云贵总督富康被生擒羁押。

寥寥数句，山崩地裂，天地重开！围在他身边的人，无不击掌相庆，泪流满面。

滇越铁路开通以后，沿线各站都设了有线电报房。人们第一次见识到了有一种“书信”是用深埋于地的铜线以“电”透山越水来传递的。电是一只比神话传说中的青鸟飞得更快的“鸟”，当地人称其为“电鸟”。“电鸟”没有车轮也没有翅膀，看不见摸不着，恰如天空中的闪电，令人敬畏。碧色寨站电报房有一个从上海电报学堂学成归来的学徒，武昌爆发革命党起义后，吴廉膺封了十元大洋，令其每天抄收各地有关电文，以快马飞报吴家花园。湖南长沙、陕西西安、江西九江、山西等地的革命党起义之消息，均来自碧色寨车站电报房。

幸福来得太突然。谁也没想到不可一世的云贵总督府一夜之间灰飞烟灭。众人自是斟满酒杯，把酒相贺。免不得高吟李太白的“昨日登高罢，今朝更举觞。菊花何太苦，遭此两重阳”。李伯君把后两句改为“军情何太急，拔剑两重阳”。

大家正在商议何时动手为最佳时机时，吴家师爷杨五叔神色紧张地进来，对吴廉膺耳语道：“新军来了两个军官，已接至前厅等候。”

虽然他说得很小声，但似乎大家都听见了。饭桌上气氛霎时凝固了。吴廉膺嘘了口气，稳住情绪，道：“你们继续喝酒吧。我去看看。”

吴廉膺从饭厅出来，折向书房，在书橱里取出自己的勃朗宁手枪，还让随身跟班魏小四、刘发祥都带上家伙，说如有不测，你们看我眼色行事。又对师爷说，五叔，你安排人上碉楼，架好枪械，闹起来了，就掩护众宾客从后门撤出。

驻防临安府的新军七十五标总教官吴传栋毕业于日本陆军士官学

校，身姿挺拔，气度不凡。虽一身布衣、马褂长衫，但一看就是军人出身。他身边的随从是个不到二十岁的后生。两人一见吴廉膺进来，便起身作揖，说不揣冒昧，登门叨扰，失礼失礼了。言毕自报家门，谦逊地递上各自的名片。

吴廉膺仔细端详来客，拱手还礼道："久仰久仰！二位英雄，廉膺有失远迎，得罪得罪。"他随后又特意看了看那个身材魁梧，长有两道浓眉，蓄着浓黑的八字胡，看上去敦厚朴实的年轻人，说："是哪里人啊？"

年轻人一拱手道："后生朱玉龙，四川人，云南陆军讲武堂第三期特别班学员。前辈多多指教。"

吴廉膺笑说："年少志高，有出息。请坐。"

宾主落座，客人似乎无心客套，直奔主题："久慕先生雅望，在下斗胆修书两封与先生，想先生已悉知一切。东城门告示，幸承不弃，下官等不胜荣幸，欣然前来，以求教诲。"

吴廉膺嘘一口气，心里已明白了六七分。昨夜才贴出的告示，今天人家就找上门来了。但他仍怕其中有诈，笑道："教诲不敢。尔等是军人，我是百姓。如今朝廷的事情，枪杆子说了算。"

吴传栋身子往前倾了倾："军人更应以天下为己任。兄弟正为家国之事而来。"他转头向身边的年轻人示意。朱玉龙便于怀中掏出一信封来，双手恭敬地递与吴廉膺，直率地说："学生恩师李总办嘱咐学生，到临安府后将此信交与吴先生。请过目。"

果然是云南陆军讲武堂总办李根源先生的亲笔信。信里仅有他亲笔书写的一首诗，题为《承华圃思沐小墅落成》，诗曰："小筑承华近水滨，西平遗泽百年新。九龙一夜惊雷雨，桃李花开天下春。"吴廉赓一见此诗，心中的顾虑烟消云散。

李根源光绪三十年（1904）公费考入日本陆军士官学校，比陆钺坤还早一届。他在日期间就加入孙中山先生的同盟会，还担任过云南留日同乡会会长和《云南》杂志的经理。吴廉赓在帮忙发行《云南》杂志时，就和他有过书信往来。李根源学成归来后，受命创办云南陆军讲武堂，从监督干到总办，培养了大批具有共和理想的学生和未来的军中豪杰。多年以后，这座讲武堂走出了两个共和国的元帅。李根源曾带吴廉赓参观过云南陆军讲武堂，在讲武堂操场的西南角，建有一座小八角亭，名曰“思沐小墅”。沐者，乃明初收复云南、驱逐元人统治之大将沐英也。李根源在送别吴廉赓时，亲手誊写一遍《承华圃思沐小墅落成》与吴廉赓，还说，我生在滇西，你长在滇南，我从军，你行商，皆有服务乡梓、富国强兵之宏愿。将来持我小诗之人，均为吾得意门生，足可信赖。

“九龙一夜惊雷雨，桃李花开天下春。”吴廉赓吟诵一遍，与二人四目相对，微笑着说，“原来都是同道之人。敢问李总办有何指教？”

吴传栋低声道：“李总办托这位朱老弟带来口信，昆明新军起义已成功，我临安府应从速举事。”

“太好了！”吴廉赓忍不住拍了一掌，“临安举事，迫在眉睫！”

吴传栋道：“吴先生，推翻腐朽清廷，非靠军事武力不可。驻防临安的新军七十五标也有我们的人，吴先生在临安府的号召力胜过知府，能助一臂之力否？”

“在所不辞！”吴廉赓果决地答道。

吴传栋抓住吴廉赓的手：“我等虽初次见面，但已互托生死！有个只有一只胳膊的革命党人，据说在临安。吴先生可知晓？”

吴廉膺哈哈一乐，“二位义士请随我来。”

吴家花园成了起义的临时指挥部。两个新军军官与众人见面，李伯君高喊道：“我辈岂是蓬蒿人？甩开膀子大干一场吧！我已经看到乾清宫里的那个儿皇帝吓出尿来了。”

吴廉膺一拳擂在桌子上，朝外面喊道：“小四，去厨房捉一只公鸡来！”

一只大红鸡冠的公鸡瞪着迷惘的眼睛四处巡睃。吴廉膺手持一把利刃，竟不知道从哪里下刀。李伯君一把夺过刀，说我来。他让吴廉膺扭住鸡头，一刀割断鸡脖子，早有人递过一只盛满酒的海碗，鸡血喷射进碗，血色洇开，慢慢一片血红。

鸡血酒再分到每个人的青花瓷碗里，吴廉膺高举酒碗，朗声道：“辛亥年九月十日，某等兄弟九人，未能同日生，但求同日死。推翻清廷，恢复汉室；同为义军，复我河山。有渝此盟，天人共殛！”

众人将酒一饮而尽，吴廉膺率先将酒碗砸了，随即便是一片噼噼啪啪的砸碗声。一个旧世界，碎了一地。

19·起义

宣统三年（1911）阴历九月十一日，昆明“重九起义”两日后的午夜，建水古城朝阳门被徐崇恩手下的巡警用大铁钳扭断了铁锁，早已围了城门的新军七十五标第一营和第二营的士兵会同吴氏家族的民团武装蜂拥而进，直扑临安府署和巡防营、警察局。短暂的交火后，府署便被攻克。临安知府冀文治这次同样没有选择逃亡，从得报新军兵变，到城门被破，他只来得及换上一身官服。他特意将朝服翻出来，不慌不忙地更衣髻发，将四品官的云雁补服穿戴整齐，端正了顶戴花翎。他在镜子里看见了一张哭泣的脸，灯光摇曳中顶戴上的青金石宝珠从未有如此暗淡，像古董店里被人遗弃的旧货。皇上，这是你天高地远的臣子最后一次穿这身官服，也是最后一次升堂了。皇上啊，非微臣不能恪尽职守，实天下早已养痈为患。古人云：“扁鹊不能肉白骨，微、箕不能存亡国。”江山即陷，臣去也！

冀文治临出门前，家中老人妻小或神色哀戚，或哭哭啼啼。平常供知府大人调遣使用的门子、皂隶、步快、禁卒、轿夫、伞夫等差人奴仆也有六十来人，此刻跑了一多半。有几个忠心耿耿的皂隶、步快提枪携刀，说大人我们赶紧走，到蒙自道搬救兵去。冀文治拿出一摞银元来，分与众人，说你等各自散去吧。云贵总督府都不保了，何谈蒙自道？他又回身对夫人说，革命党人是些有新思想的人，不会滥杀无辜、凌辱妇孺。你不必惊惶，大不了我们回家种田。

冀文治快步来到大堂，那里已候有同知曾纲、通判田应伦及户、礼、刑、兵等各科的官吏。几个小吏衣冠不整、惶惶如丧家之犬，冀文治将其轰出朝堂，说我等乃朝廷命官，绝非沐猴而冠之徒。纵处覆巢之下，安能有损我汉官威仪？

驻防临安的新军七十五标标统罗世勋是个死硬的保皇派。当新军第一营和第二营在教官吴传栋的率领下，于南校场荷枪实弹列队集合，喊出“创造共和！共和万岁”的口号时，第一营管带（营长）王忠刚仓促赶来，喝问道，谁在闹事，给我站出来！一个士兵高喊道：老子们站出来了。你还能咋的？言毕抬手就给他一枪。第二营管带高明骅闻讯后，慌忙跑到了北校场第三营驻地。标统罗世勋平常就驻在第三营，管带强栗是个满族人，也是罗世勋的心腹。两人在北校场紧闭营门，依托阵地负隅顽抗。第一、二营起义的士兵赶到后，双方立即交火。三营本来就驻防在一座小山头上，筑有铁丝网、碉楼和堑壕，还有马克沁重机枪和小炮阵地。起义士兵以陆军讲武堂毕业的官佐为中坚，打得异常勇猛。他们将第三营逼退到碉楼里，形成围攻之态。只是攻了三次，都被碉楼上的机枪火力逼退下来了。吴传栋把几个军官叫到一起商量对策，有的说去调大炮来轰，有的说用火攻，有的说挖地道到碉楼下埋炸药。一直跟随新军作战的李伯君这时说：“攻城为下，攻心为上。给他们喊话吧。我就不相信第三营的弟兄中没有拥护共和的人。”

吴传栋一击掌：“咳，一急火攻心，怎把兵法忘了？”

有时语言的威力的确大于枪弹。吴传栋叫来两个嗓门大的士兵，对他们说，你们找好隐蔽，就喊：第三营的弟兄们，我们都是中国人。驱逐鞑虏，复兴中华。打倒无能的儿皇帝，创建光明的共和国。省下枪弹，去打欺负我们的外国列强。

第一通喊话过后，碉楼上的机枪停止了射击；围攻的新军又开始第二轮喊话。话音驱散了硝烟，战场上忽然变得出奇地宁静，那是一种在秋风萧瑟中树叶飘落于地的声音都能清晰听到的死寂之象。天空蔚蓝，山岗上的树木团团金黄。战死士兵的尸体横陈在旷野，微风吹来阵阵血腥味，与这悦目的秋色极不协调。吴传栋想起第三营有五个讲武堂来实习的学员，还有从讲武堂毕业后就分到第三营的官佐，他们应该都是同情革命、赞同共和的人。他回头对几个也是毕业于讲武堂的部下说："来呀，唱一唱我们的军歌。"

> 风潮滚滚，感觉那黄狮一梦醒；同胞四万万，互相奋起作长城；神州大陆奇男子，携手去从军。但凭团结力，旋转新乾坤。哪怕它欧风美雨，来势颇凶狠；练铁肩，担重担，壮哉中国民！壮哉中国民！
>
> 堪叹那世人，不上高山安知陆地平。二十世纪风潮紧，欧美人要瓜分。枕戈达旦，奔赴疆场。保家卫国，壮烈牺牲。要知从军事，是男儿本分，鼓起勇气向前进，壮哉中国民！壮哉中国民！

《云南陆军讲武堂军歌》是那个年代推崇"尚武救国"的热血男儿口中的流行曲，尤其是讲武堂的师生，每天早操前都要唱。当第一段唱完时，碉楼里传来几声枪声；第二段最后一句"壮哉中国民！"

余音未散，一杆白旗从碉楼的射击孔里伸了出来。第一、二营的士兵们跃出掩体，开始欢呼。

在起义新军的歌声中，第三营毕业自讲武堂第二期的督带徐存尧率先掉转枪口，击毙了管带强栗，迅疾带着几个讲武堂的实习生，冲进了标统罗世勋的指挥室，威逼他投降。罗世勋哀叹道，朝廷练新军，办军校，未承想尔等吃大清的粮食，穿大清的军衣，领大清的银饷，扛大清的枪炮，倒是变成一大帮叛臣逆贼了。皇上啊！这大清的江山，怎么搞成这个样子？然后他拔枪射穿了自己的太阳穴。七十五标完全被革命党人掌控，随即合兵一处，杀向临安总兵龚献猷的驻防地。那龚献猷手上只有不到二百人的巡防营，哪里是新军的对手？双方还未交手，他就派人前来议和，说自己一向同情革命，拥戴新政。实际上他已经察觉到，至少有三四支枪口在暗中瞄准他，不想被人打黑枪，除非他后脑勺也长有一双眼睛。

吴廉膺带人赶到临安府署时，冀文治已被先攻打进来的新军羁押在刑科的班房里。他的顶戴花翎不见了，四品官的官服被扯烂了衣襟，额头上一团乌青，嘴角上还有一丝血迹，双手反缚。吴廉膺喝道："谁让你们动手的？快松绑！"

吴廉膺让人打来一盆清水，让冀文治洗脸净手，又找一身平民衣服，让他换上。收拾停当，两人面对一盏孤灯相向而坐。冀文治冷笑道："死到临头我方明白，有你吴氏家族在，我建水城的四道城门，形同虚设矣！你竟然也是个革命党。"

吴廉膺无言地看着他。脸上没有骄傲，也无愧色。

"人人都在我耳边说你是长有反骨的人，我总说吴廉膺乃读书人，休得误我耳目。果真断我为官生涯者，玮玠贤侄也。”

“不是廉膺不守人臣之礼，而是你被这腐朽的朝廷所误。清廷不倒，国家无富强中兴之途，民众无脱离苦海之望。还乞冀大人海涵！”

“我的府署已被你等攻破，击杀官吏，夺走官印，查抄官邸……你的革命来了，我……我冀某人，岂还敢称大人？”

“至少我们还有叔侄之谊、诗书之交吧。”吴廉膺命人摆上一桌酒菜来，给冀文治斟满酒，再端起酒杯，真诚地说，“叔，愚侄走到这一步，实为大势所迫、良知所驱。请放心，我已传令保护好世叔家人，礼送世叔返乡。”

冀文治眼里的光暗淡下来，将杯中酒一饮而尽：“兵荒马乱之岁月，支离破碎之朝政，我冀文治为官一世，上无力救君保国，下不能孝敬父母。忠孝两不全之人，有何颜面回乡？老夫积存的官俸，虽然微薄，尚可买几亩薄地。贤侄倘能网开一面，容老朽在临安归隐田园，纵蓬户瓮牖，揉桑为枢；尚可种菊南山，诗书自娱，聊度余生。”

冀文治老家在四川，来云南为官已逾二十载。他在一次酒后曾跟吴廉膺谈起，将来倘能入祀孔庙“名宦祠”，为后人所敬仰传颂，也不枉为官一生。自有临安府以来，明清两朝，近二百余任知府，能入祀孔庙“名宦祠”的不出三十人。他们要么兴学选贤，清廉勤勉；要么赈灾济贫、蠲平徭役；或者戍边御敌、缉盗安民。为民做实事，有业绩彪炳在册的好官终究不多。公允地说，冀文治署理临安府，尚算廉洁自守，克勤克俭，礼贤下士，待民甚厚，是士人耆老心目中的清官、好官。冀文治刚任知府那一年，临安府阿迷州一对逃荒的父子，偷了一头耕牛，被人赃俱获后送到府衙受审。冀文治不但不治他们的罪，还说：昔宋帝仁宗曰“饥劫米可哀，盗伤主可疾”。父子同盗，礼义沦丧何至于此！那黄口小儿，何不进幼学？我阿迷州岂无有“义田”哉？下面的人禀报说，各地的“义田”或已荒废，或被本地豪强霸占，致使不少贫寒学子无以为学。冀文治当即饬令各州县重查“义田”，豪强霸占的田地严令退回，并补足田租。还让各地府学、督学肩负监督之责，今后“义田”只增不减，“义田”之租，只能用于助学。还说，谁敢动“义田”一粒米，本府就打谁的板子。自此全府境内向学之风蔚然，那个小盗牛贼后来发奋读书，竟考中了秀才。多年来邑人论说到“义田”兴学，无不礼赞冀知府的“文治之功”。仅凭此“义田”复兴一项，冀文治入祀“名宦祠”，庶几只差一个功德圆满之致仕还乡。

但时代不给他这个机会了。望着眼前无以归家、已成为阶下囚的知府大人，吴廉膺不能不大动恻隐之心。他动情地拉着冀文治的一只手道：“既然叔有陶潜之志，侄当尽力玉成。倘不嫌弃，廉膺愿奉送银五百两，供叔购田置屋，安享晚年。”

冀文治也有些动情了，将另一只手覆在吴廉膺手上，一把老泪终于夺眶而出，滴落到胡须上，似秋日荒草露珠。“玮玠贤侄，你们反了皇帝，毁了庙堂，废了纲纪。这朗朗乾坤，芸芸众生，还不知要经受几多折腾、几多磨难？太平犬好当，乱离人难做。好自为之吧。”

吴廉膺倒真被将了一军。当年周大祥举事，最后也只落得个虎头蛇尾，亡命天涯。他踌躇片刻才说：“叔，既然造了反，就走一步看一步吧。我等也知道袁世凯已被朝廷重新任命为湖广总督，正率北洋虎狼之师攻打武昌。时局将如何发展，亦未可知也。不过，‘天行有常，不为尧存，不为桀亡’。这个时代的潮流来了，顺之者昌，逆之者亡。”

冀文治长叹一声："我一直认为，贤侄家业庞大富贵，美妾相伴左右，断不至于和那些乱党分子勾连。朝廷安稳千秋，则吴家富贵百代。君欲何求？于官场上一展宏图乎？当初你中举之后，朝廷已为你铺好了出仕为官之途，你老吴家又不缺银子，在这官场上，有才能又有银子，何愁无晋升之路？"

吴廉膺道："我不想跪着当奴才。更不忍眼看着国家被列强瓜剖豆分，男儿大丈夫无所作为。"

"贤侄纵然是有青云之志的伟丈夫，尚需看时势造就与否。时势强于英雄，还是英雄强于时势，皆未为可知。吁，文治老矣，田园将芜胡不归？"

冀文治这一关被攻克，余下事情便势如破竹了。知府冀文治发出了最后一道命令：为黎民百姓免受刀兵之灾，各州县官吏警士、驻军民团，各自恪守本职，等待新政权和平接管。不得携械逞强，殃及池鱼。有不愿者，可辞官卸甲，交清账册。若有趁火打劫、危害乡邻者，必将受到新政权强力制裁。

天亮时，建水古城恢复了宁静。惊恐了一夜的建水城百姓，小心地打开家门，发现满城都是左手臂上扎着白毛巾的新军官兵和吴氏家族的民团武装。安民告示已张贴于四道城门。"推翻清廷，打倒皇帝！五族共和，共享幸福"的条幅已悬挂在临安府署的大门前。这些从来没有人敢大声说出来的口号，可谓惊世骇俗，石破天惊。可多数人是麻木的，只把这看作又一次"兵乱"。自地处边陲的临安府署设立以来，有史料记载的兵燹、匪乱、揭竿而起的饥民，都曾数次打破城池、劫掠百姓。兵匪们聚众而来，呼啸而去，建水城的百姓见得可不少。一些胆小的人赶忙回家收拾细软，带上干粮准备逃难去了。那些读过书的秀才士子则更是如丧考妣，他们交头接耳，神色惶恐：这不是反了天了吗？没有了皇帝，国将何国？

存续了五百余年的临安府，改换门庭仿佛亦如读书人在一个风雨之夜翻去一页书。他猝然面对新的篇章，带着好奇心和陌生感一字一句地艰难阅读。许多地方读不懂，还有难以避免的歧义和误读。但他再也不想读以前的旧文章了，尽管当他把一知半解的新知识传授给众人时，言者谆谆，听者藐藐。就像吴廉膺曾经揣测过的那样，“共和”这个“新娘”刚刚被掀起了红盖头，新颖如异乡之客，陌生似山外之人。尽管她还要经受封建礼制浸淫了上千年的这片土地上风雨的洗礼，但这个社会终归还是勇敢地迈出了从零到一的第一步。临安府师范学堂的学生们是最先跑到大街上迎接这个“新娘”的人，他们发放传单，张贴标语，挥舞小旗子，欢迎起义新军。学生总是新世界的新面孔。或者说，一张张新面孔，装点出一个世界的新模样。那一张张年轻的脸，才是一个早已腐朽溃烂透了的社会脱胎换骨的希望。

百年前的临安府署现在被当地政府修葺一新，成为建水城的一个旅游打卡点。府衙大门前的石牌坊是现代工匠的手艺，大气有余，精细不足，但终归还有些从前的影子。坐北朝南的府署大堂也被粉饰一新，东边厢是吏科、户科、礼科，西边厢是兵科、刑科、工科。麻雀虽小，五脏俱全。汉官威仪，不仅仅指官制、品秩、服饰和帽饰，还体现在衙署森严，威慑四方，哪怕是这极边之地也不例外，来自东南亚的历史学者陈怀北老先生在参观时说，历史将铭记风云人物的行状功绩，只是不知道那些隐藏在岁月深处的小角色，比如，一个刑科的步快，如今可还有后人？陪同他参观的本地文化人杨仲群嘿嘿一乐：

我们这种小地方，谁不知道谁出自哪家呀？别说一个步快之后，就是当年临安知府冀文治之后，现在都还在哩。陈怀北老先生眼睛一亮，立刻说，那我们可得去拜访拜访。

团山村是一个新发展起来的古村落旅游片区，有一条米轨铁路从村前的坝子通过。景区前有一个停车场，前来游玩的旅游车和私家车都停在这里。停车场入口一侧有一排摊位，卖些乡村土特产和当地小吃。陈怀北、杨仲群是由桑逸开车送来的，朱迪随行。杨仲群熟门熟路地径直走到一个摊位前，开口叫道："冀大爹，你老人家身体可好？"

小摊前的老人看上去老态龙钟，像一根阳光下的枯木。他有一头灰白色的短发，飘在干硬的头皮上，脸上的皱纹千沟万壑，薄而干涸的瘪嘴毫无生气，只有两颗门牙，一上一下地露在外面。见到来客，豁嘴一笑，全然不顾有损观瞻。

他的身前有一个小小烧烤摊。四方形的铁皮炉里烧了木炭，覆一粗铁丝网，刷了点油的小豆腐、洋芋片、茨菰片、莲藕片等素菜散落在上面，看不出生熟，像一片片残缺枯萎的心。杨仲群说，我们坐下聊聊，照顾一下他老人家的生意？陈怀北说好。其实他根本不敢吃这些烟熏火燎又油腻的东西。他很想喝一杯咖啡。可是在这里，他最能接受的就是矿泉水。

杨仲群用本地话跟冀大爹交谈，再转述给陈怀北。冀大爹明年就八十了，看上去至少比陈怀北还老十岁，但他有一种庄稼人的硬朗，身上没有一块富余的脂肪。他孤身一人住在村庄里，一儿一女都在城里上班。老人并不认为村庄里的生活有多难，他还能去村边的井里挑水哩。他也盖了新房，但房子空荡荡的就他一个人住。出来摆这个烧烤摊只是为找点事情做，赚不赚得到钱都无所谓。我就看个热闹，他说。他的两亩水田也租给别人种去了，三亩坡地没有人愿意种，就荒芜了。他还养了一头老牛，已经犁不动地，但冀大爹还是养着它，早晚和它说说话。它就仿（像）我老伴。老人说。

“领导，难为你了。”老人把衣冠楚楚的陈怀北当成不知哪里来的大领导，为不能拿出更好的东西来招待“领导”，似乎感到很难为情。他不断往他面前夹烤豆腐。“领导，这个好了，外面焦里面软，趁热哈。蘸点辣椒。”

杨仲群阻拦道：“谢谢大爹了，他不吃辣椒的。还得麻烦你，给我们讲讲你们冀家。”

“我家成分不好，我念书不多哦。”老人豁着嘴呵呵乐，不管是成分高还是读书少，都没有让他感到对不住眼前这满目青山绿水，“我老爹五十六岁那年，去修铁路，死在外面了。那一年我才八岁，刚刚上国小。我家的那些田地，是我爷爷留下来的。我爷爷啊，我没有见过。听我老爹说，他当过州官，跟现在的州长一样大。坐四人抬大轿子，进出有人敲锣开道，打起牌子，上面写‘肃静’‘回避’，威风得很哦。”

陈怀北问：“老先生，那你家还保留有祖先的一些史料吗？”

冀大爹木然地望着杨仲群，杨仲群用本地话问道：“大爹你家格还有老祖先留下的书啦、家谱啦、手稿啦哪样的东西？”

“烧了。都烧了。我还记得哟。”老人豁着嘴说，目光空洞地望着远方的山峦。

朱迪不明白，看向冀大爹，但他脸上波澜不兴。片刻，他才感叹了一句：“比我更老的老辈子说过，富贵不过三代。”他忽然提高了嗓音，“穷也穷不出三代。嘿嘿，我老冀家，上托祖宗的阴德，下靠政府的栽培。我孙子，大学毕业，现在在州上当了副科长哦。”

杨仲群真诚地说：“让他好好干，说不定以后也能当州长哩。”

冀大爹充满希望地呵呵一乐：“风水轮流转。”

陈怀北听明白了老人这句话，也哈哈大笑起来。他为这个世家后代没有一点破落相而感到高兴。仅仅三代人的工夫，就把家族的痕迹洗得干干净净，这又让他有些诧异。后来他们又去看了冀大爹的新房子，除了几件必备的家具如床、沙发、柜子等外，一台26寸的电视就是最现代的电器了。因为房子太大，几乎可以用“家徒四壁”来形容。陈怀北感叹道，倒是一点也看不出知府后人的模样了。杨仲群说，都过了两个朝代了。“旧时王谢堂前燕，飞入寻常百姓家”了嘛。

陈怀北老先生在新加坡国立大学念的是历史系，到老挝国立大学任教后又主攻南洋华侨史。辛亥革命前孙中山先生在南洋一带的活动情况，陈老先生研究甚详，还有专著论述。在回去的路上，陈怀北将手机里“孙中山南洋纪念馆”的照片调出来给杨仲群看。“辛亥革命前，中国国内的许多起义都是在新加坡策划的，如广州黄花岗起义、广西镇南关起义，包括1908年在中越边境的河口起义。怎么我就不了解临安起义呢?”

杨仲群说：“也许辛亥革命后，人们都聚焦到武昌起义、重九起义的光环之下。我们这个地方的一场小小起义，难免就被忽视了。”

“大历史需要小人物来丰富补充，清廷也不是一场起义就推翻了的。冀文治、吴廉膺这样的人物，他们的人生行状颇值得研究。这是以微观史学方法研究辛亥革命的一个好样本。”陈怀北拿起车上杨仲群的一本关于临安起义的专著说，“昨晚我将杨先生的大作拜读完了，很开眼界，但有个疑惑还是有些不解。革命为什么会发生在临安这样偏远的地方？生活在海外的华人，是最服膺中山先生的共和理念的。为什么？一是因为他们去国离乡，太爱自己的祖国；二是他们开阔了眼界，知道自己的国家为什么贫穷落后。所以中山先生在海外募捐，总能一呼百应。近现代的社会革命，总是由一些具备先进观念的先驱者推动。辛亥年间的临安府，天远地偏，远离海洋文明，应该还是很闭塞蒙昧的吧？人们何以具备那些反抗封建专制、追求共和民主的理念?”

“火车唤醒了这片沉睡的土地。”杨仲群用了一句很文学化的语言，然后他又补充道，“法国人的铁路像一条钢鞭打醒了大家。我们中国人，最善于知耻而后勇。而我们要自建的个碧石铁路，又催生了这场起义的爆发。就像川汉铁路、粤汉铁路引发了全国各地的反清浪潮，最终导致武昌起义一样。清王朝绝没有想到，它的覆灭跟铁路有关。”

朱迪从车前排回过头来说：“农耕文明社会终究会完败于工业文明社会，就像牛车面对呼啸而来的火车。”

陈怀北道：“也不能说完败吧。”他指着车窗外说，“你看看这一派田园风光，江山易主，它依然春种秋收、四季轮换；你再看看那河上的石拱桥，几百年了，风吹雨打、洪水冲刷，它还屹立不倒。有些人和事，你放在历史的长河中去看，它就超越了成败。”

20 · 老火车

桑逸将父亲的骨灰接回老家后不久，接到一个陌生电话，声音听上去很年轻。那人自报姓名，说是父亲的徒弟，在博南山隧道项目部工作。桑总离开我们项目部时，还留下了一些个人物品，我下个月休假，给你送过去好吗？桑逸想起来了，父亲临终前，这个人是诸多在现场送行的人之一。他当时号啕大哭，比桑逸这个当儿子的更伤心。人们说他是父亲的“亲徒弟”，因此桑逸对他还有点印象。桑逸本想在电话里说：人都走了，还送回来干什么？扔了吧。但脑海中忽然像有个人抽了他一耳光——是父亲吗？他不确定。

因此他不能不端正了态度：“还是我自己去取吧。请发给我一个定位。”

陈星鸿和桑逸在博南山项目部见了面，他们是同龄人，都是九〇后。陈星鸿早就从自己师傅那里知道了桑逸的很多事，桑逸对他却一无所知。在他眼里，陈星鸿是那种在山沟沟里待傻了的家伙。蓝色工装、长筒水靴、安全帽是他们的标配。在一个大企业里当一个毫无个性的零配件，朝九晚五的上班族，还像他父亲一样自豪得不行。陈星鸿想方设法拉近他和桑逸之间的距离。但他发现这很难。

外面下着不大不小的雨，活动板房屋顶像同时在敲响一千面小鼓。如果心情好，听着鼓点一般的雨声倒也是一种难得的情趣。但现在，桑逸的冷漠麻木让陈星鸿有些束手无策，他只好理解为桑逸重孝在身，情绪自然低落。他的工作台上堆满了各种图纸和工程报表，几乎要将桌子上的笔记本电脑掩埋。陈星鸿绞着自己的手说："你不常去你父亲的工地吧？"

"天南地北的，我去哪里找他去？"

"是，我们的工作性质就是这样。"陈星鸿给桑逸递烟，为他点上，自己却不吸，"没有人想到桑总会走得这样快。他离开项目部头天，还约我去镇上喝酒来着。"

"喝酒？"

"是的。桑总每次下来检查指导工作，总喜欢找我们喝酒。都是他自掏腰包、自带好酒请我们喝。把我们喝醉，他就很开心，像一个宽厚的兄长那样呵呵直乐。但那天桑总只要我一个人陪他。我推测，桑总那天知道病检报告结果了。"

"知道得癌了还跑去喝酒？你还是'亲徒弟'呢！"

"对不起，对不起……我不知道啊！"陈星鸿抱着自己的头，都快哭了，"要是我那晚看出桑总的一些反常，就不会……"

"什么反常？"

陈星鸿紧皱了眉头："那天桑总宣布更改施工设计，项目部炸了锅。因为这意味着我们还得在这大山里多待好多年。我很想在饭桌上请教桑总，为什么要这样改。但他却跟我谈起一部日本老电影，叫《海峡》。你看过吗？"

桑逸摇摇头。

"我也是前几天才从网上找来补看的。高仓健主演，讲一群人在津轻海峡挖海底隧道的故事。跟我们差不多，也是各种难。高仓健在电影里演一个项目部主管。”陈星鸿望着桑逸，有些动情，“你父亲多像‘高仓健’啊！我不是说外貌，而是指他们的经历和气质。”他又补充道。

“他也离婚了吗？”桑逸冷冷地问。

陈星鸿有些诧异，回说：“离了。在有了小孩以后。他后来和工地小镇上的一个女子好上了。是吉永小百合演的，还有三浦友和，演一个工人。噢，那是上一代的影星，我们都不熟悉。‘高仓健’和那个村庄里的女人似乎也分开了。修铁路的人，四海为家。都这样吧。”

“到处都有女人。”桑逸不无嘲讽道。

“不是这样的。你父亲说，他们爱得很真诚，很凄美。”

“那是电影。”

“可是桑总说，这部片子他看了不下十遍。”

桑逸不屑地说：“他脑子有病。”

陈星鸿拼尽全力才把心中的怒火压下去。这个铁路子弟，难道不知道他的父亲是如何在工作中负重前行的吗？他涨红了脸，长吐一口厌恶之气：“都说死者为大，何况他是你父亲！”

桑逸在法国留学的第二年接到父亲的信（那时他们在QQ上交流），说他要跟桑逸的母亲离婚。还说反正桑逸也长大了，他已经完成了抚养儿子的义务，他对这个家庭的责任也尽到了。桑逸问父亲，我妈妈怎么办？父亲的回答是：我们都服从各自的内心。选择放下，是最好的成全。桑逸愤怒了三天后，删除了父亲的QQ号。

桑逸并不认为父母的婚姻有多幸福。这样的家庭他见得多了，所以也不以为怪。在建水城当医生的母亲是个良母，但不一定是父亲身边的贤妻。他们都有自己的事业，都有很强的个性。父亲常年不在家，去全国各地甚至海外到处修铁路，回家探亲就像来做客，甚至比客人还糟糕。父亲总是把在外面当领导的脾气用在家里，要么在母亲面前颐指气使，要么成天不说一句话。他们不是那种吵吵闹闹的冤家，却是做什么都别扭的夫妻；不是谁嫌弃谁，而是双方眼里都只有自己。“冷战”把一个家搞得形同冰窟。桑逸是个很早熟的孩子，他认为父亲对家庭充满某种说不清道不明的嫌弃，属于那种在错误的旋涡里错误地挣扎的男人。即便对自己的儿子，为父的也没有多少好话，总是苛责他贪玩散漫，没有事业心。桑逸自小对美术感兴趣，他只想做一个单纯自在的画家。到他自己开了一家陶器店，建了一座窑，父亲更是大为光火，说：你留学回来，就这点志向？玩泥巴能玩出多大个出息？我们干工程的，一座山头，说推平就推平了；一条大峡谷，说架桥，就让天堑变通途。既造福了国家社会，领导也看见了你的能耐。你不做些实实在在的事情，成天虚头巴脑、不着四六的，怎么进步？一个男人怎么能没有事业心？事业心，是由一桩桩、一件件的功名堆出来的，干出来的。当然了，你老人家天南海北地修铁路，功名倒是一大堆了，家却散了。不过这话桑逸不敢当着他父亲的面说。

桑逸这段时间常有拿刀扎自己掌心、扎自己腿的冲动。父亲大约是在知道自己得了不治之症后，第一时间赶回建水来见儿子，但桑逸却躲着不见，说在外面喝酒呢。你先去我爷爷那里吧。父母离婚后父亲净身出户，回到故乡很凄惶。这是他自己作死作的，活该。桑逸有一套小户型，可他不会乐意父亲住进来——尽管这是父亲在他留学回来后给他买的。第二天上午父亲来到他的陶器店，他对父亲的热情不会高于对任何一个进来问询的顾客。父亲一进门就说，我昨晚给你打了五次电话你才接。桑逸懒懒地回，我喝高了，哪听得到电话？父亲那个时候大约很生气，胸膛起伏，脸色灰暗。但他没有发作。他在店里这里看看那里摸摸，强撑着难得一见的笑脸问，这些都是你做的？桑逸戗父亲道，我就是个玩泥巴的嘛，没出息的东西。父亲拿起一个茶壶，笑着说，真是精致啊！真是好看啊！真是……他想不出更好的赞美了，就问卖得贵吗？桑逸依然没好声气，不贵，像我一样，很贱，很不值钱。桑逸也不给父亲让座沏茶，父子俩就那么尴尬着，像谈不拢价钱的店主和买家。父亲说，我难得回来轻松几天。逸儿，我们开车去大海子钓鱼怎么样？据说那里现在有家五星级标准的山庄，我们可以在那里住上几天。桑逸小时候常跟父亲去钓鱼，那是他能回忆起来的少有的温馨时光。他说，我的鱼竿扔哪里都不知道了。父亲爽快地说，我都给你准备好了。你来看。父亲的车后有一个大渔具包，各式钓竿、渔轮、渔线，不是日本韩国的，就是美国挪威的，全是顶级配置。桑逸估计这全套渔具要十几万。老爹怎么变得像个土豪了？不买好用的，只买最贵的。父子俩在大海子待了两天，白天各自布竿钓鱼，晚上各回房间。即便是在一起吃饭时，大家话也不会多。父亲总是想找些过去的话题来谈。某个油菜花染黄了大地的春天，他们去乡下参加一个表叔的婚礼，表叔要背新媳妇时桑逸却抢先爬到他背上；桑逸上中学时打篮球如何摔断了右胳膊，十几岁了还得给他喂饭；桑逸出国留学，他送到昆明机场，在安检口和桑逸挥手告别时，看到桑逸小小的个子，却要独自闯荡世界，忽然才发现儿子长大了。桑逸回了一句，我妈妈还哭了呢，我看见你去搂我妈的肩膀。父亲不语，许久才说，我二十多岁时，觉得那时才四五十岁的父母都老得不成样子，简直无法跟他们交流，现在你是不是也这样看我？桑逸刻薄地讥讽道：哪里呀，你有一颗比我还年轻的心。

桑逸永远不会忘记，父亲的助理开车来接他时，他们在山庄的停车场告别。父亲久久不上车，他看出了父亲很想跟他来一个拥抱，但他很巧妙地躲开了，提着渔具行囊走向自己的车。钓鱼这两天他坚持不叫爸爸，现在他也不打算叫。他老人家以为出来钓一次鱼，就能抚平我的创伤吗？父亲在车门前望着他，终于说，桑逸，你要照顾好自己！桑逸也只冲父亲摆摆手，连头都懒得扭回，就钻进车里。他的车驶出停车场时，父亲还站在车门前。桑逸瞥了那边一眼，觉得父亲并不如他说的那样老。只是父亲那张沧桑又凄惶的脸，得等到他得到一个噩耗，才会慢慢地从痛到骨髓的悔痛中浮现出来。

一周后，桑逸接到父亲的助理小王发来的短信："你父亲得了绝症，他想见你。"

桑逸顿时破防，像个孩子一般哇哇大哭。

陈星鸿没有向桑逸提及的是：那个晚上桑总的"反常"，是向他说起了自己的情事，而且还和他的家族有关。他相信那时桑总并没有喝多，他仿佛是要把心中的爱情秘史一吐为快，与人分享。就像他在篮球场上漂亮地带球过人，然后把球分出去，让人上篮得分。

上世纪八十年代初期，那是一个万象更新的美好年代。十八岁的桑小青考上了四川的一所交通大学，他在家乡个旧市的小火车站挥别了父母，踏上负笈求学之路。那时的小火车真慢啊，像一只在大山里爬行的蜗牛。一进山洞，煤烟往车厢里灌，呛得人喘不过气来。桑小青动情地回忆，可是我情愿它是一列没有终点站的火车。因为我在车上遇到一个也是刚考上大学的姑娘。我们竟然在同一所中学念书，只不过她在文科班，我在理科班。那个年代我们看不起学文科的，称他们为“温科班”。其实“温头温脑”的倒是我们这些理工男。这个与我同行的女生在成都上四川大学，而我的交通大学在峨眉山下。那个年代的大学开学季，一个社会的人都在争说天之骄子。小火车拥挤不堪，人们说，让这两个学生娃坐吧，人家是新科状元，走得远。我们一路从寸轨火车换乘米轨火车，又在昆明换乘准轨火车，才从云南来到四川。我们这些高原的孩子，出门求学真难。不过，有了一个心仪的女生同行，再远再难的路也是浪漫的啊。这姑娘就是你的姑妈陈姝好。嘿嘿，我看过你的档案了，你别奇怪。是的，她是我的初恋。每年的开学放假，我们都一路同行。在大学期间我们写了七百二十三封信。你姑妈是学中文的，那信写得文采飞扬，字又漂亮。每一次看到“见字如面”几个字，我的心尖尖都在抖啊。我经常搭火车跑到成都去看她。大学毕业，我和你姑妈各奔东西。那时国家包分配，我被一竿子扫到海南岛修铁路，你姑妈留在了成都。我们天各一方，徒唤奈何呀。天涯海角的，这感情就越来越淡了。后来，我接到了她和男朋友在杜甫草堂前的照片。我就知道，爱情的铁轨分了岔，我们成了两趟越跑越远的火车了。

桑小青那晚用本地老乡自酿的老烧酒来浸泡往事，让它们焕发出五彩斑斓的青春芳华。他的两眼闪耀出年轻人才有的那种热望，又掩藏不住一个饱经沧桑的中年人深厚的落寞和忧伤。他下酒很快，不待徒弟给他斟酒，自个儿一杯接一杯，存心找醉的节奏。

我们这代人，生于上世纪六十年代，成长于八十年代，受过些磨难，也赶上了好时候。少年时代吃不饱，读书不多，青年时欣逢改革开放，幸运地上了大学，一个穷小子猝然面对眼花缭乱的世界。下面穿喇叭裤，上身着绿军装。观念总是在传统和现代之间滚打撕扯。到我们退出历史舞台时，大约是一个半是沉重半是轻盈的背影。我们的人生价值观，就像这大山肚子里的地层结构，有不少的断层。等你把这些“断层”克服了，这一生也就交待出去了。

陈星鸿插了句嘴，师傅这一生也够辉煌的了。

桑小青叹一口气：“你只见到贼吃肉，没见到贼挨打。辉煌背后，除了辛劳付出外，谁知其中苦？有的人事业很成功，生活却失败了，光鲜的外表下是一颗破碎的心。爱情、婚姻、家庭，真是输不起的人生。就像那些看上去身家上亿的老板，却是一屁股的债。小陈呀，这世间有些遗憾，日子久了，就成为遗恨。尤其是青春时期的伤痛，会成为命运的伤口。这还不是最糟糕的，可悲的是，这伤口无法治愈，还最终溃烂了。以至于，你无法向自己的青春挥手作别。”

师傅喝多了吧？陈星鸿当时想。他觉得参加工作后，自己的青春就结束了。假如他也头发斑白，还有勇气来奢谈青春吗？

桑小青又兀自往自己的酒杯里倒酒，陈星鸿去抓酒瓶，但被师傅推开。师傅说：“穿过博南山，高铁拐个弯就可通到我们的家乡。过去人们从灵关镇走古驿道翻越博南山，要走五个马程[①]，一走就是两千多年。一百年前的小火车，时速也就十五公里左右；一百年后我们修的高铁，穿过十几公里的博南山隧道，也不过跑两三分钟。在古人眼里，我们都是神行太保；以后搞出真空磁悬浮列车，我们又是后人眼中的古董了。我原设想，等你干通博南山隧道，调你来当我的助理。哪料到一干这么多年。小陈，你得答应我，给我把这狗日的隧道干通！”

---

① 马程，指马帮队一天的行程。一个马程约十五公里。

陈星鸿没有点头，也没有摇头，只是定定地看着他的恩师。然后端起酒杯敬了桑总，自己先一口干了。

师傅的舌头已经有些捋不直了："小陈，看着你这样年轻，真好啊！人活过的日子，走过的路，无论对错，永远在你的背后，一回头，有自豪，也有伤感。总之是山河依旧，物是人非了。你的姑妈年轻时有个习惯，到老了都没有改变。你知道吗？陈星鸿摇摇头。第一次与她一起坐小火车我就发现了。她喜欢咬嘴唇。高兴时咬右下唇，右脸颊上现出一个浅浅的酒窝，煞是好看；生气的时候呢，她咬左下唇，左脸颊却没有酒窝了。人说酒窝是上辈子的印记……唉，是不是每个人心里都有一趟满载回忆的老火车呢？它往青春时代开。这老火车，必须由蒸汽机车来牵引。黑亮的机身，红心白边的车轮，前导轮小，传动轮大，传动连杆臂一前一后飞快转动；炉膛里煤火熊熊燃烧，烟囱一路喷着白烟，汽笛高声呼喊，不知是在向谁道别，还是告诉某人，浪子回来了。我很喜欢听一首美国民谣，《五百英里》。你听过没？"

陈星鸿摇摇头，桑小青竟摇头晃脑、嗓音沙哑地用英语唱了起来——

If you missed the train I'm on（如果你错过了我那趟火车）

You will know that I am gone（你应明白我已离开）

You can hear the whistle blow a hundred miles（你可以听见一百英里外飘来的汽笛声）

A hundred miles, a hundred miles（一百英里，一百英里）

A hundred miles, a hundred miles（一百英里，一百英里）

…………

桑小青声音越来越小，好像是“一百英里外飘来的汽笛声”。他忽然叹了一声：小陈呀，我他妈老啦，未来看你自己的了。三十功名尘与土，八千里路云和月。你师傅这一生不亏。好好干吧，小子。见到你姑妈，代我问声好。

桑小青走了后，陈星鸿才明白，一向温文尔雅的桑总那晚频爆粗口，仿佛是彻底看透了什么，在跟他托付后事。为什么是我？因为我姑妈吗？据家里人说身在成都的姑妈和姑父关系也不好。陈星鸿曾经去过姑妈家，感觉那个家没有一点温暖。难道师傅和我姑妈后来旧情复燃了？几年前集团公司在中老铁路项目中标后，桑总以项目意义重大为由，不惜降低身段，自告奋勇来当总指挥，常驻成都，一待就是五年多。陈星鸿无法想象快到退休年龄的桑总还有重拾旧日恋情的浪漫与激情，平常他是一个多么严谨而稳重的人。那一刻，他对上一辈人的爱情，在同情中颇有些费解。一代人有一代人的活法，一代人有一代人的不易。不过，花有重开日，人无再少年。他知道师傅离婚多年，师傅这样的身份地位，追他的女人应该不会少。但师傅依然沉溺在青春时期的梦幻里，甘做情圣——假如他真的还爱着姑妈的话。既然割舍不掉那份情怀，就大胆走到一起嘛。活在当下，未尝不是最好的人生选择。陈星鸿的初恋也是在大学校园里谈的，现在他和自己的初恋也像桑总说的那样，是“两趟越跑越远的火车”。可是他并不十分在意，他还有的是年华来吟唱“天涯何处无芳草”。青春时期的初恋在人生中真的就那么沉重？如果你不幸错过了青春的那趟车，你还能乘上往回开的列车吗？

第五章

21 · 军政府

临安府被废黜了，“云南南军军政府”的牌子在一群革命党人、起义军官、本地士绅和学生们的簇拥下，高挂在前临安府府署大门外。四个持枪的士兵，笔挺地站在大门两侧。围观的百姓在府署外过去击鼓鸣冤的地方，看到新政权贴出来的告示。他们惊讶地发现，“安民告示”上的签名和印章竟然是吴家花园的七老爷吴廉膺的！他在一转身之间，成为南军军政府的统领。统领是几品官？有百姓问。一个戴圆形老花眼镜的老秀才说，听说新政权不讲品秩，府署、总督衙门都没有了，朝廷的话也没有人听了。现在是举事的军政府说了算。那个刚才提问的人不无惋惜地问：那宣统皇帝的圣旨也不管用了？圣旨？一个还在尿床的皇帝，圣旨还不顶块尿布！一个壮汉接嘴道。那老秀才冷笑道，你等且看，没有了皇帝，这国家迟早要麂子乱成马鹿。

南军军政府甫一成立，各方势力便开始争权夺利，互相倾轧。起义新军希望推吴传栋为统领；归降的巡防营军官和旧官吏要推前临安总兵龚献猷；老派同盟会员和革命党人认为李伯君资历深、功劳大，南军军政府统领非他莫属。当然拥戴吴廉膺的人还是占大多数。最后还是吴传栋深明大义，他说临安起义，头功当属吴廉膺，为起义出钱出力，毁家纾难。他又是本地身负名望的大士绅，治理地方，施惠民生，当是最佳人选。

其实，革命党人最不愿看到的是起义成果被龚献猷之流窃取。吴廉膺任命吴传栋为南军军政府的副统领，李伯君为军政府一等参谋官，主要负责联络省上和周边的革命势力，给龚献猷封了个二等参谋官，陈云鹤被任命为临安府府长，负责安抚四境。新旧政权更替得如此仓促匆忙，已经有好几处地方发生了匪乱。更有胆大妄为者趁势打劫滇越铁路，他们袭击法国人的车站、抢劫火车。法国驻昆领事紧急约见云南军政府都督蔡锷，傲慢地提出要从越南派法国兵进入云南护路护侨。

兹事体大，蔡锷将军电话打到碧色寨车站，令吴廉膺飞马前去接受命令。吴廉膺首次聆听到声名显赫的蔡锷将军的声音，让他紧张得持送话器的手都在颤抖，一开初还把收话器和送话器拿反了，身边的接线员赶忙给他纠正过来。也许因为线路原因，蔡都督的声音听来低沉沙哑，回声幽幽。蔡都督先是盛赞临安革命党人深明大义，紧随“重九起义”，奠定滇省大局，居功至伟。随后蔡都督命令吴廉膺：从速派兵肃清滇越铁路沿线匪患，以阻法人借机驻军云南。我已派我的总参谋官分兵前来增援，不日即可抵达。

寥寥数语，让吴廉膺吃了定心丸。蔡都督话末还温情地问了句：吴统领贵庚几何？吴廉膺答，刚过而立之年。蔡都督道：甚好甚好，年富力强，正是对国家民族大有作为之年。吾侪肇建共和，同舟共济，共襄盛举。与吴兄共勉，何其幸也！

南军军政府本来就兵力紧张，但还得抽出一营人马沿线剿匪。吴廉膺对吴传栋说，自己家里有事好说，洋人的铁路出事了，就是国际纠纷，只好有劳吴副统领辛苦一趟了。吴传栋说，外人寄放在家里的东西，最是麻烦，用不起，惹不得。吴廉膺咬咬牙，恨恨地说，等我们有了自己的铁路，就不稀罕他们的东西了。

南军军政府一方面要保护滇越铁路，一方面还得应对保皇派的反扑和各地的匪患。临安起义成功后，周边各州县也不尽然都望风易帜，蒙自县、个旧厅、广南府的保皇派纷纷发兵前来讨伐。他们认定，只要皇帝还在金銮殿上坐着，大清就不会倒。这些偏远之地的戍边官吏，耳目闭塞，颟顸愚忠，“勤王表忠”是他们一生都在等待的机会。不是他们情愿把自己的性命押注在一个没落的王朝身上，而是他们不愿因改朝换代而失去自己的“乌纱帽”。对临安起义革命军威胁最大的便是蒙自边防督办杨勘。此人城府颇深，有调兵之权，是个不好对付的角色。

陈云鹤对杨勘比较熟悉，他说此人过去是监生，在国子监就读时，杨勘算是他的师兄。后来杨勘考中留英生，学成后在大清驻英公使馆当外交官，应该说他是很有能力之人。1896年秋季，孙中山先生在伦敦被清廷驻英使馆诱捕，囚禁在使馆里。杨勘那时作为参赞，肯定脱不了干系。此事引得英伦三岛舆论大哗，清廷不得不释放了中山先生，处罚了相关官员。但杨勘在官场人脉很广，回国后先在广东做官，去年转任云南蒙自边防督办，节度滇南滇西一线边防事宜。昆明“重九起义”后，蔡锷通令全省反正，此君不反对，也不拥戴，只说边防重地，以保境安民为第一要务，却在暗中调集兵马，责令临安东面的广南府总兵赵竑麒的两个巡防营，个旧厅、元江的巡防营从东西两侧夹击临安。

吴廉膺道：“人家兵临城下了，那就先打一仗再说。”

陈云鹤说：“吴传栋的新军大部分被派去滇越铁路沿线剿匪了。我们手上这点人马，可是人家对手？”

“总不至于和姓杨的签订城下之盟吧？”吴廉膺不满地反问道。

“我想去蒙自会会我这大师兄。”

“这怎么行？岂不是羊入虎口？你不能去。”吴廉膺说。

陈云鹤神色淡定地说：“天下大势如此，谅他杨勘也是个明事理的人。他不敢把我怎样。玮玠兄，放心吧。”

吴廉膺闻言心动。照理军事上的事情，不该由陈云鹤出面。革命成功后，在他的任职上，吴廉膺颇费了一番心思。无论是读书做学问，还是从政为官，陈云鹤都比他强。他们是永远的“君子之争”。多年来，命运似乎总是站在陈云鹤一边。吴廉膺没有服过气，但不得不一次又一次地接受低人一头的结局。现在时代的浪潮把他推到前列，他也有舍我其谁的豪迈，唯有在陈云鹤面前，他方感到有些德不配位。因此他力荐陈云鹤出任新政权下的临安府府长。尽管它是临时性的，与前朝那个知府从性质到职责，也大不一样了。他对陈云鹤说，子君先屈尊迁就一下，一个临安府显然不是贤弟一展青云大志之地。陈云鹤倒也坦然，说居庙堂之高则忧其民，不才所忧者，仅家乡的一条铁路耳。待河清海晏，云鹤愿去当一名筑路工。

情形果如吴廉膺所言，陈云鹤一到蒙自就被囚禁。鼎革之际，同门师兄弟，亦多在歧路。吴廉膺这边只得抓紧备战。一个秋雨绵绵的日子，一个马锅头在从蒙自前往临安的官道上看见了杨勘的人马，他派人飞马临安报信。吴廉膺立即率领民军两个营前往迎敌，恰逢蔡锷派来的援兵一个营也乘火车赶到碧色寨，由蔡锷的总参谋官唐继尧带队。昆明“重九起义”时，唐继尧是蔡锷手下的管带，跟随蔡锷参加了攻打云贵总督府的战斗。吴廉膺与他一见面，两人均抱拳大笑。一个喊：急公好义孟尝君！一个说：俯视列强好男儿。当年在重庆府，唐继尧也是和陆铖坤一道赴日的留学生。在云南首富王炽的家宴上，由于唐继尧家学功底甚厚，祖上也出过举人，因此和吴廉膺也诗酒唱和。唐继尧在酒席上的一席话让吴廉膺印象深刻。“不速使中国富强，凌驾欧美，俯视列强，枉为二十世纪之中华男儿！”

两军合力，在一处叫放牛坪的地方与清军巡防营大战一日，终于将其击溃。唐继尧想鸣金收兵，休整再战；吴廉膺则坚持乘胜追击，攻下蒙自，活捉杨勘。他说，我临安府的府长还在杨勘手里，生死未卜。我等不去解救，云鹤贤弟危矣。唐继尧问，就是在咨议局倡修铁路被抓的那个议绅吗？吴廉膺答正是。唐继尧道，他可是个俊才，我们就再辛苦一趟，救他出来帮我们修铁路。

当吴、唐的军队攻进蒙自城，吴廉膺、唐继尧带人砸开陈云鹤的牢门时，陈云鹤粲然一笑：“到底是我的同窗，明天我就要以叛乱罪被开刀问斩了。你让我当不了烈士。”

吴廉膺恨恨地说：“可惜杨勘小儿跑了，不然给清廷殉葬的人就是他。”

从蒙自回师临安后，吴廉膺那一阵几乎没有睡过一个囫囵觉。吴家花园里几次三番地传话来，要吴廉膺回去见老祖吴封氏。这是他必须过的一关，一个得到过皇帝敕命诰封的老祖，还在吴氏家族“垂帘听政”哩。

吴廉膺在一个傍晚总算抽出点空闲回到吴家花园。他身后跟有二十多人的武装卫队，大哥吴廉庭的儿子吴孝珲是他的卫队长。他的马队在古城的街道上呼啸而过时，急促的马蹄声敲打着青石板街道，震得临街房屋的瓦直往下掉，屋子里的锅碗瓢盆瑟瑟发抖。尽管他在外面这么威风，但回到家，他将卫队留在吴家花园外，自己像个在外面闯下大祸的孩子，心怀忐忑走进家门。吴封氏这次在家族祠堂召见他，颇有要动用家法的意思。族中男性都已按辈分分列左右，女眷则候在祠堂外的廊棚两边。吴封氏虽属女流辈，但她是老祖，祠堂正中那张太师椅，只要她还活着，就没有旁人有资格去坐。

吴廉膺刚要跨进祠堂门，就听得祠堂中一个陈腐苍老的声音说：“别进来！跪在外面！”

吴廉膺犹豫片刻，终于还是跪下了：“老祖，不肖曾孙吴廉膺前来问安。”

“你都造了皇帝的反了，我还能有安宁日子过？不忠不孝的混账东西！”里面传来杵拐杖的“咚咚”声。

吴廉膺不打算辩解，他就那么老老实实地跪着，顺从地听老祖裹脚布一样长的训斥：“大清皇帝的江山两百多年，我都经历了五朝皇帝了，哪个皇帝是说反就反成了的？反了皇帝，我老吴家高挂的皇帝诰封还作不作数？我们可是享了皇恩的大户人家。这临安府，你称二两棉花去纺（访）一纺（访），有哪个家族有我老吴家这福分？我封淑英，七岁就到吴家当童养媳，打柴放牛，纺线绣花，针脚疏了点，手脚慢了点，婆婆打公公骂。好不容易生了儿有了家，又遇到兵荒马乱的日子，你太爷爷命薄，熬不过那乱世道。我孤儿寡母的，一把泪一把汗地苦熬死挣，看着老吴家的家业慢慢丰盈起来，高堂华屋，儿孙满堂。人说吹过我老吴家的穿堂风都带有银子的味道。你们在外面做事，吹烟斗牌、捧戏子追女人倒也罢了，怎能跟那些乱臣贼子搅在一堆反皇帝？那些诗书都白念了吗？吴氏家族的家训都忘记了吗？人家封你个统领你就以为光宗耀祖了？那周大祥当年还是大统领哩，他又怎么样了？还不是被官军砍了头。我宁愿一根绳子把自己吊了，也不想看着你这个逆子头颅挂在城墙上！”

吴封氏身边的老妈子和丫鬟哭哭啼啼地劝，吴廉膺的正室张怀珠、二姨太游惜春和三姨太丛玉儿也在廊棚下抹眼泪。仿佛不是吴廉膺提着脑袋打下了临安府，荣登一城之主之位，而是他的脑袋真的要被挂在城门上了。一堆女人哀哀戚戚，眼泪乱飞，如丧考妣。还有比吴廉膺辈分小的侄女姊妹们，都围了一圈跪在他面前。而那些兄弟子侄，则在祠堂里冷眼相向，等着看他这个不肖之孙的笑话。这些天满建水城都在传吴廉膺手里在批发“乌纱帽”，参谋官、军械官、粮草官、巡官、营官、税官、商会会长、里长等官职，都从他签发的委任状中发布。对亲属，他为了避嫌，只给曾跟着大家一起参加过起义的大哥吴廉庭封了个二等军需官的虚职；让自己的得力助手、侄儿吴孝珲当军政府统领的卫队长，让三伯的儿子吴廉庚当个旧商会会长兼民团团长。可吴家那么多兄弟子侄，不管他们是不是纨绔子弟，哪个又不想出来捞个一官半职？吴廉膺把他们都留在家里，谁会服气？

吴廉膺不能不想起“阻洋修路”举事后的周大祥，想起周大祥告诫过他的那句话：男儿英雄气短处，正是儿女情长时。他将心一横，“噌”地站了起来，朝里屋朗声道：

“老祖，莫怪重孙不孝。我吴廉膺就是横死街头，也要把这条道走到底！”他有多年来压抑在一个老妇人淫威之下，如今翻身一跃的通泰感。他转身即走，还对祠堂里的兄弟子侄们说：

“你们都把头上的辫子剪了吧。”

吴廉膺回到南军军政府自治公所，见公所外有龚献猷巡防营的不少士兵，他们荷枪实弹、神色紧张。前总兵龚献猷被逼反正后，对被封的官职一直心怀不满，拒绝交出巡防营的人和枪。昨日陈云鹤要调巡防营的人马去乡间剿匪，遭龚猷猷拒绝。吴廉膺已得到一些线报，说龚猷猷正和邻近的广南府清军暗通款曲，有再次“反水”之嫌。吴廉膺悄声对身边的吴孝珲说，你去把吴家花园看家护院的人马都调来。

吴廉膺先去见陈云鹤。他满面愁容对吴廉膺说：“龚猷猷带了几个人闯进议事大厅，说要见你呢。”

吴廉膺说：“见又何妨？我正要理论他为何抗命不发兵剿匪。”

陈云鹤道：“玮玠兄，新军都在外面，城内兵力空虚，你可得小心些。”

“我有安排。”吴廉膺信心满满地说。

陈云鹤不无担忧地望着他，仿佛这个同窗新近才认识。自起义以来，吴廉膺展现出超凡的治乱手腕，运筹帷幄，排兵布阵，上通下联，杀伐决断，一点也不像个儒商。在权力真空期间，凡趁火打劫、参与土匪暴乱者，一经捕获，吴廉膺红笔一圈，无论主犯从犯，一律处决。前天有民众扭送来个叔嫂通奸的男子，那个大山深处的山村里长还不知道临安府已改换了门庭，跑到临安府衙门申诉。这本是府长分内之事。即便冀文治时代，类似的民讼大不了申斥几句、打几十板子足矣。陈云鹤也想如此断案。没承想吴廉膺刚好来找陈云鹤谈事，问及此案，当下脸色就变了，说：“鼎革之际，宵小作奸犯科，败坏伦理，岂非给革命抹黑。此等败类，不杀不足以整肃民风。拉出去毙了。”南军军政府规定，生杀予夺权，均在统领。陈云鹤百般辩护，连孟子的“仁政”道理也搬出来了。吴廉膺眼一翻，说：“孔孟之书，我还读得比你少了？即便是袍哥帮会，弟淫兄嫂，三刀六个眼。”陈云鹤本想说，我们可不是帮会，我们是革命军政府！但又忍下去了，他得尽力维护吴廉膺的权威。人一旦有了权力，他就不全是从前那个同窗、学长和朋友了！

他们来到议事大厅，见龚献猷身边有两个巡防营的队官和六个马弁。吴廉膺拱手道："龚参谋官驾到，有失远迎！抱歉抱歉。"

龚献猷冷笑道："吴统领，我等你到天黑了，饭都没有吃。"

"那正好，我也没吃。来呀，传膳堂准备酒菜，我要和龚参谋官好好喝一场。"

酒席上，推杯换盏中，龚献猷把配枪摘下来，"啪"的一声放在桌上，说我龚献猷深明大义，临阵反正，让临安古城免受刀兵之灾，对革命是有功的。当初你吴统领阴结革命党人，你以为我不知？我随时可以抄你家。现在临安府兵荒马乱，各地土匪烧香结伙，危害里巷，非得有一铁腕强人方可治理。南军政府没有一个总兵官，军无主帅，号令不畅。临安百姓，何来平安？南军军政府，又何以自保？

吴廉膺声色不露地说："龚参谋官的意思，谁做总兵官合适呢？"

"你说呢？"龚献猷手按在枪上，目光直逼吴廉膺。

"谁有威望，谁有人枪，就是谁吧。"吴廉膺淡淡地说。

"龚参谋官一生戎马倥偬，治军有方，还署理过临安总兵，当是不二人选。"陈云鹤温和地笑道，举起了酒杯。

吴廉膺说："既然陈府长如此推荐，廉膺当上报省军政府，玉成龚参谋官所愿。"

龚献猷哈哈大笑，摸枪的手端起了酒杯："你们这些读书人，'四书''五经'读得太多，肚子里弯弯绕绕的烦人得很。早这么爽快就对了。跃马横枪，征讨四方，本不是你等所长。"

“是吗?”吴廉膺瞬间掏枪在手，一枪打在龚献猷的左胸。龚献猷身子一震，手中的酒杯飞了出去，瘫坐在椅子上。他看看胸部的枪眼，一股殷红的血正在缓缓淌出，再看看吴廉膺，仿佛不相信他眼前的这个读书人，原来也可以出枪出得这么快。他眼里的杀气黯淡下去了。

几乎在同时，坐在吴廉膺身边的陈云鹤也摔了酒碗，举起枪对着桌子对面的两个队官，高喊：“不要动!”

门外也响起一阵乱枪，是吴孝珲的人在解决龚献猷的马弁。吴廉膺掀翻了酒桌，一步跃到龚献猷面前，用枪顶住了他的脑门，一字一句地说：“这是陆铖坤还给你的。”

龚献猷的目光霎时油尽灯灭，散乱凋零。他看到了陆铖坤悲愤的脸，看到了他眼里追杀而来的刀锋，还看到了他从来瞧不上眼的读书人、士绅吴廉膺发亮的脑门上，复仇的火焰在燃烧。

22 · 人中吕布

一群威风凛凛的军人沿着铁路线向碧色寨车站走来。他们的大檐帽上镶着代表“汉满蒙回藏”五族共和的彩色帽徽，蓝色将校呢军服挺括板扎，立式领口镶红色五角星领章，直式肩章金色五角星熠熠生辉；腰上斜挎军刀，刀柄镶玉包金，金光闪闪；长筒马靴油黑锃亮，马刺踩得铁路路基上的砾石如池塘里刚刚起网的鱼。他们步履雄健，气度豪迈，仿佛走在自己刚刚攻克的阵地上。被众人簇拥在中间的那个将军个子并不高，身形瘦削挺拔，白白净净的脸，五官俊秀端正，有不怒自威的凛然之气。他年轻俊朗又气度非凡，像贵胄世家的子弟，又有读书人的儒雅。一般行伍之人，在他这个年纪，能干到校级官佐已经是人中俊杰，可他却已是“大中华国云南军都督府”都督，执云南全省军政大权的封疆大吏。

“蔡都督，前面就是碧色寨车站。滇越铁路线上的特等大站。”跟在蔡锷身后的南军军政府统领吴廉膺说。他今天也找了一套蓝色军装穿上，不过没戴肩章没佩军刀。因为他至今还不知道自己这个统领，在新政权中应该是个什么军衔。

蔡锷站定，将军刀杵在枕木上，远眺碧色寨车站。在车站后面的山坡上，一片色彩鲜艳的黄墙红瓦砖石结构建筑，突兀地矗立在铁道边的山坡上，绿树掩映，整洁有序，与周围的荒凉凋敝极不协调，仿佛是欧罗巴人的一块“飞地”。一列货车停靠在站房前，有几队马帮正在将马背上的大锡卸下来，装运上车。那些搬运夫，大多赤背短裤，衣衫褴褛，像一群围着一头巨兽忙碌的蚂蚁。

在法国人掌管的滇越铁路沿线，站长、调度、会计师、工程师等高级职位都是洋人。他们是殖民者，享受着上等人的待遇，不仅有仆人随从，还享有治外法权。首任碧色寨车站站长弗朗索瓦是个充满拓荒意识的殖民者。他把碧色寨车站搞成一个“独立王国”，这里有铁路医院、小教堂、法文小学、邮政电报、酒吧洋行，一应俱全，甚至还有一块红土网球场。你在一个欧洲小镇是如何生活的，在这里也一样，甚至还更舒适。所有的欧洲人都是上等人，享受着高薪和绅士的待遇。他们甚至都不用动手擦自己的皮鞋。这是弗朗索瓦给他远在法国里昂远郊图瓦勒小镇上生活的父母写信时说的话。

蔡锷当然看到了碧色寨车站的舒适和傲慢。他还看到了在车站的对面，就是本地土族的村庄，杂乱无章的土坯茅草房，破败、凋敝、肮脏，与火车、铁路、车站所代表的文明，至少还差着一百年。

刚好有一列越南海防的上行客车驶来，开火车的是个法国司机，他拉长汽笛，耀武扬威地从这群中国军人身边驶过，还故意放开火车头一侧的泄气闸，让污浊浓黑的煤烟笼罩了路边的军人们。头等车厢里拉着白色窗帘，里面的洋人旅客喝着咖啡、品着红酒，饶有兴致地看着车窗外的景色。有个小胡子洋人冲军人们打口哨，不无戏谑。似乎中国的军人，根本不值得他们尊敬。有两个军官气得拔枪要打火车，蔡锷看了他们一眼，军官们只得羞愤地收了枪。

火车驶过，人人军服上都是一层煤灰，脸都黑了一层。蔡锷掏出一方手绢擦脸，身后的勤务兵上前来帮他掸灰。蔡锷轻轻地推开勤务兵，指着碧色寨车站说：“你们都给我牢记，这是中国母亲身上的伤口。但它又是……”蔡锷顿了顿，“吾辈的一个老师。”

“都督，我用一刻钟就给你把碧色寨车站收回来。”一个扈从军官说。

“无知！”蔡锷轻声道。即便是训斥人、下达作战命令，他的声音都是低沉而威严的，略带沙哑，稳健简略，绝不重复第二遍。他又回转身，朝人群中道：“云鹤先生，请到前面来。”

蔡锷在日本陆军士官学校第三期就读时，陈云鹤正被清廷派去日本考察政务。在东京期间，陈云鹤与蔡锷有过几次彻夜长谈。都是忧国忧民的热血青年，自是彼此视为志同道合之人，这些年两人也时有书信问候。蔡锷此番南巡滇南，第一个问到的人就是陈云鹤。

陈云鹤今天一身西式装扮，大礼帽、蝴蝶领结、小翻领西式风衣，下着西裤和黑皮鞋。自法国人的火车开通以来，这样的装束在滇南于商人、侨胞、海关官员、洋行职员和在铁路、电报邮政等行当就职的高级员工中悄然盛行。尤其是民国元年后，剪辫子、穿洋装，已为时尚。

“云鹤先生可曾亲自踏勘过从个旧到碧色寨之道路？”

陈云鹤答：“仅为铁路事，骑马三次，徒步一次，乘轿两次。其余公私往来，数十次。”

蔡锷满意地点点头：“前日在个旧巡视，真乃我云南之聚宝盆也。昨日骑马至蒙自坝，深感山高路险，道路崎岖。我的坐骑亦喘气不已，力不能支，竟需更换。滇南筑路之难，可见一斑。”

吴廉膺道：“有蔡都督支持，我们高原人不怕山高路险。”

“资金筹措，有何考虑？”蔡锷问。

陈云鹤说："我们还是坚持商办。滇南士绅商贾，有此宏愿久矣。"

"很好。亡羊补牢，未为晚矣。你们报上专函来，省府即批。"蔡锷再次远望碧色寨车站，就像一个指挥官面对要攻克的堡垒，沉思良久。周围的人都不敢说话，蔡都督的宏论高见，这一路他们领略不少。

"道路乃一国之动脉。倡修铁路，当为建设之要。一为利矿产之输出，二为止列强之觊觎，三为已失之矿权、路权或可徐图收回。当今国家之间竞争，一是经济，二是武力。经济不建设好，武力则是空谈。切望诸君深思。"

蔡锷又用马靴踢了踢脚下的钢轨，问："吴统领、云鹤先生，你们拟修的铁路，需多少年？"

陈云鹤答道："如果资金筹措顺利，估算需五年。"

"五年。"蔡锷沉吟片刻，似乎对这个回答不甚满意，"有什么困难，随时向省府报告。我们走。"

一行人刚来到马前，碧色寨车站的一个身穿铁路制服的中国雇员一路小跑过来。他想挤到蔡锷跟前去，一个马弁挥手就给了他一马鞭，喝道："狗奴才，滚远点。"那人急得大喊："碧色寨车站站长、法兰西国殖民部二等服务勋章获得者弗朗索瓦先生，欣闻蔡锷将军大驾光临，特意恭请蔡将军去车站小憩喝咖啡。"

碧色寨车站的铁路警察有支小小的乐队，他们正将鼓、号搬出来，在站台上列队。这是弗朗索瓦以护路的名义，向前临安府申请成立的一支二十人的铁路警察队伍，成员有越南人和中国人，由一个法国外籍军团的退伍中士训练，让他们拥有了枪支。实际上这成了弗朗索瓦的私人武装。

蔡锷已立于马鞍前，冷冷地说：“谢谢！请转告弗朗索瓦先生，本都督公务缠身，改日再去拜访。”然后他偏身上马，扬鞭而去。

众扈从纷纷上马紧随，掀起一阵尘烟。马刚跑出一箭之地，蔡锷忽然勒住了马头，回首对众人道：“老师开门施教，我等岂有不上门‘偷师’之理？吴统领、云鹤先生，你们的铁路不是也要修到碧色寨吗？咱们先去拜访拜访邻居。”

天空一如既往地晴朗，白云在天上列阵，地上的军人们也阵型整齐。临安府校兵场，南军政府的军队组成六个方队，分为步兵、骑兵、炮兵、辎重、巡警、民团，一一从检阅台前走过。吴廉膺担任阅兵总指挥，陪同蔡锷都督检阅。蔡锷照例发表训词。他挺直了腰板，用低哑又威严的嗓音说：“临安乃古句町国，风气刚健，人民尚武，重然诺、轻生死，实为古之斯巴达国民也！临安地处边陲要地，自古为南疆之门户。滇越铁路开通，法人虎视眈眈。倘若中法再度开战，法人依仗铁路之便，一日一夜可抵昆明。故临安之安危，事关一省之安危，更攸关一国之安危。诸君不可不察。自南北统一以来，各省兵变频仍，政党竞争激烈，兼以日、俄勾结，图我东北；蒙、藏骚动，疆域堪忧。吾侪身膺军职，以救国为目的，以赴死为归宿。渡同胞于苦海，置国家以坦途。刚才吴统领告诉我，一年前的秋天，我的一个师弟，日本陆军士官学校第六期的毕业生陆铖坤，就在这个操场上被枪杀。他洒在你们脚下的鲜血，是创造共和之血。尔等务须牢记：共和一日不建成，革命一日不停歇。”

检阅之后，吴廉膺牵来一匹战马，只见那马通体乌亮，唯四蹄翻白；腰身短小，四肢细长，腱部雄健；马头小而尖，马唇上翻，一双眼睛巨大而有神，马身被毛如绸缎一般光洁，闪耀着逼人的冷光。

“好一匹阿拉伯马！”蔡锷眼睛一亮，禁不住高叫一声。

吴廉膺笑嘻嘻地说：“蔡都督真是伯乐啊。”

“带兵打仗的人，焉能不识马？”蔡锷来到马跟前，两眼放光，满是疼爱和赏识，像一个孩子看到一件心爱的玩具般痴迷，更忍不住伸手抚摸马脖子，“真是一匹千里马呀。这阿拉伯马，可是世界上最为古老的名贵马种，英国纯血马、奥尔洛夫马、摩尔根马、东洋马，都有它们的血统。敢问吴统领，你从哪里搞来这宝马？”

“一个月前就听说蔡都督要来滇南巡视，我就让我在香港的分号订下了这马。三天前它坐火车被人送过来了。蔡都督，这匹阿拉伯马，姑且代表我们滇南军民的一片心意，敬请都督收下它吧。”

蔡锷一怔：“岂敢岂敢。君子不能夺人之美。”

吴廉膺道：“好鞍配好马，宝马配将军。在下只愿这马，能配得上将军的一世英名。”

吴传栋、李伯君、陈云鹤等人都说，蔡都督，吴统领的一片美意，就请接纳了吧。

蔡锷犹豫了。他一生中或许很少这样纠结过，更绝少为一身外之物依依眷恋。他又伸手温柔地抚摸马脖子，禁不住吟诵起杜甫的《房兵曹胡马诗》：“胡马大宛名，锋棱瘦骨成。竹批双耳峻，风入四蹄轻。所向无空阔，真堪托死生。骁腾有如此，万里可横行。”

吴传栋建议道：“都督，要不骑上一圈，体会一下这阿拉伯马的能耐？”

蔡锷的副官牵住了缰绳，警卫理顺了马镫，马弁递上了马鞭。蔡锷接过马鞭，拉下帽带，瞄了一眼马头，拍拍马身，转头对众人温雅地一笑："那就试试吧。"

他忽然扬手在马臀部上猛抽一鞭，那马受到惊吓，嘶鸣一声，像野兔般蹿了出去。在众人还目瞪口呆时，蔡锷亦如脱弦之箭，几个大步追了出去。在大家"啊呀"声未落之际，蔡锷已追到马身侧后。只见他两手按着马臀，双脚发力一蹬，人如凌空滑翔的雨燕，轻盈地落在马鞍上。阿拉伯马可能从来没有遇到过这样的骑手，它上下跳跃，摇摆扭动马身，蔡锷仿佛是粘在马背上一样，十几个回合下来，马彻底被驯服了，它再度高举前蹄、长声嘶鸣，像是对骑手的赞美。蔡锷收紧缰绳，压下马头，双腿一夹，猛喝一声："驾！"这阿拉伯马撒开四蹄，在操场上马踏飞燕般奔驰起来。

这惊世骇俗、优雅高贵的一幕，如闪电一般炫目。一个盖世英雄，留在人们心中的美好，总是那么短暂、那么珍贵。英雄让我们注目的，总是他的高光时刻。古往今来，"人中吕布"有几许？那天吴廉膺对陈云鹤感叹道：今日可是见着了！

23 · 中将第

吴廉膺离家半年有余，不算在外时间最长的一次，但归来时的礼仪却最为隆重。城北门外的官道专门扎了迎宾牌楼，饰以松柏、鲜花、灯笼、彩带；南军军政府和临安府的大小官员悉数到城门外迎接。小学堂的稚童分列两排，军乐队鼓号齐鸣，间之以笙笛钹镲，锣鼓唢呐，吹吹打打，热闹非凡。围观的民众摩肩接踵，有如赶城隍庙会。临安府四周的农民都放下手里繁忙的活计，赶到城里来一睹吴将军的风采。

时为民国二年（1913）初春，这年春节后吴廉膺在云南省第四、第五选区当选中华民国国会众议院议员，赴北京参加众议院首届议会。这个春天吴廉膺的好运似遍野盛开的桃花，铺天盖地，不可阻遏。在吴廉膺出门前，云南省军政府已报请北京政府，以辛亥之功授吴廉膺领中将衔。此番归来，北京政府的加封函文已达至月余。吴家花园前的中将台早已建好，“中将第”金字牌匾也高挂吴门。吴氏家族显赫桑梓，贵上加贵。吴廉膺当然不会放过这衣锦还乡、荣归故里的人生高光时刻。他穿上在北京就定制好了的陆军中将海蓝色礼服，金色打底圆盘带穗肩章，两颗五角金星光耀夺目，领章和袖章也是金底金线，挎红黄两色佩带，扎金色腰带，挂辛亥元勋章和中华民国三等嘉禾勋章；佩长剑，骑白色阿拉伯马，身后随扈、卫队、马弁、仆从前呼后拥，威风八面。他本可以乘轿，但选择了骑马进城。人们无不啧啧连声，这不就是蔡将军第二嘛。吴廉膺内心里想听的就是这句话。只不过在临安府尘土飞扬的官道上，吴廉膺原本漆黑锃亮得可鉴日月的长筒马靴显得有些灰扑扑的了。

吴家花园前，吴氏家族两百多口人簇拥在大门前。男人或青衫马褂，或洋装挺括；女人则绫罗绸缎，花枝招展。将台上的中将旗桅杆有约六丈高，将旗在蓝天白云下迎风招展。这个将台是吴廉膺的大哥吴廉庭主持修建的。吴廉膺在北京时曾修书家里，希望大哥不要太招摇。但吴廉庭说，这江山是我们吴家人拎着脑袋打下来的，中将官衔是袁大总统颁发的，过去皇帝的圣旨都要高挂中堂哩，不是哪样招摇不招摇，是要给列祖列宗看，给子孙后代看。这个时候他已经完全忘记临安起义前那番软弱的眼泪了。

吴氏家族上一辈仅有二伯父吴绵沧还健在，他率吴家廉字辈十个兄弟、十六个侄子一字排开恭迎，接风酒由他亲自呈上。吴廉膺早已在将台前下了马，恭敬地来到二伯父跟前，问安、接酒，一饮而尽。族中众长辈家眷、兄弟姊妹皆拱手弯腰相迎。他的三房太太也都过来问安道福，吴廉膺仿佛看见正房张怀珠眼里的泪光，他的心里烦恼顿生。三姨太早已将家中这几月的风波详告于他了。国事乱如一锅粥，家事搅成一团麻。如果说还有点恋家的话，也只有这三姨太了。

家才是一个在外打拼的男人抚平累累创伤的温床。吴廉膺抬眼一望，门楼已然重修，成广厦垂花大门楼，青瓦屋顶，三重檐枋，当中一檐高，两边低，形成三叠水式。吴府门头过去挂的是“兄弟连科”匾额，现在高悬“中将第”金字匾额。三重檐枋错落有致，精工雕镂出寓意深厚的富贵吉祥。吴廉膺在门前驻足观赏，仿佛不认识自己的家门。吴廉庭在一侧殷勤地说："这新修的门楼，配得上七弟今日的荣耀。"

吴廉膺微微一笑，不置可否。他昂首跨进家门，迎面便是那道镂空花墙，月亮门上吴氏家训赫然在目，正面是"循规蹈矩"，背面是"谨言慎行"。吴廉膺回首对大哥吴廉庭说："我倒是配不上这家训呢。"

这一天吴家花园摆了三十多桌宴席，吴府门前香车宝马、冠盖相连。前来道贺的地方大员、士绅乡贤络绎不绝。官绅们为偏远的临安能出一个去京城共商国是的乡贤而自豪。吴府宰了五头牛、十只羊、二十头猪，至于家禽山珍、野味海货，则不计其数。吴家专门通过滇越铁路线上的火车，从海防购来一百箱法国红葡萄酒和一百桶干邑白兰地。还请来了临安古城最好的十二个厨师，省城最大京剧戏班"云升社"和滇剧名旦鸾凤子也前来助兴。吴府上下轻歌曼舞，诗酒唱和。许多士绅不识洋酒酒性，与本地酒混杂到一起喝，以至于斯文尽失，醉倒一大片。第二天临安古城的人们说，吴家花园里的豪筵，倒掉的油水把南城的下水道都堵塞了，官府不得不挖开青石路板重新疏浚。

这晚吴廉膺应酬毕，已是月上中天。有两处地方他必须去请安和安抚。他先来到老祖吴封氏的享堂，贴身丫鬟小梅说，老祖已经睡下了，要么请七老爷明天再来？这时，仿佛从地府里传来一声："唤他进来。"

吴廉膺理了理衣冠，蹑步迈入老祖卧房，在雕龙刻凤的龙床前，缓缓跪下，轻声说："老祖，廉膺回来了。不肖曾孙，给老祖请安。"

吴封氏怕风，一年四季都在床上挂着厚重的阴丹士林蓝扎染帐子。这副帐子少说也有半个世纪了，深蓝底子已泛白，白色花纹则泛黄。帐脚和帐顶已经有了几块补丁。但吴封氏坚决不扔它。在享堂里有许多咸同年间的什物，从脚踏、斗柜、品椅到梳妆台，从烟枪、铜盆、瓦罐到玉簪。即便在白天，这间卧房里也弥漫着阴晦陈腐的气息。

“你奉旨进京，可见到皇上了?”老祖的声音在喉咙里滚动，不常年在她身边伺候的人，根本听不清。

“老祖，现在没有皇上了。”

“胡说！皇上才……七岁。皇上在，大清就在。”

“大清，也没有了，老祖。现在是民国。”

“哪样国?”

“民国，中华民国。改朝换代了，老祖。”

“没有了皇上，民国吃哪样?”吴封氏从小饿肚子，对“吃哪样”尤为重视。

“民国有总统。吃哪样，总统说了算。”吴廉膺心里一团乱麻，不知该怎么才能跟一个经历了五朝皇帝的老妇人说得清楚，他在北京所遭遇的总统选举。

“总哪样统？饭桶!”吴封氏猛地咳嗽几声，终于咳出一口老痰来，伺候在身边的小梅马上用一块手帕接了。“你们造了皇帝的反，我老吴家皇上的敕封，就不算数了吗?”

“算数。”吴廉膺敷衍道。反正它从来就是个虚名，吴廉膺脑子里有时会有个奇怪的念头冒出来：当年也是自己脑袋发晕，花大把银子捐来这狗屁不是的敕封，现在能一把火把它烧掉就好了。八十多岁的老人，躲在深宅大院最阴暗的角落，脑子居然还这么清晰，还想着她发霉的敕封。人啊，终究还是不能活在一张没用的纸上。他不能不想到自己那张光彩夺目的“中将委任状”，它和老祖的敕封是五十步和百步的区别吗？一团厚重的乌云弥漫在脑际。

老祖嘀咕道：“都是你们胡闹搞出来的！不要皇帝要个哪样总……饭桶。搞得到处都打战火。你以为我不晓得？”

二姨太游惜春在老祖身前搬弄是非，正如三姨太是吴廉膺在家族中的耳目一样。吴廉膺在外面所行的事，老祖几乎全盘掌握。吴廉膺恨得牙痒痒。我要不“胡闹”，吴家可有这等风光？但他却不敢申辩，也不屑了。

“老祖，您老人家早点歇息了吧。廉膺鞍马劳顿，也该歇下了。”

吴廉膺躬身退出。身后传来吴封氏一声高喝：“去看看六宝他娘!”

其实不用吴封氏叮嘱，吴廉膺回家第一站肯定是去正房张怀珠的“怀珠堂”，这是吴家的规矩。更何况张怀珠刚刚失去了他们的二儿子吴孝玑。这个才四岁的孩子，竟然在二姨太游惜春“一扭头”的工夫，溺死了。

辛亥前后吴廉膺又连续生了三个儿子，分别和正房张怀珠生下老二吴孝玑，和三房游惜春生下吴孝玓，和四房丛玉儿生下老二吴孝琅。加上正房的老大吴孝珪和四房的老大吴孝珏，吴廉膺可谓“五子登科”。七老爷枪法真够准的。身边的下人们私下里都这样说。吴廉膺也暗自奇怪，这些年在外奔波的时候多，老祖的“偏方”并没有经常吃。只有在回到吴家花园，每天早上给老祖请安时，才会领到那个西山道士配制好的“丹血丸”。经常是，吴廉膺当着老祖的面将“丹血丸”一口吞下，待转身离去后，他就将口中之物连羹带丸吐出去了。不是吴廉膺不认可山猫的血制造的血丸子，而是他不需要。他精力充沛，野心勃勃，胸怀大志，身子如此壮实，跃马横枪于官场、疆场和商场，正如他辗转腾挪于女人的香闺。儿子一个接一个地生出来，就像瓜熟蒂落般自然。有时他会暗自想：男人的创造能力，一旦迈过了命运中的那道坎，所向披靡，一通百通。谁会是那道无形的坎呢？山猫？

唉，山猫，他已经忘记她很久很久了。就像他根本不再需要那些方士道人的偏方，他在东奔西走中也忽略了那个开启他生子大门的吴家婢女。多年前她悄无声息地带走了和吴廉膺的私生子，回到了自己的部落里。吴廉膺得到这个消息时只是蹙了一下眉头。到底是未经教化的女人，城里舒适的生活不要，非要去深山老林里当野人！至于那个带有他骨血的私生子，他碍于身份、地位、脸面，也避之唯恐不及了。但他躲避不了命运的乖张安排，躲避不了那张由血缘编织成的大网。儿女多了，就跟妻妾成群一样，乃人生一大烦恼也。

夫人正端坐于一盏青灯下，专注地为一件小褂绣一对麒麟。灯光很寂寞，弥漫着看不见的哀伤。近身丫鬟兰儿陪侍在侧，也在绣一方手帕。屋里有一红泥火炉，煨着药罐，那中药味也显得哀哀戚戚，令满屋的孤独和凄惨更加浓郁。吴廉膺几乎无暇思量，他不在家的日子里，家里的这些女人，是如何度过那一个又一个漫长的夜晚？相夫、教子、刺绣、念书（如果她识得字并且愿意）、侍奉公婆，偶尔打个牌看台戏串个门，剩下的就是永无止境的守望。这就是她们生活的全部。

见吴廉膺进来，夫人放下针线，“扑通”一声跪下，眼泪泉水一般涌出。

“七爷，你得为玑儿申冤呀!”

吴廉膺脱下氅衣，对丫鬟兰儿说，你去吧。又对夫人道:“起来吧。人都去了，一家人，申哪样冤?”

按三姨太来信中的说法，今年夏天，三房游惜春要回娘家省亲。她的儿子吴孝玓和玑儿年岁相仿，从小一起玩耍长大，兄弟俩就嚷着要去乡下玩。本来还说要带玑儿的哥哥吴孝珪一起去的，但张怀珠说六宝要跟着家里的私塾先生习字，愣是把哭着嚷着要一同去的吴孝珪拉住了。一个傍晚，游惜春带玓儿哥俩及乡下的几个表兄弟，去乡会桥的河边玩水。游惜春在岸上照看。她说刚好有两头牛在岸边顶架，她一扭头看牛的瞬间，玑儿不知怎么就被河水冲走了。

“才四岁多的孩子，怎么能带他到河边?七爷，夏天河水那么急，她起的是哪样歹心?”张怀珠越说声音越大，脖子扭向东边的“春露坊”。

“好啦好啦，就是一场意外。”

“意外?”张怀珠的声音更大了,“我那天要不是多了个心眼，我家六宝也会被那挨千刀的烂妇‘意外’去了!”

“放肆!”吴廉膺低喝道。真是应了那句老话：管家多了仆人苦，妻妾成群是非生。三房女人中，就张怀珠和游惜春争斗得最为激烈。一个以正房自诩，一个仗着老祖的势。游惜春为了生儿子，竟假老祖之命，令吴廉膺三个月间天天宿在“春露坊”。三姨太丛玉儿说，二房没有子嗣，三房就盯着嫡出的两个儿子朝死里整。有一天我看见六宝在后花园的树上掏鸟窝，他都快爬到树尖尖了。那树尖晃啊晃。我在荷花池那边大喊。没承想游惜春慌忙从树下跑了。原来她在下面拼命摇晃树呢。这个烂婆娘真的是歹猫心肠哩。

这些女人啊，怎么都像国会的议员们那样工于心计。老子还没有死，都在打身后事的主意了。

那晚吴廉膺对夫人说：“六宝也大了，你要是老担心他的安全，我把他送到昆明新学堂去念书，你去陪他好了。”

张怀珠正想着怎样逃离这个阴森恐怖的深宅大院，摆脱二姨太随时伸向自己儿子的魔掌，顿时转忧为喜，当即就应承了下来。五个儿子中，吴孝珪是嫡出长子，吴廉膺最为喜爱。这孩子已六岁多了，长得五官俊秀，聪颖可爱。六宝五岁时，在私塾先生指点下，写出一首《雷始收声》。“记得当炎夏，闻雷大有声。无何秋令至，始息响晨鸣。”今年中秋，吴廉膺是在北京过的。节后家书至，里面有一首吴孝珪的新作，题《中秋分外明》。诗曰：“报说中秋到，团圆月晕盈。凌空悬皎洁，分外放光明。桂树香郁满，桐荫气倍清。不眠因赏玩，冷露浸无声。”吴廉膺捧诗诵读时，也禁不住捻须微笑。虽说稚嫩浅白，但一代堪比一代强，自己当年的习作，可没有这般顺畅有趣。他在诗笺上做了批注，满意的字词圈上红圈，欠妥的则打上三角符号，再发回临安。

吴廉膺相信，给嫡出长子以新式教育，吴孝珪将来定可成为栋梁之材，掌吴氏家族大旗。

24 · 天下无道

陈云鹤到吴府，既是来探望远道归来的老友，也是来辞行。他只是有些担忧，面对饱受挫折的同窗，该如何道出自己的新征程？心高气傲的吴廉膺，会不会认为此番吴门一别，不过是他陈云鹤炫玉贾石，显见出“小儒”的肤浅来？

时势正在造就这个时代的英雄。他们都是临安万众瞩目的大乡贤，一直在既争锋砥砺，又相互帮衬。君子之争，也难免龃龉不合。年初选举议员时，两人都被公推为候选人。本来“选举”这个新事物，如同“共和”一样，像天上的陨石猝然砸到这片古老的土地上，只有官吏和士绅阶层才对此稍有了解。即便是读过书的人，他们的看法也不过是：选民选议员，议员选总统，就仿家庭里推一个人去选族长。谁是当家的，就推谁去说话；族里谁德高望重势力大，谁就是族长。至于普通百姓，就更是不明所以，乡村里的许多人连辫子都还没有剪。单是选民登记就让父母官们大费周章，尽管都发了文告，本地小报、官文也大力鼓吹，但七成以上百姓都不识字。在他们古老而久远的记忆中，只有“小民”“草民”“贱民”，不知何为“选民”，更不知道议员是官还是民？因此整个临安登记的选民还不过万。吴廉膺在民国元年（1912）已被委任为国民党迤南支部的支部长，作为南军军政府最高军政长官，本地负有名望的乡绅，在临安选区他唯一的竞争对手便是陈云鹤了。陈云鹤是前朝议绅，在省府被蔡锷聘为参事，在士绅阶层很有影响力。

初选时这两个“老对手”得票几乎一致。进入复选阶段的前一夜，“独臂大侠”李伯君来到陈云鹤家当说客。他说临安府和邻近的广南府共一个选区，却只有一个国会议员名额，初选临安府进二，广南府进一，倘若子君与吴统领相争，必导致选票流失，岂不让广南府渔翁得利？陈云鹤摆手制止李伯君道：我们推翻清廷，创建共和，为的是什么？候选人者，无论来自临安府还是广南府，其权利有何差异？李伯君高声道，你说的是民权，我说的是政治！陈云鹤反问，民权何曾不是政治？李伯君鄙薄道，贤弟就别书生气了。当下的政治，不是战争，就是权谋。陈云鹤权衡再三，才说，也罢，我退出。

坊间传吴、陈二人因选举议员事，已形同陌路。可是，无论是陈云鹤还是吴廉膺，怎能料到这民国首届国会议员，不过是个“烫手山芋”呢？议会一开数月，各派势力争斗不休。袁世凯操纵选举，派人暗杀国民党代理理事长宋教仁，其间孙中山先生发动“二次革命”反袁，以失败告终；各地军头拥兵自重，假革命之名，行军阀之实；中山先生不得不再次出走海外，南方革命党各敲各的锣，各打各的鼓；袁世凯以“叛乱”罪名解散国民党，将国民党籍议员驱逐出议会。这种被军阀操弄的国会，议员连提线木偶都不是。

吴家花园兰园里新架了一笼葡萄架。这是从碧色寨车站分苗引种的。自从去年蔡锷都督应站长弗朗索瓦先生之邀巡视了碧色寨车站后，吴廉膺也成了弗朗索瓦家的常客。这个法国人并非想象中的那样横蛮无理，他精明而敬业，洋人的优越感深藏不露。他对吴廉膺这样的士绅彬彬有礼——尽管他也知道吴廉膺当年是反对滇越铁路的幕后推手。吴廉膺在弗朗索瓦别墅前的葡萄园里第一次吃到了从法国引种来的葡萄。这个东西竟然也可在云南生根结出果实来。吴廉膺有些好奇。弗朗索瓦不无自负地说，这个世界的新事物，只要你们接受它，它就对你们有益。就像我们的铁路一样。吴廉膺回撑了一句，不是接受不接受的问题，而是你采用哪种方式。正如这棵葡萄，你可以请我吃，也可以公平地卖给我。我喜欢了，就引种到我家里。

吴家的师爷杨五叔从前厅将陈云鹤引到吴廉膺书房后面的葡萄架下，他已经在那里沏好茶等候多时了。冬天的葡萄架只有一层枯藤盘绕，像写在半空中的狂草。温暖的阳光透过葡萄藤，洒下一片斑驳的阴影，明暗错落有致。吴廉膺一身居家青衫长袍，外套一件锦缎短褂，斜靠在一张躺椅上，双手撑在脑后，神情有些落寞地望着葡萄藤发呆。见陈云鹤穿过花园小径来了，他才起身迎客。

两人寒暄过后，分头落座。丫鬟前来冲茶，陈云鹤见吴廉膺印堂灰暗，两眼无神，便又道："玮玠兄旅途辛劳，本应多待些时日，再来拜访。无奈愚弟明日将启程赴省府履新，也该前来向兄台辞行。"

吴廉膺淡淡一笑："省府内务司司长。我已经看到文告了。恭喜子君兄高就。"

陈云鹤忙拱手道："蒙蔡都督抬爱，不才深感才疏学浅、力有不逮，惶恐不安。"

"有蔡都督赏识，子君大可一展青云之志，直挂云帆济沧海。"

吴廉膺语气有些悻悻的，似在暗指年初竞选议员之事。不过此事已成过往，陈云鹤相信同窗不是那种小肚鸡肠之人。况且现在的局面，已非革命时那般朝气蓬勃、轰轰烈烈，他们现在要面对的乱局，无论在庙堂还是在江湖，无论是光鲜的中将服还是省府司长的官帽，都有镜中花、水中月般的虚幻。陈云鹤早已经从报纸上得知国会的各种乱象。他可以想象，吴廉膺一个偏远地区的议员，在国会那个乱糟糟的场合中，能有多大发言权？唯一依托的宋教仁之国民党，也树倒猢狲散了。吴廉膺连选举权都被剥夺了，他应该是像条丧家犬一般仓皇离京的。回临安府搞的那些排场，不过是一种掩饰而已。

陈云鹤不知该如何宽慰吴廉膺那颗破碎的心。他斟词酌句道："当今乱象，岂是当初革命所愿？'天下无道，戎马生于郊。'蔡都督南来巡视时，告诫我等，革命是为建设一个新国家而破坏，绝非为了破坏而破坏。可有谁知道，社稷就似一尊大鼎，一旦打碎了，修复之难，无以复加。弟只想以卑微之身，尽绵薄之力。重振河山，或有可期。"

吴廉膺仰头望着葡萄藤，喃喃道："真是无法想象的乱，就像这虬枝缠绕的枯藤。派系盘根错节，政客趋炎附势，有理无理，论说不清。"

这年春天，当吴廉膺衣着光鲜，器宇轩昂，与来自全国各地选举出来的近六百名议员步入京师财政学堂的大会堂时，颇有纵论天下大事、指点万里江山的自豪。这是国家权力的顶层，四万万同胞的未来，将由他这样的国会议员来擘画。他仿佛一步登天，俯瞰众生。他见到了袁世凯、黎元洪、段祺瑞这些大军阀，也和于右任、林森、陈其美这些大名鼎鼎的革命党人有过交谈。作为一个来自边疆地区的国会议员，他开阔了眼界，增长了见识，找到了骄傲。一个新的国家将在他的参与下诞生，他是国家精英、栋梁干城。此生何其有幸！乡梓何其荣光！

可现实却给他兜头一盆冷水，几乎令他无颜面见滇南父老。昨晚吴家花园为他举办的接风洗尘宴会上，乡党皆问袁大总统是何风采？议员拜见大总统跪还是不跪？大总统是不是还在皇帝的金銮殿下圣旨？边地之民，何以想象庙堂里的龌龊？吴廉膺有口难言，唯有敷衍。

吴廉膺忽然用嘲讽的口吻说："可知道我在议会碰见了谁？"

"谁？"

"我们的老冤家，杨勘。"

"他不是逃到国外去了吗？"陈云鹤也深感惊讶。前年起义新军攻进蒙自城时，杨勘化装成一个农妇，混过了民军的盘查，坐火车逃到了越南，便不知所终。"他当初审我时，说我是乱臣贼子，不知皇恩，还扬言要砍我的头哩。这种死顽保皇派，居然也成了国会议员？"陈云鹤愤愤地说。

"人家抱上了北洋系的大腿，在议会里颇为得志，已改名字为杨枢勤。见到我，一点也不难为情，还假惺惺地对我说，'吴统领别来无恙？'似乎我们打那样大的战火，死了那么多人，跟他一点关系也没有一样。当年老子要是抓到了他，他怎会有今日的威风！这他妈的是个什么国会？遗老遗少、军阀政客，鱼龙混杂，乌七八糟。比牛马集市还污秽不堪！"

吴廉膺越说越激愤，声音大了起来。积郁在胸中的闷气，他总是要发泄的。除了自己的老同窗，他还能向谁去喊叫？

陈云鹤待他平息下来，才说："有个议会争吵，总比在战场上杀个你死我活才见分晓好。"

吴廉膺冷笑："中国的事，吵有何用？武夫当国，枪炮才是硬道理。”他顿了顿，又恨恨地说，“我辈舍家抛命，推翻清廷，到头来封你个中将，手上却无一兵一卒，虚职一个。这好比你做一笔买卖，投入时间、精力、资金，担着巨大的风险，赢利的却是第三方。”

辛亥革命成功后，各地精兵裁员，前朝反正军队和地方民团武装首先被裁撤。吴廉膺这个南军军政府统领除了自己养的私人卫队，其实就是一个光杆司令。鼎革之后，前朝官吏要么失去官帽，要么摇身一变投机革命，真正的革命者则深感胜利成果被窃取。这是革命前敌我两个阵营都未曾料到的。陈云鹤叹一口气道：

“我们云南有蔡锷都督主政，会稍微安静一些吧。不才想，省府那个职务，对促推我们的铁路，或可有益。革命成功以来，本府各地乡绅，修路热情颇高，但多不得要领，各自站在本乡立场上说话。尤其是以蒙自周启愚家、刘能奎家、王夫贤家为代表的士绅，非得要个碧石铁路绕道蒙自不可。个碧石铁路筹备大会一开会就吵。当年不惜大动干戈，愣是把修铁路的法国人赶出蒙自的，正是他们这些人啊。”

吴廉膺白了陈云鹤一眼：“赶走法国人，我也有一份。我老吴家还被抄过家。”

陈云鹤忙自责道：“我等前朝之人，皆不过为追赶时代火车之乘客。功过是非，谁能说得清？能赶一程是一程罢了。”

周大祥起义那年，吴廉膺也私下联络过蒙自势力最为雄厚的周家。吴家和周家有姻亲关系，吴氏家族绵字辈的一个婶娘就来自周家。吴廉膺称周家的族长周启愚为二伯，他的家业几乎覆盖了半个蒙自城。当年法国人想把蒙自火车站建在他的一座商行边，周启愚当然不干。他说这不是卖不卖一块地给洋人的交易，而是引狼入室的大麻烦。他暗中支持周大祥的钱粮人马，一点也不比吴廉膺少，只是他行事更为老谋深算，令官府抓不到他的把柄罢了。

如果从个旧到碧色寨的铁路再绕道蒙自，则要多修近百里的线路。吴廉膺不是不知道，他跟周启愚在书信往来中已经商谈过此事了，因此道："想法变了，多修几十里铁路，不过是钱的问题。"

"不是钱的问题，而是观念。"陈云鹤叹一口气道，"是为社稷造福，还是为家族修路？此等想法不厘清，难！"

"在战场，枪炮说了算；在商场，又岂非银子说了算？"

陈云鹤沉思片刻，才缓缓说："也有都不听的。"他端起一杯茶来道，"我得以茶代酒，敬兄台一杯。当年玮玠兄的一桩善举，为我等今后之事业，留下了一个可用之才。"

"谁呀？"

"法国人尼复礼。你可还记得他？"

吴廉膺当然记得这个洋人。在尼复礼作为人质被软禁在吴家花园后，吴廉膺首次跟一个洋人近距离接触。他视尼复礼为法兰西国的读书人，只是他读的书和"四书""五经"多么地不一样。吴廉膺其实对尼复礼颇有好感。陈云鹤不是暗讽吴廉膺不懂测量、钻探、选矿、冶炼、蒸汽机这些新事物吗？尼复礼似乎什么都懂，逐一解说给吴廉膺。什么是海拔，什么是等高线，什么是铁路展线，矿石品位该如何计算，蒸汽机又是如何工作的，等等。他还画得一手好画，只是与我们的画技不尽相同，有些类似于工笔画，但他画得更为逼真。他画吴家花园里的亭台楼阁，画屏风古器，也画人物素描。他用一支铅笔，仿佛只是随手勾勒几笔，就将吴廉膺的神态形貌活灵活现地画出来了。吴廉膺甚至把他当作吴家花园雕刻出六樘格子门的高大师，但他又远比一个能工巧匠知道得更多，视野更开阔。他离开吴家花园时，还送了一盒法国铅笔给吴廉膺。那是他第一次知道，这个世界上的书写，并非都是用软软的毛笔。吴廉膺当时感叹，洋人写字不讲“颜筋柳骨”，但写出来的内容，倒是稀奇古怪、博大精深。

“此人算是洋人里的读书人吧。”吴廉膺道，“他离开吴家花园时，我还送了他一尊咸丰年间的鎏金佛像，两个紫砂陶烟斗，外加一百两银子。子君怎么跟他有交集了？”

陈云鹤笑道：“我们的铁路该怎么修，可少不了他的襄助。”

吴廉膺瞪大了眼睛：“他可是滇越铁路公司的雇员！我们要修的铁路，本来就是跟法国人对着干的。这么大的事，你怎能相信一个洋人？”

“玮玠兄在香港的商号，也雇得有洋人吧？”

“有。伦敦大锡每天的行情，都有一个叫詹姆斯的洋人报给商号经理。”

“他可有瞒报、漏报、多报或少报？”

“没有。此君是个很诚实的人，还经常给出最好的建议。”

“这就是了。你付他薪资，他勤恳工作。洋人并非都是非我族类，其心必异吧？”

吴廉膺感到了羞愧。这就是陈云鹤比自己胸襟开阔的地方。你在想如何保住颜面、计较得失时，人家却在化敌为友、潜心干实事了。有的人能平步青云，脚下并非没有一步一步坚实的台阶。火车固然可以为我所爱，洋人呢？

“玮玠兄，滇南铁路事，往昔清廷僵化颟顸，不顾民意，只允官办；民国后风气大变，百废待兴。兄台将息过来后，还望多方沟通联络个旧、临安、蒙自三地士绅。更加之省府有蔡锷都督主政，负山戴岳，中兴边陲，个碧石铁路，庶几可望明年破土动工。”

吴廉膺不置可否地笑笑：“蔡都督是我等能见到的最好的将军。可你还没有见到过袁世凯哩。”

25·寻祖

从建水开往石屏的“状元号”旅游小火车，时速控制在二十公里，在盛夏的大地“哐当哐当”地缓慢游弋。橘色车身，狭窄车厢，硬座木椅。时值周末，几乎没有空座。游客来自天南海北，已经习惯了乘坐高铁的人们，此刻搭乘一列带有怀旧色彩的小火车，令人生出快节奏的生活也慢下来了的幻觉。旅游火车的尾部还挂了一节篷车，游客可以在篷车里将碧绿的田野尽收眼底——稻田、山峦、湖泊、村舍、红土地，以及古老的小站和高远的云团，拉洋片般令人目不暇接。尤其是铁道两边满树的蓝花楹，像蓝色的海浪退潮，在人们的眼前一浪又一浪诗意地涌来又退去。

陈星鸿在车厢里感到有些闷热，便想去篷车里吹点凉风。一个穿五色筒裙的女孩吸引了他的目光。万军阵中，美是遮掩不住的，总有一道道目光箭一般追射。陈星鸿下意识地盯了一眼，又仓皇地逃离，转眼去看铁道边的蓝花楹；然而，仿佛那里有股强大的吸力，又把他的眼光拽了回去。陈星鸿在大山里待得久了，看不见几个赏心悦目的女孩。进了城，既饱口福也饱眼福。以至于有时他会想，等把博南山隧道贯通了，我不会成为一个变态的老光棍吧？项目部里还没有女朋友的小伙子里，他不算年龄最大的。

女孩身边有个身子骨偏瘦弱的青年，头发很长，穿一件松垮垮的圆领衫。陈星鸿听见女孩说，我在巴西里约热内卢见过蓝花楹树，它曾经让我感到很triste（法语：忧伤）。也许是离家太远的缘故吧？那男青年说，你现在不觉得它很romantique（法语：浪漫）吗？女孩莞尔一笑：是，心情不一样了嘛。不过蓝花楹本是生长在南美的植物，怎么你们中国也有？男青年呵呵一乐，这世界上的好东西，我们都可以引进来嘛。

两个年轻人夹杂着外语的谈话，不能不更加引起陈星鸿的注意。当那个男青年扭过头来时，陈星鸿禁不住喊了出来："桑逸！"

他们都转过身来，桑逸抓了一下头："这不是……那什么，陈……陈部长吗？"

"哪样部长哦！一个挖隧道的。"陈星鸿很热情地迎上前，伸手去握手，旋即便察觉到桑逸好像没那意思，他尴尬地缩回手，"你……你们去石屏玩？"

桑逸手往裤兜里一揣："出来随便走走。你怎么也在车上，不挖隧道啦？"

"回家探亲。"陈星鸿下意识地往桑逸身边的女孩瞄了一眼。因为他感觉到她也在看他。她的眼眸真明亮。

"我想起来了，你老家是石屏的。"桑逸似乎并不想跟陈星鸿多聊，正待转过身去，身边的女孩碰了下他的胳膊。朱迪有个偏好，凡是桑逸的朋友，她都希望认识。

"噢。对了，这是朱迪，这是……小陈，跟我父亲一起修铁路的。"

朱迪很大方地伸出手来："陈先生好，很高兴认识你。我从老挝来，我们是本家。"

尽管桑逸态度很冷淡，但陈星鸿和朱迪还是很自然地就谈到了一起。陈星鸿说他现在修的铁路，终点就是老挝万象。朱迪高兴地说，我知道你们中国人在帮我们修铁路。我爷爷总是说，等中老铁路修通了，回中国就方便多了。陈先生，如果你不介意，我带你去见我爷爷。

显然朱迪对这个新认识的朋友有好感。陈怀北停下与杨仲群的深谈，用赞赏的眼光打量陈星鸿，说我们陈家这个后生，长得蛮精神的，我的梦想，要在你的手里实现，你们可得快点建好这条铁路，让我有生之年能坐高铁回中国。

陈星鸿刚从大山里出来，带着山野里的质朴粗犷，阳光仿佛烙在他的肤色里，闪耀着健康与鲜活的气息。与落拓不羁、略带艺术家病态的桑逸相比，他显得更有朝气。杨仲群问陈星鸿是石屏哪一支陈家，陈星鸿不无自豪地说，郑营那一支，陈云鹤是我的曾祖父。杨仲群竖起了大拇指，说名门之后，我们正走在你爷爷修的铁路上。他笑指陈星鸿："你们看看，我们还没有找到先祖，却先看到后人了。"

陈怀北饶有兴致地问陈星鸿，"你知道你的家世有多少？"

陈星鸿挠挠寸头："我只晓得我爷爷、我太爷爷都是修铁路的。这条建水到石屏的铁路，我爷爷陈勤鸥是负责建设的总工程师。"

"火车开起来后，你爷爷还是个碧临屏铁路的总经理。我写过关于他的文章。也是个能干的人哪。"杨仲群又向陈怀北解释道，"个旧、碧色寨、临安、石屏这条铁路线，是中国西南地区第一条完全自主经营的民营铁路，虽说是只有六十厘米宽的寸轨轨距，但在一百年前，实属不易。"

朱迪问："我们现在坐的小火车，就是走的寸轨吗？"

“我们现在坐的是米轨，一百厘米轨距。寸轨上跑的火车，车体比这个更小更狭窄，我们叫它小小火车，看上去就跟玩具火车一样。”陈星鸿用手比画出玩具火车的样子，然后又风趣地说，“时代在发展，火车也会长大。越长越大，越跑越快。”

杨仲群补充道：“你太爷爷陈云鹤是个有眼光的人，当年他决定路基按米轨设计，铺寸轨铁路。到上世纪七十年代，国家建设需要，就将寸轨很轻易地改为米轨了。”

陈怀北感叹道：“谁能预测几十年后的事，谁就是智者。”

石屏是个藏在深山里的古老县城。过去虽然有小小火车相通，但上世纪九十年代以后，小小火车也停开了。它不在交通要道上，往来的游客便不多。这两年通了高速公路，又恢复了米轨旅游列车，旅游才刚刚热起来。传说中这座小县城是坐落在一只乌龟背上的，在过去，它的城墙是椭圆形的。当地人会指着一张老地图对你说，你们看，我们正被一只大乌龟驮着哩。

这是一个有雨的夜晚，街道的石板路上湿漉漉的，在路边商铺灯光映照下，折射出五颜六色的诗意光芒。红、蓝、白、青、黄，斑驳陆离，韵味悠长。老街道多不宽敞，似路似巷，两边的房屋大都为青砖黑瓦。不是那种当下随处可见的仿古式建筑，而是它们数百年来就古旧在那里。房主最多做了一些修葺改造，装上招牌灯、宫灯、霓虹灯、灯带，或者再竖只灯箱，就是一家酒吧、饭店或杂货店。酒吧多是去过大都市打拼，见过世面后再回来创业的年轻人所开，吧台、酒柜、卡座、高脚凳、墙饰、招贴画，以及暧昧朦胧的灯光，再加点蓝调音乐，情调一点也不比大城市的酒吧差。如果你再看见坐在这家酒吧一角的三个年轻人，他们南腔北调的交谈中时而英语、时而法语，你会不会有点思绪凌乱？

今晚是陈星鸿要尽地主之谊。他说白天去郑营陈家祠堂，大家都很辛苦，晚上我们泡个吧，轻松轻松。

桑逸顿时眼睛放光，转瞬又一脸不屑："你们这儿也会有像样子的酒吧？还是吃烧烤去吧。"

朱迪柳眉轻扬，"去酒吧。古城的酒吧，才有情致。"

当然要听女士的。他们点了一瓶二〇一〇年产的法国赤霞珠红酒、一箱越南黑啤，再要了点肉松、肉干和干果。朱迪说："感觉不比任何一家酒吧差。"

陈星鸿憨厚地一笑，"谢谢朱迪小姐对敝家乡的抬爱。"

"酸。"桑逸道。

朱迪嗔怪道："Ça suffit（法语：够了）!"

桑逸顽皮地说："Nous sommes dans un bar avec un montagnard（法语：我们在跟一个山里人泡吧哩）。"

这两天桑逸借口自己的法语丢得久了，经常跟朱迪嘀嘀咕咕地用法语交谈。陈星鸿英语说得流水婉转，听法语则如同听天书。他知道桑逸英语不行，但他从不主动和朱迪讲英语。

朱迪看出陈星鸿的难堪，举起了酒杯："这酒不错。Cheers！"

桑逸听到朱迪转说英语了，便知道朱迪心还向着陈星鸿，心中稍有不快，但仍装出大大咧咧的样子："Cheers！"他跟朱迪碰了一下杯，陈星鸿的杯子举起来时，他巧妙地滑过了。

都是年轻人，在一个楚楚动人的女孩子面前，谁不敏感？陈星鸿不确定这个异国的女子是否就是桑逸的新女友。师傅桑小青曾告诉过他，桑逸交了几个女朋友了，一个都没有谈成。是个身在福中不知福的叛逆儿子。这种家伙真该让他去大山里挖隧道。桑总那么热爱铁路的一个人，为什么就不让他儿子也干铁路呢？

朱迪为桑逸的傲慢有些生气。她不知道这是他的性格使然，还是轻浮纨绔。昨晚他们还一起去吃烧烤喝啤酒。桑逸约来一帮他的朋友，有卖茶的、画画的、写诗的、搞摇滚乐的歌厅驻唱歌手，以及做土陶的手艺人。大家过得似乎都很悠闲诗意。桑逸很得意地向朋友们介绍，这是“亚洲小姐”朱迪，好像她是他认识多年的朋友或同学（他确实语意暧昧地说，朱迪小姐和我都在法国留过学呢）。偏远地方的人，结识一个外国朋友不容易。桑逸还跟他们大肆吹嘘去年的那次亚洲选美大赛，仿佛他亲自参加了一般。他还补充说，朱迪小姐马上就要去哥伦比亚参加世界选美大赛了。你们还不赶快求签名？桑逸的朋友们跟他一样，先是诧异，再是追问。待把朱迪悄悄端详了，无不被她的美征服。那是一种清纯、干净、自然的美，与大家平常所见到的美女不一样。野百合也有春天啊！那个在歌厅驻唱的长头发年轻人带来一把吉他，喝下一杯啤酒就自弹自唱，还说都是他自己谱写的曲和词。他唱得那么投入，朱迪却没听懂多少，建水的朋友们倒都听得如痴如醉。朱迪认为那不过是一些加快了节奏的民谣。其间来了一个扎马尾辫的女孩，她从人流如织的步行街一摇一摆地走来时，朱迪就注意到她了。她的摇摆并不是扭动身姿，而是因为她的马尾辫，每走一步就左甩一下右甩一下，飘发为旗、青春律动的样子引人注目。这女孩子一到，眼睛就盯牢了坐在桑逸身边的朱迪，然后大大咧咧地挥手赶开坐桑逸另一侧的驻唱歌手，说让开让开，卖唱也不找个好地方。桑逸有些尴尬，对女孩说，来啦！这位是朱迪，从老挝万象来的，爱国华侨，亚洲小姐。又看了看朱迪，说，这是莎莎，我的前女友。女孩眉毛一扬，顺手在桑逸肩头上拍了一掌，嗔怪道，哪样前女友后女友？死样子，自己不争气。众人哄笑。大家都处于无所谓的轻松状态，让朱迪不知道桑逸和莎莎说的话，哪一句是真，哪一句是假。莎莎眉毛一挑，问，万象在哪里呀？是不是满街都是大象？朱迪不卑不亢地回答，我在中国经常被问到这个问题。“Vientiane”源自老挝语“Vieng Chan”，“Vieng”有“城市、城镇”的意思，“chan”来源于梵语“Candana”，意思是“檀香木”。传说万象这个地方曾经生长着许多檀香木。所以也可以理解为“檀香木之城”，跟大象无关。桑逸白了莎莎一眼：长知识了吧？人家不仅是“亚洲小姐”，还是艺术史博士哩。朱迪忙双手合十道，只是在读，在读。她感觉得到莎莎的敌意。人与人之间的有些感觉，旁人并不在意，本人却洞若观火。况且她身处异国他乡，自是很敏感。

中国人的现代气质，与朱迪所熟知的现代性，有较大的差异，有点像融合了西洋画技的中国画。朱迪周游过世界，却对中国了解甚少。小时候听大人们讲，去中国旅游时随时要带一把伞，不是因为那里雨水多，而是当你出恭时，你得用伞来遮羞。可是朱迪即便在建水这样的偏远小城，也能住五星级酒店，遍街时尚奢侈品店，LV、GUCCI、LANCÔME专柜比肩大都市。到处车水马龙，霓虹灯闪耀。城市高楼林立、洁净有序，公园里绿意葱茏、幽静诗意。看上去比万象还繁华现代。那天在吴家花园里看到的老照片，那些衣衫褴褛的人们，那些处处荒凉凋敝的景象，倒让她相信，那个时代的中国，大约是需要带一把伞如厕的。

下午在郑营，他们去了陈家祠堂。陈星鸿找来族中的一个老前辈，他唤作六老爷的，过去当过小学教师，现在是祠堂的管理者。六老爷年龄并不大，还不到七十，但看上去苍老得走路都困难了。他有黢黑的面庞，精瘦的身子，陈旧的中山装敞开，里面是污渍斑斑的背心，裤脚高一只低一只，下穿一双解放鞋。这种老农，在城里桑逸都不愿多看一眼的。

六老爷用一把古老的带齿铜钥匙捅开陈氏宗祠的木大门。这祠门颇为壮观，由三道牌坊式拱门构成，砖石结构，歇山式三重屋檐，翘角飞檐，门前还有一对石狮雄视。正门上额“陈氏宗祠”四个颜体大字，为族中俊杰、宗祠的倡建者陈云鹤亲笔书写，两侧门上分写“源远”“流长”，由当年省内书法大师陈荣昌题写。从正门进入，便踏入一石桥，桥上有栏板望柱，栏板上镌刻书画，梅兰竹菊、名人诗词，柱头上是十二生肖石雕；桥下两边为莲池，碧水沉静，荷花绽放。过桥便是土木结构的祠堂中殿；穿过中殿，又是一重院落，两重檐的正殿巍然耸立于眼前。正殿主楼为两层，那两重飞檐流畅飘逸，仿若巨鸟展翅。正殿东西两侧为一层偏殿，同样的彩绘柱梁，云纹斗拱，精描细刻，花虫鸟兽，呼之欲出。

朱迪的爷爷陈怀北老先生一进陈氏宗祠，就有些不能自持了。他的呼吸急促，面色赤红，汗珠从银色的白发上滴落。尽管眼下还不能确定自己是否就是根系郑营，但从进祠门前他就开始双手合十。待六老爷打开正殿大门，陈怀北老人大睁了双眼。他想下跪，却发现跪无所跪。

正殿里空空如也，没有神龛，没有香火，更没有列祖列宗牌位。四壁空荡。该供奉先祖的北墙前只有一条长供案，做工粗糙，一看就是现在木匠的手艺。陈怀北只看到几把留存至今的红木老椅。这椅子造型奇特，曲腿立背，椅背呈“品”字形，上镌刻篆体“陈氏宗祠”字样。椅面、椅背的已褪色，露出团团深浅不一的灰白色，像一个饱经沧桑的老人，已经失去了生命的风华。

这是老货。陈怀北老先生用徕卡定焦相机为每张品字椅从不同角度拍了照。然后，他轻声问六老爷："宗亲，祠堂里其他器物还有吗？比如，祖先牌位、先贤画像、源流谱序、字画诗书？"

陈怀北老先生的异域普通话六老爷听不懂，六老爷的本地口音陈老先生也不明白。陈星鸿便充当了翻译。

解放后祠堂改做了识字扫盲班教室，后来又做了一段时间小学校，然后又被当作生产队的仓库，村委会也在这里面办过公。前些年才发还给了文管所，说是省级文物了，政府拨了钱，重新修葺。第一期工程刚刚结束，第二期工程要完善祠堂里的陈设，正在四处征集过去的一些老旧东西。那几张品字椅，都是从陈家后人那里征集来的。以后要向游客开放哩。

“宗亲，陈家的谱牒，应该存有的吧？”陈怀北老先生满怀期待。

“家谱啊？当然有。”六老爷不无自豪地说。他带众人进到正殿右侧间房，打开一个两层木柜，从里面取出厚厚一本《陈氏族谱》来。六老爷说，这族谱是五年前族人捐资重修的，印了一千册。现在没有几本了。

《陈氏族谱》软塑封面，大三十二开，四百多页。分为四篇："探源问祖”“祖德流芳”“史海寻宗”“谱牒传承”。包含了陈氏源流、先世考、恩荣录、仕宦录、族规家礼、像赞、艺文，追溯从先人时就因封地为陈国而有流传至今的百代陈氏记述。六老爷颤颤巍巍地说，我郑营陈氏一世祖陈二牛，洪武十五年（1382）间随军征战来到云南，因军功授田，落地生根，脉发郑营。到今天，已传十四代人了。子孙后辈，数以万计。

“是谁说过，祖先卸下行囊的地方，就是我们的故乡。”朱迪晃动着手里的红酒杯，幽幽地说，“我其实有些不理解我爷爷为什么非要弄清自己根在哪里。这些父母辈、祖父辈的故乡，如果我没有在那里生活过，它不过就是我的一个旅行地。我怎么就找不到我爷爷那种感情呢？我爷爷说他的祖籍在你们这个地方，但他出生在泰国曼谷，我和我父亲都出生在万象。万象就是我们的故乡。我母亲也是泰国的华人，她的老家与万象隔着一条湄公河。我们从小跟着父母讲华语，跟着同学讲老挝语，跟着老师学法语、英语。如果乡音就是故乡的surface features（英语：表面特征），那么，哪一种算我的home language（英语：家乡话）？”

陈星鸿笑道：“你通四种语言啊，不简单。”

“地球村嘛，大家都是村里人。就不那么纠结了。”桑逸应了一句。

下午他们离开郑营时，陈怀北老先生承诺要捐十万元人民币给陈氏祠堂管委会，把六老爷感动得信誓旦旦地保证，一定要帮陈怀北找到先祖源流。六老爷说，在过去年代，这一带“走夷方”的人很多，赶马经商，逃避战乱，天灾人祸，人们活不下去了，都有可能为求“活路”而漂泊四方。尤其是那些赶马人，没有他们去不到的地方。老先生放心，只要是在我郑营脉发的陈氏后人，我们总能打听到的。

陈怀北老先生能提供的先祖信息极其有限。他的父亲在临终前告诫他，有生之年一定要回中国寻祖。先祖在清朝道光年间因战乱而离开故乡，只闻说是云南南部一带的赶马人，家乡在一个大坝子边缘，坝子下方有一片很大的“海子”。云南人离大海太远，稍大一些的湖泊，人们都习惯称之为“海”。

六老爷送了一本《陈氏族谱》给陈怀北，老先生自此陷入家族血缘的迷宫当中。族谱载：郑营陈氏六百多年前的一世祖陈二牛，家住南京柳树湾高石坎竹林坡，明洪武十五年（1382）随明朱元璋养子、征南副将军沐英征伐云南。云南平定后，沐英大兴屯田，劝课农桑。洪武十六年（1383），陈二牛以参将职解甲归田，在石屏郑营铸剑为犁，屯田躬耕，自此被尊为郑营陈氏一世祖。其生有三子，衍生为三支；每支独立一寨，各自繁衍脉发，枝繁叶茂，数百年生生不息，千门万户。周边的临安、个旧、蒙自、元江等州县，以至远到昆明、大理、曲靖，再到四川、贵州、广西，甚至邻近国家越南、老挝、泰国，都有郑营陈氏后裔。到近现代，出洋留学欧美并扎下根来的郑营陈氏后裔也不乏其人。

这条血脉的分布就像随川就势的小河，弥散在久远的时空和广袤的大地上，时而如观掌心纹路，细辨生命密码；时而似羚羊挂角、飞鸿雪泥。有些分支行到某个时段，莫名地就失传无后了；有的则会在中断数代之后，忽然就接续上了香火，就像被找回家来的游子。根据《陈氏族谱》序言载：郑营陈氏有祠有谱，最早见于明景泰五年（1454），宗祠那时暂厝于一家庙，由族中辛未科进士陈纯先主持，撰写出郑营陈氏第一本谱牒。之后因兵燹祸乱，陈氏老宗祠几经焚毁，谱牒散佚各地，导致谱系错乱，谬误众多。清咸丰八年（1858），族人临安府通判陈显龙续编族谱，再建宗祠，惜同治年间又毁于战火。

到民国二十三年（1934），在族中贤达陈云鹤主持下，蔚为大观的宗祠落成，香火炽盛，族谱再修。新订这一本为第四版，是为了庆贺陈氏宗祠建祠百年，族人集资重新修编。可谓“国有史，方有志，家有谱”。

寻祖犹如用一滴血破译DNA的排序密码，又似在时间之河里逆水行舟。陈怀北老先生的难题在于，他仿佛找到了大河的源头，但不确定自己出自哪一条支流？在得到新版《陈氏族谱》后，陈怀北又经多方寻找，寻踪问源，终于在郑营一个老农家里找到民国二十三年（1934）由陈云鹤主编的第三版族谱，又在石屏县档案馆找到咸丰八年（1858）族人陈显龙编纂的第二版族谱。陈怀北认真对比了三个版本的族谱，重要线索和谱系分支均摘抄援引。他将手上的三本谱牒归纳为“新版”“鹤版”“龙版”。他发现“新版”就像一片森林，谱牒盘根错节，令人难辨树木；“鹤版”有林有木，收录的仕宦恩荣录、族规家礼、艺文诗词、像赞美文、乡贤行状较多；最早的“龙版”则侧重源流先世考，谱系干净利落、追根溯源，较为清晰可辨。陈怀北老先生躲在酒店里，花了一个多星期，在三个版本中梳理郑营陈氏的先祖身影。那些同姓同宗的先人，在时光隧道的纵深处忽远忽近、身影模糊。就像你昨天在人头攒动的集市里，打眼望去，都是邻里乡亲，似曾相识，又难辨真容。既众声喧哗，又如看默片。这部家族繁衍的“老电影”，叙事宏大，情节繁复，人物众多。哪一个角色，与你有关？

老挝的陈姓华裔，祖上多来自云南和广西，也有来自泰国和越南等东南亚国家的。一百多年前的东南亚华裔，流动性较大，既已离开了自己的祖国，越、老、缅、泰、柬，甚至新加坡、马来西亚、印尼等诸国，哪里好讨生活就往哪里去。陈老先生带来的字辈排序为东南亚一带的陈氏所遵循，与郑营陈氏的字辈完全是两套体系，因此血缘的“密码”就对接不上。所谓同宗同支（派、房）的相对亲，同宗不同支的相对疏。六老爷说，续不上字辈，你就找不到祖宗。按现在的话讲，你就不知道你是谁，你从哪里来。郑营陈氏的字辈排序为“开智明龙启，敬业定腾云。勤修星光瀚，常思乃识远。长隆显达贵，千秋怡乐天”。现在传到陈星鸿这一代，为十三代。

依据《陈氏族谱》里记载，道光七年（1827），郑营陈氏第五代启字辈一个陈姓讳启林的先祖，其脉发郑营陈氏第二寨。第二寨在数百年的光阴中又分出十三支，有两支无子嗣，先后断绝了香火，其中一支传到咸丰年间第五代陈启林便不再往下传，隐入岁月的深处不知所终。

而陈怀北在东南亚的先祖正是在咸丰年间离开云南的。他的目光久久停留在“陈启林”三个字上，似乎要从这个名字中看出一个人的相貌来。

“一本族谱，真的就那么重要吗？连饭都不吃了。”朱迪不无担忧地说。陈怀北老先生回到酒店后，就一头扎进房间再不出来。那本族谱在他手里，就像祖先的圣物。

桑逸有些落寞地说：“对没有根的人来说，也许是这样的吧。”他喝下大大一口啤酒，“我父亲走了后，我忽然有些闹不清自己是谁家的人了。我曾经问过我爷爷，我们家有没有一本家谱？老爷子骂了我一句：小野种，不要问这些。”

“Why？”朱迪问。

“或许是我们家的cicatrice（法语：伤疤）。”桑逸又喝一口，嘀咕道，“土都埋到脖子的人了，还没有一句真话。”

陈星鸿知道，桑逸有个叔叔在美国，还有一个姑妈，但去世得较早。桑小青一走，为爷爷养老送终的担子就落到他一人肩上了。桑逸处理好他父亲的后事，狠下心来，将爷爷送进了养老院。陈星鸿曾私下里去养老院探望过桑小青的父亲桑进步。那是家社区养老院，条件较差，陈星鸿还未进门就闻到一股浓烈的尿臊味。陈星鸿自报家门，说是桑小青的徒弟，出差路过，受师傅之托，前来探望。桑逸一直跟他爷爷说，父亲去国外修铁路去了，要很长时间才会回来。反正爷爷也干过铁路，知道这个行业四海为家是常态；更加之桑进步已一半糊涂，没有了时间概念。那天陈星鸿还拿出三千块钱来，说是他师傅托他转交的。可怜的老人拉着陈星鸿说个没完，从叙说他修过哪些铁路，到问陈星鸿现在修的是哪条铁路，再到埋怨隔壁的王老倌下象棋耍赖，老爱悔棋，吵得棋盘都掀翻了，两个老头三天没有说话，还有护士给他打针，就像在枕木上打道钉，下手那个狠。陈星鸿认为桑逸的爷爷是个寂寞又可爱的老头儿，没有师傅父子俩说的那么不堪——桑小青有时会在陈星鸿面前，抱怨他的“爹老倌”是个没有改造好的地主少爷。

陈星鸿举起酒杯，对桑逸说：“你爷爷可是个‘老铁路’，我要敬他一杯。”

桑逸有些勉强地举起杯，与陈星鸿碰杯，说了句莫名其妙的法谚：“Les cordonniers sont les plus mal chaussés（法语：鞋匠穿的鞋子最差），‘老铁路’也经常搭不上回家的那趟火车。”

“医生还治不好自己的病哩。”朱迪笑道，“我们每个人，都有自己的困境不是？”

第六章

26 · 路权

在云南产生出第一个状元那年，便有云南籍翰林院编修陈荣昌联络一些士林贤达上书云贵总督，建议修一条从云南到四川的铁路，以期打通云南和内地的交通。那时法国人的滇越铁路刚破土动工，读书人已经看到了路权既是国家主权，又攸关地方进步发展。时任云贵总督丁振铎当然也看清了法国人的野心，但苦于银库里少银子。个旧矿山是云南的聚宝盆，丁振铎想出一妙招，从产出的每张大锡中抽出铁路建设专税，后来又发展到每桶锡砂、每百斤烧炭，都要抽此专税。以此款项为基础，组成官办的“滇蜀铁路公司”。到清政府覆亡时，滇蜀铁路公司的基本金已达数百万两银，但铁路的路桩都没打下一根。辛亥革命后，新政权接管了滇蜀铁路公司。滇南士绅上书修个碧石铁路，受到云南都督蔡锷大力支持。鉴于云南军政府已放弃对滇蜀铁路的幻想，索性将滇蜀铁路公司的股金与滇南士绅的商股合并起来，成立了“个碧临屏铁路股份有限公司”。官商各占50%的股份。规划中的铁路线从个旧出发，连接滇越铁路线上的碧色寨后，再延伸到建水、石屏。

在官府看来，你占了50%的股份，并不意味着你就有一半的说话权利。民国伊始，万马齐喑了数百年，现在可以自由说话了，大家的嗓门都大。这是一种觉醒，也是一场灾难。滇蜀铁路公司派驻个碧临屏铁路股份有限公司的代表，哪怕只是一个小小的协理，也在股东会上颐指气使，线路设计、车站位置、机车型号、投资预算、股息返还、盈利模式，他都要拥有绝对的控制权。而商股的大小股东们，又各有自己的小算盘。临安府西去四十里有个叫团山的小村庄，那里有不少在个旧矿山发了财的大老板，他们成为股东后，便拉开嗓门说，铁路就是拐个弯，也要在我团山村设一车站。

中国人这边吵成一团，法国人那边可没有闲着。当年他们修滇越铁路，最想争夺的一块“肥肉”就是个旧的锡矿。法国驻华公使向北洋政府递交了一封外交函件，言根据大法兰西国与大清国签订的《中法条约》和《中法会订滇越铁路章程》约定，滇越铁路主干线建成后，法国有权任意修建支线，并无偿使用所需土地。个碧石铁路早在法方铁路规划范围内，中方不得染指。否则必将构成严重的“国际事件”。

这天上午，陈云鹤接到都督蔡锷的传令，让他去都督府，说有要事相商。陈云鹤猜测应是修筑个碧石铁路之事。他已知道北洋政府昨天电函云南军政府，责令同意法方要求，将个碧石铁路修筑权让给法国人，还说什么“以示和约精神”云云。蔡锷昨天摔了北洋政府电报，骂了句:“出让路权，与清廷何异?”

云南军政府设在五华山上的光复楼。这栋中西合璧式的建筑过去是云南省高等学堂的教学楼，推翻清政府的“重九起义”后，蔡锷将将军都督府设在此楼。江山易主，气象万新，光复楼门口仅有两个持枪卫兵。要觐见都督，只需填个会客单，言明事由，会有一个秘书引领而入。都督的卫队人们轻易是看不见的。坊间传蔡锷都督经常微服私访。卖柴的老翁，讨饭的妇孺，他都会掏钱施舍。有一天他遇到个一条腿的乞丐，蔡锷看他裸露在外的断腿，问可是炮弹炸的？乞丐说

“重九起义”那天攻打五华山炸断的。蔡锷大动感情，把这个老兵带回家，给他洗澡，换上一身干净衣服。又把内务司司长陈云鹤叫来，令其妥善安置。在第二天的省府军政大会上，蔡锷都督说，革命胜利了，但民生依然艰难。我等特别不能忘记那些为推翻清廷洒下热血、抛弃生命的普通人等和兵士，尤应抚恤优待之。民国肇始，百废待兴，诸位当励精图治，卧薪尝胆。本督月俸六百元，实属奢侈。从下月起，本督薪俸，减为六十元。蔡都督都如此带头了，军队营长以上官佐、督府课长以上官吏，均减至每月六十元薪俸。

陈云鹤刚在蔡锷都督办公室坐下，侍从送来两碗盖了羊肉的小锅米线。蔡锷说：“我们边吃边谈。下午两点法国总领事奥古斯特要来见我，你一起参加。”蔡锷拌了一下碗里的米线，又说，“要来抢我们碗里的羊肉啰。”

陈云鹤问：“个碧石铁路之事吧？”蔡锷“嗯”了一声。陈云鹤愤然道：“欺人太甚！”

“我们自己篱笆没有扎牢，豺狼当然要觊觎。”蔡锷吸了两口米线，“一个小小的股东大会，开得像国会一样糟糕。莫非股份制理念、民主意识、契约精神，中国人还要几代人，才能透彻掌握？”

陈云鹤叹了口气：“一开言路，官说官有理，民说民有据。争论不休，何时是个头？”

蔡锷将手里的碗一推：“我想，官股退出，让他们自己去干。”

陈云鹤随即反应过来：“这倒好，再也不吵了，或可加快个碧石铁路修筑，令其早日破土动工。只是，单靠民间力量修筑一条铁路，在云南可是头一遭。”

“敢为天下先者得天下。当初不是你们提出要自办铁路吗？你看那欧美诸国，东洋日本，不都是民间筹办、私人公司经营？师夷长技，最该学习的，是人家的先进理念。”

陈云鹤沉吟片刻才道：“我记得盛宣怀在修卢汉铁路时说过，‘修路有三难，一无款，必举洋债；二无材料，必购洋货；三无人，必募洋匠。’现在看来，这‘三难’似都不是问题。我们自身，才是大问题。”

蔡锷笑了：“说说看，问题在哪里？”

“倘若民间自办，非有一个强人通盘操持不可。滇南的那些士绅商家，各敲各的锣，各打各的鼓，谁出的钱多，谁的嗓门就大。令其服众，实属不易。”

“陈司长可有举荐之人？”

陈云鹤想了一下，才道：“建水士绅吴廉膺可矣。”

蔡锷长久注视陈云鹤，看得他心里直打鼓。俄顷，蔡锷荡出一个笑脸：“我倒有个最合适的人选。”他又顿了一下，说，“非他不能。”

“谁呀？”

“你。”

陈云鹤不是没有想到自己来挑这个担子，这和他的理想相一致。但他一是有公职在身，二是也的确认为，吴廉膺是最佳人选。他权衡再三，才说：“都督，为家乡修一条铁路，一直是卑职夙愿。倘今生能为此尽绵薄之力，死而无憾。无奈鄙人才疏学浅，又身负公职，分身乏术矣。吴廉膺乃国会议员，衔陆军中将，又才力过人，心怀大志，在滇南深孚众望，当是不二人选。”

蔡锷掏出怀表看看：“两点法国驻昆领事奥古斯特要来会我，你随我参加。个碧铁路公司人选，陈司长回去好好想想本督的提议。切记：个碧石铁路，主权在民，则事成；旁落他人，则事败。”蔡锷身子向前，低声说，“我得到可靠情报，法属印度支那政府，正想趁我民国初始，政局不稳，插足云南事务。个碧石铁路是最好的战争导火索。路事若败，战祸近矣。”

周大祥“阻洋修路”大起义时，法属印度支那政府曾以保护侨民和铁路为名，声言要越境进驻一万法兵。陈云鹤至今想来还背脊发凉。

蔡锷起身道：“好了，我们现在要去应对那个打劫者了。”

两人走到门口，蔡锷反常地拉着陈云鹤的手，不无忧虑地说：“子君兄，我担心，北洋政府那边，哪天一纸命令，褫夺了本督的兵权。兄长欲行之事，则难矣！”

陈云鹤真被这番话吓到了。没有蔡锷主政，云南当如何？

奥古斯特是个很注重自己气质外表的法国人。他身材挺拔，目光犀利，礼帽高耸，燕尾服笔挺，皮鞋锃亮，蓄着浓密的八字胡，上过蜡的胡须高高地向两边翘起，手上的文明棍像他张扬的权势，让任何一个见到他的中国人都能感受到这个洋人的傲慢和威严。他有一双锐利明亮的蓝色眼睛，在那咄咄逼人的目光里你能看到高卢人的倔强、好胜和勃勃野心。奥古斯特出身里昂的一个小职员家庭，深知要想为家族争光，唯有远走海外，做一个殖民地官员，才有出人头地的机会。道理很简单，奥古斯特在巴黎被视为外省人、乡巴佬，而在中国他秒变人上人。他富有冒险精神，清道光年间就已经在中国腹地四处周游，学习汉语，了解各地民俗。他多次骑马、乘船或乘坐轿子，在广西、贵州、云南的大地上旅行。他认为他就是最了解中国的法国人，也许除了那些比他更早来到中国的法国传教士，作为殖民官吏，没有人比奥古斯特在中国有更多的传奇和故事。他的出行比一个四品官员出门还威风八面。轿夫、仆从、私人卫队、陪同官吏，前呼后拥。许多百姓在围观时被挤下道路，甚至掉进河里。这些趾高气扬的考察活动有的是受法国海外殖民部委托，有的则纯属个人爱好。他还是一个天才摄影家，对所看到的一切都充满浓烈的好奇心。二十多年的游历让他成为海外殖民部的“中国通”。他被任命为驻云南府总领事，同时还兼任法国滇越铁路公司驻云南铁路总代表，滇越铁路正是在他的力推下开工建设。因为他和清廷官员打交道，总能为法兰西帝国争得最大利益，为此他还荣膺法兰西共和国骑士勋章。他在《巴黎殖民报》发表的文章中说：“当你面对成百上千围观的中国人，如果有人向你吐吐沫、扔石子，你要勇敢地抓住第一个敢于冒犯你的中国人，用文明杖或者毛瑟枪点着他的额头，厉声喝问，是你对洋大人不恭吗？十个这样粗鲁的中国人，有十一个都会跪下。噢，为什么会多一个呢？因为中国人都是没有脑子的羔羊，他们的骨头是软的。”

奥古斯特将会发现，他此刻面对的两个中国人，不但头脑比他智慧，骨头还比他硬得多。这天他带了驻昆领事馆副领事、秘书、书记官，还有滇越铁路公司的三名高管、一位律师，法国东方汇理银行的总经理皮埃尔和两名随员。一群洋人浩浩荡荡乘轿来到军政府，那感觉像是来兴师问罪的。中方这边蔡锷都督一身戎装，率军政部、内务司、交通厅、建设厅、财政厅等部门的官员虚位以待。陈云鹤也和大家一样，换下长衫，穿上洋装。一众官员显得精明干练，尽展汉官威仪。

奥古斯特以强硬的外交辞令，向云南最高军政长官蔡锷递上法国驻华公使关于修筑滇越铁路支线主张的外交函附件，并倨傲地说：我们大法兰西国的铁路给贵省经济、交通带来的益处和便利，云南人再用一百年的时间也做不到——甚至连想象一下都不可能。碧色寨车站这几年承运的锡锭，是二十世纪以来个旧矿山锡锭产量的总和。尊敬的先生们，我们还不无欣慰地看到这样一个事实——巴黎的时装刚流行半年，昆明街头的女士们就穿在身上了。

蔡锷侧身对陈云鹤说："我们的良家妇女都不会穿露出胸脯的裙装吧？"

陈云鹤略带讥讽地道："金鸡巷那一带的女子，会是这样打扮。"

奥古斯特在昆明居住有四年多了，当然知道金鸡巷是昆明城的风月场地。他挺直了腰板，清清喉咙："先生们，我不认为这很有趣。让我们回到正题。《中法会订滇越铁路章程》，各位想必早已清楚。我大法兰西国所希望的，只是贵省遵循条约规定，如绅士般践行契约精神。"

蔡锷端正了颜色说："我也不认为此事需要在此讨论。滇越铁路已通车两年余，铁路畅通，运行良好。我方无任何违约举措。"

陈云鹤补了一句："为修滇越铁路，我筑路民工死伤过万。贵国可有按相关契约赔偿？"

奥古斯特耸耸肩："抱歉。两位先生说的是过去，我要谈论的是现在，是未来，是滇越铁路的支线——个旧到碧色寨的线路修筑事宜。"

蔡锷打断他道："请等等。哪项条约、哪一条、哪一款规定了个碧石铁路就是滇越铁路的支线了？"

奥古斯特胡须翘了翘，把头转向法方的律师。这是一个秃顶的家伙，他故作姿态地摊开手中的文件：“《中法会订滇越铁路章程》中第八条规定，滇越铁路主干线建成后，法国铁路公司可任意修建支线。先生们，请注意‘任意’一词。”

奥古斯特说：“我不得不提醒诸位，两年前将军阁下在昆明发动兵变后，曾知会我驻昆总领馆，言其新政权将尊重西方诸国在华利益，遵守已订各项条约。这是我大法兰西承认中华民国之基础。”

蔡锷语气平和地道：“根据《中法会订滇越铁路章程》，铁路路基两侧五米以内，属滇越铁路公司无偿占用土地；车站方圆五十米以内土地亦归法方使用。铁路所占土地使用期均为八十年。本督说的可是事实？”

奥古斯特答：“是。”

蔡锷继续说：“我个碧石铁路，到碧色寨不与你接轨，也不进你方所占土地范围内，就不算滇越铁路的支线！它就是另外一条铁路。”

奥古斯特怔住了，脑子一时没有转过弯来：“抱歉，请将军阁下再说一遍。这，这……简直难以理喻。世界上没有这样修铁路的。”

蔡锷自信地说：“以后中国发生的事情，你们都会‘难以理喻’。”

滇越铁路公司的一名高管接话道：“将军阁下，如果两条铁路不接轨，你们的大锡怎么能转运到我们的火车上呢？”

蔡锷笑了：“我们中国有充足的人力，有吃苦的人民。没有铁路的时代，他们也能把大锡卖到伦敦去。这会是一个问题吗？”

奥古斯特嘀咕了一句：“这世界上还没有支线和主线不接轨的铁路。”

蔡锷回敬道：“如果权益不公正对等，两条铁路为什么要接轨？”

奥古斯特干脆搬出他的撒手锏：“北洋政府已经同意法方修筑个

碧石铁路，蔡将军难道没有得到北京方面的指令?”

“收到了。”蔡锷道。

“难道贵省不归北京中央政府管辖?”

“云南有自己的特殊情况。”

“我很遗憾，我不得不去函贵国袁世凯大总统，申诉法方立场。如果酿成严重外交事件，法方有权用武力保护条约执行。云南军政府和蔡将军，将难辞其咎。”

蔡锷冷笑道:“我希望你在上书函件中把在云南看到的实情，写得尽量客观公正一些。尽管我对此不抱幻想。我可以告诉你我昨天给中央政府的答复。个碧石铁路乃云南民间商人自办铁路，为民有、民治、民享之铁路，与官方无涉。因此，法国与前清政府签订的任何条约不能约束民间行为。本督非但不能干预，反而要力加保护。”

奥古斯特瞪圆了眼，半晌没有反应过来。滇越铁路公司的又一个高管这时接话道:“蔡将军阁下所言非实情。据我所知，贵省正在筹办的个碧铁路公司有官方背景的‘滇蜀铁路公司’参股。怎能与官方没有关系?”

蔡锷轻松一笑:“官股已经退出了。现在它是一家纯民间公司。在我们富庶的云南，有钱人多的是，有大志向的人，更不稀缺。”

“哈哈，将军阁下真幽默。”奥古斯特故作轻松地笑了，“让我来讲个悲剧故事吧。在我们的滇越铁路刚开始修建时，你们中国人中一些‘有大志向’的有钱人，鼓动一个罗宾汉式的强盗反对我们的铁路。那场暴动让法属印度支那总督杜梅先生不得不陈兵中越边境。我们大法兰西绝不能容忍自己的利益受到任何损害。从一个人，到一根路轨。噢，杜梅先生是多么不愿意看到法国军队成为铁路警察啊！值得庆幸的是，贵国政府及时平息了这场即将因为铁路引发的战争。我要提醒诸位的是，历史的悲剧总会落到某个人的头上。就像那个从不知道火车为何物的愚蠢之人被推上了断头台。”

蔡锷道：“我倒认为他是我们的英雄。尽管他并不知道他要反对的是什么。至于你说的历史悲剧，我相信，在我们这片土地上，不会一再重演。”

“尊敬的将军阁下，在一群还不了解蒸汽机文明的中国人中，你能指望他们修得出来一条铁路吗?”

“能。就是他。”蔡锷指着身边的陈云鹤说，“这位陈云鹤先生，刚出任新成立的个碧临屏铁路公司总理。他们不仅要把铁路修到碧色寨，还要修到周边的蒙自、建水、石屏等地。”

陈云鹤端坐得纹丝不动，强压内心的惊讶。因为奥古斯特正用狐疑加蔑视的眼光盯着他。蔡都督真是随机应变，足智多谋；临阵用将，出神入化。他鼓起勇气，把自己当一块坚实的盾，将奥古斯特刺人的目光逼退了回去。

“本人是土生土长的滇南人，为家乡修一条铁路，乃毕生所愿。谁也不能阻挡一个人坐着火车回家的梦想。”

奥古斯特不置可否地笑笑：“我很欣赏你的梦想。”

陈云鹤充满自信地说：“你会看到那一天。”

奥古斯特耸耸肩，没有说话。多年以前，在他写给法属印度支那总督的报告中，他强烈地建议道：“总督阁下，我们已经有了一条进入中国的通道。随着路轨的延伸，我们的目光将看向与之毗邻的四川、贵州、广西和西藏。不过，面对这头正在觉醒的东方睡狮，面对正在大步追赶而来的英国人，如果我们不能在相当长的时间内保持优势，保持我们对云南乃至中国西南铁路的路权，我们将失去对这片古老土地的控制，这还会严重影响到我们在远东地区的利益和霸权。而他们则将把自己的家园建设成一个交通发达、整洁有序、国富民强、鲜花盛开的中国。”

27 · 肝胆

又是一个秋天的傍晚，吴廉膺悄无声息地回到吴家花园。两顶轿子直接到兰园前厅，下轿后只有师爷杨五叔、大总管钱得贤带了一众仆从在厅前迎接。驮运行李的马队则在吴府门外卸货。这次出门他带了三姨太丛玉儿随行，在外面的交际应酬，三姨太堪称他的左膀右臂。

来到“四水归堂”庭院，丛玉儿吩咐人将这次在广东采购的几大箱衣物珍玩搬运进“含玉楼”，脸上洋溢着满载而归的得意。三房游惜春打开了“春露坊”的大门，呼叫了一声，哎哟，七老爷回来啦?人随即跨出门来道万福，眼睛却盯紧了那几个大木箱。吴廉膺不冷不热地向她点点头，他又下意识地扭头看西厢房，“采薇阁”花窗紧闭，像一个人永不睁开的眼。这次广东行，他比平常更多地想念这个顺德女人。

游惜春已唤出在家习字的大儿子吴孝玓，奶妈抱着才一岁多的吴孝琮出来给他父亲请安，满脸堆笑，一点也看不出被冷落了几月的落寞。这边厢丛玉儿想，到底是丫鬟出身。贱！丛玉儿也呼唤四房的老妈子刘三娘带两个儿子吴孝珏和吴孝琅出来请安。都是庶出，哪户哪门的孩子不是吴家的血脉?四房的心劲儿可一点也不输三房。这次回来，不事先打招呼，正是她的主意，不过也正合吴廉膺不招人耳目归乡的心思。此时在绣楼里做女红、习字念书的五个女儿也被伺候她们的丫头和老妈子领来拜见父亲。“四水归堂”里一时像学堂放了学，热闹非凡。吴廉膺着人打开一个大木箱，将里面花花绿绿的糖果、西洋玩具、广东糕点等散发给孩子们。他们从半岁到十来岁，像一群满地乱窜的小鸡，还不算去昆明念书的长子吴孝珪和尚在丛玉儿腹中的那一个，吴廉膺既感到满足又有些目眩，我怎么会有这么多儿女？一年前他回到临安，官吏民众夹道迎接，与现在儿女绕膝、妻妾邀宠相比，他更喜欢哪一出？

罗采薇的女儿吴瑾都十五岁了，已经出落成一个亭亭玉立的少女。见了吴廉膺不似以往那样飞奔过来，一头扎进爹爹的怀里，而是站得远远的，像一只忧伤的小鹿。吴廉膺向她招手，唤她小名瑾儿，她才上前几步，接过爹爹手中的礼物，一块西洋小怀表和一个八音盒。吴瑾向父亲深深鞠一躬，又转身回到妹妹们中间。她似乎已经明白，在这个家族中，女子虽贵为小姐，但始终是次一等的；哥哥弟弟们才是家族里从上到下的宝贝——小时候是小少爷，长大了就是老爷。

吴廉膺打发完孩子们，对杨五叔说，我先去盥洗，你把大哥、二哥、三哥、六哥、老八、老九请到“怀远厅”里去。

吴廉膺在初夏时节离开的临安，先乘坐滇越铁路到了越南的海防，然后坐船去了上海，再经海路北上天津、北京，又坐火车下武昌，再转道广东，一待就是一个多月。在广州，他成了北洋政府的陆军上将、广东都督兼民政长龙济光的座上宾。

这龙济光原本是滇南元阳地区的犒吾卡土司之后，在犒吾卡土司三兄弟中排行老三。他自幼喜欢舞刀弄枪，人也生得五大三粗、孔武有力。龙济光从操办团练起家，对内捕杀群盗，镇压革命党人的反清起义，对外抵御外寇。中法战争时，他是军中马前卒；孙中山发动的广西镇南关起义、云南河口起义，龙济光又是屠刀挥得特别卖力的刽子手。有的人虽身处偏远蛮荒地，但野蛮就是他跻身权力顶峰的原始资本。他不跟你讲道理，只与你抡拳头。大清覆亡前十几年，朝廷内忧外患，边地烽火连绵。龙济光常对人说，我就是朝廷的一条跑得快、吃得苦、咬人狠的撵山狗。他所率领的土司兵屡建战功，纵横滇、桂、粤三省。到辛亥革命时，龙济光已是广东新编陆军二十五镇统制，统掌粤省军务。武昌起义爆发后，革命党人极力拉他，他却说“我一切唯皇上谕旨是从”。大肆捕杀革命党人，镇压广东各地的起义，他干得比谁都卖命，可谓血债累累。眼看着清廷大势已去，他才被迫和两广总督一起宣布反正。袁世凯窃取革命成果后，他立马投靠了北洋系，成为袁世凯在南方的股肱之臣。袁世凯也投桃报李，授予他振武上将军衔，督理广东军务，时年仅四十五岁。找到新主子的龙济光又开始为袁世凯张目，东征西讨。反对孙中山的“二次革命”，查禁反袁报纸，解散广东议会，搞得广州府腥风血雨，道路以目。有对年轻夫妇，从香港运送枪械弹药至广州，准备交付反袁的革命党人，不幸被龙济光手下捕获。那女子已有八个月身孕，广州士绅民团纷纷上书请愿，恳请龙济光网开一面，放孕妇归家。各报也纷纷呼吁，一枪两命，何谓人伦？但龙济光大笔一圈，即行枪决。可怜那女子，挺着大肚子与夫君同赴法场，路人多掩面涕泣，悲不能视。而龙济光却言，夫妻同为乱党，斩草不除根，要整哪样？他嗜血成性，杀伐决断；既冥顽愚忠又投机圆滑，粗鄙残暴，沐猴而冠。粤人恨不能寝其皮食其肉，但却不能不屈服于这个云南人的淫威之下。没有人能想到一个来自西南边陲的土司，从化外之邦一路征杀，踏着累累尸骨，不断转换门庭，竟能成为那个时代的乱世枭雄，执广东军政大权之牛耳。

吴氏家族其实和龙氏土司家族有姻亲之谊——滇南一带的豪门望族，大都与吴家有沾亲带故的关系。吴氏绵字辈老二吴绵沦的三小姐，光绪年间嫁给龙济光的一个族叔。因此当吴廉膺在去年参加民国首届议会时，尽管与龙济光辈分相同，但仍低眉俯首，以“愚侄”自谦。在军头自重、贤达云集的国会，来自边地的吴廉膺难免会有在豪华厅堂里“敬陪末席”的卑微。他必须得有个强力的靠山，龙济光便是他能攀附权贵的唯一靠山。龙济光曾带吴廉膺去参加过一些达官显贵的茶叙或饭局，黎元洪、段祺瑞、陆荣廷、陈炯明等军阀的威权让吴廉膺开眼。龙济光还在一次会议间歇，把吴廉膺引荐到袁世凯面前，极尽溢美之词。虽然吴廉膺是国民党派系，但袁氏对他并无倨傲之态，主动伸出他肥厚的手来，与吴廉膺握手，还说先生所处滇南，乃我南疆门户，保境安民，殊为重要。民国新立，还有赖先生嫠不恤纬，缮甲治兵。吴廉膺当时既有见到大人物时的受宠若惊，又有身处“西游”世界的荒诞感。国会真乃一神魔混杂之地也。临安起义时，他当时最担忧的就是袁世凯的北洋军队一路攻打到云南，自己成为周大祥第二。哪能想到不到两年时间，竟能和袁世凯面对面？当吴廉膺与其他国民党议员被袁世凯驱逐出北京时，他很奇怪自己竟生不出对袁世凯的恨来。一年后在广州再次见到龙济光，他似乎找到了答案。

“现在看来，我老吴家这个亲家，任凭风云变幻，仍是当朝红人。”吴廉膺环顾众兄弟，缓缓道。“怀远厅”里，在家的五个廉字辈的兄弟都到齐了。平常家族大事，都在这里议定。“此番在广州，龙都督私下里面授机宜，言袁大总统早已瞩目滇事，廉膺倘能如袁总统言，‘缮甲治兵’，或可有为。”

二哥吴廉康问道：“袁世凯何人？戊戌变法之奸佞小人，中华民国之窃国大贼，士人君子所不齿者也！龙都督又何如？非我族类，草莽匹夫耳。七弟不可不察。”

辛亥以后，吴廉膺在外游走的时候多，家业都交与大哥吴廉庭打理，但大的方向还得靠吴廉膺定夺。吴廉庭呷了口茶：“七弟又想整哪样事？”

吴廉膺一字一句道：“招兵买马，操办团练。”

“再来一次举事？”二哥吴廉康睁大了眼。

“非也。”吴廉膺道，“不过是为老吴家荣耀门庭，再创辉煌。”

吴廉庭拊掌道：“七弟要办团练，正是为兄所愿。最近临安周边颇不太平，烧香结伙的大股盗贼至少有四五支。我老吴家这么大的庭院，看家护院的家丁还不到五十人。虽说吴家花园楼高墙厚，但真遇上土匪来袭，恐也难以抵挡。都说养兵千日，用兵一时。平时不养，用时奈何？我想，族中再拨出一笔银两，招募一百团丁操练。庶几可应对乱世矣。”

“区区一百，莫如不办。”

吴廉庭一脸疑惑，“七弟的意思……”

吴廉膺对坐在厅堂门角招呼支应的大总管钱得贤说：“明天你就安排人去四乡八县募人，先以一千人计。”

“且慢。”吴廉庭有些急了，“七弟离家时日甚久，恐不知近期家中状况。六月间，个碧石铁路首届股东大会，依七弟与陈云鹤先生事先商议之数，我老吴家带头认购一百万股，‘吴盛泰’各钱庄分头筹措，好歹凑齐了股本金。眼下那欧罗巴各国，在打大战，贸易中断，锡价跌落，个旧矿山数十个矿洞早已停采。今年族中各房花费，均已削减。一千人的枪支弹药、吃喝拉撒，那可是一大笔开支！”

吴廉膺从来就是一个只算大账不计小利的人，他微笑道：“大哥不必顾虑。我们的亲家龙济光，已承诺拨发三万大洋。”

广东省的大都督，竟然给吴家拨钱！吴家众兄弟眼睛都亮了，唯有吴廉康冷冷地问：“七弟莫非投了北洋系？”

吴廉膺不搭腔，掏出一包骆驼牌洋烟来，弹出一支，用火柴点上，轻轻吸一口，优雅地吐出。一股大家从未闻到过的清香弥漫在祠堂。他看见几个兄弟都瞪大了好奇的眼睛，便说：“这美利坚国烟，你们都来尝一支？现在袁大总统严禁鸦片，六哥、老九，我劝你们还是改吸这洋烟吧。”

廉字辈的十一个兄弟中有四人吸食鸦片。吴廉膺主持家政大事后，规定凡吸食鸦片者，不得外出做事。老六吴廉廪和老九吴廉应，不过是二三十岁的人，但一多半的青春朝气，大好年华，都被鸦片熏走了。

“怀远厅”坐北的墙上悬挂了一副对联，为三年前蔡锷都督南巡滇南时，在吴家花园里亲笔为吴廉膺题写。联曰：“做事须凭肝胆，为人莫让须眉”。那日，蔡锷将军对吴府里的深重大院、水榭楼台、美妾环绕、莺飞燕舞不置一评，只是在看到前后院两座碉楼时，才淡淡说了一句，射孔死角太大，中看不中用。吴廉膺还记得，在吴家花园为蔡锷都督送行的晚宴上，面对满眼山珍海味、珍馐玉食，蔡锷兴致似乎并不高，只在致谢词中说：“本督出自寒门，家母从小教养，节俭为美。途中便饭，一箪一瓢而已。吴统领耗费如斯，锷既难却盛情，又愧对慈母教诲。普法战争时，法兰西第二帝国败于普鲁士，赔款五十亿法郎，一日不偿清，则普军一日不撤出巴黎。法兰西人民激愤疏财，两年内即将五十亿巨款赔偿完毕，至今仍不失为世界强国。法人能聚财以藏富，又能散财以救国。此为大国之民也！贾谊云：'一夫不耕，或受之饥；一女不织，或受之寒。'一人之于社会国家，实有密切之关系。临安资源富厚，为滇省之冠。可交通落后，车马难行。在座诸位均为富商巨贾、士绅乡贤，当勤思服务乡梓之计、利国富民之途。"

吴廉膺听得出蔡锷致辞中的善意针砭，并不反感，以他交友甚广、阅历颇丰所见，当此时代如果有完人，蔡锷将军当推第一。只可惜，蔡锷已被袁世凯上调北京赋闲了，一代军中英豪已无用武之地。这几年吴廉膺看到了太多顺之者昌、逆之者亡的乱世悲喜剧。家族中这些沉溺于锦衣玉食、琴棋诗书、吹烟听戏的公子哥儿，安知我吴廉膺的鸿鹄之志？他踱步到厅堂中央，反身，手指北墙上高悬的对联道："各位兄长兄弟，何为肝胆？尔等可曾掂量？蔡锷将军胆量几许？武昌首义后在云南打响第一枪。伟丈夫也！廉膺紧随举事，胆量已小于蔡将军。因之，蔡锷便是蔡锷，廉膺还是廉膺。那龙济光又如何？不过是蛮族土司之后，士人学子在苦读'四书''五经'以求功名时，人家在操办团练、东征西讨，以军功踏上青云之梯。现今云南都督唐继尧，辛亥年起义时，不过是一管带而已。天下乱局，有兵才有权，有权方可做事。孙文先生的临时大总统，就像我这有名无分的中将，外表光鲜，实如昙花；孙先生殚精竭虑制定《建国方略》，擘画国家未来，致力民族复兴，却不抵军头们令旗一挥，再美的蓝图都被枪炮打烂。主义之争，党同伐异；军阀割据，匪盗四起。廉膺在外满目所见，乱不忍述。打倒了皇帝，仿若推倒了一大厦，总得有一强人出面收拾这烂摊子，重振河山，安抚天下。我等偏远士族，要么为人鱼肉，要么壁立千仞。谋大事成伟业，均在胆略也。”

众兄弟还是不知吴廉膺所欲何为。但他是家族的梁柱，梁柱撑起来了，吴氏家族的大厦就不会倒。乱世里他们没有征伐博弈的胆量，只有坐享荣华富贵的慵懒。族中众兄弟有一个人出了头，大家该听戏的听戏，该吟诗的吟诗，该吸大烟的就日日舒适地斜躺卧榻，想做事的便跟着出头者走好了。

吴氏家谱里记载了这样一桩往事。在修四房的菊园时，要在正院的天井里打一口井。那井还没挖到一丈深时，泉水就咕噜咕噜往外冒。工匠们赶紧砌井壁、安井沿。泉水仿佛直通龙宫，不断涌出的泉水漫出了井沿，灌满了天井。工匠们不得不一再加高井沿，泉水一直涌个不停。后来有工匠从城外盘龙山上采来一块巨石，凿出一个三尺高的井箍罩在井口，泉水在高出地面两尺处才安静下来，且水位再不亏盈。那井水清澈甘甜，倒映蓝天，四季轮换，从不丰瘦。吴绵清拊掌哈哈大笑：房房天井都在青龙位，唯四房龙水[①]溢满天。天生地，地生水，水生万物。四房骑到龙背上了。我老吴家将出大人物也！

老八吴廉庆是吴廉膺的同父异母兄弟，临安起义时曾做过军械参谋官，人也聪明自律，颇有大志，是吴廉膺在家族中的得力助手。他

---

① 过去水井的选址要找堪舆师看风水，左边是青龙位，属阳；右边是白虎位，属阴。因此，在青龙位的井水又被称为龙水、阳水；白虎位的井水则被称为阴水，不吉。

说，七哥要想整哪样事，就整嘛。总是为了家里好，不会有错的。

老大吴廉庭毕竟稳重些，他沉吟良久才道：“操办团练事，还是该说与老祖知晓。”

吴廉膺自信满满地说：“老祖会支持我的。”

二哥吴廉康嘀咕道：“七弟转投北洋，仁义安在？当初说恨不能寝其皮食其肉者是谁？”

“迂腐。”吴廉膺道。

28·“山梁雌雉”

太阳西沉，吴家花园里游人已空，树上的鸟儿们倒热闹起来了，像一群群放学归家的孩子。夕阳将雕梁画栋的庭院渲染得柔和宁静，花窗上的莲花喜鹊，格子门上的神仙好汉，斗拱飞檐下的云纹波浪，既古色古香又端庄富丽；连厚朴单调的青砖灰瓦，看上去也色调温馨、线条温情起来。吴家祠堂屋脊东西两端龙头鱼身的镇火鸱吻，似乎正把西边燃烧的天空一口一口地吞噬。陈怀北老先生在参观吴家花园时曾感叹：这么大一座百年老宅，竟然没有被一场大火烧去，真是屋脊上的鸱吻显灵。

杨仲群的工作室设在往昔吴家花园的主人吴廉膺的菊园后花园里，是一排新建的供管理人员办公的小平房。这个下午，他与陈怀北喝茶讲古。看落日余晖下的古宅，让人有一步跨入旧时光之门的美丽错觉。陈老先生常会在这个时段来杨仲群处坐一坐，讲一讲这一天的收获，或就某个问题与杨仲群一起探讨。今天他在建水县档案馆泡了大半天，又去县史志办借来十几本文史资料。他饶有兴致地说，他在民国版《建水县志》里，看到了杨家先人杨仕焕的几首七律。其中一首咏孔庙府学创建人韩宜可、王奎的《读书台怀古》，让陈怀北了解到临安教化之滥觞。其诗曰：

先生万里有高台，遗像清高不染埃。

学士安南开教化，谪仙高丽擅诗才。

满园桃李公栽培，一郡文风君始开。

古木苍苍遗爱在，千秋俎豆泸江隈。

听人论说到自己的先祖，杨仲群当然高兴。“这韩宜可本是明洪武初年的山西右布政使，因直言上疏，被贬谪到了云南临安卫。那时的临安，还是化外之邦、蛮荒之地。民众‘椎髻编发以为饰，佩弓狩猎以为生’。当时的临安卫指挥让韩宜可和王奎担任军中弟子的教师，他俩便将原设于孔庙里的庙学改为府学。经近三十年教化，临安终于出了第一个举人。”

陈怀北感叹道：“教化之重，亦可戍边。”

杨仲群的太爷爷杨仕焕，早年是临安府有名的秀才，擅诗书、通音律，写得一手好字。清末民初时，被吴氏家族聘为师爷，人称杨五叔。杨仕焕曾在临安府担任过“钱谷师爷”，专理一府赋税征收、财政开支等事宜。由于师爷没有功名，只能算官府幕僚，终究还是边缘人物。吴廉膺花重金将杨仕焕礼聘至吴府。他满腹韬略，忠心耿耿，内监督学风家教，外联络官商士绅，书函往来，襄赞机要，出谋划策，可谓家族“大脑”。更加之杨家与吴家有远房表亲关系，因此杨五叔在吴家备受礼遇，与吴家大总管薪俸相当，每月十两银子，进出有轿子仆从跟随，每年岁末、端午、中秋、冬至，还有额外封赏。

杨仲群叹息道：“可惜了吴家的历史，历经百年沧桑，许多东西都找不到了。”杨仲群摘下老花镜，扔在资料上：“我现在还搞不清，吴廉膺这样胆略过人、聪明智慧的人，怎么会走上历史的歧路？”

陈怀北问:“就是你说的那个民国初年的中将吗?”

“正是他。”杨仲群又戴上老花镜，拿起桌上的一本志书，翻出“临安起义”那一段,“他参加了推翻清王朝统治的武装起义，后来他却又反常地站在了袁世凯一边，走到了自己的反面。这不合人生逻辑。”

“封建皇帝打倒了，并不意味着现代文明一夜之间就降临。”陈怀北接过书，翻阅了几页，才缓缓说,“历史并不总是高奏胜利的凯歌一路向前。鼎革之际，江山倾覆，人心易乱。从法国大革命到第一共和，第一帝国；第二共和，第二帝国；最后到法兰西第三共和国建立，前后折腾了八十余年。读史的人深感悲哀的是，总读到历史的惊人相似和轮回。”

人字桥是滇越铁路线上一座跨越两峰之间的铁路大桥，两座桥墩建在半山腰上，呈“人”字形支撑着桥面。铁路线从东边穿出隧道便上桥，又从西边钻山而去。桥上的山峰经常被云雾笼罩，桥下是百米深涧。当年法国人建成这座全钢梁结构的大桥时，曾轰动巴黎，被誉为继埃菲尔铁塔之后，法国工程建造的又一杰作。不过，根据临安知府冀文治写给朝廷的奏折上称:“人字桥建于山高谷深地，上巉岩高耸，下瘴疠弥漫，施工条件甚为恶劣。劳工身结麻绳，持大锤铁锹，负铁梁炸药，如猿猴攀缘，似鹰翔山涧。山风遒劲，飞石如斗；云雾奔涌，遮天蔽日。劳工悬空击锤，开山凿石，危乎险哉。失足坠落者，滚石击中者，大风卷走者，瘴疠夺命者，无以计数。皆云：人字桥乃劳工‘人命桥’也!”

吴廉膺将自己的临时指挥所设在人字桥对面的一座小山头上，这里有一间放羊人的简陋石屋。石块垒墙，茅草覆顶，只有一道小门，没有窗。吴廉膺扎武装带挎勃朗宁手枪，脚蹬马靴，一手持黄色令旗，一手举一架法国单筒望远镜，从石墙的一个缺口瞭望云雾缠绕中的人字桥。在镜头里它就像组一捏就会散架的积木，又像一条凌空飘游的黑龙，在不真实的时空里突兀而狰狞。周大祥“阻洋修路”的义军打到这一带时，上千的劳工一呼百应。修铁路是死，反抗也是死。那就痛快地去死吧！

人字桥上原有一小队铁路警察守卫，吴廉膺的民团昨夜悄悄摸上去，很容易就将他们解决了，控制了铁路桥两端一个道班房和一个碉楼。他们把炸药埋在桥墩下，拉上导火线。只等吴廉膺的令旗一挥，埋伏在桥下的心腹魏老四便点火炸桥。

自操办团练以来，吴廉膺已编练出八百多人的民团武装。广东都督龙济光不但出钱，还派来两个粤军军官担任军事教官。吴廉膺身在云南，却被广东的大都督封为支队司令官，这是一件多么不合常理的事情。民国四年（1915）的冬天阴风怒号，吴廉膺接到龙济光密令，即将到来的这趟火车上，有个反袁的“大叛逆”者，必须格杀勿论。龙济光没有告诉吴廉膺他是谁，只道此君是个从海外回来的令袁大总统睡不好觉的“大人物”。龙济光还预先给吴廉膺准备好了“乌纱帽”，事成之后，兄弟我将向袁大总统推举玮玠兄为蒙自道尹。共和以后临安府已被裁撤，改为建水县，省府在滇南设蒙自道。吴廉膺甚至还听出龙济光话里没有说出来的意思。只要紧跟他好好干，将来统掌云南军政大权，也如探囊取物。

走到这一步，吴廉膺押上了吴氏家族的全部身家。正如他所料，只要是心居魏阙，老祖便会不假思索地支持。她说，一个家族必须要有个家长，一个国家总得有个皇帝。皇帝统领江山，就得有人当奴才。我老吴家不缺钱，就缺奴才。

这是一个阴霾的下午，云团在天空中如一块破败的大棉絮。山谷里显得很肃杀荒凉。民团的兵士伏在枯黄的草丛中，身影从山头上隐约可辨。他们长衫短褂，穿戴杂乱。有戴礼帽的，有戴瓜皮小帽的，也有戴大檐帽的。吴廉膺曾经向龙济光申请一批军服，但龙济光说，等大总统登了基，还差一件军服？自追随龙济光以后，吴廉膺一再伏下身段，虽然还不至于膝盖着地，但往昔人前人后的骄傲自信，日渐少了。连龙济光派来帮助训练民团的那两个家伙，都敢在他面前趾高气扬、颐指气使。他们哪里是教官？简直就是监军。

南国高原一九一五年冬天的这趟火车，是一场战争的前奏，事关国体国运。吴廉膺并不知道他正在卷入一件历史事件，差点改写了历史。可当时，吴廉膺脑海里的景象是：当火车喘着粗气驶上桥面，人字桥被一千斤炸药轰上天时，他要成就的“惊天伟业”，便从此开始了。

山谷里传来火车的鸣叫。火车在这个区段要走三个“之”字形的展线才能爬上人字桥。吴廉膺的血在往头上涌，持令旗的手在颤抖。辛亥临安起义之夜，他都没有如此紧张过。

人字桥上忽然传来一阵剧烈的枪声，吴廉膺在单筒望远镜里看到，一群穿灰色军装的军人冲上了桥面。他的民团武装且战且退，一些人甚至被赶下了铁路大桥。他似乎听到了呼爹叫娘的惨叫，犹如梦中的场景。他所在的这座山头也传来喊杀声和枪炮声。八弟吴廉庆衣冠不整地跑来报告说，七哥，建水的驻军打过来了！

吴廉膺已经看到对面山腰上的火车了，它吐着浓烟，正声嘶力竭费力爬坡。这趟专列的编组和吴廉膺接到的情报相吻合。第一节车厢是篷车，站满了持枪警戒的士兵，篷车顶上还架有两挺马克沁机关枪；第二节车厢是行李车；第三节和第四节是警卫车，车窗洞开，可望见里面荷枪实弹的军人；第五节是头等车厢，车窗紧闭，今天要刺杀的“大人物”肯定就在里面；第六、七节同样为警卫车厢，里面也坐满了军人；后面还挂有一节篷车，除了顶上架有机枪外，连小炮都有一门。

枪声越来越激烈。吴廉庆焦虑地喊：“七哥，我们快走。”

“火车就要上桥了。”吴廉膺说。脸上汗水似断线的珠子，他很少这样淌汗过。

“吴廉膺，你在干什么？”

山坡上忽然跃出十多个持枪的士兵，其中一个穿青色便装、戴黑色毡帽的人用手枪指向吴廉膺，步步逼来。

“子君？你……你不是在筹备修铁路吗？”吴廉膺恍如梦中，就像在地狱之门，见到了最不想见的人。他还越过此人的头顶，看到对面山上的火车钻进了山洞。他机械地想举起令旗。

陈云鹤大喝一声：“吴廉膺，你知道谁在火车上？是蔡锷蔡将军！”

“啊呀！”吴廉膺惊呼，仿佛中了一枪，手中的令旗倏然掉地。从见到蔡锷的那天起，吴廉膺就将他视为人生的标杆。一个被崇拜的偶像，你纵有天大的胆略，也杀不了他。

陈云鹤对身后的士兵们说：“不要开枪。捉了他。”

士兵们绑了吴廉膺和吴廉庆兄弟，吴廉膺开初还想不从，一个士兵给了他一枪托，将他打翻在地。陈云鹤心疼地喊，他是读书人，你们手脚轻点。

吴廉膺像只斗败的公鸡，既羞愤又恼怒。他又一次输在陈云鹤的手下，而且是以这种方式。“子君贤弟，没想到你我还能刀枪相向，你给廉膺一枪算了！”

陈云鹤苦笑，摇了摇头：“玮玠，你差点闯了大祸！”

云南都督唐继尧得到有人要暗杀秘密回国反袁的蔡锷的密报，特派还兼任着内务司司长的陈云鹤先行抵达建水，联系当地驻军沿路警戒。唐继尧对陈云鹤说，袁世凯的北洋势力已伸到我滇南了。你的那个举人同榜，和龙济光勾勾搭搭，在建水招兵买马，居心叵测。陈司长是当地人，那里的局面，唯有你方能摆平。

陈云鹤包租了法国铁路公司的一列火车，押送吴廉膺等叛乱分子去昆明受审。一节货车被临时改装为囚车，里面光线昏暗，空气污浊。参与叛乱的人都被五花大绑地塞在里面，他们是两个县知事、五个民团头领，还有一些江湖上的杀手。他们被安排在从人字桥到碧色寨车站、开远县城等地。吴廉膺方才明白，原来并不是只有自己一支暗杀队伍。北洋政府那边还准备了好几手。他感到自己被龙济光骗了。

路经开远站时，陈云鹤令人给吴廉膺松绑，把他带到自己坐的头等车厢。

“玮玠，一天没吃东西了吧？来块狮子糕。”陈云鹤指着桌子上的小甜食说。

吴廉膺把头扭向车窗外，冷冷地说：“你不用来怜悯我。”

陈云鹤笑笑：“我想起我们在临安府学念书时，只有本地大户人家的子弟，才会带狮子糕进学府。我们可不敢，也吃不起，远远地，就能闻到你布袋里散发出来的香味。”他拿起一块狮子糕，剥开外面的包装纸，兀自咬了一口：“啊，真香。”

“你们要如何发落我？”

陈云鹤用手巾擦擦手：“现在是民国了，不会把你的头挂在城墙上。”

吴廉膺又看向车窗外。火车在高原上“吭哧吭哧”地爬行，速度很慢，天上的云团似乎都走得比它快。铁路边的驿道上有一队迎面而来的马帮，头骡的额头上扎红色彩绳，绑有一面辟邪的镜子，阳光在镜子上滑过，射出一道耀眼的亮光。一个穿着羊皮袄的赶马人护着一匹受到惊吓的马驹，木然地看着呼啸而来的火车。马帮在车旁无声滑过，连同车窗外的树木、荒草、田野、山岗、房舍，像一片又一片被抛弃的世界。

“吴家花园，又该被抄了吧？”吴廉膺幽幽地问。不像是在问陈云鹤，而像是在问天，问命运。上一次吴家花园被抄家，下有临安知府冀文治暗中庇佑，上有大笔银子疏通省上督抚大员，吴氏家族逃过一劫。当然，损失还是有的，吴家花园上吊了三个女眷和一个婢女，这很久以来都是吴氏家族永远的痛。

这番，吴家花园还会那么幸运吗？

“这个，得看唐都督如何定夺了。”陈云鹤看见有滴眼泪从吴廉膺眼眶里流出，便跟乘务员招手，让他送块毛巾过来。

“子君，想当初你我求学时，皆以读书求仕、兼济天下为己任。沧海横流，好男儿当勇立潮头，树青云之志，为生民立命，为万世开太平。怎料到世道变迁，你我竟分属两个阵营？子君兄干得风生水起，廉膺则沦为阶下囚。此为何故？命矣。山梁雌雉，时哉时哉！”

陈云鹤也看向窗外，天边的云团白得发亮，东一堆西一卷，像老天伸出的拳头。他良久才说：“玮玠，人不敢问命，只能问心。那袁世凯赢了，你我调换一个位置。”他回头注视吴廉膺，目光如炬，话语铿锵地说：“不过，我赌他输！”

吴廉膺现出一个惨淡的笑容：“我也赌他输。”

陈云鹤有些意外：“那你又何苦来？”

吴廉膺苦笑：“只因‘为人莫让须眉’。”

陈云鹤动情地抓住吴廉膺的手：“玮玠兄，战场搏杀，官场倾轧，均不是你我所长。等把袁世凯赶下台，我们一起回乡开矿山、修铁路。别忘了，你可是我们的大股东。”

29 · 破土

碧色寨车站的站长弗朗索瓦先生相信，中国人把个碧石铁路的开工典礼设在碧色寨车站西面两百米处的缓坡上，是为了向碧色寨的法国人宣示：我们觉醒过来了。

开工典礼由个碧铁路公司的总理陈云鹤主持（他还兼着内务司司长），云南省政府来了一众官员，有交通厅厅长曹向敬、财政厅厅长赵飞裕等大员。新上任的蒙自道尹刘舫也率个旧、建水、石屏几个县的县知事前来祝贺。当然，滇南各商会士绅贤达是这次典礼的主角。他们多是个碧铁路公司的大股东，人人长袍马褂，头戴礼帽，衣着光鲜。弗朗索瓦认识的中国朋友吴廉膺缺席，他还在监狱里。也有穿上西式礼服的，虽领结歪歪扭扭，上衣不甚合体，看上去不那么协调，但他们却一点也不难为情，脸上是自信喜悦的表情，见面互相作揖问候，爽朗大笑。仿佛他们已经把碧色寨这块半殖民地完全收回去了。

弗朗索瓦先生和生活在这里的六个法国雇员及四位夫人，还有哥胪士洋行的经理希腊人哥胪士兄弟，碧色寨教堂的沙利文神父，铁路医务所的克莱蒙医生和两个护士小姐等，都应邀来出席这次开工典礼。他们被邀请坐在主席台右侧，不失风度地听地方官员们一个接一个地发言，看各商会团体敬献花篮和贺表，看舞狮表演，看蒙自国民小学堂的学生们唱歌和朗诵。碧色寨的洋人们脸上始终挂着倨傲的，看马戏团表演的微笑。“他们不是说这条铁路与政府无关吗?”弗朗索瓦身边的调度波尔先生揶揄道。

弗朗索瓦站长捋一捋嘴边的胡须:“中国的事情，坏事都与政府无关，好事都有商人逐利。无论是政府还是商人，都无信誉可言。”

波尔斜了测绘工程师尼复礼先生一眼:“可是我们中竟会有人相信他们能修成铁路。”

坐在弗朗索瓦后边的信号工程师罗斯汀先生笑说:“这就像一个刚看到人游泳的幻想家，想要游过英吉利海峡。”

一个月前，尼复礼受个碧铁路公司之聘，出任这条中国人自建铁路的总工程师。中国人开出了不菲的报酬，任何一个欧洲人都不会拒绝。更何况，尼复礼也认为这是他人生的一次挑战。自滇越铁路开工以来，他在云南辗转跋涉了近十年，已经喜欢上了这片多山的土地。这里气候温和，景致宜人，人民纯朴，非汉人居住区的山地部落则有些像印第安人或吉卜赛人。他们服饰鲜艳(仅限于节庆或婚嫁的日子)，习俗奇特，性格温顺。一些部落似乎生活在人类的童真时代。尼复礼喜欢看到他们面对呼啸而来的火车时惊恐万状的样子，也喜欢听他们的山歌、看他们的舞蹈。也许是搞测量的人习惯了户外生活，他经常不听弗朗索瓦站长的劝告，到铁路周边的村寨去旅行。他和生活在碧色寨的法国人不一样，是个喜欢我行我素的家伙。

“你们这些自视甚高的狗杂种!铁路也需要朋友。”尼复礼不客气地骂道。

波尔和尼复礼是第一对在碧色寨打网球的球友。两人总是在网球场上为一个球争吵，现在他们也不会礼让对方。“这个铁路朋友却不和我们接轨。有不伸出手来握手的朋友吗?”波尔回敬道。

罗斯汀先生戏谑道："孩子们搭错了自己的玩具。我赌十个皮阿斯特[1]，这条玩具铁路绝无可能在他们说的五年之内建好。"

波尔先生笑道："赌注太小了。"

罗斯汀先生坚持说："它就值这么多。"

碧色寨铁路警察队长阿蒙道："我加十个皮阿斯特。"

弗朗索瓦站长这时道："先生们，请保持风度。人们在看着你们呢。"

服务在滇越铁路沿线上的法国人，几乎都认定这群还生活在牛车时代的中国乡绅，根本不具备修建一条铁路的基本素质。他们的思想还停留在上一个世纪，或者说还生活在那个被废弃了的王朝。是我们充满上帝之伟力的火车一把将他们拉到了新世纪。他们只不过是被法国人的铁路所震撼，异想天开地要自己修一条铁路——当年正是这些中国人，对法国人的铁路充满了敌视。八年前我们的两个同事——可怜的乔瓦尼和皮埃尔——就命丧他们愤怒的刀下。可是你看哪，他们对铁路的接受程度，远甚于他们对上帝的信仰——尽管那些勇敢无畏的巴黎外方传教会的神父，可比我们来到这片土地早得多，也付出得更多。

一个司仪来到弗朗索瓦站长面前，请他致辞。弗朗索瓦看见陈云鹤用温和且自信的眼光看着他，似乎在说，你不在此刻讲几句，以后在碧色寨就再没有讲话的机会了。弗朗索瓦站长犹豫片刻，还是起身来到主席台。他用夹生的中国话说："女士们、先生们，能参加你们

---

① 皮阿斯特，指在滇越铁路沿线使用的法国东方汇理银行发行的越南殖民时期的货币。

的铁路开工典礼，我很荣幸。火车、铁路，是人类在这个时代最伟大的发明。我很高兴地看到，你们不再反对它，不再认为火车是条令人恐惧的中国龙。是的，先生们，你们要驾驭这条中国龙。今天只是你们的第一步。但愿你们顺利。但愿火车能带给你们一种全新的生活方式。不过，先生们，我想请问，你们做好准备了吗？”

在场的官员和乡绅们没有料到这位来宾会反问主人。有这样做客人的吗？若论是否准备好了一切，还真没有谁敢打包票。陈云鹤这时站出来说：“尊敬的弗朗索瓦站长，感谢您的致辞。在我们中国的明代，有位大哲学家王阳明说过这样一句话，‘知为行之始，行为知之成’‘知行合一’，方能笃行致远。铁路再远，总有终点；蒸汽机再强大，总会被我们认知。您说得对，今天是我们的第一步。有了这一步，什么样的路都走得出来。”

台上台下的中国人都在使劲鼓掌。尼复礼看到弗朗索瓦站长脸上的笑容有些尴尬，他认为这是弗朗索瓦没有完全听明白陈云鹤先生的话所致。说到中国的那些古代先贤，在碧色寨的法国人只知道有个叫孔子的先哲，他是跟耶稣一样的圣人。与陈云鹤有着同样教育背景的中国绅士，所有的知识似乎都来自这个圣人，他们终其一生，都在接受并运用这个圣人的学说。这让他们难免要落后于这个时代。尼复礼能接受个碧铁路公司的聘任，就因为他敬佩陈云鹤是一个有信仰的人。和有信仰的人共事，人至少不会拉低自己的底线。在尼复礼眼里，只有陈云鹤才是一个标准的中国绅士。他永远衣着整洁，温和谦逊。他有东方人的优雅和隐忍，还拥有深不可测的东方智慧。他从不对任何人动怒，也绝不放弃自己的操守。尼复礼知道陈云鹤在朝廷的文官考试制度中，曾获得过类似于博士的学位，但他并不保守，属于他那个阵营难得的清醒者。他也知道陈在清朝政府为官期间，曾被派到日本考察学习，这让他的视野显然高于他的同僚。陈云鹤有一句话唤醒了尼复礼的勃勃野心。他说，十多年前，你的同僚波登先生设计了滇越铁路，被誉为自巴拿马运河以来的世界第三大工程奇迹，一时名动巴黎。你就不想在这片土地上，留下一件自己的作品吗？因此，尼复礼相信，波登能做到的，他也可以。

一阵剧烈的鞭炮声响起，中国人同时擂响了两面大鼓。陈云鹤带领个碧铁路公司的大股东们走向一片空地。那里早就挖好了一个坑，一块刻有“碧色寨车站”的方形石碑被人竖在坑里。一群中国乡绅挥动起了铁锹。

“他们怎么能也叫‘碧色寨车站’？”罗斯汀颇有些不服气地问。

波尔先生跟了一句：“这会引起混乱的。”

尼复礼说：“他们在自己的土地上，叫什么是人家的自由。更何况‘碧色寨’本来就是中国的地名。”

弗朗索瓦站长终于失去了应有的风度，没好气地嘀咕了一句：“滇越铁路委员会那帮狗娘养的，天知道他们当初跟中国人怎么谈的！”

碧色寨车站是法国人在云南的一块“殖民飞地”，供职于车站的法国人历来这样认为。他们曾经被告知，如果通往个旧及周边的铁路都能收入法国人囊中，碧色寨车站将会再次升格。现在他们有自己盘子里的蛋糕被人切去一块的伤感，但他们却忘了这蛋糕本来是从中国人那里抢过来的。

破土动工典礼结束后，人们四散而去。主人热情地为碧色寨车站的洋人们准备了轿子，将他们送回车站。尼复礼婉拒了。他喜欢徒步，讨厌那种坐在轿子里高高在上的感觉。过去碧色寨车站的洋人们曾经嘲笑过中国人的轿子，可当他们在中国待久了后，如果有轿子坐，他们情愿不要火车。尼复礼曾经这样讥讽过自己的同僚。

这是一个神奇的国家。欧洲的东西，传进来很快；被改头换面，也来得快。一个人一生的幸运之一，就是见证一个事物的转变。连尼复礼也没有料到，今天这不到一千米的徒步，将会改变他的人生。

尼复礼顺着铁路线往碧色寨车站方向走，两个哈尼族姑娘在他前方的路轨上一步一跳。今天来了不少来看热闹的山地民族族人。他们穿上了节日盛装，红红绿绿，煞是好看。前面那两个姑娘，穿长至膝盖、绣着多彩花边的青布长衣，戴着哈尼人的蓝布包头，上面坠满银铃，一跳就哗啦啦作响。阳光从那些银器上折射出来，令人眼花缭乱。两个哈尼族姑娘在铁路上数枕木。她们跳一步掰一个指头，掰完十个手指又回头再掰。一个个头较为高挑的姑娘喊，寨神！洋老咪的铁路，原来是为了让我们数不清这些木头。坏啰坏！她抓着自己的头发，眺望远方的路轨，一脸恼怒。尼复礼从来没有见到过一个漂亮女孩子的“恼怒”如此好看——不是怨憎别人，而是为自己的缺乏能力感到羞愧。他为这无法用言语表达的纯朴感动。作为一个“洋老咪”，他认为他有义务向好奇的姑娘们说明铁路的意义。

“尊敬的小姐们，你们好。”

两个姑娘相视一笑。个头较高的姑娘问：“你在跟我们说话？”然后她又笑了。

上帝啊，那可真是世界上最甜美清纯的笑脸。尼复礼感到自己的心仿佛被火车撞了一下。他殷勤地说：“是的，可爱的小姐们。如果你们不害怕的话，请允许我带你们去参观我们的碧色寨车站。”

两个姑娘不说话了，眼睛却往远方那片黄墙红瓦的房子看。一列火车正停在车站前方的水塔前加水。水鹤伸出巨大的臂膀，龙头喷出白花花的水。

“看，火车在吃水。”一个姑娘说。

“是的，火车要有水，把水烧开了，才会有蒸汽。蒸汽推动火车奔跑，就像你们家灶台上的锅盖，被烧开的水的蒸汽推得噗噗跳。”

高个儿姑娘想了想，皱紧了眉头：“你骗人。”

“啊，可爱的小姐，我没有骗你。要不我们去看看？”

两个姑娘互相望望，有些扭捏地跟着尼复礼走。高个儿姑娘叫诺玛，她的伙伴叫田子。在碧色寨车站的法国人普遍认为，这些山地民族的女子比汉族女人更好打交道。她们看上去胆子很小，但没有汉族女人矜持保守。尼复礼将诺玛和她的女伴田子带到调度室，说，小姐们，火车在大地上飞跑，全靠这里的调度员指挥，让它停就停，让它走就走。那他是火车的头人喽？诺玛大胆地指着调度波尔先生问。尼复礼笑了，一定意义上讲，是这样的。他又指指一部电话机说，他还可以和山那边的人说话。诺玛睁大了眼，问，那他要有唱“赤玛”[①]的嗓门！波尔也笑了，说你来试试。他摇通了邻近一个车站调度室的电话，说这边有个漂亮的小姐要与你通话。然后把话筒递给诺玛。诺玛双手捧了话筒，按尼复礼指点小心地放在耳边。她听到了一个遥远的声音，仿佛来自前世，或者来世。那边不断跟她打招呼，诺玛紧张得一头大汗。尼复礼说，你讲话呀！诺玛憋得满脸通红。波尔跟尼复礼眏眏眼，不无轻佻地说，你或许可以唱支歌儿。诺玛不高兴地放回话

---

① 赤玛，哈尼族山歌的一种，属于需要站在山巅放开嗓门大声唱的歌谣。

筒，羞恼地说：“我们哈尼族人不跟洋老咪对歌。”

尼复礼先生像中了魔一般盯着那娇羞的、黑里透红的面庞，像春风里摇曳在一片浓绿中的莲雾果，让他倏然想起少年时期他曾倾慕过的一个摩尔少女。

对面的波尔轻浮地打了声口哨，用法语冲尼复礼说：“嘿，伙计，你不但要帮他们修铁路，还要帮他们盖新房了吧？”

30 · 宽恕

陈星鸿驾着工程皮卡快到隧道口时，手机开始“叮咚叮咚”响起来。他掏出手机一看，桑逸发来了七条微信。从第一条“我来了”，到最后一条“再不从洞里钻出来，我就走了哦”。

他远远看见在篮球场边的桑逸，便一踩油门冲了过去，再一个急刹车停在桑逸身边。刹车声还未消失，人已跳下车来了。桑逸嘿嘿一乐：“你跟美国大兵学的开车吗？”

陈星鸿急慌慌地说：“不好意思，隧道里没有信号。抱歉抱歉。”

这时一个甜甜的女声在耳边响起：“陈先生，你好！”

陈星鸿一转头，便看到笑盈盈的朱迪：“你怎么也来了？”

“不欢迎我？”

“看来我们都不受欢迎。”桑逸阴阳怪气地补了一刀，“修铁路的老大哥忙啊。”

“哪里的话？请都请不来的。”陈星鸿看见朱迪伸出了手，忙也伸手去握，才发现自己从工装袖口到手肘部分全是泥浆，再看看胸前、裤子、长筒靴上，哪里还有一处是干净的？他红了脸，缩回了手，“抱歉了。我刚从掌子面下来。”

朱迪抓住陈星鸿的手：“我们才冒昧呢。原来陈先生的工作是这样子的。”她的眼睛里波光流动。桑逸和陈星鸿都看出来了。

桑逸道："这就是修铁路的人的样子。我爸原来就是这样的。你呀，先去洗洗吧。我们镇上喝酒去。在你跟我爸吃黄焖鸡那家等你。"

桑逸曾跟朱迪提起过他去过陈星鸿的铁路工地。朱迪责怪道为什么不叫上她一起去？她很想去看看这条正在修建的中老铁路。从石屏回来后，朱迪和陈星鸿联系频繁。陈星鸿会发来一些工地上的照片，朱迪看得津津有味，学着中国人的口吻说，哇，真酷！桑逸有种奇怪的感觉：他从吃陈星鸿的醋，明确自己对朱迪的爱。他这段时间常问自己：你真的会爱上一个老挝女孩吗？

陈星鸿正在当班，要晚十二点才会下班。他这个班出了点问题，喷浆组刚喷上洞壁的玻璃纤维水泥浆，一刻钟后便淌水一般淌下来了。应力太大，岩层太软。陈星鸿让喷浆组在浆液中多加凝固剂。但这里面有个配比问题，工人们掌握不好。多了堵住喷头，少了又凝不住。他跟工人们顶着四十度高温反复试验，总算找到一个最佳匹配值。他身上的泥浆，有一多半混杂的是汗水。

桑逸一定是无事不登三宝殿。陈星鸿跟项目部高经理请假，说桑总的儿子来了，我得去陪一下。高经理忙说："桑总的儿子呀？上次来就没有好好接待。你先去招呼好，我找个人帮你顶班。晚上我请他吃饭。"陈星鸿说，不必了，晚饭我已安排好。桑小青病故后，博南山项目部的人从上到下都深感愧疚，认为是他们的工作耽搁了桑总治病。一个还在工程一线指挥施工的总工，忽然就被病魔击倒了，有些像战场的将军被一颗流弹猝然击中。

桑小青那天在博南山项目部的球场边接到集团董事长的电话时，还争辩说这边刚更改了施工方案，有诸多工作要安排。董事长说："老伙计，你用自己的命跟我讨价还价吗？赶快给我回来去医院治疗！"

博南山项目部的人事后才知道，一段时间以来，桑小青时不时会感觉到吃东西不太顺畅，总像有什么东西卡在喉咙处，说话的嗓音也越来越嘶哑，以至于有时他不想多说话。这个走南闯北半生的男人从来都是自己照顾自己。哪里不舒服了，就吃一把抗生素之类的药了事。去年夏天公司组织体检时，医生告诉他脖子处有两个淋巴结节，不过还不算大。他也没放在心上。但今年春天时，桑小青和助理小王从博南山项目部回总部汇报工作，在车上忽然咯血了。小王强拉着桑总去做了一次全面体检，尤其针对喉部，从纤维喉镜检查、CT扫描、核磁共振到病理切片都做了。检查结果要一周后才出来，桑小青让小王等着，自己先跑回博南山了。他乐观地说，在医生眼里，人全身都是毛病，就像我们看一座大山，总是看到它的断裂带、碎石层、溶洞、溶蚀裂隙一样。

复查结果却非常不乐观。医生在桑小青的气管入口处边缘发现了一个恶性肿瘤，医学术语叫“声门下型肿瘤”，这种肿瘤早期不易发现，一发现就是晚期了，而且还有转移到肺部、颈椎等器官的可能，必须马上入院做全喉切除术。医生说，术后你不能靠从前的喉部说话、进食、呼吸了，但我们会给你装一个人工喉，做一个人工气管，还有流食管，等等，再结合放疗和化疗，慢慢恢复功能。桑小青从一开初的震惊、不信、害怕（些微的）、沮丧、悲观，每一种情绪大约花去一分钟，然后坦然面对现实。你们这是要在我的脖子里重新挖一条“隧道”啊！算啦，这条破“隧道”废了。我们在工程上遇到这种情况，就一炮给它封了。我现在还不想住院，让我先回去看看我儿子。

陈星鸿在冲澡时，脑海里交替浮现师傅、桑逸和朱迪的形象。师傅的身影越来越远，朱迪的笑脸却越来越近。他换上了一件干净的T恤衫，穿上西裤、皮鞋，还特意给头发上了发胶。自从那次和桑逸、朱迪的石屏行之后，他对这个老挝女孩印象深刻，常常为自己没有更好地尽到地主之谊而感到懊恼。要是能带她去异龙湖上划船就好了，我会跳下湖去给她捉几条大鱼。

陈星鸿拎去两瓶好酒（这还是师傅桑小青给他的），桑逸已点好了菜。桑逸选的桌子，正是之前陈星鸿和桑总坐过的。毕竟是父子啊。陈星鸿暗自感叹，眼眶有点湿润了。

酒过三巡，话题敞开。桑逸问，隧道还没有打通？陈星鸿说快了，或许就明年吧。朱迪兴奋地举起酒杯敬陈星鸿："祝贺祝贺！云南这么多大山，都难以想象火车该怎样穿山越岭。尤其在这澜沧江大峡谷里，层层大山就像造物主创造世界时的原初状态，澜沧江劈开座座山门，流到我们的国家，它就叫湄公河。你们修铁路，是不是也像澜沧江一样，使出了洪荒之力？"

陈星鸿笑道："澜沧江的洪荒之力，也许用了上千万年，才流到你的国家；而以后我们坐高铁，早上在昆明登车前给你发条微信，晚上就可以在万象一起喝咖啡了。"

朱迪两眼放光："真是神奇。不敢想象。"

桑逸却对陈星鸿说："你们就吹吧。我现在就烦哪个提修铁路。"

陈星鸿问："那你来这里干什么？"

"你放心，不会找你要补偿费。"桑逸自己干了一杯，看上去已微醺，"你们陈家是不是有个叫陈姝好的？"

"是我姑妈。"陈星鸿有些警觉。上次桑逸来，他并没有跟他提起过师傅的初恋。

桑逸给陈星鸿斟满酒，嘀咕道："难不成我们真是一对冤家？你先罚三杯吧。"

陈星鸿想，莫非姑妈和师傅的事桑逸知道了？就算是代师傅喝的酒吧。一言不发地就将三杯酒喝了。

朱迪问："这是什么情况？"

"桑逸的父亲救过我的命。"陈星鸿支开了话题。

桑逸也不解。朱迪好奇地说："哦。说来听听。"

陈星鸿说："我刚来到这里时，啥也不懂。我们的隧道掘进到一千米处，围岩状况尚好，都是些寒武纪时期的竹叶状石灰岩。这种岩石又脆又硬，但比较好打。那阵我为了赶进度，放松了对岩层的监测。刚好桑总下来检查工作，他下到隧道这里敲敲、那里看看，什么也不说。到了晚上十二点，他让人将掌子面的工人都撤出去，隧道里的机械设备都保持关闭状态，只带了我进到隧道里。真是安静啊，静得让人听得到自己的心跳。桑总像一只壁虎一样伏在洞壁上，耳朵紧贴岩石。当时我想，难道他能听到大山肚子里的声响吗？我们有监测仪器呀。但我们的桑总就是有这种神奇的独门绝技。他从洞壁上下来，说大山要'拉肚子'了，快跑。果然，两个小时后，一场巨大的塌方发生了。三百多米的隧道被埋。如果不是桑总，我该在隧道里当班。"

"你是说，桑逸的父亲能听出山体里的地层变化？"

"他可以听出山体里岩石受到挤压时的摩擦声。我们叫应力变化。一些易破碎的岩体，受内在应力和外在因素——比如地球自转和公转——的作用，在特定的时间段内，岩层就会显得很活跃。桑总专门有一篇论文论述这个现象。但写出来是一回事，在实践中应用又是一回事。那篇论文我学习了无数遍，但到现在也没有掌握这个本事。”

朱迪又问：“你们挖隧道修铁路，是不是有很大的风险?”

陈星鸿笑笑：“开车也还有风险嘛，关键在你如何掌控。我们现在有很多高科技手段来控制风险，比如地质雷达、TSP地震波反射法、瞬变电磁法等等，这些仪器设备可以让我们像给人照X光片一样，探清岩层深处的情况，找准结构受力特点，经过大数据处理后再精确施工、精准爆破。采用‘网格化、定量化、清单化’的管理手段，可以达到厘米级的控制精度。现在打隧道可不是放炮挖山那么简单了，有许多新工艺。比如这次我们的桑总就指导我们采用复合衬砌新型结构方法，创新了超前支护体系来稳定工作面……”

桑逸不耐烦地道：“得了得了。啰唆。烦!”

朱迪却向陈星鸿举起了酒杯：“我的国家目前还没有一条铁路，我在老挝的朋友常来信问，中国老大哥为我们修的铁路，到哪一段了？你为我们修铁路，我以后叫你大哥吧。”

陈星鸿有些受宠若惊，忙举杯与朱迪相碰，笑得嘴都咧开了，看上去又纯又傻：“我还没有过妹妹呢。真是荣幸。”

朱迪察觉到了桑逸的不悦：“修铁路的人，看上去好浪漫。桑逸，你父亲也是这样的吧?”

陈星鸿没有发现桑逸还阴沉着脸，说到铁路和他的师傅，他的话就搂不住：“桑逸的父亲是我们公司的‘建造之神’。他修了一辈子铁路，海南岛、珠三角、大西北、青藏高原、云贵高原，甚至非洲。没有他没去过的地方，没有他不能修的铁路。我师傅说，他上大学时，坐小小火车。学了一身本事，就是为了修大铁路，高速铁路。”

朱迪用羡慕的眼光看着桑逸："你有一个了不起的老爸。"

"没劲透了。"桑逸恨恨地说，自己喝下一大杯。酒桌上气氛有些尴尬，陈星鸿打着圆场道："桑总真是神。上次他来，更改了施工方案，看上去增加了工作量，但我们的进度反而加快了。"

桑逸没好气地回了一句："一个离婚的优秀工程师一定不是个称职的父亲。"

桑逸这些日子在整理父亲遗物时，发现父母在上世纪八九十年代的一摞通信，装在一个纸箱里。在没有手机的时代，家书抵万金。不过，桑家的家书无非是谈各自的工作、家里的琐事、桑逸的学习情况、桑小青什么时候能回家、什么时候又因为工作上的事情推迟回家乃至不能回家。有一年桑逸得了哮喘，父亲也只是在信中草草地对母亲说，你是医生，这点病不算个啥，多给他补点营养。那年父亲正在修青藏铁路，桑逸刚上初中。父亲在高原上缺氧，他在病床上戴着氧气罩，以为自己就要死了。那是他第一次看到死亡的阴影。他害怕。他需要一个男子汉、一个父亲给予他鼓励。但父爱一如往常地缺席，正如丈夫的职责也缺席了。从这些信件中看不到一个常年漂泊在外的男人归心似箭，倒有些像公事公办的往来函件。如果说还有点家信的样子，则是因为相当一部分信件涉及一个女人——陈姝好。母亲指责桑小青把家当成客栈，是因为心还在这个女人身上。父亲在这个问题上不做过多解释，只说自己尽到了一个丈夫和父亲的责任，顶多说一句"无理取闹"。桑逸读到这些信，才闹明白父母长期冷战，最后闹到离婚，不是因为他们的事业心都重，也不是因为双方的个性太强，更不是因为自己总不听父亲的话。有一个遥远的"第三者"，拆散了他的家。

“我要去见见那个女人。”桑逸红着眼盯着陈星鸿说。

陈星鸿冷冷地问:“你认为，这有意思吗?”

朱迪看看桑逸，又看看陈星鸿，举起酒杯:“我们是来会朋友的。不是吗?”

三只酒杯碰了一下，都把酒喝了。桑逸忽然失控，伏在桌上啜泣起来，继而放声大哭。桑逸是在得知父亲患了绝症后，才发现世界上有一种情，你始终挣脱不掉，那就是父子之情。父母离婚后，他和父亲的关系比远亲都不如。父亲打来的电话，他经常不接；发来的微信也从来不回。而当医生征询他父亲的治疗方案时，他却说得很干脆，有万分之一的可能，这手术也要做！那一刻，他才忽然发现父亲可怜。父亲正在掉进深渊，有一股无法解脱的隐形“纽带”，系在桑逸的内心深处，让他有揪心的痛。这就是人们说的“血亲”吧？在他守在父亲的病床边时，在他看到一向威风八面的父亲穿着病号服的凄楚孤独时，在他感到叱咤风云的父亲在医生面前像一个小学生般可怜时，在他目送父亲被推进手术室前，他一直想跟父亲说“爸爸，不要怕，有我哩”。但他就是说不出口。等他有勇气轻声哭诉时，父亲的脖子处已插满了各种管子；等他大声喊叫“爸爸”时，父亲的灵魂已到了天堂。人或许在死亡面前，才能宽恕一切吧——不论是自己的仇人，还是亲人。桑逸不仅仅是在哭父亲，还在哭他们的父子情。其他的情感出了差错，还可找补回来。唯独这份连着血脉的情感，他还没来得及珍惜，就被死神一把掠去。这让他万箭穿心。

朱迪和陈星鸿面面相觑，一时不知所措。朱迪拍着桑逸的肩膀，连说:“嘿，嘿，桑逸！亲爱的，à cœur vaillant, rien d’impossible（法国谚语：勇士心中无难事）。”

桑逸抬起一张泪脸："陈星鸿，我要跟你打一架。为我破碎的家庭。"

陈星鸿愣住了，良久才说："兄弟，我们连自己的爱情都搞不定，怎能理解父辈的爱情？"

陈星鸿不会忘记，师傅弥留之际，ICU病房外聚集了一大堆人，其中就有桑小青的前妻、桑逸的母亲。她默默站在病房外的过道里，将意义复杂的眼泪独自吞下。她或许在这个时候才能从骨子里体悟到这个男人在她生命中的重量。他们曾经爱过，也遗憾地失去了爱。但那份爱过之重，毕竟还是甚于生命中的遗憾。

还有一个深抱遗憾与愧疚的女人，从千里之外的成都赶来，却连住院大楼都不敢进。陈星鸿远远地就认出了自己的姑妈。她一直在医院的花园里徘徊，裹紧了风衣，戴了墨镜，捂了口罩，风帽牢牢扣在头上，仿佛羞于面对"老情人"正在飞升的灵魂。但她一定要来，为火热的青春祭奠，为燃烧的欲望赎罪。否则她无法面对自己的良心。

第七章

31 · 尼复礼

尼复礼在法属阿尔及利亚出生并长大，对有色人种并无多少偏见，喜欢在异域风情中度过自己散漫多姿、寻寻觅觅的一生。在里昂念完大学后他有两个选择，一个是美洲，一个是远东。美洲有他的一个叔叔在布宜诺斯艾利斯做银行业务，父亲希望他能成为一个银行家；远东没有任何亲人，只有不可知的未来。尼复礼最终选择了未经安排的命运。

出任个碧石铁路工程的总工程师，并不是他很同情那些想修铁路的中国人，而是这份工作让他挺有成就感。他抱着极大的热情投入工作，组建了自己的工程师团队，测绘、水文、地质、桥隧等工程方面的技术人员都会集在他麾下。线路初步方案拿出来后，他才发现他要修的这条铁路不是由工程师们说了算。资本才是最终的裁决者。

尼复礼曾受邀参加过一次铁路公司的股东大会，当他在墙上挂出他的团队费时半年多才初步勘探出来的线路图时，尼复礼受到来自蒙自的商人们猛烈的攻击。他们指责他忽略了蒙自的存在，是对这座已开埠的城市的羞辱。尼复礼不得不提醒他们，先生们，你们如果认为修铁路是建自己的私家车道，我并不反对。但是你们要考虑投资成本。蒙自籍的大矿商周启愚说，铁路要么经过蒙自，要么一寸路轨也不许铺下。尼复礼不无讥讽地对周启愚说，尊敬的周先生，蒙自不通火车，正是拜你所赐。

这场旷日持久的争吵最终的结果是，蒙自的绅商追加投资四十万元，让个碧石铁路绕经蒙自县城，铁路线从一条漂亮的弧线变成了“Z”字形。

尼复礼对这种无休无止的争吵厌倦了。他对陈云鹤说，你们简直像孩子们争抢一块巧克力般任性。等你们吵出一个结果再来找我吧。我要去休假了。

尼复礼的休假地就在哈尼山寨。他已经不能忘记那张脸上有两个小太阳，像山茶花一样盛开的年轻野性的脸；不能忘记那个小巧精致、灵动如兔的身影。他认定，这是他第一次找到爱的感觉。哪怕自己不修铁路而去做一个放羊倌也愿意。

哈尼姑娘诺玛牧放着一群山羊，尼复礼很容易在山野里找到她。诺玛追逐着羊群，他追逐着诺玛，正如羊群贪恋着青草。这个大山里的小精灵，没有上过一天学，却什么都知道：哪种野果子可以吃，哪里的泉水最甘甜，哪里的杜鹃开得最灿烂。一片树叶放在嘴边也可吹出动人的曲调。她的歌声像山谷里的小夜曲，婉转、轻柔、缠绵，能让一朵花儿含羞开放，能唤来树上的彩鸟落在肩头，能让树丛中的马鹿闻歌起舞。

诺玛说：“你不要跟着我。你是修铁路的人。”

尼复礼肯定地说：“在我的生命中，还有比修铁路更重要的事情。比如说，跟你一起放羊。”

“火车才是你的羊群呢。”

尼复礼认为能说出这个比喻的人，简直是诗人：“噢。如果说火车是我的羊群，你就是我的牧人。”

春天的一个傍晚，晚霞烧红了半边天空，一层层金色的彩云在天边舒卷。尼复礼给诺玛讲他的家乡北非海岸线上的黄昏时光，讲地中海的海浪衔金携玉，在海天间无声涌动。在他动情地讲述自己的乡愁时，仿佛哈尼人的寨神也反对这场不合时宜的爱情。一只毒马蜂在他的脖子右侧蜇了一下，那里马上就肿胀起来。他被一阵晕眩击倒，斜靠在一道土坎前，眼前金星乱窜。尼复礼甚至认为自己已经看到了天国的光芒。唯有在这种时刻，爱的甘露才会降临。诺玛大胆地伏在尼复礼的胸前，用那娇小的嘴唇吸吮马蜂的毒汁。尼复礼禁不住一阵战栗——不知是疼痛或激动？他闻到了她头发上的汗味，带有些许青草的气息。她有一头黑得发亮的浓发，似乎浓缩了阳光和青山绿水的精华，瀑布一般在他胸前流淌。上帝啊！这剧痛中的幸福我该如何来承受？

两个过路的赶马人将尼复礼驮到诺玛家。他大约昏睡了两天，才逐渐清醒过来。诺玛的父亲帕诺是一个哈尼头人，有一支带枪的马帮队伍，还有许多良田和山林。尼复礼其实听说过关于他的传闻。个碧石铁路就要从他们的林地里穿过。个碧铁路公司的一个雇员拉了一驮马的酒，和头人喝到太阳从西边山头下去又从东边山巅升起。机敏的铁路公司雇员适时说，尊敬的头人，请卖给我们修路的土地吧。以后铁路修通了，你的酒将用火车拉来，要喝多少有多少。帕诺头人没有听得十分清楚，以为火车也是个相当能喝酒的家伙，便大手一挥说，你们要的这点山地，还不够两匹马齐头跑呢。拿去吧拿去吧。我倒要看看，火车能喝得过我不？

帕诺头人的房舍并不豪华，但这个偌大的家族看上去丰衣足食，牛羊成群。帕诺和一个普通农夫无异，却在家族里有着生杀予夺的权威。他们不是乡村里的贵族，有些像北欧山地部落的牧场主，孤陋寡闻，却待人友善。他对尼复礼的认同很朴素简单。我原来以为这个世界上除了我们哈尼人，只有汉人。你不是汉人，我也不是。所以我们是朋友。

在那些悠闲惬意的疗伤时光里，诺玛美妙如天籁的歌声要么回荡在山野，让他神不守舍、灵魂出窍；要么飞进尼复礼的梦里，让他从美梦中醒来，开始认真思考人生中一个重要的命题——爱情。

在哈尼山寨，有一种流传了数辈人的宴席是摆在大街上的，不是一桌，而是几十桌甚至上百桌，形成一条宴席的长龙，顺着街巷蜿蜒延伸。这场盛大的流水宴席不是哪家哪户请，而是家家户户都是主人，也是客人。每家的家庭主妇都使出看家本领，将最拿手的厨艺奉献在大庭广众之下。鸡、鸭、鱼、肉、干巴、火腿，以及各色山茅野菜、奇珍异味，连米饭都是彩色的，粒粒透着吉祥和喜庆。在哈尼人的十月年[①]，田里的稻子入仓了，辛劳了一年的哈尼人要在大街上大摆宴席过年了。远方来的客人，请不要客气，来和我们一起喝酒吃长街宴吧。

朱迪从来没有见到过如此浓厚的乡情。这才叫天下一家。这才是地球村的模样。认识不认识的人互道祝福，热忱敬酒。歌声和着欢笑四处飞扬。桑逸已经从街头喝到街尾，以至于朱迪不得不随时跟

---

① 十月年，即哈尼族的新年。时间从农历十月第一个属龙日开始，直至属猴日结束，历时五六天，是哈尼族一年中最长、内容最丰富的节日，类似汉族的春节。

在他身边，怕他四处晃荡踉跄的身子撞倒别人。桑逸的一个高中同学小宋在这个乡里当副乡长，他为了让朱迪更多地认识这片土地的人文风情，就说我们去赶长街宴吧。朱迪开初还以为是去出席一次朋友的宴请，穿了一身乳白色的套裙。在一群身着五颜六色民族服装的哈尼姑娘面前，她就像外星人一般显得格格不入。她嗔怪桑逸道："看你，又不说清楚是这样的节日，搞得人家像个马戏团的小丑。"有一天，朱迪上穿紧身丝绸短褂、下着刺绣筒裙上街，把桑逸惊艳得说你就是个中国的少数民族姑娘呢。此刻，桑逸醉得只剩下一张通红、呵呵傻笑的脸："你本来就是个'歪果仁'嘛。"

有一个外国人那晚可给大家惹了大麻烦。他不知从哪里冒出来的，一到长街宴上就被一群哈尼姑娘瞄上了。她们给他一碗又一碗地敬酒，这哥们儿很实在，酒碗端起就干，人家一唱酒歌，他就喝得更欢。他还会说几句汉话，长着一张很幽默的脸，不断地扮怪相，逗得众人欢笑不已。不但姑娘们围着他寻开心，连老人孩子都喜欢他。他们教他吃手抓饭，如何将黄色的糯米饭捏成饭团。他抓起糯米饭捏巴捏巴就塞进嘴里，搞得胡须上全是黄色的米粒，扯也扯不下来，看上去滑稽无比。这家伙最后喝到已经不知酒为何物的境界，终于经不住哈尼人焖锅酒的威力，轰然倒下。人们赶紧将他往卫生所送，给他挂上吊瓶。问题是大家不知他是哪国人，姓什么叫哪样，和谁一起来的。他躺在病床上胡言乱语，狂呼乱叫，说着外星人般的语言。卫生所所长找到副乡长小宋，说这个老外今晚麻烦大了，像头发疯的小牯牛，按都按不住。怕是惹出外事纠纷来哦。小宋吓了一大跳，想起了同学桑逸，他留过洋，也许可以和这个老外交流吧。

桑逸和朱迪赶到卫生所里，那里简直就像一个"战地救护室"。

连过道上都躺满了被酒击倒的人们，喊叫的、唱歌的、呻吟的、呕吐的，一塌糊涂。情形可急又可乐。仅有的三个护士、两个医生被人们呼来唤去，忙得不可开交。朱迪听见那个老外嘴里不断说“Vin，vin，vin（法语：酒，酒，酒）”，便和桑逸会心一笑。

桑逸说：“法国佬。”

第二天上午，桑逸带朱迪去看哈尼梯田。中午时分他们回到住宿的客栈，那个法国人才从醉生梦死中起来。不过，他看上去恢复得挺快的，已换了一身干净的衣裳，头发胡子也梳理清爽了。他有一双黑色的眼睛，人也长得蛮俊朗的，面相有点像东方人。朱迪主动用法语跟他打招呼：“Bonjour（法语：你好）。”他马上很绅士地用汉语回应：“朋友，你们好！”

桑逸笑了，也用法汉相杂的话语说：“我靠，哥们儿。Nous avons dormi dans la même chambre la nuit dernière（法语：我们昨晚同宿一屋）。你可真够闹腾的。”

他叫马克，来自法国南部的图卢兹，喜欢说夹生的汉话。他称桑逸“锅蒙儿”（哥们儿），叫朱迪“妹女”（美女）。荒腔走板的汉话惹得桑逸和朱迪发笑。他说这房间太奢侈了，他不能负担昂贵的房费。他原想喝醉了就在哪家屋檐下对付一晚上就行了。哈尼人的牛棚也不错。

桑逸很喜欢他的率真，说你是我们的客人。我开车来的，看在我也啃过硬壳面包的分上，我们可以结伴一起玩。

三人很快就在哈尼寨子里同进同出。这天晚上，在哈尼人开在路边的一家餐馆里，借着一箱啤酒，马克拿出一本陈旧的棕皮笔记本，郑重其事地说：“锅蒙儿，妹女，我可不是来喝烂酒的。我有家族的使命。”

马克说，他是一名机修工，攒够了钱就周游世界各地，到处都有他的女朋友。但是去年，他当教授的父亲身患绝症。父亲说：你满世界跑，但有个最该去的国家你却错过了。那里是你的曾祖父曾经工作和生活过的地方。他有部手稿，我一直想把它整理出来。遗憾的是上帝不给我机会了。你答应我，让你曾祖父的手稿得以出版，这样你才能得到我三分之一的遗产。我已经写进我的遗嘱了，律师会告诉你该怎么做。亲爱的马克，你会在这项有趣的工作中，发现我们家族的秘密。马克还不无夸耀地说，为了这份使命，我自费到北京学习了汉语。我要为我的曾祖父写一本书。

朱迪问：“我可以翻阅一下吗？”

马克说：“当然。我还希望得到你们的帮助。”

朱迪小心地接过手稿，桑逸也凑过来。棕皮笔记本每一页的页眉上都有“法国·滇越铁路公司”的字样。在密密麻麻的花体法文字中，还间或画有房舍、河流、山川、桥梁、蒸汽机车头、犁铧、水车、哈尼少女、抽烟筒的老人等素描。也有些歪歪扭扭的汉字，“个旧”“碧色寨”“蒙自”“建水”等地名，写得像甲骨文般难以辨认。

桑逸一声惊呼：“靠，你曾祖父在我们这里修过铁路啊！”

马克点点头，用汉语准确地说出一个词，缘分。然后又说，我们是老朋友啦。

桑逸说：“噢，又来一个寻祖的。我听老辈子说，当年来这里修铁路的法国人，可不太受欢迎。”

马克说：“你错了。我曾祖父很受当地人欢迎。”

埋头阅读手稿的朱迪忽然说：“等一下。你曾祖父似乎在这里爱上了一个土著姑娘。”

马克道：“是的。这里的哈尼姑娘都很可爱，不是吗？”

“太有意思了。”朱迪笑着说。

桑逸问：“你曾祖父叫什么？”

“尼复礼。”

32·诺玛

尼复礼在他未出版的手稿《印度支那的杜鹃》(他固执地认为，他所服务的个碧临屏铁路线一带，都是印度支那的范畴。这不是他个人的认知出现了偏差，几乎所有在云南的法国人都是这样的观点）中写道——

这种满山遍野盛开的杜鹃像一张巨大的红毯从天地间铺展开来，令人不得不感叹造物主的神奇伟力。倘若你抵近观看，它的花朵并不精美华贵，就像那些平凡朴实的中国人，你往往会忽略他们的存在。但当它们聚集在一起时，你会感受到一种令人恐惧的力量。这些杜鹃从山谷一直开到山巅，开出一种热烈活泼的气势，在山风的推送下如海浪一般翻涌摇曳，每一朵鲜艳的杜鹃都是浪花婀娜多姿的手。在这红色的海洋里，你又会看到一片又一片“白雪”覆盖了简陋的村舍。那是村庄里的梨树，它们看上去并非有意要改变季节，但这些野性十足的梨花蓬勃开放，在毫无章法中体现出某种印象派的色彩。强烈的阳光让白的更白，绿的更翠。这是上帝的国度里才应该有的景色。它唯一缺少的，或许就是一条代表着我们文明的铁路罢了。

我必须向全能的上帝承认：我被爱神俘获了。她是一个生活在哈尼大山里的姑娘，在山花烂漫的山岗上放牧着一群黑色的山羊。我这一生本不打算结婚成家，我是这个世界的浪子，我不愿负担婚姻的重担。印度支那的女人廉价温顺而异域情调十足，在海防、在东京（河内）、在西贡、在碧色寨、在昆明，我都能轻易得到那些出于身体需求的快乐。为什么要愚蠢地钻进婚姻的牢笼呢?

可是，在诺玛的眼睛里，我却感受到了一种宁静——是那种远离了欧洲的战火，荡涤了尘世的喧嚣，船儿靠了港般的宁静。有如雪山下的湖泊，清澈、幽深、梦幻，连一丝波纹都不会有。一个春风和煦的下午，在一丛杜鹃花下，我手捧一束刚刚采摘下来的杜鹃，向我的心上人跪下了。

寨神！你这是要整哪样？她惊慌地叫道。

我笨拙而急切地向她倾诉我心中的爱。我都忘记自己说了些什么。诺玛的脸羞红得盖过了满山的杜鹃花，在她扭身跑下山去前，她扔下一句话：

羞死人啰。你去找我阿爹说吧。

我大体还算半个“中国通”吧。向一个东方女子求婚，你得先征求她父母的同意。诺玛并没有完全拒绝我，只是把她的未来交给她的父亲。我和诺玛的父亲关系还不错，我不认为一个父亲能够阻拦一场跨越了国别和族别的爱情。

诺玛的父亲帕诺头上缠着巨大的圆盘黑色包头，胸前挂一个硕大银项圈，衣襟上也坠了两片大银片和成串的银铃——这个部落喜欢把白银打制成各种首饰，戴在头上、挂在胸前和腰上。这是衡量他们财富多寡的标志。他怀里抱一个胳膊粗的竹烟筒，烟筒下部有个银色烟嘴，筒里有水。他用一条火绳点燃烟嘴里的烟丝，将半张脸凑到烟筒上。我送给他一个打火机，他把玩了几下就扔到一边，仍用他的火绳。

你们这些洋老咪，他吐了一口烟说，就是老鹰叼小鸡，也要事先敬拜山神。

头人的夫人本是一个面相很和善的中年女士，此刻她在院子里打狗赶鸡，用我听不懂的哈尼话高声责骂那些可怜的鸡狗。

你家里有多少牛羊？头人帕诺傲慢地问。

一头也没有。我如实地回答。

你家有多少田地？

也没有。

你赶快走吧。趁我的父亲还没有发怒。头人身边的大儿子说。他叫诺扎，脑袋周围的头发剃得精光，头顶留一层浓密的黑发，怒发冲天，像一个冷酷的杀手。

我爱上诺玛了，我要娶她。给她不一样的生活。尊敬的头人，请相信我。我坚定地说。

走啰！走开啰。不要脸的癞皮狗！头人的夫人在院子里不断拍打着手里的一根破竹竿。这次她说的是汉话。

有几个穿黑衣的哈尼年轻人从一间屋子里走出来，抱着膀子，一副要打架的样子。我感觉到了空气中的紧张气氛。我想，我该离开了。

我的马夫兼向导莫里民是个哈尼人。他以赶马为生，是个很活泼机灵的小伙子。我们回去的路上，他对我说，老爷，我们哈尼人不会这样去求婚的。你就像一个不懂礼节的人，没有被痛打一顿，已经是给你留面子了。

依照莫里民的说法，要娶到一个哈尼姑娘，有一套复杂烦琐的过程，比在这高原上修一条铁路还难。从提亲、送彩礼，到定亲、测算婚礼日期，再到迎亲娶回媳妇，这里面既有山地民族的巫术作祟，也有汉族人的东方文化影响。在我看来，要完全弄清楚这些清规戒律，简直就是建一条不可能完成的铁路。全能的上帝，由你主宰的神圣的婚配，在这古老的东方，被他们搞得多么混乱不堪。

最让人难以理喻的是，莫里民告诉我说，哈尼姑娘的爱情都是唱歌唱出来的，在荡秋千的时候，在做各种原始古老的游戏的时候，她们会通过对歌找到自己的情人。你想娶的诺玛，可是方圆几十里内的美人儿，她早就有情人了。据说是个三弦琴弹得泉水听到了都不会流淌的好小伙。好吧，我都可以理解。谁年轻时没有浪漫过？

莫里民说：老爷，你就别想了。你连我们哈尼人的情歌都不会唱，怎么能娶到一个哈尼姑娘呢？月亮有月亮的道，太阳有太阳的路。撒下谷种长稻子，撒下玉米收苞谷。我们是不一样的种。

但我确信我们是一样的人。哈尼人和阿尔及利亚的摩尔人、吉卜赛人、非洲的黑人，没有什么两样。在一个漂亮的姑娘面前，人们的爱情都是一样的。

应该承认，哈尼人至今还保存有人类童年时代的快乐。他们擅长用简单的快乐来忘记腹中的饥饿和生活中的贫困。我有幸被邀请参加一个叫“苦扎扎”的节日，邀请者当然是诺玛，她已经不是那么拒绝我了。我听从了莫里民的建议，带去五匹深色卡其布和两箱威士忌。头人帕诺对卡其布很有兴趣，说洋老咪的布就是比寨子里的婆娘们织得扎实。威士忌一箱送给了头人，一箱分发给参加狂欢的人们喝。这是一场盛大的乡村派对，苦中作乐的狂欢。村庄里的女人们穿上了最漂亮耀眼的服装。男人们掀翻了一头牛，一刀捅进牛脖子，鲜血泉水一般涌出来，他们呐喊着争抢生牛血，像饮酒一般一饮而尽。人人喝得满嘴是血，眼冒血光。似乎这会给他们无穷的力量。可怜的牛很快被人们在疯狂中肢解了，仿佛非洲草原的雄狮在撕扯它们的战利品。但很快，在头人帕诺的主持下，每一户人家都分到了属于他们的牛肉。尽管是不同的部位，每堆牛肉重量却相同，绝对公平。诺玛解释说，这些牛肉是献给神的祭品，要拿回家腌制起来，供奉在神龛上，一年以后才可以吃。人们在祭师的带领下，面对一棵百年老树唱诵经文。此刻人人肃穆庄严，恍若恭领圣体。这棵树就是他们的“寨神”，有神一样的威力，它会保佑众人的富足与平安。接下来就是林间空地上的狂欢了。姑娘们荡上了秋千，小伙子们开始捉对摔跤，引来阵阵喝彩。我本来只想当一名观众，可一个年轻人找上了我。他当然是带有敌意的，因为这个叫扎布的家伙，就是那个在诺玛面前情歌唱得最动听的人——我的情敌。

我的个头至少高出他二十公分。他一上来就像豹子一般钻到我身下，一下将我掀翻了。周围传来一片欢笑声。我说，我们再来。我用身高体长的优势不再让扎布有近身的机会，与他周旋了几个来回后，我一把抓住了他的腰带，将他轻松地举起来，我举着他转圈子，宣示自己的胜利。但没有人喝彩，我感到前所未有的孤单。我想我不能再冒犯这些自尊心很强的人们了，如果我不能体面地休战，我将会像刚才那头牛一样被人肢解撕扯。我将他放下来，尽量做得绅士一些。扎布眼睛血红，还想再战。头人帕诺这时端了两碗威士忌来——他们似乎从来不用酒杯！这是牯牛和猿猴的比赛。喝酒吧。扎布将酒泼在了地上，说这是马尿，扭头走了。

我已经感受到了诺玛是爱我的。一个女人对你有没有爱，你可以从她的眼神里准确地捕捉到。尽管她的爱是从好奇开始。我手臂上的毛并不意味着“洋老咪是猴子的亲戚”；白色的皮肤也并非说明我的家乡没有太阳；我们信奉的耶稣是和他们的寨神一样的神灵；哈尼人的家乡有望不到头的大山，而我的家乡则有看不尽的大海。大海里也有一种花，叫浪花。我们的火车将给他们带来比神话传说还更美妙的好处和便利，而我就是那个创造神话的人。

我在一个有月亮的夜晚大胆对她说，跟我走吧。我带你去坐火车，坐轮船，看大海。

诺玛的眼睛里充满了憧憬。但是她说，不。

我说，我允许你说“不”，但我还是恳求你跟我走。

在我十四岁时，我家就给我和山那边田顺高土司家的儿子定亲了。扎布这几天一直在磨刀。

他要去和那个土司的儿子决斗吗?

他要来杀你。

我一时弄不清这里面的逻辑。只有一个理由可以解释：他们感受到了我这个来自大海那边的“洋老咪”的威胁。

我说，我不怕他来杀我，他打不过我。亲爱的诺玛，没有人可以阻挡我们的爱。我会保护好你的。

实际上我高估了自己的能力。我连自己都保护不了。那天我去寨子里找诺玛，刚走到通向寨门那条小道，几个哈尼壮汉用武力劫持了我。

这群野蛮人把我关在一间黑屋子里，门外还有一条凶恶的大狗，它的吼叫让人耳膜发痛。我浑身污泥，右脚的牛皮长筒靴也张了口，后脑勺还有一道伤口。血已经凝固在脖子处。我努力梳理事发前的破碎记忆。只依稀记得几个穿蓝色衣服、缠黑色头帕的哈尼人冲向我时，我曾试图反抗，但还没来得及拔出腰间的毛瑟枪，就被人狠狠地打了一棒。待我醒来时，已蜷缩在这间大约关过牲口的黑屋里了。地上有一些枯黄而污秽的稻草，我闻到了牛粪的气息。

我在这个晚上并没有感到多少恐惧，而是领略到了从未有过的浪漫。爱让人生无畏。正如火车要在这南中国的高原上行驶，总要穿过黑暗的隧道，越过幽深的山涧，爬上险峻的山巅。当年法国人用火车撞开了中国的大门，现在我要像一列火车那样，闯进诺玛的世界。

我的高声抗议无济于事。我的同僚们都说，目前是中国最为混乱的时期。我出任个碧石铁路的总工程师是一个愚蠢的决定，碧色寨车站站长弗朗索瓦先生曾告诫我，这头沉睡的东方雄狮正在醒来，我们的优势正面临威胁。这个国家正处于无序状态，你在餐厅里喝早上的那杯咖啡时，都得担心窗外的冷枪。我当时戏谑笑道，让我们抓紧享受西方文明的红利吧。先进的文明至少能给人多一点点爱的便利。我很享受这一份冒险的工作。那时，我并没有想到，文明与否，与古老的爱情无关。

一个有雨的黄昏，我被几个哈尼壮汉带到一处山岗上。头人帕诺披一件黑色山羊皮大氅、戴顶竹斗笠，像一只站在巨石上的山鹰。他用生疏的汉话问，你还想娶我的女儿吗？

我答，尊敬的头人，是。

他略微一扬头，架着我的几个哈尼人就开始揍我。他们中有诺玛的哥哥诺扎，有我的情敌扎布，还有三个我在摔跤场见过的年轻人。他们下手特别重，我被打得跪在地上，一身黄泥。

还想吗？帕诺头人问。

想！我高声喊。

于是又是一阵打，直到我躺在地上。我有两颗大牙被打掉了，我将它们连血一起吐出来，说，你们打我，是因为你们知道诺玛是爱我的；你们打得越狠，我的爱就越深。来吧，野蛮人，你们阻挡不了我们的爱！

帕诺头人说：上山喂狗熊吃的洋老咪，下山挨鬼撵路的洋老咪，走路要踩毒竹签的洋老咪，死了找不到魂路回家的洋老咪。你以为娶我女儿，就仿你们的火车，想开到哪儿就开到哪儿？豹子和山羊相配，天晓得会生下哪样的种来？你有两条路：要么滚回去，再不准来我哈尼山寨；要么今晚就死在这里。

我被彻底激怒了，大声说：没有人可以威胁我！只要我还有一口气，我发誓，我一定会来娶诺玛。

埋了他。头人发布了命令。

几个年轻人开始挖坑，锄头、铁锹咔嚓咔嚓的挖土声，就像在挖我的躯体。我气得浑身颤抖。上帝啊，这难道是非洲的食人部落？

他们把我推下坑里，我大喊：不！不！你们没有权利……

你改变主意了？头人冷冷地问。

不！野蛮人，我绝不向你屈服！

我看到头人点点头，立即就有土向坑里填来。泥块、石子打在我身上，慢慢在我身下堆积。他们的动作利落、专业、冷酷、绝情，似乎不是第一次干这样的活儿。我知道反抗已经无用了，唯有祈祷。在祷告中我看到了北非海岸的阳光，看到了我的母亲，戴着我熟悉的那块黑花头巾，提着一罐水，步履蹒跚地走进院子里来。曼陀罗花在她身后无声开放。亲爱的母亲，我在天堂等你。我还看到印度支那满山遍野的杜鹃花，花海中那张娇美的脸在教我唱一首优美动听的小夜曲。那是我学会的第一首哈尼情歌。

天上的白云啰，
飘来飘去哟，呃呀咧。
太阳下山啰，
月亮升起啰，呃呀咧。
月亮呀月亮，你告诉我吧。
告诉我呀，
心上的人儿哟，她在哪里？呃呀咧。
阿德呗咧，阿德呗咧，
阿德呗咧，阿德呗咧。

土已经埋到我的胸口了，我开始呼吸急促。但我努力把这首情歌唱完。诺玛曾夸赞说，原来说不一样话的嘴里，也可以唱一样的歌。诺玛啊诺玛，我多么希望你能听到，我是唱着你教的歌，走向上帝的国。

33·老吾老

陈云鹤带人打开吴廉膺的牢房时，他正光着膀子，在破烂的囚衣里翻找虱子。陈云鹤的眼眶顿时湿润了，哽咽着喊了一声："玮玠兄……"

这是一间单人牢房，低矮而潮湿，老鼠、臭虫、跳蚤和虱子才是这里的主人，牢房的主人不过是它们的菜。吴廉膺早已没有往昔的风采，他形销骨立、状若乞丐，头发胡须一样长。不过，陈云鹤也不无欣慰地看到，吴廉膺的眼睛里还有光。

"我从大牢里捞过你两次。我就知道你会来。"吴廉膺强扮笑颜，仿佛要从久远的时光里，找回自己的尊严。

陈云鹤叹一口气："但愿这是最后一次。"他又从怀里掏出一纸公文："玮玠，唐继尧省长刚刚签署了你的特赦令。我们走吧。"

吴廉膺关在大牢里这一年，外面的世界发生了天翻地覆的变化。蔡锷将军和唐继尧在云南发动的护国战争，率先给袁世凯敲响了丧钟。这年六月，强悍的袁氏终究未能逃脱命运之神的追杀，一命归西。国运衰微，流年不利。到年底，从日本东京传来噩耗，国家的栋梁干城蔡锷将军，因病医治无效，抱恨客死异国。将军恨不能马革裹尸还，憾不见共和天日开。

在昆明小西门一家名为"齐云轩"的餐馆，陈云鹤约了几个亲朋旧友为吴廉膺出狱压惊。席间大家谈论最多的还是刚刚去世的蔡锷将军。吴廉膺面带愧色，赧颜汗下，高举酒杯道：

“廉膺有眼无珠，认错人走错道，险成千古罪人。幸赖诸位高人韵士之不弃，更感恩于唐省长之不杀。廉膺今生倘无以为报，此命可休矣！”言罢连酒带泪一饮而尽，伏在桌上号啕大哭。

众人皆劝。有说如今世道混乱，纪纲荒废，男儿大丈夫行走江湖，歧路如麻，哪能没个闪失？那袁世凯风头正健时，全国各地的达官显贵们都是一片赞美之声，连蔡锷将军也在京城高调赞誉，说袁氏“宏才伟略，群望所归”。我们云南人，敬佩蔡将军为人，唯蔡将军马首是瞻，谁又识得此乃蔡将军瞒天过海之障眼法？玮玠兄不过是犯了云南人憨厚耿直之“乡土病”。

陈云鹤起身离开自己席位，来到吴廉膺身边，手抚其肩道：“玮玠兄，莫再伤心了。我等救你出来，只是还有更为重要的事情，需要兄长去担当。”

“废人如我者，还有何事可担？”

陈云鹤笑道：“就像我等救你出狱一样，你也得出面帮我救一个人。”

五天以后，吴廉膺和陈云鹤来到帕诺头人的哈尼山寨。个碧铁路公司聘任的总工程师尼复礼半个月前失踪，可急坏了陈云鹤。经多方打听，才知道他被帕诺头人掳去，生死未卜。陈云鹤想起吴氏家族在个旧矿山的炉房长期雇用帕诺头人的马帮驮运大锡。临安起义成功后为稳定四方，吴廉膺利用自己的私交和影响力，颇交了临安府周边的一些土司头人。他还记得吴廉膺和帕诺头人喝过血酒，结拜过兄弟。

他对唐继尧说："无尼复礼，则铁路失其规划。倘尼氏有闪失，个碧石铁路必将拖延，且又生国际纠纷。省长不可不察。"

吴廉膺写了一封帖子，十几个哈尼土司兵远道前来相迎。让吴廉膺和陈云鹤有些哭笑不得的是，尼复礼竟然成了哈尼人的女婿。他正穿着哈尼人的对襟黑布上衣、镶云纹边的大裤脚裤子、圆口青布面儿千层底布鞋，高跷着双腿，坐在一间柴房的平顶上晒太阳。陈云鹤从院子里往上看，正看见他一双硕大的脚，以及他头顶上方的青山白云。

尼复礼已经按哈尼婚俗和他心爱的诺玛举行了婚礼。尼复礼说他用一首哈尼情歌赢得了诺玛的芳心，更获得了帕诺头人的信任。帕诺头人的说法是，一个会唱哈尼情歌的人，我不会埋了他。

人们都看得出尼复礼脸上的幸福。他的皮肤被高原的阳光上了一层釉色，闪耀着健康明亮的光芒。陈云鹤问尼复礼："你倒是在这里过上小日子了，我们的铁路怎么办?"

"噢，铁路。"尼复礼好像忘记有这档子事了，"你们的架吵完了?"

陈云鹤指指吴廉膺："我现在请吴先生回来主持修路，他们都不敢吵了。"

尼复礼看向吴廉膺："我的朋友，你能建那么漂亮的吴家花园，还能造中国皇帝的反，当然也能修一条铁路。"

尼复礼很快结束了自己的"休假"。他把个碧石铁路的工程管理部设在了个旧，夜以继日投入工作，三个月内就拿出了重新修订的勘测线路图和设计图。车站、隧道、桥梁、展线、机车库、检修车间、电报电话房、调度室，应有尽有。连铁路医院和铁路警察所都有设计预案。他实际上完全照抄了滇越铁路的设计模式，只不过从站房到站台，都是小一号的，连轨距也是米轨铁路的缩小版。尼复礼成功地说服了个碧石铁路股东会，将他们原先构想的一百厘米轨距的米轨改成六十厘米的寸轨。他说，无论是个旧、蒙自，还是建水、石屏，这些城市的人口均不超过两万人。这条铁路的主要功能是为个旧矿山的大锡运输提供运力，除此之外仅是农副产品和人员往来的运输，一条寸轨铁路已足够承担。再者，寸轨转弯半径可缩小到五十米。我们的小火车可以像蛇一样在崇山峻岭中轻盈地运行，还可节省百分之四十的投资。陈云鹤正为投资不到位而苦恼，与吴廉膺和各大股东一商量，都说，我们只想到投资，谁考虑过运力问题了？更不用说工程难易。吴廉膺说得更直截了当，管他米轨还是寸轨，火车开起来，我们就是赢家。

陈云鹤看得更长远一些："蔡锷将军在跟法国人谈判时，就明确指出，我们的铁路不跟滇越铁路接轨，就不算违约。我们是寸轨，法国人是米轨，他们的火车就永远开不到个旧来。"

在即将到来的施工管理上，尼复礼却和吴廉膺发生了激烈的争执。吴廉膺那时经陈云鹤提名、公司股东大会投票通过，被聘任为个碧铁路公司的协理。尼复礼要聘用一批洋人工地主任，其实就是当年修筑滇越铁路的那帮欧洲流浪汉。他们中的一些人现在还散居在从昆明到越南的东京、海防各地。跑单帮、诈骗、酗酒、打架、作奸犯科，什么烂事儿都干。吴廉膺当然知道当年他们在滇越铁路工地上是怎么对待中国劳工的，手枪和短棍是他们最为有效的管理工具。滇越铁路工地巨大的伤亡，都是拜他们的"管理"所赐。吴廉膺说：

"我就是自己亲自上阵，也绝不聘用一个洋人工头。"

尼复礼责问："你们知道隧道该如何开凿吗？你们知道桥梁该如

何打桥桩吗？你们连图纸都不会看。”

吴廉膺冷冷地回应道：“这并不比打倒一个皇帝难。”

其实，吴廉膺和陈云鹤早有谋划。他们从唐山路矿学堂等招揽了一批刚毕业的青年学生，让他们来充当见习生。其中就有陈云鹤的大儿子陈勤鸥。这孩子从小就被他的父亲赋予了铁路的梦想，从唐山路矿学堂毕业时才十八岁。他属于为铁路而生的一代人。陈云鹤亲手把他交给尼复礼，诚恳地说，我带犬子来拜你为师。中国有句话，一日为师，终身为父。今后你就像一个父亲一样地调教他吧。尼复礼看看这个瘦弱的少年，耸耸肩道，陈先生的意思，我是他的教父？陈云鹤说，他不一定信仰你们的宗教，但他会学习你们的技术。

在一旁的吴廉膺不能不想起自己在昆明读书的大儿子吴孝珪——天知道他书读得怎么样了？吴家花园里那些提笼架鸟、沉溺于烟榻和梨园的兄弟子侄们，有谁想过要跟上时代的潮流？智者总是先人一步。他无形中又输陈云鹤一头。

护国战争打响后，吴家花园再次被查抄，过半的家产充了军费。所幸这次抄家相对文明一些，家族产业虽再次伤了元气，但房子在，人都活得好好的。吴廉膺再次“荣归”，便意味着吴家花园起死回生，重见天日。

吴廉膺并不认为自己就是一个时乖运蹇的输家。乱世争锋，胜负难料。马革裹尸英雄事，人生跌宕无东西。在这个风云变幻、荆棘丛生的时代，如果你不能用武力开道，那就用银子疏通。吴廉膺深谙个中玄妙。他岂甘做一个一文不名的白丁？袁世凯死了，他所依恃的龙济光也被护国军打败，远走海南岛。但他想起了时任国务总理的段祺瑞。在第一届民国议会上，经龙济光引荐，吴廉膺和段祺瑞有过一面之交。吴廉膺去了一趟北京，递上以银票打底的投名状，便被聘为中华民国陆军部咨议。虽然是个虚衔，但到底是个京官，回到地方便好使了。那年代照片还是个新鲜玩意儿，吴廉膺拿回一张他和段祺瑞的合照，又有陆军部咨议的身份，找家报馆登报发表。吴廉膺又是社会上有头有脸的人物了，连云南省长唐继尧也高看他一眼，封吴廉膺为省政府参议、靖国军司令部中将参议官等闲职。吴廉膺不但成功地漂白了自己，还用骇人、光鲜的虚名向世人宣告：老吴家又有官宦背景了。

老祖吴封氏满血复活，比往昔显得更为活跃、硬朗，像颗坚硬的老核桃，四处滚动。这个老妇人除了耳朵有点背外，头脑清楚，眼睛贼亮，听不见的声音逃不出她犀利苍老的目光。经常是，庭院对面一个仆人的轻声抱怨，竟然会招来她的严厉呵斥。她足不出户，却无处不在。连戏馆里又唱了哪一出关公戏，谁家公子哥儿在捧哪一个戏子，她都能以一个老朽之口做出苛刻的评价。在她眼里，没有一个人是看着顺眼的，没有一桩事情不是忤逆失道的。她拄着龙头拐杖在吴家花园里巡察检视，发号施令。枯败的花果树木挖掉重栽，颓圮的花墙护栏修葺一新，门枋窗棂、梁柱斗拱重新彩绘，让雕栏玉砌重现往日风采；让水上戏台歌舞喧天，丝竹绕梁；让厅堂里添酒回灯重开宴，宾客盈门尽欢颜。这个倔强的老妪早已满口无牙，身形萎缩，老得不成人形，但话语依然豪气冲天。把前后大门都打开，前门迎请有钱有势的，让他们到花园里喝酒听戏；后门招待那些饿肚子的穷人，支上大灶大锅，杀猪宰羊，让他们饱吃三天。让建水古城的人们看看，我老吴家还在着哩。我活过一百岁，还是临安府的大户人家。

她要向人们证明，尽管时移世易，这个家族并没有什么改变。一个大家族在顺境中发达不算个什么，在逆境中挺立不倒，才是真本事。

建水城的人们都在传言，瘦死的骆驼比马大，吴家不是骆驼，是大象。任何风雨都吹不倒的，更有一则传说在坊间流传。吴家花园里有一座秘密银库，里面的银锭堆积如山。只是无论是清政府的衙役还是军政府的警察，他们挖地三尺，穿墙凿壁也没有搜到。这银库的钥匙永远挂在吴家老祖的胸前，除了她，吴家没有人知道银库的大门朝哪里开。当这财富的大门悄然打开时，人们可以在夜晚看见吴家花园上空，有道道白光闪耀。

这年中秋赏月，吴家花园又是大摆宴席、高朋满座。客人散尽后，一个老祖身边的丫鬟来说，请七老爷去老祖赏月的西花园。

西花园有座八角凉亭，四周挂有宫灯。此刻一半的月光照进亭子里，吴封氏坐在西侧的藤椅上，半身在阴影里，惨白的月光映照出她宽腿裤边的镶花和黑缎面小脚鞋，像一对窥视月亮的老鼠，蠢蠢欲动。两个丫鬟站在她身边，案几上的茶盘里摆了一杆水烟枪、一碗茶、一小块月饼、几块芝麻糕。

辛亥革命成功后，除了祭祖、拜寿这样的特殊场合，吴廉膺很少去见吴封氏，也不像家族中其他晚辈需早晚请安。吴廉膺在吴氏家族里永远是个特例。夫死从儿，儿死从孙，孙死从曾孙。谁让你活那么久呢？

吴廉膺在老祖对面的椅子上坐下，不自觉地就一抖长衫，跷起了二郎腿。

“坐端正了！越来越没有规矩的东西。”吴封氏语气冷硬、寡情，像一根枯枝，突兀地支棱在阴风惨惨的夜空，“你家那菊儿，我给寻好婆家了。冬至过后就出嫁。”

即便是玄孙女的婚配，也逃不出这个老妇人的手掌。吴廉膺和正房吴张氏的女儿吴淡菊今年也有十七了，出落得标致可人。曾有热心者来跟他说，陈云鹤家学成归来的大儿子陈勤鸥，可是这滇南一等一的青年才俊。吴、陈两大世家倘若联姻，当是门当户对、人间绝配。吴廉膺当时笑说，人家是新式青年，室女乃闺房中人，见识浅陋。其实他心里在描画的是，当陈家来提亲时，自己该如何应对。

“老祖，菊儿尚小，或可再等些时日……”

“等不等，可是你说了算的？”吴封氏喝道。她拿起水烟枪吸了一口，吐出几丝青烟来。这事就这么定了，吴廉膺再不能多说一字。月下老人有时也会面目可憎。“我问你，你想把洋人的火轮车开到建水城来？”

吴廉膺心头堵了一口气，但还得咽回去。犹豫片刻他才说：“老祖，孙儿修的铁路，是从个旧到碧色寨拉大锡的，不过建水。”

“当年为了不让洋老咪的火车毁我老吴家的祖坟地，跟他们干，死了那么多人，我老吴家还被抄了家。莫非好了伤疤忘记痛了？”

“我们修的是自己的铁路，开自己的火车。老祖，现在是火车的时代了。火车，就是财富。”

“胡扯！火车是魔鬼。”吴封氏顿了一下手中的拐杖，“没有火车的时候，我老吴家照样流金淌银、富贵不尽。我在碧色寨看见过那个妖怪。凶神恶煞、呼天抢地的，活人都会被吓掉魂，死人哪还有安宁？你去外面跟人打仗，挣官名，造官家的反，这个家还败得起。你去修啥铁路，还跟洋老咪勾勾搭搭，是坏我祖法规矩！我老吴家迟早要被你败光败尽。”

吴廉膺没有回话。跟一个老朽，一论不清道理，二讲不明新事物。“老吾老以及人之老”没错，但一个“老”字，捆住了多少人的手脚，荒废了多少人的宏图大志？吴廉膺曾问过尼复礼，你娶个哈尼媳妇，征得你家老人的同意了吗？尼复礼反问道：我的爱情老人为什么要管？你是走老人的路还是走自己的路？可吴家花园里，每一个人都在走老祖规定好的路。从该娶什么样的女人到该做什么事。只有等老祖死了，他们才会有自己的路可走。但还会有新的“老祖”出现。一想到此，吴廉膺就为吴家花园里的人们感到悲哀。

老祖支持他做的两件事，参与“阻洋修路”和拥袁复辟，事后证明都错了；而他自作主张的辛亥临安起义，却正确地顺应了历史潮流。我可不能再被她老人家耽误了。

月亮钻进一块云团里，八角亭里暗淡下来。老祖隐入黑暗，但苍老锐利的目光有如狼眼。吴廉膺嗅到了老祖呼出的腐朽气息。老祖为什么还不死？这个念头一冒出，他竟然没有觉得忤逆不孝，反而心生出某种期盼。

吴封氏忽然从无牙的嘴里滚出一句含混不清的话：“修哪样铁路？你是在修我的黄泉路。”

吴廉膺不无恶意地想：那我真得抓紧把铁路修到建水古城来了。

34 · 底线

个碧铁路公司股东大会多数情况下是在谦和揖让中开始，于争吵中结束。铁路修了三年多了，只挖通了两条隧道，架好了一座桥，平整了不到三十公里的路基，资金却即将告罄。工地上已经发不出筑路民工工钱，大宗材料款拖欠。尼复礼帮助订购的六台法国机车、七十节火车车厢，厂家收到预付款后便开始赶制，下个月就该付第二笔款项。可是，钱从哪里来？没有谁知道。更没有人会料到，铁路一开修，钱会像开了闸的河水滚滚而去。

个碧铁路公司在成立之初发行的股票，是每年要支付股息的。筹集的资本金没有收入只有支出，募集新股也日渐困难。财务总管邱亦伦见天跟吴廉膺叫苦，他的算盘珠子拨来拨去，都是支出、支出、支出，没有一项进款。吴协理，死水潭也经不住瓢舀呀。

如果个碧铁路公司稍微松一下口，想强势入股的股东还是有的。法国东方汇理银行的总经理皮埃尔已经找陈云鹤三次了。皮埃尔说：我们可以借贷个碧石铁路所欠缺的所有资金，且利息低于贵公司股票之股息；你方也可邀请我们参股个碧铁路公司，如能让我们占股百分之五十以上，我方则可提供从技术到资金，从施工管理到铁道器材购买的一切便利。我们将让个碧石铁路按欧洲的建造标准来修筑。

陈云鹤的回答是：我个碧石铁路不是第二条滇越铁路。

尼复礼劝说过陈云鹤，有了法国东方汇理银行的资金，铁路至少可提前两年贯通。火车一运行起来，什么钱都回来了。

一些大股东开始动摇，他们说欧洲第一次世界大战后，锡价掉到了底。多少炉房都开不起了。不是没有矿，而是卖不起价。现在哪个商家还拿得出钱来？如果从尽快投入营运计，向法国人借贷或可盘活资产，连公司高层也不无这样的观点。吴廉膺更是直截了当地说："修铁路不过就是一笔巨大的买卖。先投入，后收益。钱不够，找人贷。有了利，大家赚。这是经商的不二法门。"

陈云鹤嗓音沙哑，语气却很坚定："诸位，这不是向不向洋人借钱的问题，而是我们能否兑现自己的承诺！"

吴廉膺冷冷地回道："我们的承诺是什么？"

陈云鹤答："修一条我们自己的铁路！"

"在嘴上修吗？"吴廉膺语气严厉起来。铁路线开工以来，他的火气一直都在积攒，今天似乎找到发泄处了，"我们中有几个懂修铁路的？个碧线一号洞，预算投入资金八千元，计划三个月挖成。结果呢？花去四万三千元，干了一年又两个月！还死伤路工数十人。开山劈石、架桥穿洞，哪是我们从前修人马驿道、挖矿洞？这铁路线，差不得一分一毫。"

陈云鹤道："本次股东会旨在讨论筹资问题，不谈铁路如何修之事。玮玠兄，请少安毋急。"

吴廉膺一拍桌子道："我不急。钱急！"

陈云鹤一愣。自己虽为个碧铁路公司总理，但更多时间和精力还是在应付省府财政厅厅长一职上的诸多公务，几乎无暇顾及个碧石铁路之事。他相信吴廉膺掌控全盘的能力。陈云鹤听说他经常在公司发火，跟尼复礼吵，跟供应商吵，连公司的小文员都会被他莫名责骂。人说吴廉膺的儒商风范，士绅之气，还不如他身陷囹圄之时。临危不乱，是为真君子。他的君子之风何在？

股东会上一时有了火药味。来自蒙自的大股东周启愚又加了一把火。“我听说有人为节省投资计，想变更拟定好的铁路线，让火车不经蒙自。鄙人有言在此，倘若擅自更改，我等将退出股东会。”

更改线路之事，吴廉膺私下里让建水、个旧的一些股东放出风声，言应先把个碧石铁路贯通，等资金周转起来了，再延接蒙自和建水、石屏。周启愚岂能不知“风从何来”？他今天这番言论，当然是冲吴廉膺去的。尽管周家和吴家还有姻亲关系。据说这一年来建水和蒙自的这两大家族已互不往来了。

个旧的大绅商李子栋不客气地说：“蒙自方面承诺的款项至今只到位了一半。”

周启愚也不相让：“认股不纳金的股东多了去了。”他当然也有所影射。吴廉膺当初认股一百万，但后来因护国战争站错队，家被抄，元气大伤，到如今也只缴纳了认购数的六成。其实很多绅商，都在看吴廉膺、周启愚这些大户，他们不缴全，众人也不见兔子不撒鹰了。

陈云鹤担心这样唇枪舌剑下去，股东会将失控，忙安抚道：“义山（周启愚字）兄，公司有契约在先，线路不会改，也不能改。我等修铁路，邀山水共舞，谋百年大计。大好前程，展目可见。‘驽马十驾，功在不舍。’诸位股东倘能凑齐十万之数，渡过眼下难关。越明年，云鹤在省上再谋求一些支持，矿山上的锡炭股再积攒一些，无论官股商股，都招来为我所用，或可为继矣。”他又望向吴廉膺：“玮玠兄以为如何？”

吴廉膺想，人一旦做了大官，言辞也就飘到云端上了。他不明白一向开明兼容的陈云鹤，为什么在向洋人借贷一事上，竟会像吴家的老祖一般固执己见，简直到了抱残守缺的地步。他反常地拔高了声音：“陈厅长，陈总理！省里的银库里有多亏空，君身为厅长，焉能不知？你我自读书时期，就知‘师夷长技’之说；在滇南修铁路，你是最早鼓吹者；周大祥‘阻洋修路’起义，在座诸位，多是拥趸，独君同情洋人，反对暴力抗争。今谈与洋人借贷事，纾公司燃眉之急，解工程停工之虞，又何难之有？滇越铁路线上奔跑之法人火车，曾几何时，殊为可恨！然现在大锡运输，民众往来，已成强势依托，一日离之不得。亦如洋人虽可憎，洋资却可亲。你管他是法人之钱还是英人之钱。普天之下，钱无姓，唯有利。若论‘师夷’，子君兄可是众人之师。今陈总理何以与洋人为仇雠耶？”

“无稽之谈！”陈云鹤也反常地敲了一下桌子。但他马上意识到自己的失态，旋放缓了口气说：“玮玠兄此言差矣。不是我与洋人洋钱有仇，而是我等须守住底线！法人觊觎个碧石铁路之心，诸位岂能不知？与东方汇理银行借贷之口一开，法人必得陇望蜀。今日染指个碧石铁路，明日渗透个旧矿山。彼控我路权、矿权，岂不是探囊取物、指日可待？清廷为修粤汉、川汉铁路，与英、法、德、美四国银行借贷六百万英镑，引火烧身，爆发‘保路运动’，最终王朝倾覆。袁世凯与五国签订《善后借款合同》，主权尽失，人神共愤。前车之鉴，安能不引以为戒？云鹤事蔡锷都督时，都督曾耳提面命：‘个碧石铁路，主权在民，则事成；旁落他人，则事败。’个碧铁路股份公司，我们股东之间还龃龉不断，洋人股份倘若进来，一旦起了争执，岂不给了他们挑起战端的借口？云鹤一日为总理，一日不许洋资进入一分一厘。这就是我的底线。法国人眼里岂止一条铁路？而是势力范围、殖民版图！我相信大家都不愿看到：我们的火车没有驶进站台，却开进了战场。”

会场陷入沉默。有几个股东抄起了烟杆，抽起烟来。吴廉膺站了起来，一脸悲怆：“诸位股东，廉膺本一布衣，营商于滇南。‘苟全性命于乱世，不求闻达于诸侯。’个碧铁路公司成立之初，廉膺受众人抬爱，执公司协理之事。无奈才疏学浅，能力有限。筑路三年有余，可谓殚精竭虑、夙夜在公。今款项告罄，借贷受阻。无米之炊，巧妇难为。廉膺羞愧难当，有负重托。就此请辞个碧铁路公司协理。恳请各位股东见谅、海涵！”

然后，抱拳长揖，拂袖而去。

35 · 书写对抗死亡（一）

以下这些文字，我希望存放在时光隧道里。我不愿它们为人所知。过去我受陈姝妤影响，曾经写过一些习作，散文、诗歌、随笔啥的，发表在我们行业内的一本文学刊物上，我甚至还得过一次散文三等奖。但我从来不敢署名“桑小青”。书写如果很浅陋，写作者应该感到羞愧的吧？

现在我不这样想了。每一份写作都是有意义的。在我被病痛折磨得难以入眠的夜晚，癌细胞在我的体内四处游走，床单就要变成裹尸布。我已渡过了恐惧关，我用书写来对抗死亡。

尽管集团公司的领导想尽一切办法挽留我的生命，医生在我的喉部大动干戈，但我知道已于事无补。我愤怒，上天竟如此惩罚我，在我失去生命之前，竟会先夺去我说话的自由——而一个人临终前的忏悔，一列火车也载不完！生活就是一场亏欠加一场弥补。能补回来多少，遗憾就少多少。我也害怕，不单单是怕死，还怕死了也不被爱我的人和我爱的人原谅、理解,甚至宽恕。一个人的一生，哀莫大于此吧？所幸，我还能书写。

我设想我的追悼会。悼词将会对桑小青同志的一生如何“盖棺论定”？我这丰富又不完美的一生，什么样的结论才能让我满意？其实都不重要了。追悼会结束后，外面依然阳光灿烂，树上的鸟儿一如既往地歌唱。生活在继续，而我的灵魂已进入时光隧道的深邃浩渺中。

根据爱因斯坦的广义相对论，在时光隧道里，时间并非线性单向流动，在某种极端状态下它会弯曲，让人轻易回到过去或飞到邈不可测的未来。一个将死的人已没有了未来，但他还有过去。那些活过的日子，那些走过的路，那些经历过的爱与不爱、疼痛和欢欣、遗恨与感恩，还有童年时一支老冰棒的清凉、青春时一首歌曲的忧伤、成年后一杯老酒的沉郁……绵绵无尽的疼痛和对生命的追忆，让我只想写下一些很个人化的话题。比如，我的家世，我的情感世界。我的奶奶（我爷爷我从没见过，于此无从谈及）、我父亲、我和我的前妻，以及一直占据着我内心的那个女人。

如果要挑选这个世界上命最苦的人，大约没有人可以跟我奶奶相比。我奶奶虽然成分不好，但身具劳动人民的朴素和善良，更有着劳动人民的身子骨。在我年少的时候，因为母亲体弱多病，父亲长年在外修铁路，家里的重活苦活都是奶奶一肩挑。水缸里的水，是奶奶挑满的；煤店买煤，粮店买粮，都是奶奶一挑一肩地担回来的。四五十斤重的土豆，奶奶往肩上一甩，就背走了。居委会派义工，每家出一个壮劳力下湖挖淤泥，奶奶裤腿一挽，就和一群大老爷们儿跳进湖里。居委会的干部喊：这是哪家的？派个老婆婆来！奶奶粗声大气地说：老婆婆咋啦？你来跟我抬一个箩筐。我在铁路工地上见过无数膀大腰圆的筑路工人，他们抬铁轨、抬枕木，喊着雄壮低沉的劳动号子。每当我看到他们，就会想到我劳作了一生的奶奶。在我童年的记忆里，奶奶身上的粗布汗衫经常是透湿的。而在她大汗淋漓地干着活计时，家里却有一个大男人头发光洁、衣衫挺括，跷着腿坐在桌子边，若无其事地看报纸或者抽着劣质香烟。谁要是让他看不顺眼了，他便会居高临下地呵斥几句，包括他正在干家务的妈。

这人就是我的父亲桑进步。从这个名字就该知道他成长的那个年代。桑进步在家里绝对是个暴君，对他母亲则是个逆子。可奶奶总是对我们说，你爸爸身子骨弱，在外面修铁路已经够苦的了，让他好好养养。我们过生日时才能吃到一个鸡蛋。奶奶去菜市场买鸡蛋，要是买到一个稍小了点的，便会心疼半天，仿佛亏了好大一笔买卖。而我父亲探亲回家时，每天早上两个红糖鸡蛋。在那个缺吃少穿的年代，我想，我们一家人都饿死了，桑进步还会长膘。

四年前他查出来膀胱癌，没有医生敢给他做这手术，说八十五岁高龄的人了，还是保守治疗吧。我从北京请来泌尿系统方面的顶级专家，为他做了全膀胱切除术。从手术室出来的那个晚上，他一醒来就大光其火：你们整的哪样名堂？把我的身子搞得乱七八糟的。大便从腰上出来，我不成了一个废人了吗？人身上的器官又不是零件，说换就换，说改道就改道。我说：术前我们不是征得你同意的吗？要保命，你就要面对现实。父亲恨恨地说：哪样的现实老子没有面对过？老子死了算了！他瞪直了两眼望着我，目光里还是那种见到阎王也不相让的凶狠，一点也不像个刚刚做了四个小时大手术、伤了元气的病人。我说爸爸，你闭上眼睡会儿吧。他火爆爆地骂我一句：小野种，你们就是想让我赶紧闭眼！

我一点也不生气，因为他老人家一辈子就是这么尖酸刻薄，总觉得满世界谁都欠他的。我都是年过半百的人了，还是他嘴里的“小野种”。那时我想，这个时候的人了，应该回顾梳理自己的一生——就像我现在。因此我说，爸爸，要是你睡不着，就讲讲我们的家世吧，听我奶奶说你过去很享福的。

小野种，老子还不到死的时候。父亲又凶了我一句。

邻床的一个老者，比我父亲还大一岁，他是做了胃癌手术，但人家和善可亲得多。他探头对我说，我们这辈人，要向前看。过去就像这身上的癌，你把它割掉了，不再想它，你才活得下去。

我的爷爷、奶奶那一辈一直是我人生中的一个谜。我只是从我奶奶的只言片语中推测我们的家世。奶奶说我们桑家从前是很有钱有势的。我父亲从小在省城读书，上的是教会中学，有美国汽车接送，在公馆里打牌斗鸟，在戏园子听戏打架。有一次为跟人争一个戏子，手榴弹都扔出去了。一九五〇年秋天，我父亲高中刚毕业，被发配到铁路工地挖土方。我奶奶感叹道，你爸爸呀，从小细皮嫩肉、好吃懒做。都被送去劳动改造了，还叫了一顶轿子，抬着他去工地报到。把管工地的领导气得摔了军帽，说：你个地主狗崽子，还想骑在劳动人民头上作威作福吗？给我挖土方去！那个年代，我奶奶对父亲的讲述，总是谨小慎微、躲躲闪闪的。每一段上一辈的故事讲到结尾处，奶奶总是会说，小青娃，你要好好读书，学点真本事。不要像你爸爸那样，没有一技之长，只能干笨活路。

我一生都在践行奶奶的告诫，她对我的影响比我母亲还大。我母亲是个小学教师，标准的贤妻良母。她和父亲的结合是一场错误，是一场在那个年代，一对家庭成分都不好的青年男女，就那么将就过了的婚姻。在婚姻家庭这件人生大事上，我和我父亲一样，都不是个好丈夫。

是的，我们没有一个和谐美满的家，倒霉的是家里的女人。我对我母亲有多同情怜悯，对父亲就有多仇恨敌视。在我们几兄妹年幼的时候，父亲四海为家修铁路，一年也就回来那么一两次。这短暂的探亲，几乎都会成为我们家的灾难。哪怕是在年三十晚上，父母也会为一些鸡零狗碎的事情大吵。“贫贱夫妻百事哀”嘛。家暴是常有的事。我十来岁时，第一次知道自己长大了，于是每当父亲要打母亲时，我有力气站在他们中间，拼死地推开暴怒的父亲。我奶奶那时也一身的病，坐在一把摇摇欲坠的木椅上，对她儿子说，桑进步，你先来打死我吧！父亲当然不敢去打他妈，只会把怒火发泄到我身上，狠狠地扇我、踢我。我一声不响爬起来，继续用单薄的身子和仇恨的目光阻挡在父母中间。

我小时候认为：家里的苦难源自一个在外修铁路的男人的一封家书。一根顶梁柱垮塌了，一个慈父从此变成一个暴戾的男人。那时我正上小学二年级。那天我去上学前，收到邮递员送来的信。我蹦蹦跳跳地顺路去了母亲的学校，将信交给母亲。下午放学回来，我奶奶坐在木椅里老泪长淌。母亲在昏暗厨房的灶前哭泣，妹妹和弟弟一左一右依偎在母亲身边，像两只受到惊吓的小兔。母亲说，你爸爸再不能寄钱回来了。那时，父亲一个月能拿到五十来块的工资，母亲的工资本不高，也就三十多元，父亲再寄回二十元，这能保证我们一家五口的温饱和比较体面的衣着。但运动来了，父亲这种成分很高的人，当然首当其冲，被发配到一个煤矿上再改造。从此我们家节衣缩食，缺油少荤，一周半月才打一次牙祭。我们几兄妹不得不穿上打了补丁的衣服。放了学，我还得背上背篓去火车站货场拾煤渣，去城外的山上拾柴。穷人的孩子早当家，就像样板戏唱的那样。我母亲说，你爸爸的事，可不能跟外人说。我们要夹起尾巴做人，不跟人争长论短。人家欺负你了，你就忍着。忍不是问题，我的红领巾怕是又戴不上了。后面院子的张小刚，已经当上红小兵中队长了。这个叫桑进步的爹，影响了我的进步。

如果你认为我父亲从此会像我们一家人那样，夹起尾巴做人，那你又错了。父亲回到家里时，永远像个干部。他的头发梳得纹丝不乱，中山装熨烫得平整挺括（有两套，一套毛呢混纺的，一套卡其布的）；皮鞋当然永远锃亮得可鉴人影。我母亲说这双皮鞋比我的年龄都长。父亲还有两副假领，一副白色的，一副灰色的。现在的年轻人不懂这玩意儿。它有挺括的衣领，下面却如女人的内衣，外面中山装一罩，露出洁白的领子，看上去也像是穿得起衬衣的干部。父亲出门一定穿上假领，搽上廉价雪花膏，再套一件四个兜的中山装。这两副假领，让我觉得这个叫桑进步的人伪装进步、假模假式，满身地主阶级徒子徒孙的陈腐气味。我记得大约在我五岁那年，母亲带我去父亲的工地探亲，我们远远看见一个浑身泥浆、衣衫邋遢、满身汗臭的流浪汉朝我们跑来，还伸手来抱我。我当时就吓哭了。母亲说，快叫爸爸。

我年少时并不知道修铁路是怎么一回事。我母亲说，你爸爸脾气不好，你们不要怪他。他每年能好手好脚地回来，就谢天谢地了。直到我父亲退休回来，我才听他说起，他有两次差点死在工地上。一次是隧道塌方，他和三个工友被埋在隧道里一百七十八小时，父亲在隧道里靠喝自己的尿维持生命，最后是被铁道兵救出来的。另一次更悬，他们在成昆线的工地上遇上大滑坡，他和几个工人往左边跑，工程队队长带几个人往右边跑，结果右边的一整座山坡都滑到江里去了。很多年后父亲还心有余悸地说，我要是跑向右边，就没有你们这些小野种了。

我父亲修铁路时当然吃过很多苦。直到我在四川上了交通大学，每年寒暑假都要坐火车从成昆线回家，工作后又多次到成昆线考察调研，我才知晓，在上世纪六十年代，以我们国家当时的工程能力，要完成这样一条从四川盆地爬升到云贵高原的铁路，堪称奇迹。那时修铁路，除了打炮眼的风枪和运送渣土的斗车还算得上是机械外，大锤、钢钎、十字镐、铁锹就是筑路工人们的“标配”了。他们是靠人拉肩扛，把一条铁路“扛”上了高原。

我父亲是如何熬过那段艰辛的时光，我并不知道。但他为什么一回到家就忘了本呢？工人阶级不应该是他这个样子的。这让我一直不理解也不原谅他，那些年回到家乡的父亲，活得如过街老鼠般鬼祟。并不是说他在外面做了多大的坏事、有愧于故乡，而是他自己那个穷讲究又啰里啰嗦的做派，一出门就像特务要出去接头。他先是花上至少一个小时来梳洗打扮。头发梳了又梳，假领、外套、裤子，本就那么两套可供换洗，但他总是穿上又脱下，换来换去的，煞费苦心。就像现在的女士们面对满衣柜的时装不知道该穿哪一身。父亲还总是要透过狭小的木窗往院子里一望再望，然后还对我说，你去看看，院子里还有人没有。我出去转一圈，回来禀报，没有人。再去院子门外看看，巷子口有没有人。我又像一个探路望风的地下交通员，满腹委屈和愤懑。你这地主少爷是出去会朋友还是去搞破坏？父亲老家在建水，在个旧城没有几个朋友。有个配钥匙的家伙，肉鼻头，鼻音很重、鼻涕很多，在城西街摆一小摊子。配一把锑钥匙五分钱、一把铜钥匙八分钱。他经常抹一把鼻涕又在坯子上锉几下，仿佛那是他的润滑剂。父亲时常也会带我去他摊子前，说这人是他在省城读书时的中学同学，过去家里在个旧矿山上开矿，有个大花园，占了个旧半个城。可惜遭日本飞机轰炸，一把大火全烧了。现在这个配钥匙摊子你别看它小，可赚钱了。他们在一处破败的屋檐下，头钻在一起，悄悄说一些让我觉得很反动的话题。昆明德胜门前的越南咖啡馆，老板娘是个皮肤黝黑、屁股翘翘、妖艳无比的越南人。现如今滇剧团唱样板戏的某个女演员，要唱腔没唱腔，要身段没身段，笑死个人了。过去唱滇剧的“小滇兰”，一登台那个扮相、那个眼神、甩出来的水袖，哎呀呀，让人睡不好觉。你们李家还想请她来公馆唱堂会，结果才发现城防司令霍揆彰是人家干爹。呵呵，惹不起了嘛。金马坊下“同盛庄”的过桥米线，那老鹅汤是要熬三天三夜的哦，现在哪里还吃得到过桥米线？塘子巷火车站法国人开的面包店，里面有法式硬壳面包和西班牙火腿。抗战时巫家坝美军机场的舞会，饼干、巧克力、糖果、洋酒、啤酒随便喝。常常听得我直咽口水。你们就吹牛吧。腐朽，堕落，反动。美国人民现在还在水深火热中，怎么那个时候就会有不要钱的面包糖果？

这两个旧社会的“残渣余孽”——这是我在语文课本上刚刚学会的一个成语，躲在阴暗的角落里，怀念他们骑在劳动人民头上作威作福的日子。他们说到过去时眼睛里的痴迷，谈到现在语气中的嘲讽，以及面对自己遭遇的无奈，不能不让我本能地提高了警惕：这是两个好吃懒做、抗拒改造的寄生虫。旧社会有多坏，我的父亲就有多可恶。我一出生就倒了“血霉”。

我童年时最为惨痛的一次打架，是在小学四年级。秋季开学时，家里因为奶奶生病，多了份支出。母亲让我去学校报到时，跟老师求情，我那两元钱学费就缓交一个月。同学中有个叫黄卫东的，家庭出身贫农，几乎每学期都申请免学费。他认为我怎么能和他一样享受不交学费的待遇呢？有一天体育课后，他纠集一帮同学，在学校操场上追着我喊：地主狗崽子，拿着皮鞭子，收穷人的租子。我实在丢不起这个脸，捡起半截砖头就朝他们砸去。我向他们嘶喊：我不是地主狗崽子。我叫桑小青。我爸爸是修铁路的工人阶级，我妈妈是人民教师。最后的结局是黄卫东将我压在地上胖揍一顿。男生们鼓掌欢呼，女生们则用同情或可怜的眼光看着我。直到上课铃响起，他才放开了我。我那天恨不能一把火把教室给烧了。

当然不能烧教室。我恨那个给我带来这一切遭遇的人。我猜想，我们的家世过去应该罪孽深重吧？可我家竟然没有一张我爷爷的照片，更没有关于他的只言片语。我曾经努力想象我爷爷是个什么样的人：像小人书里画的那种只会躺在床上吸大烟的干瘪老头儿吗？是刘文彩那种收租盘剥、欺压百姓的大恶霸？是周扒皮那种吝啬狡诈的促狭鬼？是讨了几个老婆，成天吃喝玩乐、生活得腐朽堕落的浪荡子吗？我很奇怪的是，我甚至在梦里都没有梦见过我爷爷一次。我只能从我父亲身上猜想我的爷爷。

我不在我父亲的视线范围内时，我便是他的反面。我读书像劳动人民一样吃苦耐劳，我工作像老黄牛一样任劳任怨。我从不讲究穿着。我经常胡子拉碴、不修边幅。我像讨厌虚假一样讨厌精致。在工程图上我可以精确到毫米，在生活中我却大大咧咧、丢三落四，常常两只脚穿的是不同的袜子，一个月也不会擦一次皮鞋，眼镜上沾满尘垢或汤渍。我希望自己是一个粗犷洒脱的人。

在我上高中时，父亲的历史问题得到纠正，他又回到工作岗位上。每年穿一身簇新挺括的铁路制服回家，还给我带回来一套小一号的，让我在同学们面前第一次有了铁路子弟的自豪。

我很奇怪我虽然很讨厌我父亲，但我却子承父业。我一生只听了我父亲一次话，竟然还决定了我的命运。他在我填报高考志愿时，用不容商量的口气说：报考交通大学。这个世界上没有比干铁路更好的工作了。你老爹年轻时没有赶上好时候，这辈子就潦倒了，荒废了，老来一杯小酒算屎了。你这一辈人福气好啊。小野种，好好学。学到了本事，就是你的本分。本分本分，终究有你一份。这是父亲对我最有教益的一句话。他还说，你要知道，我们家跟铁路是有渊源的。我问什么渊源？父亲说：你干上铁路后就知道了。年轻人嘛，要出去闯荡闯荡，才晓得国家、社会是怎么一回事。

我大学毕业那年父亲刚刚退休，一边是游子还乡，一边是学子出征，就像两条路轨的无缝对接。还乡的浪子有两大包破败的行囊，外加三个大木箱。那是一个在外漂泊几十年的单身男人的全部家当，里面有似铁的被褥，发黄的枕巾，满是烟洞的床单，领口发白破边的旧衬衣，变形了的翻毛皮鞋，坑坑洼洼的饭盒，成打的帆布手套，连刚刚时兴的塑料袋都有几大摞。我母亲说没有一件东西超过十元钱，搬这些破衣烂衫回来干啥哟？父亲的回答是，铁路上方便嘛。人家开了免票的。那一刻，我不无鄙视，父亲老了。现在想来，铁路终于把他改造过来了。

我们这些修铁路的人，回望人生，只有以我们的足迹命名的线路。我父亲那一辈是修宝成线、成昆线、贵昆线；我这代是京广线、青藏线、南昆线。这些年又是纵横大江南北的高铁大通道。我们让铁轨在手掌中铺就，让火车带走我们的人生。一个人修不了几条铁路，一生就过去了。

第八章

36 · 绣楼

从吴家花园那道镌刻有“循规蹈矩”的月亮门进去，左侧有一以白色打底，绿色和粉色装饰门檐窗花的两层小楼，名绣楼，是吴家的女眷们平常读书绣花、抚琴下棋之处。脂粉气弥漫在花草间，吴家的男仆们轻易不得到这个区域来。太太们、姨太太们一般在楼下，小姐们在楼上，如笼里的金丝鸟儿，只能通过窗户，近看园中景致，亭台楼阁，远眺高天流云，飞鸟孤雁。吴氏家族的女眷，无论是千金小姐还是太太姨太太，在吴封氏的严厉管教之下，都做得一手好针线。那些旗袍上的飞花戏蝶，那些衣裤袖管处的重重镶绲，那些前襟上的盘金满绣，那些红色弓鞋上的梅兰竹菊、桃花牡丹，都是在这绣楼里伴着日渐枯萎的青春、寂寥流失的韶华，寸寸光阴、点点相思、漫漫守望、滴滴血泪，一针一线地刺绣出来。而建水城的人们谈论到吴家花园里的绣楼，眼里多有暧昧的内容。绣楼的小姐姨太太们，啧啧。

春天里总是会刮很大的风。这风白天带着外面世界的喧嚣，夜晚则吹送着断肠人的思念。风从绣楼外浩荡掠过，将雕花木窗吹得骚动不安。楼上一盏孤灯下，一白色素衣女子埋头在一块白绢上绣一对鸳鸯。它们翠鬣彩羽、交颈依偎；水波荡处，不离不弃。在死一般沉寂的夜里，于飞针走线中，一对梦想中的鸳鸯，自由嬉戏。已是三更天，月正下弦，竹影登墙。更夫的敲梆声隐约传来，“啷——啷啷”，

“天干物燥，小心火烛!”那绣花的吴家小姐有一头柔软的黑发，头上没有戴金钗玉簪，便散乱地披于肩。一缕头发垂在面颊前，正湿漉漉地滴泪，一滴两滴，直至无数滴。洇湿了绷紧的白绢，锋利了针尖上的疼痛。这流不尽的眼泪啊，今晚就把它淌干吧。“得成比目何辞死，愿作鸳鸯不羡仙。”人不如鸟，奈何、奈何!

落下最后一针，女子用牙把线头咬断。再仔细端详今晚的绣工，幽幽地呼了口气。小姐往花窗处望了望，又是一声寂然叹息。她将绷子上的刺绣取下，端详良久。“室迩人遐毒我肠，何缘交颈为鸳鸯。”

窗外风声呜咽，女子伸手从一个香盒里取出几粒鸦片烟丸来，一扬手，扔进嘴里，仰头强行咽下。嗓子眼里剧烈的刺激令她眉头紧锁，喉部蠕动，几欲呕吐。但小姐将心一横，轻轻咳了两声，鸦片烟丸下肚。小姐平息下来，再度审视绢上的鸳鸯，复镇静自若地将它递到花灯前。白绢在玻璃罩灯口拒不燃烧，两只鸳鸯在火光的摇曳中哭泣，拒绝逃离。吴家小姐的纤纤玉手被火灼痛了。她索性推倒了花灯，水火油泼洒到桌面，一股浓烈的味道弥漫开来，火苗“哗”的一声在刺绣桌布上活泼开放。小姐把白绢扔向火的拥抱，鸳鸯仍然没有逃，只是紧紧地依偎，直至被火焰相拥，凄美地燃烧，绽放出更明亮艳丽的光芒。

烈焰熊熊，烟雾蒸腾。吴家小姐置身其间，面色如常。只有晦暗的月光里那失职的月老才听见她喃喃道:“苏哥哥，你我生不能结发同枕席，死便黄泉共为友吧!”

绣楼失火，燃烧出一场爱情绝唱。吴廉膺从个旧飞马赶回建水。我的菊儿啊，你怎么那么糊涂!

吴廉膺已经想不起与大女儿吴淡菊有多少父女情深的美好时光。他不是不爱她，而是无暇顾及她的成长。这个他与正房吴张氏生下的千金，含着金汤匙出生，却囚禁在老祖吴封氏蛛网一般的礼教之中。要冲破这张网，除非来一场大火。

护国战争打响后，吴廉膺被押往省府。吴家花园面临再次被查抄的厄运。为防家人又沦落到争吃老鼠的地步，吴家掌事者吴廉庭决定举家逃到乡下避风头。老老少少近百口乘坐三十六顶轿子、十八辆马车，外加七十多匹驮马，在家丁武装护卫下迤逦出城。山里的大小土匪们岂能放过这拦路劫财，又可劫色的大好机会？一路上枪声不断、惊险万分。所幸吴家的家丁队伍枪械精良，家丁队长苏起良是条枪法甚准、勇猛无畏的好汉。有一次，一伙土匪冲散了吴家逃难的队伍，三个蟊贼窜到吴淡菊乘坐的马车前，打翻了护卫家丁和赶马人，拉起马就跑。在吴淡菊的尖声哭喊中，苏起良拍马赶到，“啪、啪”两枪就放倒了两个土匪，另一个吓得落荒而逃。马车上的吴淡菊，第一次和苏起良四目相视。天下竟有如此奇伟的男子！蜂腰宽背，臂膀粗壮；斜挎长枪，手持短枪，英武俊逸如长坂坡赵子龙。那一刻，吴淡菊感到自己也“中弹”了。一股从未有过的幸福，从此淹没了她。

吴廉膺记得，他回到吴家花园后，曾检阅吴淡菊的一些诗作，其中有首无题“避难诗”，足可窥视吴氏家族在逃难中的情景——

春日始至气似秋，拂面寒风令人愁。
祸福到头堪畏惧，家父为甚欲封侯。

另一首《二月初九枪声大作》诗云：

仲春九日天气晴，何处隆隆弹枪声。

纷纷遥望难央问，有云土匪与军征。

吴廉膺曾在书房里问过菊儿，兵荒马乱的日子，你怕不怕？吴淡菊头一扬说，有苏哥哥在，我不怕。吴廉膺问，哪个苏哥哥？苏起良啊，还跟过爹爹一段时间的。吴廉膺方才想起，当年他毙杀临安府前总兵龚献猷时，苏起良就一直相随左右。他是吴家在个旧矿山上雇用的一个上前人的儿子。吴廉膺那时怎么能想到，自己的千金会爱上这个下人呢？

在避难吴家庄的那几个月，吴家的小姐太太们就不似在吴家花园里管束得那么严了。她们去山野采花，到集市赶街，和村童嬉戏，在田野上走村串户。当然，小姐太太们出门，总是有家奴紧随的。苏起良和吴淡菊什么时候擦出了爱情的火花，无人知晓。

吴氏家族的女性哪里有自主恋爱的自由？吴封氏自去年中秋告知吴廉膺她已经给吴淡菊寻好了婆家后，双方合了八字，男方家也下了彩礼，确定了婚期。当吴淡菊告诉她母亲吴张氏她要退婚，追寻自己的爱情时，吴张氏说，菊儿，你怕是吃了豹子胆了。吴淡菊说，不让我嫁苏起良，我就去死。吴封氏对此的回应是：把她锁到绣楼里去。让夫家到时辰直接来抬人。

这场爱情悲剧的尾声是：苏起良闻说吴淡菊自焚于绣楼，一颗刚硬的心瞬间炸裂，开出一朵血色梅花。他拔出手枪，顶着自己胸膛，毫不迟疑地扣动了扳机，就像一个匆忙赶去约会的痴情人。

按吴家惯例，自杀或暴毙横死的人不能进吴家祖坟地。吴封氏则更为冷酷，她说：烧死一个玄孙女算个哪样？我孙儿孙女、曾孙玄孙多到我都数不过来！不守本分的逆子，少一个，我耳根清净一些。可惜了一栋绣楼，你们给我照模照样重盖。我老吴家的女子，德行规矩都是在绣楼里养出来的。

吴廉膺在城北门外一处山丘找了块地，安葬了女儿。由于是给晚辈送丧，吴家来的人并不多。吴淡菊的同父同母弟弟吴孝珪专程从昆明赶回来。他已经十五岁，身子骨还显单薄，但嘴唇上已有一层将黑未黑的茸毛。吴廉膺对儿子说："六宝，陪爹爹在这里坐一会儿。"

父子俩找了道土坎坐下，远望山下的建水城，长久无话。还是吴孝珪主动说："父亲，请别伤心了。姐姐的事，怪不得你。"

"哦？"吴廉膺微微一愣，"那么，谁害了你姐姐呢？苏起良吗？"

吴孝珪沉默良久，看向他父亲，勇敢地说："家族里的规矩。"

吴廉膺看见儿子瞳仁里有一种不屈的愤懑。多年前，他年轻的目光里应该也有过。吴孝珪攥紧了拳头，"就像父亲率领大家举事推翻清王朝一样，旧的封建礼法，必须被推翻打倒；新的世界，需要我们去抗争迎来！"

吴廉膺诧异地望着儿子。儿子在省城的新学堂还真学到一些新东西了。

吴廉膺前脚刚回到吴家花园，陈云鹤后脚就到了。吴廉膺忙让人迎至花厅，自己换了一身常服，稍事整理仪容，前来相见。陈云鹤起身拱手道："惊闻令爱之事，实让人扼腕。切望玮玠兄节哀。"

吴廉膺忙还礼道："小女之事，诚属可伤。何劳子君鞍马劳顿，专程致哀？"

"说来令爱我还是见过几面的。知书识礼、大家闺秀是也。可叹可惜。”陈云鹤心里还有一段话，此刻已无法说出口。两年前他还跟夫人黄子衿提起：吴家的吴淡菊，教养有方，乖巧聪慧。待成年，可与老大勤鸥提亲。夫人当时深表赞同：说如此甚好。吴、陈两家，上辈都是冤家，倘能联姻，也可消除多少孽障。这一桩双方家长都暗自看好的婚事，就差一个腿勤嘴快的媒婆。

花厅南面墙上有一台西洋挂钟，“咔嗒咔嗒”走得不紧不慢，陈云鹤端起案几上的盖碗茶喝了一口，才缓缓道：“玮玠兄，前些日在股东大会上，愚弟急躁冲犯，有失礼仪。得罪之处，还望兄台体谅。”

吴廉膺忙道：“鄙人也有失礼之处，也须请子君兄海涵。你在省上当家之难，廉膺自是知晓。个碧石铁路建造资金阙如，不过是全省事务千难百难中之一难。我等当下急迫之事，还是以筹措资金为紧要。”

陈云鹤神色舒缓起来。毕竟是老同窗，心灵自有相通之处：“玮玠兄可愿收回请辞之说？”

吴廉膺把玩着手里的一件玉麒麟：“我是巧妇，等米下锅。”

“愚弟有一计，若兄赞同，工地年内即可复工。”

吴廉膺眼睛放光：“子君兄请讲。”

“光绪二十二年（1896），盛宣怀主持修造卢汉铁路，缺钱少款，其难远甚于我个碧石铁路。盛大人师夷长处，募集商股三百万两，加上朝廷入股一百万两，创办了中国第一家银行——中国通商银行。铁路有了银行，就仿鱼儿有了活水。法国人那滇越铁路修成，不也是依靠东方汇理银行在后面做支撑？既如此，我等为何不创办一家自己的铁路银行？”

吴廉膺一怔，仿佛受高人指点，拨云见日：“银行不过是一个大钱庄，我老吴家也不是没有！可是，创办银行，资本金从何而来？”

陈云鹤信心满满地说："只要我们筹措到一百万元资本金，再以个碧石铁路的全部财产和铁路建成后的可预测利润为信用保证，占有资本达三百万以上规模，按省府相关规定，就可注册银行，办理存款、贷款和汇兑业务。我想，我们还可以发行铁路钞票，只要能在铁路沿线流通起来，火车这条大鱼，足可养活矣！"

吴廉膺半晌无语，捻着一串紫檀佛珠。跟总是超前的聪明人一起做事，至少自己不会落后。他把手中的佛珠往茶几上一拍："干吧。廉膺先出资二十万。"

陈云鹤欣慰地笑了，拱手道："我就知道玮玠兄到底还是心系苍生的大实干家。"陈云鹤望了一眼对面墙上的挂钟，吴廉膺忙说："子君兄，我已着人备好便饭，我两兄弟该有一年多没有对饮了吧？"

陈云鹤摆手道："盛情领了，不才明日还有要务处理。倘若陪兄小酌几杯，就赶不上碧色寨最后一趟上昆明的火车了。我们的时间，现在要服从火车的时刻表。"

吴廉膺笑说，火车让日落日出都快了。但陈云鹤并不起身，又端起茶碗啜了一口茶。吴廉膺忙示意旁边的丫鬟续水。丫鬟离去后，陈云鹤才缓缓道："不才昨天来建水的官道上，见一倒毙在荒草丛中的鸦片烟鬼，浑身只剩下一把骨头，像一堆缺枝少丫的废柴。我拦下两个路人，拿出两块半开[①]，请他们将这无名尸体埋了。"

吴廉膺微微一怔，这老弟要说什么事，他大体已经知道了。从蔡锷将军主政云南时，就力倡禁烟。唐继尧都督继任后，也年年发文告禁鸦片铲烟苗。可这云南大地上遍地开花的罂粟，是受地方豪强的枪

---

① 半开，云南本地发行的货币，一元值北洋政府银元0.5元，俗称"半开"。

弹保护的。省府派下来的“铲（烟）苗队”，经常被地方豪强武装打得丢盔卸甲。其实很多时候，他们不是被子弹赶走的，而是被银元打倒的。通常的情况是，政府发一道文告，下来几个禁烟专员，转上一圈后，荷包鼓鼓地回去交差了事。后来连这种雷声大雨点小的过场也不走了，直接征收高额烟税。“云土”跟“云锡”一样，已成为滇地的一个知名品牌。吴廉膺回来后，大哥吴廉庭给他报告近期账目，令他稍感吃惊的是，在国际市场大锡价格跌到了底的状况下，“吴盛泰”各商号的收入不亏反盈。原因就在于“吴盛泰”将经营方向转向了烟土。吴家现在不仅加大了种植面积，还将矿山上那些没事干的管事欀头抽回来，让他们去各地收购鸦片，让炼锡的工人改熬制鸦片膏。“开矿莫若炼鸦片。”吴廉庭沾沾自喜道。鸦片虽不是个好东西，吴廉膺也深恶痛绝，但眼下吴氏家族要渡过难关，除了鸦片，还有什么财路可走？

陈云鹤见吴廉膺不语，便又道：“玮玠兄，省府即将发文在全省铲除烟苗，制作售卖烟土者，刑律上身。”陈云鹤进得吴家花园来，应该闻到了吴家后院熬制烟膏散发出来的醇香。最近为赶行情，吴家花园里就有两班人马不分昼夜地熬制烟膏。

“子君从个旧来，这一路上的罂粟花，见得也不少吧？”

“正因如此，愚弟不揣冒昧提醒兄台，当洁身自好。”陈云鹤一板一眼地说。

吴廉膺冷笑：“云南的鸦片，不过跟全国一样，冰冻三尺，非一日之寒。闻说省府要购买一批德国军火，其费用均由鸦片烟税中出，此事可真？”

这些年云南财政两大收入，一为个旧大锡，一为鸦片税收，缺一不可。陈云鹤被将了一军，一时语塞："这个……事出有因，事出有因。有司各衙门，为铲烟苗事，上下掣肘，阻力颇大。铲苗事涉税收，不铲危害民生。唐继尧都督出任八省靖国联军总司令，'靖国护法'，四方征讨，军费开支颇巨。不才时常不知所行何为也。"

两人相交二十多年来，吴廉膺第一次看出陈云鹤的"乡愿"。在鸦片这个事上，大家都丧失了道德高地。这就像小时候背着大人下河洗澡，回家后找一个共同的说辞吧。"子君兄，孔子受困于陈、蔡，饿肚子时，也会感叹'所信者目也，而目犹不可信；所恃者心也，而心犹不足恃'。这些年战祸频繁、百业凋敝。我老吴家若不经营鸦片营生，怕是早就将这偌大家产典当一空了。清廉自守如子君者，不也明知鸦片之害，却照收鸦片之税？没有鸦片烟税，君之厅长位置岂能坐稳？养痈遗患，谁人不知？可是若不养，谁又愿去承担毒疮溃破后的恶果？"

陈云鹤有被逼到墙角的难堪。从他用烟税款支付省府购买的军火，到同窗用贩卖"云土"的钱出资建造铁路，不过是五十步笑百步之差。天地不仁，莫如守中。他忽然有士人学子背叛了操守，良家妇女出卖了贞洁的难堪："兄台所言，甚是，甚是……"

告辞时，陈云鹤深深地吸了口气，他应该闻到空气中那股令人迷醉的气味了。他看到送行的吴廉膺脸上有稍许不安，便一拱手道："玮玠兄请留步。弟先前有一句话未及道出。鸦片一日不禁，国民一日不振。将来，若是我们的火车，驶过一片片罂粟花盛开的大地，车上多是些颜色枯槁、肩耸颈缩、萎靡不振的鸦片烟鬼，这铁路修来又有何益处？"

37 · 残帖斗

鸦片于吴府就像一个低贱又邪恶的老相识，虽不体面却也离它不得。吴家绵字辈的人发家后，始有人吸食鸦片。吴廉膺的父亲吴绵泓便是一个大瘾君子。他是一个清瘦懦弱、散淡寡欲的人。参加过一次府试，秀才都没有考上，便再无功名心。他只娶了两房女人，与正房无子，吴廉膺是他与小妾的儿子。吴廉膺的母亲出身寒微，是吴氏家族里最不受待见的一个。在吴廉膺还在广东做小官吏时，一场小病就夺去了她短暂的生命。也许正因为吴家绵字辈四房的弱，造就了吴廉膺日后的强。

如果说吴绵泓在吴氏家族还有些名望，那便是他将鸦片吸出一种典雅的风尚。从红花梨木的烟榻、云铜黄竹的烟枪，到缅甸象牙的烟嘴、本地烧制的紫陶烟斗，无不考究到极致。尤其是这紫陶烟斗，被吴绵泓推到一个新境界。过去建水大烟客们的烟斗呈方形或圆形，并无装饰，只是一种寻常烟具，称为素斗。后来窑工们烧制时加以不同颜色的胶泥，烟斗开始有了色泽感，或紫红或土黄或乳白，是为绞泥斗；到了道光年间，吸鸦片者益甚，窑工开始在制坯后雕刻一些纹饰，回纹、菱形纹、连环纹、密环纹等，再描绘填刻后烧制，烟斗的形状也多样化起来，有了八角形、菱形、方形等。咸同年间战乱连绵、世风日下，烟斗亦日趋花哨，上面开始烧制麒麟、金蟾、暗八仙、招财童子等图案，称为民俗斗。到光绪年代，世道更加糜烂，文人士子心灰意冷、沉沦蹉跎，于烟榻上把玩方寸烟斗，渐渐地就有了梅兰竹菊、文人诗画、仕女春宫，还美其名曰文人斗。吴绵泓在文人斗的基础上又更进一步，他建了一座柴窑，别出心裁地将元代大画家钱选开创的“锦灰堆”[①]技艺和景德镇瓷器“八破纹”装饰技法运用到陶器烟斗烧制中，以临摹断简残章、拓片诗文、只言片语为装饰物，创设出一种风雅别致的残帖斗。

吴绵泓的残帖斗泥料，取自建水城外碗窑村五彩山特有的五彩陶泥。制泥的过程就很讲究，要洗泥、醒泥（浸泡存放一年以上）、熟泥（搅浆过滤）、揉泥；待泥“熟透”了，再拉坯制坯，在湿坯表面用红、黄、蓝、白、橙等天然陶泥，构成相互重叠覆盖的色块，于其上临摹真、行、草、隶、篆不同书体的诗文佳句、碑帖、金石铭文等，装饰在不同色区之上，形成层累叠加之断简残篇、“大成若缺”之方寸乾坤。一经烧制，窑变又使残帖斗色泽丰富、冷暖适宜。出窑后再经刮、擦、迭、戳、磨等几道打磨工序，除去烟斗表面粗粝暗淡的火皮，一件残帖斗便显现出温润如玉、古拙厚朴的风情了。

那年月吴绵泓为了烧制成功一件残帖斗，家事不顾，家业不理。要么亲自跑到五彩山上采选泥料，要么成天埋头于工房描画填刻坯件，或者漏夜蹲在柴窑前观火候看成色。这不仅仅是富贵人家附庸

① 锦灰堆，原意指无意间打翻的字纸篓，又被叫作八破图、集破等。它是一种以残破、拼凑为美的字画形式，对绘者文化底蕴要求甚高。不仅要博览群书，还要多才多艺，善摹各种书法绘画形式，花鸟鱼虫、山川人物、碑拓篆刻等。到清初，又被运用在瓷器和玉雕创作中，制造出颇具特性的器物，成为文人雅士之间的一种游戏之作。

风雅的炫技摆谱，还是一种无法自拔的末世情怀。吴廉膺对父亲印象深刻的记忆是：每当他烧出一方好残帖斗时，便喜形于色，犹如作得一篇好文；当烧坏了坯件，则长吁短叹、捶胸顿足。不仅临安府，就是云贵两省的烟客，都知晓吴家花园吴四老爷烧制的残帖斗，构思奇妙，蕴含丰沛，临摹逼真，价值连城。建水《民国县志》的“人物志”里对吴绵泓还专门立传，说他：“生平殚精竭虑，潜心于镌石制陶。好作‘断简残篇’，得翻卷残破之势，摹篆隶真草于其上，无不逼真。所谓补衮图也。”

一个夏日的上午，天空澄明，田野山岗水洗一般明亮干净。吴廉膺去乡下看望老友李伯君。他也是刚得知李伯君隐居在一条小河边，搭建几间茅屋，开垦几亩荒地，过着与世无争的日子。当年荡平天下的宏图大志，早已随茅屋上的炊烟消散。护国战争打响后，李伯君也曾投效到护国军阵营中，还主编了一份报纸，鞍前马后地为护国运动摇旗呐喊。但他却不为唐继尧所待见。或者说，他洞见了唐继尧借护国之名，行军阀割据之实。他在报纸上连发几篇创建共和，先要“削藩”的檄文，让唐继尧暴跳如雷，不但查封了他的报馆，抓他入狱，还差点以“叛国罪”枪毙了他。李伯君这样一个为共和泣血呼号奔走的人，怎么会成了“叛国”之人？吃了半年牢饭后，一个地方军阀拉他入伙“倒唐”，李伯君变卖所有家产加入其阵营中。这场短命的“倒唐”抗争很快就被弹压下去了，李伯君彻底偃旗息鼓、归隐田园。他对来看望他的吴廉膺说：“行到水穷处，坐看云起时。我的革命已经完蛋了。”

“革命完蛋了何足道哉？朝廷都覆灭了，人还不是一样要活下去。”一个老者笑呵呵地从茅屋里走出来，布衣芒鞋，美髯飘拂。

“哎呀，冀大人！”吴廉膺忙起身打揖相拜，“没想到在此相遇，冀大人一向安好？”

前临安知府冀文治看上去鹤发童颜、精神矍铄，躬身回拜道：“老夫这厢有礼。乡野老叟，岂敢在贤侄面前妄称大人？”

吴廉膺这些年在外面到处奔走，忙忙碌碌，间或会听闻到一些有关冀文治的传闻。只知道他在乡间买了一些地，躬耕田园，诗酒自娱。但吴廉膺从未想过要前去拜访，不是没有那个闲暇，而是他面对冀文治时，总是心有愧疚。毕竟，正是他吴廉膺，和知府大人在酒桌上推杯换盏、在书房里谈诗论道时，于背后给他老人家挖坑。

这是一场让历史老人也会哑然失笑的相聚。有谁能想得到李伯君和冀文治走到一起？“白头宫女在，闲坐说玄宗”，再宏阔壮丽的往事都付笑谈中了。李伯君毫不避讳地说，要不是吴廉膺力保，革命成功后他第一个想杀的人就是冀文治。冀文治笑说，或许你的刀头还没有举起来，自已头颅就落地了。鼎革前就有人密报于老夫，说你潜回了临安，藏匿于吴家花园。我唤吴廉膺来询问，这厮携一幅杨升庵（杨慎号）的兰花画来。老夫治临安府十年，闻说民间留有博南山人墨宝，可遍寻不得。升庵先生的兰花，疏密得当、气韵生动，一看就是当年在我临安府酒喝通畅之后所作。老夫那晚掌灯把玩，爱不释手。哈哈，竟然忘记着人去抓你。

他们在茅屋前的院坝里喝茶闲聊，面对前面一湾低吟浅唱的河水。河滩蜿蜒、乱石散漫，沉静如人枯槁之心；清澈的河水在浅滩上跳跃波动。李伯君说他常在河边垂钓青山。大地如此丰沛慷慨，不会辜负浪子残败余生。茶碗里是一些铜钱大小的干树叶，这是从山上捋下来的，也不知是否可以称之为茶。但至少，它有一种清澈的苦味。

吴廉膺说：“我给伯君兄驮两担普洱茶来吧。冀大人那边，也一同送去。”

“谢过。苦亦能助神矣！”李伯君单手还礼。断了的那只胳膊袖管一如既往，空空荡荡。冀文治却洒脱地说：“不谢。你欠老夫尚多。”

在这个云谲波诡的时代，像李伯君这样失意落魄的老同盟会会员、辛亥仁人志士有很多。他们满怀一腔热血地推翻了一个封建王朝，在一片新天地里面对破碎山河却报国无门。因此冀文治对吴廉膺道：

“还记得临安城破那晚，老夫与贤侄谈论的那番话否？你们捣毁庙堂易，重建社稷难。”

吴廉膺和李伯君面面相觑。吴廉膺道：“存亡之道，兴废之理，我等书生，终究不能与军痞莽夫争锋。时也，命也。”

李伯君也叹一口气：“当初只叹造反难，现在正如冀先生言，重振河山，岂一个‘难’字？所谓‘与治同道，罔不兴；与乱同事，罔不亡’。这天下，还得乱个二三十年。”

这时有个面相丑陋、个子矮小的妇人来续水，秋风黑脸的，也不与客人打招呼。李伯君对她道：“去打点酒来！我的老友们来了。岂能无酒？”

妇人愣了一下，嗔怒道：“锅都揭不开了，哪里还有酒钱？”

李伯君起身，猛踢妇人一脚，踢得她滚翻在地：“蠢婆娘，敢顶嘴！”然后他又一脸愧色地对吴廉膺和冀文治说：“贱内……没有读过书，不识好歹。”

吴廉膺拉李伯君坐下，唤过跟班小厮林三，说你去镇上买点酒菜来。他比李伯君还要惭愧。当年共举大义的生死兄弟，如今生计窘迫如此！实在令人情何以堪。

“伯君兄可想出来做点事。愚弟当下倾心铁路事，伯君兄可否助一臂之力？”

“我只管破坏，不问兴建。当今乱世，富贵非吾愿，帝乡不可期。我心死矣。”

那天，三个前朝风云人物酒喝得颇有点“无为在歧路，儿女共沾巾”之伤感。天色向晚时，吴廉膺起身告辞。路过一个小镇。镇上的街市已散，行人稀少。马蹄在凹凸不平的青石板路上嘚嘚敲响。如果他们从狭窄的乡村小镇上顺利地穿街而过，这部书里的许多人物将不会出现，许多故事也不会发生。可是人生多无常，天地有传奇，动人心魄的故事总是由无数个偶然串联出一个最终的必然。

就像在这个叫落马坝的小乡镇，它的某个土神在吴廉膺耀武扬威打马过街时，适时地伸出一只无形的脚，将吴廉膺的马绊倒了，让他颇为狼狈地跌倒在一个在路边摆小摊的妇人前。身后的两个小厮忙滚鞍下马，一个去扶主子，一个挥起马鞭就要抽那个妇人：“烂屎婆娘，让你挡路！”

妇人身边一个半大小子忽地蹿了出来，像只山猴一般吊在扬起马鞭的手臂上：“不准打我妈！是他自己滑倒的。”

两人顿时扭扯在一起。吴廉膺已经站了起来，喝道：“林三，松手！别闹了，是我的马打滑。”

两人分开。蹲在地上的妇人戴一顶破草帽，此刻抬起头来，污秽的脸上荡出一个感激的笑。这卑微的一笑，让吴廉膺心尖子上被抽了一鞭。

"你是……山猫?"

妇人眼睛里一下有了泪花,她改蹲为跪:"七老爷……"

"起来起来,快起来!"吴廉膺也蹲了下去,扶起了山猫,将她仔细端详。她的五官长出个人样来了,眼睛明亮干净,眼睫毛粗黑而上卷,扁平的朝天鼻长圆了,嘴也没有那么尖。她衣衫破败,补丁相累,几不蔽体。一对乳房在看不出颜色的麻布片里遮掩不住,袖口裤管全都筋筋吊吊的,连脚上的千层底布鞋上都有补丁。唯有那肤色,还是那么金黄油亮。

恻隐之心瞬间淹没了过往岁月。回忆就像一件残帖斗上的断简残篇,破碎、叠加、凌乱,互不搭界却有着剪不断理还乱的牵连,一旦填刻在岁月的深处,被激情烧制在命运的坯件上,便会永不磨灭。

山猫身边的那小子,浑身黢黑,瘦骨嶙峋,只围了一块破布在腰间,穿一双烂草鞋。刚才他跟林三撕打时,就像一只死缠烂打的癞皮狗。林三将他一脚踢开了,他反身又扑了上来,还趁乱在林三胳膊上咬了一口。

"这是你儿子?"

山猫头一扬,勇敢地面对吴廉膺的目光,说:"我唤他娃西。"

"哦,都长这么大了!"吴廉膺倏然想起,这是他的儿子!他给他取名吴孝瓒。比那个在省城读书,有名分的"长子"吴孝珪大两个月。这个被唤作娃西的野种,才是他的第一个儿子!

吴廉膺伸出颤抖的手,想抚摸孩子的肩。那小子像猫一般敏捷地跳到一边:"别碰我!"

吴廉膺尴尬地缩回自己的手,回头问孩子他妈:"你们在这卖哪样东西啊?"

山猫又显得羞涩起来，低头说："一点生鸦片。自己家地里种的。"

地上一块芭蕉叶上果然放了几坨生鸦片。山猫这样的人也在街子上售卖生鸦片了。唉，这个宛如"送子娘娘"的蛮族女人。他可怜她，又恨自己。他与她的私情，多年来他连回想一下都会感到羞耻。这场人性邪恶造成的后果甚至甚于他拥袁站错队。人一生中有时犯下的大错，常常是在自甘平庸的惯性中为虎作伥。当平庸像洪水泛滥成灾，每一个平庸者都是洪水里的一滴水。平庸让你行恶而不知其恶，正如洪水让每一滴水都成为帮凶。你要么耽于享乐，助纣为虐；要么缺乏勇气，不敢反抗。你连要不要吃那颗"丹血丸"都要听老祖的。是的，家族需要传宗接代，不孝有三，无后为大；是的，权势钱财令你为所欲为，山猫的柔弱任你欺侮。可你却不知道，命运的底色却早已染上了污点、埋下了伏笔。

"你们现在住哪里？"

"老家。大墝山上。"

"靠什么谋生？"

"山上哪样东西都有嘛，饿不死人。"

"跟我回吴家花园吧。"

"不。"

"你想住在城里也行。我再给你开家店。"

"不。"

"孩子也大了，应该让他上学，读书识字。"

"不。"

"他在山里，什么都学不到。"

山猫的语气硬朗起来，"你们老吴家又能学到些哪样？"

“我把孩子带走吧。等他学到本事，你就可以享福了。”

“他会烧了你家的房子！”

吴廉膺叹口气，“我只是想帮你。”

“我不要为你做药引子。”她说得很凄楚，语气却决绝。

“那……我把你的东西都买下吧。”吴廉膺回头，吩咐林三将钱褡里的半开银元都拿出来。林三一边一五一十地数钱，一边拿眼瞄他的主子。吴廉膺讨厌他这种时候的机灵，干脆夺过钱褡，递给了山猫。

山猫不接，仿佛面对不义之财：“不要那么多。”

吴廉膺有些尴尬，说：“你……值那么多。都拿去吧。”他放下钱褡，示意林三收起地上的生鸦片。

吴廉膺站起身来，看着山猫的儿子，他们的儿子，内心一阵痉挛。他的眉眼开阔、五官周正；年岁虽小，却透露出一种野性，或者说杀气。他蓬松浓密的头发根根朝天而立，仿佛从脑袋上炸裂开来。吴廉膺很想抱他一抱，还想问一问这些年他是怎么长大的。他知道他什么也问不出来，但他还是想啊！

夏天的阵雨又来了，连阳光都来不及撤走。赤练当空，云霞交错，一半风雨一半晴。雨点敲打着青石板街道，飞珠溅玉。吴廉膺翻身上马，回望路边的母子。他看到了山猫脸上的漠然，看到了娃西眼里的仇恨，像挥舞而来的刀锋一般，直戳他的内心。在未来的岁月里，他还将面对这样的目光。那时他会追忆起今天，也会追悔到从前。

回到吴家花园前，吴廉膺对两个跟班说，今天的事，谁要说出去半个字，招呼老爷我割他的舌头。

38 · 处子秀

春天里一个慵懒的早晨，碧色寨车站站长弗朗索瓦先生被一阵急促的敲门声唤醒。他听见调度波尔先生在外面急迫地喊：

"站长先生，火车来了！"

"你脑子有毛病吗？"弗朗索瓦先生没好气地回应道。弗朗索瓦恍惚记得刚才在他的梦乡深处，有一声微弱的汽笛响起。一个天天头枕着火车的轰鸣声睡觉的铁路人，再尖锐的汽笛也是他的催眠曲。

"是中国人的火车，开过来了。尊敬的站长先生。"波尔的语气里充满了惊慌，还带有几丝沮丧。

噢，原来还在沉睡的正是自己，而不是那条中国龙。弗朗索瓦站长昨天刚从越南度假回来，并没有在意车站西端的情况。一个月前那边变戏法般地矗立起一栋小洋楼，它不过是碧色寨车站站房的缩小版，当时信号工程师罗斯汀还嘲笑它像个儿童玩具房。据说中国人修的这条铁路经常无故停工，还闹出不少笑话。他们等着看这条铁路的"烂尾"。世界上半途而废的铁路多了去了。阿蒙队长和罗斯汀的赌注下得越来越大。可谁能料到他们真把火车开过来了呢？

他们在站台上向西边眺望，一列比米轨铁路上的火车还要小一号的火车正停在站台上。机头簇新黑亮，冒着蒸腾的白烟，像个刚刚完成一场跑步的少年，还在呼呼喘气。一大群人如蚂蚁般围着火车，似乎正在卸货。

“他们就不搞个通车仪式吗?”波尔问。

“要么是他们信心不足，要么是想给我们一个惊吓。”弗朗索瓦站长说，“走，我们去看看这个新邻居。”

在碧色寨寸轨车站——以后人们将会习惯碧色寨一大一小两个火车站，一个为米轨车站，一个为寸轨车站，他们见到了吴廉膺等一众个碧铁路公司的高管。吴廉膺向弗朗索瓦站长拱手，说欢迎来参观我们的火车站。他的脸上洋溢着自信和喜悦，他身边的中国人都和他一样，人人笑逐颜开，互相道贺。

这列火车只拉了四个货车车皮，加挂了一辆头等客车车厢。每辆货车都车门敞开，搭上了跳板，搬运工们正将一块块大锡从车上背下来，站台上已经码好了一堆堆大锡。

吴廉膺将客人们请进站长室，泡好了茶，宾主分头落座。弗朗索瓦站长还记得，当年他和吴廉膺坐在自家别墅外的葡萄架下吃葡萄时，这位中国绅士还是一头黑发，现在他已两鬓斑白了。这条短短的线路，想来修得艰难。他心情有些复杂，一方面他乐见个碧石铁路通车，这将提升滇越铁路线上的运力，碧色寨车站将会更加繁忙；一方面他又难免酸涩，这块蛋糕本来应该是我们的啊。驻扎在越南的印度支那总督曾经有几次进兵云南的机会。从第二阶段中法战争后强行修建滇越铁路，清政府若不允，法方则“派舰重办”；到周大祥“阻洋修路”大起义爆发时，法国外籍军团陈兵一万于边境一侧，随时准备进入云南，以保护“侨民和筑路工程师”；个碧石铁路路权丧失后，印度支那总督的战争借口更为荒谬，竟说中国人筑路致使物价上涨、道路运输中断，“导致缺粮缺蔬菜，法军将不得不入境采买”。中方紧急调运一千石粮食蔬菜，方才阻挡了那群虎狼之师的兽蹄。弗朗索瓦知道，印度支那总督麾下的“云南铁路委员会”，其背后站着大财团、大银行的先生们，他们一直在寻找战争借口，以在云南这块宝地扩充势力范围。铁路是最好的战争导火索。

但聪明的中国人扎好了篱笆，不给西方人一点机会。弗朗索瓦曾经跟自己的同僚们感叹：一场巨变正在这个国家到来。只是不是战争，而是观念。

吴廉膺显得春风满面、踌躇满志。他先致辞道：“本协理谨代表个碧铁路公司，感谢弗朗索瓦先生莅临本站。我们的火车开进碧色寨了，现在我们和弗朗索瓦先生是朋友加邻居了。鄙人希望，今后碧色寨两个车站，都生意兴隆，运力发达。”

弗朗索瓦站长说：“我很高兴看到你们的铁路终于建成了。尽管它比预计的工期晚了三年。你们不打算庆祝吗？”

吴廉膺微笑道：“庆功酒当然是喝了的。火车从个旧城开出来时，一个城市的人都醉了。”

吴廉膺脸上的笑容其实是强撑着的，他一夜未眠。昨天下午一点，在个旧车站搞了个简单的发车仪式。火车鸣叫着启动，轰隆隆地驶出个旧城，满城民众围观。年轻人跟着火车跑，兴奋莫名，像欢送春牛出城。人们有的惊骇，有的稀罕。那么一长串铁房子，是怎么跑起来的？有的数火车有多少只“脚”，有的争论火车是“吃水”还是“吃煤”。汽笛嘶鸣，人们捂紧了耳朵。两个小脚老太太当场吓得晕倒。一个卖过桥米线的店主惊得失手打翻了手里那碗滚烫的鹅肉汤。怪不得火车有那样大的力气！听听它的叫声，可比十头牛合起来喊叫的声音都大。另一个壮汉点评道，不但叫唤声大，脾气也大。你看看它的气有多粗！又一个聪明人接嘴道，火车就仿人一样，气有多粗，力气就有多大。一个老秀才抚须感叹：乱了乱了，规矩乱矣。所谓怪力乱神者也！

这是那个时代最威武雄壮的“怪力乱神”。难以名状，惊世骇俗。如神一样威严，又像梦境与现实般错位。这列火车将给个旧这座闭塞的矿山城市拉来多少人世间的悲欢离合，又将承载多少财富与梦想，只有苦难艰辛的岁月才会将它一一铭记。

火车在满城惊艳的目光中缓缓驶出了城，威风八面，风头无限。它像一条钻地龙一头扎进隧道，终于消失在人们的视野里。待它重新回到旷野里，便是一段缓坡，火车喘着粗气奋力爬坡，行驶得摇摇晃晃，似乎已用尽了全部的力气。山坡上有两个放牛的小子，一个骑在牛背上，一个在山坡上挥着拳头喊：“跑啊！跑起来啊！快跑啊！”他们竟然发现，火车比他们跑得还慢。

坐在头等车厢里的个碧铁路公司的高管们，刚刚洋溢在心底里的成功感，慢慢地就找不到了。这哪里有坐火车的感觉？吴廉膺探身问坐他对面的尼复礼：“能不能让火车跑得再快一点？”

尼复礼转头看了一眼车窗外的牧童，有些不自然地说：“这是在爬坡嘛。”

吴廉膺不无忧虑地说：“前面还有更大的坡，更高的山。”

“你们装载的货物太多了。试运行阶段，本不该如此着急。”尼复礼道。他的头上已经在淌汗了。个碧石铁路的火车机车头是他通过一个中间商从法国采购来的。他只是一个线路测绘设计工程师，并不精通机车、车辆运营方面的知识。但陈云鹤和吴廉膺什么都委托给他，从机车、路轨的采购，到信号通讯器材、车辆检修机器，甚至铁路员工培训，悉数交代他全盘处置。那些游走在法国和远东的冒险家都是一些精明狡诈的商人。他们对尼复礼说，伙计，你开辟了一片新大陆。在混沌初开的地方做生意，是世界上最好的生意。

正如人的孩提时代，火车在这多山的高原也行得蹒跚艰难。刚翻过这道缓坡，小火车便在一个弯道脱钩，两节车厢被甩在后面；更危险的是在火谷岭上坡处，火车终于开起了倒车。它还没爬到坡顶，两根蒸汽管爆裂，蒸汽机头失去了动力，便开始往坡下滑行。眼看着就要翻滚下悬崖，负责扳动手闸的几个司轫员在车顶上一阵忙碌，刹车片在铁轮上摩擦出令人恐惧的火花，好不容易才把列车停下来。头等车厢里的乘客人人惊出一身冷汗。没想到坐火车还有这么大的风险！

吴廉膺当时羞愤地想：要是这趟火车开不到碧色寨，摔死了又何妨！

尼复礼说要把火车拉回个旧的机修厂。吴廉膺大喝道：我可丢不起那个人。就是用马儿拉，我们也得把火车拉到碧色寨去！人们紧急从个旧调来机修工，在旷野里点上煤石灯，抢修到凌晨三点，死去的蒸汽机头才重新开始呼吸。吴廉膺采纳了尼复礼的建议，再调来一辆机头，双机头前拉后推，好不容易才翻越火谷岭。

不过，小火车迎着朝阳开进碧色寨寸轨车站时，吴廉膺也顿感生活如此光华灿烂，他有率队攻陷敌人阵营的自豪感。他现在可以和弗朗索瓦站长坐在一起，就着一杯咖啡或者茶，谈一谈两个车站的货物转运、大锡运价等方面的事宜了。

个碧铁路公司还聘用了几个欧洲人，分别负责调度、机修、信号通讯等方面的业务。这天将火车开到碧色寨的司机是一个讲法语的比利时人，曾经在滇越铁路线上跑过车，中国人花更高的价钱把他挖过来了。弗朗索瓦本想再次以教师爷的口吻对吴廉膺说，修铁路是一回事，营运铁路又是另一回事。可他发现中国人就像一群正在快速适应游戏规则的选手，他们甚至已在为未来做谋划。那几个聘请的洋人雇员身后都跟随着两到三个充满朝气又好学谦逊的中国青年。弗朗索瓦从不怀疑中国人的学习能力，滇越铁路线上现在已经有中国火车司机了。吴廉膺明确无误地告诉弗朗索瓦站长，个碧石铁路只是我们铁路规划中的一段。我们马上就要将铁路修到建水，再延伸到更偏远的石屏县。我们会在本地形成一张铁路网。

弗朗索瓦站长悻悻地说："你们倒是跟铁路较上劲了。从拼死反对它，到像追求一个漂亮姑娘那样痴迷它。"

吴廉膺道："因为我们是高原人，渴望走出大山。"

弗朗索瓦扭头悄声用法语对波尔说："照他们这样搞下去，我们的优势迟早将要失去。"

波尔撇了下嘴："站长先生，这趟火车昨天中午从个旧发车，七十多公里的行程，今天早上才到。"

一边的罗斯汀插嘴说："就是孩子们的玩具火车也跑得比他们的快。"

弗朗索瓦站长远眺，看到站台上那些搬运工，一根扁担两条绳子，每块重二十五公斤的锡片，他们能一次挑四片。有的头发已经花白，有的看上去还是个孩子。他们一声不吭，挑起担子晃晃悠悠地往东头的碧色寨米轨车站货场跑——他们为什么要这么一路小跑，难道只是为了多赚几个辛苦钱吗？这些个子矮小的中国人，有着蚁群一样的密度，蚂蚁一样的韧性，蚂蚁一样的求生本能。再庞大的事物，他们都能悄无声息地分解、搬运、吞噬。这个国家隐蔽的——或者说被忽视的——某种创造力，弗朗索瓦站长今天第一次真切地感受到了。

弗朗索瓦站长回头对自己的同僚们道：“先生们，别忘了，火车只要跑起来了，只会越来越快。只有上帝知道，他们以后会不会把我们甩在后面？那些指望打一场铁路战争的家伙，咖啡都凉了，他们还在路上。”

39 · 印证

火谷岭西侧的个碧石铁路路基尚存，只不过铁轨、枕木早已被拆除。路基两边长满芦苇和山茅草，中间有两道车辙印，那是农人的手扶拖拉机借道而过留下的。偶尔有一群山羊或几头牛慌张地走过。山上毫无章法地密布一些松树、栎树、白桉树，树下也是灌木丛生。有一些无名的野花无言开放，显得孤单寂寞。一条在群山中废弃的铁路，就像冻僵了的蛇，蜿蜒着它绵长苍劲的身躯，默默地被岁月所侵蚀，被荒草所掩埋。曾经在它身上呼啸的火车，早已驶进历史的纵深处，只是空留着残存的路基，看云飞涛走，与时间厮守。

一群青年人从浓郁的绿色中钻出来，他们身着五颜六色的户外防水衣裤，背双肩包、挎相机、拄登山杖。法国人马克在这群人中显得最为耀眼，因为他个子最高，与众不同地穿了一条长短裤，戴一顶宽边软帽，脚下一双高帮登山靴。他总是冲在最前面，仿佛他的曾祖父尼复礼就在前面等他。以至于体力不支的桑逸老在后面喊：嘿，哥们儿，你曾祖父的火车早开走了。

这是一次印证先祖足迹的寻访之旅。马克说他很想去看看曾祖父修过的那条铁路。人们告诉他说，个碧石铁路早就废弃不用啦。我们现在是高铁时代了。马克说，才不过一百年，路基总还会在的吧。桑逸曾经参加过几次本地的户外徒步旅行，有一帮驴友。他说我帮你联系一下，看看有没有喜好这方面的家伙。

桑逸在驴友群里喊了一嗓子，个旧市一个赵姓驴友马上就留言说，来个旧吧，我带你们去。于是，马克、桑逸、朱迪从建水驱车赶来个旧。赵刚是个提前退休的机关干部，对这条老铁路情有独钟。他热心地规划好沿着个碧石铁路线的徒步路程，要看几个老车站、钻几个隧道、走多少公里山路，都做了详尽的攻略。

这趟徒步旅行的起点是个旧老火车站。车站保留了法式建筑风格样式，黄墙红顶，绿色百叶窗，镶花地砖都保存完好。车站楼上是餐厅和咖啡馆，楼下是一个小型铁路博物馆，墙上挂了一些老照片，玻璃柜里陈列了一些跟铁路有关的老物件——路轨、枕木、信号灯、道钉、摇柄电话、铁路股票、站牌、交换机、区间路签箱、气压表、水鹤嘴等。马克没有看到自己曾祖父的照片，未免有些失望。他从包里翻出自己的笔记本来，抽出尼复礼的照片，不无自豪地说，你们看，这是你们这条铁路的总设计师。赵刚如获至宝，说马克先生，我写过尼复礼的文章，今天总算见到“真身”了。还说他要跟有关单位反映，将尼复礼的照片也洗印一张，放在这家博物馆里。

个旧城边的铁路线早被楼群、大马路所覆盖，只有远离了城市，旷野里的路基、桥梁和隧道还基本保持了原来的风貌，但都不可避免地荒芜、颓败了。在三号隧道，他们拨开荒草钻了进去。借助手电，赵刚说，这里面什么都没有了，你要仔细找的话，也许会找到一些道钉。他用登山杖在路基的砾石堆里东刨刨西挖挖，果然就找到一颗锈迹斑斑的道钉。几十年前的玩意儿了，现在还没有锈烂，粗大的螺纹还隐约可辨，依然是沉甸甸的一坨铁。赵刚说，除了这个，就是洞壁上那些烟垢，还让人回想得起当年小小火车的记忆。他从洞壁抠下一块焦炭状的烟垢，说你们要知道，当年火车进这个洞时，乘客最难受。蒸汽火车煤烟大啊，呛得人几乎不敢呼吸。要是窗户没关好，进洞时的白衬衣，出洞后就是黑衬衣了。

桑逸用登山杖从洞壁上撬下一块烟垢，递给朱迪看。朱迪笑道："这就是所谓历史的风尘了。"

赵刚说："只是这段历史，很多地方都已模糊不清。"

马克从包里翻出他曾祖父的手稿来："我这里有当年挖掘这座隧道的记录，可以帮你找回一些记忆。"

我在个旧的一家酒吧里得到消息说，三号隧道冒水了。工人们都被大水赶出了隧道，还死了两个人。中国人都在传言，挖到龙宫了，惹怒了一个叫"龙王"的皇帝，他便放出水来淹没我们。我收拾好自己的工具包，吻别了我的妻子，像堂吉诃德那样出发了。

很多时候，我就像这个神秘古老国度里的堂吉诃德。本地的中国人都认为地下的暗河是由龙王控制的，连公司协理吴廉膺——这个念过书、有满肚子学问的绅士——也这样看。我去到隧道时，一群人在洞口敲敲打打，摆上香案供品，祭祀那个深藏地府的龙王，祈求他不要再放水出来。我问吴廉膺，这有用吗？他说，还能有什么办法？至少能给人一点宽慰吧。

我进到隧道里，水头直径约有六十公分，喷涌到一米左右的高度。我测了涌水的流量和流速，估计是打到一条暗河了。我对吴廉膺说，你们的龙王发脾气了，收工吧。

吴廉膺问：那我们的隧道怎么办？

我没好气地说，龙王想吃什么，你们就供给他什么呀。猪头、鸡、鱼、全羊，等他吃饱喝足再说。

跟中国人一起修铁路，你不仅要排除各种干扰，还得遵从这个国家许多莫名其妙的习俗。堂吉诃德的风车无处不在。上个月蒙自的大士绅周启愚派人送来一千元，说经过蒙自的铁路占了他家太多的良田，要将线路再作修改。我说我收了你一千元，各位股东至少要多付出十万元。有损一个工程师声誉的事，我绝不会做。但很多时候我又不得不做一些妥协。梨树沟铁路大桥都打好桥桩了，沟东头一个叫曹家寨的村庄忽然出动了两三百人包围了工地。他们说铁路线从这里经过，将斩断曹姓家族的龙脉，还会侵扰他们祖先的陵寝。工地被迫停工。火车即便多绕几个弯，也不得惊动地下的死人。活人必须给死人让路，这是堂吉诃德也战胜不了的困难。

吴廉膺当然知道仅靠烧香磕头阻挡不了涌水，他问我怎样才能打败龙王？我用他们的话说，你们不是常说有个天老爷吗？地下的龙王，也要听天上那个老爷发话。等雨季结束再说吧。

这是一条并不复杂艰难却很漫长的铁路，我已经习惯了这种东方式的施工进度——毕竟我们是在一个还在用木轮牛车的国度修铁路。

只有七百多米长的三号隧道已经被垮塌下来的岩石堵了个严严实实，像大山肚子里排泄出来的粪便，看上去特别违和。有水从巨石缝隙处潺潺流出。马克说，地下的龙王还活着哩。赵刚道，要是火车还在跑，它就不敢钻出来抖威风。

梨树沟大桥是一座五孔石拱桥，保存得非常完整，看上去厚重结实。砌桥的条石泛着被岁月风雨侵蚀的淡黄色，但石缝纹丝不乱，严实整齐。桥面上没有了路轨，同样长满了野草。一行人又摸到了桥下，仰望桥孔，就像站在几扇时间之门外。桥下有一条小河，早已干涸，河道及两岸也是荒草萋萋，林木葳蕤。

马克从背包里翻出那沓手稿，指着其中一页说："你们看，这就是我的曾祖父设计的那座桥。他还在这里被劫为人质。"

梨树沟大桥一号桥孔合龙那天，工地主任陈勤鸥邀请我去观摩指导。当初我设计的都是钢铁桥梁，大桥构件全部从法国进口。但陈云鹤先生说，我们满山遍野都是石头，为什么不就地取材呢？一千多年前我们的祖先建造的赵州桥，现在还在用。我并不怀疑，中国人都是天生的石匠，打理石头就像揉一团面团。尽管石拱桥会延长工期，可时间在这里没有多少意义。这天上午，阳光灿烂，山谷里不知名的鸟儿叫得很悦耳动听。我的仆人瓦片——他的头发就像一片瓦——给我摆好了折叠方桌，我坐在一棵大树下喝我的下午茶，同时画一幅工地的素描。工人们背负着一块块至少重达四十公斤的条石，沿着竹子捆绑的脚手架往上攀缘。他们像码积木一般将块块条石砌成一个漂亮的弧形，完全符合力学的原则。在我的素描还差最后几笔时，工地上骚乱起来了。

开初，我以为出了工伤事故——这是经常发生的事情，但是我听到了几声清脆的枪响。随即，一群带枪的人冲了过来。我的仆人瓦片说，老爷，快跑，土匪来了。

事后我才知道，他们就是冲我来的。我刚站起身，两支破旧的滑膛步枪就对准了我的胸膛。忠诚的瓦片试图阻挡他们，却被一枪打倒了——可怜的瓦片，他是一个放羊娃，两年前我收留了他。愿他的灵魂能进入上帝的国。一个看上去很年轻的家伙哈哈大笑，说总算拉到一头“洋肥猪”了。他嘴唇上连胡须都没有长出来，像个还未毕业的高中生，但他却是个最为冷酷的强盗。

我和陈勤鸥及十几个没有跑掉的工人被这群土匪俘获。他们把劫持人质称为“拉肥猪”。我们这些“肥猪”被用绳子绑起来，押到高山上一个村庄里。这里远离城市，政府军的力量根本不可能抵达。在我的规划里，铁路警察是必须要设置的。吴廉膺一直反对，说那会增加多少人力成本。现在他们应该明白治安对一条铁路之重要。土匪们将我单独关押，告诉我说，写封信到个碧铁路公司，让他们准备三万大洋来赎人。我明确地告诉他们，我不会写这信。

第二天，他们送饭来时，扔下一个血糊糊的布袋。我闻到了一股浓烈的血腥味。待打开布袋，上帝啊，一只耳朵赫然呈现！我当时就干呕起来。送饭的土匪说，你要不写信，我们老大就让我割下你的耳朵送出去；如果耳朵不管用，就挖出你一只眼睛送去。然后是鼻子、嘴巴，手指和脚趾。这样的“信”每天都会送出去一封，直到你身上再没有可以送走的东西。

我第一次向邪恶势力妥协，是因为我想到了诺玛。我现在是有家的人，而且两个月后就要当父亲了。三万元不过是我服务这条铁路报酬之一部分。正如茨威格所说，所有命运中馈赠的礼物，都标好了价格。人在这个世界上所挣到的，都得还给这个世界。这些土匪也是穷苦人出身。他们看上去凶横残忍，但他们的脸上都写满了“死亡”一词。我向土匪们提出了我的条件，赎金送到时，我的工地主任和那些工人，都必须跟我一起回去。

桑逸在大桥桥基的两处地方发现了一些弹孔，他问，这些都是土匪打的？赵刚说，那个年代，兵荒马乱的，争来打去常有的事。这条铁路还发生过几次火车大劫案。土匪们跃马横枪，飞身跳上火车，就跟玩似的。

朱迪说：“就像美国的西部世界。马克，你曾祖父是个来到东方的‘牛仔’。只是可惜了一座好桥。”

“不可惜，你们看上方。”赵刚说。人们抬眼望去，两座钢筋混凝土大桥在山巅凌空飞架。钢筋水泥桥桩修长笔直，像一根根擎天柱。“一座是高速公路大桥，一座是高铁大桥。时代不一样了嘛。”

朱迪问：“通到我们国家的高铁，就是这条吧。”

赵刚说：“对，就是它。终点是你的家乡万象。”

朱迪眼睛里有了热度，长久凝望着山巅上的铁路大桥。桑逸道：“今后高铁火车朝发夕至。我要过去看你，请你喝杯咖啡，不过是串个门那样方便。这是真正意义的‘东方快车’。”他眼光火辣辣地望着朱迪。这段时间他加紧了对朱迪的进攻，甚至直言不讳地对朱迪说，我被你搞得有点五迷三道的，我爱上你了。桑逸哄女孩子是一个老手，但这一次他是认真的。而朱迪总是不置可否地嫣然一笑。她是很早就生活在聚光灯下和娱乐报刊头版上的人，追求者并不只是在中国才有。但她父母和爷爷给她画了一条线：无论你爱上谁，他必须是华裔。

朱迪回避了桑逸的眼光，再次仰望两座大桥，它们高得似乎接通了高天的白云。她又回望废弃的石拱桥，不禁叹道：

“人要一眼望尽一段历史的源头，和看到未来某个下午的一杯咖啡，都是一件不容易的事！”

马克接了一句，“我仿佛看到了我曾祖父的身影。”

桑逸忽然像发现了什么，将马克上下一通打量，“马克，那个叫诺玛的哈尼女人，就是你曾祖母？”

马克不无自豪地说：“是的，锅蒙儿。我有八分之一中国血统。汉语叫什么？”

桑逸笑逐颜开，“混血儿，也叫杂种。”

马克晃着脑袋道：“我喜欢这个词，说出来很上口。我经常听你们中国人说杂种、杂种的。我就是个中法杂种。”

众人哈哈大笑。桑逸说：“难怪你在哈尼寨子里喝得那样嗨。你这个杂种，我们更喜欢你了。当然，也喜欢你那个‘牛仔’太爷爷。”

被桑逸定性为在世界各地“搞破鞋”的马克，此番滇南之行，让他感受到了从来没有过的圣洁与庄重。就像小时候在教堂里咏唱赞美诗时，总会觉得有一束光在照耀着他。现在是家族的光芒在岁月的尽头引领着他的脚步。这光的原点来自他曾祖父尼复礼的眼睛。那张上个世纪初的照片里，他用温润明亮的眼光看着马克。父亲曾经对马克说过，你的曾祖父是个有传奇人生的人。一个人要活成一段传奇，不容易。

40 · 书写对抗死亡（二）

上周医生在我的颈部开了一个口子，装了根气管来维持呼吸。昨天护士教我学会如何用食管去发音。我听见自己发出蜥蜴的声音。我这个从不惧怕困难的人，现在喘口气、发个声都难了。唉！我曾一直以为自己的人生是一段传奇，却没有想到最后活成一个笑话。包括我的爱情与婚姻。

我要为你修一条回乡的铁路。这是我在大二时对我的初恋女友陈姝妤说的誓言。那年的冬天，我正在重庆实习，接到母亲发来的电报，说我的奶奶去世了。我心急火燎回家奔丧。那时奶奶有八十岁？或者九十岁？我们不知道。奶奶说不清自己生于哪一年，总说她是经过三个朝代的人——清朝、旧社会、新社会，什么样的苦都吃过了。奶奶离开这个操劳的世界，应该活过了一百岁。我必须赶回去送奶奶一程。

我在贵阳火车站转车。下一趟开往昆明的火车要凌晨三点才来。我在火车站外面的广场上游荡，像一匹孤狼。我没有时间给我的恋人陈姝妤写信说我要回家。她上一封来信说马上就要期末考了，这学期学业很重，我们是八十年代新一辈，要多把时间用在功课上。睡我下铺的兄弟说，桑小青，你娃危险了。女生这样子说，一般就是要分手的托词。他还把那时挺流行的一支歌篡改：“再过二十年，我们来相会，四五十岁的人，还有那点美。”我紧张焦虑，六神无主。我的初恋大家都不看好，连我自己也信心不足。陈姝妤的来信时而热情似火，信纸都要被她的词句烧起来了；时而冷静克制，不着边际地跟一个理工男大谈文艺复兴、人文主义、浪漫主义和现实主义。我们这一代人，小学和初中都是在学工学农学军以及“停课闹革命”中混过来的，所幸在上高中时候赶上了恢复高考。上大学前，我真没有读过多少书。为了与陈姝妤同频，我也去读巴尔扎克，读狄更斯，读雨果，读托尔斯泰。我们的“四大名著”，我只是通过看一些小人书了解的。陈姝妤说，你要读《红楼梦》。我去学校图书馆借来《红楼梦》，一个学期下来都没读完一册。每当陈姝妤检查我的“功课”时，我总会看到她眼里的失望。

只有在每学期开学、放假时，我在火车上为她跑前跑后，为她挤开拥挤的人流，“杀出一条血路”，抢占到一个座位，我才会看到陈姝妤脸上信赖的笑容。那是一个小女生夏花般绽放的笑脸，灿烂地开在我的心间。

这学期我在陈姝妤的指导下读完《少年维特之烦恼》。像我那时读其他外国名著一样，读得囫囵吞枣、半懂不懂。我想我比维特还更烦恼。今年放暑假时，我们相约在峨眉火车站见面，然后一起回家。她身边还有一个高个头儿的男生。陈姝妤说是她中文系的大师兄，昆明人，大家一起结伴走。他大约是个经常泡在足球场上的家伙，一路上都在跟陈姝妤吹嘘他们的光辉战绩。打遍文科系无敌手，什么音乐系、外语系、历史系，打他们就跟打中学生队一样；理科系只有数学系和物理系才是真正的对手。我们已经跟他们打了两架了。这帮学理科的，输急了就想打架，脑袋里有根轴。我在一边不冷不热地说，春季全省大学生运动会，我们学校打了你们一个五比一。我怎么在球场上没看到你？我那天刚好穿的是校队的球衣。大师兄看看我的队服，讪讪说，看不出来，这位师弟也踢球。一个在系队混的，怎能在我面前充老大？

大学毕业很多年后，我在肯尼亚的铁路工地上，和几个老大学生就着两坛自酿的木瓜酒追忆青春年华。搞测量的王工说，在大学里，同班的漂亮女生一般都追不到。你们说为什么呢？有说那时国家包分配，一到毕业就棒打鸳鸯散，能分到一起的有几对？有说同学四年，谈着谈着就像学生食堂老三样伙食，腻了；有说那时大家都年轻，不懂爱情的；还有说远香近臭的。绘图室的李工是我们这个团队唯一的女性，年轻时在大学里应该也不乏追求者。她一直没有发言，忙着给大家倒酒续茶。我便问她，李工的老公也不是她的同学，难道就没有同班同学追吗？她扶了下眼镜说，怎么没有？至少一个小组。你们又不是不晓得，理工科院校的女生都是公主。王工问，你就一个也瞧不上？李工想了半天才说，我那时看班上的男生，一个个都是嘴上没毛、办事不牢的样子。你们要晓得，女生挑男朋友，总是喜欢那些成熟稳重，有些社会阅历，学习成绩好，家庭出身正派的男生。球场上是否潇洒，人是否浪漫，甚至相貌言谈，都是次要的。李工后来被高她三届的师兄追上了。只是在一起生活了十来年后，也离了。可见李工当年的择偶标准，也不保险。王工感叹一句，妈的，防火防盗防师兄，说的就是这种情况吧？

很多年前，我们还不会这样想。我们相信爱情是至真至纯的，不拼爹，不炫富，不讲门第，也不管相隔千山万水。风气尚未被污染，社会洋溢着希望，连忧伤都显得很诗意。就像我现在回忆起八十年代那个冬雨里的贵阳火车站，一个孤独徘徊的身影。我品味着那个年代特有的忧伤，就像饮下一口坛封多年的老酒。

车站广播通知检票时，检票口已排起了长队。这趟过路车几乎是没有空位的，但每个人都希望自己能捡一个漏，侥幸地得到一个位子。站台上，每个车厢门口都是一场小小的战斗，人头、包袱、提包、箱子，堆积在一起。车厢门像一个个阻塞的泄口，令人焦虑、紧张、慌乱、窒息。我一直往车尾跑，我记得这趟从北京开往昆明的列车中，有一个我认识的女乘务员。如果我运气好，正赶上她当乘，或许我会在餐车里混个座位。我还有交通大学的学生证，许多年轻的女乘务员，看到学铁道专业的大学生，眼睛里会有光。因此我相信，我的机会总比普通乘客多。

站台从来就是命运交会的舞台。生离死别的哀伤，火星撞地球的邂逅，亲朋故友的巧遇，久别重逢的幸福，总是在这个大舞台上一出又一出地上演。我们有时是看客，有时就是主角。我被人流裹挟着在站台上狼奔豕突，像战争片中的难民。在6号车厢门前，一个穿红黑相间格子呢外套的娇小身影，让我眼睛一亮。她扎着马尾辫，背着一个马桶包，身子半悬，已经快接近车厢门了，但一个壮汉将她挤落下来，仿佛是一只在山崖边被挤下的羔羊，跌落在我的视线里。

姝好姝好！姝好，好！是你吗？

我拼命高喊，努力不让自己被混乱的人流冲走。她似乎一点也没有听见这兵荒马乱中声嘶力竭的呼喊，还在不屈不挠地往上挤。我仗着运动员的身子，冲撞开人群，挤到她面前，一把抓着她的胳膊，将她拉了下来。

你干吗？她回头，面带愠怒。然后马上转怒为喜。小青！小青……她顺势倒在我的肩膀上。

自和陈姝妤确定恋爱关系以来，那是我们第一次相拥。大一寒假，我们去个旧城郊外踏青，看油菜花。在翻一道田坎时，我伸手想拉陈姝妤一把，但被她巧妙地躲开了。我的下铺兄弟说，这些学文的小女生一点科学常识都没有。未必牵她一下手就会怀孕吧？我当时认为他亵渎了我们纯洁的感情，狠狠地给了他一拳。

陈姝妤眼里有晶莹的泪光，温暖了这个寒冷的冬夜。我们仿佛历经了三千世后的重逢，紧紧地相依偎。陈姝妤请假来贵阳参加她小叔的婚礼，她想既然都到贵阳了，就干脆回一趟家。我们就在这个最不可能相遇的地方"邂逅"。她说她在进站的那一刻，还在想我们一路同行的时光；还想起我告诉过她的话：在人群中拥挤，不要用肩膀，要用脚像刀子一样插进人缝中，用膝盖把他们顶开。可是我的脚早就被挤悬空了！她流着欢悦的眼泪说。

站台上的邂逅是这世上最大的浪漫。陈姝妤还说，就像安娜·卡列尼娜在车厢门口遇见了沃伦斯基。我傻傻地说，人家可没有我们这么拥挤。

我很庆幸带着陈姝妤混进了卧铺车厢。列车长是个敦厚的中年人，他看看我的学生证，说跟我走吧。他还说，读出书来多修几条铁路，火车就不会这么拥挤了。

这是一个无与伦比的浪漫夜晚。我们在卧铺车厢的边凳相向而坐。夜行火车在黑暗中穿行，无垠旷野里星星点点的灯火，像黑夜的眼。这是陈姝妤说的。我为这个比喻叹服，说不愧是学中文的。我从不知道黑夜还有眼睛。"黑夜给了我黑色的眼睛，我却用它寻找光明。”知道是谁的诗吗？陈姝好问我。我摇摇头，努力回味这两句诗的意思。只觉得好，却又说不出好在哪里，我恨自己的愚笨。陈姝好说，全中国的年轻人都在传诵这首诗。你怎么会不知道呢？她继续背诵：远和近/你，/一会看我，/一会看云。/我觉得，/你看我时很远，/你看云时很近。

陈姝好说这是朦胧诗的代表作。如何理解朦胧诗呢？就像爱情，朦胧是一种美。好吧。你把爱情放在显微镜下，它也不经看。那么，什么是“远”？什么又是“近”？是爱因斯坦相对论的诗意解释吗？我觉得诗中的那个“你”，有点像面前的陈姝好。这让我感觉不好。我说，我们学铁道的，就是要把很远的地方，比如家乡、大海、雪山，变得很近。姝好，有一天，我要为你修一条回乡的铁路，让你回家再不拥挤，再不遥远。

陈姝好笑了，说那你就是驾着红帆船来的王子了。你们学理工科的还是懂得浪漫的呢。她伸出了手，我没有犹豫，双手紧紧握住。多年后这掌心中的温暖一直被我收藏。就在我们拉住手的一瞬间，火车忽然驶进黎明，黑暗被甩在身后。朝阳在远方的山顶一跃而出。车厢里阳光灿烂，就像搭载了一千个太阳。

列车奋力爬上高原，我的爱也像火车一样动力十足。老天爷啊，我怎么如此幸运！我这一生中，被幸运之神眷顾的时候很少。我总是看到身边的人，一个又一个地被幸运砸中。人家事半功倍，我却多是事倍功半，甚至功亏一篑。当然，我也不是没有被幸运女神拣选过。至少比起我的父辈，我是时代的幸运儿。

我相信生命中的某些日子，会成为人生的伏笔，无声地暗示着不可更改的命运。三十六年前那个飘着丝丝浪漫冬雨的夜晚，早已把爱的烙印打在命运的底色上。人生多歧路，爱情多磨难。幸运之神和爱神，有时是孪生兄弟，有时又是冤家。

四年大学生活里我们爱得若即若离。在我的传统观念里，两个人既然恋爱了，爱情就是排他的。陈姝妤身边却总是围着那么多校园里的"白马王子"——文科学霸、桂冠诗人、球场明星、话剧导演、能说会道的大师兄，还有留校的青年教师，等等。八十年代的大学校园嘛，单纯又纷繁，浪漫又火热。我承认，从我爱上陈姝妤时起，我们的关系其实是"剃头挑子一头热"。我义无反顾地追求她，不管自己是否配得上她的爱。我这个工科男只是个信奉"死缠烂打"的实用主义者。把她逼到退无可退，她或许会被我这种精神感动。但是否有这么一天，我永远不知道。可爱情这个东西，是两条铁路要交会或相连，才能承载生活的火车跑在一条道上。否则，永远是各行各的道。这是我多年后的人生体悟。

上世纪八十年代中期，我和陈姝妤同一年毕业，她留在了成都当一名中学老师，我则被分配到海南岛修铁路。我们各奔东西，相思越拉越长。那些在天涯海角修铁路的艰辛岁月里，我才彻悟到什么是"相思"——永不停息的一排排海浪是我翻滚的思念；洁白的沙滩上有我徘徊的脚印和稚嫩的诗行；热带雨林里陈姝妤的身影总是忽隐忽现，她忽而在椰林里留下一个红衣白裙的背影，忽而在槟榔树下抬头仰望，而我就是那个在高高的树上采槟榔的幸福小子；生活车半月来一次，送来物资给养时，除了盼望许久的书信，我总幻想那个日思夜想的身影会忽然从驾驶室跳下来；风钻的轰鸣声，我把它想象成奔向我的恋人的火车轰鸣声；在隧道的尽头，陈姝妤总会是那个在山岗上挥舞黄手帕的人；至于在简陋的工棚里，在那些经受着台风的撕扯，或者沐浴着海上一轮明月的漫长夜晚，在那些情书里的每个字、词都恨不得抠下来吃进肚子里，相思得近乎发疯的浓郁情绪中，我现在已说不清是怎么熬过来的了。

我每个星期都给她写信，谈思念、谈工作、谈人生、谈理想和未来。她半个月或一个月回我一封。大学毕业第二年的六月，我有个路经贵阳转车去遵义开会的机会，这是我能经过的离我的恋人最近的地方。思念让我发狂。我写信约她从成都到贵阳来见一面。她回信说很愿意来这么一趟浪漫之旅，但只能利用一个周六下午坐夜班特快过来，周天下午她就得赶回去。因为周一下午她还有课。我们约定周天中午要在贵阳最好的饭店吃顿饭，手牵手在贵阳的街头走一走，然后再送她去火车站乘坐下午四点一刻的K146次客车回成都。贵阳车站是我的幸运地，我相信奇迹还会再次发生。

我为这次跨越千山万水的约会做足了功课，买了一大堆海南岛的土特产，连椰子我都背了四个。临行前，我还在一个星期天翻了两座山，终于找到一棵红豆树，我把采来的红豆去皮打磨，做成一条手链，我要亲自戴在她手上，然后向她正式求婚。我要认真复习，考成都一所大学的研究生，哪怕放弃我现在的专业。我再也不能忍受这种分离之苦了。

可是啊，老天爷似乎不赞同这场爱情。在广西玉林，火车趴在那里一待就是十多个小时！前方铁路遭遇塌方了。那时候的线路状况真是糟糕啊，火车误点是家常便饭。可是有谁知道它会误了一个人一生的爱？我困在火车上有多着急自不必言，陈姝妤那边的情况如何，我不得而知。那个年代又不像现在，有手机，可以视频。音信不能抵达之际，是为人间最痛、最难。

待我终于赶到贵阳火车站时，从贵阳开往成都的K146次刚刚发车！绿皮火车正徐徐驶出站台，我在站台上拎着大包小包的东西狂奔。一个又一个车窗在我眼前滑过，我没有看到那熟悉的身影；我想追上这趟火车，跳将上去，追随我的恋人而去，哪怕为此失掉工作；我疯狂地拍打车厢，想让火车停一停，停下来啊……

汽笛声声，声声教人肝肠欲断；火车铿锵，留下一个冷酷的车尾，在我的视线中慢慢远去。这是世界上最令人伤心欲绝的一趟列车。站台上的邂逅是这世上最大的浪漫；而站台上的错失，就是人生的滑铁卢。你错过了，此生永不再有。错失的火车拉走了我的爱神。我孤零零地在站台上，感受那种被全世界所抛弃的痛。一周以后，我收到陈姝妤的信，很短，中心意思只有一个：我们有情无缘，分手吧。我的自尊心、爱心大受伤害。你怎么就不能听听我的解释？火车遇到塌方，就是专列也不能通过呀！那时我们都年轻，一颗爱心如玻璃珠一般脆弱。陈姝妤只在意爱情的浪漫。她只要意外的重逢和惊喜，而不接受不可逆的错失。

啊，一写到我错误百出的青春，我就忘记体内四处蔓延的癌细胞了——不用医生告诉，我已经知道，它们已经转移到我的肺和脊椎上去了。一只看不见的野兽日夜在啃噬我的器官和骨头。我脖子处的伤口还火辣辣地痛。它似乎在告诉我，生命中的痛点，你永远无法回避。我把它写出来，或许，痛就变成一种美丽。

第九章

41 · “洋马儿”

建水古城的街道并不宽阔，大多青石板铺地，街道两边商铺连绵，行人接踵，以杂货铺和小食店居多。路边小摊则更是让人举步维艰、留恋不舍。烤豆腐、豌豆粉、马蹄糕、糯米糖、干柿饼、花生核桃松子、山鸡野鸭熊掌，清香四溢，琳琅满目，加之引车卖浆者穿行集市，吆喝买卖声此起彼伏。在没有战火骚扰的岁月，古老的县城四门洞达，商旅熙攘，巷陌通衢，烟火人间。

黄昏时分，夕阳斜照，县城安详下来。一个穿白色西装吊带西裤，戴驼色宽边礼帽，骑一辆漆光锃亮自行车的青年，潇洒地在古城街道上洒下一串铃铛声，风一般穿街过巷。自行车后总会跟着一群衣衫破烂的小屁孩，“洋马儿，洋马儿”地边喊边跑。这是建水城第一辆自行车，跟几年后火车开进建水城一样，引人惊叹和骚动。

吴孝珪在省立第一师范学校离毕业还差两个月，便辍学回家了。他用马帮驮运回这辆荷兰产瞪羚牌自行车，似乎这就是他外出求学的唯一收获。吴孝珪拒绝了其父吴廉膺让他到个旧“吴盛泰”商号当见习协理的建议，去建水国民小学当了一名教师。吴家花园偌大的宅邸他也不回，独自住在学校的简陋宿舍。没有课的时日里，他喜欢骑上自己的“洋马儿”在建水城外的田野里拉风驰骋。坑洼不平的古驿道上，本地的驮马如履平地，“洋马儿”则遭大罪了，常常把主人掀翻下来，引得田里干活的农人讪笑。

暑假里的一个下午，吴孝珪终于在古驿道上摔折了腿，不得不住回吴家花园。吴廉膺叫人给他收拾出一个独门小院，配了三个用人，说六宝，你看，要论读书做学问，还有比我们的吴家花园更安静的地方吗？吴孝珪目光空洞，神情郁郁，对父亲的话不置可否。自回到建水后，除了给小学生们上课外，他几乎永远都是这样的表情。

吴廉膺私下里问一直陪着大儿子在省城念书的吴张氏："六宝是生病了吗？"

吴张氏撇撇嘴道："没病。"

"那他怎么会是这个样子！你是怎么管教的？"吴廉膺责怪道。

吴张氏忽然抹起眼泪来："你们父子都是长有反骨的人，非要拿鸡蛋往石头上撞。"

吴廉膺一怔："六宝惹事了？"

吴张氏哭着说："人家要捉他去吃牢饭啊……"

吴孝珪在昆明县立师范附属小学读书时，住在吴廉膺早年在昆明城南书林街购下的吴公馆，还配了贴身用人、厨子、花工、门房、杂役等六七个仆人。那时天天都有一个小厮接送吴家大少爷上下学，有专职的黄包车车夫。

在学校里，吴孝珪交上了一个朋友，名叫聂守信。他是班上成绩最好的学生，家里父亲早逝，母亲在昆明甬道街开了一家药铺，勉强维持生计。聂守信是那种穷得有尊严、有骨气的孩子。小学二年级的春季，学生们在老师带领下外出春游。两个高年级的学生嘲笑聂守信裤子膝盖处的补丁，聂守信扑上去就和他们撕打。吴孝珪见不得他们以大欺小，抄起一根树棍也冲了过去。架虽然没有打赢，两人却自此成为好朋友。吴孝珪经常带聂守信到家里玩耍，他们一起做作业，一起去河里摸鱼捉虾。吴孝珪做不来的作业，总是聂守信帮他。聂守信吹的竹笛特别婉转动听，他还会弹三弦、月琴，连不容易学的二胡也拉得有腔有调。他小小的年纪，总是显现出一种既聪颖伶俐，又老成持重的才华，让吴公馆的大人们称赞不已。

初小毕业前夕，聂守信被校监叫到办公室，说你的童子军校服太破旧了，去买一身新的。聂守信一声不吭地离开校监办公室，收起书包就回家了。第二个星期，学生们再也看不到聂守信的身影。吴孝珪放学后特地赶到聂守信家里，他正在药铺柜台前守摊子。聂守信说，我家没有钱买新的校服，他们就不让我参加毕业典礼。吴孝珪轻松地说，不就是校服钱嘛，我帮你交了就是了。守信，回来吧，我们还有节目要在毕业典礼上表演哩。吴孝珪这时看到了聂守信眼里愤愤不平的目光。“几块钱在你们有钱人家不是多大个事，在我们家却是一个月的生活费。孝珪，你别来找我了。”

吴孝珪考上省立第一师范学校后，谈恋爱了。追求的对象名叫陈春晓，也是来自滇南世家大户的千金。她的父亲是个旧的大矿商，还兼做茶叶生意，而她三叔便是陈云鹤。这陈春晓长得乖巧伶俐，天生一副好歌喉，极喜欢音乐。吴孝珪也会摆弄点民乐器，常把陈春晓请到吴公馆来，两人一个吹一个唱，琴瑟和鸣的模样，让吴张氏看了也觉得这是天造地设的一对。她甚至私下里跟儿子讲，六宝啊，陈家这个小姐，知书识礼的，我看不错哦。我们老吴家和陈家可是世交。到你们毕了业，我让你父亲去陈家提亲。你可要盯紧一点。吴孝珪总是幸福而羞赧地说，还早哩，妈妈。现在时兴自由恋爱。我喜欢人家，人家还有自由。

第二学年的冬天，陈春晓说，低年级来了一个插班生，是个音乐天才，吹拉弹唱样样精通，学各种鸟叫，学各地方言，活灵活现。还能自己谱曲，只要从耳朵里听进去的，都能从他嘴里唱出来。他的耳朵才叫神奇，竟然可以自己动，一前一后的，好玩极了。

吴孝珪说："你不用说他的名字，我就认得他是哪个了。聂守信吧？"

陈春晓一击掌："你们原来认得啊？"

吴孝珪望着陈春晓眸子里倾慕的光芒，心里忽然闪过一丝不祥。但他还是笑着说："我们是小学同学，没想到又成同学了。"

"他和两个音乐老师组织了一个'九九音乐社'，我们也去看看吧。"

在"九九音乐社"，吴孝珪一把将聂守信抱了起来，说你怎么才来？聂守信吐吐舌头，笑着说，我人笨，考了三榜才考上。

音乐社里会聚了一帮昆明各学校思想活跃、热爱文艺的青年，有青年音乐教师、梨园学徒、在校学生、店铺店员等。吴孝珪慢慢发现，他在周末约不到陈春晓了。她不是跟聂守信学歌排节目，就是跟随他去乡间采集民歌。同学们传言，聂守信其实去年就考上了省立第一师范学校高级部外国语组，主攻英语。可他只学了三个月，就跑去广东参加国民革命军，投身于打倒军阀列强的北伐大革命洪流中。谁想那支部队根本就是一支军阀队伍，他还没有上战场，所在的部队就被收编遣散了。聂守信在广州流浪了一段时间，最后不得不灰溜溜地回到云南，还是朋友借给他的路费。

这样一个年纪轻轻社会阅历就如此丰富复杂的人，又才华横溢，走到哪里都是人群里的中心。他是同学中第一个会拉小提琴的人，尽管比不上他玩那些民族乐器那么流畅悦耳，依然迷倒一大片同学。吴孝珪愈发觉得，现在已不需要他关照保护聂守信了，这个小老弟会带领他身边的追随者做一些“胆大包天”的事情。小时候是天生的“孩子王”，长大了就是服众的学生领袖。省立第一师范学校的第一本油印刊物是聂守信创办的，第一个读书会也是他组建的。他总会从校外带回一些苏俄的书籍来。这些禁书让大家读得既好奇又紧张，一个全新的世界正在向这些渴望变革的年轻人徐徐展开。有一天，在校园的操场上，陈春晓神秘兮兮地问吴孝珪：“你知道共产主义青年团吗？”

吴孝珪茫然地摇摇头。

陈春晓面带羡慕地说：“四狗狗就是共产主义青年团团员。”

“哪个四狗狗？”

“聂守信呀。哎呀，忘了告诉你，是我叫他四狗狗的。读书会的那些书，就是四狗狗从共青团那边带进来的。可别告诉任何人啊，要杀头的。”

“哦，你们都开始叫绰号了。他叫你哪样？”

陈春晓幸福地笑了：“他叫我吹灰灰。有一次他眼睛里进了沙子，我帮他吹。哈哈，就落下这个绰号。”

吴孝珪想起陈春晓嘟起嘴吹课桌上灰尘的模样，他却从没有想到过要给她取个绰号。他只叫她晓妹，她唤他六哥。吴孝珪沉默了，有在跑道上远远落后于人的挫败感。

“晓妹，我妈今晚熬了松茸菌汤，我们回家吃饭去吧。”

“对了，今晚十二点，四狗狗组织了一些人去南屏街护国门一带贴标语。”

吴孝珪已经察觉到，聂守信最近行事诡秘。晚自习后总会有一些跟他相处甚密的同学故意落在后面，然后深夜才回宿舍。如有人问，则借口是去排练话剧。原来他们是去干这个了。读禁书，演话剧，反政府，贴标语，从事神秘活动，加入秘密组织。多时尚啊！多风光啊！多英雄啊！吴孝珪不无妒意地说，晓妹，前天的报纸上说，金马碧鸡牌坊的基座被不法之徒张贴了赤色标语，警方正在全力调查，缉拿肇事者。晓妹，你可得仔细点。

陈春晓头一扬，笑道：“看把你吓的！”

“晓妹，那聂守信，他……他可是个危险人物！”

陈春晓的嘴角扬起几丝讥讽：“你要是害怕，就回去喝你妈妈的菌汤吧。”

吴孝珪血往头上涌，赤红着脸道：“你去，我就去！”

吴孝珪在建水国民小学单身宿舍的孤灯下，在城外广袤田野上撒疯时，省立第一师范学校念书时那些浪漫又伤心的时光，一直与他如影相随。他在故乡灿烂的阳光和吴氏家族的温柔乡里找不到一点温暖。有时，孤独也是一份奢侈，容易被人“打劫”。国民小学里的女教师谭煜，是建水古城第一个女先生，也是第一个穿西式连衣裙的人。她走上讲台时引发的好奇和议论，不亚于吴孝珪骑着“洋马儿”在古城里拉风。谭煜是个从越南海防回来的姑娘，自小上的是西式学校。她在学校里教算术和法文，两人自然话就投机一些。谭煜家里有一台西洋留声机，吴孝珪应邀去她家做客，听胶木唱片里播放出来的西洋歌剧。花腔女高音不能不让他想起远在昆明的陈春晓——尽管谭煜正用一双饱含深情的眼光默默凝望着他。

另一个试图“打劫”吴孝珪孤独的人，是吴家花园的老祖吴封氏。似乎她活着的目的就是给晚辈们设置障碍，给岁月涂抹霉味，让任何鲜活的生命罩上腐烂的礼教。因此，当吴张氏试探着跟儿子说，老祖正在给你张罗亲事，提亲的人下月就该来了时，吴孝珪冷冷地说：“吴家花园已经烧掉一栋绣楼了。难道还要一把火，将这偌大的花园都烧尽了，才会有一朵花儿自由开放吗?”

吴张氏霎时泪水涟涟:“我的儿呀，你可千万别走你姐姐那条路。”

42・B角

吴孝珪是带着失恋的累累创伤回到故乡的。聂守信是他的情敌，却又是他渴望改造社会、投身反帝反封建革命活动中的人生导师。与其说他当初是出于某种好奇心，加入由聂守信组织的秘密活动，不如说是因为他无法放弃对陈春晓的追求。或者说，为了向陈春晓证明自己也可以像聂守信一样勇敢无畏、独立反叛；更为了在充满风险的学生运动中，充当陈春晓的护花使者。有一次上街反军阀暴政的游行，巡警冲散了游行队伍，挥舞着手中的马棒对学生们一阵乱打。吴孝珪护着陈春晓从混乱中好不容易冲出来，刚跑进一条小巷，陈春晓忽然大喊：四狗狗还没有出来。她转身又返回到大街上，吴孝珪只得跟了出去。事后他怪罪陈春晓，和黑狗子（警察）打架，哪是你们女孩子做的事？要是他们把你抓走了，我怎么办？陈春晓却道：聂守信被抓走了，谁来给我们写歌？

吴孝珪在学校里有个拜把兄弟邱大洪，是个袍哥人家的子弟。两人同宿舍同进出，无话不讲，情同手足。邱大洪对吴孝珪说，兄弟，别伤心啦。我找几个江湖上的好汉，把聂守信废了便是。吴孝珪白了他一眼，说些哪样混账话！我可不会耍流氓。

那年月共产党刚刚在云南建立起组织，地下党在昆明各界组织了一系列的反军阀混战的抗议示威。军警宪特进入校园，强行搜检“赤化”书籍，逮捕进步学生。许多被抓捕到的人，以“共产分子、宣传赤化”之名，未经任何审判就被枪决了。而且军政府为了震慑民众，还故意把刑场设在昆明穿心鼓楼楼门前。这座建于元代的门楼本是城东北角传递信号的烽火楼。行刑者不仅要让枪弹穿透那些挺身反抗者的胸膛，还要让他们的亲人以及志同道合者万箭“穿心”。省立第一师范学校的老师董时灿，是学校话剧团的指导教师，聂守信和他感情笃厚。尤其让聂守信他们痛心不已的是，董老师被枪毙后还被挖心剖肺，被围观的民众哄抢一空。聂守信听到这个噩耗时，捶胸顿足，伏案痛哭。

刚进入雨季的昆明城，天上飘的雨都带有血腥味。

一个雨夜，陈春晓在省政府当秘书的表哥拍开了她家的门。进门他便急切地说，春晓，不得了啦。我下午在警察局呈报上来的抓捕人员名单上，看到了聂守信的名字。陈春晓一下慌了神，表哥，我该怎么办？你得赶快让他走。表哥又说，现在六道城门已经戒严了，只能找个地方先让他躲起来。

陈春晓很快镇静下来，她要了一辆黄包车，直奔聂守信家。她还多了个心眼，让黄包车停在聂家外面的一个街角，拿出一枚铜钱，让一个小孩帮她把聂守信叫出来。到聂守信上了黄包车，陈春晓也不多说什么，只对车夫说，去书林街吴公馆。

学校早已停了课，这个晚上刚好邱大洪来找吴孝珪打麻将，门房忽然带着神色慌张的聂守信和陈春晓进来，让他们吃惊不小。陈春晓张口便道：“六哥，守信上了抓捕名单，先在你这里躲一躲。”

聂守信把吴孝珪拉到一边，诚恳地说：“孝珪，不好意思，添麻烦了。我明天就离开。”

吴孝珪看看屋子那头的陈春晓，她正用期盼的眼光望着他。吴孝珪提高了声音，豪迈地说："守信兄，你就放心吧。在昆明城里，没有比我家更安全的地方。"

吴孝珪送邱大洪出来时，走到公馆外面花园里，邱大洪悄声说："别充好汉了，私藏政府案犯是要吃官司的。"

吴孝珪不当回事地说："我怕哪样？吴公馆不是随便哪个就可以进来的。"

"兄弟，这是你的机会。"

吴孝珪警觉地问："你哪样意思？"

邱大洪阴笑："你憨啊？眼睁睁看着自己的恋人被人抢走，还冒着掉脑袋的风险救他。"

吴孝珪一把揪住邱大洪的衣襟，将他抵在墙角："邱大洪，你别侮辱我的人品。我警告你，今晚我家的事，你要是说出去半个字，我会杀了你！"

聂守信在吴公馆躲了七天，吴孝珪与自己的情敌朝夕相伴。聂守信说他原来的人生规划是从师范学校毕业后就去考公派留学生，考不上就走出国勤工俭学的路子。"我是要去看看这个大世界的，我们云南人不能总当'家乡宝'。我要去学习西洋音乐。贝多芬、莫扎特、肖邦，我太崇拜这些大师了。"吴孝珪说，你就是我们的莫扎特。聂守信摇头："不，不。我太穷了，我受到的正规教育太少了。"他又笑着说，"不过音乐家都是很穷的。这一点我和他们一样。"

他们也谈论当下的形势。说到激昂处，聂守信双手插在吊袋裤兜里，在房间里走来走去，脚在地板上跺出有力的声响。听啊，这是时代的节奏，我可以把它变成音乐的节拍。看啊，这是一个革命的时代，抗争的时代，奋起迎接新世界的时代！他推开窗户，让强烈的阳光扑面而来，光线勾勒出他年轻的身躯，像在光明中振翅欲飞的天使。但他终于又关上了窗，回头低声说，孝珪兄，反抗的洪流需要我们去呐喊，让呐喊成为这洪流中的一朵浪花吧！心底里的呐喊，就是音符的灵魂。军队冲锋的号角，苦力负重的号子，新女性的歌谣，劳苦大众的渴望，新世界的曙光，我都要赋予他们最美最强的音符！你要知道，当晨曦冲破黑雾，阳光普洒大地，那光线就是歌咏崭新世界的五线谱。我已经感受到了它的召唤。等着看吧，我会写出这抗争时代的最强音！

吴孝珪相信这是个为音乐而生、为时代歌咏的人，但不能理解这个黑暗混乱的时代与音乐的关系。他问："一个身处黑暗中的人，心里还有歌吗？"

聂守信信心满满地说："黑暗的年代，更需要歌者。"

吴孝珪被感动了。他试探着问："守信，我可以加入你们的组织吗？共产主义青年团。"

聂守信目光严肃地看着他："你愿意为它付出一切吗？像我们的董老师那样。"

吴孝珪心脏怦怦乱跳，他舔舔干涩的嘴唇，鼓起勇气说："愿意。"

聂守信将一只手搭在吴孝珪肩上："你的情况，我还要向上级组织汇报。你要经得起考验。"

吴孝珪感受到了某种庄严，他的内心平静下来了。那是一种终于找到了人生归宿的释然，有一束光在前方召唤着他。他愿意追随而去，不惜舍生忘死。

陈春晓担负起了信使的角色，往来于聂家、地下组织和吴公馆之间。她带来的消息时好时坏。更让吴孝珪焦躁不安的是，每当陈春晓来到吴公馆，和聂守信关在屋里长久不出来时，吴孝珪又忘记了他对聂守信的崇拜。他的内心针扎火燎，痛苦不堪。他楼上楼下地蹿来蹿去，在花园用头撞树，在盥洗间猛揪头发。他很想向陈春晓坦陈自己的妒火，但她那副无暇他顾的神态，让他羞于启口。可当陈春晓看到聂守信时，那花儿盛开般的笑脸，那嘴角飞扬的妩媚，那眼窝里盛满的柔情，连傻子都看得出，这是一个正在恋爱中的女人。他也想向聂守信告白，在你认识陈春晓之前，我已经追求她一年了。在参加革命和个人感情之间，哪一个更重要？如果你也是爱陈春晓的，就让我们来一次公平的竞争吧——哪怕我只是个B角。

但是没有条件来追求公平。有一天晚上吴孝珪对陈春晓抱怨道，家里人等你们吃饭都等了两个多小时。你们遇到哪样事情要谈那么久啊？

陈春晓严肃地说："组织有纪律，不能说的，掉脑袋也不能说。"

吴孝珪嘀咕了一句："这革命闹的，我们跳舞的时间都没有了。"

"形势那么严峻，你还有心思跳舞？六哥，革命不是一场风花雪月。"

他在她眼中看不到一点爱。如果说在参加革命活动前，他们一起念书、郊游、约会的快乐时光中，陈春晓尚是个情窦初开的少女的话，现在的她已"近朱者赤"了。

形势的确很危险，不断有读书会、"济难会"的学生被抓，甚至"九九音乐社"的两个音乐爱好者也被侦缉队的人带走了。陈春晓说她发现这两天吴公馆外面的街口总有两个形迹可疑的人在转悠。她还说她不相信邱大洪，聂守信躲进吴公馆那晚他的神色有些可疑。她像个机敏的小猫，对周围一切随时保持高度警惕。吴公馆显然已经被当局盯上了，他们没有冲进来搜查，可能还是忌惮于吴廉膺的声名。

有一天，陈春晓对吴孝珪道："吴公馆里不是总在办堂会吗？跟伯母商量商量，这周末办场堂会吧。"

周六下午，一个滇戏班子被请到吴公馆。公馆外面冠盖云集，车马熙攘。今天来吴公馆唱堂会的滇戏班子是昆明城的"玉蝶班"，他们的《梁山伯与祝英台》名动春城。"玉蝶班"一般是不唱堂会的，但吴公馆盛情相邀，也是给他们面子了。

到下午三点时，吴公馆内管弦悠扬，唱腔婉转，梁山伯与祝英台还在情意绵绵、楼台话别。只见吴家少爷挽了一位小姐的手，出了公馆大门，早有一辆黑色的美国道奇轿车停在那里。少爷先侍候小姐上车，还将她的长裙下摆理顺好，自己才坐上车。公馆对面街角有个补鞋匠，一双阴鸷的眼睛从破毡帽下一直盯着这对人儿看，直到轿车拐过街口。

法国人的滇越铁路火车站离吴公馆也不远。陈春晓一身女学生装，早已候在站台上，直到看见聂守信和吴孝珪从人群中挤出来，她脸上才露出欣慰的笑容。

聂守信被组织安排去上海避避风头，聂家刚好也给他在那边觅得一份工作。他将坐火车到海防，再从那里乘海轮北上上海。聂守信将一个包袱还给陈春晓，笑道："我在话剧舞台上扮演过娜拉，没想到生活中还要男扮女装。"

陈春晓道："这裙子穿你身上，比我都合身。"

吴孝珪说："要是走近了看，还是能看出破绽的。我真担心他们查车呢。"

聂守信笑道："别忘了，我学女生讲话，几可乱真。"

汽笛在鸣叫，粗暴地截断有情人儿的绵绵情话。吴孝珪先与聂守信握别，聂守信放下手中的藤篾箱子，给他来了一个西式的拥抱。他使劲捏着吴孝珪的肩膀："孝珪兄，谢谢！咱们后会有期。"

吴孝珪也有些动情了："兄弟，一人在外，诸多不易。好好照顾自己。常来信。"

聂守信自信地笑了。"眼下为谋生计，只能去当一个小店员。但请相信，我会在大上海闯出一片新天地来的。"他望向陈春晓，加重了语气道，"在我背后，有亲人的眼睛。"

陈春晓深情的目光似涌动的海浪，将聂守信一波一波地淹没；而聂守信也神情异样，将手里的藤箱从左手换到右手，又从右手换到左手。他似乎羞于面对陈春晓伤感凄迷的目光，咬紧了牙关，欲说还休；又扭头看看火车，再看站台上匆匆上车的人群；再回过头来，相互深情凝视。

陈春晓从衣兜里掏出一块丝帕来，打开，是一串用丝线穿起来的缅桂花。她递到聂守信手里："我家里缅桂树上摘的。"

聂守信双手捧住，迷醉地说："真香。"

吴孝珪内心五味杂陈，不自觉地就闪在一边了。这是革命情怀，还是私人情感？他忽然感到一阵悲哀，为自己，也为聂守信。这一对人儿依依不舍的气场，既让人心生感动，又恨意绵绵。汽笛声声，火车头沉重地呼吸，吐出团团忧愤的黑雾。站台总是有情人生离死别的大舞台。即便是火车，也载不动这一生一世的离愁别恨吧。

火车启动，聂守信吊在车门踏板上，向送行的人使劲挥手。陈春晓追着火车跑，吴孝珪跟了几步，便停下来了。火车越来越快，陈春晓还在追。一直追到火车把她的目光拉成两根坚硬的铁轨，无言地承载恋人的远行。

吴孝珪长久地呆立站台，眼眶也湿润了。到陈春晓怅然回到他面前，他看到的是一张泪流满面的脸。

43・白马

风雨如晦的年代，吴廉膺早已收起了自己“治国平天下”之心。这年初夏，执掌云南军政大权多年的大军阀唐继尧去世，他手下的几个镇守使为争当省主席相互厮杀，混战不休。昨天还是耀武扬威的旅长、师长，今天要么抛尸荒野，要么成了阶下囚。人们传说一代枭雄唐继尧才四十四岁就一命归西，没有战死沙场，却被他手下这些军头活活气死了。老大一死，昆明城头变幻大王旗，亦不过在须臾之间。只是苦了战火纷纷下的百姓，兵来匪去，哀鸿遍野。许多县城的县长说话不如带枪的一个连长放个屁。建水县城这些年县长换了无数个，最长的一任县长干了不到两年。北洋政府的内阁都走马灯似的换，何况偏远地方的区区县长？他们有的被不同派系的军队赶走了，有的被土匪杀了。有个县长刚上任没一月，便痛感还是身家性命重要，悄无声息地挂印远遁了。

这几年吴廉膺和驻防滇南的刘礼存司令关系甚厚，私下里以兄弟相称。吴家的鸦片生意刘司令占有三成股份。他只需提供武装保护，“吴盛泰”的小包装鸦片便能平安地远销各地。当下局势，没有军队撑腰，诸事皆难。

其时，吴家绵字辈的四房长辈都不在人世了，廉字辈的十一个兄弟，除去病死的，还有八个。吴家廉字辈老大吴廉庭推说自己身体不好，家中诸事实在劳烦心智，让他深感厌倦。他说七弟廉膺精力充沛，能力过人。这吴家老少百余口，恐怕也只服七爷管教了。

在吴家花园里最能折腾事儿的，还是那些女人。老祖吴封氏日渐昏聩，已难掌控全局。多年以来，吴封氏坚持家族的“大锅饭”制，梅兰竹菊四大园所有在家的老少，早午饭各自去厨房领取（吴家只吃两顿饭），晚饭时则必集中在大饭堂用餐。尊卑有礼，长幼有序，各家主事的男人们一桌，女人们四五桌，孩子们六七桌——民国以前，女人孩子是不得到大饭堂用餐的。各园的人回来得齐时，十余张餐桌会一直摆到庭院里。吴封氏喜欢这种五代同堂的感受，喜欢作为家族的老祖宗，居高临下地享受儿子儿媳、孙子孙媳、曾孙曾孙媳，乃至玄孙们的请安问候，以排解她一生的孤独和对死亡的恐惧。隔的辈数越远，她在家族中的威权就越带有神的光芒。比供在香案上的先祖牌位更为神圣的是，她还在呼吸。

尽管她在饭桌上吃得不多，话也很少，但她审视一切的目光，让美味佳肴也变得索然寡味。有老祖在，场面上大家都拣好听的话说，挑好吃的菜吃。转身离开饭桌，四园之间各种难听的话都出来了。哪一房的小妾吃相难看，哪一房的孩子缺乏教养。女人们有时会为谁谁多吃了一碗燕窝，也会嚼半天舌头。

吴廉膺重新修订了家规，并在宗祠里召开家族会议宣布，梅兰竹菊四园各园每月开支款项再次厘清。长辈优厚，晚辈严苛；正室为主，偏房为辅。族中男丁，做事者有红利可分，闲居者仅有生活费。各园各开伙食，分食不分家。年节、祭祀时，才搞大会餐。家族贴身用人，老祖三人，绵字辈女眷长辈两人，廉字辈一人。另规定好每房厨子、花工、杂役、更夫、车夫、马夫、守卫人数。各房不得攀比传言，如有龃龉纠纷，家法说话。

吴廉膺敢于打破家族里的“大锅饭”，是因为吴封氏已经不能出门了。饭桌上没有了老祖这根定海神针，婆媳、妯娌、姑嫂之间话里有刺、绵里藏针；梅园、竹园孝字辈的几个小子喝酒行令、浪里浪气，还常常不归家吃饭。因此吴廉膺对老祖禀报说，各园女人孩子，各家管吧。老祖鼻子哼哼，不在一锅里吃饭，就不像一家人。你们这些逆种，迟早要把这花园大宅拆分了去。

家大业大是非多，连吴廉膺自己家里的这本经都不好念。妻妾们现在不争宠了，却都把眼光放在下一代。吴廉膺已有七个儿子、五个女儿，眼看着都次第长大，该出来做事了。鉴于长子吴孝珪对家业毫无兴趣，这几年吴廉膺和尼复礼去工地巡查时，会将和丛玉儿生的吴孝珏和吴孝琅带在身边。吴孝珏只比正房的吴孝珪小半岁，英气勃勃，聪慧大气，性格颇像他在重庆码头上长大的妈，泼辣果决、敢作敢为。吴廉膺不但教他骑马打枪，还教给他商场处事的人生经验。

对三姨太儿子的偏爱，二姨太游惜春当然会不满。难道我家孝玓、孝琮就不是你亲生的了？可三房这两小子读书不上进，小小年纪就带纨绔气。吴孝玓曾被派到一家商号当见习管事，只做了半年，商号成了他任意支取的钱庄。账目混乱，职员抱怨，亏空不少。更有甚者，他在建水一家赌馆推牌九，惹到当地一伙地痞，吴孝玓带几个小厮跟人大闹赌馆，搞得满城风雨，让吴氏家族颜面尽失。

吴廉膺整饬了家庭事务，将主要精力用在经营矿山和碧色寨到建水的铁路建造上。他现在已被董事会推举为个碧铁路公司的总理。前期铁路开通后带来的盈利，加上铁路银行作为后盾，新线建设资金再不是问题。人们现在对修铁路已不再陌生，只要股东会的大股东们不相互扯皮，铁路就会像春天长出来的竹笋一样，节节往山上攀登。

秋天的一个傍晚，从滇越铁路线上运来两台美国鲍尔温机车工厂生产的寸轨机车配件。一个穿灰色小翻领风衣、系蝴蝶结的中年工程师指挥工人们将机车头在机务车间里组装。这个被称为萨先生的人说的是中国话，但大部分本地人听不懂；他便改说英语，所幸跟随尼复礼当了几年助理的陈勤鸥和两个从路政学堂毕业的年轻技术员英文还不错，便由他们翻译萨先生的话。他们说萨先生讲的英国话比他的福建话更好懂。这是机车轮套。这是火管。这是蒸汽管。这是活塞。这是阀动装置。这个是兆帕参数，代表锅炉压力。实在解说不清时，这个福建人便甩了风衣自己动手做示范，弄得雪白的衬衣满是油污。眼见着锅炉、汽机、车架、走行部、煤水车分别安装到位，它比先前尼复礼从法国巴丁诺机车厂购买的机车头更大、更雄壮，动力也更足。当它吼叫着冲出机务车间，像个急性子的美国佬奔跑在铁道线上时，吴廉膺笑了，说这才像一个火车头嘛。

第二天，在吴廉膺的接风晚宴上，尼复礼认识了这个美国麻省理工学院毕业的工程师萨铭骏。他似乎是个通才，从线路测量到车辆构造，从工程建造到通信调度，无所不通。因为他曾跟随大名鼎鼎的中国工程师詹天佑修过北京到张家口的铁路，吴廉膺不惜花费重金将他从中国北方请来。许多事情，吴廉膺不问尼复礼了，直接征求萨铭骏的意见。

实际上，尼复礼的工作已受到一些公司高管的质疑。在机车、车辆、路轨的购买上，他面临诸多流言与诘难。尼复礼引荐给个碧铁路公司购买的设备，价格高、质量次，动力小。而尼复礼认为：中国人总是性急，总是想一夜之间就与西方人分庭抗礼。他们从不相信火车，到把火车当成无所不能的大力神。他们希望火车越快越好，装得越多越好。吴廉膺曾经问尼复礼，有时速达到一百公里，甚至两三百公里的火车吗？尼复礼耸耸肩，火车又不是鸟儿，就是飞也飞不了那么快。吴廉膺说，这个世界的变化，比我们的神话还敢想了。一百年以后的火车，谁知道是什么样子？你这台巴丁诺牌机车，我恨不得用鞭子抽它。尼复礼道，你不能指望一车就拉走一座矿山。我们法国人说，“Qui veut voyager loin ménage sa monture（法语：路遥惜坐骑）”。火车也跟女人一样，要呵护得好，她才会美丽。

萨铭骏被公司董事会聘为碧色寨到建水段线路的总设计师，他提出的线路方案更优化可行。萨铭骏建议这一段铁路可以按“宽基窄轨”来建造。即路基按米轨宽度建，轨道则铺成六十厘米寸轨。这个建议遭到了尼复礼的激烈反对。个碧线路上的寸轨铁路是他一生引以为傲的杰作，他不容许别人来“锦上添花”。他仍以运力来支撑自己的主张。个旧有矿山，火车尚能吃饱。延伸出去的建水、石屏两县，除了一些农副产品，还有什么能满足火车的运力？走亲戚串门的农夫吗？

吴廉膺冷冷地说：“我的爷爷辈，家中只他一人，他生下了四个儿子，到我这一辈，便有了十一个兄弟；我们的下一辈，有三四十人了。铁路线是死的，人是活的。你怎么能预测到多年以后，火车没有拥挤不堪的时候？”

尼复礼反驳道：“当初你们同意用寸轨，不也是为了与法国人抗衡吗？你们像防贼一样提防滇越铁路。”他想起了自己也是属于那个阵营的，有些尴尬地嘀咕了一句：“典型的东方人思维。”

萨铭骏自信地说：“尼复礼先生，铁路也会成长的。以后待我们国家强大起来，迟早要将滇越铁路收回来的，那时两条铁路接轨就方便了。”

尼复礼耸耸肩，摊开了双手：“这是不是就意味着，学生取代老师的时候到了？好吧，先生们，我祝福你们。我也要当父亲了，该回到家里陪在我妻子身边了。”萨铭骏现在是公司的红人，尼复礼早感到自己被边缘化了。

尼复礼把家安在了蒙自县城，这年春天，尼复礼和他的哈尼妻子诺玛生下一个男孩。孩子大大的眼睛是黑色的，绒绒胎发隐约可见也是黑色的。这让诺玛的父亲帕诺头人大松一口气。豹子和山羊相配，还是我们哈尼人的种。

尼复礼的岳丈帕诺头人于孩子满月时，在他的山寨里大摆酒席三天。尼复礼请了吴廉膺去做嘉宾。席间有个哈尼女人装扮的妇人来到主桌给吴廉膺敬酒，说：“老爷，我先敬你家一碗酒，再请你救人一命。”她说罢仰头将一碗酒喝了，纳头便拜。

吴廉膺纳闷了，忙问：“你是何人？有何事？起来再说。”

那妇人扬起脸，已是泪流满面：“老爷，你可还记得周大祥？我是周大祥的女儿周春花。”

吴廉膺大惊，浑身的酒劲儿顿时冲破了所有的毛孔。往昔血雨腥风的岁月扑面而来，周大祥不屈的头颅仿佛还挂在建水城墙上，瞪着一双愤怒而迷惘的双眼望着他。

“快请起快请起。”吴廉膺伸出双手去搀扶。

但女人哭天抢地，头重重地磕在地上：“老爷，你答应……救我兄弟吧！我们周家，只有这一根苗了……”

一边的帕诺头人有些不高兴了，使了个眼色，几个哈尼女人强行将周春花拖了起来，往旁边一间屋子送。吴廉膺拱手道：“抱歉了，这女子是我故交的后代，我得详问她何事相求。失陪失陪。”

周大祥开刀问斩那天，周春花曾撑了一把红纸伞，让她爹临死前知道了周家有后。周大祥的媳妇周钟氏带着家小躲进哈尼大山，才逃过官府的追杀。这个出生在血海中的男婴名叫周白马。周钟氏说你爹是骑白马离开家的，我儿以后也要骑白马杀狗官报父仇。周白马一直在颠沛流离中长大，十六岁时便投了军。在刘礼存的部队里已经干到下士班长，可没想到前几日被下到监狱里，只听说要吃枪子儿了。

吴廉膺问周春花：“可知道所犯何事？”

周春花只是哭。

第二天，吴廉膺回到蒙自，摆了一桌酒席，邀请了防区司令刘礼存和他手下的几个军官。酒筵快要结束时，吴廉膺问刘礼存：“刘司令手下可有一个叫周白马的兵？”

刘礼存说：“玮玠兄，我有几千个兵，你问的是几团几营几连的？”

吴廉膺也觉得这问法不妥，踌躇片刻才道：“贵部最近是否抓了几个当兵的？”

刘礼存愣了一下，望向坐他对面的一个上尉参谋官。那人道，有几个兵犯了军规，正在等待上峰裁决。

吴廉膺问：“他们犯了哪条军法？”

上尉参谋官也喝得差不多了，以为是自己表功的机会：“这些大头兵，不好好跟随长官干，却结党串谋，烧香结伙，还私藏共产书籍，宣传赤化。当兵吃粮，端哪个的饭碗都搞忘记了。我部已上报军部军法处。待顾军长一签字，即行枪决。”

吴廉膺不说话了。他想起犯过同样“罪行”，被清军枪杀的陆铖坤。原来时代的荒谬与苦难是轮回的。筵席散时，吴廉膺将刘礼存拉到一边，用郑重其事的口吻说：“礼存兄，廉膺很少开口求人。周白马是我的一个不出五服的外侄，请司令枪下留情，放他一条生路。”

刘礼存愣了愣，狡黠地反问道：“早怎么没听你说起过？”

“他若干得好，我就不想给礼存兄添麻烦了。”

刘礼存讪笑道：“你老吴家的人，早说与我，何至于只当个小小的班长，还走上了邪路。蛊惑赤化，动摇军心，兹事体大呀。不杀他几个，兵还怎么带啊？”

吴廉膺冷冷地说：“明天我着人送两千现大洋到贵处。余下之事，烦请刘司令周旋。”

三天后，吴廉膺将周白马带出大牢。两人来到蒙自火车站，吴廉膺对他说：“当年你爹反洋人的铁路，当了一回好汉。你现在为我们自己的铁路做事。”

周白马是个相貌平凡的青年，但眼神里又闪耀着深藏不露的敏锐。车站前方一辆蒸汽机车正在站台前方的水鹤旁加水，不断吐着大团大团的白色蒸汽。“刺啦——刺啦——”的蒸汽声像一头牛饮水后惬意的呻吟。周白马望着机车，痴迷地说：“叔，我想去开火车。”

吴廉膺笑了：“白马，开火车可不是驾驭一匹马那么简单。我给你找个师傅，你先去做个巡道工吧。”

周白马忽然冲吴廉膺一抱拳，朗声道：“叔，终有一天，我会开上一辆火车，以报答叔的救命之恩！”

吴廉膺像看自己的儿子一样看周白马，满眼怜爱。他根本想象不出来，当那个“终有一天”到来时，周白马开到他面前的火车，将满载的是这个年轻人什么样的追求。他只将周白马看成和吴孝珪一样，都是有新思想的一代人。如果说他这一代人，打碎了清王朝的牢笼，周白马这代人呢？这让吴廉膺不知该为他们担忧，还是该欣赏他们的独立。他忽略了周白马是周大祥的儿子，虽然他个子不高，身子骨也不似他爹那般健硕粗壮，但这个年轻人身上每一滴血随时都在燃烧，每一根骨头都蕴藏了反叛的能量。当它们爆发时，不是一匹腾跃而起的白马，就是一列吐纳着粗壮的蒸汽、轰隆隆开来的火车。

44 · 娃西

寸轨小火车从石窝铺车站缓缓驶出，沿着一条绵长的山腰一路上坡。这种时候，司轫员诺扎喜欢坐在车顶，让清风带着煤灰拂面而来。他看天上的晚霞，数地上的牛羊；用山歌或口哨和那些用艳羡的眼光追逐他的牧羊姑娘调情。那时的火车不能联动车辆的制动，每节车厢都配有转盘手闸。当火车下坡时，司轫员得在车顶飞快转动手闸，在平路上时他们又得去松开。每个司轫员要负责三节车厢的手闸，他们头顶蓝天，脚踩火车，在车顶上身轻如燕、飞来飞去，煞是威风。诺扎经他的妹夫尼复礼引荐，放弃了当哈尼头人的未来，情愿当一名个碧石铁路上的司轫员。他对父亲说，调教火车，可比调教一头牛好玩多了。

火车爬到火谷岭时，无故停了下来。诺扎站在车顶往前方瞭望，看见一根一人抱的大树干横在铁轨上。经常有山上的石头、树木啥的砸在铁路上。这是他的活儿，他必须跳下车去清理。诺扎刚走过机车头，就看见几个带枪的人从树林中冲了出来。眨眼间，更多带枪的人包围了火车。他们衣衫破烂，有的戴着毡帽，有的穿着草鞋。几声清脆的枪声响起，车厢里的两个铁路警察才跳下车，就被乱枪打倒了。诺扎转身想跑，但一个土匪一枪托将他砸倒在铁路边。

土匪们跳上火车，将人们统统赶下车。男人们赶在火车右边，十个人一组，用绳子拴在一起；妇女和儿童则赶在火车左边，女人身上的手镯、银饰、金戒指、耳环、银洋、鸦片、铁路兑换券，统统搜刮一空。一个穿旗袍的中年妇女手上戴有一只祖母绿的玉镯，两个小土匪一个抱紧了这女人，一个抓着她的手腕使劲褪那玉镯，可怎么也取不出来。那妇女不断哀求，大哥、大哥，求求你了，这是我奶奶给我的陪嫁，戴了二十多年了，取不下来啦。求求你饶了我吧。这时一个拿盒子枪的头目过来，一个小土匪问："娃西哥，取不出来，咋个整？"

这个叫娃西的土匪其实也很年轻，长得浓眉高鼻，脸膛黢黑。他有些厌倦地说："日脓包！把手剁了。"

在女人呼天抢地的哀号中，娃西已经转身离去。他指挥土匪们将劫得的钱财货物都装进口袋里，连一个烟筒、一双布鞋、一块饵块粑粑也不落下。土匪中有个专门的口袋队，他们饥饿又疯狂的口袋可以装走这个世界上的一切财物。

经历过这次火车大劫案的旅客，在交够了大小不等的赎金后，回到家里，谈起叫娃西的匪首，舌头还吓得不听使唤。他们说他年少冷酷，面黑心更黑。吴廉膺听人说起娃西的大名时，心里"咯噔"一下，像吞下一块冰，数天之后连背脊都还是凉的。吴廉膺将也被掳为人质的诺扎传到办公室，问娃西到底是个什么样的人？诺扎说，跟我年纪差不多大，但胆量可比我大多了。他会说我们哈尼部落的话，也听得懂别的部落的话。有对彝人父子，爹老倌悄悄告诫儿子不要说家里有多少牛羊多少地，被他听见了，把那当爹的吊起来打。老总，他是一个不通人性的畜生，好像不是爹娘生的。

"胡说！"吴廉膺喝道，"有鼻子有眼、有手有脚的，怎么不是爹娘生的？”

诺扎争辩道：“有人生没人养的狗杂种，才会这样心比蛇蝎还毒。”

诺扎看到，吴廉膺反常地涨红了脸，“啪”的一声捏断了手里的一支铅笔。他低声怒喝道：“给我滚出去！”诺扎走到门口，又听见吴廉膺在他身后说：“土匪劫车的事，莫张嘴到处乱说，以免有损铁路公司形象。听明白了？”

莫非土匪娃西就是自己的“野种”吴孝瓒？他想起多年前在那个叫落马坝的小镇和山猫母子邂逅时的情景。娃西蓬头垢面、桀骜不驯的模样令他印象深刻。这些年来他偶尔会想起这个儿子，怎料到他会成为自己的一个噩梦？当初他为什么不坚持把娃西带走？让他念书，过锦衣玉食的生活，他就不会去当土匪了吧？可他还记得山猫说过一句话，“他会烧了你家的房子”。作孽啊，真是作孽！假使有一天人们抓到了娃西，他吴廉膺还有何脸面对世人？

火车劫案让全省震惊，滇南恐慌。个碧铁路公司忙着处理善后事宜，还要跟当地驻军和地方当局协同剿匪。吴廉膺要去拜访的第一个人，正是他的老搭档、蒙自道尹陈云鹤。

唐继尧去世后，省主席宝座几度易手，前朝元老大多去职。陈云鹤不是一个和军阀靠得太近的人，新上任的龙主席不把他当心腹，却又不能不用他的才干。一纸任命就将陈云鹤派到蒙自道任道尹，将滇南数县都交到他手上，看似受贬发配边地，其实却颇合陈云鹤心意。这个官职让他既可治理地方、服务乡梓，更可为念兹在兹十几年的滇南铁路保驾护航。只有当铁路通到老家石屏县时，他的一生夙愿才算是圆满。

民国后撤临安府设蒙自道，道府衙门就设在蒙自南湖边。吴廉膺看到道府大门时，心中不免涌上一阵酸涩。护国战争前，龙济光曾许诺拥袁成功，就将蒙自道尹的官帽戴他头上。阳明先生说得好，“吾之所欲，人亦欲之”。看似好运总是站在竞争对手一边，实则别人过人之处，你所不备，并非命也。

两个老朋友相见，寒暄几句，直奔主题。陈云鹤说：“我知玮玠兄所来为何事。省府已经连下三通电令，可滇南防区刘礼存部，都赴滇中打仗去了。弟准备将各县警备队抽调出来，再加上铁路公司的警察力量，整合出一支剿匪武装，从速扑灭娃西匪帮。”

吴廉膺抿了一口茶，斟词酌句地说：“自古占山为王者，要么被剿灭，要么受招安。匪字半边框，两条大道通六方。老天爷也给他们留了条路。公司打算成立一支护路队，就让娃西的人马去干好了。”

陈云鹤沉吟片刻，才道：“这娃西为人凶残，匪性难改，岂会轻易就范?”

吴廉膺笑笑说：“子君若同意，不才打算亲自去招降。”

陈云鹤不语，反常地盯着吴廉膺问：“你可知道娃西何处人氏?”

吴廉膺一惊，心提到嗓子眼，莫非陈云鹤知道娃西的来历了？他稳住心跳，回避了陈云鹤的目光，心虚气短地说：“我不清楚。”

陈云鹤站起来，在房间里踱步：“五年前，个旧城有青龙帮和红龙帮两大帮派设摊摆赌，输打赢要，无法无天。青龙帮是新帮派，逐渐蚕食红龙帮的地盘。红龙帮的帮主鲁大肚身高体胖，时常坐镇堂口，袒胸露腹，腰插两支盒子炮，机头随时张开。谁要在他的堂口拿点言语，论说输赢道理，轻则被其手下打出堂口，重则抬手就是一枪。他不打你人，戴毡帽的打掉你帽子，穿长衫的在你裆下穿个洞。

还说，你们格有本事近得我身？一天，来了一少年，赤手空拳，光头跣足。行到距鲁大肚二十余步处，在跪下行礼时，忽地从脚腕处掏出一飞镖来，扬手一掷，飞镖直刺鲁大肚胸膛。众人惊骇之间，少年已蹿到鲁大肚身前，下了他的双枪。然后径直而去，竟无人敢挡。”

墙上的挂钟“当、当、当”地敲响，像一个人沉重的心跳。陈云鹤继续说：“这少年就是娃西。都说自古英雄出少年，这乱世，束发小儿也起盗贼之心。据说娃西是大境山人，早年跟他母亲在建水开过一家杂货铺，后来到个旧矿山当背矿砂丁，不知为何就走上了邪路。至于他的父亲，则情况不详。”

吴廉膺听得背脊淌汗，仿佛眼下被缉拿追杀的，不是娃西，而是他的良知。

吴廉膺还没来得及深入匪窝当说客，就面对了娃西的枪口。世道苍凉，时光无情；亲情易碎，孽债难逃。端午节这天，建水古城四门洞开，人流熙攘。下午在泸江河里举办了规模不大的龙舟赛，有八支乡镇的民间龙舟队参加。吴廉膺作为本地大乡贤和襄赞金主，和县长白钊一起主持了龙舟赛。赛后给优胜者颁发犒赏，奖品是猪、羊、牛和锦旗。傍晚时分回到城里，大街小巷弥漫着浓郁的菖蒲、雄黄、艾蒿和粽子的清香。吴廉膺在吴家花园下轿，回房盥洗更衣，让吴张氏招呼好菊园老幼，先去大饭堂等候。还特地吩咐，出门前整装敛容，以不失体统。按惯例，在外操持各项事务的男人们，没有特殊情况的，都得回家与家人团聚，给老祖请安。吴廉膺在饭堂前的回廊里，看见大儿子吴孝珪和他二弟吴孝珏斜坐在美人靠上聊天，两个儿子向父亲问安。吴廉膺问吴孝珪，学校今天放假了？吴孝珪答是。这哥俩虽然不同母亲，但面貌最为相像，性格也相投。

“你两兄弟今晚坐主桌上来。”吴廉膺说。吴家这天主事的老少爷们儿要摆三桌，女眷们则摆了五桌。

吴孝珏回说：“父亲，小儿不敢。上面还有好几个堂兄哩。”

吴廉膺回头看看跟在身后的哥俩，满眼慈爱：“谁更有出息，谁在家族中地位就更高。”

吴家花园的饭堂里灯火通明。老祖吴封氏是被抬来的，她安坐于特别为她编织的一张弓形藤椅里，像一粒枯萎了的核桃仁。现在与其说她是家族里的中心，倒不如说她是被供奉的一尊还活着的神。她现在只活在自己的世界，跟咸丰年间的人唠家常，一说一个下午；把宣统年的事扯到道光年间里去，谁也插不上嘴。开席前她说，再过一个端午，我就活满一百岁了。你们好福气啊！活过一百岁是吴封氏一个顽强的信念。八十岁以后她常常提起，九十岁以后她天天念叨，这几年则成了她不懈的追求。

吴封氏的儿子、孙子们都离开这个纷乱的人世了，只有她还像一棵朽而不死的老树，孤单坚韧地矗立在一派生机盎然的家族丛林里。放眼望去，满堂曾孙、玄孙辈，多到她数不过来。连来孙都有三个了，最大的来孙已上小学，唤吴封氏为天祖。这世上，有几人有这个福分？

都给老祖敬过酒后，晚辈们杯觥交错，道福问安。席间，廉字辈的二爷吴廉康说，这些年动荡不安，吴家花园里诗社不办了，家班也不唱戏了，终是有失大家族风范。虽说不算太平盛世，然我老吴家广厦细旃、诗书旧族，岂能少了唐风宋词、丝竹之音？

女眷那边丛玉儿听说要恢复家班，来了兴致，高声道：“二爷说得对哦！早就该把家班搞起来了。我学的那些折子戏——《断桥》《坐宫》《拷红》，久不吊嗓子，唱腔都败了。前些时日跟我师傅学《武家坡》……”

吴廉膺笑着冲丛玉儿道：“你就少说两句吧。诗社家班的事，自有你二哥操持。需要多少银洋，告诉总管便是。”

吴廉康像个老小孩般晃着脑袋说：“要花多少钱，我才懒得操心。我只管向你要。”

廉字辈的众兄弟都笑了。说二哥这辈子活得通泰，只知锦绣文章，不晓挣钱不易。

忽然传来两声脆响，像厨房里有人打碎了碗。紧接着又是噼里啪啦一阵乱响。“谁在端午节放鞭炮了？”有人嘀咕道。这时一个家丁捂着肚子，踉踉跄跄跑到饭堂门口：“老爷，有土匪……”话未说完，便吐出一口鲜血，翻滚在门槛上。

在女人们的惊叫声中，眨眼就有十几个带枪的蒙面汉子冲进了饭堂。他们迅疾地用枪对准了餐桌边的男人们。“都别动！我们只劫财，不要命。”一个蒙面土匪厉声喝道。

吴家花园看家护院的家丁，除了留下几个守门的，大多在厨房里喝酒。他们认为建水城门已关，便万事大吉。没料到这些土匪白天就混进城里来了。吴家花园的噩梦来了，真实冷酷得让人不敢相信。惊恐之后，吴家的男人们有的面如死灰，有的瑟瑟发抖，次桌边有两个小辈几乎要溜到桌子下了。吴廉膺狠狠地盯了他们两眼，他们才勉强撑住了腰。

那个喝令别动的蒙面匪首围着主桌转了一圈，嘿嘿冷笑道：“人都很齐嘛。真是富贵人家，人丁兴旺！”

噤若寒蝉中，吴封氏忽然嘀咕了一句："咸同匪患，天下大乱。"

匪首站到吴封氏面前："呵呵，你就是传说中的那个老祖了吧？"

吴封氏撇撇嘴，面无表情地说："你是个野杂种！"

那人用枪指着吴封氏："老不死的，你说得对，我们都是野种。今天要让你们这些有钱人尝尝野种们的厉害。"

吴廉膺忙护着吴封氏，朗声道："各位好汉，适逢端午，家小团聚，不必舞刀弄枪。如蒙不弃，添几副碗筷，一起畅饮几杯如何？"

"喝酒？我们可没有你们闲。"这匪首说完抓起桌子上的半盅酒，一饮而尽，"富人家的酒，要喝到也不容易啊。"

吴廉膺直视这蒙面匪首的眼睛："这位侠士，那就坐下来，共饮几杯。"

匪首用枪指着吴廉膺的头："吴廉膺，我认得你！你不是到处遣人抓我吗？"

"放肆！"坐对面的吴孝珏一拍桌子，站了起来。马上就有两支枪对准了他。

吴廉膺示意他坐下，别冲动，又对那匪首道："我老吴家向来广交豪杰，仗义疏财。只要不伤我吴家的人，好汉们看得上的东西，尽管取走。江湖财，江湖散。"

蒙面匪首冷笑道："那我就不客气了。你们都给我起来，双手抱头，站墙那边去！兄弟们，动手。"

吴家的男人们都被枪逼着赶到屋子一角，强盗们开始在女眷身上动手动脚。由于是端午家宴，各房的太太、姨太太、小姐们都披金戴银，争奇斗妍，因为这代表着她们在家中的地位。要说最显珠光宝气的，当数丛玉儿。这下她成了土匪们抢掠的重点。两只镶玉坠的金耳环被一个毛脚土匪生生从耳朵上一把扯下来，痛得她尖声大叫。

“我日你先人!”吴孝珏冲了出来，他手里竟然有了一支勃朗宁手枪。他几步抢到那个夺他母亲耳环的土匪面前，“当当”两枪就将他放倒在地。然后他转身用枪对准了蒙面匪首：“给老子滚出去!”

吴廉膺大喊：“别开枪!”

匪首轻蔑地一笑，抬手就是一枪。吴孝珏的枪也响了，但倒下的却是他。那匪首只是肩膀上被子弹撕了个口子。

“孝珏!”吴廉膺呼喊着扑向儿子。吴孝珏胸膛中了一枪，血正从白色丝绸褂子上汩汩流出。吴廉膺转头怒视匪首：“混账东西，你……你你你……”

从玉儿呼天抢地，欲冲过去跟匪首拼命，被几个家人死死拉住。吴孝珪抱着兄弟渐渐冷下去的身体，也痛哭失声：“三弟，是我害了你啊!”饭前，刚回家的吴孝珪跟他兄弟说，他想看看他的佩枪。还说要让吴孝珏教他打枪，以后也向父亲讨要一支枪。两兄弟在回廊里正谈论枪的事，吴廉膺来了，孝珏随手就将枪塞进衣兜里。

匪首的手下给他简单包扎了下伤口。他的一个弟兄被打死了，他当然要报复。可怜了那些女眷，她们被殴打、凌辱。几个小姐的衣襟被扯开，露出里面的粉色兜肚。两个土匪竟然把一个很年轻的姨太太按翻在茶几上，扯下了裙子，欲行非礼。女人们的呼爹叫娘声中间杂着土匪们的浪笑。

吴廉膺再不能迟疑害怕了。他迎着匪首的枪口走上前，一字一句地喝道：“娃西！你就不怕天打雷劈?”

蒙面匪首一怔，下意识地拉紧了自己的面罩：“你认得我?”

“谁不认得你娃西的恶名？你是有爹娘姊妹的人吗?”

娃西冷笑：“我只有娘，没有爹！”

吴廉膺脸上现出一丝轻蔑，轻声而有力地说：“就怕山猫不认你！”

娃西眼睛里燃烧的蛮横与杀气就像被一盆冰水泼了，倏然退去。这个狗财主怎么认得我娘？娃西疑惑了，他不能不有些敬畏。他举枪往屋顶天棚打了两枪，击碎的瓦片撒落下来，落在人们的头上、身上。“都给我住手！”他喊道，“姓吴的，你给我听好了，拿出十万现大洋来，我就不伤你家的人。”

“这好说。”吴廉膺松了一口气，“不过，我家的钱都在铁路银行里，容我筹措几天再奉上。”

娃西往女眷那边扫了几眼：“你以为我年轻好欺？我要带走十个女人，你啥时交钱来，我啥时放人。人货两清。”

“断无可能！”吴廉膺斩钉截铁地说。

娃西的枪口又对准了吴廉膺，吴廉膺没有退缩，反而还上前了一步，挡在枪口和女眷之间。娃西看见这个中年男人目光很特别，有愤怒，也有悲哀，奇怪的是还有些年长者看一个孩子时的怜惜。也许正是这眼里的几丝柔软，让心硬如铁的娃西有些费解。他似乎像认识的某个人，但又想不起来。娃西不能理解这眼睛里的含义，就像他不知道他们父子俩隐藏在岁月深处的秘密。在某种他也闹不清的神秘情绪左右下，他的枪口在晃动。他知道自己杀不了他。

“娃西，我跟你走！”吴廉膺说得很果决，不容置疑。然后，他又苦笑道：“你大约再也拉不到我这样大的‘肥猪’。”

吴廉膺被土匪们推出饭堂时，老祖吴封氏干枯的眼窝里淌出一滴混浊的老泪，人们只听得她恨恨地嘀咕了一句：“作孽！”当年吴廉膺把婢女山猫肚子搞大那一段，吴家花园没几个人知道。吴家婢女用人那么多，现在也几乎没有人想得起山猫来了。唯有这段孽债的肇事者吴廉膺和吴封氏，才深知这枚苦果的滋味。

三天后一个月黑风高的夜晚，建水到个旧的官道上，一辆疾驰的马车将一只黑布口袋推下车，扬长而去。有路人打开口袋，却是被捆了手脚蒙了头的吴廉膺。人们传言，几个毛脚土匪，终究还是畏惧吴氏家族的势力。

45・书写对抗死亡（三）

下午桑逸的母亲来看我。我听见她在病房外跟护士说话，便立即装睡。我不要她来可怜我。我在术前告诫过桑逸不要告诉他母亲我的病，显然他再次没有听我的话。她在我病床前坐了约一个小时，轻声喊“小青、小青”，我坚持不睁开眼。但我的眼泪还是不争气地流出来了。

谈及桑逸的母亲，于我来说总是很困难。我知道，作为一个丈夫、一个父亲，我没有维护好家庭的完整。我们的爱出了差错，桑逸至今都不肯谅解我。我在手术前曾约他去钓鱼，本想跟他好好剖析一番错在哪里，更想和自己的儿子有一个值得回味的生前告别。其实就像父子间面对面聊一聊家常——唉，这样的时候过去真不多啊！但他根本不愿跟我谈。说你去找你的窝子吧，不要来打扰我。我们一起待了两天，他总是冷冷地拒我于千里之外。在我们分手时，我真想抱一抱他啊！在他上初中以前，我每次探亲回家，最温暖的就是当我按响了单元楼的门铃，桑逸从四楼一路呼喊着飞跑下来，还隔着三四步台阶就一纵身扑进我怀里。

错误源自我那要命的初恋。我参加工作后，每次回家，我父亲总是说，你母亲身体不好，你奶奶年纪也大了，弟弟妹妹都在外读书、工作，你是老大，得把这个家撑起来。他们热心地为我张罗女朋友，把一些姑娘请到家里吃饭。不管人家看不看得上我这个四海为家修铁路的天涯浪子。我总对他们说，我有女朋友了。父母说，你带回来给我们看看啊。有一次我被逼急了，和父母大吵一顿。不结婚又怎样？我打一辈子老光棍，也一样干事业过日子。母亲急得血压飙升，父亲气得给了我一耳光。我第二天就收拾行李走人。那之后我有三年没回家探父母。

我和陈姝好分手后，她很快就结婚了，不久又当了妈妈。但我的爱心不死。我那时真的做好了单身的准备，甚至认为单相思也是人生的一种浪漫。陈姝好不是经常说我这个理工男不够浪漫吗？那么好吧，让我们用时间来证明谁更懂浪漫。可是，好像浪漫是书里的事、电影里的事，生活却是实打实的日子，是铁轨铆在大地上一直往前延伸的路。我三十二岁那年的春节，母亲把又一个姑娘带到家里，说她刚从医学院毕业，在建水县医院里当医生，小我七八岁。母亲说，小青，你再不听妈的劝，妈死了都闭不上眼。那一年母亲查出得了胰腺癌，全家都在悲伤惶恐中。我身心疲惫，万念俱灰，方明白这世上的爱与不爱，一定程度上还不是个人的事，你背后有个家庭，还有为人之子的责任和义务。刚和桑逸的母亲相处时，我就向她坦陈，我还没有从上一场失败的恋爱中走出来。可她说，我是医生嘛，治病疗伤，正是医生的本分。她保证会帮我抚平创伤，让我们一起共同面对未来。我说我的工作性质决定了我们以后会聚少离多。这个内科医生用了一句文科女生常说的话，“两情若是久长时，又岂在朝朝暮暮”，还说好男儿就应该仗剑闯天下。我在她身上看到了我母亲的影子。娴静、温婉，善解人意。不知谁说的，男人总是比照自己的母亲找对象。其实，男人是从自己父亲身上去学当一个丈夫。于是，我遂了父母的心愿。

平心而论，桑逸的母亲为我们这个家庭付出了很多。尤其是在有了桑逸以后，她上要赡养双方的老人，下要照顾孩子。我基本上像我的父亲一样，在家庭里当“甩手掌柜”。我不会做家务，从不下厨房，对桑逸的教育和成长也关心不够。要买什么衣服，家里要添置什么电器，下水道堵了该找谁来疏通，搬新房子要找哪家装修公司，全是桑逸的母亲一个人操持。我不知不觉就活成了我老爹在家里的那个样子，但我却不以为意。我父亲他是一个永远没有改造好的浪荡子，而我是肩负重任、事业有成的总工程师。家里那些鸡毛蒜皮的琐事，犯得着我去操心吗？现在我是多么为自己感到惭愧。

其实，我生活中最大的愧疚是我不能做一个完整的男人。我在青藏铁路的工地上，有一次出野外踏勘，骑马过河时马被激流冲倒了，我也被河水冲走。青藏高原上的河流都是冰雪融化之水啊，我好不容易捡回一条命。住了三个月医院，才慢慢恢复过来。那一年我回家探亲，却发现自己丧失了性功能——谈这个问题，现在我还挺难为情的。但人之将死吧，什么话不可以说？那一年我刚过四十，桑逸的母亲才三十多岁。我真的感到很对不起她。我们求医问药，中西医兼治，可没少费功夫。直至彻底失望，不得不面对自己是个“废人”的现实。

也许这件事让桑逸的母亲心越来越冷，也越来越古怪。在一开初的同情、理解、宽慰之后，好脾气终究还是抗不住岁月的无情。我能感受得到她骨子里对我的失望。如果仅仅如此，也就罢了，她竟然说我们失去夫妻生活，是因为我心里还装着我的初恋情人，才对她没有了感觉。有的人会在生活中树一个天敌，有理无理都会对着这个天敌“放箭”。我从害怕睡在一张床上，到不愿回家。反正我回家跟在外一样，不过是入住了另外一家酒店，回来打个尖、歇口气，又继续漂泊。不回家我还少了许多压力。我身边的同事、下属，多是两地分居的大男人。当他们要探亲回家时，那份激动和向往，就像小孩子盼过年。我老爹在他那个年代，活得那样遭罪，每次探亲回家，尽管天天为点油盐酱醋、钱多钱少的事和我妈又打又吵，却总是千方百计地赖着不走。有几次我都把他送到火车站了，但他攥紧了手里的车票，忽然说，不走了，回家。生病了（不是他病，就是我母亲或者我们兄妹几个轮着病），家里的房子被洪水淹了（我们家离河足有十几里），老人去世了（家中的老人都在谎言里死了个遍），等等，都是他挖空心思不想回铁路工地的理由，就差没有扯火车轮子爆胎了这样的谎话了。

我为自己感到悲哀。我不知道桑逸的母亲作为一个内科大夫，她是否知道我的“病根”事出有因。她对我失望，我何尝不是？当年那个说要医治我的心灵创伤的小姑娘到哪里去了？但我们从不争吵，夫妻之间的“难言之隐”嘛。我在家里话越来越少，实在憋屈得慌了，就出去找老同学喝酒。我和桑逸的母亲从开始相处就没有轰轰烈烈过，结婚以后，也没有多少浪漫与激情，就平平淡淡地过日子吧。很多家庭不都是这样过来的吗？更何况，我的浪漫在我结婚前就透支了。

本来我以为，生活就是一直往前跑的火车，紧赶慢走地向着岁月的尽头驶去就是了。没想到的是，火车也会走上岔路，也会翻车。五年前的春节，我们高中同学聚会，我竟然见到了陈姝妤。仿佛是，那个红裙翻飞、长发飘拂的姑娘，刚刚才从我的面前走过。蓦然回首时，韶华已逝，人到中年。过去我相信青春时期的伤痛会被岁月修复、治愈、遮盖乃至淡忘，不去揭开它也就罢了，让它存留几丝隐痛，几许遗憾，也未尝不是一种人生之美。但有的人，“过去”是他的敌人。他要么向它投降，要么与它战斗。不幸的是，我恰恰选择了后者。我的不能自持，大约让她一览无余；而她眼睛里的内容，总是让我费尽思量。所谓“老情人”见面，都是这样的吧。她嫁给了一个当年校园里的桂冠诗人。但她说，生活和诗之间，是漫长乏味又冷漠绝望的俗世。她的诗人老公后来走上了仕途，当了个不大不小的领导后，就不再写诗了。她受不了扼杀诗意的烟熏火燎、油盐柴米，以及官场文化。陈姝妤说，婚姻其实就是两个人开一家股份公司，合股过日子，不破产就好。她脸上的落寞一览无余，让我思绪万千，心里仿佛跳跃着一只小鹿，从遥远的青春岁月里，一蹦一跳地朝我跑来。

青春本是一场盛大而忧伤的离别。那次同学聚会让曾经激情燃烧过的青春死灰复燃。我和陈姝妤重新恢复了联系，看上去都很坦然，很认命，但内心里涌动的情愫，就像火山肚子里的暗河。

同学聚会后的第二年，集团总公司在中老铁路工程中投到一个一百多亿的大项目，项目指挥部设在了成都。我自告奋勇地向董事长请缨去担任项目总指挥。项目重大、为家乡修铁路是重要原因，但还有一个隐秘的因素，可以随时见到陈姝妤。我还像年轻时那样，为了见到陈姝妤，不惜在茫茫人海中辗转千里、跋山涉水。

实话实说，一开初我并没有抱什么非分之想，我已经是个“废人”了嘛。在任何异性面前，我都会偷偷地自卑。但面对陈姝妤，我却按捺不住一个男人的虚荣心——实际上是青春的冲动还在心中来回闯荡。我在四川上的大学，成都有那样多的同学、老师，回到四川工作也有点“衣锦还乡”的荣耀感。当我把老师和同学们召集到一起饮酒高歌、高谈阔论时，陈姝妤是必不可少的座上宾。我们都是该知天命的老大学生了，还身怀上世纪八十年代的浪漫情怀。而陈姝妤在我心目中，一直是女神一般的存在。

我并不常住在成都，总是在工地一线奔波。但只要回到那个空气中飘荡着美食的香味、街巷里弥漫着悠闲的情调、茶馆里散发着慵懒的气息、熙攘人群中流淌着欲望的城市时，我还能嗅到别人嗅不到的一种无处不在的“物质”——那就是爱的味道。是的，你如果真实地爱一个人，她就代表了所有精神和物质的东西。从灵魂深处的情感到现实世界的一座城市，她在哪里，爱就在哪里。一座城市因为有了她的存在而温暖、可亲。常常是，在我的车还没有进城时，我已经预订好餐厅、茶楼，或者某个幽静的咖啡馆。陈姝妤从开初半推半就地应邀赴局，到后来欣然和我单独聚会。我们会在某个幽静的庭院里，点一瓶洋酒，或沏上一壶茶，慢慢品尝。我们的话题也逐渐广泛，从怀念青春时光的灿烂到感伤有缺憾的情感，从细数被岁月风蚀了的人生到哀叹生命的短暂。

一个春风沉醉的夜晚，我们在锦江边漫步。锦江两岸的灯火，醉了芙蓉城的夜空，暧昧得人心柔柔地疼。一艘装饰了七彩灯光的游船停靠在码头，年轻人排起了长队，他们或手拉手，或相互依偎。春夜里的游船将会把他们送到灯火独明的锦江深处。我和陈姝妤倚靠在栏杆边，就像岁月的乞丐眼馋这满目的芳华。一对年轻人用好奇又轻蔑的眼光瞥了我们一眼，似乎我们不应该涉足他们的领地。他们的眼光分明在说，大叔大婶，这把年纪还出来轧马路啊？是的，我们没有勇气贸然挤进那青春律动的世界自寻忧伤，但我们也有过青春时期的浪漫，一点也不输任何一个时代的年轻人。我送陈姝妤到她的小区门口，与她心情复杂地话别。这样的时刻，有许多次。我总想拉一拉她的手，甚至试图来一个拥抱。唉，我哀叹没有这份勇气。假如时光倒流三十年，或许吧……

那个晚上我回到酒店，在沙发上发了一阵呆，正准备洗漱，忽然门铃响了。我打开门，陈姝妤满脸羞色地站在门口！她的双手在胸前紧张而混乱地绞揉、摩挲，仿佛要按捺一颗要狂跳出来的心。她说，我的钥匙，找不到了。她的娇羞，宛如三十多年前！

这是什么情况？我有些语无伦次地说，快快……进来进来吧。我……我我……我们想想……办法。

我把她让进房间，竟然都拘谨起来。我问要喝咖啡还是茶。她说来杯咖啡吧。我说好。我这里有云南小粒咖啡。我看见了她脸上的红晕，红得像澜沧江峡谷里的红木棉。我笨拙地帮她回忆钥匙可能会遗失在哪个环节。我们在餐馆吃晚饭时我只看见她从包里拿出过手机。在锦江边时坤包一直在她肩上。我们见面前她还去过什么地方？在出租车上有没有拿出钥匙来呢？出门前有没有忘记在家里？

陈姝妤淡淡地说，别提那该死的钥匙了。钥匙掉了，正好不回家。

我的心扉被猛然撞开了。我当时的血压恐怕冲到了两百，可能连头发都冲起来了。我慌张、激动、惶恐、迷惑，就像站在悬崖边，面前风光无限，又仿佛昔日重来。过去我从不敢迈出那一步，我怕承受不起这样巨大的幸福，更怕自己隐藏、呵护了几十年的爱再次受到伤害。

我在张皇失措中说，我们听一段音乐吧？她说好。我在手机里翻找，平常我会下载一些喜欢听的音乐。“《梁祝》，怎么样？”我一下就点出了它。我还带有一个便携音箱，连上蓝牙，熟悉的旋律响起时，我们就像搭上了过去年代的绿皮火车，丝滑无碍地回到了从前。

记得大三春季开学，我们结伴回校。列车广播播放《梁祝》，那是我第一次听到这支曲子。她还笑我，你这个理科男，怎么什么都不知道啊？我说我们是听革命歌曲长大的一代嘛。她给我讲《梁祝》的故事。“十八相送”“楼台相会”“化蝶双飞”，听得我感动莫名。那年的“五一”节，她约了几个同学来爬峨眉山，送给我一盘《梁祝》的磁带，一个舍友有一台“砖头机”(单卡式录放机)。同宿舍的同学都追逐山口百惠和港台歌曲，而我天天听《梁祝》，直到把“砖头机”的磁鼓都磨坏了。我在海南修铁路时，这盒《梁祝》磁条断了无数次，我就用透明胶粘接起来，一直听到旋律都沙哑走调。尽管后来我收集了所有我能找到的《梁祝》小提琴协奏版本。CD片、DVD—Audio片、黑胶唱片、蓝光音频唱片等等，从俞丽拿的，到盛中国、吕思清的，连日本演奏家西崎崇子的我都有。但我一直舍不得扔掉那盒磁带，它陪伴我度过多少热泪盈眶又黯然神伤的夜晚！

陈姝妤听我讲完这盒磁带的故事，轻叹一口气，是吗？我都想不起我送过你这磁带了。这个年代还有多少人听《梁祝》？她或许看到了我脸上的失望，便换了话题，你这里有酒吗？我说有瓶葡萄酒。她脸上荡出一个顽皮的笑脸，这么优美的《梁祝》，这么美妙的夜晚，还有那样多美好的回忆，岂能没有酒？

那个浪漫多情、青春飞扬的陈姝妤又回来了。我们怀旧的库存里有那样多的故事，随便拎出一条来都可以写一大篇文章。不过，单纯而浪漫的青春岁月虽然美好，话题却不自觉地向着眼下令人烦恼的家庭、婚姻以及人生无常的方向转移。在《梁祝》播放到展开部第六乐段“长亭惜别”时，小提琴和大提琴如泣如诉，缠绵对答。陈姝妤叹了一口气说，年轻时，只懂一半的爱情，或许一半都不到。爱得跌跌撞撞又义无反顾。有的跌倒了，再也爬不起来；有的走一程，才发现走上了岔路。有多少人是爱情与婚姻真正的赢家呢？爱这东西，要用人生去试错。好多人，一试，就是一生。我家那位，再不是从前的校园桂冠诗人了。现在要么喝得醉醺醺地回家，要么也经常“掉了回家的钥匙”，我从不过问。懒得管。

她忽然泪眼婆娑起来。我一时不知该如何是好。我递过一张纸巾，她不接，只是任由落寞凄楚的眼泪长淌。这是要了老命的关键时刻。当年在贵阳，她在车厢门前被拥挤的人群挤落下来，我一把将她拉进怀里；后来也是在贵阳，我错过了她的那趟火车，便错过了大半生。

《梁祝》正播放到第十乐段“坟前化蝶”。多么壮美悲怆、感天动地的爱情啊！我不再怯懦，半跪在她面前，拉起了她的双手。为她拭泪，拥她入怀……

都说冲动是魔鬼。对我这样一个被废掉了“武功”的人，冲动是一种“激活”，更是一次拯救。我都很惊奇，我竟然找回了重做男人的能力！这简直不可思议。陈姝妤说我像个二十五岁的小伙子一样充满了活力。我眼含泪花道，可惜我有“二十五公岁”了。陈姝妤说，二十五岁是我们正爱得如火如荼的岁月啊。那个时候除了手上握有大把的青春，一无所有。但现在的你，才是最好的你。你看看你，多健壮啊！还是那个在球场上不知疲倦地奔跑的小伙子。让所有的美好，都像一列满载旧日情怀的火车，冲破一切世俗的障碍，隆隆驶来吧！

我幸福得不知今年何年，今夕何夕！

坦率地说，与陈姝妤重修旧好，我成为了一个完整的男人。我的“病根”被失而复得的爱情彻底根除。我用找回的青春岁月来“疗伤”，我的情感世界再无缺憾，世界上再没有比我更幸福的男人。我对陈姝妤说，我要用一生的爱来感谢你。因为你治好了我的病。陈姝妤笑着问，什么病啊？我想了想，终于还是羞于启齿。便说，相思病嘛。

陈姝妤曾不无担忧地说，我们这把年纪了，才来重谈恋爱，就像跟命运开了一场玩笑。我说，不是玩笑。我们有年轻人的真诚炽热，更有中年人的成熟包容。即便我们无法让时光倒流，但我们有信心憧憬未来。我们追求过，也失去过，所以更懂得珍惜，更容易与多舛的命运达成和解。你说爱要用人生去试错，既然是试错，就允许有对也有错。错了，有勇气改过来，就是强者。在我认为爱情已经死亡的时候，你出现了。我也被爱“激活”了。我们不是找回失去的爱，而是终于发现：我们的爱还在。我还像一个诗人那样说，我们在青春飞扬的年代离别，在最美好的年华重逢。是的，当一个人找回了自己的真爱，哪怕在泪眼中相互细数两鬓的白发、抚平眼角的皱纹，也是弥足珍贵的好年华。因为他终于明白了，真爱，才是生命中的永恒。

陈姝妤问：你怎么证明？

我郑重其事地说，我要娶你。我要回去离婚。我再不能错过这趟已经晚点了三十多年的“爱情火车”。

那时刻，陈姝妤泪眼迷离地看着我说，你敢离婚，我就没有什么不能舍弃的。然后她又破涕为笑，说你真是个傻瓜呀！

傻瓜才更容易幸福。我并不想隐瞒自己的感受，那是一段我最为幸福的时光。为了生命中的这一份真爱，我愿意做这样的“傻瓜”。我身边有不少人，明明生活中没有爱情了，可是他们“聪明”地选择了麻木。人在麻木状态其实就是一种妥协，服输，认命。而我是个不轻易认命的人。人到中年，激情与浪漫被无情的岁月检验，爱就成了被时间醇化的老酒，尘封经年，引而不发。一旦饮下，在劲爆中有理性，在燃烧中有节制。活了大半辈子，该为被束缚的心灵松绑了。

就是这样，我向桑逸的母亲坦陈了和陈姝妤重修旧好的经过。我说我不愿在谎言中过日子，不愿再做一个“废人”丈夫，不愿再和自己的妻子去超市买菜、在一个饭桌吃饭，甚至躺在同一张床上时，心里还想着另一个女人。我要在真实中活一回自己。选择放下对大家都是一种解脱。桑逸的母亲毕竟是个知识女性，没有如传闻说的那样“一哭二闹三上吊”。她只是说，桑小青，馅饼从天上掉下来时，早已标好了价格。你要吃尽苦头的。

第十章

46・罢工

蒙自火车站的一列从个旧驶来、开往碧色寨的客运列车在发车前，照例鸣响两短一长三声汽笛。但是今天最后那声又长又粗的汽笛响过以后，火车却迟迟不见动静，只是呼哧呼哧地喘着气，似乎在积蓄某种能量。

站台上的发车员纳闷了。他向车头方向望去，信号灯已经变绿。他又挥动着绿色旗子，同时吹响了哨子，火车仍然不动。这时，发车员从一团白色蒸汽中，看见司机和司炉跳下车来。他想：火车又趴窝了？

车站的徐站长也从站长室跑出来了。他惊讶地发现，车上的乘客纷纷下车，连车顶上的司韧员也爬下了火车，他们无声地向站长围拢过来。

“火车怎么了？”站长问。

火车司机望向他的司炉。司炉解下脖子上系的白毛巾，向天空中挥了挥：“工友们，从现在开始，我们罢工！”

“罢工！罢工！罢工咯！”司炉身边的人们都兴奋地喊道。徐站长这才看清楚，这些乘客原来都是铁路沿线的职工！他们中有巡道工、扳道员、乘务员、火车司机、司炉、检票员、信号员、机修工、电报员，甚至还有些穿制服的铁路警察。他们变戏法般地打出了横幅，

“劳工神圣”“罢工加薪”“工会万岁”。

徐站长脸上的汗下来了：“你们……你们这是整哪样……罢工？”

司炉周白马把手中的白毛巾系在左胳膊上，响应罢工的人们纷纷效仿。周白马一字一句地说：“我们要求加薪！”

“加薪！加薪！”站长周围伸出一片握紧拳头的胳膊森林。他认得周白马，因为他是个碧铁路公司总理吴廉膺介绍进来的，还嘱咐他要多多关照。周白马先干了半年多巡道工，然后又去机修厂搞维修。这小子挺聪明机灵的，学什么都很快。他后来又想去开火车，徐站长就推荐他到23号机车当司炉，还告诉他：“你往炉膛里铲三五年的煤，就认得火车是咋个开的了。”当然，站长也知道，半年前，周白马在蒙自车站成立了铁路工会。他以为工会只是教工人们识字唱歌、互相帮扶的民间社团，并没有特别在意。

“工友们，工友们，大家静一静！”站长高举双手喊道，“你们的要求，我会向公司总部反映。先把火车开起来吧。火车可停运不起。”

周白马斩钉截铁地说：“要求一日不答应，火车一日不开。”

徐站长就像看一个陌生人那样呆呆地望着周白马。他不明白这些平常老实巴交干活、老牛一般吃苦耐劳的工人，怎么一有了工会，说话就这么气粗了！

徐站长还有所不知的是，周白马不仅成立了铁路工会，更在他眼皮子底下建立起了中国共产党的党支部。它受中共云南省临时委员会直接领导，也是滇南的第一个地下党支部。铁路工会的所有活动，都是这个党支部的几个骨干党员在策动和安排的。周白马还在当巡道工时，就在铁路沿线建立起了党的联络点，当上火车司炉后，更方便他发动联系各个车站的活跃分子。那时个碧石铁路线上列车的到发，还是通过一种“通券”来告明两站之间行车的信息。车上的司炉在进站时将“通券”交给站台上的接站员，同时接过接站员的另一张“通券”，以交给下一站。这有个专用术语，叫“办理闭塞”，以保行车安全。在这些“通券”下面，常常会夹带一些神秘的纸条，告知“志同道合者”在哪里举行秘密会议，在哪里将举办“识字班”。当然，也会告诉他们大罢工的消息。

在个碧石铁路刚通车那阵，到铁路上工作是当地人趋之若鹜的选择。收入稳定，待遇也不错，更能满足人们追捧新事物的自豪感。可这两年军阀打仗，物价飞涨，滇币贬值。个碧铁路银行发行的在沿线地区使用的“铁路流通券”更是滥印得形同手纸。军队要征用列车，无论是运送人员还是军事物资，一概不交运费。铁路公司发给员工的薪水，从过去的“铁路流通券”、滇币、银洋各占三分之一，到“流通券”和滇币各占一半，没有大洋了。工人辛苦一个月的薪水，还不够买回一袋米。工人们的罢工要求直截了当：大工①加薪百分之六十，小工②加薪百分之三十。

吴廉膺万万没有想到，站在他面前跟他谈判工薪条件的人，竟然是他从枪口下救出来的周白马！他变壮实了，好像还长高了，皮肤闪耀着年轻黑亮的光芒。周白马身后簇拥着四个工会骨干，他们面对的是个碧铁路公司董事会的先生、大人们。吴廉膺一开口就冲周白马说：“你是闹些哪样？手头紧了找你叔嘛。”

面对吴廉膺，周白马心里还是有些发怵。他娘临终前拉着他的手

① 大工，指从事技术工种的人员。

② 小工，指从事低级工种和干粗活的人员。

说："白马，你生下来就没有爹，你吴叔就是你爹。你要好好干，为你爹争口气。"娘没有说明白是哪个"爹"，但在周白马心里，父亲的形象既不是传说中的周大祥，也不是眼前这个资方老板。一个遗腹子，有自己心目中的男人楷模。周白马语气略显僵硬地道："叔，你能给我多少，也给全线路的工友多少。"

吴廉膺喝道："放肆！你以为，铁路公司是施粥庙吗？简直是无理取闹！"

周白马被骂醒了，我喊你叔，你还真把我当晚辈了。他挺直了腰，不客气地回敬道："我们就是要闹一回！工友们提出的条件，铁路公司必须答应。"

陈云鹤那天作为铁路公司的董事兼监事长，又是蒙自道的地方行政长官，也在场协调。他语调轻松地说："这位周师傅，不要抱着手臂说硬话了。你们坐下来喝茶嘛。既然是谈判，也没有一方要求另一方'必须答应'的说法吧？我们双方心平气和地慢慢谈，如何？周师傅，你请坐。来呀，看茶。"

周白马毕竟年轻，吃不了软的。他知道陈云鹤是蒙自道尹，他的温和让他绷紧了的神经舒缓下来，不自觉地就坐下了。马上有人端来茶杯，还有一支烟筒也递过来。周白马顺手就接了。

"想抽就随意。"陈云鹤和颜悦色地说，还推过来一包金黄色的烟丝。周白马猛然瞥见对面一个穿长衫的家伙眼睛里的轻蔑，便立马将烟筒放在了一边。他还发现他带来的四个工会骨干都被铁路公司的人隔在门口。周白马一时显得有些局促了。

陈云鹤给吴廉膺递了个眼色，吴廉膺不紧不慢地说："白马贤侄，工友们生活有困难，我们也清楚。铁路公司的难处，你们又知道多少？现在是战争时期，大锡行情不看好，铁路的运力就有限；公司还在修建新的路线，赚到的钱都作再投入了。作为公司员工，大家相互谅解、同甘共苦为上上策。这世道，谁没有个难处？当初你遭难时，你娘、你姐跪着哭着求我，我吴廉膺可曾说了个‘不’字？我把你从死牢里捞出来，带到铁路上。你现在当司炉了，回去好好干，叔不会亏待你。终有一天，你会开上火车的。”

周白马涨红了脸，他感到羞愧。不是因为自己忘恩负义，而是他作为劳工方的谈判代表，怎么成了老板赏饭的雇员？周白马稳住了情绪：“叔，你对我的相帮，我不会忘记。我是代表铁路工会来跟你们谈判的。我们的条件已经提出来了，现在该你们给我们一个答复。”

吴廉膺道：“你还认我这个叔，就先回去复工。你们的要求公司董事会开会研究研究，再给你们答复。”

“叔，工友们真的很难。很多家庭都揭不开锅了。”

吴廉膺反问道：“你可知道，我还负债累累呢。债务压得你叔觉都睡不好。”

陈云鹤补充了一句：“工友们的要求，我们会酌情考虑，但火车必须先开起来。”

周白马冲陈云鹤说：“刚才你是怎么说的？一方不能要求另一方‘必须’。”

这时公司协理周启愚敲起了桌子：“我等花钱雇人干活，还能听雇工的？自古以来，哪有这样的道理？爱干就干，不干就给我滚！”

周白马终于被激怒了，也一拍桌子道：“周老板，现在不是你随意打骂工人的时代了。你不想谈，我们也不会怕你们，就看火车怕不怕。”他站起来，向自己的人一挥手说：“我们走。”

周白马人还没有走出铁路公司的办公楼，吴廉膺就在总理室摔了自己的烟斗：“这周家的人，跟铁路有仇！”

在参加谈判的几个人中，还有驻军的一个参谋长方仲明中校，他今天穿的是一身马褂长袍。刚才没有说话，现在他一开口就带着军人的狠劲：“几个叫花子工人，怕他哪样哦？我带一个连去，机枪一架，都他妈突突了。看哪个还敢闹！”

陈云鹤忙说：“本道境内，切不可闹出血案。”

方仲明说：“陈道尹，前方要抢运军粮，你让刘司令的兵饿着肚皮打仗不成？”

这时一个穿西装戴眼镜，肤色白净的人说道：“你等都只看到问题的表面。”他是蒙自县国民党县党部的书记长王霆雷。这两年国民党在滇南各县都设立了县党部，人虽然只有三五个，却有某种隐形的实权。他们上面有南京政府撑腰，连省府对他们也要另眼相看。他们在基层的主要任务，似乎就如王霆雷所言：“提防共产党作乱，才是当务之急。你们以为，就凭铁路工会的那点本事，就能掀起那么大的风浪？”

“谁会是共产党？周白马？”吴廉膺有些紧张地问。

王霆雷冷笑：“我还不敢确定，但他身后站的肯定有共产党。”

吴廉膺将周白马介绍到铁路上工作后，跟他并没有多少交往。倒是大儿子吴孝珪每周日在蒙自火车站西侧的一间存放铁轨的库房里，教工会的工人们识字念书。他背上一块小黑板，家织布包里揣着《说服小学》《新小学》《新学堂》等启蒙教科书，从“天”“地”“人”“云”

“日”“月”教起，在黑板上用自制的红土粉笔画出日月、山川、房舍、花鸟鱼虫的模样。识字班都是周白马的工会在张罗，两个年轻人处得胜似亲兄弟。吴廉膺不知道他们是如何认识的，只是经常听儿子在耳边提起周白马，就像在昆明读书时，他跟父亲提起聂守信，话语里全是仰慕溢美之词。吴廉膺几次想告诉儿子周白马的身世，但都忍住了。他认为儿子教铁路工人学点文化，是在帮他，尽一点人子之孝。有一次他还笑道，铁路公司是不是应该支付你一些薪水呀?

吴孝珪回到故乡后经过一年多的苦闷和憋屈，才重新找到自己的人生方向。那期间他也常和聂守信通信，得知他在上海也过得很艰难。租住在一个小阁楼里，在一家商号做一些杂役性质的工作，为老板烧茶倒水、拖地跑腿，邮寄一些洋烟啥的到昆明，每月只能挣十五元。而房租费就要七元，经常一个面包管一天。聂守信还说他拜了一个外国人为师学习小提琴，他从前学的指法都是错误的，现在改弦易辙重学；他开始在夜校系统学习作曲，他还参加了上海的“反帝大同盟”，和一些有名望、有理想的人交往。聂守信似乎并不在意他和吴孝珪在追求着同一个姑娘，他甚至对吴孝珪说，你要多和陈春晓联系，她将告诉你在这个黑暗的时代如何找到光。

这个“光”就是周白马。当吴孝珪手持陈春晓的信见到周白马时，他苦闷的人生从此打开了一扇窗。周白马身边时常有个叫李大哥的神秘人物。他总是来去无踪，行色匆匆，出没于乡村、矿山、学校和铁路沿线。国共第一次合作时期，他是昆明的风云人物，在学校、厂矿、农村到处宣讲北伐革命，云南国民党省党部的重头人物都是他的同僚、下属或朋友。大革命失败后，他转入了地下，潜伏到滇南。

他指导周白马建立起铁路工会，办起夜校。吴孝珪很钦佩李大哥的豪爽、睿智和开阔的视野。李大哥给他们讲他在广州当兵时，参加过北伐誓师出征，见到过孙中山、蒋介石、周恩来这些大人物。他在广州上过第六届农民运动讲习所，这届讲习所的所长是毛泽东。李大哥说毛泽东是真正懂中国农村革命、农民运动的人。李大哥还安排吴孝珪帮他跑了两次腿。一次是让他将一封信塞到建水指林寺大雄宝殿西侧一棵柏树的树洞里。一次是去建水西门的一家中药铺取一服中药。李大哥叮嘱吴孝珪，你什么都不用说，只需交上带去的药方。拿上药走出药铺不要回头，走上一百步时，折身往回走八十步，看看周边有无可疑人等。吴孝珪感到仿佛又回到了读书时跟着聂守信到处张贴标语的美好时光。他喜欢这种神秘的生活。

罢工进行到第七天，劳资双方仍然僵持不下。在工会这边，李大哥既表扬了周白马成功组织起这场声势浩大的铁路工人大罢工，也批评了他在与资方谈判时还囿于个人恩怨，缺乏斗争精神。李大哥说：面对资方，不要怕，要保持尊严。因为你身后站着成百上千的工人兄弟。

周白马每天组织五六百工人到个碧铁路公司办公楼前静坐示威。资方也派人来谈判过两次，第一次只承诺工资增长幅度为百分之十，第二次加了一条尽量少发“铁路流通券”，多发滇币。工会认为这离工人们的要求相去甚远，索性组织了工人纠察队，包围了铁路公司的办公楼，楼内人员一概只准进不准出。连蒙自道尹陈云鹤也被困在了里面。

这天中午，方仲明带来一个营的兵力忽然包围了示威的工人。他们在四周的屋顶上架起了机枪，在街口布置岗哨戒严。个碧铁路公司的大门前持枪的士兵站成三排，枪上的刺刀闪着寒光，冲着手无寸铁的工人们。人群有些慌乱，各种声音纷纷攘攘。有人喊，这帮狗日的敢开枪，老子们把他们撕来吃了！也有说，枪子儿飞起来不认人的啊。我们咋个整？妈哟，我还没有告诉我婆娘今天我出来了。旺子，枪响起来，看紧点躲。高师傅，你年纪大，往后靠。王工，我今天要是挨枪子儿了，回去告诉我妈。周白马和几个工会的骨干站在前排，他回头冲大家喊：“不要怕！我们团结紧，手挽起来。他们不敢开枪的。”其实他心里直犯嘀咕，这些丘八真开枪的话，工会跟工友们的家属该如何交代？

方仲明带两个马弁闯进吴廉膺的总理室，他一见面，就把佩枪拍在桌子上。陈道尹、吴总理，刘司令在前线已经缺粮了，今天再不发一车粮食出去，刘师长拿我军法是问。老子上法场之前，也要拉几个垫背的！

“方参谋长息怒、息怒！我们马上就下去跟他们谈。”吴廉膺额头冒汗，长衫领子的第一颗布扣也被他扯开了。刚才他在窗户前向下面的人群张望，竟然看到了吴孝珪！他和周白马手挽手站在第一排，一副天塌下来也不怕的样子。

唯有他，害怕了。他不能再失去一个儿子！

吴廉膺早就想妥协了，但公司里的几个董事意见不一致。尤其是以周启愚为代表的蒙自、个旧方面的董事们，声称绝不能跟工会让步。所幸陈云鹤站在他这一边。他说：“本道尹一再重申：绝不认可本府境内发生任何流血事件。军队运粮是大事，开枪弹压工人更是了不得的大事！铁路公司一时的亏盈又何足挂齿？玮玠兄身为总理，有权做出最终裁决。”

蒙自县党部书记长王霆雷阴阴地说：“其实，军队上去，把领头的那几个共党分子抓了，工人自然就回去上工了。”

吴廉膺白他一眼：“你说得简单。发生了冲突伤亡，谁负责？”然后他环顾四周，“我下去谈，再作适当让步。谁跟我一起去？”

陈云鹤道：“我陪你去。我还是董事会监事长嘛。”

铁路公司楼下有一个小花园，还建了座八角亭。劳资双方就在亭子里坐下来谈判，工人们围在外层，再外面是荷枪实弹的军队。吴廉膺看到了站在工人群里的儿子，想到了在吴家花园持枪打劫的娃西，便一阵悲怆涌上心头。

吴廉膺已无心谈判，眼睛不断往工人群那边瞄。陈云鹤充当起调停人的角色。周白马已经得到李大哥的指示，这是全省第一次产业工人大罢工，要尽量避免流血事件发生，只要铁路公司再作让步，即可视为罢工胜利。双方很快达成协议，资方同意大工加薪百分之三十，小工加薪百分之二十，另各加津贴百分之十；薪资全部改发滇币，收回工人手中的“铁路流通券”，以滇币兑换。工人明日即恢复上工。

周白马代表工会在协议书上签上自己的名字。他看到了吴廉膺脸上的落寞，便不无歉意地说：“叔，请理解，我不是为我自己。”

吴廉膺签上名字，再钤上印章，抬头对周白马说：“如果你还认我这个叔，就离我儿子远一点。”

然后，他缓缓起身，把手中的蘸水笔重重掷在协议上，扭身便走。他不想让人看到眼眶里的眼泪。

工人们发出震耳欲聋的欢呼声，几个工友把周白马架到肩上。这是工人们第一次看到自己的力量。他们可以开动火车，也可以撼动那些高高在上的老爷老板。吴孝珪为这轰轰烈烈的场面所感动，尽管他也看到了他父亲凄凉孤单的背影。如果他是这席卷一切的洪流中的一朵浪花，父亲就是被卷走的枯枝败叶。他并不为此感到伤感。他喜欢这种奔腾浩荡、弱者战胜了强者的感觉，就像他天生就喜欢反叛一样。

47 · 火车与老祖

吴家花园经过土匪洗劫，开始露出败象，凄凉景象看上去比前两次被官府抄家还甚。倒不是因为损失了大笔财富，而是那股豪门气大受其挫。吴家大门前的青麻石铺砌的将台无故坍塌了两步台阶，西面的围栏也断了一根，将台石缝里冒出荒草。吴府门前的两株大青树，先是南面的一棵遭了雷击，将一根大腿粗的分枝劈断；夏至过后不久，北面的大青树忽然布满了拇指粗的毛毛虫，它们一旬间就吃光了所有的树叶，留下光秃秃的树枝。这大夏天的，到处满目葱茏，独独这棵大青树上面站满了乌鸦，让人看着瘆得慌。

这期间吴家大门紧闭，少爷小姐太太姨太太们也很少抛头露面。吴家被劫成了建水古城大街小巷经久不衰的谈资，人们似乎没有多少同情，反倒有不少幸灾乐祸的传言。富不过三代，吴家要败了。树大招风，财多招贼。杀富济贫，乃是天道。吴家梅园有个负责采买的小厮，有一天上街买羊肉，为秤砣高一点还是低一点，跟卖羊肉的争执起来，那屠户便提了刀说，你在这里跟我争哪样？你吴家花园高门大宅，惹毛了小老百姓，大家都可进去吃伙食。那银库里漏出的光，不是还赛过月亮嘛。吴廉膺闻听此事，严令吴家上下老少，少出门，少说话，低调行事，谦和待人。

吴家真正被击倒的是两个女人。老祖吴封氏卧床不起，命悬一线，气若游丝。请来的郎中私下里跟吴廉膺说，该准备后事了。但转天吴廉膺去看望老祖时，她虽然面色枯槁，但眼睛里放射出永不向死神服输的倔强光芒。你们想办我的寿事了吗？我还没有活过一百岁哩。那个小野种，想来折我的寿？老树藤还能轧死青苗苗哩。

要死的还想活，想死的却死不了。丛玉儿难以接受眼睁睁看着儿子被枪杀的残酷现实，两次想跳井，都被人拉回来。吴廉膺从土匪窝子回来后，派人不分白天黑夜看护她。经此灾难，要说心里的创痛，有谁比得过他吴廉膺？但他还得在人前像一根梁柱一般硬撑着，因为他即将迎来自己人生的又一个高光时刻——火车马上就要开到建水来了。

个碧石铁路线在一个叫鸡街的车站分岔，向西延伸到建水，称为鸡临线。这是一条全靠中国工程师自主修造的铁路，全线路长六十四公里，平均每年修筑六公里，用了十年时间才建成。总工程师萨铭骏担负了从线路设计、施工到站房建设、机车采买、通信调度配置等几乎所有的工作。这个中国第一代铁路人进行了许多技术改造，为铁路公司省了不少费用。鸡临线的管理人员也全部由中国人充任，站长、调度、信号、机修、线路养护、火车司机等。他们都是当年跟在聘任的洋人工程师身后的徒弟，现在都成了独当一面的好手。这其中的佼佼者便是陈勤鸥。这个不到三十岁的年轻人有跟随尼复礼时打下的底子，萨铭骏一接手总工位置，陈勤鸥就成了他的得力助手。有一年萨铭骏被交通部抽调到北京，工地上的事情就由陈勤鸥全权负责。萨铭骏回来后，发现陈勤鸥架好了一座长二百米的桥梁，挖通了一条一百余米的隧道，工程进度比他预想的还要好，各项工作也安排得井井有条。在公司董事会上，萨铭骏对陈云鹤说，令郎的价值，等同于一条铁路线。

建水城里的临安车站就是陈勤鸥设计的。它的主楼是纯法式建筑风格，拱形的正门和花窗，条石镶砌齿型边，黄色墙面，红瓦覆顶。他对吴廉膺说，叔，我想建一座比法国人的碧色寨车站更雄伟的车站。同样的建筑风格，不是因为模仿，而是要比一比志气。吴廉膺很赞赏陈勤鸥的志气，说正合我意，师夷长技以制夷，这个道理永远用得着。得让那帮洋老咪看看，我们中国人不是不会做，而是时代未到。时代到了，就会比他们做得更好。但陈云鹤却提出不同看法。他说这毕竟是我们自己铁路线上的站房，还是应该要有中国气派。陈勤鸥部分采纳了父亲的意见，车站主楼仍保持法式风格。两侧候车室和材料房则为中式建筑样式，单檐歇山顶，四角飞檐流畅，状如鸟翅。

不过，在建水车站站址的选择上，年青一代不得不面对父辈们的“人情世故”。一天，在陈家的饭桌上，陈云鹤问儿子，为什么要将临安车站设在建水城北？陈勤鸥答道，是为以后方便修建建水至石屏线，线路既就近又缘山开道，少占良田。公司董事会上多数人都同意城北建站方案。陈云鹤沉吟片刻，才道：“鸥儿，把站址改在城南吧。”

陈勤鸥有些惊讶地问：“父亲，你应该知道，如此更改，线路得多绕一个大弯。”

“再绕也要改！”陈云鹤用不容置疑的口吻说。

“父亲，一条线路改来改去的，徒增成本。你难道不知道吗？”陈勤鸥嘀咕道。

陈云鹤叹一口气：“鸥儿，中国的许多事情，要学会走弯路，还要忍受走弯路。‘曲则全，枉则直。’铁路也不是都走直线。走弯路是为了爬上更高的坡。”

“建水城里没有坡，父亲。”

陈云鹤踌躇片刻才说：“城北老凤山有你廉膺叔家祖坟地。”

年轻人毕竟火气旺，陈勤鸥急得站起来：“都什么年代了，还持火车惊扰祖先坟茔的老观念？外国人嘲笑我们把铁路当私家便道，廉膺叔也算是开明士绅，这可不是他行事的做派！”

“鸥儿，你坐下。”陈云鹤语气温和下来，“我石屏陈家和建水吴家，上一辈在个旧厂为争夺矿洞，大动干戈，遂成世仇。所幸我与你廉膺叔当年在临安府学共习孔孟，始知礼明义，又同榜中举。数十年风雨砥砺，携手服务乡梓。现今你廉膺叔有求于我，为父焉能不帮？”

一月前，吴廉膺前来拜访陈云鹤。稍事寒暄之后，吴廉膺神色凄惶地道：“子君兄，我家老祖眼见着大限将至，族人忙着准备后事。临安车站若建于城北，必过我老吴家祖坟地老凤山。不孝如廉膺者，岂可忍视开山放炮轰轰然惊扰先人，又安能置祖先灵地日夜车马喧闹于不顾？廉膺知铁路之理，但更知天下之事，孝字为先。乞望兄台救廉膺于不孝之境，改站址于古城之南。”

陈云鹤当然也知道，为修这条铁路，吴廉膺忤逆吴氏家族老祖久矣。但论说到祖坟地这个坎，他心里也过不去。谁心里没有祖先？

建水城的人们都在传说，吴氏家族的老祖吴封氏是被火车给惊吓死的。这个还差小半年就活到一百岁的老人，当她听到建水城的第一声汽笛时，当即吓得魂飞魄散，一命归西。

实际上只是因为一场小小的风寒，轻轻地给了她最后一击。很久以来，她就开始变得越来越小，越来越轻，最后枯萎到像一个七八岁孩子般大小。她浑身只见皮不见肉，皮肤像干枯的树叶，东一块西一片地耷拉下来，没有一丝水分，看上去随时就要脆裂。她手臂、腿上的骨头几乎肉眼可见，在关节处支棱着，凸翘着，让人担心这把老骨头随时会拱破出来；那些墨色的筋络血管似密布的蛛网，盘根错节，细如发丝，让人看了不寒而栗。这是一具还有一口气的骷髅，是僵尸在人间的最后呈现。她在哪里，死亡的气息就萦绕在哪里。腐败，酸臭，阴气森森。服侍她的朱妈将她裹在一床厚棉被里，抱着她到庭院烤太阳，去荷花池前看荷花，去祠堂的先祖牌位前诉苦。似乎向列祖列宗们表功摆好，是她最后的夙愿。我封淑英，七岁就到吴家当童养媳。冬天去打水，水桶掉井里去了，我怕回去挨公婆打呀。我一个小姑娘家，攀着井壁溜下去，桶没有捞到，自己掉井里了。要不是有好心人把我捞起来，你老吴家还有这一脉？我那个短命鬼男人吴福民，当年在家盘田种地好好的，咸丰二年（1852）要去挣什么军功嘛！抛下我孤儿寡母的。兵荒马乱的日子，要不是看着我的那驼背儿子可怜，要给老吴家留一个种，早就一根绳子上吊了。我封淑英，跟阎王呢，隔三岔五就打照面，不是他怕我，是阎王已经忘记我啦。他一个又一个地拉走我的儿子、孙子、曾孙子。我不怕。我让子孙们多多地生。死得早，赶不上生得巧。我只要活着，娶亲嫁女，都听我的就是。哪个女人能生娃，我一眼就看出来了。我不能死，我要活过一百岁，看护好老吴家这份家业。我在着，吴家花园就在着。皇帝还给我下过敕封呢。这天下哪能少了皇帝爷？

吴封氏在先祖面前絮絮叨叨说的这些谵语，话头零乱，顺序颠倒，只有服侍在她身边的朱妈才听得懂。她已经熬死过六个贴身用人了。在弥留之际，她已经进入谵妄状态，朱妈将她抱在怀里，轻拍她只剩下一层老皮的脸颊，才能将她短暂唤醒。但只要吴封氏枯井一般的眼珠一转动，她仍然会对这个破败的世界心心念念。不要分家。该给吴孝珪提亲了。外出的男人们快回来。祖先牌位前的长明灯每天要添油。万岁爷的敕封千万别让虫蛀了。打失（走失）的儿子呀，哪天才能回来哦。小狗日的日子，不好挨啊！小心火烛。女人们的裙子越来越短了，小腿肚都看得到，成何体统？不准吴廉膺去招惹火车。祖先在地下睡不安稳觉哩。不要忘记祭祖。菊园的三姨太是个狐狸精变的。生娃还可以。就是那屁股扭来扭去的。骚货。兰园的吴曹氏十八岁就守寡了，命苦。脾气怪。死后要给她立牌坊。她东一句西一句地给后人们下达互相矛盾又根本不会有人去执行的指令，就像一个快要溺死的人，在岁月的无情洪水中拼着最后一口气，还在号令岸上的人，你不准做这个，你该去做那个。梅园孝字辈的一个小子和菊园游惜春的儿子吴孝玓，私下里分别摸到吴封氏身边，想套她的话，说出家族传说中隐藏的银库。但吴封氏眼都不眨地给他们骂了回去。小狗日的。败家子。她干瘪的嘴角溢出几丝微弱的轻蔑。

火车开进建水古城的那个下午，吴廉膺在车站里准备迎接这意义重大的第一列火车。铁路公司的高管和职员、城里的士绅官员、学校的学生、乐队，以及看热闹的民众，挤满了站台。吴廉膺不断掏出怀表看时间。这时，一个家仆飞马奔来，说老祖不行了，七爷你赶快回。这些时日吴廉膺在忙碌中想到吴家花园里这个只剩下最后几口气的老人，竟会悄悄抹泪。吴廉膺飞马赶回家的路上，竟然想起多年前老祖曾呵斥他说，你修哪样铁路哦，修的是我的黄泉路。他一进吴家花园便直奔老祖的享堂，家族里的老少妇孺已在享堂外跪了一地。下人们正从库房里搬出办丧事的必备之物，白色的招魂幡、挽幛、纸扎的导路神、童男童女、遗像亭、诰封亭、香亭、青轿、神主亭，以及族中男性穿戴的白色孝服、三棱帽、麻绳、草履，女性的尖角白布巾、白纱孝服、小脚白布鞋、手持的白色丧棒等物。一口土漆柏木棺材已停在庭院里，在灿烂的阳光下泛着阴冷的红光。这些丧品其实早已准备停当，还搬进搬出好几回了。因为老祖总是咽不下那口气。庭院里的人有的哭哭啼啼，有的却面色淡然冷漠。吴廉膺跪在吴封氏病榻前，轻声唤道："老祖，老祖，廉膺回来了。"

吴封氏脸上干涸的皮肤泛起一层难得的活色，眼珠也转动起来了。她清晰无误地低声说："我昨晚吩咐你的事，你要记得。"

"老祖放心。孙儿记得。"

"我的儿……要回来……"

吴廉膺宽慰道："老祖，我们的'驼背老爹'，还有你的孙子、曾孙、玄孙、来孙，五代人，都在了。"

"都要在。不要再走打失了啊!"吴封氏忽然提高了声音，让吴廉膺及围在她身边的后辈们都吓了一跳。

吴廉膺忙说："不会的。不会再走打失了。吴家花园在，大家都在。"

吴封氏刚缓过一口气，一声粗壮的汽笛穿过碧绿的田野、穿透古老的城墙、穿越古城成片低矮的瓦房，穿过滞重岁月的层层苦难，带着把九泉之下的祖先们都要搅醒的勃勃活力，如山呼海啸般，扑面而来。

"火轮车？小狗日的，你到底……还是……"吴封氏终于一口气提不上来，眼里最后那点恨意，也随着那口从遥远的道光年间就从母体身上带来的气息，在历经了大清道光、咸丰、同治、光绪、宣统五个最为黑暗的朝代，又挨过民国初年的混乱之后，终于如熬尽了油的孤灯，在离活到一百岁还差四个月又三天的这个阳光灿烂、火车欢鸣的日子里，黯然消没了。

吴廉膺干号几声，眼里竟然没有泪。他身后的众家小，就像听到一声领唱，也一齐呼天抢地地哭号起来。吴廉膺为了掩饰，不断地磕头，将地砸得“咚咚咚”响，直到额头磕出了血。一个到死都还在怨恨着新事物的人，每一天都活在被历史抛弃的旧时代，即便活过了一百岁，其实也只活在那条又臭又长的裹脚布里。她的心就如她那畸形的小脚，永远不会适应这个火车奔腾的时代。与其说是火车要了她的命，倒不如说是一个抱残守缺的前朝遗老，必将被无情的时代列车抛弃。吴廉膺不无悲情地想。

48 · 李大哥

铁路工人大罢工胜利后的一个春日下午，周白马悄悄来到建水，约吴孝珪去钓鱼。

这是一处浅滩，两岸乱石无言，芳草萋萋，河水浅吟低唱，几只白鹭在对岸飞翔。建水城在他们身后，笼罩在一片氤氲之下。

吴孝珪并不擅长钓鱼，他不知道今天周大哥怎么会有这份闲情。周白马布好鱼竿，又教吴孝珪怎么穿鱼饵。他掏出一包草烟来，卷了一支，问吴孝珪要不要？见吴孝珪摇头，便自己点上，眯起眼睛看对岸起起落落的白鹭。

“孝珪兄弟，你知道我老爹周大祥吗？”

“听说过。”

“当年，我老爹就是在这片河滩上被砍了头。”

“他是一条好汉。”

周白马的目光追随着一只刚刚从水面上腾飞的白鹭，它沿着河岸盘旋，仿佛那就是他父亲远去的灵魂，让周白马眼眶也湿润了。

“我那时刚从我娘肚子里生下来三天。我老爹在监狱里就带话出来说，要是生了个男丁，法场上就让家人打一把红纸伞；生女娃就打蓝纸伞。清兵到处追杀我家人，我们不敢暴露身份。我老爹被砍头那天，我姐姐周春花撑把红纸伞在人群中拼命跳啊跳……我现在还不知道，我爹看到红纸伞没有。”

“他肯定看到了。”吴孝珪喃喃道。

“我想也是。不然我不会走上我老爹的道路。”

两人长久不说话。鱼儿咬钩了，把鱼漂拖得顺水摆动，周白马也不动鱼竿。他忽然扭过头来，郑重地对吴孝珪说：“吴孝珪同志，组织上经过对你多次观察和考验，打算发展你加入我们的组织。”

吴孝珪有些惊喜：“是加入共产主义青年团吗？”

“不。是共产党。你愿意吗？”

吴孝珪血往头上涌，想也没多想地点头道：“我愿意。”

周白马站了起来，吴孝珪也跟着起身。周白马一只手搭在他肩头上，满脸肃然：“你愿意为我们的革命事业去奉献、去牺牲吗？哪怕像我老爹哪样被砍下头颅来？”

类似的话聂守信也跟他说起过，那时他想加入共青团，现在一步就要成为共产党员了，他怎能不像猝然得到一份追慕已久的人生大礼般欣喜异常？不过，加入组织就意味着随时要做好掉脑袋的准备，这是一份庄严而沉重的承诺。他的人生中从来没有被如此要求、如此托付。他挺直了腰，一字一句地说：“我不怕。请组织相信我！”

第二天，吴孝珪跟随周白马登上从建水到碧色寨的小火车，又转乘米轨火车，小半天工夫就到了一个叫芷村的小站。他们下车后走上盘山道，翻过几道山梁后，远远看见一个土墙茅屋顶的彝族村寨。这个大山深处的村庄有个彝族村名查尼皮，它是一个必将走进历史的村庄。进村前他们遇到两个持火枪的村民查问，周白马从鞋底里掏出一张路条给他们查验后才得以通行。周白马对吴孝珪说，放心，这是我们自己的武装。查尼皮村是红色村庄。

在一家农舍的土坯墙上，挂了一面斧头和镰刀的红色旗帜。李大哥一身农夫打扮适时出现，他将作为吴孝珪入党的监誓人。吴孝珪举起右拳，跟着周白马念了誓词。待一腔的热血平息下来，他喃喃道：“我现在是党的人，再不是吴家花园的少爷。我要与那个封建家族决裂！”

李大哥用赞许的口吻说：“说得好！革命得从自身做起。我们的目标，就是要打倒以吴家花园为代表的封建地主阶级，让劳苦大众翻身得解放。”

啊，让人又爱又恨的吴家花园。吴孝珪想到了它的富丽堂皇、穷奢极欲；想到了各房的钩心斗角、血腥冷漠；想到了鸦片的毒烟缭绕、糜烂腐朽；还想到了为反抗封建礼教而自焚的姐姐吴淡菊，以及老祖吴封氏那张昏聩顽固的老脸……

吴孝珪在查尼皮村待了三天，眼界大开。在他来之前，中共云南省临时委员会刚刚在这里召开了第一次党员代表大会。这里成立了农会，办起了妇女识字班，甚至还有一支由共产党领导的游击队。周白马信心十足地说，你看着吧，查尼皮村将会成为我们云南红色革命的中心。

铁路工人罢工斗争的胜利也极大鼓舞了云南的共产党人。李大哥想乘胜追击，在个旧矿山上也搞一次大罢工。他脱掉长衫，穿上砂丁的破烂马褂，下到矿洞里去发动砂丁闹革命。吴孝珪有一天接到地下党指令，让他去个旧马拉格镇取回李大哥一封信。马拉格镇因矿洞众多而成镇，这里矿洞、矿坑、洗矿场、炉房满山遍野，砂丁云集。接头的地点在镇上的一家米线馆，平常的食客多是挑矿砂的工人和矿洞里出来的砂丁。吴孝珪穿一身很平民化的对襟短褂，粗布大裆裤，圆口布鞋，还故意把头发铰得像山坡地，看上去像一个为炉房收账支应的跑腿。但在一群蓬头垢面、破衣烂衫的矿工砂丁中，他还是显得有些格格不入。一些砂丁常年戴着脚镣，他们是曾经逃跑过又被抓回来的，脚镣深陷在化脓腐烂的皮肉里，隐约可见森森白骨。砂丁们一般不会在店堂里吃，他们情愿蹲在店门外路边，烤着太阳，稀里哗啦就将一碗米线吃下，然后脱下身上补丁摞补丁的衣衫捉虱子，或者互相在头发上、眉毛上、胡子上把虱子一个个捉出来。矿山上水贵如油，家家炉房的水缸都要上锁，甚至规定"喝汤不洗脸，洗脸不喝汤"。砂丁们身上那股难以言状的气味，让吴孝珪反胃又紧张。

他慢条斯理地吃了一个铜板一碗的汆肉米线，为打发时间，又加一碗"老妈妈汤"（黄豆汤）。他这张小方桌都走了三四拨人了。这时又一个浑身黢黑，戴顶破黑毡瓜皮帽，穿件筋筋吊吊黑色短褂子的砂丁闷声不响地坐在他对面。他的瓜皮帽上插块油腻腻的挂汗片、脸上东一道西一团煤烟，浑身散发着浓烈的汗酸味，眉毛上还粘着几枚虱子蛋，脖子上、胳膊上有几处水癞子。癞子是砂丁们身体上的标识，在潮湿闷热的矿洞，在布满臭虫、虱子、跳蚤、老鼠的炉房，哪个砂丁身上还会有一寸好皮肤呢？

这个刚从矿洞里爬出来的砂丁将一碗米线喝得呼噜呼噜响。吴孝珪侧过身去，紧盯着店门口。

这时他忽然听到对面的砂丁低声"哎"了一声，将自己的汤碗推了过来，又把吴孝珪的碗拉了回去，给他递了个眼色。

这不是李大哥吗？他怎么成这个样子了？吴孝珪还没来得及惊讶，就看见李大哥稍微抬了一下刚拉过去的汤碗，眼睛看向碗底。吴孝珪明白了，手往李大哥推过来的汤碗底一摸。有一封仔细折叠成小方块的信。在吴孝珪迅疾将信揣到兜里时，李大哥已经起身走人了。他的背影很快消失在店外来来往往的砂丁人流中。

李大哥在进入矿山之前，还是一个书生模样。这个毕业于国立北京农业大学的读书人，为了让自己更像一个劳工模样，赤脚在山道上担柴，在烈日暴晒下锄地，在田里驾牛犁田，和村人喝土酒抽烟筒，彻底改变了自己知识分子的形象。他住在一家炉房的窝棚里，当了三个月背矿的砂丁，胸前挂一盏铜制煤石灯，肩上背负一前一后的麻布褡裢，里面装满锡砂，在矿洞里爬进爬出。李大哥不仅结识了大量砂丁朋友，跟几个上前人成了换帖子兄弟，还建立起了地下党的第一个矿山党支部。他认为，这些生活在地狱般世界里的人，是最具反抗精神的一群人，一旦发动起来，就是革命的有生力量。上前人手下都有武装护矿队，李大哥设想不仅要组织矿工大罢工，还要借助护矿队的武器搞一次武装暴动。他在吴孝珪带回去的信中指示周白马的铁路工会，一旦矿山暴动成功，铁路工会相机策应，农会则应组织一场秋收暴动，在查尼皮游击队武装的基础上，建立起云南工农革命军第一师。“将滇南革命的烈火熊熊燃烧起来。”他甚至连军旗的草图都勾勒出来了。

遗憾的是，许多伟大的计划往往败于偶然。李大哥发展的一个上前人穆贵，是个大字不识几个的老粗。他有一天在个旧城与人喝酒，酒酣耳热中说漏了嘴。饭桌上刚好有国民党个旧县党部的耳目。穆贵很快被抓，刚一吊上横梁，皮鞭棍棒还没有挥起来，他就什么都招了。一个阴雨绵绵的傍晚，一队军警开到马拉格矿山，他们搜查了李大哥的窝棚，抓捕和李大哥往来密切的人员。那晚李大哥刚从矿洞里出来，便面对军警们的枪口。

云南的地方军阀虽然跟南京政府面和心不和，但在防范共产党上却颇为卖力。他们既防老蒋，也“防共”，抱着当土皇帝的思想，不容他人染指自己的地盘。而国民党县党部的那些大小党棍，他们熟知地下党的套路，对付共产党，自然比当地军阀老练得多，下手也狠得多。县党部书记长王霆雷在第一次国共合作时，还是李大哥的下属。那时云南的共产党员、国民党员多是从广州派遣过来的，两党一起联手支援北伐革命，策动地方军阀武装参加北伐战争。李大哥是国民党临时省党部（左派）执行委员、农工部部长，国民党蒙自县党部也是在李大哥的指导下建立起来的。王霆雷那时就知道李大哥的双重身份，对他搞农工运动的本事深为佩服。因此，王霆雷几乎闭着眼睛也能看到，李大哥是如何奔走在乡村、铁路沿线和矿山之间，到处建立工会、农会、妇女会，谋划着一场又一场的农工暴动。人说吵翻了的兄弟赛挖心。王霆雷查遍了个碧铁路公司和个旧官办的锡务公司本部的每一个在册人员，甚至每一家炉房都派人去暗访过了，还到处安插自己的眼线。他笃定李大哥必将要在矿山搞事，但他即便把脑袋掰开了也不会想到，李大哥会把自己变身为一个真正的砂丁。

陈云鹤把即将要大抓捕的消息透露给了吴廉膺，又不便明讲，只能一语双关地说，最近气候乍暖还寒，令公子这些时日多待在家里吧。吴廉膺道了声谢，立即赶下午那趟从个旧到建水的火车。他是经历过反清斗争的人，知道执政者维护政权的手段有多血腥。其实这两天他已经听到一些风声。大罢工后个旧县党部的人多次来铁路公司打探铁路工会的事。他一直想跟吴孝珪好好谈一谈。子不教，父之过。

但吴廉膺不知道自己的过失在哪里。

车到蒙自，吴廉膺叫来车站徐站长，交给他一封信，说你立即找到周白马，亲手交给他。这一路上吴廉膺都在想，周白马这根铁路公司的芒刺，眼下在工友们中的声望盖过了任何一个公司董事。大罢工后吴廉膺曾自嘲道，我当了回东郭先生哩。有董事建议开除周白马，吴廉膺犹豫不决，工会可在他手里。工人再闹起来，火车谁来开？现在他该“借刀杀人”，还是“以德报怨”？他纠结了一路。所幸他总躲不开周大祥那双死不瞑目的眼。当年他劝周大祥打开建水城门接受招安时，周大祥说，要是刘冬麟老儿反杀老子一刀，我的家人咋办？吴廉膺那时只想自己尽快脱身，顺口就说，大祥兄弟尽可放心，还有你吴大哥在哩。

吴廉膺回到建水城已是傍晚。他直接去到县立国民小学吴孝珪的宿舍，用不容置疑的口吻说，走，跟我回家！

在吴廉膺的书房，父子俩做了一次漫长的谈话。一方以身说法，谆谆教诲；一方据理力争，寸步不让。从是维护家族利益到还是伸张社会公平正义，从一个男人扮演的家庭角色到应承担的社会责任，从诗书旧族的血脉传承到新青年的自由独立，从“白骨露于野”到“朱门酒肉臭”，从剥削与压迫到反抗和牺牲……说服、训斥、抗辩；再说服、再训斥、再抗辩。双方的嗓门越来越大，火气越来越冲。吴廉膺终于失去了耐心和理性，一拍桌子喝道：“不听教诲的混账东西！照你说的走下去，你会成为家族里的第二个娃西。”

吴孝珪也气得脸色苍白、嘴唇发抖：“我走的路，就是要推翻封建地主阶级、官僚资产阶级！”

吴廉膺冷笑道：“我的儿，你父亲刚好两者都占了，你敢来推翻吗?”

吴孝珪愣了愣，决绝地一扬脖子:“有啥不敢的?”

吴廉膺顺手抄起书桌上的一方镇纸:“我打你这个……”他的手高高举起来，看见儿子昂头怒目的样子，终于还是将手放下，气咻咻地说:“你吃谁家的饭长大的?”

“我吃谁家的饭不重要，重要的是要让天下的人都吃得饱饭！更重要的是：吃谁家的饭就要听谁的，那是牛马猪狗。我们是人!”

“老子先饿你三天，你就认得什么重要什么不重要!”吴廉膺想想又说，“你娃还没有坐过大牢、见识过刑场哩。当下乱世，脑袋还在不在肩膀上，才最为重要。人头落了地，啥主义、阶级、抗争、自由、独立、喊叫，都只有到阎王那里闹腾去了。”

吴廉膺叫来师爷杨五叔，让他安排几个人，将吴孝珪关在他的屋子里，日夜看守。吴廉膺已经气糊涂了，当着下人的面高声喊道:“我老吴家怎么养下如此逆种！他就是放把火把吴家花园烧了，也不准跨出大门一步。”

一个月后，吴廉膺把吴孝珪及他几个同父异母的弟弟吴孝玓、吴孝琅、吴孝璜、吴孝珞、吴孝瑄都带到了蒙自看处决犯人。他不想再跟儿子论长道短，也懒得骂他了。他相信枪弹才是这个世界最直截了当的“训诫”。

这是腥风血雨的一天，蒙自全城戒严，军警站满了每一个路口。在城西门外一条叫篾器街的一面石墙前，以李大哥为首的三个共产党人被双手反绑，背上插着尖木牌，上书“共匪 × × ×”。他们衣衫褴褛，浑身是受刑过后的累累伤痕。李大哥几乎不能站立，他的双腿就像两根朽木；脚底板翻朝天，割断的脚筋露在外面。他是被拖到法场上去的。两个架着他的军警将他往墙边一扔，就像扔一条破麻袋。他的头还重重地撞在墙上，额头上又有血淌出。围观的人群中还有人讪笑，说要敲“沙罐”的人，有几个腿不发软的？在行刑队举枪瞄准等候射击口令时，令人动容的一幕出现了。瘫坐在地上的李大哥拼力用背去蹭墙，想让自己站着面对枪弹。他两边的同伴同时弯下身去，合力一挤，竟将李大哥抬升了起来。三个人肩拱着肩，相互支撑，似一堵巍然挺立的墙。他们站直了身躯，泣血高呼：“土地革命万岁！农会万岁！工会万岁！”

一阵零乱的枪声呼啸而去，就像一只一把捂住人们呐喊的魔掌。在自由的呐喊和肆虐的枪弹之间，前者并不是永远的失败者。因此，这个世界总会有不屈的呼唤。

当天晚上，吴孝珪病倒了。他发烧、畏寒，胡言乱语，浑身抽搐，两三个人都按不住他。吴廉膺将儿子的头抱住，掐住他的人中，令人赶快请郎中史先生。史先生把脉诊视后，说是高热惊厥，时邪枭张所致。所幸邪在肌表，只需镇惊安神、平肝熄风即可。他对吴廉膺说，令公子到底肌肤薄弱，腠理不密，气血不足，日后多加调养，远离时邪便是。

三服药饮下，眼见得吴孝珪从整日昏睡到元气上升。吴廉膺去看他时，儿子虚弱地问：“爸，我白马哥……”

吴廉膺淡淡地说：“走了。”

49 · 歧路

火车就像一个落户城市的新主人，一来就有“喧宾夺主”之势。它带来更好的出行便利、更多的陌生面孔、更多的做事机遇，连天上的太阳都走得更快了。小小的建水县城也因为火车的到来，离世界近了。通车半年后，第一家火柴厂开业，“洋火”就成为一个过去的名词；一个外地人开了家印染厂，可以染出“洋布”的颜色；火车还拉来了上海、汉口产的缫丝机、铁木织机、挡丝机，“洋布”也不稀罕了；又有人开铁钉厂，“洋钉”也退出历史舞台。城南门有户世家，家中有个儿子留洋回来，雄心勃勃地开办起电灯公司。他通过火车运来一台四十千瓦的汽轮发电机，人们才知道蒸汽不仅能推着火车跑，还能带来电。当这种大风吹不灭、比星星更明亮的灯第一次在古老城市点亮时，四邻八乡的民众争相围观。

建水通火车，石屏急了。这两个地方的人们从来都不会彼此服气的，从读书到开矿，他们一直在竞争。最急的人当数陈云鹤。在铁路公司的董事会上，陈云鹤说，火车除了带来交通的便利，还有一个功用我们才发现：它还带来梦想。看看建水的变化我们就知道了。各位董事先生，按照当年既定的“边建设、边营运”的方针，从临安到石屏的六十公里铁路，理应在三五年之内修通。现在我们不缺技术也不缺钱了。修一条铁路嘛，也不比出门赶一趟马难多少。

自欧洲第一次世界大战结束以后，国际锡价逐渐看涨，锡都个旧拉出的大锡，矿商们要搞到一节车皮，经常得贿赂车站调度。客运也爆满，由于车速慢，车厢外常常挂满了人。慢没有关系，车轮总比马脚好。

总工程师萨铭骏因其卓越的才能，被国民政府交通部任命为司长，他力荐陈勤鸥出任临屏铁路线的总工。他说，铁路是年轻人的事业。陈生可以做得跟我一样好，甚至更好。若是天下承平，没有我们中国人修不到的铁路。

铁路要修，战乱却依旧频仍。新一轮的军阀混战已经在三迤大地打得烽火连天。刘礼存的上司胡军长和省主席龙司令的队伍刀兵相见，互相“讨逆”。刘礼存说，胡军长已上报南京国民政府，荐玮玠兄为我第三军中将参谋长。兄长这个中将虚了那么多年，也该让老吴家将台前的中将旗理直气壮地飘扬起来了。

吴廉膺那股蛰伏在内心深处的功名心又被权势的虚荣勾引出来了。当滇军师长刘礼存将一份中将参谋长委任状和一身黄呢中将制服送到吴廉膺面前时，他如何能拒绝？吴廉膺此番的中将衔并非虚职，他被委任为“南防保安军副司令兼个旧守备司令官”，麾下有近千人的民团和保安军。他在个旧设立起了司令部，号令四方，东征西讨，进出马队簇拥、旌旗招展；领章上的金星与日月同辉，足下锃亮的马靴震山撼岳。这个感觉让吴廉膺忘记了曾经栽过的跟斗，尽管老友陈云鹤专程前来提醒他，军阀无义战，要与他们保持距离，还是专心修咱们的铁路为好。吴廉膺嘴里诺诺，心里却冷笑，说去年龙主席收编的一支土匪武装，持省政府的军令要强驻个旧，最后还不是个旧各商会、炉房矿主出资二十万元，才送走这帮瘟神？没有强势的军力，我等岂不沦为军头们餐桌上之鱼虾？

家里的儿子们都长大了，吴廉膺也为他们规划好了人生。他送四房的两个儿子吴孝琅、吴孝珞去上军校。这两兄弟体格健壮，为人豪迈。他不无自豪地对丛玉儿说，四房的种有血性。身处乱世，吴家必须有枪杆子保护。

吴廉膺还有一块心病，想趁自己权势正炙热时一并解决。他仍然心存让大土匪娃西归顺的幻想，让娃西不再是众人尤其是他的噩梦。一年前当娃西把吴廉膺劫到山里时，他对娃西说，叫你妈妈来，我有话要跟她讲。当着山猫的面，娃西才搞清楚自己的身份。山猫那天哭着对娃西说，你的血坏咯。我咋就养下你这样的儿？你杀吴家的人我管不着，你认他是你爹就是。娃西那次能放回吴廉膺而分文不取，实则完全因为他对山猫的孝顺。但吴廉膺却情愿相信：命中的血缘关系永远是打断骨头连着筋的。他有所不知的是，他所信奉的家族血缘，和山猫母子的“血”，是有差异的。

一个秋日，吴廉膺再次孤身来到大垅山，对山猫说，我给你的儿子指条路，你把他唤到我面前来。待见到娃西，吴廉膺既动以父子之情，也晓以官名之利。他还说你继续当山大王，终有一天，不是你抛尸荒野，就是你我父子在战场上相见。带上你的人马下山去当铁路警察，我让你干路警队长。有吃有喝的，堂堂正正做人，再把你妈从山里接出来享清福。娃西道，我是没有好血的人，当不了好人。吴廉膺说，血好不好没有关系。我们是父子。娃西冷笑道，我杀了你儿子，你能不计较？吴廉膺说，你也是我儿子，我不想看到你再被杀。娃西瞬间心头鹿撞，不是他害怕被杀，而是“我爹在哪儿”这个问题他问了无数遍。小时候一问就是一巴掌，长大了则是“你爹死了”。现在有个人站出来像父亲一样为他的生死担忧，他一颗冷酷刚硬的心，仿佛被一只温暖的手掌抚摸了一下，至少也相当于天寒时有人递给他一碗辣酒。娃西沉默了许久，脸上闪现出几丝连他母亲也从未见过的羞赧：“那我是不是该改口喊你爹？”

吴廉膺愣住了，用含义复杂的眼光看着娃西，神情既不像父亲，也不像老板。半晌他才期期艾艾地说：“这个……这个这个……私下里，你可以……”

娃西脸上刚刚缓和下来的神情重新布满鄙夷和愤怒：“从不认得饿肚子是啥滋味的老爷，在我还没有拔出枪来前，你还是给我滚下山去吧。”

一边的山猫急了：“娃西，听老爷的话！”

娃西说：“妈，你让我去摘星星，我都听你的。这桩事，我不听！这个老爷跟我们的血不一样。”

秋冬之际，山岭上的野花还没有谢尽，个旧城保卫战就以吴廉膺难以想象的血腥开始了。先是刘礼存的部队在滇中打了败仗，龙主席的部队一路追击而来。锡都个旧是军阀们眼中的聚宝盆，他们进攻个旧城，就跟土匪打劫吴家花园一样目的明确。吴廉膺手下只有一个营的正规军和不到一千人的保厂队武装。个旧又是坐落在一条峡谷中的小城，不易防守。攻城的军队将大炮架在东西两边的山岭上，不分青红皂白地一顿狂轰滥炸，城内大火蔓延，断肢残臂飞上了屋顶。守城部队坚守了三天，援军无望，撤退无路。在这个血色黄昏，吴廉膺带着自己的卫队上了城楼。战至天将黑，一发炮弹在吴廉膺身边爆炸，他的大腿外侧中了一块弹片，顿时血流不止，人也几近昏迷。待他清醒过来时，城头上布满了尸体。他能清晰地听见攻城的大兵们叫喊：“活捉吴廉膺，戴银穿金。”他们被告知抓到或击毙这个滇南大富翁，有一百块大洋的重赏。吴廉膺躲在一堆沙袋后面，眼睁睁地看见自己的血无意义地汩汩流出，浸透了他的马裤和马靴，销蚀着他的功名心。这身皮囊如此不堪一击。装饰在皮囊上的功名心也如血泡般破灭！原来跻身军阀混战间，自己不过是别人通往权力宝座的炮灰和蝼蚁。

枪子儿蝗虫一般在沙袋上空飞舞。吴廉膺一声哀叹：想不到我吴某人也会死于乱枪之下！真是英雄末路，斯文扫尽；命乖运舛，岂甘受辱？正在悲哀时，一个身影从沙袋上方滚落下来。吴廉膺闭上了眼，将手枪对准了太阳穴。

“吴老板，快跟我走！”

“娃西！你……你怎么来了？”

“谁叫你把我日出来？”

“我的儿……”吴廉膺泪如泉涌。

娃西往外面扔了两颗手榴弹，一弓身将吴廉膺背上背，又举枪打倒了两个扑上来的兵。他手下的兄弟前仆后继地为他挡枪子儿，让背着自己父亲的娃西在枪林弹雨中如杀入长坂坡的赵子龙。他带了三百多好弟兄冲进战火纷纷的个旧城，到他将吴廉膺救出来时，身边只剩下十来个人了。并不是他孝字当头、义薄云天，而是他的母亲山猫在个旧城的炮声一响时，就对娃西说，快去你爹那里，他要被打死了。娃西那时用见识过战火的口吻说，晚了。那么大的炮火，就是一只猫都活不出来。山猫平生第一次向儿子露出了母兽一般的决绝和凶狠，她纵身一跃，跳到娃西的背上，双手死死揪住儿子的头发喊道：“你不听我的话，我就咬下你的耳朵来！”

山道上一团青色缓慢蠕动，从坡脚一路上升。夕阳柔和慵懒，山野百鸟啁啾。那团青色终于在暮色降临前来到三间茅屋前，那是一个人背负着小山一般高的剑麻。背篓里新砍下的剑麻高出了人头，未见人脸，却先嗅到剑麻断口沁出的清香。一只土狗看见女主人回来，欢叫着箭一般射了出去。

吴廉膺侧靠在院坝的一张竹椅上，大腿外侧的弹伤让他现在还不能走路，也不能平躺。他的目光一直在追踪这个背剑麻的女人。他在这深山里疗伤的每一天，差不多都是这样，默默地望着这个忙碌的女人在茅屋里外忙进忙出。也看她在山坡上锄地，到山涧里砍下剑麻，一捆一捆地背回家，丢进一口大瓮里沤上十来天，然后捞起来，用一根木棒捶打，再淘洗，再捶打。直到将剑麻打成丝状，再把它们放在她壮实粗糙的大腿上搓呀搓，搓成一根根细细的麻线。麻线在一架竹纺车上绕成麻线团，有了毛茸茸的质感。茅屋屋檐下还有一架古老的木制织布机，下午时女人会坐在织机前，布好麻线，右手持一木刀，左手用一兽骨梭子，脚踩一块活动踏板，“咔嚓”一蹬，织机跳动。妇人左引右挡，往来穿梭，一经一纬间，线变成了布。恰如一点一滴的时间，变成了岁月。

吴廉膺从来没有这么清闲过，或者懈怠过。他就像刚经历了一次长途跋涉的人，总算找到一家安静的客栈歇息下来了。女主人就像吴氏家族早年间的老祖，吃苦耐劳、隐忍坚毅，长年累月劳作的身躯充满绵绵不尽的活力。她的手臂比一个男人还有力，抱着吴廉膺进进出出就像抱一个婴儿般轻松。她动作麻利，农活娴熟。撅着浑圆的屁股在地里刨土豆，像母猪拱食般迅疾；剥干玉米棒子时手指上就像有齿，“咔咔咔”就将玉米粒儿啃吃下来了。她一个人切草料，右手握铡刀左手喂料，刀起草落都带着风声。不停劳作的女人走到哪儿都带着一阵风，连给吴廉膺的茶碗里续水，他也嗅得到那随风而来的浓重汗味。

“山猫，茶凉了。”吴廉膺待女人把背篓里的剑麻倒进大瓮里，才喊道。

“就来，老爷。我这就去烧火。”女人转身就进了厨房。一会儿炊烟就从茅草房顶袅袅升起来了。虽说现在她是这儿的主人，但老爷不仅还是老爷，更是她儿子娃西的爹。

龙主席的部队已经控制了蒙自和建水。吴廉膺大哥的儿子吴孝珲多年来一直追随他做事，在保卫个旧城的战火中被龙主席的军队俘获，押送到昆明，吴家还没来得及营救，很快就以“谋逆”罪处决了。吴廉膺现在不知道，龙主席的那把刀，是不是还悬在自己的头上。娃西把吴廉膺送进大巟山母亲处后，吴廉膺只让山猫悄悄给吴家花园里的家人报了个平安。师爷杨五叔带小厮魏小四和曹贵隔上个三五天就会来一趟，给吴廉膺送来需要的药、书和生活用品。从玉儿曾想来山上陪伴他，但被吴廉膺断然拒绝。他怕她太招摇，走漏了风声。

三个月后，吴廉膺基本恢复了元气。山猫用山里人的方式为他调养。她下扣子捕来野兔、麂子、岩羊，掺上野参、蘑菇、黄芪、山枣等山货，煲汤给吴廉膺。有一天吴廉膺喝到一碗腥味特别浓郁的骨头汤。他问山猫这是什么骨头熬的？山猫回说，山豹子的。山豹子的诨名就叫山猫啊。吴廉膺不知道一个女人怎么捕捉得到这种在山林既凶残敏捷又来去无踪的野物。

正如吴家花园是吴廉膺的天堂，大墕山就是山猫的世界。在这里没有她办不到的事。她找来部落里的祭司为吴廉膺赶鬼。她说老爷这些年灾祸不断，一定是被鬼缠身了。这天地间人在明处，鬼在暗处。山道边，老坟里，树丛中，门背后，各种鬼，无处不在。人一不小心，就被鬼缠住了。鬼赶走了，老爷样样事就顺了。那个看不出年龄的祭司光头黑面，精瘦得连鬼都害怕。他带来一把椭圆形的竹拍，里面糊满了蜘蛛网。他声言这可以网住缠在吴廉膺身上的鬼。他还在山猫的茅屋前用竹子搭建了一条通道，竹竿上挂满破烂布条和女人用过的秽物。祭司说这是被赶出的鬼的逃亡之路。鬼是杀不死的，你只能把它赶走。祭司振振有词地说。他念诵的经文咒语吴廉膺一句也听不懂，只能听任祭司在他身边像一只老猴子一般跳来跳去。吴廉膺看他法事做得辛劳，赏了他一块大洋。祭司一高兴，说我给你来一个赶鬼的绝招，没有哪路鬼不被吓倒。他将一把刀塞到火塘里，待刀刃变红，祭司把刀抽出来，在虚空中舞了几下，大喝一声，就将刀尖捅进口里，只剩下刀柄露在外面。青烟从他口中喷射而出，只听得“刺啦、刺啦”声响，吴廉膺都闻到了皮肉烤焦的气味。他头皮发麻，心想人都吓倒了，何况是鬼？

吴廉膺感念山猫的一片好心，任由她自行其是。山猫怕老爷寂寞无聊，闲下来时就给他讲山里的各路鬼神，讲她部落的传说。她说古老的时候，我们部落也是住在建水坝子里的，那时建水坝还是一片海哩。你们汉人来后，我们害怕了，才迁到了山上。我们的古歌是这样唱的：“建水坝四方哩，周围是大山哦。流水没有出处哦，涨成了大海子啦。春天里水清亮亮的呀，夏天里银鱼金鱼游呃。海子边的老树林里啊，老虎和豹子哩，是我们的祖先呀。水田和苞谷地哩，是我们开的呀……”

这个纯朴厚道的女人，并不图他一分一毫。只是因为生下了娃西，还在一直把吴廉膺当自己一辈子的男人。她在火塘边低声吟唱的时候，吴廉膺会想到吴家花园里的那些妻妾，她们要是有一半山猫身上的纯良，他也就省心多了。

大山里的每个黎明都是被鸟儿唤醒的。山岚给群山系上白色的围裙，太阳鲜活清丽地从大地深处跳跃出来，装扮这壮阔广袤的世界。到了夜晚，万籁俱寂，只有月亮、星星和山猫的歌谣，倒令人不觉孤独。一个“小隐隐于山”的人，至少应拥有一份难得的宁静。他要在这与世隔绝的天地间想清楚，“天行健，君子以自强不息”和“君子不立危墙之下”，哪一条更适合于自己？是学“采菊东篱下”的陶渊明，还是做“壮岁旌旗拥万夫”的辛弃疾？这真是个读书人的人生难题。能与他共同探讨这个难题的人，或许只有陈云鹤。但他现在没有脸去见他。

他不能不一日三省、痛定思痛。从“阻洋修路”、辛亥起义，到护国战争中站错了队，再到贸然参加军阀混战。为什么走上歧路的总是他，而不是陈云鹤？命耶？运耶？命运是落笔在时代这部大书上的巨手，书写着他跌宕起伏的人生。似乎不到生命尽头，就看不到结局。

大字不识的山猫却给出了另类的人生解答。这个健壮的妇人清澈单纯的目光早已洞穿了混乱的岁月，悟透了生命传递的本能。在吴廉膺于一盏煤油灯下持书夜读时，她会送上一碗热乎乎的红枣小米粥，说是给他“养血”。吴廉膺没有多想就喝下去了。他早已忘记了，他和她的关系，多年前正是源自于那粒每日早晨必遵老祖之命吃下去的“丹血丸”。山猫每天悄悄把自己的手刺破，滴上几滴血在小米粥里。山猫年轻时每隔十天半月就要被送到道观，被那个道士采血。她那时浑浑噩噩，只认得是为了给七老爷做药引子。到吴廉膺接连生子后，她才相信，自己的血，是特别能传宗接代的“好血”。

一个即将月满的夜晚，吴廉膺从梦中醒来，触摸到一个皮肤粗糙又光溜溜的火烫身子，一时不知梦里梦外、今夕何夕了。

“山猫，你要整哪样？”

“我要再给你生个娃。”

“胡扯！”

“老爷，求求你了。我不能没有娃。”

“你已经有娃西了。”

“唉，我的儿呀，血坏了啊！他会被乱枪打死的，他活不过明年中秋。”

山猫哭了，眼泪淋湿了吴廉膺的胸膛。她扭动着身子，用硕大而不失弹性的乳房去撩拨她的老爷。吴廉膺僵在床上，脑子里云飞涛走，手足无措，迷失在一生也无法偿还的情债中。他想推开她，可山猫的力气太大了，揉捏他就像当年老爷玩弄她于股掌之间。她笨拙地褪去了他的丝绸睡衣，用摧枯拉朽的力量将他一点点地唤醒、激活，然后以汪洋恣肆的疯狂，骑在了自己的老爷身上……

事毕。山猫衔着吴廉膺的耳朵，咬得他生疼生疼，可他又摆脱不开。他想起他第一次占有她时，这个猫一样的女人差点把他的耳朵咬掉。

山猫是他人生性史上的一场“误读”，这场“误读”拯救了他的生命。面对祖先，他不知是该感到汗颜还是庆幸。他当然也不知道，“误读”还在延续，还在衍生更多精彩神秘的家族故事。

过了许久，山猫才说：“老爷，我这回听你的。生下娃来，你带他去城里念书，让他有个好血。”

50 · 书写对抗死亡（四）

有一些家庭里的秘密，要到上一辈人即将走到生命的尽头时，才会如死神之门，轰然打开。

这句话是我的父亲桑进步说的。他的原话是，我这一辈子，只有到死前才交代得清楚。是的，当死神来敲门时，人才会面对苍天大地，回望人间。我父亲得了膀胱癌那年，他大约以为会死在手术台上，进手术室前忽然拉住我的手说，小青，我们家老辈子的事，我还没有告诉过你。讲完我才做手术。我说，专家都特地从北京请来了，人家可没时间听你讲故事。等你手术完我们慢慢讲。我吃够了出身不好的苦头，我对我们桑家的过去不感兴趣。我其实更想听他的忏悔，但我父亲这个人，是从不会认错的。所幸我们这一代人受的教育不一样。我要在走之前，勇敢地向自己的亲人、向社会忏悔——至少我要写出来。于我，是一种彻底的解脱。

我不是个善于总结人生的人，说不出很深刻的道理。我一生恪守本分，信奉靠技术做人、做事。我父亲有一句话我是听进去了的。本分本分，终究有你一份。我庆幸始终没有丢掉自己的专业，并在这个领域里一步一步地打拼出一片天地。我一直认为，专业能力能够确保一个人的正直、良善、纯粹、清廉。因为他不用仰人鼻息，不用阿谀奉承。有专业精神的人，脊梁骨应该是笔直的。

可是啊，我没有料到的是，一个干了一辈子技术的人，还是要犯技术性的错误。这里的“技术”，是指人性之“术”。许多人，到死才会明白自己竟然也会栽倒在这个“术”上。比如我。

中老铁路开工以后，博南山隧道项目因为隧道长、施工条件复杂而成为我们集团公司的重点控制工程。我经常到博南山隧道项目部现场指挥施工。一天，一个黑胖黑胖的家伙跑到成都来找我，一见我就喊，老同学，你还记得我吗？我是黄卫东啊，你的小学同学。我想起来了，小学时我和他打过架。他唱给我的“地主狗崽子”的歌谣，是我童年最为刻骨铭心的记忆之一。不过那都是年少无知时的打闹，现在提起也成了一段谈资。在叙旧中，黄卫东说他一直在干工程，有自己的建筑工程公司。他直言不讳地说，能不能看在老同学的分上，照顾他一点工程。我审查了他的资质，发现他做的都不过是一些辅助性的工程，高铁隧道工程他根本干不了。有一天，在我宿舍楼下的地下停车场，他拎了一旅行袋现金，不说一句话，就往我车里塞。我顿时就不跟他客气了。黄卫东，你这个劳动人民家的孩子，怎么会学得这么坏？你想让我坐牢吗？看在我们同学一场的分上，我不计较你的冒犯。

正是在这期间，陈姝妤出现了。一个再次陷入“热恋”中的中年男人是个什么样子？大多数习惯了生活在“既定轨道”的人会认为他疯了，尤其是像我这样有身份、有地位的人，不应该享有这份人生可贵的“浪漫”，因为我们的青春早已死亡，而浪漫是青春的翅膀。可是，我却相信一个人的浪漫精神与他的年龄无关。两鬓斑白、满面风霜，心中还保持一份纯真的爱，就是一种浪漫；不惜舟车劳顿地去见自己的爱人，也未尝不是一种浪漫。

那几年，我每个月都要去成都和陈姝妤见一两次面。陈姝妤说她有一个闺密，在一个高档社区有一套宽敞的大平层。闺密一家出国了，我们可以将房子先租下来，只需添置一些家具。你住在酒店里，我们见面也不方便。我要在成都给你安一个家。我说，幸福来得我不敢设想。我怕自己不配。但她说，这世上的许多事情，不是你配不配，而是你想不想、敢不敢的问题。

去年春节，我从工地回到成都——我已把成都当成了我的家。爱在哪里，家就在哪里嘛。陈姝妤把我领进了那套充满温馨浪漫情调的房子。窗明几净，灯光柔和，一束玫瑰在茶几上开放，餐桌上摆好了四菜一汤，还点了两根红烛，连澳洲红酒都醒好了。我幸福得快要晕眩，傻傻地问：谁做的这么香的饭菜？陈姝妤莞尔一笑，田螺姑娘呀。这真是久违了的家的感觉啊！在倒酒时，她还吟诵了一首李商隐的诗：“君问归期未有期，巴山夜雨涨秋池。何当共剪西窗烛，却话巴山夜雨时。”她举起酒杯说，敬我的博南山浪子。我说，敬我红烛下的爱人。酒杯轻轻相碰，余音绕梁，悦耳绵长，像博南山里的杜鹃鸟在雨夜中的呼唤。

可是，这世上的许多事情，“却话”的时候并不总是浪漫。饭后，陈姝妤系上围裙，说你去沙发上躺一会儿，我来收拾。那瓶酒我喝了大约三分之二，酒杯里还剩下小半杯，我把它拿到沙发前的茶几上。我躺在客厅里的意大利沙发上，感受它的松软、舒适，听到厨房里锅碗瓢盆的洗刷声，沙发后有一盏落地灯，洒下柔和温暖的光。我想，这就是一个家的感觉。

陈姝妤收拾完后，又去卫生间稍事补妆——她在我面前，总是把自己精心打扮得如同要去参加舞会。每次我回来，她都会去做头发，去美容店洗脸啥的。

她坐到我身边，拉起我的手，说你的指甲又长了。头发也该去理了。真是个野人啊。

在她给我剪指甲时，我问，姝好，你什么时候能……我们能真正走到一起？

陈姝好幽幽地道：你要给我时间。

平常我从不问这个棘手的问题。我已经信守了和陈姝好的诺言，顶着巨大的压力离了婚。我拿到离婚协议书时，陈姝好说她也会很快离婚的。很快。亲爱的，爱是一种信任。我理解，女人要走出这一步，总比男人难许多。

剪完指甲，我抓住她的手，感受到她的手冰凉。我说我相信你，我相信爱。在爱的旗帜下，没有攻克不了的山头。我不断摩挲这双纤细苍白的手，还贴在自己脸上温暖。

在烛光摇曳下，陈姝好忽然换了话题，你那条中老铁路还要修多久啊？我说快了。从前我过惯了两地分居的日子，不觉得有多苦。现在我像个小年轻一样，在大山里度日如年地想你。这条铁路贯通，我也该退休了。那时，我们天天在一起。嘿嘿，让新生活扬帆起航。

陈姝好抚摸我的头发，看你啊，把博南山项目部当成自己的家了，两鬓都是白发。你也应该找个人帮帮你。我有个表哥，也是做工程的，你分点活给他做吧。

我心里不觉一紧，谁呀？

黄卫东。她说，眼神有些慌乱。

我收回了自己的手。他怎么会是你表哥？

他是我大表舅的儿。你们小学还同过学呢。

我感到麻烦来了，正色道：这是国家南亚大通道的重点项目，质量要求高，黄卫东干不了的。陈姝妤追问，让他干点基础性的工程，有什么干不了的？我随口说道，黄卫东这种闯社会的人，跟我们三观不合，还是离他远一点为好。他是我表哥，我们还是老乡，大家都是在外谋生求发展的人，怎么三观就不一样了？她口气有些严肃。我没有察觉出陈姝妤态度的变化，仍坚持说，这小子心术不正，一开初就想来行贿。我们可不能上他的圈套。

陈姝妤双手抱在胸前，用我不熟悉的腔调冷冷地说，什么圈套不圈套的？难道我给你安的这个家，也是圈套？

我一怔，问：你什么意思？陈姝妤哼哼两声，你真是在大山里待憨了。小青，我就跟你道明了吧。我要离婚，除非净身出户。我男人已经给我开出了条件。既然我们要在一起过，没有一个像样的窝，还说什么厮守终身、白头偕老的老话？我们又不是那些小年轻，随随便便就可打发过日子。这房子是黄卫东用我的名字买下来的，连装修、家具都是他付的钱。这意大利沙发，要上万块哪！甚至你手上的这只红酒杯，我们喝下的这款2007年的奔富葛兰许红酒，十箱，都是昨天他才送过来的。她优雅地品了一口酒，他帮了我们那么多，难道不该给人家一点回报？

我五雷轰顶，屁股下如装了弹簧，跳了起来。我抓起茶几上的酒杯，就像要给该死的黄卫东一个耳光，狠狠地摔了出去。明净的大理石地板上碎片四溅。我大喊：姝妤，你要毁了我！

陈姝妤尖叫一声，她声色俱厉：桑小青，你在干吗！这可是意大利的水晶杯。她的目光追逐着一地的玻璃碴儿，对这只晶莹透亮，造型优雅，在碰杯时能发出钢琴般声响的宝贝酒杯的哀痛，远大于我的被“摧毁”。她瞬间变成一个在菜市场吵架的大妈，用我苦苦追求了三十多年才牵到的手，点到我的鼻尖喊道：别在我面前耍你当领导的威风！我毁了你，你死乞白赖地追求我时，怎么不说这话？爱是一场苦难。你说的，对吗？爱也是一剂毒药，你敢喝吗？哼，你已经喝了！

她因为激动而显得面目扭曲，几近狰狞。这是我认识她几十年从来没有见到过的样子。曾经的如花似玉，曾经的清纯娇柔，曾经在梦里梦到一面都会激动一整天的脸啊，现在竟如此地刁蛮、庸俗、霸道！罢了，什么“现在的我才是最好的我”？还不是因为我手上有那么点权力！桑逸的母亲说得对，天上的馅饼也标好了价格。

我起身走向卧室，合上已经打开的旅行箱。我恨恨地说，这房子是你的，与我无关。我再不会走进这个“家”一步！

她疯狂地拉扯我、阻拦我，甚至屈尊跪在我面前，哀求我不要离开。我把她搀扶起来，坐进沙发说，姝妤，我们需要好好谈一谈。修高铁，随便一个小工程动辄几百万上千万，想贿赂我拿工程的人多了去了，黄卫东不是第一个。我若守不住底线，早就将自己折进大牢里了。再说了，任何一项工程都需要公开招投标，有严格的审查程序，谁也不能违规操控，我一个人岂能说了算？她说，你让他搞点运输、挖个土方啥的，总可以的吧？我说，我查过他的底了。七年前，他在一条铁路线上做护坡、下水涵洞、沙石填土等方面的基础工程，钢筋、水泥都被查出标号不够，以次充好，偷工减料，还受到了处罚。这种有劣迹的施工方，我们是决不能用的。这房子少说要五六百万吧？你认为他要拿到多大的工程，才能赚得回来？他赚回来那一天，我是不是该进牢房了？姝妤，你如果是爱我的，就把这房子退了，离黄卫东远点。陈姝妤柳眉一扬道：你以为这房子是大白菜吗？可以挑三拣四。你如果也是爱我的，就不能为我担当一点点吗？

我回答说，很遗憾，我不能。

我知道，此话一出，就意味着我们的爱完蛋了。其实我心里还闪过一个想法，自己出钱将这房子买下来，以了陈姝妤的心愿，大不了再背起房贷。但我第一次看出她的那张依然姣好的面孔掩饰不住的占有欲。人一旦有了不可遏制的欲望，不是美丽与否，而是不再美好。贪欲毁灭一切。现在是黄卫东，谁知道以后还会不会出来个张卫东、李卫东？我身边被那些不法商人成功“围猎”的官员多了去了。爱情一旦与工程项目打包，爱就被玷污了。我的爱再糊涂，总得要遵循自己的职业操守。

那一晚我们彻夜长谈。心中的玫瑰瞬间枯萎，迟暮的浪漫碎了一地。我既懊恼又悔恨，怪自己没有先给陈姝妤扎好篱笆。我心目中那份纯洁的爱，现在是掉进黄河里去了。

我明确无误地告诉她，如果我们还想拥有一个美好的未来，你必须把这房子退了，不仅要断绝和黄卫东的一切来往，以后更不能去揽任何与我的工作有关的事情。

陈姝妤冷笑道，桑小青，你不用给我下“最后通牒”。你离婚时，房子积蓄都留给孩子和他妈了，我可一点都没有怪你。我敬你是个敢作敢为的男人。可你就不想想，你还能干几年？就每年那点工资，能保证我们有个体面的晚年生活？我一个当中学老师的，又能有多少积蓄？你知道这些年我都做了些什么？校外帮人补课，从没有周六周天。这个牌子的胸衣是日本原料做的，七折给你；这箱纯棉袜子是我从厂里拿的，厂长是我学生家长，六折，你买几打吧；这套老年护腰里配有宫廷秘方……我到处给人做代销，还不是为了多一点收入！我也拼了。去年我的一个上家骗了我，说有批从美国直销来的纯天然维生素保健组合，可以两折拿到货。但要加盟得先交三十万。现在我家里堆满了销不出去的假冒维生素，三辈子也吃不完。

我叹息道，真不知道你还在做这些。这是何苦来？即便退了休，我们的养老金也足够花。人不能掉进钱眼里。姝好，过去的你可不是这样的。

她再次冷笑：我总算明白了，你并不是爱现在的我。只是爱从前那个满头秀发，皮肤光洁，满脸胶原蛋白，要腰身有腰身、要颜值有颜值的青春少女。那时的我额头没有抬头纹，下巴没有松弛，乳房没有下垂，腰上没有赘肉，腹部没有妊娠纹。那个时候的桑小青爱得无所畏惧，不惜跑上千里的路，只是为了见上一面。现在让他分包一个工程都不敢。

是的。我禁不住也声音大了起来。我就是那个迷失在青春美梦里的“恋爱脑”。我永远都爱着那个跟我谈雨果、巴尔扎克、托尔斯泰、曹雪芹、鲁迅、茅盾、巴金、老舍，以及那个在夜行列车上吟诵着“黑夜给了我黑色的眼睛，我却用它寻找光明”的文科女大学生；我还永远爱着那个在开往故乡的小火车上温顺地靠在我的肩头、恬静入睡的小姑娘。煤灰飘落在她的脸上、肩膀上，顺手一摸，便是一个大花脸。当她醒来掏出一面小圆镜照镜子时，那羞赧一笑，便灿如夏花。面对艰辛的生活，随遇而安，没有抱怨，只满足于一个坚实的肩膀。唉，人若是没有超出自己能力所及的欲望，该是一个多么清纯干净、良善正直的人啊！

这个时候陈姝好哭了。与她“掉了钥匙”的那个夜晚一样，流的是有温度可测、有岁月可叹的眼泪。她泪流满面地说，当年和你分手后，我就知道我将失去一个最爱我的人。谈恋爱时谁不是认真的？谁不是山盟海誓地告诉对方这是世界上最纯真美好的爱情——至少我们那个年代的人是这样的吧？可是时代不一样了，桑小青，你的毛病就是还想回到上世纪八十年代！至今你还沉溺在那个久远的年代不能自拔。我结婚后也会时常怀念从前。在独自送孩子去医院时想起你，在一盏孤灯下想起你，在坐火车回故乡的路上想起你，在做好一桌饭菜，当丈夫的却在外面喝酒应酬时想起你，在百无聊赖中翻开大学时的日记时更会想起你……人总是情感生活越失意，就越怀旧。怀旧没有错，但不能像一件过时的电器。就像你说的“砖头机”，都成古董了，它还能放出你想听的歌吗？纵然是几十年前的美好回忆，可终究是大江东流，青春早已被雨打风吹去、千疮百孔了。我知道重拾过去的爱，本是应该珍惜万分。可总得面对现实。我想给你一个家，一个对得起我们身份地位、对得起你几十年苦苦守望的家！这难道不是一种珍惜、一种真爱？

我说，这就是我们的分歧所在。姝妤，我这一生到处漂泊，四海为家，太累了，太操劳了。我原来设想，再等几年我们都退了休，摆脱这世间名与利、情与欲的纠缠。回到老家，在乡间建一座小屋，钓钓鱼、看看书、打打牌、忆忆旧，和几个老友时不时相聚喝点小酒，和一个真心相爱的伴侣安享晚年，还有比这更幸福的家？我不愿一盘人生大棋，本来下得风生水起、凯歌高奏，却走错了最后一步，活成一个笑话。你知道在我这个位置上的人最希望的是什么吗？干干净净、平平安安地退休。

第二天早上，我拎上旅行箱，默默离开了那个“家”。陈姝妤那时蜷缩在意大利沙发上，满脸昨夜的泪痕。我出门前回头说，爱情其实就是一道选择题，很遗憾，你和我，都选错了。最好的年华，就是这样被毁掉的。

我的情感生活就是这样。把它写出来，我好受多了。我会把它完整地带进坟墓，不管是美好还是伤痛。我这一生参与了数十条铁路的建设，国内国外的都有。我指挥施工的隧道有127条，桥梁有301座，它们从几百米到十几公里长。我很欣慰在临终前，完成了一次人生回溯和灵魂忏悔，大体能做到问心无愧。现在我一点也不惧怕死亡了。运笔至此，已是深夜。反复展读这些文字，到底还是比一针吗啡更能镇痛。

我忽然又纠结起来，希望我的儿子桑逸能看到上面这些文字，看到一个他不曾认识的父亲。也许，他就可以理解并宽恕他的父辈了吧。我想告诉他：爱是有代价的，有的人付出金钱，有的人付出生命，最浪漫的爱情是要用生命去爱。我还想跟他说，人性深不可测，社会复杂多变，永远保持良善、正直，就是一个好人。等家乡通了高铁，就把我的骨灰埋在铁路边。清明时如果去我的坟前祭扫，请放一首我喜欢听的歌,《五百英里》——

如果你错过了我那趟火车
你应明白我已离开
你可以听见一百英里外飘来的汽笛声
一百英里，一百英里
你可以听见一百英里外飘来的汽笛声

我已远离一百英里，两百英里

我已远离三百英里，四百英里

不知不觉我已离家五百英里

去远方啊，哦去远方

如果你错过了我那趟火车

你应明白我已离开

你可以听见一百英里外飘来的汽笛声……

第十一章

51 · 百世一人

在听得见火车汽笛声的建水城南门外一家废弃的土地庙里，吴孝珪和他的女同事谭煜老师办起了农民夜校和贫民女子识字班。每周有三个晚上，建水城郊的那些佃户、菜农、马夫、做小买卖的商贩，还有平常只是在家里围着灶台和孩子老人转的女人们，从三三两两地来看稀罕热闹，到两个月后土地庙里人满为患，连门框都挤坏了。识字班不仅教妇女们识文断字，还将一些民谣民谚重新创编，由谭煜老师踩着脚踏风琴教大家唱。“云朝东，有雨变成风；云朝西，出门披蓑衣。哥向南，出门赶马忙；妹往北，上山采茶叶。哥要走正道，妹要采新茶；哥在云里走，妹在雨后守。”吴孝珪对谭煜老师说，音乐是最凝聚人心的东西。我在昆明念书时，认识一个音乐天才聂守信，他创办的“九九音乐社”，就吸引了不少社会底层的人参加。吴老师，我听你的，你说怎么做，我就怎么做。在吴孝珪面前，谭煜老师总是那般温顺体贴，如影随形。

建水城周边本是民族杂居之地，少数民族的歌谣对汉族也影响不少，一张口总少不了哥长妹短，言辞火辣，直白撩人。吴廉膺也听到一些风言风语，说农民夜校里男女混杂，识字读书倒是办好事了，可有人插科打诨、逗唱荤曲儿，粗俗低级。宵小之徒趁乱摸女人的奶子、屁股也常有发生。吴廉膺曾告诫儿子，你在国民小学教书育人，已尽到一个读书人的职责，何必掺和到三教九流当中。看似造福乡梓，实则有辱门庭。吴孝珪反驳道，孔子还说“有教无类”呢。把一辈子熟读孔孟的父亲噎得回不了话，只能满脸沧桑地说，过去我们在临安府学做生员，往来无白丁，言谈皆子曰；举止行古风，崇善推圣贤。现如今，县学、州学、府学没有了，新学还说“打倒孔家店”啥的。孔子打倒了，军阀起来了。这世道，斯文扫尽。吴孝珪不无讥讽地道：爸，那个腐朽的朝廷不是你们推翻的吗？

吴廉膺经历了军阀混战后，彻底泯灭了功名心。他在大垅山里养伤期间，去函个碧铁路公司总部，辞去了总理一职，只保留了公司董事职位。他现在只专心打理矿山上的事宜，还出任个旧商会总会长，长时间待在个旧城。吴廉膺在个旧又娶了一房小妾，是个唱滇剧的，艺名花春芳。三姨太丛玉儿过去学京剧，在云南生活久了也就入乡随俗学滇剧，拜个旧城流芳戏园的花春芳为师。老师教会了学生，便入了吴家的门。丛玉儿哭过几回，倒也释然了。男人都是不安分的老骚狗，不再去外面乱了，回到家总得在床上折腾。她已经给吴廉膺生下四个儿子，如今年老色衰，再也生不出娃了。人家唱戏的抛一个媚眼儿，甩一甩水袖，翘一下兰花指，就把吴廉膺的魂儿勾去了。丛玉儿不能不伤感地奚落，你吴廉膺也落到娶戏子的地步，为晚辈们笑。这吴家花园，哪个不败哦？

失之东隅，收之桑榆。身心俱疲的吴廉膺将精力更多放在家业上，长房长子吴孝珪是他寄予厚望的下一代。尽管吴孝珪似乎只甘愿做一个小学老师，但吴廉膺相信再等两三年，他就能将这个执拗的儿子慢慢拉进家族运转的轨道。那个经常跟随在吴孝珪身边的谭煜老师，父母常年在海防经商，在建水城里也有几家铺面，虽不是大户人家，但其家风也很端肃严谨。他跟吴张氏讲，六宝这几年收心多了，我们可以去跟城北门的谭家提亲了。

吴孝珪的确“收心”蛰伏已久。地下党组织遭到严重破坏后，李大哥被杀，周白马逃走后音信杳无，这几年吴孝珪几乎处于“失联”状态。没有人来联系过他，他也从没收到任何神秘的指令。他只能从地方报纸上得知地下党活动的蛛丝马迹，不过他得到的讯息大多令人沮丧。不外是某某某宣布“脱离赤党”，某“赤党匪徒伏法，就地枪决”，某地“共匪煽动叛乱，饥民从者如云。省府严令围剿”，等等。他曾经去找过当年铁路工会的那些积极分子，可是这些人不是失踪了，就是被那场屠杀吓破了胆。省府早已宣布大革命时期的一切工会、农会都是“叛乱组织”，工会的夜校当然也不能办了。他比失恋还苦闷。失恋是被一个人抛弃，现在是被他付出了一腔热血的组织遗忘。唯一和他保持联系的只有远在昆明的陈春晓。他不知道陈春晓是不是共产党员，她不说，他就不问，也不告诉她自己入党的事。这是周白马一再告诫过他的“比生命更重要的铁纪律”。他们的通信中除了谈各自的工作、生活，更多是谈论远在上海的聂守信。陈春晓像跟闺密谈论自己的男朋友一样，在信中娓娓道来——

聂守信用一年的积蓄重新买了一把小提琴。他去北平拜师学艺，收集北方民间音乐素材，在天桥演出，去歌厅伴奏，一周只能得到六元报酬，穷得买不起一件棉衣！陈春晓火速给他汇钱，不然这个天才的音乐家就要冻死在北方了。他又回到了上海，加入一家歌舞剧社，担任小提琴手；他技艺大长，加入百代唱片公司，任音乐部主管；他参加了上海的左翼戏剧家联盟，这些年创作颇丰，写了许多劳苦阶层的歌，《开矿歌》《大路歌》《卖报歌》《梅娘曲》《铁蹄下的歌女》……

他还践行了当年在翠湖边的诺言，为我谱写了民乐合奏《翠湖春晓》。啊，翠湖，盛满了我们青春记忆的湖！他现在用聂耳的笔名发表作品。这个耳朵能够前后扇动的天才说现在自己是四只耳朵[①]的人，可以听遍天下大众的呼喊。孝珪同学你知道吗，现在昆明的学生们都在唱《开矿歌》《大路歌》，街上也有人在唱《卖报歌》《铁蹄下的歌女》。聂耳已经是一个广受底层民众喜爱的青年音乐家了！

吴孝珪也跟聂守信——现在叫聂耳了——通信，还应聂耳的要求，帮他收集滇南一带的民歌音乐素材。但看陈春晓谈及聂耳，字里行间对聂耳的崇敬、呵护、温情、慕爱，让吴孝珪既为聂耳高兴，又为自己悲哀。聂耳虽然离开了云南，但出局者还是他吴孝珪。

初秋的一个傍晚，吴孝珪收到一张神秘的便条，让他第二天去建水火车站接一个“老熟人”。吴孝珪当时心里一阵兴奋。只有组织才会这样行事隐秘。难道组织上终于想起他来了？当火车在车站停下来时，人群中一个撑一把白色纸伞，提一只小藤篾箱子，着青色旗袍、套灰色开襟短衣的女子，款款行到他面前，抬高纸伞凄然一笑：“六哥，不认识老同学了？”

“晓妹！”吴孝珪的惊喜刚刚在脸上迸发，便僵住了。因为他看见陈春晓眼含泪花，神色凄婉。她几乎是倒在吴孝珪的肩头上，哽咽着说：“六哥，我们回去说。”

吴孝珪叫了一辆黄包车，自己骑自行车在前面带路。一路上他还在寻思：难道陈春晓失恋了？他的心情很复杂，不知是该喜还是该忧？陈春晓以往的来信中，偶尔会提到聂耳在歌舞剧团、在电影公

---

① 繁体字的聂（聶）字由三耳组成，再加一个“耳”作为名，便是“四耳”。

司，身边经常会围绕着一些大明星。她会在信中不无担忧地说，谁知道我的四狗狗在那个花花世界里，会不会看花了眼，忘记我这个云南姑娘呢?

吴孝珪将陈春晓接到宿舍，说你先歇着，我去打盆水来你洗把脸。他端着一盆热水进门，正面对陈春晓泪流满面的脸。

“六哥，聂耳……聂耳，他……在日本，淹死了！我的四狗狗再也回不来了!”

吴孝珪手中的脸盆“咣当”一声砸在地上。他呆立屋子中央，看着伏在桌子上恸哭的陈春晓，久久才问:“这是梦吧?”

人们对不能接受的现实总希望它是一场噩梦，而现实常常比噩梦更为残酷。它杀死天才，摧毁美好。当一个天才不见容于他所处的时代，锥心刺骨的悲剧便不可避免。有的人就是人间的蛟龙俊杰，灿若流星划破夜空，翩如惊鸿闪现在尘世。年轻短暂的生命，迸发的是照耀黑暗时代的璀璨光芒。因被浓缩，就特别明亮。不是苍天嫉妒英才，而是有种才华会崩裂了天空。吴孝珪揪着自己的头发，努力想把自己从噩梦中揪出来。怎么回事？这怎么可能？陈春晓哽咽道，聂耳是为了躲避国民党当局的追捕才暂避日本的。这可恶的世道啊！哪一天才能把它焚毁?

天黑时，两个年轻人才慢慢平静下来，昏暗的灯光下全是哀伤。吴孝珪幽幽地说:“半年前我还给他寄去了一批民歌音乐素材，‘赶马调’‘采茶调’‘海菜腔’。聂耳对滇南一带的民间音乐赞赏有加。我们还相约以后等他回到云南来，一起去采风。他说以后会将云南的民族民间音乐做系统的学习整理，写出一部属于我们民族的大作品。唉，聂耳还有好多作品没来得及写啊!”

“聂耳已经谱写了一首伟大的歌曲了。电影《风云儿女》，你看过了吗?”

吴孝珪摇摇头。陈春晓从藤篾箱里翻出两页油印的歌谱，神色庄重地说：

“《义勇军进行曲》，大作家田汉的词，聂耳作曲。唱唱它吧，一唱浑身的热血都会燃烧起来!”

“起来，不愿做奴隶的人们！把我们的血肉，筑成我们新的长城……”

吴孝珪一边哼唱一边攥紧了拳头，在桌子上一捶一击地打着节拍。他热血奔腾，泪如雨下。他的每一个毛孔都像要喷出火焰来的枪口，向外面混沌的黑暗扫射……

“古人说，‘百世一人，千载一时’。只有我们的聂耳，才能写出这苦难中国人的呐喊!”

“这是反抗的战歌，孝珪。”陈春晓已经冷静下来了，“‘九一八’之后，日本人又把战火烧到了华北，长城内外烽火连天。不愿做亡国奴的中国人站起来，‘冒着敌人的炮火前进’的时候到了。”陈春晓冉次端正了颜色，一字一句地说：“吴孝珪同志，我有正事跟你讲。”

吴孝珪一怔，上一次被称为“同志”，还是在他入党宣誓时。他的热血涌上了脑门。

陈春晓并不只是来给吴孝珪报丧的，她还肩负秘密使命。地下党已经注意到吴孝珪在建水办的农民夜校和妇女识字班，认为这个幸存下来的地下党员已经有了一定的群众基础。陈春晓说：“吴孝珪同志，我们早就注意到了你在这边的活动。”

“啊！谢谢，谢谢。陈春晓……同志，你也是……”第一次称他的晓妹为“同志”，他还有些不习惯。

陈春晓淡淡一笑：“我们都是党的人。”她再次严肃起来：“吴孝珪同志，中共云南省临时工作委员会决定，正式恢复你的组织关系。以后你的工作，只向我汇报。”

“太好了……太好了。”吴孝珪忍不住哽咽起来，他想抓住陈春晓的手，却又不敢。一脸肃然的陈春晓现在是他的上级了，他还能像过去那样追求她吗？他不知道。他现在只能确定的是：抗争、责任、奉献，甚至牺牲生命，将是他新的使命。在这种壮怀激烈的情感之下，一己之爱，何其渺小！

陈春晓说，刚刚恢复起来的省临工委，计划要在条件成熟的地区发动一次“抗捐抗粮”暴动。我们已经注意到，滇南一带灾情也最为严重。吴孝珪同志，请你汇报一下这边的具体情况。

“好的。”吴孝珪此刻有身负重托的责任感。这年春天，全省大旱，青黄不接，许多地方逃荒的人群塞满驿道。连年的战乱加苛捐杂税，让百姓不堪重负。捐、费、税压得民众喘不过气来。建水城里连人们赶街（集）都要收一次税。当兵的守在各个路口，按人头抽赶街税，黄口小儿也得收一文铜钱；就是一头猪，从生下来就有小猪捐，长大了要收膳食费，屠宰时要交屠宰税。这是一个多么黑暗的时代，苛政、暴虐、专制、愚昧。吴孝珪和谭煜老师联手编写了一首《农民四字经》，他学给陈春晓：“苛捐杂税，年多一年。厘金牲税，门户团费。粮谷杂派，烟酒公卖。街捐升斗，盐捐又有。纳烟亩捐，出路保钱。欠债欠租，赶车拉猪。再有不清，就卖人丁。”

陈春晓忍不住击掌说：“太好了！民众就需要这样的歌。”吴孝珪羞赧地说：“比起聂耳的歌来，这算是小学生水平。”陈春晓一挥手道：

"滇南有革命基础，这些歌谣正是发动民众造反的最好宣传。"

吴孝珪看到了陈春晓眼里热辣辣的光，过去他曾被照耀过，自聂耳出现后，它就只属于聂耳。他冲动地抓住了陈春晓的手，面红耳赤、呼吸急促："晓妹……"他的掌心里全是汗。四只手掌从相握到十指相扣，从摩挲到缠绵，像难分难舍的心。陈春晓把吴孝珪的手贴到自己脸上，让无声的眼泪去浇灌。

终于，吴孝珪动情地说："晓妹，我还可以……做陪伴在你身边的那个人吗?"

陈春晓用吴孝珪的手反复摩挲自己脸上的泪。"六哥，我一直在你身边的啊!"她随后又道，"请别忘记，在你身后，还有我们的组织。"

52 · 双胞胎

没有谁会料到，混世魔王般的大土匪娃西也会栽在一个情字上。大垅山脚下有一花姓人家，是户小有田产的自耕农。花家养有一对双胞胎女儿，分别叫花大娟和花小娟。大娟小娟都上过新式学堂，从小长得乖巧伶俐，一模一样。一个肚子痛，另一个准能拉出蛔虫来；一个挨大人打时，另一个会哭着喊痛。大娟小娟的父母也常常分不清哪个是姐哪个是妹。就像一根枝丫上的两朵杜鹃花，谁是最靓的那一朵？在山茶花开得烂漫的一个夏天，两姊妹从学堂归来，在山道上遇到了一头瘸腿独狼。狼扑倒了小娟，大娟就冒死去拖狼的尾巴，狼又掉回身来咬大娟。在这场惨烈的人狼大战中，一个砍柴少年冲了出来，他用砍柴刀挑出了狼的肠子，救下了两姐妹。砍柴少年一手搀扶一个，将遍体鳞伤的两姊妹送到花家，没有多说什么就消失在惊慌失措的人群中。后来花家的父亲花木贵还是打听到这个砍柴少年的家，送上一只羊、两石苞谷的厚礼答谢。

多年以后的一个夜晚，娃西手下的一伙兄弟打劫了花家寨，驮回来十几个口袋。其中两个麻布口袋打开，现出花容失色的花家姐妹。一个兄弟说，大哥，这两个女娃长得俏哦。你先挑一个，另一个让兄弟们也消受消受。娃西一脚就将他踢了出去。小狗日的，你们抢错人家了。这个被踢出门外的家伙是山上的老二，诨名马二棒子，和娃西是有生死之交的难兄难弟。他有些愤愤不平地想：未必大哥要两朵花一起掐？

其实马二棒子想多了。当天晚上，娃西谦恭地将这对双胞胎姐妹送到花家寨寨门外。两姐妹千恩万谢，痛哭流涕。其中一个伏在他耳边悄声说："娃西大哥，你要来家里闲啊！"

娃西当时有被雷击一般的震撼感，仿佛他刚刚来到这个世界上，没有杀过人，没有抢过人，走在山路上，连鸟儿都不会惊飞，还会为他歌唱。当地人说"来家里闲"，即来家里做客的意思。但在娃西看来，可能有多种含义。谁会邀请一个大土匪去他家"闲"？那个夜晚很黑，花家姊妹的黑眼珠却很亮，盛满了爱意，好比天上的星星在招手。娃西从来没有见到过一个女子的眼睛会如此摄魂、如此多情，像把温柔的刀子，一刀刺入心脏深处，搅得人不知心放何处。他并非没有经历过女人，土匪们抢来的女人，稍有姿色的都要孝敬大哥先享受，她们或哭哭啼啼或拼死反抗，娃西尽可发泄兽欲，却从来没有得到过哪怕一丝女人的温情。为匪的生涯和做人的世界完全是两个天地，当一个良家女子把你当人看时，你若再不通点人性，那真就跟牲畜一样了。

坠入情网的娃西曾去找山猫，让母亲去花家提亲。山猫一句话就把娃西骂出了门。我的儿，你的血早就坏了，怎么娶得了好人家闺女？我命再苦，这张脸可丢不起。

娃西不会忘记，他从狼口救下花家姐妹的第二年，先是天大旱，坡地上的玉米颗粒无收；到了秋末，铺天盖地的蝗虫席卷了天地，刚刚长出嫩芽的土豆苗被蝗虫啃啮得干干净净，山野大地一丝绿色都不剩，连山上的野刺果都难逃蝗虫之口。不过，这个世上的恩是善良的人们融化在血液里的东西。在山猫母子饿得奄奄一息的那个下午，一匹骡子一大一小两个人，就像在梦里行走一般，悄无声息地来到他家的破茅屋前。他们卸下骡子驮架上的两袋粮食，径直去到厨房生火做饭。山猫那时饿得连一瓢水都端不动。母子俩喝下一碗小米粥后，娃西才认出救命恩人原来就是自己曾经出手搭救过的人家。只是那时他也分不清，随同花父来送粮的那个小姑娘，是花大娟还是花小娟。他只记得姑娘黑宝石一样扑闪的眼睛，长长的睫毛像一副帘子。他还记得她身上有一股淡淡的香味，如春天的山谷里悄然飘来的野百合香，令人骨头发酥发软。你抬头寻找时，却不知花在何处，香自何来。

娃西年少时，山猫有时会带他去花家，送上一些山里的野货；花家杀年猪，也会捎来一副猪肚两只猪蹄啥的。花家姐妹会站得远远的，奉大人之命，羞涩地叫他娃西哥。两家谦逊地保持着施恩与报恩的礼数。娃西有时在砍柴的路上碰见去上学的花家姐妹，他会悄悄跟随一段路。他很羡慕，也很自卑。两姐妹的发辫一样粗、一样长，还经常会沿路摘一些野花戴在头上。少年娃西那时就想做那个摘野花的人，只是他没有胆量。到他有了天大的胆量当了土匪时，花家姐妹也出落得亭亭玉立。不过，按山猫的话讲，他的血坏了。

娃西很多事情都会听山猫的，但他认为爱跟血好血坏没有关系。当他爱上一个女子，即便血坏了，却是热的。他的血可以杀人，也能够爱人。这是娃西唯一相信的事。

山上的土匪们说，这些时日他们的大哥中“蛊”了。蛊是山野里的风流鬼，时常出没于林间月下，把人的魂悄然勾去。娃西要么几天几夜待在自己的屋子里不吃不喝，要么在深夜独自下山，一去也是三五天不回。那个天不管地不收的盖世英雄娃西身上的豪气仿佛漏了，泄了。他萎靡不振，食不甘味。马二棒子说山上的钱粮不多了，该带着兄弟们下山找点活计做了，娃西不置可否。隔天王家凹的团练老大郎三眼派人上山来搬救兵，说与东山周龇牙的土匪武装结了仇，周龇牙扬言要踏平王家凹。郎三眼曾经救过娃西的命，他派来的人说，跟娃西借两百人枪，打败了周龇牙，东山的地盘归娃西，另还奉送一万现大洋。娃西眼睛一翻道，真是烦人呀。这种打打杀杀的啰唆事，就不要来找我了。

生死兄弟马二棒子早看穿了大哥的心事。干土匪营生的，刀口舔血，活在抢夺上。马二棒子说，大哥看上的女人，兄弟们给你抢过来就是，还去提哪门子的亲？女人压在了身下，自己快活就好。

娃西那时正用一块红绸布擦拭手里的几只飞镖（娃西的飞镖，和他的枪法一样准）。在马二棒子眼里，他的大哥从来没有如此斯文过，像个念过书的人。

“你们这些只认得打打杀杀的憨杂种，骑马打枪、横行天下是快活，大碗喝酒、大块吃肉是快活；可是呀，还有一种快活，不是你抢来的，不是你用刀枪、用拳头逼着人家给你的，而是你求到的。你翻过一座座大山，你吃遍人间所有的苦，都心甘情愿；你看到一朵杜鹃花，心会像猫抓一般难受；你听到一声鸟叫，就想起一个声音；你看到屋檐落下的雨滴，就想到她的眼泪；你看到河里的流水，就想扎进她的怀里。这样的女子，就比你的刀枪还厉害，她就可以讨来做媳妇。你和她快活时，她不会哭喊着求情，不会像要挨宰的兔子那样发抖。这才是快活到骨头里的快活。这种我也说不清楚的快活，就是我磕着头也要去求的东西。”

山坡上的玉米到了扬花期，已蹿到一人多高，从坡头铺向坡脚，在一片翠绿中点染出团团浅红。这时如果你悄悄地蹲伏在田坎边，就可以听到野蜂扇动翅膀的嗡嗡声，听到玉米抽穗拔节的叭叭声，听到松软的土地因蚯蚓潜行、根茎扩伸的呼吸声。即便是种了一辈子玉米的老农，他也不知道玉米扬花是雌雄授粉、孕育新果实的开始。他只认得这个时候地里不能旱着，也不能涝着，看不见的花仙子在片片青绿色的庄稼地婀娜飞舞。就像花木贵家这片山坡上的玉米地，父女三人早出晚归地浇水、压肥、铲除杂草。这一年天有些旱，他们不能让花仙子渴着了。花木贵只养得有这一对双胞胎，两个女儿也顶一个男劳力。她们撒种栽秧、间苗锄地、浇水收割，除了不能驾牛犁地，样样农活都不含糊。只不过，在这些时日的劳作中，花仙子一般鲜嫩的双胞胎姐妹并不知道，她们汗流浃背的身影让一条汉子看着心疼、心痒、心焦。

娃西蛰伏在玉米地边的一道土坎后，豹子般的眼睛片刻也没有离开过他追逐的身影。这两姐妹干农活也穿得一模一样，阴丹士林布的斜襟上衣，襟口绲着同样的黑边花样，家织布宽腿黑裤，腰系一块黑色围裙，丰满的胸脯如山峦起伏。她们的辫子也一样粗、一样长。这让娃西分不清谁是那个当年给他家送来救命粮的人，谁又是那晚邀请他去家里“闲”的人？他的爱方向明确，却瞄不准具体目标。他连续几天守在那道土坎下，试图辨析清自己到底爱上的是哪一个。

苍天给了他一个暗示，让他险些炸裂自己的同时，确定了人生的归途。这天傍晚，快落山的太阳给翠色的玉米叶涂上一片柔和的光芒，山岚在群山的腰间系了一条暖色的腰带，辛勤的野蜂也歇息了，花仙子在看不见的地方整敛妆容，天地间弥漫着一种令人骨头发酥的慵懒气息。两姐妹中的一个，忽然在地边褪下了裤子，缓缓蹲了下去。乡下人内急时不会有那么多讲究，荒天野地就是最大的茅厕。她不慌不忙地蹲下，又落落大方地站起，还撅起白嫩嫩的屁股晃了两下。娃西看清了那女子臀部上的一块疤痕。他记得，当年狼口下的双胞胎姐妹，一个被咬伤了胳膊，一个屁股上给撕扯下一块肉来。娃西刹那间心中有一万座火山在喷发，血冲上了脑门，眼前金星乱窜。他几乎就要翻身跃过土坎，直冲下去，把那女子一把扛上肩头，甚或直接按倒在地边，把那好事做了。但是，他没有。

娃西一拳砸在土坎上，幸福得泪流满面。自打记事起，他就没有哭过。现在娃西向天上地下所有分管姻缘的诸神发誓：这就是我的媳妇！

第二天傍晚，没有了夕阳，天空飘起或疏或密的雨丝。娃西在山道上拦下了披着蓑衣、荷锄晚归的花木贵。这个老实巴交的自耕农当然知晓娃西现在是干啥的，他险些没有给他跪下："娃西，你你你……"

娃西急得涨红了脸："叔，叔，我只是来求你……求你个事……"他双手捧着一个白布袋，由于激动而搞得里面叮当哗啦响。那是一些银洋、手镯、玉佩、金银首饰，娃西能在这个世界上抢到的宝贝，他都当成求婚的彩礼。片刻的紧张之后，娃西终于镇定下来，一字一句地说："叔，我要娶你的女儿做媳妇。"

花木贵惊得后退了一步："娃娃娃西，你你你说些……哪样哦？"

"叔，求你，答应我。"娃西将布袋又递上前。他甚至在想自己要不要跪下来。

花木贵捏紧了手里的锄把，这才明白面临的困境："娃西侄儿，我们是……地里刨食吃的人家，高、高高攀不起你家……"

娃西急切地表白道："叔，我会对她好一辈子。我我我……你你你……有两个女儿，我只要那个……那个请我去你家'闲'的姑娘。我……我不知道她是大娟还是小娟。我用我的命来喜欢她。叔，你要相信我。我们当土匪的，抢过无数的女人，但你的女儿，我要明媒正娶。新媳妇过了门，我不干过去的营生了。我跟着你种苞谷，跟着你去赶马。你就把我当你随便打、随便骑的骡马。"

娃西跪下了，双手高举彩礼。他的眼光咄咄逼人，黝黑的脸庞上不知是雨水还是热泪。这是他人生中第一次给人下跪。

花木贵感到受了羞辱，气得涨红了脸："娃西好汉，你去抢火车，也别想来抢我的女儿！我会跟你拼老命。"

一个月后，娃西在山上得到消息，花家的双胞胎姐妹定于这月十五日同时出嫁。一个嫁给建水城里的一个小商户，一个嫁到浅水湾村的一户农家。马二棒子在十四日晚上，纠集了一帮弟兄，杀向花家寨，但娃西却在山道上拦住了他们。他说，你们要去花家寨抢人，除非从我的身上踩过去。

第二天，是花家寨送亲的日子。两顶大花轿一顶向东，一顶向南。吹吹打打的送亲调回响在乡野田畴。人们不甚明白花木贵为何急于将双胞胎姐妹同时嫁出去，那么俊俏的两个闺女，嫁去的人家也非殷实大户，花家收到的彩礼似乎也不太丰厚。据说花木贵只对来迎亲的两方亲家都提出同一个要求：男丁要多来，刀枪要多带。

花木贵多虑了。在去往县城的官道上，迎亲队伍和娃西迎面撞上。他戴驼色毡帽，穿一身干净的黑绸衣裤，内衬白麻布短褂，青色布带系腰，裤腿紧扎，圆口千层底布鞋，双手抱在胸前，独自站在官道中央。迎亲队伍前面的两只唢呐率先跑了调，是一个走夜路的人猛然撞见了鬼的那种魂飞魄散的尖叫。

迎亲队伍慌乱片刻后，安静下来。因为对方只有一个人，这让他们找回了勇气。一个老者走上前来，拱手道："娃西好汉，我家办喜事，烦请借过。如不嫌少，这里有一百现大洋，权作喜酒钱。"

娃西冷笑："你认得我？"

老者道："方圆数百里，谁不知好汉大名？"

娃西说："我也想知道，这花轿里的新娘，是哪一位？"

老者面有不悦："这与好汉何干？"

娃西也意识到没有问到点子上，踌躇片刻，又说："那么，劳烦大爹到轿前问一声，新娘格是说过，邀请我去她家'闲'？"

"这是哪样意思？"老者声音严厉起来。

娃西笑道："没哪样意思，只是想问清楚一个事。弄明白了，我们人路朝天，各走半边。"

迎亲队伍里有两个后生带有火铳，他们把枪抬了起来，老者用眼光制止了他们。他知道若论打枪杀人，没有谁可以和娃西比。老者转身回到花轿边，轻声问了几句，然后他回到迎亲队伍前，冲娃西说："新娘子说，她没有说过那句话，她妹妹也没有。"老者又不无嘲讽地补了一刀，"谁会邀请你这样的人到家'闲'呢？真是扯闲话了。"

娃西的世界坍塌了。他的面部肌肉抽动了几下，身子禁不住晃了晃。他眼前的世界在旋转，在颠倒，他拼尽全力让自己站直了，右手不自觉地滑向了腰间。老者也是见过些世面的人，忙高喊："娃西好汉，请高抬贵手！"

娃西忽然蹲在地上，大声哭喊起来：“怎的没有说过？怎的就不认了？”他哭得不管不顾，像一个失怙的孩子，完全忘记了对面的人忙着要回去喝喜酒，忘记了他的血和对面那些人是不一样的，忘记了只有血“好”的人，才能名正言顺地娶妻生子、男耕女织，更不知道迎亲的队伍中还有他往昔为非作歹的受害者。一个后生站出来说：“这个狗日的土匪糟蹋过我的姐姐，今天怎能放过他？我们捆了他报官去。”

一个崩溃到哭号的江洋大盗，哪里还有心思抵抗？几个后生一拥而上，几乎不费吹灰之力就将这个官府通缉追捕了许多年、死伤了无数生命的巨匪按翻了。他们夺走了他腰间的枪、藏在腋下的匕首、绑在脚腕处的飞镖。娃西在被捆得结结实实后，还在满脸淌泪。

53 · 锣鼓会

就像天下没有不散的筵席，自古也没有不衰败的家族。吴家花园已不复往日豪门气派，门前冷落，车马稀少，既不唱堂会也没有吟诗赏花的雅聚了。老祖吴封氏走后，先是孝字辈的后生纷纷不落家，然后是大哥和三哥提出分家，廉字辈还活着的七个兄弟没有不赞成的。其实从几年前分灶开伙时起，人心已散。现在老祖不在了，从分灶到分家，就是一种必然。大家对家族里的陈规戒律和各房之间的钩心斗角早已厌倦。四大园的叔伯弟兄面对越来越不服管束的众多孝字辈的子侄，多说一句都成是非。更不用说那些女眷，她们在廊棚下花园里晒着太阳绣花时，就是家族里的“报馆”，各家的是非恩怨都从她们嘴里发布。分就分吧，现在谁还有威望坐镇高堂，号令四方？吴廉膺和几个兄长制定了分家的大致原则：梅兰竹菊四园格局不变，仍为各园后人拥有；吴氏家族的主业，在个旧的矿山和分布于全国各地的“吴盛泰”商号划为若干股份，廉字辈的众兄弟共同持有，具体打理矿山、炉房、商号、钱庄、商贸者，多占有经营该项目之百分之十股份；各家产业可雇人经营，盈亏自负。

分配只要是公正合理的，再大的家业也不过是庖丁解牛。吴氏家族的后代们有的另立门户，有的举家迁往个旧、蒙自、昆明、重庆、成都甚至远到广州、香港。就像吴氏家族的先祖，生计在哪里，家就安在哪里了。分家后的吴家花园清净了许多，梅兰竹菊四大园里只留下一些妇孺老人，偌大的庭院空空荡荡，以至于吴廉膺有时会无端地想念起老祖来。老祖在时，虽然不理家，但她就是维系家族核心的魂。老祖魂归西天，吴家的后代们在解脱了一道枷锁后，又仿佛找不到凝聚力了。自由倘若不是自己争取来的，人多半会迷失在这自由的幻象里，并最终被它所戕害。家族的财富就像满山遍野的牛羊，现在被分割得东一团西一块，再也不能以阵容强壮威武取胜。豪门已然成了虚架子。所幸吴家诗书旧族，家风甚严，廉字辈没有因为分家而兄弟阋墙，也算是没给祖宗丢脸。

但是，败象总是隐匿在时间的缝隙里。有一天，吴廉膺去一个商界的朋友家做客时，朋友不无得意地展现最近从古玩店购得的几件宝贝。那是一块光绪年间的麒麟吐玉书端砚和一套“竹林七贤”的插屏宝墨。吴廉膺当时极力控制自己的情绪，嘴里叹道，好物，好物。心里却是阵阵隐痛。当年他和二哥吴廉康高中举人时，族中长辈送给两个新科举子一人一套端砚和乾隆年间的松烟自制宝墨。他还记得那日吴家摆了流水大席，“兄弟连科”的匾额在鞭炮声中高悬于吴家门楣。绵字辈的四房长辈高坐筵席上首，前来恭贺的亲朋好友连绵不绝。他和二哥跪着接过父辈手中的礼物时，心中怎能不荡起以砚为舟、以笔为马，光宗耀祖、治国平天下的豪情？“少年心事当拏云，谁念幽寒坐呜呃。”俱往矣。现今二哥不善理财，分得的家产死水潭也经不住瓢舀。他家那个沉溺于鸦片的浪荡子吴孝璜，想必已经把家里祖传的东西盗卖得差不多了吧。败家子呀！

不过，分家后让吴氏家族受到沉重打击的，却还不是败家子们典当倒卖家产。一个月黑风高的夜晚，近两百名“锣鼓会”的佃户、自耕农、木匠、铁匠、屠户、篾匠、放牛娃、赶马人举着火把，敲着锣鼓，手持火铳、大刀、长矛、铁锤、镰刀、砍柴刀以及锄头扁担，包围了吴家庄吴氏家族的老宅。这个下弦月都吓得躲进了云层的夜，注定不平凡。恐怕吴氏家族的老祖吴封氏知晓了，也会气得从那口厚重的柏木棺材里跳出来。

这里是吴氏家族的脉发之地。道光年间的吴封氏就是在这里从开马房客栈起家，含辛茹苦将“驼背老爹”抚养大。在建水城里建起吴家花园后，老宅的房子依旧保留，更何况吴家庄还有吴家上百亩的田地，由十多户佃户租种，每年都能收一百二十石谷租和五十挑烟叶。分家后，吴廉庭将老宅重新翻修，带着家小搬到了吴家庄。他说作为长房长子，他有责任恢复祖宅，以慰先人。吴廉庭本来只想做一个徜徉在祖宅田园间悠闲度日的老叟，可是在一次乡村庙会上，他看到一个梳一根粗大的发辫，皮肤白皙、身段匀称、眼睛黑亮的少女，顿时惊为天人。偏偏这姑娘家又是老吴家的佃户，且去年还欠了两石谷租，现在利滚利下来，已变成三石五斗。吴廉庭已是年近古稀之年的人了，学了一肚子的“四书”“五经”，锦衣玉食一生，回到乡下，过着“从心所欲”的日子，却忘记了“不逾矩”。在士绅们眼里，乡下女子大多粗鄙，做个丫鬟也得调教几年。但这个姑娘的出现，就像墝石滩上也会有金子，草根底层总会有人中龙凤。老爷我还想生个儿哩。他让人去跟这佃户施老栓说，把你家姑娘送过来，欠租一笔勾销。

如果不是吴孝珪的“锣鼓会”，这样的事情在乡间就像羔羊落入狼口一般，顶多引来人们几声叹息。但施老栓是“锣鼓会”的会员，这样的民间社团其实就是过去的农会。官府禁止了工会、农会，吴孝珪就将建立起来的农工兄弟组织命名为“兄弟会”“锣鼓会”“读书会”。处于社会底层的升斗小民，总得有人为他们撑腰。当施老栓来“锣鼓会”哭诉自己的女儿将要被豪绅霸占了去时，吴孝珪看到了机会。他愤然说：“天底下哪有这样的道理，一个黄花姑娘只值两三石谷子？我们找他论理去！”

“锣鼓会”的王大毛会长是个乡村铁匠，人热心、斗争性强。他大手一挥道：“欺男霸女的老财主，早该拉出来捶打捶打了。”但施老栓垂头丧气道：“吴先生，有契约在前，论说不清的。”

吴孝珪豪迈地说：“管他什么契约不契约！不合理的东西，我们‘锣鼓会’一把火烧了它便是。”

一直站在吴孝珪身边的谭煜老师伏在他耳边悄声说，孝珪，那可是你大伯父家。吴孝珪慨然一笑，就是我父亲家，我们也要去革他一回命！

就像吴孝珪的偶像李大哥说的那样，革命得从自身做起。吴孝珪早就盼着这一天来证明自己了。如果说吴家花园的极端压抑形成了他天生逆反——一如他父亲吴廉膺，那么现在他的抗争已带有明确的革命目的和战斗的革命勇气。他不再害怕，不再犹豫。陈春晓给他带来中共云南临工委的特别指示，除了要立即开展抗日救亡运动外，还要发动底层群众参与减租减息、抗捐抗暴的斗争，在条件成熟时举行武装起义。在送陈春晓回昆明的火车站台上，她说，六哥，该是我们“发出最后的吼声”的时候了。吴孝珪忘不了陈春晓眼里充满期盼的温暖目光，哪怕她转身离去，火车走远，吴孝珪一直把这双眼背在自己的背上。他需要它们照耀着他的路，鼓励着他的脚步。

因此，当他拍开大伯父的院门，带着身后“锣鼓会”的会员一拥而入时，他的晓妹在远方默默地注视着他。革命，终于在压抑已久中爆发了。看家护院的家丁被打倒，前厅花园里的花盆被掀翻、花草被践踏；两只大狗冲出来狂吠，冲在前面的“锣鼓会”会长王铁匠两锤就将一条狗的脑袋砸爆，另一条赶忙灰溜溜地跑了。女人在尖叫，孩子在哭喊。火把照亮了深宅大院，火光映照着“不愿做奴隶的人们”兴奋激动的脸。王铁匠大喊：“欺男霸女的地主狗老财，给老子们站出来！”

吴孝珪那时心里一声感叹：这就是革命啊！

吴廉庭披了件单衣，拄着紫檀拐杖，在他一个吸鸦片的儿子吴孝璋、管家和丫鬟的陪同下颤颤巍巍地来到前厅。他看到被人群簇拥着的吴孝珪，略微一怔，便冷笑道：“我还说是哪里来的棒棒客哩？孝珪贤侄，你走错门了！”

吴廉庭曾经对吴廉膺说过，六宝这小子跟着共产分子跑，终究会给你惹祸的。你以后多带他跑跑戏园听戏。

吴孝璋在孝字辈的二十多个兄弟中排行老二，吴孝珪叫他三哥。但这个家伙从小就是个纨绔子弟，除了看戏吸鸦片，不会别的。他尖声喊道：“六宝，你吃着屎了？带些叫花子跑我家来搞那么大阵仗。看我不告你爹！”

吴孝珪根本不把鸦片烟鬼放在眼里，但大伯父的话对吴孝珪还是有些震慑力的，他的身子不由自主地往后一退，正靠在王铁匠宽厚的胸膛上。他瞬间找到了勇气，朗声说：“吴廉庭，你听好了，我没有走错门，更没有走错路！今天我们就是来找你论理的。”

吴廉庭再次冷笑：“带着刀枪棍棒来我家论理？你是谁？大土匪娃西吗？”

“我们是‘锣鼓会’，每一个会员都是自家兄弟。我们没有放高利贷盘剥民众，没有欺凌弱小、霸占民女。我们不是土匪。吴廉庭，我今天代表‘锣鼓会’全体会员，告知你以下要求：一、今年大旱，田里歉收，佃户一律减租五成；二、开仓放粮，赈济饥民；三、取消高利贷，不许强占民女。”吴孝珪说完，掏出一张写好条款的文告，上前两步，递给吴廉庭。

吴廉庭不接，喝道：“放肆！你娃来告知我？还有点家规没有？滚出去！”

吴孝珪愣了一下，不是因为害怕，而是他看到了伯父脸上肥厚的老肉在颤抖扭曲。他手往台阶下“锣鼓会”的会员们一指：“那你要问问他们答不答应。”

吴廉庭忽然举起了手中的拐杖：“我打你这个吃里扒外的逆种！”

吴孝珪头一偏，拐杖重重地打在他的肩头上。他一时不知道该怎么应对了。反抗？还是认输？与自己的大伯父对打，他似乎还没有做好准备；退缩回去，又丢不起这个脸。好在此刻王铁匠大喝一声，好一条疯狂的老狗！打他呀，给我把他吊起来！

革命的洪流一旦激荡起来，往往会超出发动者的想象。革命不是人与生俱来的基因，不公的社会一直在培育着反抗的种子。吴廉庭被吊在吴家老宅的一棵大樟树上，老宅里的粮仓被打开，地契、借据、账簿被烧毁，家丁们十几支长短枪被夺走，最后，有人在宅院里放了一把火。熊熊烈焰腾空而起，毕毕剥剥中夹杂着无奈的哭泣。火焰上端飞舞着吴氏家族腐朽了上百年，终于在大火中坍塌的房梁的灰烬，依附在其间的阴魂，被烈火炙烤得“吱吱”哀鸣。火光映照着吴孝珪年轻的脸，几许坚毅，几许迷惘——有点像童年时闯下大祸不敢面对家人的样子。他本来设想，凭着“锣鼓会”人多势众，又占有道义，自己的大伯父没有不服输认错的道理。可蓄洪的闸门一旦打开，洪流喷薄而出，荡涤一切，谁能预料得到，它会冲毁些什么，又带来些什么？

让该来的都来吧！

大火越来越猛烈，吴孝珪身体里的热血也仿佛被燃烧沸腾了。他看到粮仓里的稻谷、麦子、玉米被饥馑的人们一担又一担地挑走——在他童年的印象里，吴家花园里经常将发霉的粮食倒掉喂猪；看到装财宝的雕花木柜被砸开，银元、银锭、金条散落在这些穷苦人手中；看到“锣鼓会”的会员们肩上扛着枪的自豪和威武，他在吴家花园憋屈了二十三年的痛苦，终于像一个被绑缚的人挣脱了绳索那般得到了释放。他身上的勇气和豪迈也如喷薄而出的阳光，通体透亮。他此刻配得上“最后的吼声”这句伟大的歌词。“来吧，房子都烧了，粮也抢了，枪也扛上了，让我们拉起队伍来，跟这个黑暗反动的时代干！”

王铁匠腰间别了把盒子枪，背上还背一支长枪，他的嗓门更大更浑厚：“兄弟们，还记得吴先生教我们唱过的歌不？‘富人莫要猖狂，穷人莫要丧气。上等之人该我钱，中等之人莫等闲，下等之人跟我去，痛痛快快做个人。杀官又安民，贫富要拉平。’”

54 · 兄弟

吴氏家族的叛逆者发出“最后的吼声”后，吴孝珪拉起“锣鼓会”的骨干会员上了山，组建起一支名为“云南抗暴抗捐义勇民军第一路军”的队伍。红旗招展处，饥民从者如云。不到一个月，义勇民军已达一千人规模。滇南一时人心浮动，连火车都开得战战兢兢。

陈春晓来信让吴孝珪稳住队伍，巩固好根据地，省临工委马上将派特派员来。可是，这个特派员在半路上却被当局抓捕了。吴孝珪毕竟年轻，革命斗争经验不足，等不到上面的指示，手下的人却急于攻城略地占地盘。王大毛说，让我们杀到建水城去吃大席吧。

一个造反者如何证明自己的实力？城池就是他们胸前的勋章。义勇民军以无畏的勇气围攻建水县城。那一天杀得天昏地暗、血光弥漫，红旗插遍了县城周边的山头。守军不知民军有多少人，只是龟缩在城头死守。可惜民军没有机枪大炮，只能架起云梯，全靠肉身往高大的城墙上扑。王铁匠一马当先，一手持刀一手持枪，他已经跃上城头了，但一梭子机枪子弹打来，把他的胸膛打成了筛子。这个像张飞一样勇猛的黑大汉在城墙上晃了晃，一头栽了下去。

王铁匠倒下了，更多的民军吼叫着扑上了城头。南城门被攻破，民军很快打到火车站附近。战事正酣之际，一列火车载着蒙自过来的守军援兵冲进了建水车站。火车驾驶室顶棚上架着两挺机枪，前端踏板上也站满了士兵。他们见人就打，火车就像一条吐着火舌的怪兽，将即将到来的胜利成果一口吞噬了。在攻打建水城前，曾经有人建议应先切断铁路，防止敌人增援，可是义勇民军连一包炸药都没有。吴孝珪当时心存侥幸地说，他们来不了那么快吧。

攻进城内的民军几乎都战死了，他们的鲜血染红了城里的青石板路，然后变成黑色，打来多少水都冲洗不干净。直到夏季雨季来临，人们才再也闻不到石板缝里弥漫出来的血腥味，在夜深人静时也再听不到隐约传来的泣血呐喊。尽管在战事平定下来后，县府派人在城西门外的荒野里挖了个大坑，将三百多具尸体拖出去扔到坑里，再架上柴火，泼了煤油，一把火烧了，但人们仍然记得，乌黑的浓烟一直萦绕在建水城上空久久不散，像不屈的英魂留恋着他们的梦想。那几天连太阳都被熏黑了。

吴孝珪腿肚上中了一枪而被俘。在建水县警察局的大牢里时，他才痛定思痛，反省攻城失败的原因。他们竟然败在火车上！父亲当年为啥要急慌慌地修铁路？

吴孝珪没有料到的是，他在牢房里见到了娃西！他们都是戴着脚镣的重犯，关在门对门的两间号子里。娃西从牢房门的洞口看见吴孝珪，哈哈一乐："兄弟呀，老吴家可是倒了血霉了！"

这个和吴孝珪有着杀弟之仇的大土匪，化成灰他也认得。但为了一个更加宏伟的目标，他愿意视娃西为战友。在火烧了吴家老宅后，他受陈春晓的指示，通过一个江湖上的朋友引荐，悄悄摸到了娃西的营寨，劝说他带上人枪，加入义勇民军。娃西用怪异的眼光看着吴孝珪，说你这吴家有名有分的大少爷，怎么也来干这营生？吴孝珪说，我们现在是共产党领导的抗暴抗捐义勇民军，是穷人自己的队伍，不是打家劫舍的土匪武装。我们的目标是要推翻封建地主阶级、官僚资产阶级，让穷人来坐江山。娃西嗤之以鼻，这世道，还少见儿子打老子巴掌的。你的胆量比我大。吴孝珪愣了一下，说这不是谁打谁巴掌的问题，而是世道要公平，穷人要有饭吃。娃西用不无怜惜的目光看着吴孝珪，你这细皮嫩肉的秀才，放着好好的日子不过，非要来刀口上讨生活。你那点人枪，翻不了天的。吴孝珪豪迈地说，普天下的穷人都拥护我们。在江西、湖南、湖北、福建、广西等省份，都有我们共产党自己的队伍——工农革命红军。你要相信，我们会打出一个红色的新中国。为了这个伟大的目标，我不计较你过去做的那些事。娃西最后的回答是：兄弟，都是杀富济贫，怎么快活怎么来吧。不要给我讲那么多道道了。

吴孝珪并不知道娃西是自己同父异母的亲哥，只把他当一个具有反叛精神的好汉。革命太需要这样的悍将了，只可惜，他太没有文化。吴孝珪在给陈春晓的报告中说：像娃西这样彻底的赤贫阶层，如果假以时日，让他们进农民夜校，学点知识文化，宣讲革命道理，他们就会成为最勇敢无畏的革命者。

娃西被捕后，蒙自道尹陈云鹤设宴三天，犒劳有功人员，还亲自上报省府，力促娃西的死刑。他在呈文中说，此等顽匪，早已罪大恶极，血债累累，不杀不足以享太平。他还将呈文亲手抄了件副本，着人传送给吴廉膺。他以为自己在为老朋友吴廉膺报仇，可当吴廉膺展读抄件时，无异于心如刀割焉。

这些时日吴廉膺东奔西走，到处打点疏通，警察局长，驻军团长，法院法官，县、区党部书记，省党部“清党委员会”主任，省政府大员，银洋一出手就是三五万地给。只不过，吴廉膺大把地撒银元，只能让吴孝珪在狱中少受酷刑折磨。他把最后的希望寄托在陈云鹤身上，这是他第二次放下身段，相求于老友。第一次为铁路线避开吴家祖坟地改道，陈云鹤爽快地答应了；这一次，吴廉膺没有料到会和陈云鹤割袍断义。

吴廉膺去蒙自道署见到陈云鹤时，直截了当地道，子君，廉膺求你刀下留情。陈云鹤以为他只是来保吴孝珪的。他请吴廉膺坐下，沏好茶，然后面向吴廉膺，深深地鞠躬作揖。玮玠兄，令公子事涉“清共”要案，早已惊动省府，他的死刑令为省主席亲手签发。愚弟实在爱莫能助，羞愧难当！吴廉膺道，你身为一府道尹，当以养民爱民、怜惜苍生为己任，何以滥开杀戒？陈云鹤沉吟片刻，才说，玮玠，军阀乱战已礼崩乐坏，生灵涂炭；现又国共相争，互不相让。龙主席认南京国民政府为正统，在全省各地“清共”。不才略懂三民主义，不懂共产学说。可具有叛逆精神的年轻人、劳苦大众，都相信共产党的主张。我辈实难理解。孝珪贤侄为理想信念走上此途，岂非我等辛亥年间奋起一跃？或许，一代人有一代人之追求，革命是青年人的初恋，我们都老了吧？玮玠兄，事已至此，覆水难收，请息怒，节哀。吴廉膺垂下头，良久才说，能不能只杀一个，留一个？陈云鹤反问：留谁？娃西？吴廉膺眼神有些慌乱，不敢正视陈云鹤，扭头看向窗外的一朵白云。他吞吞吐吐地说，当年廉膺受公司董事会委托，上山招安娃西，几乎得手……廉膺认为，娃西此人，还是……还是天性未泯，尚可教也。留他一命，也彰显子君仁政。陈云鹤断然道：杀他与仁政无关。“盗贼弗诛，则伤良民”，玮玠安能不知？吴廉膺反常地一拍案几，指着陈云鹤怒喝道，你是杀人道尹吗？安抚地方，仅靠一个“杀”字？陈云鹤被喝得一怔，两人同窗同榜同做事几十年，他没有如此被吴廉膺指责过。玮玠，你怎能如此糊涂？杀一贼而四乡宁。我问你，贵府七公子吴孝珏为谁所杀？吴廉膺摔了茶杯，手指点着陈云鹤的鼻尖，气得话不成调、语不成句。“你你你……落井下石，伤口撒盐……杀人诛心，莫此为甚……”

这是一场双方打着哑谜的争吵。一个坚信在为挚友伸张正义、报杀子之仇；一个却在即将痛失两个儿子的难言之隐中闪烁其词、悲愤哀伤。吵到最后，吴廉膺愤怒地拂袖而去。

当天下午，他差人给陈云鹤送去一块割下的长衫下襟。

吴孝珪做好了受刑的准备。他从小害怕见血，还是个痛感很低的人，一只蚊子叮他一口，别人说痒，他喊痛。他的腿肚子上中的那一枪，其实只是颗跳弹造成的擦伤。一个民军拉起他就跑，他看到自己脚背上的血，顿时就眼前发黑了，身上的勇气就像漏斗里的水，瞬间漏光，大声喊哎哟痛死我了。他在牢房里反躬自问，革命要把我这样的一个少爷，锤炼成一个战士，还要设置多少考验？他设想如果给他用刑，让他招供，他就咬断自己的舌头。他自己在牢房里试了试，舌头只是咬破了点血，就痛得他大汗直冒。不过，他坚信，就是打断他每一寸骨头，他也绝不会供出自己的单线联系人陈春晓。他不知道李大哥这样的共产党人，当年怎么忍受得住割断脚筋这种酷刑？

他很奇怪，除了刚被抓进来提过一次审外，他并没有受到皮肉之苦的折磨。对面的娃西已经过了三次堂了，每次都被打得不成人样地拖回来。直到被俘一周后，他在监狱里见到父亲吴廉膺，方知道，这个世界上的父爱，总是在你看不到的地方，为你分担着你能承受的一切苦难。

吴廉膺疏通了警察局局长，让监狱长安排他与两个儿子道别。这个当父亲的真是难。他要最后履行一次为父之责，却不得不“犹抱琵琶半遮面”。他先见娃西，却不敢跟娃西面对面。他对监狱长说，娃西跟我老吴家有血仇，让我在他被枪毙前看他一眼。监狱长理解为吴廉膺想看看仇人的下场，把娃西提到审讯室里，让吴廉膺在外面观看，自己提了皮鞭，上去就是一顿猛抽。吴廉膺霎时痛感那鞭子就是抽在自己身上，转身掩面，吞泪而去。

和吴孝珪告别则名正言顺了。监狱长为这对父子见面专门安排了一间房间。吴孝珪发现父亲头发全白了。上次见到父亲是什么时候，他已经想不起来了。父亲怎么会忽然变得如此苍老不堪？他身上那一以贯之的精气神儿全垮了。他的眼睛暗淡无光，盛满悲伤；他的胡须比头上的白发还更白、更凌乱；他的脸上耷拉出道道皱褶，脖子上沟沟坎坎，仿佛被一场洪水洗劫过；他的嘴角被两条看不见的线拉扯着，垮塌在蓬松的胡须间；他骄傲了一生的脊梁佝偻了，弓着背如斗败的老兽。吴孝珪就像在外漂泊了几十年的浪子，恍然面对父亲的衰老。惭愧、心疼、悲伤、悔恨，父子之情，未尽之孝，百感交集，相视无言。吴廉膺将儿子上上下下仔细打量了一番，才幽幽地说：“六宝，我也坐过牢。牢饭不好吃，你得忍着，尽量吃饱。”

吴孝珪点点头。

“我带了些吃的来，牛干巴、血肠、炸酥肉，你喜欢吃的芝麻糕。还带了几身衣服来，告诉他们要经常给你换洗。不然会长虱子的。六宝，虱子可比蚊子叮人凶多了，你不要怕痛。”

吴孝珪再点头，眼眶里有了泪水：“爸爸，你不会怪我吧？”

吴廉膺深深叹一口气：“怪你，还有何用？有其父必有其子吧。”

“爸爸，我走的这条路，是为天下的穷人谋翻身解放。”

“谁心中没有家国天下？为父这一生，做生意，修铁路，热血救国，实业兴邦，为家族，也为造福乡梓。男儿大丈夫，顶天立地做人，勤勤勉勉做事。干什么不好，非要闹哪样革命？”

吴孝珪说：“父亲，儿只想问一句：当年你们为什么要反清？”

“一为救国图存，二为不愿跪着做人。”

“自己不跪着，也要唤醒所有不愿做奴隶的中国人，都要站起来做人。爸爸，这就是革命。”

“革命，革命，革到自己的命都没有了！还革哪门子的命？”吴廉膺冲动地抓住儿子的双手，拉到自己脸前，忽然大放悲声，“六宝，为父倾家荡产，也要保你出来。六宝，我的儿，你不能死！天底下还有没有我这样的父亲，眼睁睁地看着自己的儿子，一个接一个被枪杀？天啊，我都造了哪些孽呀，要这样惩罚我……”

吴孝珪误解了，以为父亲这个时候想起了吴孝珏：“七弟是被土匪杀的，我是为革命而牺牲。爸爸，你该记得我们家中堂上悬挂的蔡锷将军的条幅，‘做事须凭肝胆，为人莫让须眉’。儿自小懦弱，经常听父亲以此条幅教训我等。今日儿凭借为劳苦大众牺牲的一身肝胆，也算是堂堂正正做了一回好男儿。父亲，请别哀伤了，我的弟弟妹妹还多着哩，不愁没有人给你养老送终。”

吴孝珪不提他的那些亲兄弟还罢，一说则更让他的父亲肝胆欲裂、万箭穿心。

一个阳光明亮的秋日，吴孝珪和娃西共赴刑场。离中秋还有三天，娃西终于还是没有活出他母亲山猫的谶言。吴孝珪这天特地换了一身白色绵绸对襟上衣和长裤，仔细梳理好中分头。他有一头浓密的黑发，还带有点自然卷。他不想死得邋里邋遢。他已经想好了临刑前要像李大哥一样，对着黑洞洞的枪口，对着这黑暗的世界，振臂高呼；他甚至幻想自己中弹时胸前开出梅花般红艳的血色花朵，那将是他在这个世界最后的灿烂。

刑场依然设在蒙自那块曾经洒下过革命志士热血的地方——城西门外篾器街那堵石墙前。吴孝珪和娃西被军警押送着走向刑场。沿途照样有很多民众围观，有人向娃西扔烂菜叶、烂土豆、玉米芯、臭鸡蛋，还有人把一碗吃剩的米线汤泼过来，搞得他一头一脸花里胡哨。娃西有些垂头丧气，再没有为匪时的横蛮。他这时似乎有些明白了，真正的好汉，不会怕官，但要敬畏百姓。娃西平生第一次在人前感到了羞愧。走在他前面的吴孝珪，他身上白色绸衣却是干干净净的，人们向他投去敬佩的目光。不是由于他是吴氏家族的大少爷，而是认可他是条为穷苦百姓做过善事，更奋起抗争过的好汉。有人喊：吴先生，一路好走！也有人殷殷嘱托：吴先生，去到那边，也要办夜校啊！我老爹死的时候还不会写自己的名字。吴孝珪感动了一路。他为这一生帮百姓做了点有意义的事情而欣慰。他忽然高声唱起歌来——

> 起来！不愿做奴隶的人们！把我们的血肉，筑成我们新的长城！中华民族到了最危险的时候，每个人都被迫着发出最后的吼声。起来！起来……

这是约二十年以后被定为国歌的歌曲第一次在聂耳的家乡被人当众唱响。街道两旁的民众不再喊叫，静静地倾听，默默地流泪。吴孝珪越唱越激昂，越唱越豪迈。歌声伴随着脚镣的哗啦声，走过蒙自县城破败的街道，走过高低错落的屋檐，走过古旧的牌坊，走过中西合璧的火车站，走过黄墙红瓦的海关，走过酒旗招展的店铺、摇摇欲坠的城门，走过初秋的田野，广袤多情的大地上红色、黄色、紫色、白色的野菊花随风摇曳，像无数只告别的手……

吴孝珪的女同事谭煜老师一路揪心紧随，一路泪飞如雨。围观的人们纷纷为她让路，有个警察呵斥谭煜老师，让她滚远点，立即招来大家的痛骂指责。许多人都知道这对年轻的夜校老师为了教他们识字，在蒙自坑坑洼洼的乡间小路上，骑着自行车风雨无阻地奔波。女老师斜坐在后货架上，一手揽住男老师的腰，铃铛清脆，身姿轻盈，像贴着大地飞行的比翼鸟。这曾经是蒙自城里的一道风景呢。人们都认为两人是月下老人早已牵好线的一对儿，只有谭煜老师自己知道，吴孝珪的心在另外一个人身上。但她还是一如既往地爱他啊！哪怕他拉起队伍上了山，她也日夜为他守候，为他祈祷。谭煜老师曾去狱中探过监，她在那里才大胆向吴孝珪表白了自己的爱，说她会等他出来，如果等不到，她今生也再不会爱上别人。吴孝珪那时痛哭失声，说从前不知晓谭煜老师的情感，现在更不能接受这份爱。他已把爱献给了他追求的革命。他对谭煜老师说，我为爱而死，死得其所。

蒙自道尹陈云鹤唯一能做到的事，就是命令行刑队在执行枪决时，给犯人留下一点尊严，这让吴孝珪和娃西没有被五花大绑。他们被推到石墙前站好，省府专程前来的一个军事法官在宣读冗长乏味的死刑执行令。吴孝珪眯起眼睛向四周的人群中张望，不知是想找到自己的家人，还是想看谭煜老师最后一眼——他这两天不断地懊悔，深感对不起这个如此爱着自己的姑娘。刚才在赴刑场的路上，他看见她了。他想跟她说句话，就像在路上遇见那样轻声问候。但话到嘴边，却不知从何说起，只是给谭煜老师现出一个略带愧色的笑脸。不过，他更愿意那个泪眼相送的人是陈春晓。他足戴脚镣奔赴刑场的样子，他希望陈春晓能看见。啊，她一定会看见。没有对陈春晓的爱，他不能够勇敢面对死亡，尽管她深爱着的人是聂耳。聂耳，我的好兄弟。我多感谢你呀！感谢我们一起拥有过的火一样的青春。此刻他脑海里的画面竟然是他们小时候去昆明北郊外采草药，那时的聂守信就认得那样多的花花草草，哪种是清热败毒的，哪种是止血止咳的。“金银花夏枯草，连翘黄连蒲公英；三七花仙鹤草，半夏陈皮枇杷叶。”草药在小小聂守信的嘴里也成了歌谣，如花儿般撒落在原野。

吴孝珪没有看到他的父亲，也没有看到母亲吴张氏，还有吴家孝字辈的众多兄弟，他一个也没有望见。在滇南声名显赫的吴氏家族，竟然也出了一个死刑犯！他大概已经被吴氏家族除名了吧？吴孝珪竟然有种反叛胜利、玉石俱焚的快感。他还想起父亲带他和众兄弟看李大哥就义的那个下午，跟今天一样的天空蔚蓝、阳光明亮，一样的人头攒拥、法场森严——苦难的人们啊，我们为你们牺牲。我们的血不会白流！李大哥，你的在天之灵看见我了吗？我们站在同样的地方，为了共同的理想，面对嗜血的枪弹。我追随你来了。他的心里陡然升起前所未有的勇气和骄傲。

吴孝珪在人群中终于看见几个熟悉的身影，陈五娃，前铁路工会的会员；孙富贵、牛得水，农民夜校学员；沈翠花、付光兰、梁招弟，贫民女子识字班学员。他们的眼光中没有害怕，只有崇敬。

西射的阳光照耀着两人的脸，一个苍白一个黢黑，一个文弱纤细一个粗犷敦实。如果看得仔细一些，便可以看出这对同父异母的兄弟相似的相貌。他们都有吴氏家族浓黑的剑眉，炯炯有神的眼睛，高大挺直的鼻梁，鼻梁中部还有一条隆起的小丘，丰厚的鼻翼，宽阔有力的下颌。

娃西并不指望母亲山猫会出现。一个干强盗营生的人，哪里死哪里埋，留个全尸都属奢望。不是没有亲人，而是愧对亲情。这个时候他想明白了一个道理，他不是死在土匪帮派争勇斗狠的拼杀中，也不是死在抢人劫财的恶行上，更不是在跟官军打仗时被乱枪扫射而亡。他说话算话，用命去爱一个女人。正如他的兄弟吴孝珪为了他的信仰而赴死一样。这让他的良知稍感宽慰。这世道浑浑噩噩就死去了的人太多了，知道死亡的意义的人，才会坦然面对死亡。他伸出自己的手，拉住身体有些摇晃的吴孝珪："兄弟，不要怕。"

吴孝珪握紧了娃西的手，感受到这只手掌的宽厚有力。他转过头去，现出一个轻松的微笑："娃西兄弟，我不怕。"此刻，他正在想该怎样呼喊口号。

娃西用从未有过的面对吴家人的温情，对吴孝珪说："兄弟，我是你哥。"

吴孝珪在山上打游击时也学到了一些江湖上的行话。"不求同年同月同日生，求得同年同月同日死。我们就是好兄弟！"他轻声说。

行刑队举枪、瞄准。娃西显得有些急切地说："兄弟，我真是你亲哥。我们是一个爹的……血。"

吴孝珪惊愕地望着娃西。他在说什么呀？吴家会有一个土匪儿子？他的右手被娃西紧紧攥住，让他不能举起手臂来高呼。他睁大了眼，仿佛一个惊天大秘密才刚刚被发现。

第一阵排枪响了。吴孝珪感到自己的腹部接连被打了几拳，身不由己地弯下了腰。他看到了自己的血，但他竟然没有害怕，只是有一种无力感。娃西用力撑住他，似乎不想让他倒下。吴孝珪最后看到娃西侧身扑过来，像一个好大哥一般用宽厚的后背为他挡子弹，他的胸膛前已经有两朵血色梅花灿然怒放。两兄弟的血从各自的身子里喷涌而出，像两条终于汇合到一起的溪流，流向脚下这片多情的土地。吴孝珪还听见娃西在他耳边说：

“好兄弟，你刚才唱的歌，好听……”

55 · 青花残片

陈怀北老先生回万象去了。寻祖无果，让他失望又疲惫。他说他要回去休整一段时间，待体能恢复，再去泰国等地，沿着先祖当年漂泊的路线，再走访走访。时间纵然不可逆行，重走先祖走过的路，也未尝不是一种回望。而朱迪却暂不想回，她在建水找到了博士论文新的写作方向。过去她的论文中陶瓷部分，更偏重于“瓷”而轻视了“陶”。在建水待的这段时间里她仿佛重新认识了“陶”。她准备专门设置一节来论述建水的紫陶。爷爷要回去，朱迪便显得有些纠结，她说我陪爷爷回万象再来建水吧。陈怀北老先生岂能轻易服老？说我还不到让人寸步不离的地步吧？你安心在这里做你的事。桑逸这小伙子我看不错，对你挺好的。有他陪你，我放心。朱迪看出爷爷眼里的异样，忙说，爷爷你想多了，我们是好朋友。陈怀北呵呵笑道，爷爷也是年轻过的人啊。

爷爷走后，朱迪一个人在建水古城里晃荡。他们刚来建水不久就在杨仲群和桑逸的推荐下，在古城里租了一座小四合院。主人是老两口，人很和善。他们的儿女们都在外上班，东边三间房便出租给陈怀北爷孙俩，自己住西边的两间小屋。主人经常炒几个本地菜，在庭院的桂花树下摆张小方桌，房东和房客像一家人一般小饮几杯，其乐融融。这四合院有照壁，上面草书苏轼的《念奴娇 · 赤壁怀古》，还画了站在长江边面庞瘦削、器宇轩昂的苏东坡。虽不算精致，但也颇添雅韵。庭院里有花台，种有兰草、菊花、芍药、月季等花卉，四周植有桂花树、玉兰树、缅桂树、枇杷树，还有一口水井。陈怀北很喜欢用水井里的水来沏茶，说特别甘冽清纯，沁人心脾，都吃出童年时的感觉来了。他还说，一个还有水井的地方，才有老家的感觉。朱迪喝惯了咖啡，对饮茶没有多少特别的兴致，但她慢慢也爱上了古城里的水井。在这座古老的小城，到处分布着珍珠一样的老井。水井一般都只有四五米深，井里的水清澈凛冽，发出碧玉般的光芒。每一口井都有一个故事或传说，一些庭院里的水井青石沿上有道道井绳的勒痕，深达三四厘米。不知有多少如水一样的时光，被一桶一桶地打捞出来。朱迪发现许多本地人宁愿大清早去井里取水，也不用自来水。桑逸说，我小时候，还有专门挑井水卖的。两分钱一桶。“卖水——卖水哦——”的吆喝声，现在想来，仿佛童年就在门外。我们建水的烤豆腐，只有用井里的水做出来的才香。

这座小城既有她在中国各地见到过的现代性，又有她所熟知的隐忍闲适和传统恪守。朱迪觉得在建水和万象，除了人们的肤色和服饰，以及语言有差别外，仿佛只是隔着几个街区。桑逸经常过来陪她，带她逛遍建水城里的大小紫陶店，拜访那些制陶艺人。他们有的是有家族传承，有的是政府认定的工艺美术大师。在一家土陶店，她看见了几件残帖斗，说是清晚期的玩意儿。朱迪不知道吸鸦片是怎么一回事，桑逸说，我演示给你看。他找来一根竹棍当烟枪，将残帖斗靠在竹棍中部，用店里的老泥权作烟土，斜靠在沙发上，用一个牙签做烟针，轻巧地弹开烟斗，挑出一坨老泥，再用打火机去点，做出吸烟陶醉状。朱迪被逗得呵呵直乐，说吸个大烟，也这么讲究。真是闲情雅致。桑逸说，这是有钱人才会把玩的东西。我们劳动人民，可没那么多闲工夫。朱迪打趣道，我看你这个劳动人民，也很像个大户人家的公子哥儿哦！

在这个陶器遍布的小城里，每个制陶艺人都想做出惊世骇俗的作品。即便像桑逸这样入门才几年的土陶爱好者，心中也怀揣一个梦想。朱迪越来越欣赏桑逸那种看似落拓不羁实则专注做事的生活状态。他是身心自由的那一类人，不为世俗标准所羁绊。她选择留下来，不知是为了土陶，还是为了桑逸。朱迪越来越不确定。爷爷眼里洞穿青春秘密的怜爱，竟然让她有丝丝的幸福感从心底里泛起。她行遍世界，身边从不乏追求者。朱迪害怕爱情之火一旦燃烧起来，自己承受不起。来一场跨国之恋，她还是觉得有太多的障碍。

一个骤雨初歇的凉爽下午，在桑逸的工作坊，他告诉朱迪，要送她一套自己亲手做的土陶茶具，包括茶盘、茶壶、茶筒、滤杯、茶碟、公道杯和六个小茶盏。甚至连吃水的金蟾他都要做一个。桑逸说："我希望由我们共同来完成。你要写土陶，总得感受一下泥土的温度。"

桑逸从后院香樟树下的口袋里取出一团膏状老泥，像抱一个婴儿般在怀里反复摩挲。他告诉朱迪这团老泥是他三年以前就买来的紫、白、青、黄、五花这五种陶土，按一定的比例配制后，再研磨成粉，放入一只大缸里浸泡。这个过程叫醒泥，一般都在一两年时间。桑逸说，我相信泥醒得越久，就越跟被时间醇化过的老酒一样。醒透了的泥在需用时，还得搅拌成浆，用细密的筛子过滤掉其中的颗粒杂质；然后再浸泡、再搅拌、再过滤，如是五六遍，才能成为老泥。还要送到阴凉处存放，此道工序称之为"陈腐"，"陈腐"期一般要三个月至半年。泥里的水分被慢慢阴干，各种化学物质充分融合，当老泥像婴儿的皮肤一样细腻柔滑时，就可拉坯造型了。

朱迪接过这团老泥，轻轻地拍打摩挲。“我就像摸到一块丝绸。”

“是吗？我从没有这样想过。”

“你说得对，它还是有温度的，还充满灵性。我仿佛触摸到了岁月的气息，感受到了大地的精华。”

“嗯，朱迪，你应该这样揉泥。”他伸出手去，将那团老泥和朱迪的手捧住。泥是细腻的，朱迪的手更细嫩。泥从两人的手指间析出来，他们又将之揉在一起。十指缠绕，泥有了温度，手指传递心中燃烧起来的血。“哦，朱迪……”桑逸忽然有些不能自持，扔下老泥，捧住了朱迪的手。

“桑逸。”

“嗯。”

“别这样。”

四目相对，缠绵交织。桑逸内心显得有些凌乱了，目光想逃避但又陷在那美瞳的旋涡深处不能自拔。

朱迪缓缓抽出自己的手：“要多少矿物质的融合，多少岁月的浸泡，多少道工序，才能造出一件土陶啊？”她眼波流转，满面娇羞：“桑逸，我们还需要时间。”

“好吧，爱情亦如窑变。”桑逸用尽洪荒之力，才让自己的情绪稳定下来，“古人说窑变乃‘水土所合，非人力之巧所能加’。我相信没有精确可控的情，但一定有百年难遇的爱。就像一件陶坯窑变为‘窑宝’，虽邈不可得，但也值得毕生追求。”

桑逸要在送给朱迪的那套茶具茶盘中央描两朵并蒂莲。朱迪曾送给他一块织锦长方形披肩，叫“裴编”，是老挝女子的传统服饰，那上面就有两朵金丝线刺绣的莲花。朱迪说我们的筒裙和裴编上最喜爱绣的动物是大象，植物就是莲花。桑逸发现老挝的莲花图案与中国的有所不同，没有那么具象。他要为朱迪画出很中国化的莲花：一朵莲花含苞欲放，一朵热烈张狂。一朵羞涩的花瓣微微开启，内核的花蕾轻柔地闭合；而盛开的另一朵莲花则是他张开的怀抱。他先勾勒出几条弧形明线为花边，暗线则是花瓣的纹路。画好后再用竹刀沿笔墨落处阴刻出来，再填上色泥。他甚至都想好了落刀的轻重、色泥的搭配——莲花的底部将填白色泥土，顶尖部分由淡到浓填上红色泥土。这批老泥含铁量较高，入窑烧制后，易出那种醇厚深沉的中国红。也许会在高温下有些不可捉摸的窑变。这让桑逸很期待。它会是两朵开败的莲花，还是比池塘的红莲更为诱人？这要看天意。

桑逸发现单是两朵莲花就太单调了。他想到了青花瓷器具里经常用到的缠枝莲。如果以蜿蜒婀娜的莲枝、莲叶向茶盘周边延伸，是不是会更有古意一点？朱迪总是喜欢老玩意儿。缠枝莲纹是传统青花瓷中最主要的装饰纹样，与不同的花卉组成不同的纹饰，常见的形式有“缠枝莲”“缠枝菊”“缠枝牡丹”“缠枝葡萄”等，桑逸见得不少，但多是现代人的手笔，缺少古韵。他想到了杨仲群，他那里收存有不少缠枝莲纹的青花老件，他记得有花瓶、碗、盘、罐、瓮等物件。年份都不长，也非名窑产出，是两三百年前的大路货。杨仲群稀罕得不得了。桑逸只是希望能从中找到一些灵感。他给朱迪去了个电话，问她愿不愿意去看几件老青花。朱迪一听说要看古玩，当然乐意。那时，两人都还不知道，他们正在接近一个惊天的秘密。

吴家花园西侧有一间文管所的库房，里面收存了很多吴氏家族用过的物件，有龙床、罗汉床、品字椅、太师椅、梳妆台、花瓶、杯盘碗盏、雕花门窗等。至于玻璃柜里重点保护的那些诗文集、账簿、家信、家谱等文字资料，则是多年前维修吴家花园时，从吴氏祠堂顶棚那根挖空的横梁中发掘出来的。它们才是那些对吴氏家族历史有兴趣的人眼中弥足珍贵的一手资料。

杨仲群从陈列柜中取出几件青花瓷器，分别是清康熙、雍正、乾隆时期的物件。桑逸用手机拍了照。杨仲群说，缠枝莲多用在青花瓷器上，在本地紫陶上画缠枝莲纹，少见。桑逸笑笑说，我试试呗。

朱迪说："缠枝莲本取'根脉相连，缠绕不断'之意，桑逸你想表现什么呢？"

桑逸一扬头："你说呢？"

朱迪有些不自然了，脸微红，眼睛转向桌上的三件青花瓷。"杨老师，这件清康熙时期的缠枝莲压手杯构图疏朗，秉承明代青花简洁舒雅的风格，莲纹多同花同向布局；雍正时期这件青花釉里红双螭樽，是那个时期盛行的釉上彩，色彩秀丽，特别是缠枝莲纹饰，显得清新淡雅，工整华美；乾隆年间的这只缠枝莲碗繁复绚丽，莲纹结构绵密规整，纹饰整齐划一。从这三件青花瓷里，可以看出有清一代，青花瓷的装饰由简到繁的风格特征。"

杨仲群赞许道："想不到，朱迪小姐堪称青花瓷行家。"

"不敢不敢。我还在学习阶段。杨先生的收藏，让我开了一次眼界。"

杨仲群说："我这里还有一件大约是咸丰年间的青花瓷盘，可以证明你的观点。"他起身，走向一排铁皮柜，用钥匙打开门，捧出一个木匣子来。然后有些神秘地说，“这可是吴家花园的一个谜。上次在吴家祠堂顶棚横梁上，除发现那些文字资料和金条银锭外，还有这件青花瓷盘，尽管只是件半残片，但被仔细地包裹在一方绢绣丝巾里，再用一个紫檀木匣盛放。我一直没有搞懂，吴家为什么要将这半片青花瓷盘看得如此重要？”

这是一件出自民窑的九寸缠枝莲青花瓷盘，看上去是不小心摔成了两片。从断口上看，它的胎质较粗，胎色青蓝偏灰黑，可看出是用的本地青料而非进口的苏麻离青料。这半片青花瓷盘的盘面有两朵半莲花（中间只是半朵），盘沿有四朵莲花。从对称布局的缠枝莲图案可以推测出，盘面应有五朵莲花，中间一朵，周边四朵莲花拱卫；盘沿高约两寸，缘盘一周也应有八朵莲花。密实的莲枝和莲叶从每朵莲花的四个方向蜿蜒出去，枝蔓缠绕、相互勾连、细密繁复、几无空白。

杨仲群将瓷盘翻过来，指着盘底的押花款说：“我查过了，这种兰草押花款的青花瓷，产自云南玉溪华宁县咸丰年间的一座老窑，过去在我们这一带很多。青花传到云南较晚，明永乐以后才渐渐有青花瓷器物，且多见于官宦人家和士绅阶层，普通老百姓多是用陶器的。像这似碗又像盘的器物，现在乡下也可见到。我们称之为‘海碗’。过去乡村里打谷子犁田时，东家给扛活儿的盛上一碗米饭，压上几片肥厚的琵琶肉，管一天。”

桑逸刚要拍照，朱迪忽然一声惊呼：“哎呀！我家也有这样半片盘子！”

杨仲群开玩笑道：“从大海里捞出来的吧？那可值大钱了。郑和下西洋时，有不少装瓷器的船沉在南太平洋呢。”

朱迪脸色发白，嘴唇微微哆嗦。她直愣愣地看着桑逸，直盯得他回避了她眼光里的锋芒。“朱迪，你怎么了？”他问。朱迪又望向杨仲群，再转头看这间库房的西墙。一束阳光正穿越了雕花木窗，射出几道光束。有细微的尘埃在光中飘忽。

“抱歉，请等一等。”她胸脯起伏，脸色又转为绯红了，像正在经历某种激动人心的事情。朱迪站起身往外走：“我给我爷爷打个电话。”

第十二章

56 · 女刺客

临屏线停工两年多了，资金链断裂是一个方面，将相失和才是问题的关键。当年倡修个碧临屏铁路的两大中坚——陈云鹤和吴廉膺，已到情断义绝的地步。吴廉膺的五十大寿，在吴家花园开席五十桌，唯独陈云鹤没有接到邀请；陈云鹤以蒙自道尹和铁路公司董事会监事长的身份，召集滇南士绅商谈筹款事宜，吴廉膺不参加。他们一个具有非凡的运营管理能力、社会影响力，一个是个旧商会的会长、大金主。人们不知道这两个大乡贤为何反目。

这期间铁路公司由蒙自大绅商周启愚掌舵。过去他分管铁路银行方面的事务，但从吴廉膺上任第一天起，周启愚就跟他过不去，设陷阱，处处掣肘。个碧临屏铁路的最后一段，从建水到石屏不足一百华里的铁路，线路走向已没有切割纵深的高山大河，多在山丘和平坝地带穿越，按测算理应在四五年内竣工，可是这段线路却干得命运多舛。先是支撑铁路建设的铁路银行颁发的兑换券滥发，贬值得厉害。铁路公司总经理周启愚的一个侄儿，竟然跑到香港私印铁路兑换券，拉回来整整两车皮。铁路兑换券状如冥钞，形同废纸，导致铁路工人大罢工。此事后经省府查办，抓了一大批相关职员，周启愚被股东弹劾罢免，铁路银行也就此关门歇业。

然后是欧美经济进入萧条期，影响到个旧大锡厂情崩盘，白花花的锡锭价格只有旺销时期的五分之一。许多矿洞倒闭了，小火车几天才拉得出去一车大锡。铁路公司本来奉行的是以路养路的经营理念，火车都开不起来了，哪还有钱来修新线路？更不用说这些年兵来匪往，世道不平。公司运营几近停顿，催款的材料供应商挤破了公司的大门，开不出薪水是常态。

省府那边又传来要杀鸡取卵的消息，打算将个碧临屏铁路收归省有，再拆除之，以敷拟建的另一条通往四川的铁路之用。股东和董事会的董事们慌了神，陈云鹤亲自跑到省府申诉。个碧临屏铁路“民建、民权、民享”，是当年蔡锷都督定下的方针；“个碧石铁路，主权在民”，也是蔡都督说过的话。滇南的士绅们还在各报登报呼吁：夫铁路者，兴民固邦之本也。滇南铁路，开民营铁路之先河，既惠泽于民，又固我南防，更抗衡法人觊觎我锡都个旧。省府安能轻言收购、与民争利？省府竭泽而渔，割股啖腹，实属不义也。一时舆论汹汹、民怨沸腾。最终，省交通厅的李厅长抛下一句话：你们找来一个强人，将铁路最后贯通。否则，都回家吹烟筒去。

如此残局，就是神仙来了也救不活。唯有陈云鹤还在做最后的努力，东奔西走，不遗余力。有一天在铁路公司的董事会上，陈云鹤感到喉咙里忽然涌上来一股腥味，忙掏出手绢捂嘴，待展开来却是一团鲜红。身边的人大惊失色，陈云鹤淡然道：“没什么，凡成大事者，流汗为第一付出，流泪为第二，流血者，其三也。”

陈星鸿在宿舍里接到马克的电话时，还以为是一个法国编辑打来的。那人说他想跟他探讨一条铁路修建的问题。陈星鸿刚好在几个月前投了一篇论文到法国一家工程期刊。博南山隧道终于在半年前贯通了，这段时间陈星鸿被抽调到公司总部整理资料。他便借助这些年的工作经验和搜集到的数据，写了一篇关于高围岩地段隧道施工的论文。电话里的那个家伙用半生不熟的汉语夹杂着英语说，他是从“三”那里得到陈星鸿的电话。陈星鸿问了半天，才闹清楚“三”是指桑逸，这个老外说的铁路，是他的祖父和曾祖父一百年前修建的个碧石寸轨铁路。马克说，我的great-grandfather（英语：曾祖父）和你的great-grandfather是“锅蒙儿”，他们修过同一条铁路。因此，我们也是“锅蒙儿”。我现在走到这条铁路的尽头，石屏宝秀。那么，好吧。陈星鸿有些感动，在法国也有不忘祖先的人。他说，我刚好要休假，明天我来宝秀会你。

回到老家要开整整一天的车，陈星鸿在傍晚时分赶到宝秀小火车站。空无一人的站台上，一个瘦高的外国男子面向铁道，坐在一张石凳上，他的身后是墙面斑驳的站房。电话里的交流早已拉近了两人的距离，一见面陈星鸿便说，我们先回家吃饭吧。我可饿坏了。

陈星鸿的父母都是乡村中学教师，质朴而温和，是那种在平凡中走完一生而又心平气和的老人。祖辈的荣光似乎跟他们没有多少关系。他们都退休了，儿子回来就是这个三口之家的节日。家里早就准备好一桌丰盛的饭菜。可面对儿子带进家门的外国朋友，父亲陈修鹏还是觉得怠慢了，不断抱怨儿子怎么不早说有客人要来呢？其实对马克来说，这是他在滇南吃到的最为可口丰盛的一顿饭。

酒足饭饱后，马克拿出了自己曾祖父尼复礼的手稿给大家看，说他曾祖父曾参与了个旧到碧色寨一段铁路的设计和施工，挣了不少钱。那是他人生最为辉煌传奇的一段时光。碧色寨到建水段是个中国工程师建的，那期间尼复礼带着他的哈尼族妻子回法属阿尔及利亚去了。临安到石屏这一段，他又回来了，只不过他没参与修建，而是作为材料供应商，提供从火车头、车厢、通讯设施，到水泥、炸药、铁轨等方面的咨询和供应。不过，马克放缓了语速说，由于这段线路修修停停，你们中国人内部又争执不休，材料供应商经常拿不到钱。我那可怜的曾祖父，破产了。

陈星鸿问："你曾祖父什么时候离开的中国？"

马克道："第二次世界大战开始前，老尼复礼两手空空回到阿尔及利亚。后来他在家乡种葡萄。"

陈星鸿开玩笑说："你不是来讨债的吧？"

马克耸耸肩，两手一摊说："我们法国人爱说，C'est la vie（这就是生活）。"他又望向陈星鸿的父亲："陈先生，我的曾祖父，你有没有听说过？"

陈修鹏还有些拘谨，仿佛对不了解这段历史感到难堪。他踌躇片刻才说："我爹去世时我还小。嗯，我听我大哥说起过，我父亲陈勤鸥早年修铁路时，先是跟一个外国工程师当过徒弟，后来才自己干。"

陈星鸿肯定地说："那我家祖父的师傅就是尼复礼了。"

马克指着尼复礼的手稿说："我曾祖父说，陈勤鸥是个聪明勤勉的年轻中国工程师，他很喜欢他。我曾祖父还给他画了一幅素描。你们看看，像吗？"

陈修鹏父子凑过头来看手稿上的画像。陈修鹏叹道："就像我在梦里看到的样子。"

马克说："从我曾祖父的文章中看得出来，他最佩服的人就是陈云鹤。他赞誉他是一个最具绅士精神的中国人。你们有他的照片吗？"

"有，有的。"陈修鹏起身去另一间屋子里找来一本杂志，有些难为情地说，“家里的许多东西，过去……都没有保存下来。好在那些搞文史的人，现在又写在书里了。”

那是一本大三十二开的全铜版纸彩色印制，专述个碧临屏铁路修建史的书籍。里面不仅有现在铁路沿线的彩色照片，也有许多黑白老照片，车站、机车、铁轨、隧道、桥梁，小火车吐着白烟行驶在历史的纵深处。书中有一节专述陈云鹤，还配有他的一张照片。他穿一袭长衫，端坐于太师椅上，光头，右手持一鹅毛扇子，左手握一卷线装书，颌下的胡须约三寸长。在岁月的尽头，目光笃定，神态安详。

陈修鹏有些遗憾地说：“可惜啊，我爷爷没有赶上火车开到家乡的那一天。”

陈星鸿问他父亲：“我听说，我曾祖父是被人害死的？”

陈修鹏淡淡地说：“过去的事情，说不清。”

马克问：“发生了什么？”

闪电无声地撕裂了黑夜、大雷还没有炸响的那一瞬间，陈云鹤骤然看见立在床头的那个鬼魅一般的妇人。她头发蓬松倒立，面目狰狞可怖，眼睛闪着母兽一般的绿光，手举一把砍柴刀，正要迎头劈来……

“轰隆”一声炸雷，仿佛就落在床头。陈云鹤翻身爬起，一个激灵缩到了床脚：“你……你你你……是人还是鬼呀？”他的喝声竟然带有哭腔。

“格（可）是陈道尹？”黑暗中的那个身影问。幸亏那个大雷，让她手里的刀没有劈下去。刀刃的寒光如黑暗中游动的蛇芯子。

“我是。”陈云鹤端直了身子，镇静下来。这是人的声音，不是鬼在说话。哪怕是索命鬼来了，君子行得直站得端，倒下也坦坦荡荡。他为自己刚才的惊慌感到了羞愧。“请让我点上灯，让我死个明白。你干起事来也方便。”他挪向床头去摸火柴。

“你点。看清楚你死在哪个手上!”这个声音很粗、很低。

这是在个旧城南的石屏会馆，由在个旧开矿的石屏籍矿商所开，三进院落，两层走马转角楼楼房，后院还有一个戏台。陈云鹤每次来个旧，一般都会借住在这家会馆里。窗外雷声隆隆，像是催命的战鼓；雨点密集地砸在屋瓦上，如喧嚣的海浪，树枝在狂风中哭泣。“咔嚓”一声，又一根树枝不堪风雨摧残折断了。

点燃床头的煤油灯，陈云鹤才想起其实屋子里是有电灯的，只是由于电压不稳，那电灯常常忽明忽暗，还不如一盏油灯在夜读时让人心静。陈云鹤顺手拉下电灯开关拉绳，屋内亮如白昼。

刺客竟然是一女人。她穿一身长到膝盖的粗布斜襟上衣，前襟、肩膀、袖口上补丁摞补丁。她的皮肤也很粗糙，有着粗壮的胳膊和略显臃肿的身子。

陈云鹤稍稍整敛了一下仪容。穿着内衣面对一个要来杀他的妇人，让他感到有些难堪。她如果扑上来，他连抵挡一下都有违君子之德。

“你是谁?”

“我是娃西的妈。”

“哦!”陈云鹤想起那个被押到刑场上枪毙的娃西。这个大土匪就像是大山里的某块石头里蹦出来的，他怎么还会有个这样的妈?这是陈云鹤很少想到的一个问题。

“你杀了我的儿子。”

“不对。他不是我杀的。”

“冤有头债有主。人家说就是你杀的。”

“要说冤孽、血债，娃西可是罪大恶极。抢火车、杀平民，在他身上至少背负了数十条人命。这些罪孽你可知道？”

“你说的那些我不认得。我只认得我儿子，是你杀的。”妇人固执地说。为了替子报仇，山猫一直在追寻陈云鹤的踪影。她部落里那个巫师教给她一些杀人不见血的巫术——把画有陈道尹画像的绵纸涂抹上动物污血，踩在鞋底；做一些小布人，每天用针扎一百次；在西边的山林里放一把火，把烧焦的那些动物尸体都挂在枯枝上，向着蒙自道府的方向念诵咒语……凡此种种，山猫干了半年，仍没有听到陈道尹的死讯。巫师后来又说应将魔鬼的唾液拌进陈道尹的饭碗里。可是哪里去找魔鬼的唾液？山猫等不及了，决定采用自己的办法。她听说陈云鹤经常会落宿在个旧城的石屏会馆，就跑来会馆的厨房里干一些劈柴、担水、挑煤、运泔水一类的粗活。

陈云鹤起身下床，抓过一件短外套披上。妇人用刀抵着他脖子，压低声音说，你不要想跑！不准喊人。陈云鹤镇定自若地道，这位大妹子，我不会跑。客房内有两张圈椅，陈云鹤先坐到左边那张，又指指右手边，干吗不坐下来，我们好好摆一摆你儿子的事？然后你再杀我。在说到娃西的罪孽时，他察觉到妇人脸上的杀气稍有消退。

“大妹子，作为一府道尹，除暴安良，是我的职责所在。不错，是我签发了你儿子的死刑令，娃西才被拉出去给枪毙的。但你要知道，杀死你儿子的，不是我，也不是那个开枪的人，而是他自己的罪孽。在他抢人杀人时，他的死期就不远了。这就是报应。你该知道的。人说头顶三尺有神明。谁做了坏事恶事，有天大的本事，也逃不过报应。报应是天上的法官。天上不是在打雷吗？它会劈在你还是我的头上？你的刀再快，快得过天上的霹雷？做个好人吧，天上的法官看得见。假如你的儿子一直跟着你种地、打柴、赶马、挖矿，不论他干什么，只要他自食其力，恪守本分，他就是一个良民。你会给他说个媳妇，让他生下儿女，你们过大家都在过的那种日子。苦点、累点，甚至经常饿着肚子，也总比打打杀杀、冤冤相报好吧？”

“你说那么多，我还是恨你。我要为我儿子报仇！”妇人的刀又逼近了一寸，眼神里的迟疑却增加了一分。

“你儿子枪下、刀下的那些冤魂，谁来给他们报仇？每一条人命后面，都有妻子、父母、兄弟、儿女，他们也跟你一样，找娃西，还是找你来偿还血债？如果我的儿子做了娃西干的那些事，我也会发布死刑令枪毙他。你不相信？我是个读书人，自小信奉孔孟之说，‘畏天命，畏大人，畏圣人之言’。这位大姐，圣人这话的意思是说，世道再不平，人间有公道。有的公道由人来伸张，有的公道人伸张不了，但还有天上的法官来审判。我敬父母敬圣人敬天地，就是敬这个天上的法官。你若不敬，那就来杀了我吧。只要你不怕报应落到你身上，落到你的亲人身上。你还有子女吗？如果有，他们不仅有个土匪哥哥，还有个杀人犯母亲！”

山猫持刀的手晃了一下，另一只手下意识地摸向腹部。陈云鹤瞥了一眼，有些惊诧地问：“你有身孕？我是说，你还怀着孩子？”

妇人手中的刀垂下了，随之眼泪夺眶而出。

山猫忽然拉长嗓子，号啕大哭起来。仿佛她不是来干一桩隐秘的刺杀，而是面对无垠黑夜，纷繁乱世，像猿猴一样悲戚呼啸。

山猫连续的长号招来了会馆的更夫、门房、陈云鹤的师爷和贴身小厮。他们拍开陈云鹤的门时，看到一个粗鄙不堪的妇人跪在地板上哀号。那把砍柴刀早被陈云鹤踢到了床下。陈云鹤解释说，这个女人是陈家的一个远房亲戚，在石屏会馆里做粗活。她儿子死了，今晚来找他这个老叔诉苦。你们带她下去吧。

陈云鹤后来知道了山猫的身世、娃西的来历，让他解开了吴廉膺和他割袍断义之谜。如果说他对吴廉膺还感到愧疚的话，面对山猫，他则是有意难平的负罪感。第二天，打扫房间的店小二发现了床下的那把砍柴刀。会馆老板问陈云鹤，这个女人怎么带把砍柴刀来见长辈？陈云鹤淡然回答道，干粗活的人嘛。有柴砍柴，无柴防身。

未遂的行刺并未隐入历史的烟尘，由此衍生出一些传闻。陈云鹤一概不作过多解释。他安排人把山猫送到了石屏老家，并带信给夫人黄子衿，言此妇人新近丧子，又有孕在身，走投无路。救生最大，可令其随意务工，安心养胎，以续母子命也。

回到蒙自后，陈云鹤几乎没有犹豫，便向省府递交了辞呈。他早就厌倦了，山猫让他彻底解脱了“心为形役”的为宦生涯。他在请辞信中说：

> 天地不仁，以万物为刍狗；圣人不仁，以百姓为刍狗。卑职曾坚信为政以德，爱民如子，是为良吏。然无非损百姓之养以奉官誉之声耳。刑戮之民，安有政声？下民易虐，苍天难欺。是可谓“身多疾病思田里，邑有流亡愧俸钱”。

陈云鹤辞官半年后，一个男婴在陈家诞生。他问山猫，孩子姓吴吗？山猫望着襁褓里的婴儿，语气笃定地说：“不，我唤他娃北。”

57 · 云梯

秋天的一个下午，陈勤鸥前来吴家花园拜见吴廉膺，正碰上主人和吴家家班及几个文友在戏台上排演滇戏《尤三姐》。家班是吴廉膺迎娶了四姨太花春芳后恢复起来的。吴廉膺强颜欢笑，自荐在剧中扮演垂涎尤三姐美色的贾珍，贾蓉让四房的儿子吴孝瑄扮演，尤三姐当然非四姨太花春芳莫属。在假戏真唱、莺声燕语中，吴廉膺用声色来麻木自己伤痕累累的心。唯如此，他才能忘掉接二连三的丧子之痛，忘掉半途而废的临屏线路，忘掉屡战屡败的人生，忘掉“修身齐家治国平天下”的宏图大志，也忘掉门庭冷落、日渐颓败的吴家花园，忘掉庭园里的荒草、雕花门窗的破败，忘掉壁板上褪色的绘画、廊柱上斑驳陆离的楹联。

吴廉膺换下戏服，来花厅见客人。他知道，这两年军阀政治终于也让自己的老对手陈云鹤彻底寒了心，回到老家石屏宝秀编修《陈氏家族族谱》和主持新建一座规模宏大的陈家祠堂。吴廉膺还听说陈云鹤仍在为临屏铁路四处奔走，他料定陈家大公子、临屏线路总工程师陈勤鸥也是来当说客的。若不是冲着他对这个晚辈的欣赏，他都不想相见。

陈勤鸥穿一身黑色素服，神色哀戚，见到吴廉膺纳头便拜：“叔，小侄陈勤鸥不揣冒昧，有家事相求！”

吴廉膺连忙上前一步扶起："贤侄快快请起。有何难事，坐下慢慢说。"

"家严身染沉疴，特嘱咐小侄前来，恭请世叔移尊步至石屏郑营，以作临终话别……"言毕，陈勤鸥已泪流满面。

"啊？"吴廉膺惊得半晌才喃喃说，"苍天不慈，何不佑我子君贤弟？"

第二天，吴廉膺便来到了陈云鹤的病榻前。这两个前朝同榜举子，相互砥砺同行四十来年的老友，执手相握时，竟也无语凝噎了。

陈云鹤夫人黄子衿也前来相见，她向吴廉膺屈身施礼问安，吴廉膺忙起身还礼。陈夫人看上去哀而不伤，满头华发，倦容难掩，却依然端庄典雅，落落大方。吴廉膺难免内心阵阵伤感。我们俱老矣。

陈云鹤已咳血半年有余，一直在服中药汤剂，无奈气色越来越差，人亦日渐消瘦。前两天一通剧烈的咳嗽后，竟吐出一摊黑血。家人忙着去请郎中，陈云鹤却镇定自若地对儿子说，快去请你廉膺叔，为父有事相托。

吴廉膺询问了病情，搜索枯肠地说了些宽慰的话。他注意到陈云鹤今天穿了一套家织布白衣白裤，新剃了头、修了面，颌下雪白的美髯也梳理得如风中之旗，一如既往地不失君子之风。

陈云鹤恬静地一笑："愚弟尚有几桩心事，拜托于兄。"

吴廉膺用劝慰的口吻说："临屏线之事吧？子君兄先安心养病，以图商机重现，来日方长。"

"时不我待矣。我等心心念念之个碧临屏铁路，全线贯通，只差二十来里！成功近在咫尺，岂能虎头蛇尾、功亏一篑？玮玠兄，能助我一臂之力否？"

吴廉膺不语，似有难言之隐。陈云鹤当然能理解吴廉膺万念俱灭、心如槁木的心态。任谁摊上近些年吴家的事儿，不被摧垮算是命硬。据最近到过吴府的友人说，现在的吴家花园，空空荡荡、萧瑟肃杀，落败之象一览无余。可谓是《石头记》后四十回里的大观园之再现。陈云鹤不能不心有戚戚焉。

陈云鹤又说："我记得建水铁路快通车前，你带我去看铁路工地。那天我们爬到鸡冠山垭口，新修的铁路线盘桓在山腰。你问我，这铁路像什么？我说像一条小苍龙，翻山越岭，穿云破雾，乃神话活现也。兄台则注视着山下的铁路，许久才说，此乃云梯也！李太白有诗云：'脚著谢公屐，身登青云梯。半壁见海日，空中闻天鸡。'我等现在不需要'谢公屐'，我们有铁路！我忘不了当你说到'有铁路'时，仿若诗仙看到大海之日出，听到天鸡之鸣叫。人生苦短，云鹤无命享有此等豪情！吁，李白还有诗云：'大道如青天，我独不得出。'"

一旁的陈夫人道："云鹤，有廉膺在，你先养好身子要紧。"

吴廉膺望向黄子衿，两人的目光相撞，吴廉膺仿佛看见陈夫人眼睛里的信赖和期盼。多年前，陈云鹤在咨议局被抓，陈夫人来吴家花园求救时，吴廉膺曾感受到过这份信赖，或者说这份温暖。为此，抵押出身家性命又如何？

吴廉膺微微一笑："子君兄，你不知道这些时日，我有多惦记你。"他从怀中掏出一页信笺："前几日，富滇银行借贷部郑仝经理复信与我，言大锡抵押贷款事，富滇银行董事会大致同意。若以我老吴家个旧矿洞每年锡产作抵押，借贷于富滇银行，每年至少可贷百万元。线路工程、欠债偿还、机车购买、利息支付，此款足矣。此事廉膺与郑仝经理相商日久，唯愿于临屏铁路有所襄助。"

吴廉膺将信交与陈云鹤。他看到陈云鹤眼睛里闪耀的光芒，看到他因为激动而微微抖动的胡须，也看到他气血不足却依然坚毅端肃的脸。他还看到陈云鹤的两滴眼泪，滴落在了信纸上。

“玮玠，云鹤有愧于你……”

“子君，筑路资金我会竭力帮你筹措。为修这条铁路，你我均付出人生最好年华。数十年风雨，一同砥砺前行。我曾经想：他日全线贯通，不才将邀子君携手打下最后一颗道钉。子君，你要答应我，活到那一天！”

陈云鹤探起身，向屋外喊：“勤鸥，快来拜谢你廉膺叔！”

陈勤鸥进屋，陈云鹤把信给儿子。陈勤鸥快速浏览了一遍，兴奋地喊道：“叔，你可救了我，救了整条线路了！我这个总工程师，早已闲得骨头都发霉了。”陈云鹤喝道：“还不叩谢你叔？”陈勤鸥正要跪下，吴廉膺忙起身阻拦，连说：“不必不必，为后辈铺路，是前人应尽之责。贤侄在铁路工地上运筹帷幄，精明干练，已然栋梁。还是我子君兄教子有方。”

说到别人的儿子，吴廉膺不由得神色黯然起来。陈云鹤早已看在眼里，双手一抱，字斟句酌地说：“玮玠，愚弟还有一事相告。冒犯之处，还望兄长海涵！”他又对黄子衿挥手道：“夫人，请先暂避。”

陈夫人起身告辞。吴廉膺目送她的背影施施然而去，回头见陈云鹤神色端肃的样子，忙说，子君何须多虑，请讲。陈云鹤给儿子使个眼色，说去把我家的客人请来吧。

片刻工夫，山猫抱着一个一岁多的男孩出现在吴廉膺面前。

吴廉膺险些掉落了手中的盖碗茶。茶水晃出茶碗，泼湿了他的前襟下摆。他有私处猝然曝光于大庭广众之下的恐慌感。

"玮玠兄，很遗憾，我枪毙了你的一个儿子。所幸的是，我又给你送来了一个。"陈云鹤说得郑重其事。

吴廉膺望着这母子俩，既疑惑不解又惊讶万分。山猫脸色红润光洁，穿一身蓝布罩衣，头发归在脑后绾成一个髻，人显得很干净利落。她的裤腿和衣袖都挽得很高，一如她平常干活时的样子。只是她身上散发出的那种精气神儿，是吴廉膺从来没有见到过的。

山猫将怀里的孩子放下来，推到吴廉膺面前："娃北，叫爹。"

那孩子看吴廉膺一眼，转身扑向他妈妈的怀抱，哭了。山猫把孩子又抱起来，对吴廉膺说："老爷，我不怪你。是我要有个儿子。"

孩子哭声更大了。吴廉膺僵在那里，一时不知如何是好。陈云鹤挥挥手，让陈勤鸥带母子俩先出去。屋子里安静下来后，吴廉膺擦了擦额头上的虚汗，问："这山猫……怎么会在你家？"

陈云鹤笑笑："两年前她来找我报杀子之仇。可一个已坐怀五个月的母亲，怎么能当一个好刺客？我便收留了她。这也是上天的恩惠，让我对兄长有个补偿吧。"

吴廉膺嘟哝道："就一次，怎么就生下个儿子了？"

陈云鹤善意地宽慰他："此乃天悯。否则，苍天养我们这些读书人作甚？玮玠兄悉心调教，不要让他再成为第二个娃西。"

吴廉膺沉吟片刻："山猫倒是说过，若是生下儿子来，要我带他到城里念书。"

"山猫这个女人，虽说是山里人，可很有见识。"

吴廉膺满脸愧色："子君兄，你真的不认为我……有辱斯文？"

陈云鹤看向窗外，庭院里有一株凤凰花树，那一树大红色的凤凰花开得泼泼辣辣。他良久才说："斯文，不过是这世界的花冠罢了。

一花一世界，一叶一菩提。奈何情乎？一段情，均有因缘；一条命，便是江河，谁知道它汇聚了天地多少精华，又分岔出多少支流？先太夫人含辛茹苦将吴家‘驼背老爹’抚养大，她那时断乎不会想到，你们老吴家从一苗独燃，三四代人间就成为彬彬然滇南大族。”

吴廉膺眉目舒展起来：“子君兄所言甚是。我还以为余生已废，无可做之事。现在看来，我得把那个小野种，培养成一个能进吴家祠堂的人。”

陈云鹤长嘘一口气，头靠向枕：“玮玠兄，宗祠为轻，社稷为重。只愿我们的后人，当他们坐着火车出门闯天下或回家见父母，会忆起他们的父辈祖辈，当年为了修这条铁路，有多少艰辛和不易，有多少传奇和豪迈。自古修桥铺路，善莫大焉。天佑我辈，得成大业。云鹤此生无憾矣。”

铁轨在旷野里沉静地伸向远方，遇到一个山丘，便优雅地弯了一道弧线，绕到山背后去了，仿佛一段故事没有结尾。陈星鸿和马克走在这条寂寞的铁轨上，踩得枕木下的石砟阵阵呻吟。一些青草从石砟中顽强长出来，似乎要与百年铁路争地盘。一个农人赶着一群羊悠闲地横跨铁路。电线上落满了鸟。阳光下，锈迹深重的轨道如两条修长的红色小龙钻进荒草。

是马克提议要来这条从石屏县城到宝秀镇的支线上走走。马克说：“我无法想象，在云南这种高山峡谷、切割纵深，地方又偏远的地方，你们为什么还要修高速铁路？”

陈星鸿道：“就像我的祖辈在那个贫穷落后的年代，非要修建这条看上去意义并不大的铁路一样。火车总是承载梦想，通向未来。”

“据说这条铁路，是为了感谢你的曾祖父陈云鹤，专为他从县城修到乡村的支线。‘锅蒙儿’，你就没有想到过它和你的家族有关?”

“没有。铁路是国家的嘛。不过，他们好像做了一场巨大的无用功。我小时候就听说，这实际上是一条一直在亏本的铁路。修好了，火车却跑不起来，战争来了嘛。连我祖父他们修的这条铁路，也差点被拆除。”

马克撇撇嘴：“那可要了修铁路的人命了。这好比一对新人刚在教堂里得到神父祝福，步出教堂就要离婚。”

“在我们云南，半途而废的铁路还有几条。你肯定不知道，在修个碧石铁路的年代，云南曾经还计划修一条通到缅甸的铁路。路基、桥梁、隧道工程都完成将近一半，日本人打进来了。那些修桥打隧道的人，不得不自己动手炸毁建好的桥梁、打通的隧道。我们那时最为紧迫的不是修铁路，而是救亡图存。铁路总跟一个国家的命运有关。它从来不是一个人或几个家族的事。”

火车通到石屏那年，个碧石铁路公司会同本地商会搞了个隆重纪念庆典。那一天，新落成的石屏车站挂满了文人字画。云南第一个也是唯一一个状元袁嘉谷老先生便是石屏人，他为家乡挣来了文声，火车也给他带来了骄傲。老先生虽是前朝遗老，却并不守旧。想当年他去参加殿试时，从云南到京城，走了三个多月。他不能不为铁路讴歌，向火车致敬。老人挥毫写下“凤飞南境”“文明铁轨”“朝发夕至”等横匾，还撰楹联一副：“占文采自武乡侯，云端千年俪与中州并驾；造飞车仿奇肱国，风行万里斯为发轫之初。”在车站广场上搭建了一个三层楼高的灯楼，为木竹结构，仿造孔庙的棂星门而建。灯楼的正中央，悬挂个碧石铁路首任总理陈云鹤的巨幅遗像。那是一幅大写意的人物素描，寥寥几笔便勾勒出一个温润如玉的长者，正用温和慈祥的目光注视着远方，像一个候车的乘客。陈云鹤在临屏线路复工之际于家中溘然长逝。临终前他已经不能说话，只对守在身边的陈勤鸥伸出食指，用尽最后的一丝力量，拼命摇晃。家中亲人谁也不解其意，唯有陈勤鸥哭泣着说，父亲，放心吧，一年之内，我一定要把铁路修到家乡。

石屏县城里万人空巷，四邻八乡的民众都来看火车。铁路公司请来省内各大戏班，京剧、滇剧、花灯都有，民众免费观戏三天；还踩高跷、跑旱船、舞狮子、放焰火。火车站外面支起几排大锅大灶，烹牛宰羊，来者人人一碗，还有十几大缸酒，随便大家喝，有身份的嘉宾则被安排到各学校和寺庙吃筵席。来者都是客，流水席从早开到晚。铁路公司用一个机车头专门发电提供照明，车站广场亮如白昼。那是许多石屏人第一次看到电灯，孩子们好奇地盯着灯泡看，直到眼睛红肿、泪流满面。

开天辟地的第一列火车将于中午十二点准时进站。人们早已在车站前的铁道上搭建了一个鲜花装饰的彩门。铁道两边站满了穿裙装、戴凉帽的女士，长袍马褂或西装革履的士绅，手持鲜花和彩旗的学生，以及衣着普通的民众。扎武装带的军警在维持秩序。铁轨远处，是一台插满旗帜、车头悬挂有“庆典车”字样的机车头。在鲜花彩门前，两个一身白裙的女中学生拉起一条红绸彩带，担任剪彩嘉宾的省府交通厅李厅长和大乡贤吴廉膺各自持一把巨剪。当他们的剪刀剪断红绸时，这条从锡都个旧到蒙自、碧色寨，再接到建水、石屏的寸轨铁路，经过滇南两代人二十三年的艰辛努力，便要宣告大功告成、美梦成真。李厅长不断掏出怀表来校时间，吴廉膺则频频扭头仰望灯楼前陈云鹤的画像，在心里一遍一遍地呼唤他：子君兄，我们的火车就要开过来了。

火车一声鸣笛，喷出白色蒸汽。红色轮心、白色镶边的前导轮带动，传动臂一前一后地摆动，火车威武雄壮地向人们驶来。机车拉了四节车厢。头一辆车是敞篷车，车上有十面大鼓，由几十个壮汉同时击响，那声势盖过了火车的轰鸣；后三节车厢是灰色的贵宾车，上面有前来参加庆典的军政要员、铁路公司的董事和高管、滇南的士绅，以及穿旗袍的妇女界代表、穿童子军服装的中学生代表。这是那个时代最激动人心的高光时刻，学生们跟随着火车奔跑，锣鼓声、欢呼声，以及火车粗壮豪迈的喘气声盈满天地……

人们万万没有想到的是，这大地上欢乐喜庆的声响掩盖了一个残酷的事实——天空中忽然传来一阵阵闷雷，由远及近，由弱到强，由慢到快。人们先以为是一群来凑热闹的雨燕，但它们慢慢变成了黑老鸦，转眼就要变成传说中长翅膀的魔兽。在它们的轰鸣盖过了地上的欢笑，盖过了激昂的锣鼓，盖过了火车的汽笛时，这群来自天空的阎王开始播撒死亡。它们俯冲，投弹，扫射；再兜一圈回来，再投弹，再扫射。恣意妄为，横行霸道。天裂了，地崩了。一串串的炸弹呼啸着掉落下来，落在人群里，落在铁道线上，落在簇新的车站，落在装饰一新的庆典车头。爆炸声代替了锣鼓声，哭喊代替了欢笑，断肢残臂挂上了三层灯楼。火车头被掀翻了，铁轨瞬间扭成了麻花。鲜花牌坊在燃烧，舞龙队的金龙被拦腰斩断，耍狮人的狮头飞上了天。一个老者被四散逃亡的人群拥挤推搡，碾轧在最下面，等能看见天时，他惊骇万状：“老天爷，你的灾星怎么掉下来了？”

许多人刚刚见识了大地上火车奔跑的神奇梦幻，却猝然面对天上比火车跑得更快、给人们带来的震撼更强大更恐怖的一场噩梦。

有个青年军官声嘶力竭地喊：“日本人的飞机！大家快跑啊……”

一群强盗闯进了一场盛筵，掀翻了桌子，打倒了主人。当年娃西闯进吴家花园的端午家筵，与此相比只能算是小巫。吴廉膺不知自己怎么会被拥挤的人群推搡到一棵大青树下，他瘫坐于地，魏小四和曹贵护在左右。天上的恶魔远遁，大地一片哀号，还未启用的车站在燃烧。大青树上挂满了破碎的人体器官，血滴滴答答地落下，像一阵血雨。一截肠子竟然掉落在吴廉膺的肩头上，骇得魏小四惊呼一声，慌忙上前掸掉。老爷，这里不是久留地，我们快走！吴廉膺忽然抚胸捶地，仰天长叹：“国家孱弱如此！还修什么铁路！”

58 · 谱牒

一个星光很透彻的夜晚，桑逸闲在家里无聊，数着星星思念朱迪。南国高原的星星，是镶嵌在墨绿色海洋里的明珠。朱迪说她曾在南太平洋的一个海岛上数过星星，星星不知是在海里还是天上。朱迪要回法国去上课，还要陪她爷爷去一趟泰国。桑逸给她发了几条微信，没见回，他就更空虚落寞。他和朱迪的这场恋爱，他越投入，便越没有把握。不是因为国籍不同，还相隔遥远，而是当两颗心灵要契合在一起时，总觉着差点什么。

桑逸告诉了母亲和朱迪的事。那天桑逸正在帮着母亲清洗客厅里的大鱼缸。她养了七八条金刚鹦鹉鱼，这些家伙能吃能拉，几乎每个星期桑逸都要帮母亲清洗鱼缸底。你说些哪样？老挝女孩？桑逸，这金鱼格是养到你脑子里去了？桑逸说，不是我脑子里进了水，而是我满脑子都是朱迪。他向母亲叙说了朱迪的种种好。说别看人家是老挝人，但在全世界跑过的地方比我还多，更为关键的是，我在她身上看到了一种东西。母亲问，是哪样了不得的“东西”，让你鬼迷心窍？桑逸无法跟母亲说得清楚自己身上发生的神奇感受，只能说，妈妈，爱情这玩意儿，就像街上的蓝花楹树，一开放，满世界都是让人骨头发酥的浪漫。母亲一下就砸碎了鱼缸，搞得客厅里都是垂死挣扎的金刚鹦鹉鱼。

在这个相思的夜晚，桑逸斜靠在沙发上，双脚搭在茶几上刷手机。他在手机里查到蓝花楹的花语是“宁静、深远、忧郁，象征着在绝望中等待爱情”。啊，朱迪说她在里约热内卢看到蓝花楹时，曾经感到过忧伤。现在他蓝色的忧伤浸透了寂静的夜。

他在忧伤中入眠。很快，父亲桑小青托梦而来。父亲带他去看自己的工地，山上怪石嶙峋、寸草不生。父亲穿着登山靴，而他却穿了一双人字拖。山越来越陡，父亲越爬越快，仿佛已到了云端，蹬下拳头大的石头从他耳边呼啸而过。他喊，爸，不要爬了，我害怕。父亲回头看着他，他看见父亲眼里的泪花。仿佛跟小时候他生那场大病时，父亲一身征尘回来看他，眼眶也包含着慈爱的眼泪一样。他手伸向父亲，可是怎么也够不到啊！然后，他就醒来了。桑逸这才发现，自己眼里有泪。

沙发的对面是一排书架，左边两格是父亲的藏书。除了一些铁道工程专业方面的书籍外，还有四排世界文学名著，古今中外的都有。父亲是个学工科的老文青，经常在他们铁路系统的文学刊物上发一些要么感时伤怀，要么激昂慷慨的小散文，还颇为得意地拿回家给桑逸看。桑逸虽然也爱好艺术，但对父辈的所好从来轻蔑。书架下面堆放着父亲遗物——一只大旅行箱、一个登山包、两个铁路专用的帆布工程袋，还有一个电脑包。父亲单位上的人在办移交时说，这是你父亲的私人电脑，我们都没有打开过。

很久以来他没有心情去翻检父亲的遗物。它们是心中的刺，也是追忆里的痛。他问过母亲，母亲也很纠结地说，你看着处置吧。桑逸犯难了，这堆东西留也无用，扔又不忍——毕竟它们是父亲用过之物。但显然，你又不能为之建一个博物馆。

仿佛是那个梦在延续，他忽然升起一个强烈的欲望，他要打开父亲的笔记本电脑看看。就像父亲刚去世时，他在清理他留在家里的遗物时，看到了父母早年的通信，才知道陈姝妤这个“第三者”。父亲生前，他们少有正常的父子交流。父亲曾给过他机会，但他只把这看成是父亲借助钓鱼，试图与他重续父子情。父亲身患绝症后，他突然才发现，对自己的父辈了解太少了。

他遇到一个难题，需要开机密码。他下意识地输上自己的生日，电脑霍然洞开。那一刻他相信，他和父亲的在天之灵是相通的。

电脑里存留的都是父亲工作上的内容，项目计划书、招投标书、工程预结算表、施工方案、设计图、汇报总结等等。桑逸在几十个文件目录中终于找到一个似乎跟工作无关的文件包——“书写对抗死亡”。

他想起父亲在病床上那些日子里，时常在这电脑上敲敲打打。只有在这个时候，他是最安静的。医生也说，让你父亲做他愿意做的事情吧，至少可以转移一下病痛的折磨。

他尝试着点开。父辈隐秘的往事纷至沓来。父亲就坐在他对面。

天亮时，桑逸在泪光中读完父亲留下的所有文字。他时而想将父亲从九泉之下一把拽出来：“你怎么是个这样的老爹？”时而又想跪在父亲的文字面前：“爸爸，对不起！”

父亲临走前一天，母亲再次来看望父亲，让桑逸先去传个话。父亲那时从鼻子、嘴、脖子到身上都插满了管子，瘦得不成人样，眼眶深陷，皮肤干枯，癌细胞吸空了他体内所有的水分，唯有那双眼睛还充满对人世间的眷念。他早已不能说话，用一块写字板跟人交流。那时他每天要靠注射大剂量的吗啡止痛。当他听桑逸说母亲来了时，这次他没有拒绝。父亲在写字板上写“扶我起来”。临床医生说这怎么可能？半个月前，当年和父亲一起在非洲修铁路，现在北京当大领导的老战友看望他，父亲也要坐起来相迎，终究还是被大家劝住了。父亲用颤抖的手歪歪扭扭地连续写了三个“坐”。桑逸从来没有如此听父亲的，在他的坚持下，医生给父亲拔去几根管子，只留下监测心脏的管子和鼻子上的吸氧管，还说出了问题你负责。桑逸含着眼泪说，我负。父亲还手指病房内的衣橱，用哀求的目光示意，他不要穿这身病号服。桑逸给父亲穿上他喜欢的那件米色夹克，青色长裤，连袜子皮鞋都穿上——袜子套上去空空荡荡，桑逸的眼泪滴落在袜子上。他把父亲扶到靠背椅上坐好，在后面抻着他，才呼唤母亲进来。母亲说不出更能宽慰病人的话，只是无声地流泪。一对劳燕分飞的老夫老妻用哀伤的目光作临终告别。父亲强撑着不断摇晃的身子，在写字板上写了个英文单词：“Sorry.”

人非要走到生命的尽头时，才会有忏悔吗？桑逸不知道。这个爱情出了差错的父亲，当儿子的该怨恨他还是原谅他？

他在网上搜来《五百英里》听了一遍，又反复再听。

“如果你错过了我那趟火车，你应明白我已离开……”

他实在忍不住自己的悲伤，跑出了家门。

桑逸在环城马路上游荡，不知不觉就到了养老院的大门前。在他又发现了一个更为惊天的家世秘密后，他觉得这个神奇的早晨给他的感受，就像他小时候的某个傍晚，父亲牵着他的手去看一部老电影。

桑进步老人见到自己孙子时，可怜巴巴地哀求道：“小野种，我要死了。”

桑逸说："爷爷，大清早的，你说哪样胡话？养老院有医生有护工，还有你的女朋友。好玩又自在。你吃早点没有？"

养老院的护工小杜正在清理房间，她插嘴说："两个馒头，一碗稀豆粉，一杯牛奶，一个鸡蛋。"

"爷爷，你看，你比我还吃得多，说哪样死呀活的昏话。"

"小青，老子不想死在养老院。"老人拉着孙子的手，枯瘦冰凉、软弱无力，说话的口气却依然霸气。每当他把孙子当成儿子时，桑逸内心都隐隐作痛。活到这把岁数，不糊涂都难。

"爷爷，我是桑逸。我爹还在国外修铁路哩。"

"小野种。"桑进步嘀咕了一句，混浊的老眼望着窗外，看远方的青山，长久不说话。在桑逸问护工小杜爷爷的近况时，桑进步会时而插嘴。没有人跟他款闲话。隔壁方老倌不理他了。对面楼孙老奶嫌他腰下的引流袋有味道。人都老成这个样子了，哪样味道没有尝过？擦红抹粉的老妖婆。吃不完穿不完哇？老妖婆，老子们过去又不是没见过女人。我的象棋少了一匹马，一只象。被方老倌吃肚子里去了。这个老狗日的一下棋就要赖。

桑逸怜悯地望着爷爷。他还记得，三四年前爷爷还衣着挺括，精神矍铄，时不时穿西装打领带，稀疏的白发一丝不苟，身上散发着不知什么牌子的香水味，带着一群大妈去舞厅跳舞。人家跳的可是国标，连桑逸都跳不出那派头。在养老院，即便腰上挂着排泄屎尿的引流袋，爷爷也是最整洁的老头儿。以至于许多人都以为他曾经是大干部。桑进步忽然又冲桑逸问："信呢？"

"爷爷，哪样信？"

"小青的信。"桑进步口齿清晰地说。

桑逸有些紧张。爷爷糊涂了，他这个当孙子的难；不糊涂，他更难。他本想说，现在都打电话了，谁还写信呀？可又怕爷爷说你打你爹电话。有次桑进步坚持要跟桑小青通话，桑逸在手机上装模作样按一通号码，然后说打不通啊爷爷，非洲那边信号不好。

“爷爷，我爸有信来的。说知道你在养老院吃得好睡得好，还有个女朋友孙老奶。他很高兴，要你好好在着，他过年就回来看你了。”

“屁！”

“爷爷，我真的不骗你。我爹还让我来问你个事。”

“问我哪样？”

老年人是最好哄的，比哄一个孩子还容易。但桑逸竟鬼使神差地冒出一句：“问你咋个从一个浪荡子成为一个修铁路的工人阶级？”其实，从读父亲的第一篇文字时起，桑逸便疑窦丛生。这个家里怎么有那么多他不知晓的东西？

桑进步像个可爱的老小孩一般笑了，脸上密如蛛网的皱纹都舒展开来：“哪个是浪荡子哦？孙老奶那个老妖婆，浪荡子看得上她？柳莹莹、赵翠儿、欧玛丽、董家三小姐……呵呵，浪荡子。”

桑逸也笑了，随口敷衍道：“爷爷，你有这么多女朋友啊？给我讲一讲她们吧。”

“外面不能讲，要惹祸的。你娃懂个屁。”

“爷爷，是个屁你也得放出来。”

“放屁！”他又抓住桑逸的手，可怜巴巴地说，“小青，我要回家。”桑进步忽然嘟嘟哝哝道，吴公馆的马桶，欧玛丽的袜子。嘿嘿。曾二娃来公馆里玩，他去舀抽水马桶里的水喝；欧玛丽的丝袜呢，说的是……呵呵呵呵，想不起来了。

桑逸一愣，问："哪个吴公馆?"

桑进步随口道："吴家花园在昆明的公馆嘛。"

桑逸吓了一跳："吴家花园? 跟你有哪样关系?"桑逸脑海里什么地方被点着了，隐隐约约照亮着某个方向。他想起父亲在"家书"中提到的关于桑进步的"腐朽"过去。桑逸心一横，"爷爷，我们回家去。"

在家里，桑逸戴上两层口罩，自己动手为爷爷换衣裤、换大小便引流袋。一个靠体外循环才能保持身体机能勉强运转的老人，生活方不方便不是问题，活不活得下去才是大事。爷爷身上散发出来的臭味让桑逸想到了腐尸，但死去的历史正在向桑逸次第展开。

"爷爷，跟我讲讲吴家花园的事。"

"说不清。"桑进步喃喃道，"我是工人阶级。修过好多条铁路，改造好了的。孙老奶那个口红哦，喝稀饭把碗边都染红了，呵呵。我有退休证的，还有'光荣退休'的奖状。轨道探伤工。啥样的钢轨，我敲敲看看，就晓得有没有问题。工人阶级。呵呵，有力量。我送给董家三小姐的香奈儿唇棒，从不掉色。那才叫好东西。还有两打丝袜，她和欧玛丽一人一打。从巫家坝机场美国大兵手里买到的。嘿嘿，董家三小姐喜欢得不得了。"

巫家坝美军机场? 那可是抗战时期的事儿，还知道香奈儿? 这是什么魂附体了?"爷爷，我们不说孙老奶和啥欧玛丽、董家三小姐了，说说你在哪里长大的。"

"吴家花园嘛。后来我老爹送我去昆明念书，就住吴公馆。哪样叫公馆，你见过吗? 伺候我的用人就有三四个。有人管我吃，有人管我穿，有人陪我玩。还有一个奶妈，负责带我睡觉。我有技术嘛。你爹总是瞧不起我的本事。本分本分，终究有你一份。你爹妈前些年在建水买的哪样联排别墅，只有吴公馆厨房那般大。董家三小姐、欧玛丽、柳莹莹来公馆开Party……”

“你怎么会成了吴家的少爷？你又不姓吴。爷爷你活糊涂了吧？”老人家嘴里竟然还蹦出一个英文单词！其实，桑逸感觉自己才被搞糊涂了。

“咋个不姓吴？老子原来叫吴孝璞。小青，过去不敢告诉你这些，怕影响你的前程。我改造好了。你是工人阶级的后代。我带有三个徒弟，人人都叫我桑师傅。小野种，好好修铁路，就有进步。”

“爷爷，你真糊涂了。尽乱扯！”

桑进步忽然挺直了腰：“小野种，你去看看我们家的族谱嘛。我老爹写得清清楚楚的。”

“族谱！我们家有吗？我怎么不知道？”

桑逸将一本发黄的线装石印本《吴氏族谱》交到杨仲群手上时说，我感觉被自己的人生骗了。我他妈到底是谁？他头发凌乱，眼眶发黑，看上去已经彻底迷失了自己。这本族谱的封面右上角有一行蝇头小楷，上书“民国三十八年，吴廉膺，存”，并在字下方钤有“玮玠之印”小篆印章。杨仲群翻开族谱，迅速浏览了一遍，眼睛发亮地说，我所见到的《吴氏族谱》，都是上世纪九十年代依据相关史料编撰的，错漏甚多。这本族谱可是县、州文史馆、图书馆里也没有的宝贝啊！你在哪里找到的？桑逸说，我那个老糊涂爷爷，从一个破柜子顶上翻出来的。我爷爷说，土不埋到脖子，他不会交出这东西。杨仲群问，他怎么会有这本族谱？桑逸一脸沮丧地说：“我爷爷说他原姓吴，是吴家第十二代孝字辈。这他妈的是什么情况？愁死我了！”

杨仲群翻到“谱牒传承”的最后两页，在“吴廉膺”名下有五房记录在册。分别是与正房吴张氏所生吴孝珪、吴孝玔；二房罗采薇无后；与三房吴游氏所生吴孝玓、吴孝琮；与四房吴丛氏所生吴孝珏、吴孝琅、吴孝珞、吴孝瑄；与五房花春芳所生一女吴忆菊——这是吴廉膺在石印版上用毛笔添上去的唯一女性后裔。杨仲群说，吴孝珪是革命烈士，烈士陵园里还有他的碑；三房的吴孝玓、吴孝琮已不在人世了；四房的几兄弟我只知道一个被大土匪娃西所杀，一个死于抗战时期，其余两人不知下落；这个吴忆菊我早年见过，是个小学校长，还当过个旧市的政协委员呢。她告诉我说，她的名字是她父亲为了纪念早死的一个姐姐吴淡菊。吴淡菊火烧吴家花园绣楼，殉情而死，对吴廉膺打击颇大。

桑逸显得有些急迫地说：“你看最后添写的那两行。”

在五房女人所生八个儿子的下端空白处，用蝇头小楷添写“与山猫氏所生长男吴孝瓒（娃西）、次男吴孝璞（娃北），乳名双宝”。

杨仲群惊呼起来：“这怎么可能？娃西是吴廉膺的儿子？他可是民国年间本地的一个大土匪！和吴孝珪一起被枪毙的。”

“娃北还是我爷爷哩。”桑逸痛苦万状地说。

杨仲群满腹狐疑，用笔点着谱牒说：“这个山猫又是谁？史料上从没有记载过此人。”

“我爷爷的妈，我的曾祖母嘛。我父亲给我留下的‘日记’里写到了她，说她是个很勤劳能吃苦的女人。在我爹上大学时她才死的。我老爹说她大概活过了一百岁。”

“这可就有意思了。”杨仲群注视桑逸良久，摘下老花镜，“从‘山猫’这个人名看，她不可能是有身份地位的人，大约应该是吴家花园里的婢女。因此她所生的孩子没有进入吴氏家谱的谱牒，也就是说不能进入吴家祠堂。这在过去是有讲究的。可吴廉膺认他们，自己动手补上，这个就不容易，到底还是老吴家的血脉。山猫这个女人的来历，从民国到解放以来的所有地方史料，包括我们修葺吴家花园发现的那批吴家家史资料，都不见一星半点的记载。这很令人费解。”

桑逸痛苦地抓住了自己的头发，将脸埋在胸前。

杨仲群为了宽慰他，笑着说：“老弟，你有没有发现，自己无意中继承了一笔遗产。当然了，你来吴家花园参观，还得买门票。”

“难怪我爷爷老是叫我爹、叫我小野种。原来他就是个老野种！”桑逸恨恨地说。

杨仲群拍拍桑逸的肩膀：“吴家花园里的风云人物吴廉膺，也就是你的曾祖父，还不是小妾所生？咳，什么嫡出庶出，都是过去年代的陈旧玩意儿了。别那么自贱，野生的更有生命力。你看看你父亲，你，都很有出息嘛。”

桑逸缓过劲儿来，苦笑道：“我有啥出息？一代不如一代。杨老，我还不明白，我们为什么要改姓桑？”

杨仲群又戴上老花镜翻了一遍谱牒，感叹道：“正如这本族谱的序言所说：无谱，则圣贤之事不可稽，祖德家风不可传，嫡亲之情不可考。你总算找到了自己的家世，终归是件大好事。现在的人，三代以远的家传就闹不清了。此可谓不知道自己从哪里来。你看人家老挝的陈先生，不远万里来寻根问祖，这就是我们中国人骨子里永远泯灭不了的东西。至于你爷爷为什么改姓了，大约有时代变迁的因素。从你爷爷的年龄推断，他出去修铁路应该是在五十年代初期。也许，他想脱胎换骨、重新做人吧?”

桑逸也道:“亏得他出去修铁路了。要是他还是个浪荡子，恐怕就没有我们桑家了。”

“你爷爷可是个宝贝。我们史志办刚进了一套摄录设备，哪天等你爷爷精神状态好，我们去拍点资料。”

“我爷爷胆子小。”

“都什么时代了，还有什么不能说的?”杨仲群又用肯定的口吻道,“一个土都埋到脖子的老人家，不会把秘密全部带走。”

59 · 娃北

“好嘛，说过去。我的过去就是旧社会。小时候我的罪行，就是吃了玩，玩了吃。不劳动，不好好念书。我没有剥削过人，我追求进步。我跟着那些大学生上街游行，反饥饿反内战。国民党坏。我老爹忙做生意，经常不在公馆里。我在公馆里和我的哥哥姐姐们打架，他们欺负我，压迫剥削我。我老爹的那些姨太太，我叫姨娘，打麻将可以坐一桌。叫我双宝，都嫌弃我。我是哪样宝哦？屁宝！我是修铁路的，正经工人阶级。我山妈疼我。我是吃山妈奶长大的。小青，引流袋……”

面对摄录机镜头，桑进步老人没有想象的那么胆怯。他甚至有点受宠若惊，翻出了多年不穿的暗花格灰色西装，背带西裤，棕色皮鞋，稀疏的白发梳理得规规整整，一副老绅士的派头。因为有引流袋，衬衣不能扎进背带裤里，让老人大为光火。说这些狗日的医生，一点都不讲究，把老子搞得乱七八糟的。

桑逸一边给他爷爷更换引流袋，一边说，一个落难了都要穿皮鞋戴假领的人，现在想讲究也讲究不了啦。

杨仲群的判断没有错，他不会把所有的秘密带进坟墓。桑逸很少看见爷爷这个样子。他的目光柔和起来了，皱纹深处也堆满少有的慈祥。他只是把回忆的闸门打开后，被往事的洪水裹挟着找不到北，也找不到自己了。要么将话题扯到倾听者的想象力以远，要么刚讲到最精彩处，老人却睡着了。一个人如果足够老，便可以毫不顾忌身边的人，一步跳回自己的世界。

云南大学、昆明师范学院、昆华师范学校等高校和几所高级中学的学生们在昆明城西的小西门集中，他们扯起了“反对饥饿”“停止内战”“我们要和平”的大小横幅，有的横幅或旗帜诉求很直截了当，如“驱逐校监缪邦尧”“大米不掺沙子”“结社自由”“特务军警不准进校园”“我们要演话剧”。大学生们走在前面，专科生和中学生紧随其后。昆华师范学校二年级的学生吴双宝也跟着游行队伍一路高呼口号、撒传单。他兴奋莫名，跑前跑后。吴双宝从没有饿过肚子，因此他声音大、中气足，不时还领呼口号。游行队伍来到忠义坊下面，一个戴帆布黑檐帽、着灰色学生装的大学生跳到一张桌子上发表演讲，讲得慷慨激昂，声泪俱下。父老乡亲们，我的长兄是滇军六十军的，曾经有参加台儿庄战役的光荣，又有到越南接受日本人投降的骄傲。可是我们的家乡子弟，却被派到东北打内战。我的哥哥没有牺牲在打日本人的战场，却战死在东北。我们不要内战！中国人不打中国人！

旗帜翻飞，口号震天。游行队伍从三市街向省府所在地五华山挺进。街道两边的军警、宪兵、特务多了起来，一些识时务的民众开始散开了，街边的店铺忙着关门。有些心软的大妈大嫂喊：学生娃儿些，不要朝前去啦。要打枪的。三市街是条朝向五华山的正街，坡头上方就是省府。游行的学生们朝上望去，已经能够看到街口黑压压的军队。他们的头盔是阴森森的黑光，枪上的刺刀是耀眼的白光。游行队伍无所畏惧，前几排的学生手挽手，唱着《团结就是力量》《今晚队伍住俺庄》《横山里下来些游击队》。这些来自解放区的歌谣早就在云南各高校被传唱，无论是铿锵有力的节奏还是悠扬细腻的陕北调子，一时成为青年追求进步的风向标。桑进步在进入耄耋之年后，还能记得当年他唱过的这些老歌——“一面面那个红旗硷畔上插，你把咱们的游击队接回家。滚滚的米汤热腾腾的馍，招待咱的游击队好吃喝。你当兵来我宣传，咱们一搭的闹革命多喜欢。”他满脸沧桑、神色凛然，告诉孙子桑逸：我们是去和平请愿的，我们只想在宁静的校园里，不要有内战的炮火，不要有横行的特务，不要有飞涨的物价，饭碗里不要有一半是沙子。我当然是不吃的，我有专门的厨子，可我也要闹革命啊。

忽然传来一声尖锐的哨声。哪怕岁月流淌六七十年，这声刺耳又剜心的哨声还让桑进步一说起来都心跳加速、血压骤然飙升。在那个血腥的上午，早已埋伏在三市街两边几条小巷内的军警冲了出来，坡头上的军人和宪兵也洪水一般碾轧下来。军警们挥舞着木棒皮鞭见学生就打，打倒了便两三人一组拖到忠义坊下，将他们像待宰的羔羊般用刺刀圈起来。吴双宝腰上挨了一棒，脖子上又被抽了一马鞭，他刚一倒地，两个黑衣警察便抓起他的脚往忠义坊前拖。吴双宝拼命挣扎，大声呼救。混乱中一个妇人如一头豹子般冲了过来，她将手里的菜篮子一下扣在一个警察头上，又发力一推，把另一个警察搡出去一丈远。在吴双宝还没有反应过来时，妇人一把拉起他，跑了。

这妇人便是吴双宝的奶妈，吴公馆的下人们都叫她山妈。她一直混在人群里跟着游行队伍走，目光片刻不离开双宝。当她看到他被警察打倒时，这头愤怒的母兽出手了。

吴双宝恨死了山妈。因为他被山妈拖走时，正看见女同学柳莹莹跌坐在地上抱头大哭，额头上有血在流淌。欧玛丽被一个下流兮兮的特务拦腰抱着，她的前襟被撕扯开了。那个家伙哪里是在“恢复秩序”，简直就是在光天化日之下调戏女学生，还咧开一口发黄的龅牙狞笑。吴双宝来参加游行，主要还是因为这些平常在一起郊游、吃饭、开Party的漂亮女生都在游行队伍里。吴双宝怎么能忍受她们被那些流氓特务殴打、猥亵？他想挣脱出山妈的手掌去营救她们。可是山妈的手像一双铁箍——吴公馆的人常说，她可以扳倒一头牛。

山妈把吴双宝“押送”回到吴公馆，将他按到床上，连声说，小祖宗，可吓死我了！他们打你腰上了？痛不痛？哎哟，都青了一大块！我去打盆热水来给你好好敷敷。

山妈去楼下打热水，脚步震动得窗户哗啦啦响。到她端了一木盆热水到吴双宝床前时，等待她的是一记狠狠的耳光。木盆“咣当”砸在地上。吴双宝还不解气，翻身爬起来，一脚踢在山妈的腹部。他怒喝道：我要你管闲事？

山妈捂着肚子蹲下去，吴双宝看着拼花木地板上的水，愈发撒起横来。看你搞得到处是水！你只会给老子添乱！老子去革命，不要你管！他又捡起木盆，向山妈砸去。木盆准确地砸中山妈的头，血马上就从额头处流下来了。这个可怜的妇人并不在意这些，她捂着头说：“少爷，快躺下呀。莫闪着腰了。”

在昏聩混乱的记忆枯井里，八十八岁的桑进步面对镜头，还是能打捞出年轻时难得的风光。他的“革命经历”就那一天。他在外面被警察打，回到家他痛殴救他脱离险境的山妈。

当年山猫抱着娃北再度走进吴家花园时，吴廉膺便告诉家人说，这是我收养的义子双宝。按家族里孝字辈兄弟的排行，双宝年龄最小，排在第二十四（加上他哥哥娃西的话），但这只是这个家族最深的秘密之一。山猫是负责这个“义子”生活起居的奶妈，双宝只能称呼她山妈。这是吴廉膺给她规定好了的角色。一个吴家的少爷怎么会有山猫这样的妈呢？等他长大了，你再告诉他。吴廉膺冷漠地说。山猫忍气吞声，含着眼泪道，老爷，只要娃北能学成人，叫我哪样都没有关系。吴廉膺给这母子俩一套独立的小院，还配有贴身小厮和一个厨子，单独开伙。在吴廉膺面前，谁也不敢对山猫母子有半点轻蔑，哪怕是他那时最宠爱的四姨太。有一次双宝和四姨太的女儿吴忆菊因为斗蛐蛐起了争执，双宝一掌将吴忆菊推到了水池里，差点没将这个小妹妹淹死。花春芳气得大骂，哪里来的小野种，敢在这吴家花园里撒野？吴廉膺扬手就给了花春芳一个耳光。

来昆明上学前，这个本名叫娃北的“小野种”过的是锦衣玉食、贯朽粟腐的生活。吴孝璞的名字只在父亲吴廉膺的心里。为了让山猫母子远离吴家花园里的是非，在双宝上小学时，吴廉膺将他们送到了昆明吴公馆。他那时真心希望将这块“璞玉”培养成一个有用的人。不过，长子吴孝珪也是在这个年龄送去昆明的，吴廉膺也心有余悸地想过，双宝不会像六宝那样有那么多奇怪的想法吧？当他听说双宝也跟着学生上街游行时，他仿佛看到了悲剧在轮回，立即派人将山猫母子接回吴家花园。他对山猫说，让双宝跟在我身边，没事干就陪我看看戏，打打牌。

“我要是继续留在昆明念书闹革命，嘿嘿，我就是离休老干部了。”桑进步混浊的目光仿佛看透了命运中的那些偶然，“欧玛丽，解放后当了处长，成老革命了。我呢，去修铁路，接受改造。其实我哪是地主狗崽子哦？我没享几天福。我爹说，钱都投去修铁路，亏大本咯。要不是解放，国家接管了铁路，十个吴家花园卖了都还不清!”

抗战以来，吴氏家族走向不可逆的衰败。一九四〇年夏季，欧洲战场烽火连天，法国向纳粹德国投降，西方人在东方再无优越感。日本人为了阻断中国的外援，迫使法属印度支那总督封闭滇越铁路，禁止中国货物出入越南。同年九月，日军攻占了越南海防，大批抗战物资成了日本人的战利品。一些不愿向日本人投降的法军成群结队地越过中越边境上的界河，这次他们不是来保护铁路的，而是来寻求避难。中国人大度地接纳了他们，为他们提供食品和住宿。

一个秋雨绵绵的夜晚，弗朗索瓦站长请吴廉膺在哥胪士洋行的酒店餐厅吃了最后一顿法餐。煎牛排、勃艮第红酒炖鸡、法式焗蜗牛，还有精致的沙拉和甜品。在吴廉膺的印象中这个法国人是很吝啬的，过去从来都是他做东。哥胪士洋行的西餐厅灯光暧昧，留声机里放着让人骨头发酥的音乐。往昔这样的夜晚，总会有几个身材高大丰满的来自法国、荷兰甚至美国的西洋女子，陪酒、陪赌、陪睡，什么事都干。她们并不在意有钱的中国人在她们身上大把花钱，曾经有个矿商在这里挥霍掉一个矿洞。现在餐厅里只有吴廉膺和弗朗索瓦两个顾客，脂粉气荡然无存，唯有挥之不去的凄凉和衰败。战火烧向滇越铁路后，繁忙的碧色寨车站以及在这个“殖民飞地”服务了三十多年的法国人的荣耀与享乐瞬间归零。现在，面对沉静的吴廉膺，弗朗索瓦站长摇晃着手里的红酒杯，亲爱的老朋友，看来这世界还真没有一块和平的土地。更可悲的是，我们都老了，老到没有了应有的尊严。

为防日本人沿滇越铁路打过来，中国军队已布防到滇南一线，并炸毁了中越边境上的河口大桥，滇越铁路成了一条“死路”。军方正计划将碧色寨至中越边境口岸河口的线路拆除。昨天一个中校军官已带部队进驻碧色寨车站，他向弗朗索瓦站长出示了国民政府的接管令。弗朗索瓦先生只是耸耸肩，双手一摊，说你请便。在这之前，谁要是动了滇越铁路上的一颗道钉，弗朗索瓦先生会扬着脖子说，这可是大法兰西的财产。

吴廉膺品了一口红酒："弗朗索瓦先生为滇越铁路公司服务一生，也该回家养老了。"弗朗索瓦站长有数次升迁或回国的机会，但他都拒绝了。他喜欢这个小小的独立王国，他甚至爱上了这片红土高原和它淳朴的民风。南来北往的火车驶过之后，蓝天白云下的乡野更加宁静。总是那么阳光灿烂，裸露的大地呈现出暖暖的红色，仿佛被炽热的血浸染过。各色野花在铁道边铺向远方，农人架着犁铧躬耕在田野，村姑歌声漫漫，萦绕在古老的村庄上空，与缓慢的炊烟一起飘散。弗朗索瓦站长常会坐在自家花园平台上，品着下午茶，享受这远离人间战火的闲适。

"一个战败的国家，何以言家？"弗朗索瓦站长语调哀戚，尽管他今天衣着得体，绅士十足，但落寞的神色掩饰不住一个亡国之民的凄惶，"吴先生，没有了铁路，你我的命运一样。孤独，衰老，失败，死亡。过往的繁华，不过是一场梦。"

"我们还在抵抗。"

弗朗索瓦睁大了眼："吴先生，难道你真认为你们能打赢这场战争？"

吴廉膺神色坚毅地说："赶走小日本，不比推翻统治了中国两百多年的清王朝难。"

"亲爱的吴，你说的是过去，我们要面对现实。你要让我相信你的勇气。”

弗朗索瓦一双蓝眼睛直愣愣地盯着吴廉膺，没有往常惯有的轻蔑，倒有一些期盼和鼓励。吴廉膺挺直了腰，自豪地说：“我的两个上军校的儿子，都上战场去了。”

“噢！”弗朗索瓦举起了酒杯，“吴先生，我深为敬佩。”两人都把杯中的酒一口干了，弗朗索瓦站长忽然爆了句粗口，“但愿你们能打败那些狗娘养的日本人。”

那个晚上两个发须皆白的老铁路人喝下两瓶波尔多玛歌堡葡萄酒，弗朗索瓦又要了一瓶威士忌白酒，存心买醉的节奏。但吴廉膺却看出这个即将离开碧色寨、不得不告别自己一生骄傲的人，还有未尽之言。他的一头银发已经有些凌乱，领口的蝴蝶结也歪扭了，袖口上沾了两点油渍，眼神里残存的不甘，像餐厅里明暗不定的灯光。

“亲爱的吴先生，今晚一别，我相信我们再也不会见面。这么多年来，我像看一个小孩子成长般，看着你们把铁路修成，把火车开起来。还记得当年你们如何向火车开战吗？还记得你们的一个英武的青年将军，带你们来我的车站拜访时的谦逊吗？还记得在你们的第一段铁路通车仪式上，我告诉你们修铁路是一回事，经营铁路又是另一门功课吗？上帝啊，我们教会了你们许多，但你们对我们并不友善。你们做了多少让我们不可理喻的事！”

吴廉膺冷言道：“弗朗索瓦先生，如果一场铁路战争迫在眉睫，你怎么能感受得到枪口下的‘友善’？”

弗朗索瓦一愣，耸耸肩道：“我很抱歉。我只是一个热爱火车的站长。是我们的那些政客，总希望在这片土地上打一场铁路战争。真是讽刺啊，现在他们连自己的铁路都保护不了。”他看见吴廉膺双手环抱，神色从容，像一个识破罪犯谎言的法官。自己便泄气了，垂下了眼睑。

吴廉膺忽然心生莫名的怜悯。弗朗索瓦站长说的对，在乱世战火下，他们都不可避免地会失去曾经拥有的一切。他还有自己的国家、家族，而这个洋老咪操劳奔波一生，什么都没有了,成了个无家可归的流浪汉。吴廉膺举起了酒杯："我们唐代有个大诗人王勃，他有两句诗'海内存知己，天涯若比邻'。铁路、火车就是那种让天涯海角的人也能成为朋友邻居的东西。我这一生，因为建铁路而活得与我的前辈不一样。弗朗索瓦先生，我要感谢你。"

弗朗索瓦从吴廉膺眼里终于看到了他一直很熟悉的东方人的知性、谦逊、良善、宽厚，还有作为一生对手的尊重和相惜。他动情地抓住了吴廉膺的手："吴，谢谢。我多么地爱你们，爱碧色寨车站。但愿你的铁路能在这场战争中存活下来。我的朋友，祝你好运！"

那些年吴廉膺老得很快，他的背已经有些佝偻了，脸上布满老年斑，脖子上道道沟壑，头发稀疏，胡须雪白。吴氏家族廉字辈的一代人，非死即老，现在轮到孝字辈的人当家。他们的本事只限于卖田、卖地、卖字画、卖古玩、卖商号、卖股权。吴家花园绵字辈所立的梅兰竹菊四院，大哥吴廉庭的梅院，经侄儿吴孝珪"抗捐借粮"元气大伤，最先败落，不久吴廉庭便离世了；二哥吴廉康继承的兰院也不可遏制地败了，这个沉溺于琴棋书画的二哥，分家后就把家业交人经营，结果被骗得血本无归；竹院的几兄弟还算好，家业分了后人各奔东西，有的在昆明重庆，有的在广州香港，只留了几个看家护院的，院内人迹稀少、荒草丛生。

吴廉膺这一院，他身边的儿子们也令他颇不省心。面对庞大的家业、成堆的儿子，却找不到一个称职的继承人之悲凉，时时都在吞噬着他的锐气，消耗他的生命。正房的两个儿子，一个过早夭折，一个被枪毙。三房的吴孝玓和吴孝琮，前者虽说帮着父亲打理一些家业，但这小子心肠阴毒，为人不善；后者是个浪荡子，眠花卧柳、架鹰操琴是他的所长。吴孝琮曾从一个印度商人手里买到一只雏鹰，花五年时间将鹰驯养得可以召之即来，挥之即去，还取名“如意”。四房有四个儿子，个个都令吴廉膺较为满意，可是多年前他的一个冲动决定，将吴孝琅和吴孝珞送去了军校。兄弟俩倒是很争气，军校一毕业都当了军官。可惜吴孝琅在抗战时于连长职位上为国捐躯，吴孝珞在中央军里，已经干到营长，不能顾家。四房的幺儿吴孝瑄是个娘娘腔，唱戏还可，做事则扶不起来。在吴廉膺那一辈人中，就他儿子最多，论说起来有八个，可是他能指望谁？那些有血性的儿子都死了。吴孝珏、吴孝珪、吴孝琅，还加上一个“野种”娃西。这世道怎么了？是我生儿子太多，还是天不悯人？吴廉膺曾不无凄楚地想：老子死后，就是把产业都捐给寺庙，也不会交到他们手上。

民国三十七年（1948）的腊八节，吴孝琮将这只叫如意的鹰唤到餐厅门边的博古架上。席间吴廉膺难免要训诫这些越来越浮浪的儿子，但在儿子们听来，这不过都是“老生常谈”。吴孝琮仗着昨天父亲唱戏他操琴，韵律节拍跟得还算行，吴廉膺夸了他几句，今天便得意忘形地回了一句嘴，说父亲总是要我们立志做事，我家大哥志向倒是大了，结果如何？二哥五弟有血性，又怎么样呢？这世道，哪样事都别做，也就不招惹到谁了。反正我家又不缺吃不缺穿。如意，来，给你块牛肉。孝琮对他死去的哥哥兄弟如此不恭，让当爹的伤口被重新撕开，不由得火冒三丈。吴廉膺大喝一声：来呀，把那个小畜生给我弄到池里淹死！餐桌上一时大乱，吴孝琮和他妈游惜春哭号下跪都不顶用。鹰淹死了，吴孝琮不再与他父亲说话。

败家的儿子们竟然也相信起坊间的传闻，认定吴家花园里还有个秘密银库。人们说几十年前的某个下弦月的晚上，一队驮马马掌裹着麻布团，悄悄将成百驮银锭驮进吴家花园。那一晚弯月如钩，但银锭的光芒将夜空映射得赛过满月。尽管吴家花园历经两次严厉的查抄，可是那些抄家的衙役连银库的门都摸不到。梅园孝字辈的两个浪荡子吴孝璋和吴孝璁，还有兰园的鸦片烟鬼吴孝璜，伙同菊园的吴孝琮，先是在老祖住过的享堂挖壁凿墙，然后又在梅园里东挖西探，连院子里的一株明梅都被他们连根拔起了。在他们近乎疯狂的“掘宝”魔爪就要伸到吴家祠堂里时，吴廉膺发觉了。他把吴孝琮吊起来打，气咻咻地说，仁者以财发身，不仁者以身发财。你等鸡鸣狗盗之鼠辈，也配称我老吴家后人?

桑进步现在还记得他的这个哥哥被打瘸了腿。吴廉膺亲自操起根扁担一顿乱抡，手下的人拉都拉不住。杨仲群老先生嘘一口气，幸好吴廉膺阻止了这帮浪荡子，若是给他们翻到吴家祠堂，我们就不会有多年前的那次发现了。

“变天账。”看上去昏昏欲睡的桑进步忽然嘀咕了一句。刚才杂七杂八的讲述似乎已让他感到有些累了，但他却能准确地道出一个特殊年代的名词。

杨仲群眼睛一亮：“大爹，你在说哪样？是说我们多年前修葺吴家祠堂时发现的那些东西吗?”这批文物重现天日时，当时颇为轰动。

那时桑进步已经退休回到老家多年，他应该知道的，可他并没有站出来说几句话。是他还心有余悸，还是他根本就不把自己当吴家的人？杨仲群推测老人应该还有很多秘密没有讲出来，于是他又问：“大爹，除了这族谱，你父亲还有东西交给你吗？”

桑进步可怜巴巴地望着桑逸：“小青，我想吃砂锅米线。”

桑逸立马说：“好嘞，爷爷，我这就去给你买。”一会儿桑逸就将一碗热气腾腾的米线端来了。一群人看着老人慢慢地吃。老人没有牙，用干瘪的嘴唇将软软的米线咂碎。肉屑、韭菜末挂在嘴角和胡须上。老人终于放下碗，用一块手绢仔细擦了嘴，干枯的眼睛里竟然淌出一滴眼泪。

“我去修铁路，追求进步，卖憨力气，差点死在外面。解放了嘛。我山妈，妈妈说，这是你爹留给你的，你仔细收好了。到你要死的时候，才告诉你儿子。”

“你爹留给你什么了？”杨仲群急切地追问。

“祖公簿。”桑进步老人说完，便垂下头，缓慢闭上了眼。

60 · 沧海桑田

解放军的炮声在建水城外隆隆响起，吴廉膺躺在床上，等待炮火将自己和这座大宅一起埋葬。他看到房梁上的灰尘簌簌地往下掉，松动朽坏的门窗、门闩、门轴瑟瑟发抖。一只八哥蹲在一件根雕的枯枝上紧张地东张西望、缩头缩脑。炮声间歇期，它会学着山猫的口气说，老爷，喝药。喝药。吴廉膺已卧床三个多月了，偶尔拄着拐杖、在山猫的搀扶下到外面走走，晒晒太阳，用苍老的目光巡睃一遍缺人打理、日渐荒芜的花园。时而他会忍不住喃喃自语：为什么没有人来修枝了？小鹅湖里的水该换了。小径上的荒草都盖过脚背了。祠堂前那六槛格子门，浮雕上的灰尘有铜钱厚。那可是高大师的杰作啊！败家的狗东西们，都死哪儿去了？他身边的山猫说，老爷，人都不在咯。八哥也不识好歹地学说：不在。不在。

现在他身边只有忠心耿耿的山猫。半年前，掌事的五儿子吴孝玓跟他父亲说，蒋家的天下看来是要完蛋了，有钱人都在往外跑。大锡炼出来还不如一块砖，我们趁早把矿洞炉房转让出去吧。吴廉膺喝道，个旧的矿洞炉房是祖先打下的基业，你怎有脸说出一个"卖"字？大清亡了有民国，民国亡了，不管谁来坐江山，也得需要大锡吧？也得跑火车吧？吴孝玓仗着这几年大半个家业都是他在打理，羽翼已丰满。在他眼里，父亲老了，老朽了，老不死了；他背着吴廉膺将个旧的三个矿洞五间炉房低价转手与人，钱款悉数打到他经理的钱庄，又再转到香港的商号。在一个雨夜，这个丫鬟的儿子带着他的母亲游惜春悄悄地走了。等吴廉膺反应过来，他们人已在香港。吴家开在昆明、重庆、上海、广州的钱庄和商号里的款项和债权，都被吴孝珣席卷一空，而债务全给老父亲留下——比如为修临屏铁路一直没有偿还清的银行贷款。吴廉膺从此一病不起。

三姨太丛玉儿也带着她的小儿子吴孝瑄回重庆娘家去了。她说，我吃少盐寡味的建水米线三十多年，我想我娘家的麻辣小面了。吴廉膺没有挽留，他知道三姨太对他有怨。当年她远嫁云南时如花似玉、风姿招展，现在的三姨太身体臃肿、饱经风霜。吴廉膺私下里卖了几处田产，总算没让这个重庆女子两手空空回娘家。他目送这母子俩走出吴家花园的大门，眼里满是怜悯和哀伤。吴孝瑄还回过头来说，我家爹，你要多保重啊，我送妈妈过去就回来。吴廉膺相信：这是他们的生离死别，但他脸上波澜不兴。

人生似鸟同林宿，大限来时各自飞。吴廉膺这辈子已饱受人生起落沉浮、悲欢离合，还有什么不能承受的？即便是他四年前的新欢花春芳，跟一个唱小生的好上了，连街上卖烤豆腐的小贩都知道。花春芳说她厌倦被人当作吴家花园里的花瓶。她打着戏腔道，嫁到这吴家花园，说是吃香喝辣、穿金戴银，妾身哪有此等福气？别说五花马、千金裘，就是买身旗袍、换个手镯，也得细思想、勤掂量，攥紧了手心里的几文钱，还是咬紧了牙关，先买一块饵块粑粑，权且充饥。罢了罢了，小女子回去唱戏，台上心里悲苦，台下还有几声喝彩。喝彩虽不管饱，却是活下去的念想啊……啊……啊！和一个唱戏的人过日子，你就不知道她是活在戏里还是戏外。四姨太的丑事要是放在从前，是要被沉到井里去的。吴廉膺也只是淡淡苦笑，人生如戏，戏如人生。你就继续演下去吧。

吴家花园这场大戏快落幕了，各色角儿也该退场了。老祖吴封氏、“驼背老爹”、父亲母亲、三伯父、兄长弟兄、儿子侄子、正房偏房，以及那些像翻书一样翻过去的风花雪月、乱世战火、商场博弈、官场倾轧……一场使天地翻覆的炮火将是它剧终前的高潮。此刻，大地的每一次震动，都让病榻上的吴廉膺那颗枯老的心撕裂、战栗。

世界正在发生不可逆转的改变。春光融融的上午，远方的炮声有如春雷。一个身姿挺拔的上校军官梦境般站在了吴廉膺的病床前。

“不肖之子吴孝珞，回来拜见父亲！”四房的老三吴孝珞摘下美式大檐军帽，“咚”的一声跪了下去。那一刻，吴廉膺有走失的儿子被寻找回来了的震撼和惊喜，一时不知今夕何夕，禁不住老泪纵横。他拉住儿子的手，语不成声道：“这是人间还是冥府？为父以为，我们父子，只能在黄泉路上相见啦！”

抗战胜利后已是少校营长的吴孝珞回家探过一次父母。那时吴廉膺就对儿子说，这日本人也打跑了，你就回来帮帮你老爹吧。可吴孝珞说，部队马上就要开到东北去了。我还没有去过东北哩。父亲，我去看看雪就回来。在吴廉膺印象中，吴孝珞是个才智平庸，没多少主见的孩子。他去投考军校是因为在四房的兄弟几个中他跟老五吴孝琅关系最密切，从小就是孝琅的跟屁虫。也许因为儿女太多了，分散了吴廉膺对他的关注度。就像一棵树，你总觉得它一百年也长不成材；而一片树林，你都闹不清它们如何长大的。

眼下战事正酣，军中弟子的生死就不掌控在父母手上。吴孝珞是随着余程万的第二十六军溃退到滇南的。虽说是败军之师，但吴孝珞现在的职务是二十六军342团团长兼建水城防司令。吴廉膺瞥见了守候在门外的随行参谋、马弁和县党部、县府的一众官员。吴孝珞也看见父亲床头的一台美式收音机、几张报纸，其中有昆明的《正义报》，头版通栏大字标题是毛泽东的《论人民民主专政》。另一张《云南日报》上，头版是云南省政府主席卢汉将军通电起义的声明，还有四川潘文华部、西康刘文辉部同时宣布起义的通电。久卧病榻的父亲看来也时时在关注时局变幻。

“父亲，我的部队现已在建水城布防了。珞儿从军十几年，第一次为家乡父老而战，为我吴家花园而战，也算是弥补儿多年来未尽之孝。”

“糊涂！”吴廉膺呵斥一声，便剧烈咳嗽起来。吴孝珞忙为老父抚胸捶背。吴廉膺喘着气说：“珞儿，把你手下的人都轰到前厅去，为父有话单独与你说。”

吴孝珞再次回到卧房时，吴廉膺用手点点案几上的报纸，问：“当下的局势，你难道不比我更清楚？”

吴孝珞点头道：“儿知晓。只是儿身为国民革命军军人……”

“哼哼，别给我扯那些啦。还没有国民党的时候，为父就知道何为‘革命’二字。你老爹还是云南第一批国民党员哩。多年前，你的大哥跟着共产党闹革命，和国民党争主义、夺天下。可惜他看不到今天了。不过，倒也让你两兄弟不至刀兵相见。幸耶？悲耶？我吴廉膺的儿子们呀，为哪样都这样命运多舛？”吴廉膺说到悲伤处，一通猛咳，脸都憋紫了。

吴孝珞忙说：“父亲请息怒。国运如此，孩儿们自应负担家国之事。走哪条道，全看命吧。儿还记得，大哥被枪决时，父亲把全家关在吴家花园里，一个人在书房里放声痛哭。父亲，如果大哥当年走错了路，儿现在为党国而战，保家乡平安，难道也错了?”

吴廉膺长叹:“现在看来，你大哥没错，你错了。‘得人者兴，失人者崩。’你大哥被枪毙那些年，共产党弱，国民党强，可他的坟头年年清明都有香烛鲜花。你现在所事的党国，早已分崩离析。眼下的局势，恰如辛亥年的大清，一触即溃。任谁发一声喊，从者如云。北平、南京、上海、武汉、重庆这些大城市，都被共产党打下了，这小小建水城，可是你能守得住的?”

吴孝珞沉默不语，良久才有些愤然地说:“楚霸王也有‘时不利兮骓不逝’的千古绝唱。我辈难道只有半生好命?”

“认命吧。富贵皆有定数，天道从来公平。”吴廉膺用近乎哀求的口吻说,“珞儿，看在祠堂里我老吴家列祖列宗神位尚在的分上，不要把战火引到建水古城来。快脱下这身军装吧，你老爹身边没有人了。”

吴孝珞从来没有见到过父亲如此降低一家之主的身段。小时候的惧怕、敬畏、崇拜，现在都化为无以名状的怜悯。他走进这凋敝的吴家花园时，作为吴氏家族的后人，不能不油然产生出一种保卫它、振兴它的责任感。他站起身，脚下马刺一扣,“啪”地向父亲敬了一个军礼。

“父亲，珞儿即便卸甲归田，恐也难尽人子之孝，亦负党国栽培。共军离我军还远，滇南尚可一战。县府和县党部来的那些官员，还想请父亲出山，动员四乡民团武装助我部一臂之力。现在看来……父亲好生将息，安心养病。明天我派军医过来为父亲把脉问诊。儿还有军务，请允告辞。”

执念误命。吴廉膺望着儿子转身离去的背影，忧心如焚。吴家花园重归于寂静，有股看不见但感受得到的死亡之气在弥漫。而花窗外，可看见一株香樟树和一株玉兰树，今年春天，这棵玉兰树竟然不开花，一度让吴廉膺心生不祥。现在春天的阳光已在树杪催发出一团团嫩绿的光芒，绿色之上是大片的瓦蓝，广袤无边。明明是春光明媚的早春时节，吴廉膺的心却如萧瑟肃杀的寒冬。他不知道怎样才能将儿子从火坑里解救出来。痛到骨子里的无力、无助感，让吴廉膺有英雄末路的苍凉。今夜一闭眼，再不醒来，就不会经受这人间的纷乱厮杀，这无以复加的丧子哀痛，这大厦倾覆、化为尘埃的家败惨景，以及那荣华富贵烟消云散后的空寂落寞。他情愿看不见也听不到。

又是一夜无眠。第二天上午吴廉膺似醒非醒中，山猫进来说，老爷，有个穿长衫的先生来拜见你。吴廉膺想都没想便说，不见。一个老人的孤独，不是没有朋友，而是怕见朋友。隔一会儿，山猫又进屋来，老爷，那位先生说，他是来救孝珞少爷命的，问你要不要见。吴廉膺一激灵，此为何方神圣？他刚一探起身，便看见一个穿长衫戴礼帽的中年男子兀自走了进来。屋外的光线勾勒出他健壮的身形，他摘下礼帽，略一鞠躬，满面春风地说：“叔，我是周白马。”

吴廉膺跟见到儿子吴孝珞一样震惊，他使劲眨了几下眼睛，奋力挣扎起身：“失敬失敬！白马贤侄……这是这是，从何而来？”

二十年前，当蒙自铁路工会的中共地下党员周白马接到吴廉膺的密信，从蒙自火车站匆忙撤离，他们都不会想到再次见面时，一个垂垂老矣，生无可恋；一个却是中国人民解放军滇桂黔边纵队第四支队的政委。往昔的被救者，现在成了拯救者。

如果说当年的工会主席周白马在领导铁路工人大罢工，和吴廉膺面对面谈判时，还是一个比较青涩的革命者的话，现在的周白马则成熟、稳健、自信，有一种引而不发的强大气场。他不用向吴廉膺详说这二十年来的革命经历，也无须动之以情、晓以大义，他只需跟吴廉膺说明，解放军从广西大包抄进云南，已经占领了河口，截断了国民党军从滇越铁路逃往越南的去路，滇南的国民党军已是瓮中之鳖，吴孝珞现在起义反正，还为时不晚。

吴廉膺颤颤巍巍地抓住周白马的手说："贤侄，你的父亲周大祥，和我有生死之交。我这老朽的指望，我珞儿的命，都在你手里了。你可得搭救他一把呀！"

周白马说："叔，不是在我手里，是在他自己手里。如果他选择站在人民一边，建水古城免于战火，他也算走上了正道。"

吴廉膺悲戚道："我的儿子们，一个跟共产党走，死了；不能反对共产党，再死一个。"

周白马宽慰道："孝珪兄弟是好样的。他就义时，我在延安受训。叔，老吴家对革命是有功的，吴孝珞团长如能临阵起义，这功劳就更大了。"

吴廉膺如释重负："我马上叫他回来起义。"

杨仲群带的摄制组连续三天的访谈把桑进步老人家累垮了，这天下午在讲到建水城解放那一段时，桑进步面对镜头忽然嘴一歪，斜倒在沙发上。几个人连忙叫了救护车，直接将他送进了心脑卒中中心抢救。傍晚时，桑逸当副院长的母亲找到他，说老爷子颅内大出血，抢救回来也是个植物人了，插不插管子，你是桑家唯一的直系亲属，你定。桑逸抹了一把眼泪，说，妈妈，你让我想想。

晚饭时，杨仲群和几个史志办的人陪着桑逸。杨仲群一个劲地道歉，说不该做这样高密度的访谈，可是他太想填补那一段历史的空白了。桑逸老弟，实在对不起你家老人了。桑逸却说，杨老，一个老人，死在对过去时光的美好回忆中，也算是善终吧。

晚上回到家，桑逸长时间地盯着屏幕里的爷爷发呆，反复观看爷爷接受访谈时最后那几段。这个叫娃北的“野种”，吴家花园和吴公馆里的双宝少爷，隐藏在吴氏族谱里的吴孝璞，后来又成为铁路工人的桑进步老师傅，他面对朗朗乾坤，深藏家世秘密。混浊的目光飘浮不定，凌乱的话语令人费解。他的一生都躲闪在历史的烟尘中，像一叶小舟，漂浮在大时代的洪流里，但凡有个闪失，就不会有我的父亲桑小青，也更不会有我这没出息的“小野种”桑逸。家族的密码真是奇妙啊！

周白马也算是戎马倥偬大半生，但没想到在故乡险些翻了船。他要策反的对象吴孝珞竟然是个冥顽不化的国民党军官。在吴家花园的前厅里，吴廉膺安排了两人的见面。当吴孝珞得知周白马的身份时，他拔出了手枪，指向了周白马：“一个共军头目，竟胆敢到我吴家花园里来当说客！”

周白马还是那身商人打扮，他理一理长衫下摆，镇定自若地说：“你大哥吴孝珪还是共产党员哩。”

吴廉膺在太师椅上一杵拐杖道：“珞儿，放肆！快把枪放下。”

吴孝珞近乎疯狂地喊道：“父亲，他们可是来烧我家房子，掘我家祖坟的强盗!”

周白马一拍桌子道:“你胡说!我们是人民的军队。只要你站在人民一边,临阵起义,我解放军进城,必定秋毫无犯。起义官兵,均可加入我革命阵营。愿意回家的,我们发给路费。你应该知道,连俘虏我们都优待的。新中国已经成立了,国民党军的多少中将、上将,要么被击毙俘虏,要么起义投诚,你一个小小的团长还蹦跶个啥?我解放军不需半天就可拿下建水城,你相信不?我们只是念及这数百年的古城需要保护,希望家乡百姓免于战火,才找你商谈起义之事,给你为人民立功的机会。吴孝珞,我奉劝你,别再执迷不悟了。”

吴孝珞被说得一愣一愣的,脸上肌肉剧烈颤抖。“老子就是战死,也要拉个陪葬的。”他忽然大喝一声,“来人呀,给我把这个共军奸细拿下!”

一直候在前厅外面的两个卫兵和一个参谋军官冲了进来,拿枪对准周白马。吴廉膺拼着老命站了起来,挥起了拐杖:“滚!滚出去!谁敢在我吴家花园动枪?”他一直将他们赶出了前厅,才回过头来冲儿子喊:“珞儿,你要气死你老爹吗?怎么还看不清大势?”伴随着一通猛烈的咳嗽,吴廉膺几乎要倒在地上了。吴孝珞不得不收起了枪,前去搀扶父亲。周白马也端了一杯水来,让吴廉膺喝下。两人一起扶起吴廉膺,四目相对,都看出对方眼里的温情,脸上的表情也松弛下来了。

“兄弟,看在我叔年老体衰的分上,听我一劝吧。吴家不能再死人了。”周白马真诚地说。

“你……珞儿,听你……白马哥的。”吴廉膺喘气道。

那天,周白马离开吴家花园时,给吴孝珞留下一句话,限建水守军二十四小时之内做出决定。何去何从，望吴团长三思。吴孝珞却不无悲怆地说，我吴某人自投军之日起，就做好了马革裹尸的准备。白马兄长，小时候常听我大哥提起你。我们都有各自认定的路走，好也罢歹也罢，看命。谁让我辈摊上了这个时代？

晚上，吴孝珞陪父亲吃了最后一顿晚餐。宽大的饭厅里只有父子二人相对而坐，显得特别凄凉。他们小心翼翼地回避下午的事，说一些家常。吴孝珞说不论是带兵打仗还是驻防在某个地方，特别怀念吴家花园的饭堂。菜肴丰盛自不必说，人多热闹才令人怀想。大人们讲谈天下事，孩子们追逐打闹，老辈子宠爱有加。我都七八岁了，我奶妈还把我抱在她膝盖上喂我吃饭，生怕我吃不饱。那时梅兰竹菊四大院的老辈子最喜欢考我们古诗词，哪一院的孩子背不出来，那院当家的就该罚酒。我记得父亲喝酒总是最少的。因为我们菊园的兄弟们都仰仗孝珪大哥，他不仅唐诗宋词烂熟于心，还可随时答对子。吴廉膺深叹一口气，可惜了你大哥，他要活到现在，又该如何？吴孝珞望着悲伤的父亲，又换了个话题。我最想念的家乡味道是炒饵块。饵块粑粑哪里都有，可就是炒不出建水饵块的味道来。吴廉膺又目光空洞地说，不知你妈和你弟弟在重庆怎么样了？吴孝珞一时没有了话，良久才叹口气说，国军也太不经战了。固若金汤的大西南防线，从秦岭到大巴山，几十万军队，说垮就垮了。国防部那帮狗娘养的将军都是些只会在图上打仗的蠢货。吴廉膺哼哼两声，所谓兵败如山倒，谁能挽大厦于将倾？时代如洪流，天命不可违。古人云，“顺时运之应，法五神之常”。时运啊时运，你不求时运自来，你去求时运已去。为父这一生，多为时运所困。命舛运乖，早些年，就认命了。吴孝珞说，父亲这一生，堪称传奇。我辈莫之能及。吴廉膺惨然一笑，珞儿，人有冲天之志，非运不可自通。如果时运不在你这一边，无论你怎么努力，也不能改变这个世界了。

父子俩长久不说话。吴孝珞喝尽杯中的酒后，才说，父亲，我想通了，这仗是不能打了。可是，上峰已把我部连以上军官的家眷都用飞机从蒙自机场送去了台湾。你儿媳和两个孙子都在那边了，让我怎么投共？父亲，我部还有一条退路，退往缅甸。儿打算今晚就悄悄集合部队撤出建水城。父亲，儿恳求你老人家，跟我一起走吧。

吴廉膺一口回绝："老夫古稀之年，岂能寄人篱下，做亡命异国他乡之人？"

但吴孝珞坚持说，父亲身边没有得力的人了。他常年征战在外，没有尽到过孝心，现在该他出来承担起家族责任了。我拨出一个班的士兵，就是抬，也要把父亲抬到缅甸。只要父亲在，吴家花园这面大旗就不会倒。他日重振河山，珞儿定让中将旗再度在家门前飘荡起来。

吴廉膺定定地看着儿子，目光中全是一个"悲"字——有悲悯，有悲情，有悲伤，更有悲怆："珞儿啊，我老了，折腾不起了。别再想中将旗了，它可把为父这一生害苦了！你看这吴家花园，两代人心血，冠盖滇南，风华绝代。喃喃，它也老了。当年建这吴家花园时，还想它世世代代传承香火，歌舞长千载，骄奢凌五侯。可是啊，现在这吴家的后代，还有谁配得上它往昔的尊贵？君子之泽，三世而衰，五世而斩。有谁逃得过这魔咒？不是谁要毁了这吴家花园，而是它的寿岁到了。'节物风光不相待，桑田碧海须臾改'啊！就让我守着这吴家花园，和它一起老死吧。"

吴孝珞临别前，吴廉膺把山猫和她儿子叫来，说："这双宝是我的义子，你把他带走。”

眼前这个孱弱的青年，让吴孝珞有些不情愿。可看着父亲殷切的眼光，他还是不忍拒绝。这是老父托付给他的最后一桩事情。他咬咬牙说，行，让他跟我走。

可山猫不干了，她紧张地问：“走？想整哪样？”

吴廉膺说：“让他跟他哥去学点本事。”

山猫几乎跳了起来：“不行！我不让！”她一把拉住了儿子的手，用要拼命的目光盯死了吴孝珞，仿佛只要他动双宝一根毫毛，她就会像山林里一只真正的山猫一般扑上去。

吴孝珞有些诧异地问他父亲：“这女人是谁？”

吴廉膺眼神慌了一下：“一个老用人。哦，还没有你时她就在吴家花园了。”随后他又补充了一句：“是她把双宝带大的。”

山猫厉声说：“哪个要带他去打仗，我就跟哪个拼命！”

吴廉膺竟然被这个女人唬住了，垂下了头。这让吴孝珞感到奇怪。他本就不喜欢眼前这个年轻人，便说：“父亲，算了吧。留他在你身边，也可多个人手。”

吴廉膺叹口气，挥挥手让山猫母子出去了。

这一挥手，留下一条命，延续了一个家庭。

建水古城和平易帜。守城的国民党军队在蒙自机场被攻占后，仓皇逃离。第二天，解放军边纵第四支队乘坐一列插满了红旗和八一军旗的小火车进驻建水古城，铁路沿线绿灯大开，开火车的司机正是周白马。建水县警察局、守备队、民团武装主动缴械投降。建水大乡绅吴廉膺拖着病身，在人搀扶下，和县府官员、学生、民众一起到火车站迎接解放军进城，这是他最后一次出现在本地历史的舞台中央，苍老、佝偻、落寞、孤单，也不失处变不惊的平和与恬淡。吴廉膺还代表士绅商团向解放军敬献了一面锦旗，上书“吊民伐罪，仁义之师”。周白马代表解放军接旗，盛赞建水士绅民众顾大体识大局，保护建水古城免于战火。吴廉膺拉着周白马的手，满脸沧桑。

“多年前，你说要学开火车，我还不相信。现在，我信了。”

周白马爽朗大笑：“那时我也没想到，我会开着火车解放我们的家乡。”

这片多灾多难的土地从此和平降临。唯一的遗憾是，建水守军没有起义。那个城防司令吴孝珞，从建水城逃走后就消失在乱世的烟尘中。是战死了，还是去了缅甸，抑或其他地方？没有人知道。

改天换地，旧貌新颜。在接到去铁路工地报到通知那天，吴家花园孝字辈年龄最小的浪荡子双宝还像一个没有长大的孩子，被一股不可抗拒的力量从富贵乡一脚踹出。害怕、迷惘、惶恐、悲伤，手足无措，痛哭流涕。吴廉膺把他叫到自己的病床前，那是他和父亲最后一次谈话。

“你父亲过去出钱修铁路，现在你被新政府派去修铁路。看来我老吴家真是跟铁路有缘啊！”

双宝哭丧着脸说：“爸爸，我听说是要去很远很远的地方修铁路。”

吴廉膺不忧反喜：“这就好了，男儿离家越远，才能越早变成一个男人。你好好接受政府改造，学到一样手艺，就当作自己的本分。本分本分，终究有你一份。以后，在哪里说到一个媳妇，就在哪里安家生娃。”

双宝哀求道：“爸爸，你老人家花点钱，别让我去修铁路嘛。”

吴廉膺低声骂道："混账东西，你还敢把自己当阔少爷？皮之不存，毛将焉附，你懂不懂这句话？新政府让你去修铁路，是给你一条生路。"

"爸爸，我四哥和六哥也送去戒烟所了，你身边没有人了啊。"

"我有你山妈。"吴廉膺苦笑，头靠在绣花枕上，抬眼望着架子床顶，不想让要淌出来的老泪让儿子看见。纱帐上绣有一对比目鱼，乳黄色洋纱底料，荷花荷叶作衬，那金丝银线已经很暗淡了，游弋的比目鱼仿佛搁浅在岸，像四姨太那张没有了温度的脸，也像年老色衰的三姨太丛玉儿，或者总是阴气萦绕的二姨太游惜春——这个当丫鬟的年老后也活成主子的模样了。忆往昔，"四水归堂"的菊园落成时，每一房女主人都选取了一种能博取男人欢心的吉祥之物，或绣于帷幔纱帐，或雕于妆台门窗。"怀珠堂"的是比目鱼，"采薇阁"的是并蒂莲，"春露坊"的是交颈鸳鸯，"含玉楼"的是双飞燕。"生憎帐额绣孤鸾，好取门帘帖双燕。"现如今，双飞燕并蒂莲也好，鸳鸯鸟比目鱼也罢，空有一双枯老的眼睛凝视。

吴廉膺轻叹一口气："双宝，世道变了。你要听为父的话，走得越远越好。不要再回建水，忘掉吴家花园吧。"

忘掉富贵其实就跟忍住饥饿一样难。在辞别母亲时，这个吴家菊园身份暧昧的少爷才从"山妈"口里印证了自己的身世来历。那天他跪在母亲面前，痛哭流涕地说，我早就知道你是我亲妈。天下哪有儿不识母的？可是我父亲不让我认，说是为我好。山猫也泪水涟涟，我还是做笨事了。早晓得这样还不如就养你在山里，不出来读哪样书！这吴家可害死我们母子了。儿呀，你的好命没有了，要学会过苦命。苦命养血，苦命里好人多。妈妈呀，我连鞋带都不会系，饭是咋个煮熟的也不知道，咋晓得修铁路？山猫说，人家咋个使锄头铁锹，你就跟着学嘛。学吃苦，学做人。现在共产党让大家都要进步，你就学进步。你出去不要说自己是吴家的少爷。老天爷呀，你睁开眼睛看看，这是我的儿。我是做牛做马干粗活的长工啊！

在一个人漫长又无常的生命里，桑进步在铁路工地干着繁重的活计时，在四面漏风的工棚里，在掰着指头细数每月微薄的薪水时，在看到大山里一朵寂寞的野花、山道上一个孤单的村姑、饭盒里几坨久违了的红烧肉时，在一列又一列的火车从他抬过枕木、砸过道钉、砌过边坡的铁路线上跑过时，在回家探亲的拥挤火车上，在自己的新婚之夜，在第一个儿子桑小青出生的狂喜中，在“光荣退休”的那一天，在脑子还没有完全丧失记忆前，在每一列火车都载不动这个曾经的富家少爷对旧日时光的眷恋时，他会像个贼一般捡拾起那些鲜衣怒马的少年时光，不堪回首的人生碎片。那是他一生的幸与不幸，命运的必然和偶然。其中就有父亲吴廉膺在乾坤颠倒的前夜，那有气无力的一挥手；还有那个令他讨厌的国民党军官。那时，才十八岁的桑进步已经像看一个死人般看那个同父异母的哥哥了——山妈曾经告诉过他，那些满身杀气、不敬天畏地的人，不过是还在说话走路吃饭的僵尸。因为他们的血坏了。

桑进步面对后辈、面对摄像机镜头、面对历史的追问，拼尽了最后一丝力气，和盘托出了他是谁，他从哪里来，他又怎样走过这坎坷的一生。他说，要不是我山妈的决绝果敢，我几十年前死在哪里都不认得了。我的血好啊，活得比我爹的命还长。我还聪明，彻底跟吴家花园撇清了关系。我跟我妈说，我不要姓吴了，我跟你姓，我就姓“山”吧。我妈说，我们那地方的人，不兴讲姓的。你有个大舅，是打雷那天生的，就叫雷娃。你哥哥生在建水城西门，就叫娃西；你是在石屏北门街生的，我就叫你娃北了。只有我命不好啊，不认得自己爹妈是哪个，长哪样样子，也不晓得自己原来叫个哪样？到了吴家，人家都叫我山猫。

姓个阿猫阿狗啥的，都无关紧要，只要活得下去。桑进步说到此处，抹了一把老泪，忽然变得慈祥起来，苍老枯槁的面容仿佛飘来了一片春光。我妈说，我不被老爷们当人看也就算了，我的儿子得做个堂堂正正的人，有个堂堂正正的姓。那时呀，我抬头望见吴家花园里的一片桑树林，每株桑树都有人小腿般粗。我当少爷时，可没少在这片桑树林里摘桑葚吃。我说我就姓桑树的“桑”吧，至少跟妈妈的姓一个音。我也不要叫双宝，我要追求进步，我就叫桑进步。这个姓好，名字也革命。妈妈，我桑进步，好好改造，重新做人。我姓桑，一样可以生儿育女，传宗接代。

尾声：缠枝莲

咸丰二年（1852），临安大旱，赤地千里，地里的庄稼一碰就成齑粉，万年的湖底裸露朝天，千年的老龟也给活活晒死。有饥民趁此揭竿而起，攻打临安各府州县。建水县吴家庄老吴家那时传到八世祖吴福民手上，也有十几亩瘦田薄地，四五家佃户，算得上小有家产的地主。吴福民是念过私塾的人，知晓一些忠君报国的道理。尤其是作为屯田戍边将士之后，家国情怀是种在骨子里的基因。吴福民召集了几十个乡勇，不管不顾地加入了官府的队伍。出征前吴福民对媳妇吴封氏说，那几个暴民蟊贼成不了气候的。我老吴家，书读了几代人，都读不出功名，待我去挣个军功，或可光耀我吴家门庭。可叹吴福民战死在一块麦田的田埂下，去收尸的人说他的半边脑袋被砍裂了，口里啃了一嘴尚未成熟的青麦。吴福民遗下才二十二岁的娇妻和两个男孩，大的才三岁，小的刚断奶。在一次逃难中，吴封氏在驿道上带着两个小儿，断水断粮，一双小脚已经走到见脚趾骨，再无一丝力气挪动一步。追兵已到山脚，闻说他们见人就杀，见女人就掳到军营为妓。吴封氏撕开了衣襟下摆，结成两条布绳，打算先勒死两个儿子，再吊死自己。当母亲的泪水涟涟，将布绳套上孩子的脖子，拉紧了布绳又怎能下死手？孩子哭得撕心裂肺，连树上的鸟儿也不忍卒看，纷纷逃离。老天也不愿就此绝了吴家的后，他们还有好多精彩的人生故事没有上演完哩。山道上一个声音高喊道，妹子，只有走不完的路，没有翻不过去的山。快松开手，孩子可怜。吴封氏道，你可怜他，你就带他走。那人说，妹子，我命都难保，怎敢还搭上一个小孩？他是一个跑单帮的赶马人，身后跟着一匹骡子、两匹马。女人松开布绳，在山道上给赶马人跪下，说救人一命胜造七级浮屠。大哥，老天爷在这个时候派你来，就是让你来救人的。赶马人忙说，妹子，我也是逃难的呀。大哥，你是个善人，就行善行到底吧。你若执意要走，就让你的马从我身上踏过去！当母亲的磕头磕得山响，就像发生了一场山崩。赶马人叹一口气，说，这年月，大家的生死都不在自己手上。我也是管出闲事来了。妹子，大的这个孩子我可以带走，不过你得答应我，不要再寻短见。不然，来年我回来，还不知去哪里找孩子他妈呢。母亲交出儿子时，将一只青花瓷碗一摔两瓣，颤抖着双手递出半边瓷碗加两坨碎银子，说大哥，佛菩萨看得到你的善心。孩子长大了，就跟着你赶马。要是有一天路过家门，让他带着这半只碗来认祖归宗。

陈怀北老先生讲述建水吴氏家族这段久远的故事时，不断摘下眼镜来擦拭眼泪。他和孙女朱迪是坐下午的高铁来到建水的。中老铁路通车了，他们只需换一趟车，就可在一天内从万象到建水。陈怀北对朱迪说，火车一通，我们的根脉就续上了，以后我要常住建水。

晚上，桑逸、杨仲群及几个本地朋友设宴为这爷孙俩接风。一个月前，陈怀北和朱迪去了趟泰国曼谷。陈老先生生长在曼谷，但他们在那里一无所获。陈怀北的父亲是在湄公河中游一个叫那空沙旺的水陆码头城市出生的。爷孙俩租了辆车，又一路北上。在那空沙旺，他们打听到这一支陈家从中国来时，最早落脚在泰北清莱，后来又辗转到清迈，那里是陈怀北祖父出生的地方。在清迈陈家，一个和他差不多年纪的堂兄弟告诉了陈怀北这段被岁月尘封的传奇。陈怀北不胜唏嘘地说：“那个被赶马人抱走的孩子，就是我的中国先祖。赶马人姓陈，我的曾祖父就成了他的养子，也改姓陈了。”

众人面面相觑，无不惊讶。坐在陈怀北身边的杨仲群高兴地一击桌子，“简直太神奇了！陈老先生所叙，与《吴氏族谱》中‘祖德流芳’篇所载相吻合，吴家八世祖吴福民曾被临安知府封为‘平寇援剿参将’。他战死后有许多关于他的传说，说他武艺高强、力大无比，能够双手抱起大牯牛，单手举起石磨盘。吴家人称他为‘大老将’，过去吴家花园的祠堂里还立有他的金身塑像。”

桑逸有些紧张地问：“陈先生，您的意思是，您也是吴家的后代？这这这……怎么可能？”他又看向朱迪，发现她也正用含意复杂的眼光看自己。他脑子里闪现下午在高铁车站见到朱迪时，他张开了双臂，想来一个很自然的拥抱，但朱迪“嘿”了一声，巧妙地扬起了手掌，与他击掌。然后不失热情却也不多一分亲昵地说，快去帮爷爷拿行李。

杨仲群还在激动中：“真是皇天不负有心人呀！桑逸爷爷临终前交出的那本吴氏家族密传的‘祖公簿’，有记述说吴福民之后的第九代攸字辈有两兄弟，老大吴攸安，老二吴攸宁。吴攸宁就是‘驼背老爹’，繁衍出吴家花园这一脉。吴攸安则语焉不详，我还以为这一支断了呢。见之于世的吴氏家谱，只记吴攸宁，不记吴攸安。也许是为先祖讳，掩饰了这段羞于启齿的送子经历。”

陈怀北说：“杨先生，我在石屏陈氏家族的族谱里查到了这个赶马人，他叫陈启林，咸丰年间离开了云南，自此再无下落。他到了泰北后，不知什么原因改了名，也许是为了入乡随俗吧。查到他的真名颇费了些周折，但有一点是证实了的，他就是收留我曾祖父吴攸安的恩人。”

朱迪接了一句：“就是说，石屏的陈氏家族于建水的吴氏家族是有恩的。”

“且慢。”桑逸还有些不甘心地说，“不是还有半片青花瓷碗作寻宗印证吗？你们可有带来？”上次在吴家花园看杨仲群收藏的那半片青花瓷，朱迪曾说过她家也有相似的半片。桑逸很奇怪的是，自朱迪回万象后，从不跟他探讨这个问题，包括他告诉了朱迪自己的身世秘密后，朱迪既不欣欣然，也不好奇追问。他隐约感到，一些说不透的变化，正在他们之间悄然发生。

朱迪意味深长地说：“桑逸，莎士比亚说过，天地之间有很多事情是你的睿智所无法想象的。”

陈怀北慈祥地看着桑逸：“小弟，你将会见证到一个奇迹。”

晚餐后，一行人直奔史志办设在吴家花园里的收藏室。杨仲群从柜子里拿出了那半片缠枝莲青花瓷碗，他看见陈怀北老先生先戴上白手套，再从自己随身的包里取出一个白棉布仔细包裹的小包。杨仲群也从抽屉里翻出一双手套来，并在工作台上铺上一块红色绒布，还摆上一大一小两只放大镜，一把尺子，一副目镜。两个老者的庄重神态，让围观的众人不能不也屏住了呼吸。

灯光下，两瓣青花残片小心地拼在一起。不能说合得天衣无缝，完美无瑕，岁月已然啃啮出道道伤痕和细微缺口，但此刻，应感谢我们的祖先发明的青花缠枝莲纹，它们根脉相连，缠绕不断，枝茎密实，花繁叶茂，将一个家族生生不息的血脉传递密码，紧密地勾连在一起。

杨仲群拿起放大镜一再仔细审视，感叹道："这是吴氏家族的'完璧归赵'啊！你们看，盘面的五朵莲花，盘沿的八朵莲花，尤其是中间的那朵，通过莲纹的四方连续勾连，波转线和切圆线契合得生动流畅，连留白处都显得圆润自然。天下青花残片，不会有如此完美的'破碗重圆'了。"

陈怀北老先生久久凝视这只青花缠枝莲碗，似乎要重读当年骨肉分离的悲惨故事。"Perfect."他忍不住说了句英文，脸上荡出了笑脸，"太完美了。感谢老祖先，我死而无憾了！"

三辆车在崎岖蜿蜒的山道上颠簸而行。第一辆越野车上是桑逸，朱迪、陈怀北老先生，还有桑逸的母亲；第二辆皮卡车开车的是陈星鸿，载有杨仲群和马克；第三辆车是部租来的中巴，桑逸的表弟表妹和亲朋好友都在这辆车上。天上下着绵绵细雨，符合一个出殡日子那种难以言说的感伤。道路泥泞，车开得很慢。车外远山含黛，云幕低垂。

桑逸的房间里有两个骨灰盒，一个是爷爷桑进步的，一个是父亲桑小青的。桑小青火化后他一直没有让父亲入土为安，一是他想等远在美国的二叔回来办，二是他真不知道如何操办一场丧事。更哪堪爷爷也走了，双孝叠加，桑逸力不能任。虽说现在不兴扶灵摔盆、披麻戴孝这一套了，可他这既是儿子又是孙子的身份，该如何才能尽到孝子孝孙之礼仪？死者为大，桑逸再前卫，也得忌惮旁人的说辞。墓地选在哪里也是个难题。依父亲的遗言，希望葬在铁路边，天天听到火车的汽笛声。而爷爷曾说过，他死后要葬在他母亲山猫身边。桑逸没有见过曾祖母，只有去问他母亲。母亲说，很多年前跟着你父亲、你爷爷去给你曾祖母扫过墓。那个地方在大墘山上，可远了。其实也不是很远，就是路不好走。母亲还说，我不明白你曾祖母为什么要埋在那么荒僻的地方。有一年你爷爷悄悄告诉我，把他妈妈跟她男人埋在一起，好享福。桑逸脑子一激灵，妈，那就是说，我曾祖母跟吴家的那个吴廉膺埋在一起？桑逸听杨仲群说起过，本地搞文史的人，都不晓得建水从前的大豪绅吴廉膺归葬何处。世事太纷繁，命运多吊诡。沧海桑田须臾间，荒草黄沙英雄冢，也是历史的某种必然。桑逸让母亲带他去了一趟大墘山，找到了曾祖母山猫和曾祖父吴廉膺的墓。与其说那是两座坟，不如说是两座并排的不易察觉的土丘。没有墓碑，只有野草茂盛。吴廉膺的坟几乎都要被周边的树丛箐竹掩盖了。

大墘山已不再荒凉，现在是一户人家的自有林地，山上遍种各类速生林木，松树、桉树、柏树、樟树、银杏等，林下灌木丛生，野花烂漫。尤其是成片的蓝花楹，在山野里蓝得沉静、深邃、空灵，还弥漫着淡淡的忧伤。山林的主人说这是他几年前新种的，从一两米高的树苗到有人胳膊粗、高十来米、树冠浅蓝的成型树木都有。现在一棵蓝花楹树木要卖好几千。不过，让桑逸眼前一亮的是，从大墘山放目望去，正好可看到对面山梁上的一条通往建水的高铁线路，时而有弹头形状的和谐号动车在天地间跨越群山、悠然划过。桑逸说，两场谷子一场打，爷爷父亲一起送。让我爹、我爷爷他们一家在这里团聚了吧。

送葬的队伍来到大墘山上，桑逸已经跟林地主人谈好了墓地价钱，还请来几个当地人帮助平整周边地形环境，拓宽了小道，清除了曾祖父曾祖母坟茔上的荒草藤蔓和围堵在四周的箐竹，培上新土，堆高坟堆，还重新砌了坟台。由于这是一片坡地，老坟在上面，两座新坟在下端，坟头正冲着对面山坡上成片的蓝花楹树。他想起蓝花楹树的花语——“象征着在绝望中等待爱情”。父亲大约会喜欢这片蓝花楹吧。

杨仲群一见到吴廉膺的坟茔便颇为感慨。资料上记载吴廉膺大约死在上世纪五十年代大炼钢铁时期，那时杨仲群还在上小学。八十年代初他调进县志办工作，曾经问过一个老先生吴廉膺的下落，老先生只简单说，死了。埋了。问埋哪里了，他也不知道。现在难以想象山猫是如何将吴廉膺埋到这大垅山来的，但可以推想的是，那时吴家的人已经散了，社会上也没有人再关注他。据说在街上人们见了他都叫不出他的名字来了。只有这个山猫，竟然成了为他送终的人。杨仲群想，我的下一本写吴家花园的书，可得好好补写上这一笔。

陈怀北老先生在吴廉膺墓前合掌道：“前辈，你远在老挝的同宗同支后辈前来凭吊先人。愿在西天乐土清吉，祈护我家族宗亲平安。”

由于都是吴家第八代吴福民之后，陈怀北视吴福民为高祖，认定和建水吴家是同宗同支，未出五服。按吴氏家族字辈排行，陈怀北应属孝字辈，与桑逸的爷爷桑进步同辈，但陈怀北已不可能改名改姓了，心中认同这份血缘即可。他告诉朱迪说，你和桑逸的关系，按照我们华人“五服之内皆为亲”的规矩，你们现在是兄妹。桑逸和朱迪陷入了沉默。

陈星鸿专程来为师父桑小青送行。他和桑逸联手将桑小青的骨灰盒安放进墓穴。封上墓立好碑后，桑逸先燃香磕头烧纸。在给父亲磕头时，他打开手机，播放那首《五百英里》。陈星鸿眼睛一热，就像找到了知音，用力在桑逸肩膀上按了几下。然后他整理衣襟站到墓前，庄重地叫了声“师父”，跪下便三叩头。抬起头来时他眼里已有了泪花，“师父，中老铁路开通了，我们的家乡也通高铁了，徒弟终于可以告慰师父的在天之灵。”

跟随陈星鸿一起来的马克问朱迪，我们要不要也叩头？朱迪摆摆手，悄声说，你是来打酱油的。“打酱油”是马克刚学会的中国俚语，上午登车前他一见到桑逸就说，“锅蒙儿”“我跟你们去打酱油”。搞得桑逸恼也不能，笑也不是。

这个来打酱油的家伙还是管了闲事。他指着吴廉膺的坟说：“这个吴廉膺先生，我曾祖父的朋友，他为什么没有墓碑？”

众人都很尴尬，一齐望向桑逸。桑逸难以承受这目光的压力，捋了马克一句：“你这个杂种！打你的酱油去。”

陈怀北老先生望着那简陋的坟茔，喃喃说：“是该立块碑的。”

杨仲群接话道：“要立的。我们回去就商量这事。包括山猫的，都要立。无论贵贱尊卑，雁过留声，人过留名。纵然是非成败，转头成空，但一代名士，岂能无碑？是不是呀，桑逸？”

桑逸撇撇嘴，自嘲道：“我的老祖先，可能没有想到，他的碑，得由我这个小野种来立。”

马克找到回捋桑逸的机会：“‘锅蒙儿’，不要在意自己的血统了。你立碑，我写传。我们都是……那个词中文怎么说的？就是对父母老人很好很好的意思？”

杨仲群说：“孝心。”

马克点头道：“对对。法语说la piété filiale。孝心让我们重新讲祖先的故事。是吧，‘锅蒙儿’？”

桑逸不回马克的话，只是专注地望向吴廉膺的坟堆：“真不知道他是个什么样的人。”

杨仲群说：“有功也有过的一个历史人物吧。”

陈星鸿拍拍桑逸的肩：“你只需知道，你是他的后人。”

雨歇风息，天地被洗了一遍；山岗青翠，鸟鸣唤醒了大地。山谷里蓝花楹像在天地间氤氲开来的蓝雾，又仿佛是天边的蔚蓝遗落了一片在人间。一群羽毛艳丽的翠鸟在蓝色花朵上空盘旋、跳跃，清脆的鸟鸣回荡在这蓝色山岭。朱迪禁不住感叹道，真是一条梦幻般的山谷！桑逸目光迷离地望着朱迪，不知是为朱迪那张精美绝伦的脸，还是她身后浪漫了初夏，忧伤了自己的蓝花楹。

逝者已矣，来者可追。陈星鸿不知何时就随手采摘了几枝蓝花楹，稍事修整捆扎，送到一直郁郁寡欢的朱迪面前。密密匝匝的钟形花萼像跳动闪耀的蓝色火焰。朱迪眼神里有了光，同时也看到一旁的桑逸阴沉沉的脸。朱迪一扬头，脸上荡开一个灿烂的笑脸。

“哥，谢谢。”

这声哥喊得好甜，而且前面不加名字，这可是第一次。陈星鸿有些不自然了，微微红了脸，捋捋头发道：“不客气。”

朱迪嗅了嗅花，“我不是谢这花，而是谢谢你为我们修通了铁路。这可是我的国家第一条现代化铁路。”

“我还没有去过你的国家。我师父说过，坐火车经过参与修建的铁路，就像将军检阅士兵。我会坐火车去看你的。”他又转头看看桑逸，“桑逸，我们同去啊。”

桑逸不回答，朱迪却欣然道：“太好了！我也会捧一束占芭花来接你们。”

陈星鸿问：“占芭花是什么颜色的？”

朱迪道："黄色的。它是我们的国花。前一阵桑逸带我去碧色寨，我们在那里也看到过这种花，大约是当年法国人引种进来的。只是你们叫鸡蛋花。对吧，桑逸？"

桑逸忽然莫名地想起父亲的"日记"里说过，要为自己的初恋恋人修一条回家的铁路。陈星鸿现在成了朱迪的"修路人"。难不成人们修铁路，都是为了爱？昨天晚上，桑逸和朱迪在酒店的咖啡厅有一次关于改变角色的长谈。桑逸掰着指头说，你爷爷的说法不对，他讲的"五服之内皆为亲"，是从吴家第八代吴福民算起。按我们中国人上下十八辈的说法，上九代是父、祖、曾祖、高祖、天祖、烈祖、太祖、远祖、鼻祖。吴福民是你爷爷的高祖，就是我们的烈祖，到我们这一代是第七辈了，早出了五服。天啊，这看不见又挣不脱的血缘，它是条纽带呢，还是道枷锁？朱迪冷静地说，都是，桑逸哥。我们得学会让自己的伤口长出翅膀来。比如说，你应该感到庆幸，找到了一个老挝妹妹。

"火车！"有人喊了一嗓子，大家不由自主地都向对面望去。但见一列白色动车翩若惊鸿、婉若游龙从山梁上疾驰而过，隆隆的声响如春雷般袭来。它一头钻进一座大山的肚子里，五六分钟后，当人们就要收回目光时，它又在山梁的上方出现，沿着一座更高的大山山腰盘旋。已听不到火车声，一线山岚被它压在下面，给人感觉火车借助某种神力，在云上飞驰。

"火车就像在山肚子里搭了架梯子。"有个少年说。

陈星鸿解释道："这是隧道里的螺旋展线，帮火车爬山。"

"It's shocking（英语：太震撼了）。"朱迪感叹道，又转头看了陈星鸿一眼。桑逸没有听懂这句英文，但他尚记得，当初朱迪看他揉制陶泥时，就是这种眼神。

桑逸扭开了头，目光却和父亲的新坟相撞。爸爸，你的火车来了，你可不能再次错过。

甲辰，清明，一稿完于青衣江畔
甲辰，七月五日，二稿改于青衣江畔
甲辰，九月七日，三稿改于云南抚仙湖太阳山
乙巳，正月初五，四稿改于海南儋州吴村
乙巳，三月三十日，五稿改定于青衣江畔

在回望来路中眺望未来

——《青云梯》后记

范　稳

1

这是一部解析一个家族百年血缘密码的书，也是关于一条铁路百年历史的漫长故事。在这个刷小视频看新闻读故事的时代，讲述一段百年故事似乎在冒险,也有些不讨巧。但我还是认为有历史感的故事就像从时间的纵深处驶来的一列火车，满载岁月的传奇。读到它的人，都是它的乘客。

多年来我在云南的大地上“到处乱跑”，我崇尚文化发现式的写作。而云南这片高原有如此丰富的文化资源，正如它“有色金属王国”和“动植物王国”的美誉，它的民族文化也琳琅满目，令人应接不暇。我把自己当一个谦卑的学生，伏下身段向各民族文化学习，也把自己当成一个寻宝者，在丰沛的文化宝藏里潜心开掘。我深信，唯有在云南这片土地上浸淫经年，游遍民族文化百花园，饱尝各民族“百家饭”后，才能对民族与文化，地域和历史，族群及其渊源，有发现新大陆般的喜悦和收获。每一片土地，都在无言地诉说它所养育的人们的过去和现在，也在昭示着未来。

写作这部书的缘起应该在十多年前。二〇一〇年前后，我浪迹天涯打马行到滇南，那时我为创作长篇小说《碧色寨》，关注的重点是建成于一九〇一年的滇越铁路,是不同的文明在这片多民族地区的冲突和演变。上世纪初法国人依仗不平等条约，用火车头撞开了南中国的大门。这条从越南海防至昆明的铁路，轨距只有一米，俗称“米轨”，但它是当时中国第二条通往境外的国际铁路。由法国人投资修建并管理的滇越铁路是一把双刃剑，在带来了蒸汽机文明的同时，又傲慢地刺伤了自尊的中国人的心。那时滇越铁路沿线所有车站的站长和重要岗位都由法国人担任，铁路就像那个时代的法兰西帝国扩充殖民版图的尖兵,当地的人们也形容它是“一根伸进云南大地的吸血管”。法国人的火车运来各式洋货和各国的冒险家，拉走锡、煤、铜、丝绸和茶叶。可以想见，在二十世纪初，当蒸汽机车头如一头怪兽般闯入这片古老蛮荒的高原时，还在牛车马帮时代的云南人是多么惊讶、惶恐、迷惘乃至愤恨。滇南的人们曾经为反对这条受西方强权保护的铁路，爆发过一次“阻洋修路”的大起义。他们杀洋人、捣毁铁路，并非完全是认为洋人的火车“阻断了龙脉”或“惊扰了祖宗陵寝”，而是即将被列强瓜剖豆分的国运让民族自尊心变得既强大又敏感，既脆弱又无畏，不是要拒绝一种现代文明，而是要反抗帝国主义的欺凌和霸权。实际上，在法属印度支那殖民当局的规划中，他们并不满足于将铁路修到昆明，他们的目光还看向了云南各地，甚至邻近的四川、贵州、广西和西藏。十九世纪末，中法已经在南中国边境打了两次战争了,滇越铁路就是中法战争第二阶段的产物。法国殖民部的野心家们还企图通过铁路权的争夺，再度挑起中法之战，即“铁路战争”。所幸的是，历史再没有给法国人机会。当年，我在滇越铁路线上的一个特等大站碧色寨车站采访时，第一次和“个碧石铁路”相遇，它就在法国人建的老车站西端，从站房、铁轨到机车，都是小一号的，轨距只有六十厘米宽，俗称“寸轨”，火车车头像大地上的玩具。这条铁路起于锡都个旧，终于碧色寨，后来又延伸到建水县和石屏县，全长不过一百七十七公里。两条不同轨距的铁路在这里交会，却不接轨。人们告诉我说，这是在滇越铁路通车仅仅三年后，由我们自己的民族资本修建并自主经营的铁路。这是一次被打痛之后的奋起一跃，是被蒸汽机醍醐灌顶的观念转变，是边地人“师夷长技以制夷”的无畏担当。尤为重要的是，把路权掌握在自己手里，既杜绝了法国人的觊觎，更阻止了他们挑起“铁路战争”的任何借口。从视火车为“怪力乱神”般的洪水猛兽，到自主修建属于云南人的铁路，有如此勇气的中国人能有几许？在那个年代，铁路就像现在的互联网，谁抢得了先机，谁就站在时代发展的前端。当时我站在铁轨上，回望黄墙红瓦的碧色寨车站，再西望同样是法式建筑风格的“个碧石铁路”的车站，感到自己就像站在两个历史的节点上。西方文明和东方文明在这里迎头相撞，这段精彩的历史必然蕴含着动人的故事。

那时的“寸轨”铁路上已经不跑火车了，但路基还在，铁轨掩没在荒草中，锈迹斑斑，纤细而沉静，像一段正在消失的历史。我当时就想，这是另一部长篇小说的题材，就像滇越铁路和“个碧石铁路”是两条不同性质的铁路一样，它们存在着因果关系和历史逻辑。我得先弄清它们的第一段历史，再来面对由此带来的某种转变。不过，写一条民族铁路的建设史，以及修铁路的人们，我那时还没有准备好。

云南人对这两条老铁路有着浓郁的情感，或许是因为它们承载了上个世纪前半叶太多的历史风云，或许是高原人的铁路梦很早就滋生于漫长的马帮驿道。一个赶马人总是让他的脚底高过一座座大山，但他用一生的时间，也许都走不出高原的辽阔。在云南工作以后我才知道原来这个世界上还有不同轨距的铁路。我没有坐过“个碧石铁路”线上的小火车，它在上世纪末期就停运了。但我确实体验过高原人出行之难，直到二十一世纪前十年，去一些偏远的村庄采风时，还需要骑马。云南的矮种马看上去不够威武，但脚步稳健，耐力好，在崎岖的山路上足可信赖。我经常用一天的时间，只能翻越一座大山。无论行走在山巅还是坐在马背上，人颇有被大山挤压、重围、望尽天涯路的沮丧。有一年在藏区，我和一个康巴兄弟去一座雪山上的寺庙采访一个活佛，又找不到马。他至今还在笑我说，范老师那天狼狈得看到一头羊都想骑上去。

直到二〇二二年，我感觉到写“个碧石铁路”的时机到来了，那列湮没在历史风尘中的老火车正从大山深处缓缓向我驶来。我再次收拾行囊奔走于滇南。这条铁路像蜿蜒在滇南高原大地上的一架云梯，架在古老的马帮驿道上，架在几座偏远小城的家门前。除了和一座著名的矿山相连外，它并不是一条主干线。但每一座城镇、每一户人家，都有和这铁路相关的许多动人故事。支撑这条铁路的不是雄厚的资本，繁忙的商旅，而是坚韧的文化，是悠久的华夏文明在面对新的挑战时那种知耻而后勇、敢为天下先的家国情怀。而我则像一个探寻者，在铁路的纵深处去寻找过去年代的老火车。

在为《青云梯》做田野调查阶段，我曾经徒步考察过“个碧石铁路”的一段老路基。一百年过去了，这条线路上的一些石砌桥梁还完好无损，有些隧道还可当通道用，深山荒野里的铁路路基上钢轨和枕木早已拆除，路基两旁荒草丛生，山花烂漫，人马牛羊常常借道而过。在废弃的隧道里，洞壁上糊满足有成人手掌厚的烟垢。抠一块下来握在手里，仿佛触摸到了历史的积淀。当地人说从前小火车进洞时最为难受，煤烟灌进车厢里，令人几乎喘不过气来。小火车的速度很慢，有些性急的小伙子在火车进洞时，索性跳下车去，翻山到隧道那边，等小火车晃晃悠悠钻出洞后再爬上去。过去年代坊间流传的“云南十八怪”中就有“火车没有汽车快”一说。但一队马帮驮的锡锭，还装不满一节车厢的一个角落。可见有火车总比没有好。铁路送走了马帮时代，也改变了人们的出行方式。就像那天我在荒野中的老路基上走得精疲力竭时，多么希望有一列小火车劈开崇山峻岭，搭载上我这个天涯浪子。

云南就是这样一个古老的马帮驿道和现代的铁路并存的地方，在一些自古以来就通向高原的峡谷走廊里，你可以一眼望尽这个地方的交通变迁——古驿道、溜索、吊桥、公路桥、铁路桥，以及当下的交通“新贵”高速公路桥和高铁桥。它们像大地上鲜活的交通博物馆，把高原人渴望走出大山的梦想一步步地变成了现实。高铁时代仿佛是在一夜之间就翩然降临在这片广袤的红土高原，人们的出行方式瞬间就发生了改变。尚记得上世纪八九十年代，我们去北京出差，火车要坐三天三夜。每年探亲回家，走向火车站就像奔赴战场。如果我们捋一遍云南这一百年的铁路交通史，就会发现，“个碧石铁路”建成之初，小火车呼啸着驶过尚属蛮荒状态的云南高原，尽管是那个时代的一次巨大的飞跃，但时速仅十五公里；新中国成立后，铁路越修越宽，越建越长，速度越来越快。今天，飞驰在云南高原的高铁时速最高可达三百五十公里。历史的车轮刚好走过一百年。中国人已经把铁路修到了境外，从昆明至老挝万象国际铁路的贯通，意味着南亚东南亚国际大通道的国家战略已迈出了坚实的一步。云南不再是一个闭塞封闭、被高山大河阻绝的偏远之地。

2

在元代以前，云南与中原文化关联甚少。唐诗宋词里没有这片土地的风情，文豪大儒中没有云南人的名字。化外之民是它的代称，蛮荒之地是它的符号。到了近现代，云南给人们的印象多为民族众多、文化多元，以及迥异于中土文化的边地风情。即便时代的列车已驶进二十一世纪，来云南旅游的人们也多是冲着五彩斑斓的民族文化和山川自然风光而来。这本也无可厚非，就像我们去北京上海广州这样的一线城市，一定是要去领略感受当下最为鲜活生猛的现代气息。而作为一个在云南生活工作四十多年的外省人，我想通过这本书向世人证明：地处大西南一隅的云南，从来不缺乏现代性，更不缺追逐现代文明的梦想和勇气。比如在上世纪前半叶，云南人已经能驾驭火车时，中国内陆的许多省份，还不知道火车为何物。这是神奇的云南的另一面。

这份神奇在滇南的红河哈尼族彝族自治州演绎得超出任何一个作家的想象，它下属的几个城市建水、个旧、蒙自、石屏、开远等地，不仅在工业文明、城市建设等方面可比肩任何一个内陆城市，在文化传承和历史积淀上也“不异中土”。尤其是后者，它的汉文化传承正统又庄严。尽管是边陲之地，但建水县至今保留有一座始建于元代，又在历代历朝中不断完善扩建，庙宇殿堂富丽辉煌的孔庙，据称其占地面积仅次于山东曲阜孔庙。这里每年春秋两季都要举办隆重的祭孔盛典，八音六律，萧韶遗响，诵读之声，汉雕之舞，颇有儒韵古风。走进建水古城的小巷或庭院，常有一步跨进古老中国或江南古村落之幻觉。这是一座无声地彰显着自己文化底色的边地小城。我这部作品里的吴家花园，它的原型正是建水县具有百年历史的朱家花园。我相信，任何一个游人游览了建水朱家花园后，都会惊讶于它的绚烂奢华；任何一个文化人参观了这座百年前的私家大宅的每一座庭院、每一处雕栏玉砌后，都想探究它的历史故事和人物传奇。这座百年前的豪门深宅，享有“滇南大观园”之盛誉，却像一部封面上了锁的厚重大书，引无数文人学者折腰。破译它，便可解读一段历史风云，也可读出许多不一样的家事国事天下事。建水朱家花园的主人朱朝瑛是“个碧石铁路”的主要倡修者之一,一个家族和一条铁路的关系，正是我要找的故事原型。朱家花园的遗世独立，也足可说明在一片多民族聚居地区，中华文明坚韧的生命力，完美地诠释着民族共同体强劲的力量。

面对一座百年豪宅，猎奇是第一步。多年前第一次来到朱家花园，我便有进入历史的迷宫之感慨。江南的园林私宅我也看了不少，但当我漫步朱家花园，便有自己是身处江南还是云南之困惑（饶有趣味的是：它过去的地名也叫临安）。这亭台楼阁、水榭戏台，这雕梁画栋、假山鱼池，言其为南高原上的海市蜃楼、太虚幻境，也一点不为过。它到底是个什么样的家族？它曾经演绎过什么样的家族故事和人生传奇？家族故事总是跟地方史、民族史有关。所谓“家有谱，方有志，国有史”。大历史便是由这些有传承有记载、有百年老宅、有炊烟飘拂、有火塘温暖的大大小小的家庭，去丰富它丝丝缕缕的毛细血管。当然，并不是一个家族有权有势还坐拥巨额财富，便可进入历史，而是历史总是青睐于那些处于风口浪尖处的弄潮儿。然后我们开始解读。但凡豪门大户，大都免不了一个从白手起家到逐渐兴盛，再到盛极而衰、烟消云散的兴亡交替定律。“其兴也勃焉，其亡也忽焉。”倘若我们能破译出其中的某些密码，或许就可窥测出尘封已久的历史往事。

建水古城里的朱家花园再次向人们证明了云南文化让人眼睛一亮的多元性。这是边徼之地的汉家气派，尽管都是屯田戍边者之后，但祖先卸下征衣的地方，就是后辈的家园，就是他们的故乡。房舍毗邻，鸡犬相闻，家族繁衍，人丁兴旺。一代又一代的血脉传承，一辈又一辈的英雄豪杰，“此心安处是吾乡”。当人们认同了这片土地，并为它所滋养时，家就是这红土高原上一棵不断长大、枝叶茂盛的大树，摇摆在世事的风雨中，无声地承载时代与社会的砥砺。无数的家族，大抵就是这样构成我们民族的基本单元。恰如六百多年前从湖南麻阳迁徙而来的朱氏家族，他们历经十代人的努力，完成了从农耕之家到士绅乡贤的衍变。他们本是想把一座洋洋大观的花园建筑群落，作为光宗耀祖的家族财富传诸后人，但却没有料到它会成为一笔历史文化遗产留存于世。古建筑本身就是历史的隐喻，文明的象征，更何况是保存完好的大家族建筑群落。

多数当代人都不知道自己三代以远的家世。我经常会遇到一些自诩祖上家世显赫的人，但若一问可有家谱？得到的答案大多是否定的。我家也没有家谱，更没有家族的字辈排序。我不知道我爷爷、我父亲甚至我本人该是哪一辈的字辈。现在的中国人，有多少人是按字辈排序取名的？这一传统丢失后，便造成了一个人生的困惑——“我从哪里来”？我也属于“少小离家老大回”那一类人，自不到十八岁外出上大学后，跟故乡就渐行渐远了。

二〇二三年我曾经有一次寻根问祖之旅。家乡的一个宗亲说，你连你父亲是哪个字辈都不知道，你怎么找得到你的祖先呢？过去我只知道我的先祖在川南的一个乡村，由于家庭成分高，我的父亲早年甚少向我提及他的父辈祖辈，在父母的一些只言片语和童年时的际遇中，我痛彻地明白自己没有一个可资自豪谈论的祖先。“划清界线”是那个时代的一个特殊词汇，我们唯恐和过去发生任何联系，忘掉祖先才能重新做人。我就是在这样的环境中长大，自小敏感、自卑、压抑、多愁。在我大学毕业以后，每次回家探亲我父亲似乎都想跟我摆摆家世（尤其是在他得了癌症后）。但那时我对那些给我带来过童年阴影的家族故事不屑一顾。在父亲刚准备拉开话题时，我会说，我去看同学了。我父亲在我三十多岁时就过世了。现在，如果可以的话，我很想跟另一个世界里的父亲打个电话。

直到多年以后，我到了告老还乡的年岁，才在故乡的朋友和姓氏宗亲帮助下，查到了我家的字辈排序，又经过一段颇为曲折的寻找，总算找到了我爷爷生活过的乡村和他早已荒芜颓废的坟茔。在祖辈生活过的故土，我不知是该感到欣喜还是汗颜。今后若有人问我从哪里来，我会稍有底气地答曰：我的根在这里。但这一人生追问我答得似乎还是不够圆满。我感到一种无法连结的“割裂”。那个在荒坟里尸骨早已化为尘土的祖父，很长一段时间里我连他的名字都不知道，更遑论他的模样和人生行状。我和他的关系只是姓氏和血缘。但这血缘像无从破译的密码，隐匿在家族繁衍传承的无数个人生的偶然与必然中，我只能在时间的幽暗隧道里想象和推测。对一个作家来说，这种想象和推测必然基于历史的逻辑和时代的风貌。什么样的历史决定什么样的命运，什么样的时代造就什么样的人生。这给作家留下了追寻先祖足迹的空间。在建水的朱家花园，面对一张朱氏家族谱系表，我看到了生命的延续，家族的丛林，我还看到了血缘密码的奇妙，看到了大时代下命运的逻辑。

3

我也算是个铁路职工子弟吧。我父亲从上世纪五十年代起就加入到共和国铁路大军队伍里。他大约参与修建过成渝铁路、宝成铁路、内昆铁路、成昆铁路、黔渝铁路，最后落脚到贵州遵义的一个车站。他在我的印象中就是一个四处漂泊的人，与我们这个家有说不出道理来的疏离感——我们情愿他少回来。小时候跟随母亲去探亲，住在铁路边的红砖房里。火车在房子外不到一百米处日夜驶过，车轮就像在枕边哐当哐当地碾轧。开初让人睡不了觉，几天以后就是蒸汽机车扯开嗓子鸣笛也吵不醒我了。我大约在十多岁就学会了扒火车，尽管父母对此有严厉的禁令，但我经常和我的几个表兄扒火车去到几十上百公里外的某个地方，买一只土鸡，买点小米，去看某个伙伴，或者什么都不做，纯属贪玩。我们像身手敏捷的“小铁道游击队队员”，在火车进出站放慢速度时飞身而上，或纵身跃下。有一次我从火车上跳下来时，没有测算好距离，差点一头撞在路基路桩上。我的一个姑父是货运列车的守车员，这是个负责在火车进出站时与车头的司机打信号的岗位。那个年代的火车车尾要挂一节小房子般的守车，大约有四五平方米左右，里面没有铺位也没有座，只有一个铁铸火炉，一根铁烟囱通向车顶外，休息时就斜靠在守车的飘窗上。我们经常爬进姑父的守车里，到处游荡。冬天里火炉里的煤块烧得通红，在车轮撞击铁轨有节奏的哐当哐当声响中，听一个老铁路讲火车的故事，令乏味的旅途充满温暖。我姑父出生在上海的大户人家，却任劳任怨地跑了一辈子火车。他的信号灯和样板戏《红灯记》中李玉和的一样，他挂在守车上向车头挥舞信号灯的样子，让我觉得这是世界上最威风凛凛的工作。我对铁路是有特殊感情的，关于铁路的回忆大约可以载满一列火车。

过去我的长篇更偏重于历史和文化的发现，多写异域风情和“他者”的生活。这部作品的主要部分同样涉及文化、历史的探索和写作，也有意识地加进了个人成长经历方面的内容。作家有时隐藏在作品的后面，有时又把自己掰碎了融化在文本里。长篇小说的文体模式让作家有腾挪闪转的广阔空间。尤其是当你将所要讲述的故事设定在一百年的时间和几代人的命运范畴之内时，似乎唯有长篇才能担负起这样的使命。你可随心所欲地重新组合叙事时间，让新与旧、让过去与现在相交织；让历史观照现实，让现实之光照进历史的幽暗深处。我让七代人在一本书里往来穿梭，“团聚”又“分离”，“失散”又“找回”。或许，只有长篇小说，才能容得下这么漫长又繁复的“历史时空”吧。

《青云梯》是我写得比较从容的作品，单是修改就花去整整一年时间。每一句对话，每一个词汇，至少在目光里过了数十遍。不断地调整结构，丰富人物，打磨语言，像个老工匠。我用写中短篇的劲头来写长篇，力争让每一段故事、每一个人物都准确、生动、形象。即便是写一段铁路的修建史，我也希望能写出冰冷铁轨上的温度。

我专事长篇小说的写作也近三十年了，平均三年左右写一部长篇，大体保持在第一年采风、做田野调查、收集史料和阅读，第二、第三年写作和修改的节奏。几十年来从满头黑发到两鬓斑白、头发稀少，倒也不急不缓、乐此不疲。我的人生纪年大体和这个写作进度有关：某年至某年，我在写作哪部长篇，如此回望岁月也足可欣慰。更为重要的是，每写一部长篇，我的足迹都要进入一个陌生地域，面对一种全新的文化形态。我把每一部长篇的写作当作修一门新功课，技法退居其次，民族文化和地方史的研究与学习则是主攻对象。在一个作家的写作生涯里，一部长篇的完成就是他修到的写作课“学分”。或许他永远毕不了业，因为他一生都在修行中。

正是这种“毕不了业”的状态让我有把长篇小说坚持写下去的动力。值得庆幸的是，云南是个民族文化资源大省，就像它蕴藏丰富的矿产资源和自然资源一样，你只要虚心学习、走出书斋、睁大眼睛去做文化发现，不愁找不到绝佳的小说题材。在成为作家之前，我从事过一段时间的地质工作，跟随地质队员们爬大山、上钻井、下坑道，走村串寨、风餐露宿，大体知道一座矿山从普查、详查、勘探到开掘的过程。挖掘文学的富矿，也和地质找矿差不了多少。你不踏遍青山，阅尽人间百态，你就很难找到文学宝藏。

从不间断的写作赋予生命以能量，让生活丰富多彩。于我来说，没有比写作更大的人生价值。我在《青云梯》书中有个小标题，“书写对抗死亡”，就目前而言，书写至少是对抗衰老的最有效途径。正如这部作品，动笔于我的退休之年，我的生活节奏却并没有因为退休而有所改变。作家这个职业最大的红利，就是他不会被退休。

本书出版得到了北京市委宣传部、云南省委宣传部、北京十月文艺出版社、云南人民出版社的鼎力支持。《人民文学》杂志慷慨大方地用两期连载的方式，几乎全文发表在该刊，给予我极大鼓励。在书稿的审读阶段，郭义强、贺绍俊、白烨、张莉、徐刚、岳雯等著名评论家对书稿提出了切中肯綮的意见，让我得以在名家指导下再次完善修改自己的作品。借此一并鸣谢！在我采风期间，红河州委州政府和红河州文联给我提供了无私的帮助。我在红河州的每一个县、每一个村寨、每一条铁路沿线，都因了他们的热心相帮而收获良多，我也由此开阔了视野，增长了见识，结交了朋友。

我始终认为，一个作家总有自己的短板，在作家与评论家、编辑家之间，有一道由文学精神构建的桥梁，连接起创作、出版和评论。我很庆幸有这样一批良师益友，让我在创作中不断得到耳提面命般的教诲。北京十月文艺出版社的总编辑韩敬群先生，是我最为敬重的编辑家。我们相知相交数十年，在我们都尚年轻时，曾言要以最好的稿子相报。此书不敢言最好，但至少是这几年的心血之作。韩兄在我创作本书期间也提出颇多真知灼见，让我受教良多。他为编辑好此部作品，特意随我去了一趟建水。编辑来到作家的生活现场，他便和作家站在了同样高度，甚至还更高。在时代的列车上，我们都是乘客。我只是在某个站点停了下来，沿着铁轨的方向回望来路，再展望未来。

图书在版编目 (CIP) 数据

青云梯 / 范稳著. — 北京 : 北京十月文艺出版社, 昆明 : 云南人民出版社, 2025. 8 (2025. 11重印) . — ISBN 978-7-5302-2500-4

Ⅰ. I247.5

中国国家版本馆 CIP 数据核字第 2025YN0742 号

青云梯
QINGYUN TI
范稳 著

出　　版　北京十月文艺出版社
　　　　　云 南 人 民 出 版 社
地　　址　北京北三环中路 6 号
邮　　编　100120
网　　址　www.bph.com.cn
发　　行　新经典发行有限公司
　　　　　电话 010-68423599
经　　销　新华书店
印　　刷　北京盛通印刷股份有限公司
版　　次　2025 年 9 月第 1 版
印　　次　2025 年 11 月第 2 次印刷
开　　本　850 毫米 ×1186 毫米 1/32
印　　张　20
字　　数　451 千字
书　　号　ISBN 978-7-5302-2500-4
定　　价　79.00 元
如有印装质量问题，由本社负责调换
质量监督电话　010-58572393